BRANDEND IJS

BRANDEND IJS

Jeffery Deaver

Oorspronkelijke titel
Garden of Beasts
Vertaling: Mariëtte van Gelder

Vertaling van het gedicht *Nähe des Geliebten* van Johann Wolfgang Von Goethe met dank overgenomen uit: *Ken je het land waar de citroenen bloeien?*, pagina 219-220, Uitgeverij Bert Bakker, Amsterdam, 1998

Uitgegeven met een licentie van Uitgeverij Unieboek | Het Spectrum bv, 2012
Omslagontwerp: Karakters Gent
Omslagbeeld: © gary718/Shutterstock.com
Productie: Books @ Home

Wettelijk depot: D/2012/5166/25
ISBN: 978-90-8679-452-2

Ter nagedachtenis aan Hans en Sophie Scholl,
broer en zus, in 1943 terechtgesteld wegens verzet tegen het
naziregime; de journalist Carl Von Ossietzky, die in 1935 als
gevangene in kamp Oranienburg de Nobelprijs voor de vrede kreeg;
en Wilhelm Kruzfeld, een politieman in Berlijn die niet werkeloos
kon toezien hoe een menigte een
synagoge verwoestte tijdens de door de nazi's in gang gezette
anti-joodse rellen die de geschiedenis in zijn gegaan als de
Kristallnacht... Vier mensen die het kwaad onder
ogen zagen en 'nee' zeiden.

'Overal [in Berlijn] werd gefluisterd. Over mensen die in het holst van de nacht werden opgepakt, gevangenen die in de SA-barakken werden gemarteld... Het gefluister verdronk in de luide, boze stemmen van de regering, die het met haar duizend kelen tegensprak.'

Christopher Isherwood,
Berlin Stories

I

De huurmoordenaar

Maandag 13 juli 1936

I

Zodra hij het schemerige appartement betrad, wist hij dat hij er geweest was.

Hij veegde het zweet van zijn handen en keek om zich heen. Er hing een grafstilte die slechts werd onderbroken door de zwakke geluiden van het nachtelijke verkeer in Hell's Kitchen en het ritselen van de vettige blinden wanneer de draaiende Monkey Ward-ventilator zijn hete adem op het raam richtte.

Het klopte niet.

Het was niet in de haak...

Malone zou hier nu zijn roes moeten uitslapen na een zwelgpartij, maar hij was er niet. Geen lege fles te bekennen, het róók niet eens naar whisky, het enige wat die zak dronk. En zo te zien was hij al een tijdje niet thuis geweest. De *New York Sun* op tafel was twee dagen oud. Hij lag naast een muffe asbak en een glas met een blauwe ring opgedroogde melk halverwege.

Hij klikte het licht aan.

Ja, er wás een zijdeur, zoals hij gisteren vanuit de gang had gezien toen hij de omgeving verkende, maar die was dichtgespijkerd. En het raam naar de brandtrap? O, man, keurig afgesloten met kippengaas dat hij vanuit de steeg niet had kunnen zien. Het andere raam stond wél open, maar dat kwam uit op de klinkers, twaalf meter in de diepte.

Geen uitweg...

En waar is Malone? vroeg Schumann zich af.

Malone was op de loop, Malone dronk bier in Jersey, Malone was een standbeeld op een betonnen sokkel onder een pier aan Red Hook.

Het deed er niet toe.

Wat er ook met die zuipschuit was gebeurd, besefte Paul, hij was alleen maar lokaas geweest, en dat hij hier vannacht zou zijn, was gelul.

Schuifelende voeten in de gang achter de deur. Kletterend metaal.

Niet in de haak...

Paul legde zijn pistool op de enige tafel in de kamer, pakte zijn zakdoek en veegde zijn gezicht droog. De verzengende hitte van de dodelijke hittegolf uit het Midwesten had New York bereikt, maar als je met een Colt .45, model 1911 op je rug liep, kon je niet zonder jasje, dus was Paul gedoemd een pak te dragen. Het was zijn grijze linnen met een enkele rij knopen, zonder overslag. Zijn witte katoenen overhemd met vast boordje was doorweekt.

Weer dat geschuifel in de gang, waar ze zich er nu op voorbereidden hem te grazen te nemen. Gefluister, weer gerammel.

Paul overwoog door het raam te kijken, maar hij was bang een kogel in zijn gezicht te krijgen. Hij wilde een uitvaart met open kist en hij kende geen begrafenisondernemers die zo goed waren dat ze kogel- of hagelschade konden wegwerken.

Wie heeft het op me gemunt? vroeg hij zich af.

Niet Luciano, uiteraard, die hem had gehuurd om Malone af te knallen. Meyer Lansky was het ook niet. Ze waren gevaarlijk, dat wel, maar niet vals. Paul had altijd eersteklas werk voor hen gedaan en nooit ook maar een spoortje bewijs achtergelaten dat hen in verband kon brengen met de moord. Daar kwam nog bij dat als een van hen Paul uit de weg wilde hebben, ze hem niet met een nepklus hoefden op te zadelen. Dan was hij al uit de weg geruimd.

Wie had hem er dan in geluisd? Als het O'Banion of Rothstein uit Williamsburg was, of Valenti uit Bay Ridge, tja, dan had hij nog maar een paar minuten.

Als het die parmantige Tom Dewey was, zou zijn dood iets later komen – hoe lang het ook maar duurde – om hem te veroordelen en in de bak op de elektrische stoel te zetten.

Meer stemmen op de gang. Meer geklik, metaal op metaal.

Maar je kon het ook anders bekijken, bedacht hij wrang: tot nu toe was er geen vuiltje aan de lucht, want hij leefde nog.

En hij verrekte van de dorst.

Hij liep naar de koelkast en trok hem open. Drie flessen melk (twee zuur), een doos Kraft-kaas en een malse perzik. Een paar flesjes Royal Crown-cola. Hij pakte een opener en wipte de kroonkurk van een fles.

Hij hoorde ergens een radio. Ze draaiden *'Stormy Weather'*.

Hij ging aan de tafel zitten en zag zichzelf in de stoffige spiegel boven een wasbak met gebarsten glazuur. Zijn lichtblauwe ogen stonden niet zo panisch als nu gewenst was, nam hij aan, maar zijn gezicht was vermoeid. Hij was fors: meer dan één meter tachtig lang en meer dan negentig kilo zwaar. Hij had het rossig bruine haar van zijn moeder en de lichte huid van de Duitse voorouders van zijn vader. De huid was een beetje gehavend – niet pokdalig, maar vol littekens van blote vuisten uit zijn jonge jaren en EverLast-handschoenen van de laatste tijd. En beton en matten.

Hij nam een slokje cola. Pittiger dan Coca-Cola. Lekker.

Paul nam zijn situatie onder de loep. Het kon O'Banion, Rothstein of Valenti zijn, maar die gaven allemaal geen reet om Malone, een gestoorde havenarbeider die de misdaad in was gegaan en de vrouw van een wijkagent had vermoord, en op een vrij onaangename manier bovendien. Hij had gedreigd alle wetsdienaren die hem last bezorgden op dezelfde manier te laten boeten.

Alle maffiabazen in de omgeving, van de Bronx tot en met Jersey, waren geschokt geweest. Dus zelfs áls een van hen Paul uit de weg wilde ruimen, had hij toch beter kunnen wachten tot hij eerst Malone had omgelegd?

Wat betekende dat het waarschijnlijk toch Dewey moest zijn.

Het idee tot aan zijn executie in de nor te moeten zitten, maakte hem neerslachtig, maar diep in zijn hart vond Paul het niet al te erg om gepakt te worden. Het was net als in zijn jeugd, toen hij impulsief de strijd aanbond met twee of drie jongens tegelijk die groter waren dan hij; vroeg of laat koos hij de verkeerde en brak hij iets. Hij had geweten dat het met zijn nieuwe loopbaan ook zo zou aflopen: uiteindelijk zou een Dewey of een O'Banion hem de das omdoen.

Hij dacht aan een van de gevleugelde uitdrukkingen van zijn vader: 'Of het nu de beste dag is of de slechtste, uiteindelijk gaat de zon onder.' Dan liet de ronde man zijn kleurige bretels springen en vervolgde: 'Kop op, Paul. Morgen lopen de paarden weer helemaal opnieuw.'

Hij schrok op van de telefoon.

Hij keek lang naar het zwarte bakelieten toestel. Toen het zeven of acht keer was overgegaan, nam hij op. 'Ja?'

'Paul,' zei een afgemeten jonge stem. Zonder het neuzelige buurtaccent.

'Je weet met wie je spreekt.'

'Ik zit verderop in de gang, in een ander appartement. We zijn met ons zessen. Op straat staan er ook nog eens zes.'

Twaalf man? Paul voelde zich merkwaardig kalm. Tegen twaalf man kon hij niets beginnen. Ze kregen hem hoe dan ook. Hij nam nog een slok Royal Crown. Hij was zo verdomde dorstig. De ventilator deed niet meer dan de hitte van de ene kant van de kamer naar de andere verplaatsen. 'Werk je voor de jongens van Brooklyn of die van de West Side?' vroeg hij. 'Gewoon, uit belangstelling.'

'Luister, Paul. Je gaat het volgende doen. Je hebt maar twee blaffers, hè? De Colt en die kleine punt tweeëntwintig. De rest heb je thuis gelaten?'

Paul lachte. 'Inderdaad.'

'Je haalt de patronen eruit en klikt het magazijn van de Colt los. Dan loop je naar het raam dat open kan en gooi je ze beide naar buiten. Dan doe je je jasje uit, gooit het op de grond en doet de deur open en vervolgens ga je met je handen omhoog midden in de kamer staan. Zo hoog mogelijk.'

'En dan schiet je me dood,' zei hij.

'Je speelt toch al in geleende tijd, Paul. Maar als je doet wat ik zeg, zou je nog iets langer te leven kunnen hebben.'

De verbinding werd verbroken.

Hij legde de hoorn terug en bleef even roerloos zitten om zich een bijzonder leuke avond van een paar weken geleden voor de geest te halen. Marion en hij waren naar Coney Island gegaan om midgetgolf te spelen, hotdogs te eten en bier te drinken tegen de hitte. Ze had hem lachend meegesleept naar een waarzegster op de kermis. De nepzigeunerin had hem de kaart gelegd en hem van alles verteld. Dit incident had ze echter over het hoofd gezien, en als ze ook maar een knip voor de neus waard was, had ze het toch moeten vermelden, zou je denken.

Marion... Hij had haar nooit verteld hoe hij de kost verdiende. Alleen dat hij een boksschool had en wel eens zaken deed met mensen die een dubieus verleden hadden. Meer had hij haar nooit verteld. Opeens drong het tot hem door dat hij zich op een soort toekomst met haar had verheugd. Ze werkte als dansmeisje in een club aan de West Side en overdag zat ze op de modeacademie. Ze zou nu wel aan het werk zijn; meestal ging ze tot één of twee uur 's nachts door. Hoe zou ze erachter komen wat er met hem was gebeurd?

Als het Dewey was, zou Paul haar vermoedelijk wel mogen bellen.

Als het de jongens uit Williamsburg waren, zou ze geen telefoontje krijgen. Niets.

De telefoon rinkelde weer.

Paul nam er geen notitie van. Hij klikte het magazijn van zijn grote blaffer open en haalde de doorgegrendelde patroon eruit, waarna hij de andere patronen uit het pistool haalde. Hij liep naar het raam en gooide de wapens één voor één naar buiten. Hij hoorde ze niet neerkomen.

Hij dronk het flesje cola leeg, deed zijn jasje uit en liet het op de vloer vallen. Op weg naar de deur bedacht hij zich, liep terug naar de koelkast en dronk nog een flesje Royal Crown leeg. Toen veegde hij zijn gezicht weer droog, deed de voordeur open, liep achteruit de kamer weer in en stak zijn armen omhoog.

De telefoon zweeg.

'Dit noemen we "De Kamer",' zei de man met het grijze haar in het geperste witte uniform, en hij ging op een kleine bank zitten.

'Je bent hier nooit geweest,' vervolgde hij met een opgewekt zelfvertrouwen dat zei dat er geen discussie mogelijk was. 'En je hebt er nog nooit van gehoord,' besloot hij.

Het was elf uur 's avonds. Ze hadden Paul regelrecht van Malones huis hierheen gebracht. Het was een herenhuis aan de Upper East Side, maar in de meeste kamers stonden bureaus, telefoons en telexen, als in een kantoor. Alleen in de salon stonden banken en leunstoelen. Aan de wanden hingen schilderijen van oude en nieuwe marineschepen. In een hoek stond een globe. Franklin D. Roosevelt keek vanaf zijn plek boven een marmeren schouw op hem neer. Het was heerlijk koel in de kamer. Een woonhuis met airconditioning. Stel je voor.

Paul was met zijn handboeien nog om in een luie leren stoel gezet. De twee jongemannen die hem vanuit Malones appartement hierheen hadden gebracht, droegen ook een wit uniform en zaten schuin achter hem, elk aan een kant. Degene die hij aan de telefoon had gehad was Andrew Avery, een man met blozende wangen en vastberaden, scherpe ogen. De ogen van een bokser, dacht Paul, hoewel hij wist dat de man nog nooit met iemand op de vuist was gegaan. De ander was Vincent Manielli, donker, met een stem die Paul zei dat ze vermoedelijk in hetzelfde deel van Brooklyn waren opgegroeid. Manielli en Avery leken niet veel ouder dan de kinderen die voor Pauls huis speelden, maar ze waren nota bene luitenant bij de marine. Toen Paul in Frankrijk zat, waren de luitenants onder wie hij diende nog volwassen mannen geweest.

Hun pistolen zaten in de holster, maar de leren flap was open en ze hielden hun handen dicht bij hun wapen.

De oudere officier die tegenover hem op de bank zat, was een hoge piet. Commandant, als de opsmuk op zijn uniform nog hetzelfde betekende als twintig jaar geleden.

De deur ging open en er kwam een aantrekkelijke vrouw in een wit marine-uniform binnen. Op haar blouse stond dat ze Ruth Willets heette. Ze gaf de commandant een map. 'Alles zit erin.'

'Dank u, onderofficier.'

Ze liep weg zonder Paul een blik waardig te keuren. Gordon sloeg de map open, haalde er twee velletjes doorslagpapier uit en las ze aandachtig. Toen hij klaar was, keek hij op. 'Ik ben James Gordon. Van de Marine Inlichtingendienst. Ze noemen me Bull.'

'Is dit uw hoofdkwartier?' vroeg Paul. '"De Kamer"?'

De commandant negeerde hem en keek naar de andere twee. 'Hebben jullie je al voorgesteld?'

'Ja, commandant.'

'Geen problemen?'

'Nee, commandant.' Avery deed het woord.

'Doe zijn boeien af.'

Avery gehoorzaamde terwijl Manielli er met zijn hand op zijn wapen bij stond en schichtig naar Pauls gehavende knokkels keek. Manielli had ook de handen van een vechtersbaas. Die van Avery waren zo roze als van een magazijnbediende.

De deur zwaaide weer open en er kwam een man op leeftijd binnen. Hij was in de zestig, maar zo lang en slank als die jonge acteur die Marion en hij in een paar films hadden zien spelen, Jimmy Stewart. Paul dacht na. Hij kende die man uit artikelen in de *Times* en de *Herald Tribune*. 'Senator?'

De man gaf zijn antwoord aan Gordon: 'Je had al gezegd dat hij slim was, maar ik wist niet dat hij ook goed op de hoogte was.' Alsof hij het niet prettig vond dat hij herkend was. De senator nam Paul van top tot teen op, ging zitten en stak een dikke sigaar op.

Even later kwam er een man met een wandelstok binnen, ongeveer even oud als de senator, in een verfomfaaid wit linnen pak dat een groot, week lichaam omhulde. Hij wierp een blik op Paul en trok zich zonder een woord te zeggen in een hoek terug. Ook deze man kwam

Paul bekend voor, maar hij kon hem niet thuisbrengen.

'Goed,' hernam Gordon. 'Ik zal je zeggen hoe het zit, Paul. We weten dat je voor Luciano hebt gewerkt, voor Lansky en nog een paar anderen. En we weten wat voor werk je doet.'

'O, wat dan?'

'Je bent huurmoordenaar, Paul,' zei Manielli zo vrolijk alsof hij zich erop had verheugd het te kunnen zeggen.

'Afgelopen maart heeft Jimmy Coughlin gezien dat je...' zei Gordon. Hij keek peinzend. 'Hoe noemen jullie het? Jullie zeggen niet "vermoorden".'

Paul dacht: sommigen van ons zeggen 'koud maken'. Hij zelf zei: 'uitschakelen'. Zo had sergeant Alvin York het doden van vijandelijke soldaten tijdens de Oorlog genoemd. Als Paul dezelfde term gebruikte als een oorlogsheld, voelde hij zich niet zo'n stuk tuig. Uiteraard gaf Paul niets van zijn gedachten prijs.

Gordon vervolgde: 'Jimmy heeft gezien hoe jij op 13 maart Arch Dimici in een pakhuis aan de Hudson vermoordde.'

Paul had uren op de loer gelegen voordat Dimici kwam opdagen. Hij had zeker geweten dat hij alleen was. Jimmy had waarschijnlijk zijn roes liggen uitslapen achter een paar kratten toen Paul aankwam.

'Nu heb ik gehoord dat Jimmy niet de betrouwbaarste getuige is, maar we hebben onweerlegbaar bewijs. Een paar belastingjongens hadden hem opgepakt wegens het verkopen van clandestiene drank en toen heeft hij zijn eigen hachje gered door jou te verlinken. Hij bleek een huls te hebben opgeraapt in het pakhuis die hij als een soort verzekering had bewaard. Er zaten geen vingerafdrukken op, daar ben je te slim voor, maar we hebben Hoovers mensen ook nog. Ze hebben je Colt getest. De groeven en windingen kloppen.'

Hoover? Dus de FBI had er iets mee te maken. En ze hadden zijn wapen nu al getest, terwijl hij het nog geen uur geleden uit Malones raam had gegooid.

Paul knarsetandde van woede op zichzelf. Hij had een halfuur naar die rothuls lopen zoeken en uiteindelijk geconcludeerd dat hij door een kier in de vloer in de Hudson was gevallen.

'We hebben dus ons licht opgestoken en gehoord dat je vijfhonderd dollar zou krijgen om Malone vanavond...' Gordon weifelde.

Uit te schakelen.

'... te elimineren.'

'Welnee,' zei Paul lachend. 'Jullie hebben je wat wijs laten maken. Ik ging gewoon bij hem op bezoek. Waar zit hij eigenlijk?'

Gordon zweeg even. 'De heer Malone vormt geen bedreiging meer voor de politie en de burgers van de stad New York.'

'Zo te horen is iemand je vijf meier schuldig.'

Bull Gordon lachte niet. 'Je bent erbij, Paul, en je zit klem. We doen je dus een aanbod. Zoals ze het in die advertenties voor tweedehands Studebakers zeggen: dit is een eenmalig aanbod. Graag of niet. Er wordt niet gepingeld.'

Nu nam de senator eindelijk het woord. 'Tom Dewey wil jou net zo graag pakken als de rest van dat uitschot op zijn lijst.'

De procureur-generaal had het oprollen van de georganiseerde misdaad in New York tot zijn goddelijke missie verheven. Zijn voornaamste doelwitten waren maffiabaas Lucky Luciano, de Italiaanse Vijf Families en het joodse syndicaat van Meyer Lansky. Dewey was genadeloos en onvermoeibaar, en hij schreef de ene veroordeling na de andere op zijn naam.

'Maar hij heeft erin toegestemd dat wij jou eerst een voorstel mogen doen.'

'Vergeet het maar. Ik ben geen lokeend.'

'Dat vragen we ook niet van je,' zei Gordon. 'Daar gaat het niet om.'

'Wat willen jullie dán van me?'

Het bleef even stil. Toen knikte de senator naar Gordon, die zei: 'Jij bent huurmoordenaar, Paul. Wat dacht je? We willen dat je iemand vermoordt.'

2

Hij keek Gordon even strak aan en richtte zijn blik toen op de schilderijen van de schepen aan de muur. De kamer... het had iets militairs. Een soort officiersmess. Paul had zijn diensttijd aangenaam gevonden. Hij had zich er thuis gevoeld, hij had vrienden en een doel gehad. Het was een goede tijd geweest, een eenvoudige tijd... voordat hij terug naar huis was gegaan en het leven ingewikkeld was geworden. Wanneer het leven ingewikkeld wordt, kan het slecht aflopen.

'Spelen jullie open kaart?'

'Reken maar.'

Onder Manielli's waakzame blik haalde Paul langzaam een pakje Chesterfield uit zijn zak. Hij stak er een op. 'Ga door.'

'Je hebt die boksschool aan 9th Avenue,' zei Gordon. Hij richtte zich tot Avery. 'Stelt niet veel voor, hè?'

'Ben je er geweest?' vroeg Paul.

'Niet echt chic,' zei Avery.

Manielli lachte. 'Een afgetrapte bende, zou ik zeggen.'

De commandant vervolgde: 'Maar je was een drukker voordat je in deze branche belandde. Dat beviel je wel?'

'Ach, ja,' zei Paul behoedzaam.

'Was je er goed in?'

'Ja, ik was goed. Wat heeft dat er nou mee te maken?'

'Hoe zou je het vinden om je hele verleden uit te wissen en opnieuw te beginnen? Weer een drukker te worden? We kunnen het zo regelen dat je nooit meer vervolgd kunt worden voor iets uit het verleden.'

'En,' voegde de senator eraan toe, 'we hoesten ook wat geld op. Vijfduizend. Je kunt een nieuw leven beginnen.'

Vijfdúízend? Het moest een grap zijn. Paul knipperde met zijn ogen. Het kostte een gewone man twee jaar om zoveel geld bij elkaar te krijgen. 'Hoe kunnen jullie mijn strafblad ongedaan maken?'

De senator lachte. 'Ken je dat nieuwe spel, monopoly? Heb je het wel eens gedaan?'

'Mijn neefjes hebben het. Ik heb het nooit gespeeld.'

'Soms gooi je de dobbelstenen zo dat je in de gevangenis belandt,' zei de senator, 'maar er is ook een kaartje "verlaat de gevangenis zonder te betalen". Nou, dat kaartje krijg je van ons.'

'Jullie willen dat ik iemand vermoord? Vreemd. Dat zou Dewey nooit toestaan.'

'De procureur-generaal heeft niet te horen gekregen wat wij van je willen,' zei de senator.

Paul dacht even na. 'Wie? Siegel?' Van alle huidige

bendeleiders was Bugsy Siegel de gevaarlijkste. Een psychopaat, in feite. Paul had de bloederige resultaten van zijn wreedheid gezien. Zijn driftbuien waren legendarisch.

'Maar Paul toch,' zei Gordon met een afkeurend gezicht, 'een Amerikaans staatsburger doden zou een strafbaar feit zijn. Zoiets zouden we nooit van je vragen.'

'Dan vat ik het niet.'

'Het is meer een oorlogssituatie,' zei de senator. 'Je bent soldaat geweest...' Hij wierp een blik op Avery, die uit zijn hoofd opdreunde: 'Eerste Infanterie Divisie, Eerste Amerikaanse Leger, Amerikaanse Expeditie Leger. St.-Mihiel, Meuse-Argonne. Je hebt serieus gevochten. Een paar medailles gekregen voor scherpschutterskunst in het veld. En een paar gevechten van man tegen man, is het niet?'

Paul schokschouderde. De man in het gekreukte witte pak zat zwijgend in zijn hoek, met zijn handen op de gouden knop van zijn wandelstok gevouwen. Paul keek hem even strak aan voordat hij zich weer tot de commandant wendde. 'Hoe groot is de kans dat ik het lang genoeg uitzing om mijn verlaat-de-gevangeniskaart te gebrúíken?'

'Je hebt een redelijke kans,' zei de commandant. 'Niet fantastisch, maar redelijk.'

Paul was bevriend met de sportjournalist en schrijver Damon Runyon. Ze dronken wel eens samen in de kroegen in de buurt van Broadway en bezochten boks- en honkbalwedstrijden. Een paar jaar geleden had Runyon Paul uitgenodigd voor het feest na de New Yorkse première van zijn film *Little Miss Marker,* die Paul goed had gevonden. Op het feest, waar hij tot zijn grote vreugde Shirley Temple had gesproken, had hij Runyon gevraagd een boek te signeren. De schrijver had erin gezet: 'Voor Paul, mijn maat. Denk erom, in het leven is het altijd zes tegen vijf.'

'Zullen we het erop houden dat je veel meer kans hebt dan wanneer je de bak ingaat?' zei Avery.

Paul dacht even na. 'Maar waarom ik?' vroeg hij toen. 'Voor dat geld kun je tientallen huurmoordenaars in New York vinden die het voor je willen opknappen.'

'Ja, maar jij bent anders, Paul. Jij bent geen stuk schorem. Jij bent goed. Volgens Hoover en Dewey heb je zeventien mensen gedood.'

Paul lachte honend. 'Kletspraat, zoals ik al zei.'

In werkelijkheid waren het er dertien.

'Wat we over jou hebben gehoord, is dat je alles twee, drie keer controleert voordat je een klus klaart. Je zorgt dat je wapens in topconditie zijn, je bestudeert je slachtoffer, je bekijkt zijn huis van tevoren, je gaat zijn gangen na en verzekert je ervan dat hij zich aan zijn agenda houdt, je weet wanneer hij alleen is, wanneer hij telefoneert en waar hij eet.'

'En je bent slim,' nam de senator het van Gordon over. 'Zoals ik al zei. We zoeken een slimmerik.'

'Slim?' schamperde Paul.

'We hebben je huis bekeken, Paul,' zei Manielli. 'Je hebt boeken. Verdomme, je hebt véél boeken. Je bent zelfs lid van de Boekenclub.'

'Het zijn geen slimme boeken. Niet allemaal.'

'Maar het zijn wél boeken,' merkte Avery op. 'En ik wil wedden dat veel mensen in jouw branche niet lezen.'

'Omdat ze het niet eens kúnnen,' zei Manielli, en hij lachte om zijn eigen geestigheid.

Paul keek naar de man in het verfomfaaide witte pak. 'Wie bent u?'

'Maak je niet druk...' begon Gordon.

'Ik vraag het aan hém.'

'Hoor eens, vriend,' baste de senator, 'wij maken hier de dienst uit.'

De dikke man wuifde hem echter weg en richtte zich tot Paul. 'Ken je de strips? Het kleine weesmeisje Annie, die zonder pupillen in haar ogen?'

'Ja, natuurlijk.'

'Nou, zie mij maar als Daddy Warbucks.'

'Hoezo?'

Maar de man lachte alleen en richtte zich tot de senator. 'Blijf je zaak bepleiten. Ik mag hem wel.'

'Het belangrijkste is dat je geen onschuldige mensen vermoordt,' zei de graatmagere politicus tegen Paul.

'We hebben van Jimmy Coughlin gehoord dat je ooit hebt gezegd dat je alleen andere moordenaars doodt. Wat zei je ook alweer? Dat je alleen maar "de fouten van God rechtzet"? Dat is wat wij willen.'

'De fouten van God,' herhaalde de senator met een glimlach waaraan zijn ogen niet meededen.

'Nou, wie is het dan?'

Gordon liet het antwoord aan de senator over, die eromheen draaide. 'Heb je nog familie in Duitsland?'

'Geen naaste verwanten. We zijn hier al heel lang.'

'Wat weet je van de nazi's?' vroeg de senator.

'Adolf Hitler is aan de macht. Zo te horen is niemand echt dol op hem. Er is een grote demonstratie in Madison Square Garden tegen hem gehouden, een jaar of twee, drie geleden. Het verkeer zat muurvast, dat kan ik jullie wel vertellen. Ik miste de eerste drie ronden van een wedstrijd in de Bronx. Dat zat me niet lekker... Meer weet ik eigenlijk niet.'

'Paul,' zei de senator bedachtzaam, 'wist je dat Hitler een nieuwe oorlog voorbereidt?'

Daar keek hij van op. Weer een oorlog?

'Sinds Hitler in 1933 aan de macht is gekomen, krijgen wij inlichtingen uit onze bronnen. Vorig jaar kreeg onze man in Berlijn een kladversie van deze brief in handen. Hij is geschreven door een van hun hoogste mensen, generaal Beck.'

De commandant reikte hem een getypt vel aan. Het was een Duitse brief. Paul las hem. De schrijver pleitte voor een langzame, maar gestage herbewapening van de Duitse krijgsmacht om de *Lebensraum*, wat Paul als 'levensruimte' vertaalde, te beschermen en te vergroten. Binnen een paar jaar moest het land klaar zijn voor een oorlog.

Hij fronste zijn voorhoofd en legde de brief neer. 'En dat doen ze nu?'

'Vorig jaar,' zei Gordon, 'is Hitler begonnen met mobiliseren en sindsdien heeft hij de troepenmacht nog groter gemaakt dan in die brief wordt aanbevolen. Vier maanden geleden hebben de Duitse troepen het Rijnland bezet, de gedemilitariseerde zone aan de Franse grens.'

'Daar heb ik iets over gelezen.'

'Ze bouwen onderzeeërs in Helgoland en hebben het Wilhelmskanaal geconfisqueerd om oorlogsschepen van de Noord- naar de Oostzee te verplaatsen. De man die daar over de financiën gaat, heeft een nieuwe titel gekregen. Hij is hoofd van de "oorlogseconomie". En Spanje, de burgeroorlog daar? Hitler stuurt er troepen en materieel heen, zogenaamd om Franco te helpen, maar in feite gebruikt hij de oorlog om zijn eigen soldaten te trainen.'

'Jullie willen dat ik... Jullie zoeken een huurmoordenaar om Hitler om te brengen?'

'God, nee,' zei de senator. 'Hitler is niet goed wijs, hij heeft ze niet allemaal op een rijtje. Hij wil een herbewapening, maar heeft geen flauw idee hoe je dat doet.'

'En de man die jullie bedoelen wel?'

'O, reken maar,' beaamde de senator. 'Hij heet Reinhard Ernst. Tijdens de Oorlog was hij kolonel, maar hij is nu burger. Zijn titel is een hele mondvol. Gevolmachtigde van binnenlandse stabiliteit. Maar dat is kletskoek. Hij is het brein achter de herbewapening. Hij heeft overal een vinger in de pap: de financiering met Schacht, de landmacht met Von Blomberg, de marine met Raeder, de luchtmacht met Göring en bewapening met Krupp.'

'En het verdrag dan? Versailles? Ik dacht dat ze geen leger meer mochten hebben.'

'Geen groot leger. Dat geldt ook voor de marine... en een luchtmacht mogen ze helemaal niet meer hebben,' zei de senator. 'Maar we hebben gehoord dat er steeds meer soldaten en mariniers in Duitsland worden opgeroepen. Ongeveer zoals op de bruiloft in Kana water in wijn werd veranderd.'

'Kunnen de geallieerden ze dan niet tegenhouden? Ik bedoel, wíj hebben de Oorlog gewonnen.'

'Niemand in Europa doet iets. De Fransen hadden Hitler afgelopen maart in het Rijnland kunnen tegenhouden, maar dat hebben ze niet gedaan. De Engelsen evenmin. Ze hebben alleen de hond die op het kleed had gepist een standje gegeven.'

Paul dacht na en vroeg toen: 'En wat hebben wíj gedaan om ze tegen te houden?'

Gordon wierp een subtiele, eerbiedige blik op de senator, die zijn schouders ophaalde. 'Wij in Amerika willen alleen maar vrede. De isolationisten maken de dienst uit. Ze willen zich niet in de Europese politiek mengen. De mannen willen een baan en de moeders willen hun zonen niet weer in de Vlaamse loopgraven verliezen.'

'En de president wil in november herkozen worden,' vulde Paul aan, die de ogen van Roosevelts portret boven de bewerkte schouw op zich neer voelde kijken.

Er viel een onbehaaglijke stilte. Gordon lachte. De senator niet.

Paul drukte zijn sigaret uit. 'Oké. Ik begin het te snappen. Als ze me pakken, wijst niets van mij naar jullie. Of naar hém.' Hij knikte naar het portret van de president. 'Jezus, ik ben maar een achterlijke burger, geen soldaat, zoals die jongens hier.' Een knikje naar de twee mannen die hem die avond hadden aangehouden. Avery glimlachte; Manielli ook, maar zijn glimlach was heel anders.

'Inderdaad, Paul,' zei de senator. 'Zo is het maar net.'

'En ik spreek Duits.'

'Vloeiend, hebben we gehoord.'

Pauls grootvader was trots op het land van zijn voorouders geweest, evenals Pauls vader, die erop had gestaan dat zijn kinderen Duits leerden en het thuis spraken. Hij herinnerde zich absurdistische ruzies tussen zijn ouders: zijn moeder schold in het Iers Keltisch en zijn vader tierde in het Duits terug. Paul had tijdens zijn schooljaren in de zomervakanties ook in de drukkerij van zijn grootvader gewerkt, waar hij Duitse teksten zette en drukproeven corrigeerde.

'Hoe zou het in zijn werk gaan? Ik zeg nog geen ja. Ik ben alleen maar nieuwsgierig. Hoe zou het in zijn werk gaan?'

'Overmorgen vertrekt er een schip naar Duitsland met onze deelnemers aan de Olympische Spelen, hun gezinnen en de pers. Jij zou ook aan boord zijn.'

'De Olympische Spelen?'

'We hebben besloten dat het de beste manier is. Er komen duizenden buitenlanders op af. Berlijn zal afgeladen vol zitten. Het leger en de politie zullen hun handen vol hebben.'

'Officieel zou je niets met de Spelen te maken hebben,' legde Avery uit. 'De Spelen beginnen pas op 1 augustus. Het Amerikaans Olympisch Comité weet alleen dat je journalist bent.'

'Sportverslaggever,' vulde Gordon aan. 'Een goede dekmantel. Maar in wezen moet je je gewoon koest houden en onzichtbaar blijven.

Je gaat met alle anderen mee naar het olympisch dorp, blijft daar een dag of twee en glipt dan de stad in. Je kunt geen hotel nemen; de nazi's controleren alle gasten en nemen paspoorten in. Onze man regelt een kamer in een pension voor je.'

Hij zou geen vakman zijn als er zich geen vragen aandienden. 'Ga ik onder mijn eigen naam?'

'Ja, je gaat als jezelf. Maar we zouden je ook een vluchtpaspoort geven. Met jouw foto, maar een andere naam erin.'

'Je ziet er Russisch uit,' zei de senator. 'Je bent groot en fors.' Hij knikte. 'Ja, jij kunt de "man uit Rusland" zijn.'

'Ik spreek geen Russisch.'

'Dat doet niemand daar. En waarschijnlijk zul je dat paspoort helemaal niet nodig hebben. Het is alleen om in geval van nood het land uit te komen.'

'En,' begreep Paul meteen, 'om te zorgen dat niemand me naar jullie terug kan leiden als ik het land níét uit kom, hè?'

De aarzeling van de senator en de blik die hij op Gordon wierp, zeiden Paul genoeg.

Hij vervolgde: 'Voor wie word ik geacht te werken? Alle kranten hebben hun eigen correspondenten daar. Die kunnen weten dat ik geen verslaggever ben.'

'Daar hebben we aan gedacht. Je schrijft freelance verhalen en probeert ze bij terugkeer aan een sportblaadje te verkopen.'

'Wie is jullie "man" daarginds?' vroeg Paul.

'We noemen nog geen namen,' antwoordde Gordon.

'Ik hoef geen naam te hebben. Vertrouwen jullie hem? En waarom?'

'Hij woont er al een paar jaar en hij geeft ons goede informatie,' antwoordde de senator. 'Hij heeft in de Oorlog onder me gediend. Ik ken hem persoonlijk.'

'Wat is zijn dekmantel daar?'

'Zakenman, bemiddelaar, dat soort dingen. Hij werkt voor zichzelf.'

Gordon vervolgde: 'Hij zorgt dat je een wapen krijgt en alle informatie die je over je doelwit moet hebben.'

'Ik heb geen echt paspoort. Op mijn eigen naam, bedoel ik.'

'Weten we, Paul. Je krijgt er een van ons.'

'Krijg ik mijn wapens terug?'

'Nee,' zei Gordon, en dat was dat. 'Dus dat is in grote trekken ons plan, vriend. En ik moet je zeggen dat als je overweegt op de trein te springen en in een gehucht in het Westen onder te duiken...'

Paul had er zeker over nagedacht, maar hij fronste zijn wenkbrauwen en schudde zijn hoofd.

'Goed, maar deze stoere knapen blijven aan je plakken tot het schip in Hamburg aanlegt. En als je de neiging krijgt Berlijn uit te glippen: onze man houdt je in de gaten. Zodra je verdwijnt, belt hij ons en dan bellen wij de nazi's om te vertellen dat er een voortvluchtige Amerikaanse moordenaar in Berlijn rondloopt. En we geven ze jouw naam en foto.' Gordon keek hem indringend aan. 'Als je dacht dat wíj jou slim hadden opgespoord, Paul, dan ken je de nazi's nog niet. En voor zover wij hebben gehoord, maken ze zich niet druk om processen en executiebevelen. Is dat duidelijk?'

'Het is glashelder.'

'Goed zo.' De commandant wierp een blik op Avery. 'Vertel hem dan nu maar wat er gebeurt nadat hij de klus heeft geklaard.'

'We hebben een vliegtuig met bemanning in Holland wachten. Er is een oud vliegveld buiten Berlijn. Zodra je klaar bent, vliegen we je vanaf daar het land uit.'

'Het land uit vliegen?' herhaalde Paul geboeid. Vliegen fascineerde hem. Toen hij negen was, had hij zijn arm gebroken, voor het eerst, en hij wilde niet tellen hoe vaak het daarna was gebeurd, toen hij een zweefvliegtuigje had gebouwd, van het dak van de drukkerij van zijn vader was gesprongen en een noodlanding op de smerige keien twee verdiepingen lager had gemaakt.

'Ja, Paul,' zei Gordon.

'Je houdt van vliegtuigen, hè?' zei Avery vriendelijk. 'Je hebt allemaal luchtvaarttijdschriften thuis liggen. En boeken. En foto's van vliegtuigen. En modellen. Heb je die zelf gebouwd?'

Paul geneerde zich. Het maakte hem kwaad dat ze zijn speelgoed hadden ontdekt.

'Ben je piloot?' vroeg de senator.

Hij schudde zijn hoofd. 'Ik heb nog nooit een vliegtuig vanbinnen gezien.'

'We moeten je snel weg zien te krijgen, Paul. Na zoiets kun je niet met de trein of liftend het land verlaten.'

Paul schudde zijn hoofd. 'Ik weet het niet.' Het was een krankzinnig plan. Er daalde een stilte in de kamer neer.

De man in het gekreukte witte pak nam het woord. 'Ik ben ook kolonel geweest in de Oorlog. Net als Reinhard Ernst. In de bossen bij de Argonne. Net als jíj.'

Paul knikte.

'Weet je het totaal?'

'Waarvan?'

'Hoeveel manschappen we hebben verloren?'

Paul herinnerde zich een zee van Amerikaanse, Franse en Duitse lichamen. Op de een of andere manier waren de gewonden nog erger geweest dan de lijken. Ze schreeuwden, jammerden en kermden en riepen om hun vader en moeder. Dat geluid vergat je niet. Nooit meer.

'Het Amerikaanse Expeditie Leger heeft meer dan vijfentwintigduizend manschappen verloren, bijna honderdduizend gewonden. De helft van de jongens onder mijn bevel is gesneuveld. We hebben er een maand over gedaan om elf kilometer op de vijand te winnen.

Ik denk elke dag van mijn leven aan die getallen. De helft van mijn jongens, elf kilometer. En Meuse-Argonne was onze spectaculairste overwínning in de Oorlog... Ik wil niet dat zoiets nog eens gebeurt.'

Paul keek hem aan. 'Wie bent u?' vroeg hij weer.

De senator deed zijn mond open, maar de man was hem voor. 'Ik ben Cyrus Clayborn.'

Ja, dat was het. Allemachtig... Die oude baas was het hoofd van *Continental Telephone & Telegraph*... een levensechte miljonair, zelfs nu, in de nadagen van de Depressie.

'Daddy Warbucks, zoals ik al zei,' vervolgde de man. 'Ik ben de geldschieter. Voor, laten we zeggen, projécten zoals dit kan het geld doorgaans beter niet uit de overheidstroggen komen. Ik ben te oud om nog voor mijn land te vechten, maar ik doe wat ik kan. Heb ik je nieuwsgierigheid bevredigd, jongen?'

'Ja.'

'Goed zo.' Clayborn nam hem op. 'Zo, ik moet nog één ding kwijt. Het geld waar ze het over hadden? Het bedrag?'

Paul knikte.

'Maak daar maar het dubbele van.'

Paul voelde dat hij kippenvel kreeg. Tíénduizend dollar? Hij kon het zich niet voorstellen.

Gordons hoofd draaide langzaam naar de senator toe. Dit had niet in het draaiboek gestaan, begreep Paul.

'Kunnen jullie me contant betalen? Geen cheque.'

Om de een of andere reden moesten de senator en Clayborn er bulderend om lachen. 'Ja hoor, je zegt het maar,' zei de grootindustrieel.

De senator trok een telefoon naar zich toe en tikte op de hoorn. 'En, jongen, wat wordt het? Zullen we Dewey bellen of niet?'

Gordon stak een sigaret op. Het schrapen van zijn lucifer doorbrak de stilte. 'Denk erover na, Paul. Wij geven je de kans het verleden uit te wissen. Helemaal opnieuw te beginnen. Hoeveel huurmoordenaars krijgen zo'n aanbod?'

II

De stad van het gefluister

Vrijdag 24 juli 1936

3

Hij kon eindelijk doen waarvoor hij was gekomen.

Het was zes uur 's ochtends en de ss *Manhattan*, het schip met de onwelriekende derdeklasgang waarin hij nu stond, koerste op de haven van Hamburg af, tien dagen nadat het uit New York was vertrokken.

Het vaartuig was letterlijk het vlaggenschip van de United States Lines; het eerste schip van de vloot dat exclusief voor passagiers was gebouwd. Het was immens, meer dan twee voetbalvelden lang, maar tijdens deze reis was het bijna helemaal bezet geweest. Bij een normale tocht over de Atlantische Oceaan waren er rond de zeshonderd passagiers en vijfhonderd bemanningsleden aan boord. Tijdens deze oversteek waren de drie klassen echter gevuld met bijna vierhonderd olympische sportlieden, managers en trainers en nog eens achthonderdvijftig andere passagiers, voornamelijk familie en vrienden, journalisten en leden van het Amerikaans Olympisch Comité.

Het aantal passagiers en de ongebruikelijke behoeften van de sportlieden en verslaggevers aan boord van de *Manhattan* hadden het leven niet alleen hectisch gemaakt voor de ijverige, beleefde bemanning, maar vooral voor deze ronde, kale man genaamd Albert Heinsler. Zijn werk als kruier hield in dat hij lange, zware dagen maakte, maar het lastigste deel van zijn dag hield verband met zijn ware rol op het schip, waar geen mens iets van wist. Heinsler noemde zichzelf een *Agentin*, zoals de inlichtingendienst van de ss de gewaardeerde medewerkers in Duitsland noemde: de agent-informanten.

In feite was deze teruggetrokken vierendertigjarige vrijgezel niet meer dan een lid van de Deutsch-Amerikanische Bund, een bij elkaar geraapt zootje pro-Hitler Amerikanen die losjes verbonden waren met het Christelijk Front in hun strijd tegen joden, communisten en negers. Heinsler haatte Amerika niet, maar hij zou nooit zijn verschrikkelijke tienertijd in de Oorlog vergeten, toen zijn ouders aan de bedelstaf waren geraakt door de anti-Duitse vooroordelen; hij was zelf onophoudelijk gepest ('Heinie, Heinie, Heinie de mof') en talloze malen op het schoolplein en in stegen afgetuigd.

Nee, hij haatte zijn land niet, maar hij hield zielsveel van nazi-

Duitsland en was in de ban van Adolf Hitler, de messias. Hij wilde alles voor hem doen, desnoods een gevangenisstraf en de dood riskeren.

Heinsler had zijn geluk niet op gekund toen de bevelvoerder van het hoofdkwartier van de Bund in New Jersey, die had opgemerkt dat zijn loyale kameraad als boekhouder op een paar lijndiensten had gewerkt, een baan op de *Manhattan* voor hem had geregeld. De commandant in zijn bruine uniform had hem op de Boardwalk in Atlantic City uitgelegd dat de nazi's weliswaar zo grootmoedig waren mensen van over de hele wereld gastvrij te ontvangen, maar dat ze zich zorgen maakten om de inbreuk op de veiligheid die de toestroom van sportlieden en bezoekers zou kunnen maken. Daarom zou Heinsler als clandestiene vertegenwoordiger van de nazi's op het schip fungeren. Hij zou echter niet zijn vroegere werk kunnen doen. Het was belangrijk dat hij overal op het schip kon komen zonder achterdocht te wekken; hij zou kruier worden.

Heinsler wist niet wat hem overkwam! Hij zegde onmiddellijk zijn baan in de achterkamer van een registeraccountant aan Broadway op. De paar dagen daarna, tot het schip zou vertrekken, hield hij zich, neurotisch als hij was, bezig met de voorbereidingen op zijn missie. Hij nam tot diep in de nacht plattegronden van het schip door, repeteerde voor zijn rol als kruier, poetste zijn Duits op en leerde een variatie op het morse, genaamd de continentale code, die gebruikt werd voor het seinen van berichten naar en binnen Europa. Toen het schip eenmaal was vertrokken, had hij zich met niemand bemoeid, alleen geobserveerd en geluisterd, als een volmaakte *Agentin*.

Maar toen de *Manhattan* op volle zee was, bleek hij geen contact met Duitsland te kunnen krijgen; het signaal van zijn kleine zender was te zwak. Het schip zelf beschikte uiteraard over een krachtige zender ontvanginstallatie, evenals korte- en lange golfradio, maar die kon hij niet gebruiken om zijn berichten te verzenden; er zou een marconist van het schip bij moeten zijn, en het was van levensbelang dat niemand hoorde of zag wat hij te melden had.

Heinsler wierp een blik door de patrijspoort op de grijze kuststrook van Duitsland. Ja, hij geloofde dat hij nu zo dichtbij was dat hij kon zenden. Hij ging naar zijn minuscule hut en haalde de Allocchio Bacchini-zender onder zijn bed vandaan. Toen liep hij ermee naar de trap naar het hoogste dek in de hoop dat het miezerige signaaltje vanaf daar de kust zou bereiken.

Tijdens de wandeling door de smalle gang nam hij in gedachten zijn bericht nog eens door. Wat hij heel jammer vond, was dat hij zijn naam en lidmaatschap van de Bund niet kon vermelden, hoe graag hij dat ook zou willen. Hitler had in het geniep bewondering voor het werk van de Deutsch-Amerikanische Bund, maar de groep was zo verwoed – en luidruchtig – anti-semitisch dat de Führer geen andere keus had gehad dan zich er publiekelijk van te distantiëren. Als Heinsler naar de Amerikaanse groepering verwees, zouden zijn woorden in de prullenbak belanden.

En juist deze boodschap mocht onder geen beding genegeerd worden.

Aan de Obersturmführer-SS, Hamburg: ik ben een toegewijd nationaalsocialist. Heb gehoord dat een man met Russische connecties van plan is de komende dagen in Berlijn schade op hoog niveau aan te richten. Ken zijn identiteit nog niet, maar blijf speuren en hoop de gegevens snel te kunnen sturen.

Als hij trainde, leefde hij pas echt.

Hier kon niets tegenop. Dansen op de nauwsluitende leren schoenen, met warme spieren, een glimmende huid die zowel koel van het zweet is als warm van het bloed, met de gonzende dynamo van je lichaam continu in beweging. En de pijn. Paul Schumann geloofde dat pijn heel leerzaam kon zijn. Waarom deed je het anders?

Maar hij hield vooral van trainen omdat, net als bij het echte boksen, het winnen of verliezen alleen afhankelijk was van zijn eigen brede, lichtelijk gehavende schouders, zijn behendige voeten, zijn sterke handen en zijn geest. Bij boksen gaat het zuiver tussen jou en je tegenstander. Je hebt geen teamgenoten. Als je verliest, komt dat doordat je tegenstander beter is dan jij, zo simpel is dat. En als je wint, is het je eigen verdienste – omdat jij touwtje hebt gesprongen, de drank en de sigaretten hebt afgezworen, uren en nog eens uren hebt gepiekerd hoe je zijn verdediging kunt doorbreken en wat zijn zwakke punten zijn. Op Ebbets Field en in Yankee Stadium kun je geluk hebben, maar in de boksring bestaat er geen geluk.

Hij danste nu in de ring die op het grote dek van de *Manhattan* was geplaatst, dat in een drijvende trainingsruimte was veranderd. Een van de olympische boksers had hem de vorige avond met de boksbal zien trainen en gevraagd of hij vanochtend, voordat het schip de haven in liep, een oefenwedstrijdje tegen hem wilde boksen.

Hij ontweek een paar linkse directen en stootte terug met de rechtse die zijn handelsmerk was. Zijn tegenstander knipperde verbaasd met zijn ogen. Paul incasseerde een harde stoot in zijn maag die hem weer waakzaam maakte. Hij was eerst nog een beetje stram, want hij had al een tijd niet meer in de ring gestaan, maar een slimme, jonge sportarts aan boord, een zekere Joel Koslow, had hem onderzocht en gezegd dat hij het nog kon opnemen tegen boksers die zijn zoon konden zijn. ('Maar dan zou ik het wel bij twee of drie ronden houden,' had de arts er glimlachend aan toegevoegd. 'Die jonkies zijn stérk. Die kunnen me een dreunen uitdelen.')

Wat zeker waar was, maar Paul had er geen bezwaar tegen. Hoe zwaarder de training, hoe liever het hem zelfs was, want deze sessie hielp hem, net als het schaduwboksen en touwtjespringen dat hij elke dag aan boord had gedaan, in vorm te blijven voor wat hem in Berlijn te wachten stond.

Paul trainde twee of drie keer per week. Ondanks zijn eenenveertig jaar was hij een veel gevraagde sparringpartner omdat hij een wandelend leerboek bokstechnieken was. Hij fungeerde overal als sparringpartner, in sportscholen in Brooklyn, buiten op Coney Island en zelfs in prestigieuze boksscholen. Damon Runyon, die samen met de legendarische promotor Mike Jacobs en een paar andere krantenmensen de Twentieth Century Sporting Club had opgericht, had ervoor gezorgd dat Paul in het New Yorkse Hippodrome zelf mocht trainen. Hij had zelfs wel eens tegen een paar van de grote jongens gebokst. Hij trainde ook in zijn eigen kleine boksschool bij de haven in de West Side. Oké, Avery, het is niet echt chic, maar voor Paul was die sjofele, afgetrapte tent een heiligdom, en Sonny Williams, die achterin woonde, hield het er altijd netjes en zorgde dat er ijs, handdoeken en bier voorhanden waren.

De jongen kwam nu laag in, maar Paul had direct door wat hij van plan was, weerde hem af en gaf hem een stevige stoot in zijn borst. De keer daarna was hij minder snel en voelde het leer keihard tegen zijn kaak slaan. Hij danste weg van zijn tegenstander voordat die hem kon vloeren en toen cirkelden ze weer om elkaar heen.

Dansend door de ring merkte Paul op dat het joch sterk en snel was, maar zich niet kon losmaken van zijn tegenstander. Hij raakte bezeten van de drang te winnen. Tja, dat moest je willen, uiteraard, maar eerst en vooral moest je kalm observeren hoe de ander bewoog en proberen te voorzien wat hij van plan was. Die afstandelijkheid was onmisbaar, wilde je een groot bokser worden.

Of als je een huurmoordenaar was.

Hij noemde het 'het ijs voelen'.

Een aantal jaren geleden had Paul in Hanrahans kroeg aan 48th Street gezeten. Hij had een pijnlijk blauw oog dat hij te danken had aan Beavo Wayne, die nog geen middenrif kon raken als zijn leven ervan afhing, maar god allemachtig, wat kon die vent een wenkbrauwen openslaan. Terwijl Paul een goedkope biefstuk tegen zijn oog drukte, kwam er een kolossale neger binnen met de dagelijkse voorraad ijs. De meeste ijsmannen gebruikten een tang en droegen de blokken op hun rug, maar deze hield het in zijn handen. Hij droeg zelfs geen handschoenen. Paul zag hem om de bar heen lopen en het blok in de bak leggen.

'Hé,' vroeg hij. 'Kun je er iets voor me afhakken?'

De man keek naar de paarse zwelling rond Pauls oog en lachte. Hij haalde een ijspriem uit zijn holster en hakte een stuk los, dat Paul in een servet wikkelde en tegen zijn gezicht hield. Hij schoof de bezorger een fooi toe en kreeg een bedankje.

'Ik moet toch iets van je weten,' zei Paul. 'Hoe kun je dat ijs zomaar dragen? Doet dat geen pijn?'

'Nee, kijk maar.' De man stak zijn grote handen op. De handpalmen waren een en al littekenweefsel, zo glad en wit als het perkamentpapier dat Pauls vader gebruikte voor het drukken van chique uitnodigingen.

'IJs kan ook branden, net als vuur,' verklaarde de neger. 'Het geeft littekens. Ik heb al zo lang ijs gevoeld dat ik geen gevoel meer over heb.'

Het ijs voelen...

De uitdrukking was Paul bijgebleven. Het was, besefte hij, precies wat er gebeurde wanneer hij aan een klus werkte. We hebben allemaal ijs vanbinnen, geloofde hij. We kunnen ervoor kiezen het vast te grijpen of niet.

Nu, in die onwaarschijnlijke sportzaal op duizenden kilometers van huis, voelde Paul iets van diezelfde verdoving terwijl hij opging in de choreografie van het oefenpartijtje.

Leer op leer en leer op huid, en ondanks de koele ochtendlucht boven zee zweetten ze hard terwijl ze om elkaar heen draaiden, zoekend naar zwakke punten, de sterke intuïtief aanvoelend. Soms was het raak, soms niet. Maar op hun hoede waren ze altijd.

In de boksring bestaat er geen geluk...

Albert Heinsler ging naast een schoorsteen op een van de bovenste dekken van de *Manhattan* zitten en haakte de accu aan de draadloze zender. Toen pakte hij de kleine zwart met bruine seinsleutel en bevestigde hem op het apparaat.

Het zat hem niet lekker dat hij een Italiaanse zender gebruikte, want hij vond dat Mussolini de Führer niet met respect behandelde, maar dat was zuiver een kwestie van sentiment; hij wist dat de Allocchio Bacchini een van de beste draagbare zenders ter wereld was.

Terwijl de buizen warm werden, probeerde hij de sleutel: *punt, streep, punt, streep.* Zijn neurotische aard had hem ertoe aangezet uren achter elkaar te oefenen. Vlak voordat het schip uitvoer, had hij zichzelf geklokt; hij kon een bericht van deze lengte binnen twee minuten verzenden.

Heinsler staarde naar de naderende kust en haalde diep adem. Het voelde lekker hier, op het hoge dek. Hij was niet gedoemd geweest kokhalzend en kreunend in zijn hut te blijven, zoals honderden andere passagiers en zelfs een aantal bemanningsleden, maar hij verafschuwde het claustrofobische benedendek. Als scheepsboekhouder had hij meer aanzien genoten dan als kruier en dus ook een grotere hut gehad, op een hoger dek. Maar het deed er niet toe. De eer zijn surrogaatvaderland te mogen helpen, maakte elk ongemak goed.

Er begon eindelijk een lichtje op de voorkant van het apparaat te gloeien. Hij boog zich ernaar over, stelde twee wijzers af en legde zijn vinger op het bakelieten sleuteltje om de boodschap te verzenden, die hij uit zijn hoofd omzette.

Punt punt streep punt... punt punt streep... punt streep punt... streep streep streep... streep punt punt punt... punt... punt streep punt...

Für Ober...

Verder kwam hij niet.

Heinsler voelde een hand die hem in zijn kraag greep en snakte naar adem. Hij werd naar achteren getrokken, verloor zijn evenwicht, slaakte een kreet en viel op het gladde eikenhout van het dek.

'Nee, nee, niet doen!' Hij wilde overeind komen, maar de grote man in bokskleren met het norse gezicht hief een enorme vuist en schudde zijn hoofd.

'Geen beweging.'

Heinsler zonk huiverend terug op het dek.

Heinie, Heinie, Heinie de mof...

De bokser stak zijn hand uit en trok de accudraden van het apparaat. 'Naar beneden,' zei hij terwijl hij de zender oppakte. 'Nu.' En hij sleurde de *Agentin* overeind.

'Wat was jij van plan?'

'Loop naar de hel,' zei de kalende man, maar zijn bevende stem loochende zijn stoere taal.

Ze waren in Pauls hut. De zender, de accu en de inhoud van de zakken van de man lagen op de smalle brits uitgespreid. Paul herhaalde zijn vraag en voegde er een dreigende grauw aan toe. 'Zeg op...'

Er werd op de deur gebonsd. Paul liep erheen, balde zijn vuist en deed open. Vince Manielli wrong zich de hut in.

'Ik heb je boodschap gekregen. Wat is er in vredes...' Hij kreeg de gevangene in het oog en klapte zijn mond dicht.

Paul gaf hem de portefeuille. 'Albert Heinsler, Deutsch-Amerikanische Bund.'

'O, verdorie... Niet de Bund.'

'Dat had hij bij zich.' Een knikje naar de zender.

'Bespioneerde hij óns?'

'Ik weet het niet, maar hij stond op het punt iets te seinen.'

'Hoe ben je hem op het spoor gekomen?'

'Laten we het intuïtie noemen.'

Paul vertelde Manielli niet dat hij Gordon en zijn jongens tot op zekere hoogte vertrouwde, maar niet wist hoe onvoorzichtig ze dit zouden kunnen aanpakken; ze hadden een heel spoor van aanwijzingen kunnen achterlaten – aantekeningen over het schip, achteloze woorden over Malone of een andere klus, verwijzingen naar Paul zelf.

Hij verwachtte weinig gevaar van de nazi's; hij was eerder bang dat een paar van zijn oude vijanden in Brooklyn of Jersey hadden opgevangen dat hij mee zou varen, en hij wilde op alles voorbereid zijn. Daarom had hij vlak nadat ze de haven uit waren een dekknecht een briefje van honderd toegestopt en hem gevraagd uit te zoeken of er bemanningsleden waren die niet eerder hadden meegevaren, zich afzijdig hielden of te veel vragen stelden. En op te letten of er geen verdachte passagiers aan boord waren.

Honderd dollar is genoeg voor heel wat speurwerk, maar de knecht had de hele reis niets opgemerkt – tot vanochtend, toen hij Pauls oefenpartijtje tegen de olympische bokser had onderbroken om te zeggen dat een paar bemanningsleden het over die Heinsler hadden gehad, de kruier. Hij sloop maar wat rond, ging niet met de rest van de bemanning om en, en dat was nog het vreemdste, begon bij het minste of geringste wartaal over de nazi's en Hitler uit te slaan.

Paul was ervan geschrokken en op zoek gegaan naar Heinsler, die hij op het bovendek had aangetroffen, over zijn zender gebogen.

'Heeft hij iets geseind?' vroeg Manielli nu.

'Vanochtend niet. Ik kwam achter hem de trap op en zag hem de zender opstellen. Hij heeft niet meer dan een paar letters kunnen versturen. Maar hij zou al de hele week bezig kunnen zijn.'

Manielli wierp een blik op het apparaat. 'Niet daarmee, denk ik. Dat ding heeft maar een bereik van een paar kilometer... Hoeveel weet hij?'

'Vraag het hem zelf maar,' zei Paul.

'Zo, joh, waar ben jij mee bezig?'

De kale man zweeg.

Paul boog zich naar hem over. 'Zeg op.'

Heinsler glimlachte onheilspellend en wendde zich tot Manielli. 'Ik heb jullie horen praten. Ik weet wat jullie in je schild voeren. Maar ze zullen jullie tegenhouden.'

'Wie heeft jou hiertoe aangezet? De Bund?'

'Niemand heeft me tot iets aangezet,' zei Heinsler neerbuigend. Hij was niet bang meer. Hij vervolgde ademloos van aanbidding: 'Ik ben loyaal aan het nieuwe Duitsland. Ik hou van de Führer en ik wil alles voor hem en de Partij doen. En mensen zoals jullie...'

'O, hou op, zeg,' pruttelde Manielli. 'Wat bedoel je, je hebt ons gehoord?'

Heinsler zweeg. Hij glimlachte zelfvoldaan en keek door de patrijspoort.

'Heeft hij Avery en jou gehoord?' vroeg Paul. 'Waar hadden jullie het over?'

De luitenant sloeg zijn ogen neer. 'Weet ik veel. We hebben het plan een paar keer doorgenomen. We hebben het gewoon besproken. Ik weet het niet meer precies.'

'Man, toch niet in je hut?' zei Paul verwijtend. 'Dat had je aan dek moeten doen, waar je kunt zien of er iemand in de buurt is.'

'Ik dacht niet dat er luistervinken waren,' verdedigde Manielli zichzelf.

Een spoor van aanwijzingen...

'Wat gaan jullie met hem doen?'

'Ik zal het met Avery overleggen. Er is een gevangenis aan boord. Ik denk dat we hem daar wel in kunnen stouwen tot we iets beters weten.'

'Kunnen we hem naar het consulaat in Hamburg brengen?'

'Misschien. Ik weet het niet. Maar...' Hij zweeg en trok zijn neus op. 'Wat ruik ik?'

Paul snoof ook. Een bitterzoete geur vulde de hut.

'Nee!'

Heinsler zakte achterover op het kussen. Zijn ogen draaiden in hun kassen omhoog en hij kreeg wit schuim in zijn mondhoeken. Zijn lichaam verkrampte op een afschuwelijke manier.

Ze hadden de geur van amandelen geroken.

'Cyaankali,' fluisterde Manielli. Hij haastte zich naar de patrijspoort en zette hem wijd open.

Paul pakte een kussensloop, veegde behoedzaam Heinslers mond af en viste naar de capsule, maar vond alleen een paar scherfjes. De capsule was versplinterd. Tegen de tijd dat Paul een glas water had gepakt om het vergif uit Heinslers mond te spoelen, was hij al dood.

Manielli keek met grote ogen naar het lichaam. 'Hij heeft zich van kant gemaakt,' fluisterde hij ontzet. 'Zomaar... Kijk dan. Hij heeft zich van kant gemaakt.'

En daar gaat onze kans om meer aan de weet te komen, dacht Paul kwaad.

De luitenant staarde ontdaan naar het lijk. 'Wat een toestand. O, man...'

'Ga Avery waarschuwen.'

Maar Manielli bleef als aan de grond genageld staan.

Paul pakte hem stevig bij zijn arm. 'Vince... ga Avery waarschuwen. Hoor je me?'

'Wat? O, ja. Andy. Ik zal het tegen hem zeggen. Ja.' De luitenant liep de hut uit.

Met een paar halters uit de oefenruimte om zijn middel moest de dode zwaar genoeg zijn om in zee te zinken, maar de patrijspoort had maar een diameter van twintig centimeter. En de gangen van de *Manhattan* vulden zich inmiddels met passagiers die zich klaarmaakten om van boord te gaan; binnendoor konden ze Heinsler met geen mogelijkheid meer lozen. Ze zouden moeten wachten. Paul legde de dekens over de dode en draaide zijn hoofd opzij, alsof hij lag te slapen, waarna hij zijn handen zorgvuldig in de kleine wastafel boende om zich ervan te verzekeren dat er geen vergif meer aan kleefde.

Tien minuten later werd er aan de deur geklopt en kwam Manielli de hut weer in.

'Andy neemt contact op met Gordon. Het is twaalf uur 's nachts in Washington, maar hij zal hem vinden.' Hij kon zijn ogen niet van het lijk afhouden. 'Heb je gepakt?' vroeg hij uiteindelijk aan Paul. 'Ben je zover?'

'Ja, alleen nog even omkleden.' Hij keek naar zijn sportshirt en korte broek.

'Doe dat. En kom dan naar boven. We mogen geen achterdocht wekken, zei Andy. Jij mag niet ook nog verdwijnen, en straks kan de baas van die vent hem natuurlijk niet vinden. We zien je over een halfuur op het grote dek, aan bakboord.'

Met een laatste blik op Heinslers lichaam pakte Paul zijn koffer en scheergerei en liep naar de doucheruimte.

Nadat hij zich had gedoucht, trok hij een wit overhemd en een grijze flanellen broek aan. Hij zag af van zijn bruine Stetson met smalle rand; er hadden al drie of vier landrotten hun strooien hoed of vilthoed overboord zien waaien. Tien minuten later drentelde hij in het fletse ochtendlicht over het massief eikenhouten dek. Hij stopte, leunde op de reling en stak een Chesterfield op.

Hij dacht na over de man die zich zojuist van het leven had beroofd. Hij had er nooit iets van begrepen, zelfmoord. Maar de blik in de ogen van de man was een soort verklaring, nam Paul aan. Die fanatieke glans. Het deed hem aan iets denken, en even later schoot het hem te binnen: de mensen die zich lieten inpakken door de revivaldominee in *Elmer Gantry*, dat boek van Sinclair Lewis, dat hij een paar jaar geleden had gelezen.

Ik hou van de Führer en ik wil alles voor hem en de Partij doen...

Ja, het was krankzinnig dat iemand zich zomaar van het leven beroofde. Maar nog verontrustender was wat het Paul zei over die grijze strook land waar hij nu naar keek – hoeveel mensen daar hadden dezelfde dodelijke passie? Mensen als Dutch Schultz en Siegel waren gevaarlijk, maar die kon je nog volgen. Wat deze man had gedaan, die blik in zijn ogen, die hijgerige devotie... Nu ja, het was gestoord, compleet geschift. Paul had nooit eerder zo iemand tegenover zich gehad.

Zijn gedachten werden onderbroken toen hij opzij keek en een goedgebouwde jonge neger op zich af zag komen. Hij droeg een dun blauw jack van het olympisch team en een korte broek die een paar gespierde benen bloot liet.

Ze knikten naar elkaar.

'Neem me niet kwalijk, meneer,' zei de jongen zacht. 'Hoe maakt u het?'

'Goed,' zei Paul. 'En jij?'

'Heerlijk, die ochtendlucht hier. Veel schoner dan in Cleveland en New York.' Ze keken over het water uit. 'Ik heb u zien boksen. Bent u beroeps?'

'Zo'n ouwe vent als ik? Nee, ik doe het alleen om in conditie te blijven.'

'Ik ben Jesse.'

'O, ik weet heel goed wie jij bent,' zei Paul. 'De Buckeye Bullet uit Ohio.' Ze gaven elkaar een hand en Paul stelde zich voor. In weerwil van de schok om wat er in zijn hut was gebeurd, had hij het gevoel dat hij de president zelf ontmoette, en hij bleef maar grijnzen. 'Ik heb de Western Conference Meet van vorig jaar in het bioscoopjournaal gezien. Ann Arbor. Je hebt toen drie wereldrecords gebroken. En er nog een geëvenaard, nietwaar? Ik moet die beelden wel tien keer hebben gezien. Maar je zult het wel beu zijn om dat de hele tijd te horen.'

'O, nee, helemaal niet,' zei Jesse Owens. 'Het verbaast me alleen telkens weer dat de mensen zo goed bijhouden wat ik doe. Het is niet meer dan rennen en springen. Ik heb je deze reis maar weinig gezien, Paul.'

'Ik heb het druk gehad,' zei Paul ontwijkend. Hij vroeg zich af of Owens wist wat er met Heinsler was gebeurd. Had hij hen afgeluisterd? Of gezien hoe Paul Heinsler op het bovendek bij de schoorsteen in zijn lurven had gepakt? Nee, besloot hij, dan was de sportman wel bezorgder geweest. Hij leek aan andere dingen te denken. Paul knikte naar het dek achter hen. 'Dit is de grootste trainingsruimte die ik ooit heb gezien. Bevalt het je?'

'Ik ben blij dat ik de kans krijg om te trainen, maar de baan zou niet mogen bewegen. En hij zou zeker niet zo op en neer mogen gaan als een paar dagen geleden. Geef mij maar zand en sintels.'

'Zo,' zei Paul. 'Dus ik heb het tegen onze bokser opgenomen.'

'Inderdaad. Aardige vent. Ik heb hem een paar keer gesproken.'

'Hij is goed,' zei Paul weinig geestdriftig.

'Dat zeggen ze,' zei Owens. Het was duidelijk dat hij ook wist dat boksen niet het fort van het Amerikaanse team was, maar zijn medesporters niet wilde afvallen. Paul had gehoord dat de neger een van de hartelijkste Amerikanen aan boord was; hij was de vorige avond tweede geworden in de 'meest geliefde sporter aan boord'-verkiezing, na Glenn Cunningham.

'Ik wil je wel een sigaret aanbieden...'

Owens lachte. 'Nee, dank je.'

'Ik durf nauwelijks meer iemand een peuk of een slok uit mijn heupfles aan te bieden. Jullie leven veel te gezond, verdomme.'

Nog een lach, gevolgd door een stilte. De lange neger keek over zee uit. 'Hé, Paul, mag ik je iets vragen?' zei hij toen. 'Ben jij hier officieel?'

'Officieel?'

'Van het Comité, bedoel ik? Als lijfwacht misschien?'

'Ik? Hoe kom je daar nou bij?'

'Je leek me een, nu ja, een soldaat of zoiets. En dan nog hoe je bokste. Je wist wat je deed.'

'Ik heb in de Oorlog gevochten. Dat zal het zijn.'

'Misschien,' zei Owens, 'maar dat is natuurlijk wel twintig jaar geleden. En die kerels met wie ik je heb zien praten? Die zijn van de marine. We hebben ze met iemand van de bemanning horen praten.'

Allemachtig, weer een spoor van aanwijzingen.

'Die twee? Die ben ik gewoon aan boord tegengekomen. Ik lift gewoon met jullie mee... Ik schrijf een paar verhalen over sport, boksen in Berlijn, de Spelen. Ik ben schrijver.'

'O, juist.' Owens knikte bedachtzaam en leek met zichzelf te overleggen. 'Nou, maar als je verslaggever bent, weet je misschien ook iets over wat ik je wilde vragen. Heb je misschien iets over die twee daar gehoord?' Hij knikte naar een paar mannen vlakbij die naast elkaar renden en een estafettestokje aan elkaar doorgaven. Ze waren bliksemsnel.

'Wie zijn dat?' vroeg Paul.

'Sam Stoller en Marty Glickman. Het zijn goede lopers, de beste die we hebben, maar ik heb gehoord dat ze misschien niet uitkomen. Weet jij daar iets van?'

'Nee, niks. Een kwalificatieprobleem, bedoel je? Blessures?'

'Omdat ze joods zijn, bedoel ik.'

Paul schudde zijn hoofd. Hij herinnerde zich de controverse omdat Hitler een hekel aan joden zou hebben. Er waren protesten opgeklonken, en er was beraadslaagd over het elders houden van de Olympische Spelen. Er waren zelfs mensen die wilden dat het Amerikaanse team de Spelen zou boycotten. Damon Runyon had zich erover opgewonden dat Duitsland zelfs maar mocht meedoen. Maar waarom zouden de Amerikánen sportmensen niet laten deelnemen omdat ze joods waren? 'Dat slaat nergens op. Nee, dat lijkt me in de verste verte niet te kloppen.'

'Nee, hè? Maar goed, ik dacht gewoon dat je misschien iets had opgevangen.'

'Sorry, maat, ik kan je niet helpen,' zei Paul.

Er kwam nog een neger bij hen staan. Ralph Metcalfe stelde zich voor. Paul kende hem ook. Hij had medailles gewonnen op de Olympische Spelen in Los Angeles in 1932.

Owens zag Vince Manielli van een hoger dek op hen neerkijken. De luitenant knikte en liep naar de trap.

'Daar komt je vriend. Die je zomaar aan boord bent tegengekomen.' Owens, die er niet echt van overtuigd was dat Paul open kaart had gespeeld, grijnsde veelbetekenend. Toen richtte hij zijn ogen op de breder wordende strook land. 'Stel je voor. We zijn bijna in Duitsland. Ik had nooit gedacht nog eens zulke reizen te maken. Het leven kan wonderbaarlijk zijn, vind je ook niet?'

'Nou en of,' beaamde Paul.

De hardloper nam afscheid en draafde weg.

'Was dat Owens?' vroeg Manielli toen hij vlakbij was. Hij ging tegen de reling geleund staan, met zijn rug naar de wind, en draaide een sigaret.

'Ja.' Paul haalde een Chesterfield uit zijn pakje, stak hem met zijn hand om de lucifer heen op en gaf het doosje door aan de luitenant, die zijn eigen sigaret opstak. 'Aardige vent.'

Maar iets te gewiekst, dacht Paul.

'Godver, wat kan die vent rennen. Wat had hij te melden?'

'We hebben gewoon een praatje gemaakt,' zei Paul. Toen fluisterde hij: 'Hoe is het met onze vriend beneden?'

'Avery regelt het,' zei Manielli ontwijkend. 'Hij zit nu bij de marconist. Hij komt zo.' Er kwam een vliegtuig over, laag. Ze keken er een aantal minuten zwijgend naar.

Het joch leek nog overstuur te zijn van de zelfmoord, maar op een andere manier dan Paul, die er iets verontrustends uit afleidde over de mensen tegen wie hij het moest opnemen. Nee, de marinier was alleen van streek omdat hij de dood van dichtbij had gezien – en voor het eerst, dat leed geen twijfel. Paul wist dat er twee soorten stoere jongens waren. Beide soorten praatten luid en dreigend, en beide soorten hadden sterke armen en stevige vuisten. Maar de ene soort greep elke kans aan om klappen uit te delen en te incasseren – het ijs te voelen – en de andere niet. En Vince Manielli viel in die laatste categorie. Eigenlijk was hij gewoon een beste jongen uit de buurt. Hij bralde graag woorden als 'huurmoordenaar' en 'afmaken' om te laten zien dat hij ze kende, maar hij stond net zo ver van Pauls wereld af als Marion – Marion, het brave meisje dat met de onderwereld flirtte.

Maar, zoals Lucky Luciano ooit tegen hem had gezegd: 'Flirten is nog geen neuken.'

Manielli leek een opmerking van Paul over die dode sukkel van een Heinsler te verwachten. Dat hij er zelf om had gevraagd of zoiets. Of dat hij niet goed bij zijn hoofd was. Dat wilden de mensen altijd horen over iemand die net was gestorven. Dat het zijn eigen schuld was, dat hij het verdiende of dat het onvermijdelijk was geweest. Maar de dood is nooit symmetrisch en ordelijk, en de huurmoordenaar had niets te zeggen. Een dichte stilte bleef tussen hen in hangen tot Andrew Avery zich even later bij hen voegde. Hij had een map vol papieren en een oude, gehavende leren aktetas bij zich. Hij keek om zich heen. Er was niemand die hen kon horen. 'Trek een stoel bij.'

Paul vond een zware, witgeverfde houten dekstoel en droeg hem naar de mariniers. Hij hoefde hem niet met één hand te dragen, met twee was het gemakkelijker geweest, maar hij vond het leuk om Manielli verbaasd te zien opkijken toen hij de stoel ophief en zonder een kik te geven een eind verderop neerzette. Paul ging zitten.

'Het zit zo,' fluisterde de luitenant. 'De commandant maakt zich niet zo druk om die Heinsler. De Allocchio Bacchini is klein; hij is bedoeld voor veldwerk en vliegtuigen, een klein bereik. En zelfs al heeft hij een bericht verzonden, dan zal Berlijn er waarschijnlijk nog niet veel aandacht aan besteden. Ze generen zich voor de Bund. Maar Gordon zei dat je zelf mocht kiezen. Als je niet meer wilt, is het ook goed.'

'Maar dan krijg ik geen verlaat-de-gevangeniskaart,' zei Paul.

'Geen kaart,' zei Avery.

'Deze overeenkomst blijft maar aantrekkelijker worden.' De huurmoordenaar lachte wrang.

'Blijf je?'

'Ja, ik blijf.' Een knikje naar het dek onder hen. 'Wat gaat er met het lijk gebeuren?'

'Nadat iedereen van boord is, komt er een stel mariniers van het consulaat in Hamburg aan boord om het te regelen.' Avery leunde naar voren en vervolgde zacht: 'Oké, Paul, ik zal je over je missie vertellen. We gaan straks aan land, en dan ga jij ervandoor en zorgen Vince en ik dat Heinsler verdwijnt. Daarna gaan wij naar Amsterdam. Jij blijft bij het team. Er wordt een korte ceremonie gehouden in Hamburg voordat ze allemaal op de trein naar Berlijn stappen. De sportlieden wonen daar nog een ceremonie bij, maar jij gaat regelrecht naar het olympisch dorp en zorgt dat niemand je ziet. Morgenochtend neem je de bus naar de Tiergarten, het Central Park van Berlijn.' Hij gaf Paul de aktetas. 'Neem deze mee.'

'Wat zit erin?'

'Het is een deel van je dekmantel. Een perskaart. Papier en potloden. Veel achtergrondinformatie over de Spelen en de stad. Een plattegrond van het olympisch dorp. Artikelen, knipsels, sportstatistieken. Alles wat een schrijver bij zich zou hebben. Je hoeft er nu niet naar te kijken.'

Maar Paul maakte de tas open en nam een aantal minuten de tijd om de inhoud zorgvuldig te bekijken. Het zag er allemaal authentiek uit.

'Jij vertrouwt ook niemand, hè?' zei Manielli.

Paul bedacht hoe leuk het zou zijn om die etter een keer een keiharde knal te verkopen, klikte de tas dicht en keek op. 'Waar is mijn andere paspoort, het Russische?'

'Dat krijg je daar van onze man. We hebben hem je foto gestuurd. Hij heeft een vervalser die een expert is op het gebied van Europese documenten. Goed, zorg ervoor dat je die tas morgen bij je hebt. Daar herkent hij je aan.' Hij vouwde een kleurige plattegrond van Berlijn open en liet zijn vinger langs de route glijden. 'Hier stap je uit en dan ga je die kant op. Ga naar café het Bierhaus.'

Avery keek naar Paul, die naar de plattegrond staarde. 'Neem maar mee. Je hoeft het niet uit je hoofd te leren.'

Maar Paul schudde zijn hoofd. 'Plattegronden vertellen mensen waar je bent geweest en waar je naartoe wilt. En als je er op straat een bekijkt, trek je de aandacht. Als je verdwaalt, kun je beter gewoon de weg vragen. Dan weet maar één iemand dat je een vreemde bent, niet de hele massa.'

Avery trok zijn wenkbrauwen op en zelfs Manielli wist er niets tegen in te brengen.

'Vlak bij het café is een steeg. De Dresdengasse.'

'Heeft hij een naam?'

'In Europa hebben de stegen ook namen. Soms. Het is een kortere weg, maakt niet uit waarnaartoe. Om twaalf uur precies loop je de steeg in en blijft staan alsof je de weg kwijt bent. Onze man komt naar je toe. De senator heeft je al over hem verteld. Reginald Morgan. Reggie.'

'Hoe ziet hij eruit?'

'Klein, snor, vrij donker haar. Hij spreekt Duits. Hij knoopt een gesprek met je aan. Op een gegeven moment vraag je: "Hoe kom ik het snelst met de tram bij de Alexanderplatz?" En dan zegt hij: "Met de 138." Vervolgens verbetert hij zichzelf en zegt: "Nee, je kunt beter de 254 nemen." Dan weet je zeker dat hij het is, want het zijn geen echte tramnummers.'

'Zo te zien vind je het grappig,' merkte Manielli op.

‘Het komt zo uit Dashiell Hammett. *The Continental Op.*’

‘Dit is geen spelletje.’

Nee, dat was het niet, en hij vond de wachtwoorden niet echt grappig. Maar het was wél verontrustend, al die intriges. En hij wist ook waarom: omdat het aangaf dat hij afhankelijk was van anderen. Paul Schumann vond het vreselijk om zich op anderen te verlaten. Hij had lang geleden al vastgesteld dat de wereld in twee groepen verdeeld kon worden: teamspelers en boksers. Het had nooit enige twijfel geleden bij welke groep hij hoorde.

‘Oké. Alexanderplatz. Tram 138 en 254. En als hij het tramverhaal verprutst? Dan is hij het niet?’

‘Dat wilde ik net uitleggen. Als er iets niet pluis is, sla je hem niet, je schopt geen stennis. Je glimlacht, loopt zo achteloos mogelijk weg en gaat naar dit adres.’

Avery gaf hem een stukje papier met een straatnaam en een huisnummer. Paul prentte het adres in zijn geheugen en gaf het papiertje terug. De luitenant gaf hem een sleutel, die hij in zijn zak stopte. ‘Er staat een oud paleis even ten zuiden van de Brandenburger Tor. Het zou de nieuwe ambassade van de VS worden, maar het is een jaar of vijf geleden door een hevige brand verwoest en ze zijn het nog aan het renoveren; de diplomaten zijn er nog niet in getrokken. De Fransen, Duitsers en Britten hebben dus geen reden om er te snuffelen. Maar wij hebben er een paar kamers die we van tijd tot tijd gebruiken. Er staat een zender in de bijkeuken. Je kunt ons in Amsterdam telegraferen en dan nemen wij contact op met commandant Gordon. De senator en hij besluiten dan hoe het verder moet. Maar als alles op rolletjes loopt, zorgt Morgan wel voor je. Hij brengt je naar het pension, regelt een wapen voor je en geeft je alle informatie die je nodig hebt over de man die je een bezoek gaat brengen.’

Wij noemen het uitschakelen...

‘En denk erom,’ verkondigde Manielli gnuivend, ‘als je je morgen niet in de Dresdengasse vertoont, of Morgan later laat stikken, belt hij ons en dan zorgen wij dat je de hele politie over je heen krijgt.’

Paul liet de jongen maar begaan. Hij wist dat Manielli zich schaamde voor zijn reactie op Heinslers zelfmoord en een uitlaatklep voor zijn frustratie zocht. In feite was er geen schijn van kans dat Paul zich zou drukken. Bull Gordon had gelijk: een huurmoordenaar krijgt nooit een tweede kans, zoals hij nu – met een smak geld toe om er alles uit te halen wat erin zat.

Ze zwegen. Er viel niets meer te zeggen. De vochtige, verkwikkende lucht rondom hen was gevuld met geluiden: de wind, het ruisen van de golven, het lage ronken van de motoren van de *Manhattan* – een sussende mengelmoes. De mariniers gingen naar beneden.

Toen het grote schip de haven van Hamburg binnengleed, kwam Paul uit de dekstoel, stak nog een sigaret op en leunde weer tegen de reling. Hij dacht aan kolonel Reinhard Ernst, wiens uiteindelijke belang, voor zover het Paul Schumann betrof, weinig te maken had met de bedreiging die hij voor de vrede in Europa vormde, maar alles met het feit dat hij de allerlaatste man was die Paul ooit zou doden.

Een paar uur nadat de *Manhattan* de haven was binnengelopen en de sportlieden en hun entourage van boord waren gegaan, kwam een jong bemanningslid van het schip door de Duitse paspoortencontrole en begon door de straten van Hamburg te dwalen.

Hij had weinig tijd aan land, want hij had zo'n lage rang dat hij maar zes uur verlof kreeg, maar hij had zijn hele leven op Amerikaanse bodem doorgebracht (en dan trouwens alleen nog maar in New York en New Jersey) en hij was vastbesloten van zijn eerste bezoek aan het buitenland te genieten.

Het geboende, blozende assistent-koksmaatje nam aan dat er vast wel een paar schitterende musea in de stad zouden zijn. Misschien ook wel een paar kerken die er best mee door konden. Hij had zijn Kodak bij zich en was van plan wat stedelingen te vragen een kiekje van hem voor zo'n kerk te maken (*'Bitte, das Foto?'* had hij gerepeteerd). Om nog maar te zwijgen van de bierhallen en de cafés... en wie wist wat hij verder nog voor vertier zou vinden in zo'n exotische havenstad?

Maar voordat hij de plaatselijke cultuur kon opsnuiven, moest hij iets doen. Hij was bang geweest dat zijn taak hem te veel kostbare tijd aan wal zou afsnoepen, maar daar bleek hij zich in te hebben vergist. Al een paar minuten nadat hij door de douane was gekomen, vond hij precies wat hij zocht.

Het koksmaatje liep naar een man van middelbare leeftijd in een groen uniform met een zwart met groene pet en probeerde zijn Duits uit: *'Bitte...'*

'Ja, mein Herr?'

Het koksmaatje kneep ingespannen zijn ogen half dicht. *'Bitte, du bist ein Polizist, eh... oder ein Soldat?'*

De man glimlachte en zei in krom Engels: 'Ja, ja, ik ben van de politie. En ik ben soldaat geweest. Wat kan ik doen voor jou?'

Het koksmaatje knikte naar de straat en zei: 'Ik heb dit op de grond gevonden.' Hij gaf de politieman een witte envelop. 'Is dat niet het woord voor "belangrijk"?' Hij wees naar het opschrift: *Wichtig*. 'Ik wilde er zeker van zijn dat het goed terechtkwam.'

De politieman keek even zwijgend naar de envelop. 'Ja, ja,' zei hij toen. 'Belangrijk.' Op de envelop stond ook: *Für Obersturmführer-SS, Hamburg*. Het maatje had geen idee wat het betekende, maar het leek de politieman zorgen te baren.

'Waar hebt u dit gevonden?' vroeg de politieman.

'Daar, op de stoep.'

'Goed. Ik dank u.' De politieman keek nog steeds naar de dichte envelop. Hij draaide hem in zijn hand om. 'U hebt wellicht gezien wie dit liet vallen?'

'Nee. Ik zag het gewoon liggen en dacht: kom, laat ik een barmhartige Samaritaan zijn.'

'Ach, ja, een Samaritaan.'

'Nou, ik moest maar eens pleite,' zei de Amerikaan. 'Tabee.'

'Danke,' antwoordde de politieman afwezig.

De jongen liep terug naar een van de boeiender toeristenattracties die hij onderweg was gepasseerd. Hij vroeg zich af wat er nu precies in de brief had gestaan. En waarom de man die hem op de *Manhattan* had aangesproken, Heinsler, de kruier, hem de vorige avond had gevraagd de brief aan wal aan een politieman of soldaat te geven. Hij was een beetje getikt, daar was iedereen het over eens, dat zag je zo aan zijn hut, waar alles perfect geordend en brandschoon was, niets stond ook maar een millimeter van zijn plaats en zijn kleren waren altijd onberispelijk geperst. En hij bemoeide zich met niemand.

'Ja, wat is er?' had het koksmaatje gevraagd.

'Er was een passagier aan boord die me een beetje verdacht leek. Ik wil de Duitsers voor hem waarschuwen. Ik ga proberen een bericht te seinen, maar die komen niet altijd door. Ik wil er zeker van zijn dat de autoriteiten het krijgen.'

'Welke passagier? O, wacht, ik weet het al. Die bolle in dat geruite pak die zo dronken was dat hij onderuit ging aan de tafel van de kapitein.'

'Nee, iemand anders.'

'Waarom gaat u niet naar de ordebewaarder aan boord?'

'Het is een Duitse kwestie.'

'O. En u kunt de boodschap niet zelf doorgeven?' Heinsler had op een geheimzinnige manier zijn mollige handen gevouwen en zijn hoofd geschud. 'Ik weet niet hoe druk ik het krijg. Ik had gehoord dat jij verlof kreeg. Het is heel belangrijk dat de Duitsers het krijgen.'

'Tja, vooruit dan maar.'

Heinsler had er zacht aan toegevoegd: 'Nog iets: je kunt beter zeggen dat je die brief hebt gevonden, anders zouden ze je mee kunnen nemen naar het bureau voor een verhoor. Dat kan uren duren. Het zou je je hele verlof kunnen kosten.'

Die complicatie had het jonge maatje een onbehaaglijk gevoel bezorgd.

Heinsler had het opgemerkt en snel gezegd: 'Hier, een briefje van twintig.'

Jezus, Maria en Jozef, had de jongen gedacht. 'U hebt zojuist een speciale bezorging voor uzelf gekocht.'

Nu, terwijl hij van de politieman terugliep naar het water, vroeg hij zich afwezig af waar Heinsler was gebleven. Hij had hem sinds de vorige avond niet meer gezien. Maar de gedachte aan de kruier verdween als sneeuw voor de zon toen hij een zo te zien heel interessante gelegenheid zag om zijn eerste Duitse cultuur op te snuiven. Tot zijn teleurstelling bleek Rosa's Kitten Club – de aanlokkelijke naam was gelukkig in het Engels geschreven – echter definitief gesloten te zijn, evenals alle gelijksoortige attracties in de haven.

Tja, dacht het koksmaatje met een zucht, dan moeten het toch maar kerken en musea worden.

4

Hij werd wakker met het geritsel van een korhoen dat opfladderde uit de kruisbessenstruiken vlak achter het slaapkamerraam in zijn oren. Hij werd wakker met de geur van magnolia in zijn neus.

Door het raam van zijn huis in de voorstad Charlottenburg zweefde de beruchte Berlijnse wind die, volgens jonge mannen en oude wijven, een alkalihoudend stof met zich meevoerde dat aardse begeerten opwekte.

Of het nu kwam door die magische lucht of doordat hij een man van een zekere leeftijd was, Reinhard Ernst dacht onwillekeurig aan Gertrud, de aantrekkelijke brunette die al achtentwintig jaar zijn echtgenote was. Hij rolde zich om om haar echt te zien, en zag de lege holte in hun donzen bed. Hij moest er wel om glimlachten. Hij was na zijn werkdagen van zestien uur 's avonds altijd bekaf en zij stond altijd vroeg op omdat het in haar aard lag. De laatste tijd hadden ze amper een woord gewisseld in bed.

Nu hoorde hij geredder in de keuken beneden. Het was zeven uur. Hij had net iets meer dan vier uur geslapen.

Ernst rekte zich uit, hief zijn beschadigde arm zo hoog mogelijk, masseerde hem en voelde het driehoekige stukje metaal ter hoogte van zijn schouder. De granaatscherf had iets vertrouwds en, vreemd genoeg, ook iets geruststellends. Ernst wilde zijn verleden koesteren en waardeerde elk aandenken aan voorbije jaren, ook die die hem bijna zijn arm en zijn leven hadden gekost.

Hij stapte uit bed en trok zijn nachthemd uit. Aangezien Frieda er inmiddels ook wel zou zijn, trok hij een beige paardrijbroek aan en stapte met ontbloot bovenlijf de werkkamer naast de slaapkamer in. De zesenvijftigjarige kolonel had een ronde schedel, kortgeknipt grijs haar en rimpeltjes rond zijn mond. Zijn kleine neus was Romeins van vorm en zijn ogen stonden dicht bijeen, waardoor hij zowel roofdierachtig als gewiekst leek. Door die trekken had hij in de Oorlog de bijnaam 'Caesar' van zijn manschappen gekregen.

In de zomer deed hij vaak 's ochtends gymnastiekoefeningen met zijn kleinzoon Rudolph; ze rolden met de zware bal, hieven knotsen, deden push-ups en renden op de plaats. Op woensdag en vrijdag ging de jongen echter naar de vakantieschool, die vroeg begon, zodat Ernst zijn oefeningen tot zijn teleurstelling alleen moest afwerken.

Hij begon met zijn kwartiertje push-ups en kniebuigingen. Halverwege hoorde hij: 'Opa!'

Ernst liet zich hijgend zakken en keek de gang in. 'Goedemorgen, Rudy.'

'Kijk eens wat ik heb getekend?' De zevenjarige, die zijn uniform al aanhad, hield een tekening op. Ernst kon die niet goed zien zonder bril, maar de jongen verklaarde: 'Het is een adelaar.'

'Ach ja, natuurlijk. Nu zie ik het.'

'En hij vliegt door het onweer.'

'Dus je hebt een dappere adelaar getekend.'

'Komt u ontbijten?'

'Ja, zeg maar tegen je oma dat ik over tien minuten beneden kom. Heb je je ei vandaag gegeten?'

'Ja,' zei de jongen.

'Uitstekend. Eieren zijn gezond.'

'Morgen ga ik een havik tekenen.' De tengere, blonde jongen maakte rechtsomkeert en holde de trap af.

Terwijl Ernst zijn oefeningen afmaakte, dacht hij aan de tientallen kwesties waar hij zich die dag mee bezig zou moeten houden. Toen hij klaar was, waste hij zowel het zweet als het alkalihoudende stof met koud water van zijn lijf. Net toen hij zich stond af te drogen, ging de telefoon. Hij liet zijn handen zakken. Hoe hoog je tegenwoordig ook was in de nationaalsocialistische regering, een telefoontje op een vreemd tijdstip was zorgwekkend.

'Reinie,' riep Gertrud van beneden, 'telefoon voor je.'

Hij trok zijn overhemd aan, liep op blote voeten de trap af en nam de hoorn van zijn vrouw over.

'Hallo? Met Ernst.'

'Kolonel.'

Hij herkende de stem van een van Hitlers secretaresses. 'Fräulein Lauer, goedemorgen.'

'Insgelijks. Ik bel om te zeggen dat de Führer u terstond op de kanselarij verwacht. Mocht u andere plannen hebben, dan moet ik u vragen die te wijzigen.'

‘Zeg alstublieft tegen rijkskanselier Hitler dat ik eraan kom. Op zijn kantoor?’

‘Inderdaad.’

‘Wie komen er nog meer?’

Na een korte aarzeling zei de secretaresse: ‘Meer weet ik niet, kolonel. Heil Hitler.’

‘Heil Hitler.’

Hij hing op en staarde naar de telefoon, met zijn hand nog op de hoorn.

‘Opa, u hebt geen schoenen aan!’ Rudy was naast Ernst komen staan, met zijn tekening nog in zijn handen. Hij keek lachend naar de blote voeten van zijn opa.

‘Ik weet het, Rudy. Ik moet me snel aankleden.’ Maar hij bleef naar de telefoon kijken.

‘Opa, wat is er? Is er iets?’

‘Nee, Rudy.’

‘Mutti zegt dat uw ontbijt koud wordt.’

‘Heb je wel je héle ei opgegeten?’

‘Ja, opa.’

‘Braaf zo. Zeg tegen je oma en je mutti dat ik zo meteen beneden kom en dat ze maar vast zonder mij moeten beginnen.’

Ernst liep de trap op om zich te scheren. Zijn verlangen naar zijn vrouw en zijn eetlust hadden hem beide in de steek gelaten.

Drie kwartier later liep Reinhard Ernst door de gangen van de rijkskanselarij aan de Wilhelmstrasse ter hoogte van de Vossstrasse in het centrum van Berlijn, links en rechts bouwvakkers ontwijkend. Het was een oud gebouw, met delen die nog uit de achttiende eeuw stamden, en het was al sinds Bismarck het onderkomen van de Duitse leiders. Hitler verviel wel eens in een tirade over de armoedigheid van het bouwwerk en aangezien de nieuwe kanselarij nog op geen stukken na klaar was, verordonneerde hij constant renovaties aan de oude.

Maar bouw en architectuur konden Ernst momenteel niet boeien. Zijn gedachten werden beheerst door die ene vraag: wat zullen de consequenties van mijn fout zijn?

Ernst vond zonder die vraag uit zijn hoofd te kunnen zetten zijn weg naar het kantorencomplex van de Führer.

Hij hief zijn arm en zei plichtmatig 'heil Hitler' tegen een bewaker die enthousiast had gesalueerd naar de gevolmachtigde van binnenlandse stabiliteit, een titel die net zo zwaar en beschamend als een natte, tot op de draad versleten jas op zijn schouders drukte. Ernst vervolgde zijn weg door de gang met een strak gezicht dat niets verried van de turbulente gedachten over de misdaad die hij had begaan.

En wat was die misdaad?

Het verzuim de Führer alles te vertellen. In andere landen was zoiets wellicht een kleinigheid, maar hier kon het een halszaak zijn. Soms kon je niet alles vertellen. Vertelde je hem wel tot in de details over een idee, dan kon zijn geest zich in het nietigste aspect vastbijten, en dan was het gebeurd, verwoest met een enkel woord. Ook al had je niet je persoonlijke gewin voor ogen en dacht je alleen aan het belang van het vaderland.

Vertelde je hem daarentegen níét alles... Ja, dat kon veel erger zijn. In zijn paranoïde toestand zou hij kunnen denken dat je een reden had om informatie achter te houden. En dan werden de grote, priemende ogen van het beveiligingsmechanisme van de Partij op jou en je dierbaren gericht... soms met de dood tot gevolg. En dat was nu gebeurd, geloofde Reinhard Ernst stellig, gezien de raadselachtige, dwingende aard van deze oproep tot deze niet-afgesproken vergadering in de vroege ochtend. Het Derde Rijk was de belichaming van orde, structuur en regelmaat. Alles wat van het gewone afweek, was een reden tot ongerustheid.

Toen Ernst er in maart aan was begonnen, had hij Hitler íéts over het Waltham-onderzoek moeten vertellen, maar de Führer, minister van Defensie Von Blomberg en Ernst zelf hadden het druk gehad met de herovering van het Rijnland, en het onderzoek was in het niet gevallen bij het gigantische risico van het herwinnen van een deel van hun eigen land dat hun door het Verdrag van Versailles was afgenomen. En eerlijk gezegd was de studie grotendeels gebaseerd op wetenschappelijk onderzoek dat Hitler zo niet provocerend, dan toch zeker verdacht zou vinden; Ernst had de kwestie domweg niet ter sprake willen brengen.

Nu zou hij de tol voor dat verzuim moeten betalen.

Hij meldde zich bij een van Hitlers secretaresses en werd binnengelaten.

Ernst liep het grote voorkantoor in en kwam oog in oog te staan met Adolf Hitler, de Führer, rijkskanselier en president van het Derde Rijk en de opperbevelhebber van de Wehrmacht. Zoals zo vaak dacht hij: als charisma, energie en listigheid de essentiële benodigdheden voor macht zijn, staat hier de machtigste man ter wereld.

Hitler, die een bruin uniform en blinkende zwarte knielaarzen droeg, stond over een bureau gebogen in papieren te bladeren.

'Mein Führer,' zei Ernst met een eerbiedig knikje en een zacht klikken van zijn hakken, een overblijfsel uit de tijd van het Tweede Rijk, dat achttien jaar eerder ten onder was gegaan toen Duitsland zich had overgegeven en keizer Wilhelm naar Holland was gevlucht. Hoewel burgers werden geacht de Partijgroet 'heil Hitler' of 'Sieg heil' te brengen, werd die vormelijkheid zelden gebezigd door de hogere echelons, met uitzondering van de echte stroopsmeerders.

'Kolonel.' Hitler keek naar Ernst op met zijn lichtblauwe ogen onder de hangende oogleden, ogen die op de een of andere manier de indruk wekten dat hij aan tien dingen tegelijk dacht. Zijn stemming was altijd onpeilbaar. Hitler vond het document dat hij zocht, draaide zich om en liep zijn grote, maar bescheiden ingerichte kantoor in. 'Kom erbij.' Ernst volgde. Zijn strakke soldatengezicht verried niets, maar de moed zonk hem in de schoenen toen hij zag wie er nog meer aanwezig waren.

Hermann Göring, met zijn bolle gezicht, hing zwetend en massief op een bank die kraakte onder zijn gewicht. Hij beweerde altijd pijn te hebben, en hij ging telkens verzitten op manieren die je in elkaar deden krimpen. De luchtmaarschalk begroette Ernst met een knikje, en Ernst knikte terug.

In een barokke stoel zat een tweede man met verwijfd over elkaar geslagen benen koffie te drinken: de vogelverschrikker Paul Joseph Goebbels met zijn horrelvoet, de minister van Rijkspropaganda. Ernst twijfelde niet aan zijn capaciteiten; de eerste, vitale steun aan de Partij in Berlijn en Pruisen was grotendeels aan hem te danken. Toch zag Ernst hem als een onderkruipsel, iemand die continu met aanbidding in zijn ogen naar de Führer opkeek en het ene moment zelfvoldaan lasterpraatjes over vooraanstaande joden en socialisten ophing en het andere met namen van beroemde Duitse acteurs en actrices van de UFA-studio's strooide. Ernst begroette hem en ging zitten.

Ernst herinnerde zich een mop die de ronde had gedaan: hoe ziet de ideale Ariër eruit? Nou, die is zo blond als Hitler, zo slank als Göring en zo lang als Goebbels.

Hitler gaf het document aan Göring met zijn gezwollen oogleden, die het las, knikte en het zonder een woord in zijn grote leren aktetas stopte. De Führer ging zitten en schonk zichzelf warme chocolademelk in. Hij keek met opgetrokken wenkbrauwen naar Goebbels om hem aan te sporen het eerdere gesprek voort te zetten. Ernst begreep dat zijn lot aangaande het Waltham-onderzoek voorlopig ongewis zou blijven.

'Zoals ik zei, mein Führer, veel bezoekers van de Olympische Spelen zullen vertier willen zoeken.'

'We hebben cafés en schouwburgen. We hebben musea, parken en bioscopen. Ze kunnen de films van Babelsberg zien, ze kunnen Greta Garbo en Jean Harlow zien. En Charles Laughton en Mickey Mouse.' Uit Hitlers geërgerde toon maakte Ernst op dat hij heel goed wist wat voor soort vertier Goebbels had bedoeld. Er volgde een folterend lange, gespannen discussie over het weer op straat laten lopen van legale prostituees, *Kontrollemädels*, met een vergunning. Hitler was er aanvankelijk op tegen, maar Goebbels had er goed over nagedacht en gebruikte overtuigende argumenten. Uiteindelijk zwichtte de Führer, maar op voorwaarde dat er niet meer dan zevenduizend vrouwen zouden komen. Ook de wet op de homoseksualiteit, artikel 175, zou gedurende de Spelen minder streng worden gehandhaafd. Er gingen veel geruchten over Hitlers eigen seksuele praktijken, variërend van incest tot jonge jongens en van dieren tot menselijke uitwerpselen. Ernst was echter gaan geloven dat hij domweg niet geinteresseerd was in seks; de enige geliefde die hij nodig had, was het Duitse rijk.

'Ten slotte,' vervolgde Goebbels minzaam, 'is daar nog de kwestie van openbare orde. Me dunkt dat we misschien iets kortere rokken voor de vrouwen zouden kunnen toestaan.'

Terwijl de aanvoerder van het Derde Rijk en zijn adjudant overlegden in hoeverre de Berlijnse vrouwen met de mode mee mochten doen, bleef de ongerustheid aan Ernst knagen. Waarom had hij in elk geval niet de náám Waltham een paar maanden geleden laten vallen? Hij had de Führer een brief kunnen sturen met een vluchtige verwijzing naar het onderzoek. Vandaag de dag móést je zulke dingen slim aanpakken.

Het debat was ten einde toen de Führer gedecideerd zei: 'De rokken mogen vijf centimeter korter. Daarmee is de zaak af. Maar make-up wordt niet gedoogd.'

'Goed, mein Führer.'

Er viel een korte stilte waarin Hitler, zoals zo vaak, zijn blik naar een hoek van de kamer liet glijden. Toen keek hij opeens streng naar Ernst. 'Kolonel?'

'Ja, meneer?'

Hitler stond op, liep naar zijn bureau, pakte een vel papier en liep langzaam terug. Göring en Goebbels bleven strak naar Ernst kijken. Ze geloofden allebei dat zíj de oogappel van de Führer waren, maar beiden vreesden diep vanbinnen ook dat die voortrekkerij tijdelijk of, nog beangstigender, een illusie was en ze elk moment op het matje geroepen konden worden, net als Ernst, al zouden zij het waarschijnlijk niet met de beheerste waardigheid van de kolonel ondergaan.

De Führer streek langs zijn snor. 'Een gewichtige zaak.'

'Natuurlijk, mein Führer. Ik zal alles doen om u te helpen,' antwoordde Ernst met vaste stem, zonder zijn blik af te wenden.

'Het gaat om onze luchtmacht.'

Ernst wierp een blik op Göring, wiens rode wangen nog steeds een gekunstelde glimlach omspanden. In de Oorlog was hij een onbevreesde uitblinker geweest (al had baron Von Richthoffen hem persoonlijk berispt wegens het herhaaldelijk aanvallen van burgerdoelwitten), en nu was hij zowel luchtmaarschalk als opperbevelhebber van de Duitse luchtmacht; die laatste titel was momenteel zijn meest geliefde van de stuk of tien die hij bezat. De luchtmacht was het grote raakvlak tussen Göring en Ernst, en het onderwerp waarover ze het het vaakst oneens waren.

Hitler reikte Ernst het document aan. 'Lees je Engels?'

'Een beetje.'

'Dit is een brief van Charles Lindbergh zelf,' zei Hitler trots. 'Hij zal de Olympische Spelen als onze speciale gast bijwonen.'

Echt waar? Dat was opwindende informatie. Göring en Goebbels leunden allebei glimlachend naar voren en trommelden op het tafelblad voor hen om hun blijdschap over het nieuws kenbaar te maken. Ernst nam de brief in zijn rechterhand, waarvan de rug, net als zijn schouder, bezaaid was met littekens van granaatscherven.

Lindbergh... Ernst had het avontuur van zijn transatlantische vlucht gretig gevolgd, maar het verschrikkelijke verhaal over de dood van het zoontje van de vliegenier had hem sterker aangegrepen. Ernst wist hoe erg het was een kind te verliezen. De toevallige ontploffing in het wapenruim van een schip die Mark het leven had gekost, was tragisch, hartverscheurend zelfs, maar Ernsts zoon had tenminste aan het roer van een oorlogsschip gestaan en de geboorte van zijn eigen zoon, Rudy, nog meegemaakt. Een kind van anderhalf aan misdadigers verliezen... dat was gruwelijk.

Ernst nam het document door en maakte uit de trefwoorden op dat Lindbergh graag kennis wilde nemen van de nieuwste Duitse ontwikkelingen op het gebied van de luchtvaart.

De Führer vervolgde: 'Daarom hebben we uw mening nodig, kolonel. Er zijn mensen die denken dat het strategisch waardevol zou kunnen zijn de wereld te laten zien dat we steeds sterker worden in de lucht, en ik neig zelf ook naar dat standpunt. Wat denkt u van een kleine vliegshow ter ere van meneer Lindbergh, waarbij we onze nieuwe eendekker demonstreren?'

Het was een grote opluchting voor Ernst dat hij niet vanwege het Waltham-onderzoek was gesommeerd, maar die opluchting was van korte duur. Toen het tot hem doordrong wat hem werd gevraagd en wat voor antwoord hij moest geven, groeide zijn bezorgdheid weer. Met 'mensen' had Hitler uiteraard alleen op Hermann Göring gedoeld.

'De eendekker, ja...' De Messerschmitt Me-109 was een sublieme moordmachine, een gevechtsvliegtuig dat een snelheid van 480 kilometer per uur kon bereiken. Er waren andere monoplane gevechtsvliegtuigen, maar dit was het snelste. Bovendien had de Me-109 een volledig metalen constructie, iets wat Ernst lang had bepleit omdat het de massaproductie, reparaties in het veld en het onderhoud vergemakkelijkte. Er waren grote aantallen van deze vliegtuigen nodig voor de verwoestende luchtaanvallen die Ernst vooraf wilde laten gaan aan invasies over land door het leger van het Derde Rijk.

Hoewel zijn antwoord al vaststond, hield hij nadenkend zijn hoofd schuin. 'Ik zou tegen dat idee zijn, mein Führer.'

'Waarom?' Hitlers ogen schoten vuur, een teken dat hij een driftaanval zou kunnen krijgen, mogelijk in combinatie met iets wat bijna net zo erg was: een eindeloze, ronkende monoloog over militaire geschiedenis of politiek. 'Mogen wij onszelf niet beschermen? Durven we de wereld niet te bekennen dat we ons verzetten tegen de derderangs positie die de geallieerden ons proberen op te dringen?'

Voorzichtig, dacht Ernst. Wees zo voorzichtig als een chirurg die een tumor verwijdert. 'Ik denk niet aan het verraderlijke verdrag van 1919,' antwoordde Ernst met een stem die droop van de minachting jegens het Verdrag van Versailles. 'Ik vraag me alleen af of het verstandig is anderen dit toestel te laten zien. Iedereen die een beetje bekend is met het luchtvaartwezen, ziet meteen dat de constructie uniek is. Zo iemand zou kunnen bedenken dat het in massa wordt geproduceerd. Lindbergh zou dat gemakkelijk kunnen zien. Ik meen dat hij zijn *Spirit of St. Louis* zelf heeft ontworpen.'

Göring meed Ernsts blik en zei, zoals te verwachten was: 'We moeten onze vijanden zo langzamerhand laten zien hoe sterk we zijn.'

'Wat misschien een mogelijkheid zou kunnen zijn,' zei Ernst bedachtzaam, 'is een van de prótotypes van de 109 op de Olympische Spelen laten zien. Daar zit meer handwerk aan dan aan onze productiemodellen en er zit geen geschut op. En ze zijn voorzien van Britse Rolls-Royce-motoren. Op die manier zou iedereen onze technologische prestatie kunnen zien, maar het feit dat we de motoren van onze vroegere vijand gebruiken, zou erop duiden dat aanvallend gebruik het laatste is waar we aan denken.'

'Daar zit iets in, Reinhard...' zei Hitler. 'Goed, we geven geen vliegdemonstratie. We stellen het prototype tentoon. Mooi. Dat is dan besloten. Dank voor uw komst, kolonel.'

'Mein Führer.' Met een zucht van verlichting stond Ernst op.

Toen hij bijna bij de deur was, zei Göring terloops: 'O, Reinhard, daar schiet me iets te binnen. Ik geloof dat een van jouw dossiers per ongeluk bij mij terecht is gekomen.'

Ernst draaide zich om. Het vollemaansgezicht glimlachte, maar de ogen ziedden nog van woede om Ernsts overwinning in het debat over de Me-109. Göring zon op wraak. Hij kneep peinzend zijn ogen dicht. 'Ik geloof dat het iets te maken had met... Wat was het ook alweer? Het Waltham-onderzoek. Ja.'

Gott im Himmel...

Hitler lette niet op. Hij rolde een bouwtekening open en keek er aandachtig naar.

'Per ongeluk?' vroeg Ernst. Göring bedoelde natuurlijk dat een van zijn spionnen het had gepikt. 'Dank u, meneer de minister,' zei hij luchtig. 'Ik zal het terstond door iemand laten ophalen. Nog een prettige dag...'

De afleidingsmanoeuvre werkte natuurlijk niet. Göring vervolgde: 'U mag van geluk spreken dat het dossier bij mij is afgegeven. Stel u voor wat anderen hadden kunnen denken van een joods geschrift met uw naam erop.'

Hitler keek op. 'Waar gaat het over?'

Göring, die zoals gewoonlijk overvloedig transpireerde, veegde over zijn voorhoofd en vervolgde: 'Het Waltham-onderzoek in opdracht van kolonel Ernst.' Hitler schudde niet-begrijpend zijn hoofd en de minister vervolgde: 'O, ik nam aan dat onze Führer ervan wist.'

'Vertel op,' zei Hitler gebiedend.

'Ik weet er niets van,' zei Göring. 'Ik heb alleen een aantal verslagen ontvangen, per abuis, zoals ik al zei, van de hand van die joodse zielendokters. Een van die Oostenrijker, Freud. En een zekere Weiss. Andere namen zijn me ontschoten.' Hij besloot met een zuinig mondje: 'Van die psychologen.'

In de hiërarchie van Hitlers haat stonden de joden bovenaan, communisten op de tweede plaats en intellectuelen op de derde. Psychologen waren extra verwerpelijk omdat ze de rassenwetenschap hadden afgewezen, het geloof dat ras bepalend was voor gedrag, een hoeksteen van het nationaalsocialistische gedachtegoed.

'Reinhard, is dat waar?'

'In het kader van mijn functie lees ik veel over agressie en conflicten, ja,' zei Ernst achteloos. 'Daar gaan die geschriften over.'

'Dat heb je me nooit gezegd,' zei Hitler. Met zijn kenmerkende intuïtie voor het opsporen van alles wat ook maar in de verste verte op een samenzwering kon duiden, vroeg hij prompt: 'En minister van Defensie Von Blomberg? Kent hij dat onderzoek van u?'

'Nee. Er is nog niets te melden. Zoals de naam al doet vermoeden, is het niet meer dan een onderzoek dat wordt verricht door de Militaire Academie Waltham. Om informatie te vergaren. Meer niet. Misschien leidt het tot niets.' Hij vond het beschamend dat hij het spelletje meespeelde, maar vervolgde met iets van Goebbels' vleierige glans in zijn ogen: 'Maar het is ook mogelijk dat de resultaten ons middelen in handen zullen geven om een sterker, efficiënter leger te creëren waarmee we de glorieuze doelen kunnen bereiken die u voor ons vaderland hebt gesteld.'

Ernst wist niet of zijn hielenlikkerij effect sorteerde. Hitler begon te ijsberen. Hij liep naar een gedetailleerde maquette van het terrein van de Olympische Spelen en staarde er een lang moment naar. Ernst voelde zijn hartslag tot in zijn kiezen bonken.

De Führer draaide zich om en schreeuwde: 'Ik wil mijn architect spreken. Onmiddellijk.'

'Ja, meneer,' zei zijn ordonnans, en hij haastte zich naar het voorkantoor.

Even later kwam er iemand binnen, al was het niet Albert Speer, maar Heinrich Himmler in zijn zwarte uniform. Door zijn zwakke kin, piepkleine gestalte en ronde, zwarte brilmontuur vergat je bijna dat hij de absolute heerser was over de SS, de Gestapo en alle andere politiemachten van het land.

Himmler salueerde op de hem eigen, stramme wijze en richtte zijn bewonderende blauwgrijze ogen op Hitler, die reageerde met zíjn kenmerkende begroeting, een slap handje boven zijn schouder.

De Reichsführer SS keek naar de anderen en stelde vast dat zij mochten horen welk nieuws hem hierheen had gevoerd.

Hitler gebaarde verstrooid naar de koffie en warme chocola. Himmler schudde zijn hoofd. De aanvoerder van de politie, die zichzelf doorgaans volmaakt in de hand hield (afgezien van de aanbidding in zijn blikken naar de Führer), maakte vandaag een gespannen indruk, merkte Ernst op. 'Ik heb een mededeling inzake onze veiligheid. Een SS-commandant in Hamburg heeft vanochtend een boodschap ontvangen met de datum van vandaag erop. De boodschap was niet op naam gesteld, alleen op titel. Er stond in dat een Rus in Berlijn van plan was de komende dagen "schade op hoog niveau aan te richten".'

'Van wie was die boodschap afkomstig?'

'De afzender noemde zichzelf een toegewijd nationaalsocialist, maar gaf geen naam. De boodschap is op straat gevonden. Meer weten we niet van de herkomst.' Himmler trok het gekwelde gezicht van een kind dat zijn vader teleurstelt, waarbij hij even zijn volmaakt witte, regelmatige tanden ontblootte. Hij zette zijn bril af, poetste de glazen schoon en zette hem weer op. 'De afzender schreef dat hij zou blijven speuren en de identiteit van de Rus zou doorgeven wanneer hij die had achterhaald, maar we hebben niets meer gehoord. Dat de boodschap op straat is gevonden, doet vermoeden dat de afzender is onderschept en mogelijk vermoord. Misschien krijgen we nooit meer iets te horen.'

'De taal?' vroeg Hitler. 'Duits?'

'Ja, mein Führer.'

'Schade? Wat voor schade?'

'Dat weten we niet.'

'Ach, wat zouden de bolsjewieken onze Spelen graag in de war sturen.' Zijn gezicht was een woedende grimas.

'Denkt u dat het serieus is?' vroeg Göring.

'Het hoeft niets te betekenen,' antwoordde Himmler, 'maar er komen dezer dagen tienduizenden buitenlanders in Hamburg aan. Het is mogelijk dat iemand echt iets over een complot heeft opgevangen en een anonieme boodschap heeft gestuurd omdat hij er zelf niet bij betrokken wilde raken. Ik raad iedereen hier dringend aan extra voorzichtig te zijn. Ik zal ook contact opnemen met militaire bevelhebbers en de andere ministers. Ik heb al onze veiligheidsdiensten opdracht gegeven de zaak te onderzoeken. Ik denk dat we vooral gespitst moeten zijn op mensen die voor de Spelen naar de stad komen.'

'De Russen doen niet mee aan de Spelen,' merkte Göring op.

'Nee,' zei Himmler met een blik op Görings pens, 'natuurlijk niet. Ik bedoel álle mensen uit het buitenland. We hebben de grenzen opengesteld. Er zou gemakkelijk iemand met een van de teams door de douane kunnen glippen.'

'Doe al het nodige,' tierde Hitler schor van woede. 'Alles. Onze Spelen worden niet bezoedeld.' Een fractie van een seconde later had hij beangstigend genoeg weer sereen blauwe ogen en een bedaarde stem. Hij boog naar voren om zijn kop weer met chocolademelk te vullen en twee biscuitjes op zijn schoteltje te leggen. 'Heren, u kunt gaan. Dank u. Ik moet me op een paar bouwkundige kwesties bezinnen.' Hij richtte zich tot de ordonnans in de deuropening. 'Waar blijft Speer?'

'Hij komt eraan, mein Führer.'

De mannen liepen naar de deur. Ernsts hart klopte weer normaal. Wat er zojuist was gebeurd, was typerend voor de machinaties van de binnenste kring van de nationaalsocialistische regering. Intriges die rampzalige gevolgen konden hebben, verdwenen als kruimels die over de drempel worden geveegd. En wat Görings listen betrof, tja, hij...

'Kolonel?' riep Hitler hem na.

Ernst bleef stokstijf staan en draaide zich om.

De Führer keek naar het nieuwe treinstation in de maquette van het stadion. 'U schrijft een verslag over dat Waltham-onderzoek. Gedetailleerd. Ik krijg het maandag.'

'Ja, uiteraard, mein Führer.'

Bij de deur stak Göring zijn hand uit, met de palm naar boven, om Ernst voor te laten gaan. 'En ik zal ervoor zorgen dat je die dossiers krijgt die per ongeluk bij mij zijn beland, Reinhard. En ik hoop van harte dat Gertrud en jij mijn olympische feest zullen bezoeken.'

'Dank u, meneer de minister. Ik kom beslist.'

Vrijdagavond, mistig en warm.

Paul Schumann kuierde in zijn eentje door het olympisch dorp, een halfuur ten westen van Berlijn.

Hij was kort tevoren aangekomen, na een moeizame reis vanuit Hamburg. Het was een uitputtende dag geweest, dat wel, maar ook een inspirerende, en Paul was opgewonden omdat hij nu in het buitenland was, het land van zijn voorouders, en een missie voor de boeg had. Hij was op vertoon van zijn perskaart toegelaten tot het Amerikaanse deel van het dorp; tientallen gebouwen die elk vijftig à zestig mensen onderdak boden. Hij had zijn koffer en de aktetas in een van de kleine slaapkamers achterin gelegd, waar hij een paar nachten zou verblijven, en liep nu over het onberispelijke terrein. De aanblik van het dorp vermaakte hem. Paul Schumann was heel wat sjofeler sportlocaties gewend, zoals zijn eigen boksschool, die al vijf jaar niet meer was geschilderd en altijd naar zweet, rottend leer en bier stonk, hoe ingespannen Sorry Williams ook schrobde en dweilde. Het dorp daarentegen was precies wat de naam deed vermoeden: een pittoreske, op zichzelf staande gemeenschap. Het terrein, dat in een berkenbos lag, was schitterend ingedeeld, met glooiende bogen van lage, smetteloze gebouwen, een meer, kronkelpaden en banen om hard te lopen en te wandelen, trainingsvelden en zelfs een eigen stadion.

Volgens de gids die Andrew Avery in de aktetas had gestopt, beschikte het dorp over een douanekantoor, warenhuizen, een persruimte, een postkantoor en een bank, een benzinestation, een sportwinkel, souvenirstalletjes, kruideniers en een reisbureau.

De atleten woonden op dit moment de ontvangstceremonie bij.

Jesse Owens, Ralph Metcalfe en de jonge bokser met wie hij had getraind, hadden hem aangespoord er ook heen te gaan, maar nu hij op de plek van bestemming was, moest hij zich gedeisd houden. Hij had bedankt met de smoes dat hij zijn interviews van de volgende ochtend moest voorbereiden. In de eetzaal had hij een van de lekkerste biefstukken van zijn leven gegeten en nu maakte hij, na een kop koffie met een Chesterfield, een wandeling door het dorp.

Het viel hem op dat er geen vrouwen waren. Hij had gehoord dat zij dichter bij het stadion zaten, aan de weg naar de stad, maar het was een afknapper. Hoewel hij hier nog maar een paar uur was, had hij er al mensen over horen klagen.

Het enige wat hem dwarszat, gezien de reden waarom hij hier was, was dat de slaapzalen van elk land werden bewaakt door een Duitse militair, een 'verbindingsofficier'. De Amerikanen hadden een ongenaakbare jongeman met bruin haar toegewezen gekregen. Hij droeg een grijs uniform dat ondraaglijk ongemakkelijk moest zitten in deze hitte. Paul bleef zo veel mogelijk bij hem uit de buurt; zijn contactpersoon, Reginald Morgan, had Avery gewaarschuwd dat Paul op zijn hoede moest zijn voor iedereen die een uniform droeg, en Paul had al gezien dat het daar in Duitsland van wemelde. Hij gebruikte alleen de achterdeur naar de slaapvertrekken en zorgde dat de bewaker hem niet van dichtbij te zien kreeg.

Drentelend over de smetteloze stoep zag hij een van de Amerikaanse atleten met een jonge vrouw en een baby; diverse leden van het team hadden hun vrouw en andere verwanten meegebracht. Het deed Paul denken aan het gesprek dat hij vorige week met zijn broer had gevoerd, vlak voordat de *Manhattan* was uitgevaren.

Paul had zich altijd van zijn broer en zus en hun gezinnen gedistantieerd; hij wilde het geweld in zijn eigen leven niet op hen overdragen. Zijn zuster woonde in Chicago, waar hij zelden kwam, maar zijn broer Hank zag hij wel eens. Hij woonde op Long Island en leidde de drukkerij die hun grootvader hun had nagelaten. Hij was een degelijke echtgenoot en vader die niet precies wist hoe zijn broer de kost verdiende, behalve dan dat het iets met zware jongens en misdadigers te maken had.

Paul had Bull Gordon en de anderen in De Kamer niets persoonlijks verteld, maar de belangrijkste reden waarom hij deze missie in

Duitsland had aangenomen, was dat hij met een blanco strafblad en al die poen de familiebanden misschien weer zou kunnen aanhalen, iets waar hij al jaren van droomde.

Hij had een glas whisky genomen, en nog een, en toen eindelijk de telefoon gepakt en zijn broer thuis opgebeld. Na tien minuten nerveus gebabbel over de hittegolf, de Yankees en Hanks twee zoons had Paul het erop gewaagd en gevraagd of Hank misschien geïnteresseerd zou zijn in een compagnon bij Schumann Printing. 'Ik heb niets meer met mijn vrienden van vroeger te maken.' Hij had eraan toegevoegd dat hij tienduizend dollar kon inbrengen. 'Wit, eerlijk verdiend geld. Honderd procent.'

'Moeder van parel,' had Hank gezegd. En ze hadden samen gelachen om de favoriete uitdrukking van hun vader.

'Er is alleen een probleempje,' had Hank ernstig gezegd.

Paul dacht dat zijn broer nee wilde zeggen vanwege Pauls schimmige levensloop.

De oudste Schumann had echter vervolgd: 'We zullen een nieuw bord moeten kopen. Op het huidige is niet genoeg plaats om "Gebroeders" voor "Schumann" te zetten.'

Dat had het ijs gebroken, en ze hadden de plannen doorgenomen. Het verraste Paul dat Hank bijna tot tranen toe geroerd leek te zijn door deze toenaderingspoging. Familie was alles voor Hank, en hij begreep niet waarom Paul zich de afgelopen tien jaar afzijdig had gehouden.

Zijn lange, mooie Marion zou zo'n leven ook wel willen, had Paul gedacht. Ja, ze deed wel alsof ze slecht was, maar het was toneel, en Paul was wijs genoeg om haar maar een glimp van de zelfkant te laten opvangen. Hij had haar aan Damon Runyon voorgesteld, haar bier uit een fles laten drinken in de boksschool en haar meegenomen naar het café in Hell's Kitchen waar Owney Madden vroeger de dames had ingepalmd met zijn Britse accent en goede sier had gemaakt met zijn met parelmoer ingelegde pistolen. Hij wist dat Marion, zoals zoveel afvallige studentes, het ruige leven snel beu zou zijn als ze het écht moest leven. Met mannen dansen voor een grijpstuiver zou haar ook gaan vervelen, en dan zou ze meer vastigheid willen. Ze zou het fantastisch vinden de vrouw van een succesvolle drukker te zijn.

Hank zou naar zijn notaris gaan om een contract te laten opstellen dat Paul kon tekenen zodra hij terug was van zijn 'zakenreis'.

Nu, bijna terug bij het gebouw waarin hij overnachtte, zag Paul drie jongens in korte broek, bruin overhemd en zwarte das met militair aandoende petten. Hij had hier tientallen van zulke jongens gezien die de teams assisteerden. Het trio marcheerde naar een hoge mast met de nazivlag in top. Paul had de vlag wel in kranten en het bioscoopjournaal gezien, maar alleen in zwart-wit. Zelfs nu, in de avondschemering, was het rood opvallend, zo helder als vers bloed.

Een van de jongens zag hem kijken.

'Bent u sporter, meneer? Maar u bent niet bij de ontvangst die we hebben verzorgd?'

De jongen sprak Duits, maar het leek Paul beter zijn talenkennis niet te verraden, zelfs niet tegen padvinders, dus antwoordde hij in het Engels: 'Sorry, mijn Duits is niet zo goed.'

De jongen schakelde op Pauls taal over. 'Bent u sporter?'

'Nee, ik ben verslaggever.'

'Bent u Engels of Amerikaans?'

'Amerikaans.'

'Ach,' zei de vrolijke jongen met een zwaar accent, *'welcome to Berlin,* mein Herr.'

'Dank je.'

De tweede jongen volgde Pauls blik en zei: 'Vindt u de vlag van onze Partij mooi? Hij is indrukwekkend, vindt u ook niet?'

'Ja, zeker.' De Amerikaanse vlag was op de een of andere manier zachter; deze kwam hard aan.

'Elke kleur heeft een betekenis, een belangrijke betekenis,' zei de eerste jongen. 'Kent u die?'

'Nee, leg maar eens uit.' Paul keek weer naar de vlag.

De jongen begon enthousiast: 'Rood, dat is het socialisme. Het wit staat uiteraard voor nationalisme. *En het zwart... het hakenkruis. U zou het een swastika noemen...'* Hij keek Paul vragend aan.

'Ja,' zei Paul. 'Ga door. Wat betekent het kruis?'

De jongen keek van zijn kameraden naar Paul en glimlachte verwonderd. 'Ach, dat weet u toch zeker wel?' zei hij.

Hij richtte zich in het Duits tot zijn vrienden. 'Ik ga de vlag nu laten zakken.' Hij glimlachte nog eens naar Paul en herhaalde: 'Dat weet u toch zeker wel.' Toen, met gefronst voorhoofd van concentratie, liet hij de vlag zakken terwijl de anderen stram hun arm naar voren staken in die groet die je hier overal zag.

Terwijl Paul naar de slaapzaal liep om te rusten, hieven de jongens met energieke, ongelijkmatige stemmen een lied aan. Terwijl hij door de warme lucht wegdrentelde, ving hij flarden op. *'Die Fahne hoch, die Reihen fest geschlossen.* SA *marchiert mit ruhig festem Schritt... Die Straße frei den braunen Batallionen, die Straße frei dem Sturmabteilungsmann... Zum letzten mal wird nun Appell geblasen. Zum Kampfe steh'n wir alle schon bereit. Bald flattern Hitlerfahnen über allen Straßen, die Knechtschaft dauert nur noch kurze Zeit...'* [1]

Paul keek om en zag dat de jongens de vlag eerbiedig opvouwden er ermee wegmarcheerden. Hij glipte door de achterdeur het gebouw binnen, ging naar zijn kamer, waste zich, poetste zijn tanden en liet zich op het bed vallen. Voordat de slaap kwam, staarde hij lang naar het plafond en dacht aan Heinsler, de man die vandaag zelfmoord had gepleegd op het schip. Wat een hartstochtelijk, dwaas offer.

En hij dacht aan Reinhard Ernst.

En ten slotte, toen hij begon weg te doezelen, dacht hij aan de jongen in het bruine overhemd. Hij zag zijn raadselachtige glimlach en hoorde hem telkens opnieuw zeggen: *Dat weet u toch zeker wel... dat weet u toch zeker wel...*

1 Het lied is geschreven door Horst Wessel (1907-1930), een Duits componist en propagandist van het nationaalsocialisme. Het Horst Wessellied was het officiële partijlied van de NSDAP en na de machtsovername van Hitler (1933) officieel volkslied naast het Deutschland-Lied. Het werd ook in Nederland door de NSB gezongen, in het Duits.

III

Görings hoed

Zaterdag 25 juli 1936

5

De straten van Berlijn waren smetteloos schoon en de mensen vriendelijk. Velen knikten hem in het voorbijgaan toe.

Paul Schumann liep met de gehavende oude aktetas in noordelijke richting door de Tiergarten. Het was zaterdagochtend laat en hij was op weg naar zijn afspraak met Reggie Morgan.

Het was een schitterend park, met dichte bebossing, wandelpaden, vijvers en tuinen. In Central Park in New York bleef je je altijd bewust van de stad rondom je; de hoge torenflats waren overal zichtbaar. Berlijn was echter een stad met maar weinig hoogbouw of *Wolkenkratzers*, zoals hij een vrouw in de bus tegen een klein kind had horen zeggen. Tijdens zijn wandeling door het park met de donkere bomen en dichte begroeiing verloor hij elk besef dat hij in de stad was. Het herinnerde Paul aan de dichte bossen in het noorden van de staat New York, waar zijn grootvader elk jaar met hem was gaan jagen tot zijn gezondheid dat niet meer toestond.

Hij werd bekropen door een onbehaaglijk gevoel. Het was hem vertrouwd: het verhoogde bewustzijn aan het begin van een karwei, wanneer hij het kantoor of de woning van zijn doel bekeek, zijn slachtoffer volgde en zo veel mogelijk over hem te weten kwam. Van tijd tot tijd stopte hij in een reflex en keek terloops achter zich, alsof hij de weg zocht. Hij leek niet gevolgd te worden, maar hij wist het niet zeker. Het was hier en daar heel schemerig onder de bomen en iemand zou hem gemakkelijk in de gaten kunnen houden. Haveloze mannen keken hem argwanend aan en glipten dan tussen de bomen of struiken. Waarschijnlijk zwervers of klaplopers, maar hij nam geen enkel risico en veranderde een paar keer van richting om een mogelijke achtervolger af te schudden.

Hij stak de troebele rivier de Spree over, vond de Spenerstrasse en liep verder in noordelijke richting, weg van het park. Het viel hem op dat sommige huizen goed onderhouden en heel voornaam waren, terwijl andere vreemd genoeg leegstonden en in verval waren geraakt. Hij kwam langs een met bruin onkruid overwoekerde tuin van een huis dat ooit heel luxueus moest zijn geweest. Nu waren de meeste ruiten gebroken en iemand, jonge vandalen, nam hij aan, had het huis met gele verf besmeurd. Op een bord werd aangekondigd dat de inboedel die zaterdag geveild zou worden. Belastingproblemen, misschien, dacht Paul. Wat was er met de bewoners gebeurd? Waar waren ze gebleven? Het waren zware tijden, voelde hij aan. Veranderde omstandigheden.

Uiteindelijk gaat de zon onder...

Hij kon het café gemakkelijk vinden. Hij zag het uithangbord, maar merkte het woord 'Bierhaus' niet eens op; hij las het als 'Bierhuis'. Hij dacht al in het Duits. Door zijn opvoeding en het zetwerk in de drukkerij van zijn grootvader vertaalde hij onbewust. Hij nam de situatie op. Er zaten wat mensen op het terras te lunchen, mannen en vrouwen, meest alleen, die opgingen in hun maaltijd of een krant. Hij zag niets verdachts.

Paul stak over naar de steeg waarover Avery hem had verteld, de Dresdengasse. Hij liep de donkere, koele schacht in. Het was vlak voor het middaguur.

Even later hoorde hij voetstappen achter zich. Een zwaargebouwde man in een bruin pak met een overjas aan haalde hem in. Hij kauwde op een tandenstoker.

'Goedendag,' begroette de man hem opgewekt in het Duits. Hij wierp een blik op de bruinleren aktetas.

Paul knikte. De man leek op Avery's beschrijving van Morgan, al was hij dikker dan Paul had verwacht.

'Dit is vaak de kortste weg, nietwaar? Ik kom hier vaak doorheen.'

'Zeker.' Paul keek de man aan. 'Misschien kunt u me helpen. Welke tram kan ik het beste nemen naar de Alexanderplatz?'

De man fronste zijn voorhoofd. 'Een tram? Hiervandaan, bedoelt u?'

Paul werd waakzaam. 'Ja. Naar de Alexanderplatz.'

'Waarom zou u de tram nemen? De S-Bahn is veel sneller.'

Oké, dacht Paul, hij is het niet. Doorlopen. Nu. Maar niet te snel. 'Dank u. Dat wist ik niet. Goedemiddag.'

Pauls ogen moesten echter iets verraden hebben. De hand van de man schoof opzij in een gebaar dat Paul heel goed kende. Een pistool, dacht hij.

Hoe hadden ze hem zonder zijn Colt op pad kunnen sturen?

Paul balde zijn vuisten en dook naar voren, maar zijn tegenstander was verbazend snel, gezien zijn omvang, sprong achteruit en trok behendig een zwart pistool uit zijn riem. Paul kon alleen nog maar op de vlucht slaan. Hij rende een hoek om, een zijtak van de steeg in.

Daar stopte hij snel. De weg liep dood.

Schoenen schraapten achter hem en toen voelde hij het wapen van de man in zijn rug, ter hoogte van zijn hart.

'Geen beweging,' zei de man in een Duits dat gekenmerkt werd door keelklanken. 'Laat die tas vallen.'

Hij liet de aktetas op de keien vallen en voelde dat het wapen van zijn rug naar zijn hoofd werd verplaatst, vlak onder de band van zijn hoed.

Vader, smeekte hij niet tot een god, maar tot zijn eigen vader, die deze aarde twaalf jaar geleden had verlaten.

Hij sloot zijn ogen.

Uiteindelijk gaat de zon onder...

Het abrupte schot weerkaatste even tegen de gevels en werd toen door de stenen gesmoord.

Paul voelde de loop van het pistool harder tegen zijn schedel drukken en kromp in elkaar. Toen was het wapen weg; hij hoorde het op de straatstenen kletteren. Hij dook in elkaar, stapte snel opzij, draaide zich om en zag de man die hem had willen doden in elkaar zakken. Zijn open ogen waren glazig. Hij was in zijn slaap geraakt. Er zaten bloedspatten op de grond en de stenen muur.

Paul keek op en zag een man in een donkergrijs flanellen pak op zich afkomen. Zijn instinct gaf hem in het pistool van de dode man op te rapen. Het was een automatisch wapen met een slagpen; een Luger, dacht hij. Hij richtte de loop op de borst van de man en tuurde door zijn wimpers. Hij had de man eerder gezien, op het terras van het Bierhaus, waar hij, zo had Paul aangenomen, aandachtig de krant zat te lezen. De man had een groot automatisch pistool, maar hij richtte niet op Paul; de loop wees nog naar de man op de grond.

'Geen beweging,' zei Paul in het Duits. 'Laat je wapen vallen.'

De man liet zijn pistool niet vallen, maar verzekerde zich ervan dat zijn slachtoffer geen bedreiging meer vormde en stak het wapen toen in zijn zak. Hij keek van links naar rechts. 'Sst,' fluisterde hij, en hij luisterde met zijn hoofd schuin. Hij liep langzaam naar Paul toe. 'Schumann?' vroeg hij.

Paul gaf geen antwoord. Hij hield de onbekende, die nu bij de neergeschoten man hurkte, onder schot. 'Mijn horloge,' zei de man in het Duits, met maar een licht accent.

'Wat?'

'Mijn horloge. Ik pak alleen mijn horloge.' Hij pakte zijn vestzakhorloge, maakte het open en hield het glas bij de neus en mond van de man. Het besloeg niet. Hij stopte het horloge weg.

'Bent u Schumann?' vroeg de man nog eens, en hij knikte naar de tas op de grond. 'Ik ben Reggie Morgan.' Ook hij voldeed aan de beschrijving die Avery hem had gegeven: donker haar en een snor, al was hij veel slanker dan de dode.

Paul keek om zich heen. Er was niemand in de steeg.

Het was een belachelijk gesprek om bij een lijk te voeren, maar Paul vroeg: 'Welke tram kan ik het beste nemen naar de Alexanderplatz?'

'De 138,' antwoordde Morgan prompt. 'Of nee, de 254 is beter.'

Paul keek naar de dode. 'Wie is dát dan?'

'We zullen zien.' Hij boog zich over het lichaam van de dode en begon diens zakken te doorzoeken.

'Ik houd de wacht,' zei Paul.

'Graag.'

Paul stapte achteruit, draaide zich weer om en drukte de Luger tegen Morgans achterhoofd.

'Geen beweging.'

De man verstijfde. 'Wat krijgen we nou?'

'Geef me je paspoort,' zei Paul in het Engels.

Het paspoort bevestigde dat de man Reginald Morgan was, maar Paul bleef hem onder schot houden, ook toen hij het boekje teruggaf. 'Geef me maar eens een beschrijving van de senator. In het Engels.'

'Als je je vinger maar van de trekker haalt,' zei de man met een accent dat erop wees dat hij ergens uit New England kwam. 'Oké, de senator? Hij is tweeënzestig, hij heeft wit haar en een aardbeienneus, dankzij de whisky. En hij is broodmager, terwijl hij toch een hele T-bonesteak bij Delmonico's eet als hij in New York is en bij Ernie als hij in Detroit is.'

'Wat rookt hij?'

'De laatste keer dat ik hem zag, vorig jaar, rookte hij niet, vanwege zijn vrouw, maar hij zei dat hij er weer mee wilde beginnen. En vroeger rookte hij Dominicaanse sigaren die naar brandend rubber stonken. Kom op, man. Ik wil niet dood omdat een ouwe man een slechte gewoonte weer wil oppakken.'

Paul stopte de Luger weg. 'Sorry.'

Morgan, die zich weinig leek aan te trekken van Pauls test, begon de zakken van de dode weer te doorzoeken. 'Ik werk liever met een voorzichtig iemand die me beledigt dan met een onvoorzichtig iemand. Op die manier leven we allebei langer.' Hij wroette in de zakken van de dode. 'Zie je al iemand?'

Paul keek naar links en naar rechts. 'Niemand.'

Morgan keek misnoegd naar iets wat hij in een zak had gevonden en zuchtte. 'Oké. Man, we zitten met een probleem.'

'Wat is er?'

Morgan liet hem een officieel ogende kaart zien met een stempel van een adelaar en daaronder een hakenkruis in een cirkel. Bovenaan stond 'SA'.

'Wat betekent dat?'

'Dat betekent, vriend, dat je nog geen dag in de stad bent en dat we nu al een SA'er hebben vermoord.'

6

'Een wat?' vroeg Paul Schumann.

Morgan zuchtte. 'Een lid van de *Sturmabteilung*. Bruinhemden, worden ze wel genoemd. De knokploegen van de Partij. Hitlers zware jongens, zeg maar.' Hij schudde zijn hoofd. 'En het is nog erger. Hij is niet in uniform, wat betekent dat hij bij de bruine elite zit. Hij is een hoge.'

'Hoe heeft hij me gevonden?'

'Ik vraag me af of hij wel echt naar jou op zoek was. Hij stond iedereen op straat vanuit een telefooncel in de gaten te houden.'

'Ik heb niets gezien,' zei Paul, die het zichzelf verweet dat hij de spion niet had opgemerkt. Het was hier allemaal te anders; hij wist niet waar hij op moest letten en wat hij kon negeren.

'Zodra je de steeg inliep, ging hij achter je aan,' vervolgde Morgan. 'Ik denk dat hij het op zich had genomen te zien wat je in je schild voerde, als onbekende in de buurt. De bruinhemden hebben het territorium verdeeld. Dit moet zijn stukje geweest zijn.' Morgan keek peinzend. 'Toch zijn ze maar zelden zó waakzaam. Waarom zou een hoge SA'er gewone burgers bespieden? Dat laten ze aan hun ondergeschikten over. Misschien is er een waarschuwing uitgegaan.' Hij wierp een blik op het lijk. 'Het is hoe dan ook een probleem. Als de bruinhemden erachter komen dat een van hun leden is vermoord, zullen ze niet rusten voordat ze de moordenaar hebben gevonden. En ze zoeken echt overal. Er zitten er tienduizenden in de stad. Net kakkerlakken.'

Nu Paul van de eerste schrik van de schietpartij was bekomen, werd hij weer waakzaam. Hij liep terug naar de Dresdengasse, die nog steeds verlaten was. Alle ramen waren donker. Er stonden geen deuren open. Hij stak een vinger naar Morgan op, liep naar het eind van de steeg en keek om de hoek naar het Bierhaus. Er waren maar weinig mensen op straat en niemand scheen het schot gehoord te hebben.

Hij liep terug en zei tegen Morgan dat de kust veilig leek. 'De huls,' zei hij toen.

'Wat?'

'De huls. Uit je pistool.' Ze tuurden de grond af en Paul vond de kleine, gele huls. Hij raakte hem met zijn zakdoek op, veegde hem schoon, voor het geval Morgans vingerafdrukken erop stonden, en gooide hem in een put. Hij hoorde hem even kletteren voordat hij in het water plonsde.

Morgan knikte. 'Ze hadden al gezegd dat je goed was.'

Maar niet goed genoeg om te voorkomen dat ze hem in Amerika in zijn kladden hadden gegrepen, en dat kwam door net zo'n messing hulsje.

Morgan maakte een versleten zakmes open. 'Ik snij de merkjes uit zijn kleren. We pakken hem alles af, laten hem liggen en gaan er zo snel mogelijk vandoor. Voordat ze hem vinden.'

'Wie zijn "ze"?' vroeg Paul.

Een holle lach van Morgan. 'In Duitsland kan iedereen tegenwoordig "ze" zijn.'

'Kan een SA'er een tatoeage hebben? Van een hakenkruis misschien? Of de letters "SA"?'

'Ja, dat zou kunnen.'

'Kijk of hij ze heeft. Op zijn borst en armen.'

'En als ik er een vind?' vroeg Morgan bedenkelijk.

'Wat kunnen we eraan doen?' Paul knikte naar het mes.

'Dat meen je niet.'

Pauls gezicht liet er geen twijfel over bestaan dat hij het meende.

'Dat kan ik niet,' fluisterde Morgan.

'Dan doe ik het wel. Als hij niet geïdentificeerd mag worden, moet het gebeuren.' Paul knielde op de kasseien en maakte de jas en het overhemd van de man open. Hij begreep Morgans teergevoeligheid, maar huurmoordenaar was een vak als alle andere. Of je zette je voor honderd procent in, óf je zocht een ander beroep. En één kleine tatoeage kon het verschil tussen leven en sterven zijn.

Villen bleek echter niet nodig te zijn. De man had geen tatoeages.

Er klonk een kreet.

De mannen verstijfden. Morgan keek de steeg in en zijn hand gleed naar zijn pistool. Paul pakte het wapen dat hij van de SA'er had afgepakt.

De stem riep weer. Toen was het stil, op de verkeersgeluiden na. Even later hoorde Paul het geluid van een sirene naderen.

'Ga weg,' zei Morgan geagiteerd. 'Ik handel dit wel af.' Hij dacht even na. 'Ik zie je over drie kwartier in de Sommergarten, een restaurant aan de Rosenthalerstrasse ten noordwesten van de Alexanderplatz. Ik heb een contactpersoon die informatie over Ernst heeft. Ik zorg dat hij ook komt. Loop terug naar het Bierhaus. Daar moet je een taxi kunnen krijgen. In de trams en bussen zitten vaak politiemensen. Neem alleen taxi's, of loop, als het kan. Kijk recht voor je en maak nooit oogcontact met iemand.'

'De Sommergarten,' herhaalde Paul. Hij raapte de aktetas op, veegde het stof en vuil van het leer en borg het pistool van de SA'er erin op. 'Laten we alleen nog Duits spreken. Minder verdacht.'

'Goed idee,' zei Morgan met een Berlijns accent. 'Je Duits is goed. Beter dan ik had verwacht. Maar maak je G's iets zachter, dat klinkt Berlijnser.'

Nog een kreet. De sirene kwam steeds dichterbij. 'O, Schumann? Als ik er over een uur nog niet ben? Die zender waarover Bull Gordon je heeft verteld, in het ambassadegebouw dat wordt opgeknapt?'

Paul knikte.

'Meld je en zeg dat je nieuwe instructies nodig hebt.'

Een cynische lach. 'En zeg er maar meteen bij dat ik dood ben. En nu wegwezen. Kijk voor je, doe gewoon. En wat er ook gebeurt, niet rennen.'

'Niet rennen? Waarom niet?'

'Omdat er veel te veel mensen in dit land zijn die de achtervolging inzetten zodra je begint te rennen. Schiet op!' Morgan richtte zich weer op zijn taak, met de snelle precisie van een kleermaker.

De stoffige, gebutste auto stopte bij de steeg waar de drie Schupo's stonden. Ze droegen smetteloze, groene uniformen met knaloranje kraaginsignes en hoge, groen met zwarte sjako's.

Een man met een snor in een driedelig gebroken wit pak stapte aan de passagierskant uit de auto die, bevrijd van het gewicht, een paar centimeter omhoogkwam. De man zette zijn panamahoed op zijn dunner wordende, achterovergekamde peper-en-zoutkleurige haar en klopte de smeulende as uit zijn meerschuimen pijp.

De motor stotterde, rochelde en viel stil. Inspecteur Willi Kohl stopte de vergeelde pijp in zijn zak en wierp een vertwijfelde blik op de auto. De hoge rechercheurs van de SS en de Gestapo reden in een Mercedes of een BMW, maar inspecteurs van de Kripo moesten zich met een wagen van de Auto Union behelpen. En van de vier in elkaar grijpende ringen die voor de gecombineerde bedrijven stonden – Audi, Horch, Wanderer en DKW – had Kohl uiteraard een twee jaar oud model van de eenvoudigste lijn gekregen. (Hoewel gezegd moest worden dat zijn auto op benzine reed, was het veelzeggend dat de initialen DKW in de volksmond voor 'Dampf Kraft Wagen' stonden, alsof hij door stoom werd voortbewogen.)

Konrad Janssen, gladgeschoren en zonder hoed, zoals zoveel jonge kandidaat-inspecteurs van tegenwoordig, stapte ook uit de auto, knoopte zijn groenzijden colbert met dubbele rij dicht en pakte een aktetas en de Leica-koffer uit de achterbak.

Kohl klopte op zijn zakken om zich ervan te verzekeren dat hij zijn aantekenboekje en monsterenveloppen bij zich had en drentelde naar de Schupo's.

'Heil Hitler, inspecteur,' zei een van de drie joviaal. Kohl, die de man niet herkende, vroeg zich af of ze elkaar eerder hadden gezien. De Schupo's, stadssurveillanten, stonden de recherche wel eens bij, maar vielen formeel niet onder het gezag van de Kripo. Kohl had zelden contact met hen.Kohl hief zijn arm in een plichtmatige Partijgroet. 'Waar ligt de dode?'

'Hierheen, inspecteur,' zei de Schupo. 'In de Dresdengasse.' Zijn collega's stonden half in de houding. Ze moesten op hun tellen passen. Schupo's waren heel bedreven in het betrappen van verkeersovertreders, het vangen van zakkenrollers en het in bedwang houden van mensenmenigten wanneer Hitler over Unter den Linden reed, maar een moord vroeg vandaag de dag om onderscheidingsvermogen. Ging het om een roofmoord, dan moesten ze de plaats delict met zorg bewaken, maar als de SA of de SS iemand vermoordde, moesten ze zich zo snel mogelijk uit de voeten maken en vergeten wat ze hadden gezien.

'Wat kun je me vertellen?' vroeg Kohl aan de oudste Schupo.

'Niet veel, inspecteur. Er kwam een melding binnen bij het bureau Tiergarten en ik ben er onmiddellijk op afgegaan. Ik was als eerste ter plekke.'

'Wie heeft de melding gedaan?' Kohl keek naar de andere Schupo's en gebaarde ongeduldig dat ze met hem mee moesten lopen.

'Ze heeft haar naam niet gezegd. Een vrouw. Ze had hier in de buurt een schot gehoord.' De politieman leidde Kohl en Janssen de Dresdengasse in, een donkere, verlaten steeg tussen twee grote straten.

'Hoe laat belde ze?'

'Rond het middaguur, inspecteur.'

'Hoe laat was je hier?'

'Ik ben weggegaan zodra mijn commandant me waarschuwde.'

'En hoe laat was je hier?' herhaalde Kohl.

'Kwart over twaalf, halfeen.' Hij wees naar een smalle, doodlopende zijstraat.

Daar lag een dikke man van in de veertig op zijn rug op de klinkers. De wond in zijn slaap, die rijkelijk had gebloed, was onmiskenbaar de doodsoorzaak. Zijn kleren zaten slordig en zijn zakken waren binnenstebuiten gekeerd. Hij moest op die plek vermoord zijn, bleek uit het patroon van de bloedspatten.

'Ga kijken of je getuigen kunt vinden, met name aan het begin en eind van de steeg,' zei Kohl tegen de twee jongste Schupo's. 'En in die gebouwen.' Hij knikte naar twee stenen gebouwen en zag dat ze geen ramen hadden. 'En dat café waar we net langsgekomen zijn. Het Bierhaus.'

'Ja, inspecteur.' De politiemannen maakten rechtsomkeert.

'Heb je hem gefouilleerd?'

'Nee,' zei de oudste Schupo, en toen voegde hij eraan toe: 'Ik heb alleen gekeken of het geen jood was, natuurlijk.'

'Dus je hebt hem wél gefouilleerd.'

'Ik heb alleen zijn gulp opengemaakt. En weer dichtgedaan. Zoals u ziet.'

Kohl vroeg zich af of degene die had verordonneerd dat de dood van besneden mannen een lage prioriteit kreeg, erbij stil had gestaan dat er ook medische redenen kunnen zijn voor een besnijdenis, en dat die waarschijnlijk ook konden gelden voor de meest toegewijde nationaalsocialisten.

Kohl doorzocht de zakken van de dode, maar vond geen legitimatiebewijs. Hij vond zelfs helemaal niets. Merkwaardig.

'Je hebt niets van hem gepakt? Had hij geen papieren? Geen persoonlijke bezittingen?'

'Nee, inspecteur.'

Kohl zakte zwaar ademend door zijn knieën, onderzocht het lichaam zorgvuldig en zag dat de handen zacht waren, zonder eelt. Hij zei zacht, half tegen zichzelf en half tegen Janssen: 'Met zulke handen, met geknipte nagels, zulk haar en talkpoeder kan hij geen arbeider geweest zijn. Ik zie inkt aan zijn vingers, maar niet veel, dus werkt hij niet bij een drukkerij. Het patroon doet ook vermoeden dat de inkt afkomstig is van schrijfwerk. Misschien was hij boekhouder of schreef hij brieven. Journalist was hij niet, want dan had ik sporen van potloodgrafiet op zijn handen gevonden en die zijn er niet.' Kohl wist dit doordat hij, kort nadat de nazi's aan de macht waren gekomen, de dood van een tiental journalisten had onderzocht. Niet één van die zaken was opgelost; en niet één ervan werd actief onderzocht. 'Zakenman, academicus, ambtenaar, regering...'

'Er zit ook niets onder zijn nagels, inspecteur.'

Kohl knikte en kneep in de benen van de man. 'Hoogstwaarschijnlijk een intellectueel, zoals ik al zei. Toch zijn zijn benen heel gespierd. En moet je die afgetrapte schoenen zien. Ach, als ik er alleen maar naar kijk, beginnen mijn eigen voeten al te branden. Ik vermoed dat hij veel wandelde of trektochten maakte.'

'Een ommetje na een vroege lunch.'

'Ja, waarschijnlijk. Daar ligt een tandenstoker die hij gebruikt zou kunnen hebben.' Kohl raapte het houtje op en rook eraan. Knoflook. Hij boog voorover en rook ook knoflook bij de mond van de man. 'Ja, ik denk het wel.' Hij stopte de tandenstoker in een monsterenvelopje en maakte het dicht.

De jonge rechercheur vervolgde: 'Hij nam de kortste weg door de steeg en toen is hij beroofd. Iemand heeft zijn zakken leeggehaald.'

'Dat is zeker mogelijk,' zei Kohl bedachtzaam, 'maar ik denk het niet. Een dief die álles meeneemt wat die man bij zich had? En ik zie geen brandwonden rond de wond, wat inhoudt dat de kogel van een afstand is afgevuurd. Een dief zou dichterbij gekomen zijn. Deze man is van achteren en opzij doodgeschoten.' Kohl likte langs de stompe punt van zijn potlood en noteerde zijn bevindingen in zijn verfomfaaide aantekenboekje. 'Ja, er zullen vast wel dieven zijn die op de loer gaan liggen en hun slachtoffer doodschieten voordat ze hem beroven, maar dat klopt niet met wat we van de gemiddelde dief weten, hè?'

De wond deed ook vermoeden dat de moord niet door de Gestapo, de SS of de SA was gepleegd. In dat geval werd er meestal van dichtbij in het voor- of achterhoofd geschoten.

'Wat deed hij in die steeg?' vroeg de kandidaat-inspecteur zich hardop af. Hij keek om zich heen alsof het antwoord op de grond lag.

'Met die vraag houden we ons nog niet bezig, Janssen. Deze steeg wordt vaak gebruikt door mensen die snel van de Spenerstrasse naar de Calvinstrasse willen. Hij kan een clandestien doel hebben gehad, maar dat zal uit andere aanwijzingen dan zijn route moeten blijken.' Kohl inspecteerde de hoofdwond en liep naar de muur achter de man, waarop veel bloedspatten terecht waren gekomen.

'Ha.' Kohl had tot zijn vreugde de kogel gevonden, die op de grens tussen de steeg en de muur lag. Hij raapte hem voorzichtig met een papieren zakdoek op. Er zat maar een klein deukje in. Kohl zag direct dat het een 9mm-kogel was. Dat hield in dat hij waarschijnlijk uit een automatisch pistool kwam, en dus zou ook de huls uitgeworpen moeten zijn.

'Agent, wilt u de grond centimeter voor centimeter onderzoeken?' vroeg hij aan de derde Schupo. 'Zoek naar een messing huls.'

'Ja, inspecteur.'

Kohl haalde zijn vergrotende monocle uit zijn vestzakje en tuurde erdoor naar het projectiel. 'De kogel ziet er nog goed uit, wat bemoedigend is. We zullen op het bureau wel zien wat de groeven en windingen ons kunnen vertellen. Ze zijn heel scherp.'

'De moordenaar had dus een nieuw wapen,' merkte Janssen op. 'Of een oud wapen waarmee zelden is gevuurd,' vulde hij zijn eigen constatering aan.

'Heel goed, Janssen. Je haalt me de woorden uit de mond.' Kohl stopte de kogel in een tweede monsterenvelop, die hij ook dichtmaakte, en noteerde nieuwe gegevens.

Janssen keek weer naar het lijk. 'Inspecteur, als hij niet beroofd is, waarom zijn ze dan binnenstebuiten gekeerd? Zijn zakken, bedoel ik.'

'O, ik zeg niet dat hij niet beroofd is, ik betwijfel alleen of roof het hoofdmotief was... Ha, daar. Maak zijn jasje nog eens open?'

Janssen gehoorzaamde.

'Zie je die draden?'

'Waar?'

'Daar!' Kohl wees.

'Ja, inspecteur.'

'Het etiket is eruit geknipt. Geldt dat voor al zijn kleren?'

'Identificatie,' zei de jongeman knikkend terwijl hij de broek en het overhemd bekeek. 'De moordenaar wil voor ons verborgen houden wie hij heeft vermoord.'

'Staat er iets in zijn schoenen?'

Janssen deed ze uit en keek erin. 'Nee, inspecteur.'

Kohl wierp er een blik op en voelde toen aan het jasje van de man. 'Zijn pak is van... ersatzstof.' De inspecteur had bijna de fout begaan 'Hitlerstof' te zeggen, een verwijzing naar de imitatiestof die van cellulosevezels van bomen werd gemaakt. (Een populaire grap: als je een scheur in je pak hebt, geef het dan water en ga ermee de zon in; dan groeit de stof weer aan.) De Führer had verkondigd dat hij het land onafhankelijk wilde maken van import. Elastiek, margarine, benzine, motorolie, rubber en textiel werden allemaal gemaakt van synthetische materialen uit Duitsland. Het probleem was uiteraard dat van alle substituten: ze waren domweg minder goed, en de mensen noemden ze soms neerbuigend 'Hitlerdingen'. Het was echter niet verstandig zoiets ooit in het openbaar te zeggen; je kon ervoor opgepakt worden.

De ontdekking betekende dat de dode waarschijnlijk een Duitser was. De meeste buitenlanders konden hun eigen valuta inwisselen, wat inhield dat ze veel koopkracht hadden, en niemand zou vrijwillig zulke goedkope kleren aanschaffen.

Maar waarom wilde de moordenaar de identiteit van zijn slachtoffer verborgen houden? De ersatzkleding suggereerde dat hij in geen enkel opzicht belangrijk was geweest. Anderzijds, bepeinsde Kohl, werden veel hoge functionarissen van de nationaalsocialistische partij bijzonder slecht betaald, en degenen die wel een fatsoenlijk salaris verdienden, droegen vaak surrogaatkleding uit loyaliteit aan de Führer; kon een functie binnen de Partij of de regering het motief voor de moord op deze man geweest zijn?

'Boeiend,' zei Kohl terwijl hij stram overeind kwam. 'De moordenaar schiet een man in een druk stadsdeel dood. Hij weet dat iemand het schot zou kunnen horen en toch neemt hij het risico dat hij betrapt wordt door alle merkjes uit de kleding te snijden. Het maakt me des te nieuwsgieriger naar de identiteit van dit onfortuinlijke heerschap. Neem zijn vingerafdrukken, Janssen. Als we op de lijkschouwer moeten wachten, krijgen we ze nooit.'

'Ja, inspecteur.' De rechercheur maakte zijn tas open, haalde het gerei eruit en ging aan de slag.

Kohl staarde naar de klinkers. 'Ik heb het steeds over een moordenaar, Janssen, in het enkelvoud, maar het kunnen er natuurlijk ook tien geweest zijn, al zie ik daar geen sporen van terug op de grond.' De beruchte gruizige Berlijnse wind was zo vriendelijk op open plekken verraderlijk stof op de grond te verspreiden, maar niet in deze beschutte steeg.

'Meneer... inspecteur,' riep de Schupo. 'Ik heb geen hulzen gevonden. Ik heb alles uitgekamd.'

Dat zat Kohl dwars, zag Janssen aan het gezicht van zijn chef.

'Omdat,' verklaarde de inspecteur, 'hij niet alleen de merkjes uit de kleding van zijn slachtoffer heeft geknipt, maar ook de tijd heeft genomen om de huls te zoeken.'

'Aha. Het is dus een beroeps.'

'Zoals ik altijd zeg, Janssen: formuleer je conclusies naar aanleiding van deducties nooit alsof het voldongen feiten zijn. Als je dat doet, sluit je geest instinctief andere mogelijkheden uit. Zeg liever dat onze verdachte een hoge mate van toewijding en oog voor detail zou kunnen hebben. Misschien is het een beroepsmisdadiger, misschien niet. Het kan ook dat een rat of ekster er met het glimmende voorwerp vandoor is gegaan, of dat een schooljongen het heeft opgeraapt en is gevlucht voor de angstwekkende aanblik van een dode. De moordenaar zou zelfs een armoedzaaier kunnen zijn die het messing opnieuw wil gebruiken.'

'Natuurlijk, inspecteur,' zei Janssen, die knikte alsof hij Kohls woorden in zijn geheugen wilde prenten.

Hoewel ze nog niet lang samenwerkten, wist de inspecteur al twee dingen van Janssen: dat hij geen enkel gevoel voor ironie had en dat hij een opmerkelijk snelle leerling was. Dat laatste was een godsgeschenk voor de ongeduldige inspecteur, maar wat het eerste betrof, zou hij willen dat de jongen eens wat vaker een grapje maakte; het politiewerk is een vak dat dringend om humor verlegen zit.

Janssen was klaar met het nemen van de vingerafdrukken, wat hij zeer vaardig had gedaan.

'Kwast nu de klinkers hier en neem foto's van alle afdrukken die je vindt. De moordenaar is dan misschien slim genoeg geweest om de merkjes te verwijderen, maar misschien niet slim genoeg om daarbij te zorgen dat hij de grond niet aanraakte.'

Nadat Janssen een minuut of vijf rond het lichaam had gekwast, zei hij: 'Ik geloof dat ik iets heb gevonden, inspecteur. Kijk.'

'Ja, die zijn goed. Leg ze vast.'

Janssen maakte foto's van de afdrukken, richtte zich op en fotografeerde ook het lichaam en de plaats delict. De inspecteur liep langzaam om het lijk heen. Hij haalde zijn vergrotende monocle weer uit zijn vestzakje en hing hem om zijn nek aan het groene koord dat de jonge Hanna als kerstcadeau voor hem had gepunnikt. Hij inspecteerde iets op de straatstenen naast het lichaam. 'Vlokjes leer, zo te zien.' Hij keek nog eens goed. 'Oud en uitgedroogd. Bruin. Te stijf voor handschoenen. Misschien van schoenen of een riem, maar volgens mij is de herkomst vermoedelijk een oud valies of een koffer van de moordenaar of het slachtoffer.'

Hij raapte de flinters op en stopte ze in een bruine monsterenvelop.

'Inspecteur, we hebben een getuige gevonden,' riep een van de jongere Schupo's. 'Al wil hij niet echt meewerken.'

Een getuige. Uitstekend! Kohl liep met de agent mee naar het begin van de steeg, waar een andere Schupo een man naar voren duwde. Hij was in de veertig, schatte Kohl, en hij droeg arbeiderskleding. Zijn linkeroog was van glas en zijn rechterarm bungelde nutteloos langs zijn zij. Een van de vier miljoen die de Oorlog hadden overleefd, maar er een lichaam aan hadden overgehouden dat voorgoed was veranderd door de onbeschrijflijke ervaring.

De Schupo duwde de man naar Kohl.

'Zo is het wel genoeg, agent,' zei de inspecteur streng. 'Dank je.' Hij wendde zich tot de getuige. 'Uw legitimatie, graag.'

De man gaf hem zijn paspoort. Kohl wierp er een blik in. Zodra hij het teruggaf, was hij al vergeten wat erin stond, maar een vluchtige inspectie van papieren door een politieman maakte getuigen buitengewoon gedienstig.

Zij het niet in alle gevallen.

'Ik wil graag helpen, meneer, maar ik heb al tegen de agent gezegd dat ik niet veel heb gezien.' De man deed er het zwijgen toe.

'Ja, goed, vertel maar wat u dan wél hebt gezien.' Kohl maakte een ongeduldig gebaar met zijn grote hand.

'Ja, inspecteur. Ik dweilde de trap naar het souterrain van nummer

48. Daar.' Hij wees naar de toegang tot een herenhuis. 'Zoals u ziet, was ik lager dan de straat. Ik dacht dat ik een motor hoorde terugslaan.'

Kohl kreunde. Sinds 1933 dacht alleen een idioot nog aan een terugslag; de rest dacht bij het horen van een dergelijk geluid aan kogels.

'Het leek me onbelangrijk en ik dweilde door.' Hij bewees het door naar zijn natte overhemd en broek te wijzen. 'Tien minuten later hoorde ik fluiten.'

'Een fluit? Een politiefluit?'

'Nee, inspecteur, ik bedoel het fluiten van een mens. Het was vrij luid. Ik keek op en zag een man de steeg uit lopen. Hij floot om een taxi aan te houden. Die stopte voor nummer 48 en ik hoorde de man tegen de chauffeur zeggen dat hij naar restaurant Sommergarten wilde.'

Fluiten? Kohl vond het vreemd. Je floot een hond of een paard, maar op die manier een taxi aanhouden was vernederend voor de chauffeur. In Duitsland verdienden alle beroepen en ambachten even veel respect. Kon dit betekenen dat de verdachte een buitenlander was? Of was hij gewoon onbeschoft? Hij noteerde het in zijn boekje.

'Het nummer van de taxi?' Kohl moest het vragen, maar hij kreeg uiteraard het antwoord dat hij verwachtte.

'O, geen idee, inspecteur.'

'De Sommergarten.' Het was een veel voorkomende naam. 'Waar?'

'Ik geloof dat ik hem "Rosenthalerstrasse" hoorde zeggen.'

Kohl knikte. Hij was blij met die goede aanwijzing zo vroeg in het onderzoek. 'Snel. Hoe zag die man eruit?'

'Ik stond onder aan de trap, meneer, zoals ik al zei.

Ik heb alleen zijn rug gezien toen hij de taxi aanhield. Het was een grote man, minstens twee meter lang. Breed, maar niet dik. En hij had een accent.'

'Wat voor accent? Uit een andere streek in Duitsland of uit een ander land?'

'Het leek op een zuidelijk accent, maar ik heb een broer die bij München woont, en dit klonk anders.'

'Buitenlands, misschien? Er zijn veel buitenlanders hier voor de Olympische Spelen.'

'Ik weet het niet, inspecteur. Ik woon al mijn hele leven in Berlijn. En ik ben maar één keer het vaderland uit geweest.' Hij knikte naar zijn lamme arm.

'En u hebt zijn gezicht niet gezien?'

'Nee, inspecteur. Zoals ik al zei.'

Kohl liet zijn stem dalen. 'Als ik nu eens tegen u zei dat ik uw naam niet zal noteren en dat u er dus verder niet bij betrokken hoeft te zijn, herinnert u zich dan beter hoe die man eruitzag?'

'Ik heb zijn gezicht eerlijk waar niet gezien, inspecteur.'

'Hoe oud was hij?'

De man schudde zijn hoofd. 'Ik weet alleen dat het een grote man was en dat hij een licht pak droeg... Ik vrees dat ik de kleur niet weet. O, en hij droeg net zo'n hoed als luchtmaarschalk Göring.'

'Wat is dat voor hoed?' vroeg Kohl.

'Met een rand. Bruin.'

'Ha, daar hebben we iets aan.' Kohl nam de man van top tot teen op. 'Goed, u kunt gaan.'

'Heil Hitler,' zei de man met een meelijwekkend enthousiasme, en hij bracht een stevige Hitlergroet, mogelijk ter compensatie van het feit dat hij zijn linkerarm ervoor moest gebruiken.

De inspecteur wenste hem afwezig 'heil' en liep terug naar het lijk. Ze verzamelden snel hun uitrusting. 'Vooruit. Naar de Sommergarten.'

'Was het de moordenaar?' vroeg Janssen.

'Hoe zou ik dat moeten weten? Maar het was beslist een verdáchte.'

Ze liepen terug naar de auto. Willi Kohl keek met een gepijnigd gezicht naar zijn voeten. Al droeg hij veel te dure leren schoenen die hij voerde met de zachtste lamswol, het deed weinig voor zijn gekwelde tenen en wreven. Vooral straatklinkers waren pijnlijk.

Opeens merkte hij dat Janssen naast hem zijn pas inhield. 'Gestapo,' fluisterde de jongeman.

Kohl keek op en zag Peter Krauss naderen. Hij droeg een sjofel bruin pak met een bijpassende slappe vilthoed. Twee van zijn assistenten, jongere mannen, van Janssens leeftijd, volgden hem.

O, nee, niet nu! De verdachte zou op ditzelfde moment nietsvermoedend in het restaurant kunnen zitten.

Krauss liep bedaard naar de twee leden van de Kripo. Propagandaminister Goebbels stuurde altijd Partijfotografen op pad om geposeerde foto's van model-Ariërs en hun gezinnen te maken voor zijn publicaties en Krauss had op honderd van die foto's kunnen staan: hij was lang, slank en blond. Krauss, een voormalige collega van Kohl, had het aanbod gekregen bij de Gestapo te komen vanwege zijn ervaring op de vroegere afdeling IA van de Kripo, die politieke misdaden onderzocht. Vlak nadat de nationaalsocialisten aan de macht waren gekomen, was de afdeling de zelfstandige Gestapo geworden. Zoals veel Pruisische Duitsers was Krauss een Scandinaviër met wat Slavisch bloed in zijn aderen, maar volgens de bureauroddels had hij de Kripo pas voor de baan aan de Prinz Albrechtstrasse mogen verruilen nadat hij zijn voornaam Pietr, waar een Slavisch luchtje aan zat, in Peter had veranderd.

Kohl had gehoord dat Krauss een systematisch werkende rechercheur was, maar hij had nooit met hem samengewerkt; Kohl had altijd geweigerd politieke zaken op zich te nemen, en die waren nu ook verboden voor de Kripo.

'Willi, goedemiddag,' zei Krauss.

'Heil. Wat brengt je hier, Peter?'

Janssen knikte en de inspecteur van de Gestapo knikte terug. 'Ik heb een telefoontje van onze baas gekregen,' antwoordde hij Kohl.

Bedoelde hij Himmler zelf? vroeg Kohl zich af. Het zou kunnen. Een maand geleden had de SS-aanvoerder alle politiemachten in Duitsland onder zijn leiding verenigd en de Sipo opgericht, de recherche, waaronder de Gestapo, de Kripo en de beruchte SD vielen, de inlichtingendienst van de SS. Himmler was net tot rijksbevelhebber van politie benoemd; een vrij bescheiden titel voor de machtigste wetsdienaar ter wereld, had Kohl gedacht toen hij het hoorde.

Krauss vervolgde: 'Hij heeft opdracht van de Führer gekregen onze stad van smetten vrij te houden gedurende de Spelen. We moeten alle zware misdrijven rond het stadion, het olympisch dorp en het centrum onderzoeken en zorgen dat de daders snel worden gepakt. En nu is er op een steenworp afstand van de Tiergarten een moord gepleegd.' Krauss klakte afkeurend met zijn tong.

Kohl keek nadrukkelijk op zijn horloge, want hij wilde dringend naar de Sommergarten. 'Ik vrees dat ik moet gaan, Peter.'

Krauss hurkte naast het lichaam, keek ernaar en zei: 'Vervelend, al die buitenlandse verslaggevers in de stad... Zo moeilijk in bedwang te houden, te volgen.'

'Ja, ja, maar...'

'We moeten zorgen dat die moord is opgelost voordat ze er lucht van krijgen.' Krauss stond op en liep langzaam om de dode heen. 'Weten we al wie het is?'

'Nog niet. Zijn legitimatiebewijs is weg. Zeg, Peter, dit heeft toch niets met de SS of de SA te maken?' Krauss fronste zijn wenkbrauwen. 'Niet dat ik weet,' antwoordde hij. 'Hoezo?'

'Op weg hierheen zagen Janssen en ik erg veel surveillanten die willekeurige mensen aanhielden en hun papieren controleerden, maar we hebben niets over een operatie gehoord.'

'Ach, dat stelt niets voor,' zei de Gestapo-inspecteur met een wegwuivend handgebaar. 'Een ondergeschikte veiligheidskwestie. Niets waar de Kripo zich druk om hoeft te maken.'

Kohl keek weer op zijn zakhorloge. 'Ik moet nu echt weg, Peter.'

Krauss richtte zich op. 'Is hij beroofd?'

'Zijn zakken zijn helemaal leeg,' zei Kohl ongedurig. Krauss staarde lang naar het lijk en Kohl kon alleen maar aan de verdachte denken die nu in de Sommergarten zat, halverwege zijn schnitzel of braadworst. 'Ik moet terug.'

'Wacht even.' Krauss bleef naar het lichaam kijken. Ten slotte zei hij, zonder op te kijken: 'Het lijkt me logisch dat de dader een buitenlander is.'

'Een buitenlander? Maar...' Janssen sprak rad en zijn wenkbrauwen gingen omhoog in zijn jeugdige gezicht, maar toen Kohl hem een priemende blik toewierp, zweeg hij.

'Wat?' vroeg Krauss.

De kandidaat-inspecteur herstelde zich snel. 'Ik ben benieuwd waarom het u logisch lijkt.'

'De steeg, de ontbrekende legitimatie, een moord in koelen bloede... Wanneer je dit werk een tijdje doet, krijg je gevoel voor de daders van dit soort misdrijven, kandidaat-inspecteur.'

Kohl kon de verleiding niet weerstaan. 'Wat voor soort misdrijven?' vroeg hij. Een man die in een steeg werd doodgeschoten was in het huidige Berlijn uniek in zijn soort.

Krauss ging er echter niet op in. 'Waarschijnlijk een zigeuner, of een Pool. Gewelddadige mensen, dat staat vast. En ze hebben motieven te over om onschuldige Duitsers te vermoorden. Het zou ook een Tsjech kunnen zijn, uit het oosten, natuurlijk, niet uit het Sudetenland. Ze staan erom bekend dat ze mensen in de rug schieten.'

Net als de SA, had Kohl bijna gezegd, maar hij beperkte zich tot:

'Dan mogen we hopen dat de dader een Slaaf is.'

Krauss reageerde niet op de verwijzing naar zijn eigen etnische afkomst. Hij keek weer naar het lijk. 'Ik ga mijn licht opsteken, Willi. Ik zal mijn mensen contact laten leggen met de agent-informanten in de omgeving.'

'Het idee dat er nationaalsocialistische informanten worden ingezet, geeft me moed. Ze zijn er zo goed in. En het zijn er zo véél,' zei Kohl.

'Inderdaad.'

Janssen, die goede ziel, keek nu ook ongeduldig op zijn horloge, trok een grimas en zei: 'We komen schrikwekkend laat op die vergadering, inspecteur.'

'Ja, dat klopt.' Kohl liep de steeg uit, bleef staan en riep naar Krauss: 'Eén vraag nog?'

'Ja, Willi?'

'Wat voor hoed draagt luchtmaarschalk Göring?'

'Je vraagt...' Krauss keek bevreemd op.

'Göring. Wat voor hoed?'

'O, geen idee,' antwoordde hij met een verslagen gezicht, alsof alle goede Gestapo-medewerkers zoiets zouden moeten weten. 'Waarom?'

'Laat maar.'

'Heil Hitler.'

'Heil.'

Ze haastten zich terug naar de DKW. 'Geef het filmpje aan een Schupo en zeg dat hij zich ermee naar het hoofdbureau spoedt,' zei Kohl hijgend. 'Ik wil de foto's onmiddellijk hebben.'

'Ja, inspecteur.' Janssen liep naar een van de agenten, gaf de boodschap door en haalde Kohl weer in, die net tegen een andere Schupo zei: 'Wanneer de mannen van het pathologisch lab komen, zeg dan dat ik het autopsieverslag zo snel mogelijk wil hebben. Ik wil weten wat voor ziekten onze vriend had. Ik ben vooral geïnteresseerd in syfilis en tuberculose. En in welk stadium. En zijn maaginhoud. Tatoeages, botbreuken, operatielittekens.'

'Ja, inspecteur.'

'Vergeet niet te zeggen dat het dringend is.'

De lijkschouwer had het tegenwoordig zo druk dat het wel acht tot tien uur kon duren voordat het lichaam zelfs maar werd opgehaald; de lijkschouwing kon dagen in beslag nemen.

Kohl haastte zich met een van pijn vertrokken gezicht naar de DKW. De lamswol was verschoven. 'Wat is de snelste weg naar de Sommergarten? Laat maar, we komen er wel achter.' Hij keek om zich heen. 'Daar!' riep hij, wijzend naar een kiosk. 'Koop alle kranten die ze hebben.'

'Goed, inspecteur, maar waarom?'

Willi Kohl zakte achter het stuur en duwde op de startknop. Hij klonk buiten adem, maar wist zijn ergernis over te brengen. 'Omdat we een foto van Göring met hoed moeten hebben. Waarom anders?'

7

Paul stond met een slappe *Berliner Zeitung* in zijn hand op de hoek van de straat naar de Sommergarten te kijken. Vrouwen die met gehandschoende handen hun koffie dronken, mannen die grote teugen bier namen en het schuim van hun snor tikten. Mensen die rokend van de zon genoten. Twee mannen in een zwart uniform met een rode hakenkruisarmband zaten aan een tafeltje koffie te drinken en een zacht, maar levendig gesprek te voeren.

Paul bleef roerloos staan terwijl hij keek en nog eens keek.

Niet in de haak...

Hij dacht aan het zetwerk van vroeger. Hij pakte de letters uit de bak om woorden en zinnen samen te stellen. 'Denk om je p's en q's,' zei zijn vader constant. Die letters waren gemakkelijk te verwisselen omdat ze elkaars spiegelbeeld waren.

Met diezelfde opmerkzaamheid keek hij nu naar de Sommergarten. Hij had de SA-man die hem vanuit de telefooncel bij de Dresdengasse in de gaten had gehouden niet opgemerkt, wat een onvergeeflijke fout was voor een huurmoordenaar. Zo'n fout zou hij geen tweede keer maken.

Hij stond nu een paar minuten op de hoek en bespeurde geen direct gevaar, maar hoe zeker kon hij daarvan zijn? De mensen naar wie hij keek konden gewoon zijn wat ze leken: normale mensen die een maaltijd aten en hun taken verrichtten op een warme, lome zaterdagmiddag, zonder enige belangstelling voor de anderen op straat.

Maar ze konden ook zo verdacht en moordzuchtig loyaal aan de Führer zijn als die man op de *Manhattan*, die Heinsler.

Ik hou van de Führer...

Hij gooide de krant in een afvalbak, stak de straat over en liep het restaurant in.

'Een tafel voor drie, alstublieft,' zei hij tegen de gerant.

'Zoek maar uit, zoek maar uit,' zei de opgejaagde man.

Paul koos een tafel binnen. Een nonchalante blik om zich heen. Niemand besteedde enige aandacht aan hem.

Voor zover hij het kon beoordelen.

Er zeilde een ober langs. 'Wilt u iets bestellen?'

'Een glas bier, graag.'

'Wat voor bier?' Hij somde een aantal merken op waarvan Paul nog nooit had gehoord.

'Het eerste,' zei hij. 'Een grote.'

De ober liep naar de bar en kwam even later terug met een grote pul. Paul nam dorstig een slok, maar vond het bier niet lekker. Het was bijna zoet, fruitig. Hij schoof het glas van zich af, schudde onder het tafelblad een Chesterfield uit het pakje, zodat niemand het Amerikaanse merk kon zien, en stak hem op. Toen hij opkeek, zag hij Reginald Morgan het restaurant binnendrentelen. Hij keek om zich heen, zag Paul, liep naar hem toe en zei in het Duits: 'Mijn vriend, fijn je weer te zien.'

Ze gaven elkaar een hand en Morgan kwam tegenover hem zitten.

Zijn gezicht was klam en hij bette het met zijn zakdoek. Zijn ogen stonden bezorgd. 'Dat was op het nippertje. Net toen ik wegging, kwam de Schupo eraan.'

'Heeft iemand je gezien?'

'Ik dacht het niet. Ik ben naar het andere eind van de steeg gelopen.'

'Zitten we hier veilig?' vroeg Paul, en hij keek weer om zich heen. 'Moeten we hier niet weg?'

'Nee. Op dit uur is het veel verdachter als je zo snel uit een restaurant vertrekt zonder iets te eten. Het is hier anders dan in New York. Berlijners laten zich niet opjutten als het om hun maaltijden gaat. Ze hebben hier twee uur lunchpauze. En ze ontbijten natuurlijk ook twee keer.' Hij klopte op zijn buik. 'Nu begrijp je waarom ik zo blij ben dat ik hier ben geplaatst.' Hij keek terloops om zich heen en zei: 'Hier.' Hij schoof een dik boek naar Paul toe. 'Bedankt voor het lenen.'

Paul keek naar het omslag, waarop de titel *Mein Kampf* stond, wat hij als 'mijn strijd' vertaalde. Hitlers naam stond erop. Heeft hij een boek geschreven? vroeg Paul zich af.

'Dank je, maar er was geen haast bij,' zei hij, erom denkend dat hij de aandacht niet mocht trekken door opvallende reacties. Hij doofde zijn sigaret in de asbak, maar stopte de peuk snel in zijn zak toen hij was afgekoeld. Hij zorgde altijd dat hij geen sporen achterliet die zijn aanwezigheid op een bepaalde plek konden verraden.

Morgan leunde naar hem over en glimlachte alsof hij een schuine mop vertelde. 'Er zit honderd mark in het boek, plus het adres waar je naartoe gaat. Het is een pension bij de Lützowplatz, ten zuiden van de Tiergarten. Ik heb er ook een routebeschrijving bij gedaan.'

'Is het op de begane grond?'

'Je kamer? Ik weet het niet. Ik heb er niet naar gevraagd. Denk je aan vluchtroutes?'

Paul dacht met name aan Malones drankhol met de verzegelde ramen en deuren en het ontvangstcomité van gewapende mariniers. 'Inderdaad.'

'Nou, ga een kijkje nemen. Misschien kun je een andere kamer krijgen als er een probleem is. De pensionhoudster leek me heel schappelijk. Ze heet Käthe Richter.'

'Is ze een nazi?'

'Zeg dat woord hier niet hardop,' zei Morgan zacht. 'Je verraadt jezelf ermee. "Nazi" is Beiers bargoens voor "sul". De correcte afkorting is "nazo", maar dat hoor je ook niet vaak. Zeg "nationaalsocialist". Sommige mensen gebruiken de initialen NSDAP. Je kunt ook "de Partij" zeggen. En zeg het dan eerbiedig. Wat mevrouw Richter aangaat, die lijkt geen uitgesproken politieke voorkeur te hebben.' Morgan knikte naar Pauls bier en vroeg: 'Hoe smaakt het?'

'Naar pis.'

Morgan lachte. 'Het is tarwebier. Iets voor kinderen. Waarom heb je het besteld?'

'Er waren wel honderd soorten, en ik kende ze geen van alle.'

'Ik zal voor ons bestellen.'

Toen de ober kwam, zei Morgan: 'Twee glazen *Pschorr*, alstublieft. En brood en worst. Met kool en ingelegde komkommer. En boter, als het er vandaag is.'

'Ja, meneer.' De ober pakte Pauls glas.

Morgan vervolgde: 'Er zit ook een Russisch paspoort met jouw foto in het boek en voor rond de honderd dollar aan roebels. In geval van nood ga je naar de Zwitserse grens. De Duitsers zullen blij zijn dat er weer een Rus uit hun land vertrekt en je doorlaten. De roebels pakken ze niet af, want die kunnen ze niet uitgeven. De Zwitsers malen er niet om dat je een bolsjewiek bent en zullen je met alle plezier binnenlaten om het geld uit te geven. Ga naar Zürich en stuur een bericht naar de Amerikaanse ambassade. Gordon krijgt je er wel weer uit.

Goed, na de Dresdengasse moeten we heel voorzichtig zijn. Er broeit beslist iets in de stad, zoals ik al zei. Er wordt veel meer gesurveilleerd dan anders: door de SA, wat niet zo bijzonder is, want die hebben niets anders te toen dan marcheren en surveilleren, maar ook door de SS en de Gestapo.'

'Dat is...?'

'De SS... Heb je die twee op het terras gezien? In die zwarte uniformen?'

'Ja.'

'Oorspronkelijk waren het Hitlers bewakers, maar nu is het een particulier leger. Ze lopen meestal in het zwart, maar er zijn ook grijze uniformen. De Gestapo is de geheime politie, en die loopt in burger. De Gestapo is niet groot, maar wel heel gevaarlijk. Hun jurisdictie ligt voornamelijk op het gebied van politieke misdrijven, maar in het Duitsland van nu kan alles een politiek misdrijf zijn. Als je op de stoep spuugt, beledig je de eer van de Führer, dus word je zó naar Moabit gestuurd, de gevangenis, of naar een concentratiekamp.'

Het *Pschorr*-bier en het eten werden gebracht en Paul dronk zijn halve glas in één slok leeg. Het bier had een aardse, volle smaak. 'Dit is wél lekker.'

'Ja? Toen ik eenmaal hier was, besefte ik dat ik nooit meer Amerikaans bier zou kunnen drinken. Bierbrouwen vergt jaren leertijd. Het wordt hier net zo hoog geschat als een academische titel. Berlijn is de brouwerijhoofdstad van Europa, maar het beste bier wordt in Beieren gemaakt, in München.'

Paul at gretig, maar bier en eten waren niet zijn grootste zorg. 'We moeten snel toeslaan,' fluisterde hij. In zijn werk verhoogde elk uur dat je bij de plek van de moord was het risico dat je werd gepakt. 'Ik moet informatie en een wapen hebben.'

Morgan knikte. 'Mijn contactpersoon kan er elk moment zijn. Hij weet meer over... de man die je hier komt bezoeken. We gaan straks naar een pandjeshuis. De eigenaar heeft een goed geweer voor je.'

'Een geweer?' Paul trok een bedenkelijk gezicht.

Morgan zag het. 'Kun je niet met een geweer omgaan?'

'Jawel, dat wel. Ik heb bij de infanterie gediend. Maar ik werk altijd van dichtbij.'

'O? Vind je dat gemakkelijker?'

'Het gaat niet om het gemak. Het is efficiënter.'

'Paul, laat ik je dit vertellen: het is moeilijk maar niet onmogelijk om dicht genoeg bij je doelwit te komen om hem met een pistool te doden, maar er lopen zo veel bruinhemden, ss'ers en leden van de Gestapo rond dat je vrijwel zeker gepakt wordt, en ik garandeer je dat je een lange, pijnlijke dood zult sterven. En er is nog een reden om een geweer te gebruiken: hij moet in het openbaar gedood worden.'

'Waarom?'

'De senator heeft gezegd dat iedereen binnen de Duitse regering en de Partij weet dat Ernst van cruciaal belang is voor de herbewapening. We moeten ervoor zorgen dat zijn opvolger weet dat hij ook gevaar loopt als hij de draad oppakt. Als Ernst ongezien sterft, kan Hitler zijn dood verklaren door te zeggen dat hij is verongelukt of ziek was.'

'Dan doe ik het in het openbaar,' zei Paul. 'Met een geweer. Maar ik moet het geweer leren kennen, er gevoel voor krijgen, een goede plek zoeken voor mijn werk en die van tevoren verkennen, zien hoe de wind er waait, hoe het licht er is en welke routes er van en naar die plek zijn.'

'Uiteraard. Jij bent de expert. Je zegt het maar.'

Paul had zijn eten op. Hij vervolgde: 'Na onze vriend in de steeg moet ik onderduiken. Ik wil zo snel mogelijk mijn spullen uit het olympisch dorp halen en naar het pension gaan. Is mijn kamer al klaar?'

Morgan zei dat hij erheen kon.

Paul nam nog een slok bier, trok het boek van Hitler naar zich toe en legde het op zijn schoot. Hij bladerde erin en vond het paspoort, het geld en het adres. Hij pakte het papiertje met gegevens over het pension. Hij stopte het boek in zijn aktetas, prentte het adres en de routebeschrijving in zijn geheugen, haalde het briefje onopvallend door het op tafel gemorste bier en kneedde het in zijn sterke handen tot een natte prop, die hij bij de sigarettenpeuk in zijn zak stopte om elders weg te gooien.

Morgan trok een wenkbrauw op.

Ze hadden gezegd dat je goed was.

Paul knikte naar zijn aktetas en fluisterde: '*Mein Kampf*, wat is dat eigenlijk?'

'Iemand heeft het een verzameling van honderdzestigduizend grammaticale fouten genoemd. Het zou Hitlers filosofie moeten zijn, maar in wezen is het onbegrijpelijke onzin. Maar misschien kun je het toch beter houden.' Morgan glimlachte. 'Berlijn is een stad van tekorten, en momenteel is het wc-papier schaars.'

Een korte lach. 'Die man die zo komt...' vroeg Paul toen. 'Waarom zouden we hem vertrouwen?'

'Vertrouwen is een vreemde zaak in het huidige Duitsland. Het gevaar is zo groot en overheersend dat je iemand niet alleen kunt vertrouwen omdat hij met hart en ziel in je missie gelooft. De broer van mijn contactpersoon was een vakbondsleider die door de SA is vermoord, dus staat hij achter ons, maar op grond daarvan ga ik mijn leven niet in de waagschaal stellen. Ik heb hem dus ook veel geld gegeven. We hebben hier een uitdrukking: "Wiens brood ik eet, diens lied ik zing." En Max eet veel brood van me. En hij zit in een netelig parket, want hij heeft me al heel bruikbare en voor hem compromitterende inlichtingen verschaft. Dit is een schoolvoorbeeld van hoe vertrouwen hier in zijn werk gaat: je moet iemand omkopen of bedreigen, en ik doe het liefst allebei tegelijk.'

Er kwam iemand binnen en Morgan keek op. 'Ha, daar is hij,' fluisterde hij. Een dunne man in overall met een rugzak over zijn schouder keek om zich heen en knipperde met zijn ogen in het schemerige licht. Morgan wuifde naar hem en de man liep naar hen toe. Zijn ogen flitsten nerveus van Paul naar de andere gasten, naar het personeel en de schaduwen in de gangen naar de wc en de keuken. Toen keek hij weer naar Paul.

'Ze' is nu iedereen in Duitsland...

Hij ging met zijn rug naar de deur aan de tafel zitten en schoof een stoel op, zodat hij het restaurant kon overzien.

'Goedemiddag,' zei Morgan.

'Heil Hitler.'

'Heil,' antwoordde Paul.

'Mijn vriend hier heeft gevraagd of we hem Max willen noemen. Hij heeft gewerkt voor de man die jij komt bezoeken. In zijn huis. Hij bezorgt er goederen en hij kent de huishoudster en de tuinman. En hij woont ook in Charlottenburg, een voorstad ten westen van Berlijn.'

Max wilde niets eten en bestelde koffie in plaats van bier, waar hij suiker in strooide die een schuimlaagje vormde. Hij roerde krachtig.

'Ik moet alles weten wat je me over hem kunt vertellen,' fluisterde Paul.

'Ja, dat is goed,' zei Max, maar hij zweeg en keek weer om zich heen. Paul vond zijn nervositeit ergerlijk en gevaarlijk. Zijn argwaan was zo opvallend als de lotion waarmee hij zijn dunner wordende haar achterover had geplakt. Max maakte zijn rugzak open en reikte Paul een donkergroene map aan. Paul leunde achterover, zodat niemand de inhoud kon zien, sloeg de map open en zag een stuk of vijf gekreukte foto's van een man in een maatpak. De kleding van een nauwgezet, gewetensvol man. Hij was in de vijftig en had een rond hoofd en kort grijs of wit haar. Hij droeg een bril met stalen montuur.

'Dit is hem echt?' vroeg Paul. 'Zijn er geen dubbelgangers?'

'Die gebruikt hij niet.'

'Je mag ze houden.' De man pakte met bevende handen zijn koffiekop, nam een slok en keek weer om zich heen.

Paul wilde zeggen dat hij de foto's mee moest nemen en thuis vernietigen, maar Max leek te nerveus en hij was bang dat de man de foto's in zijn paniek in de tram of de ondergrondse zou laten liggen. Hij stopte de map in zijn aktetas, naast Hitlers boek; hij zou hem later lozen.

Paul leunde naar hem over. 'Goed,' zei hij. 'Vertel maar. Alles wat je van hem weet.'

Max vertelde wat hij van Reinhard Ernst wist: de kolonel handhaafde zijn militaire discipline, hoewel hij al enige jaren uit dienst was. Hij stond vroeg op en maakte lange werkdagen, zes of zeven dagen per week. Hij deed regelmatig aan lichaamsbeweging en kon uitstekend met een pistool overweg. Hij had vaak een klein automatisch pistool bij zich. Hij werkte aan de Wilhelmstrasse, in de kanselarij, hij reed zelf van en naar kantoor en had zelden een lijfwacht bij zich. Hij reed in een Mercedes met open dak.

Paul liet de informatie bezinken. 'Die kanselarij? Gaat hij daar elke dag heen?'

'Meestal wel, ja, al bezoekt hij ook wel eens een scheepswerf, en hij is pas nog bij Krupps fabrieken geweest.'

'Wie is Krupp?'

'In zijn fabrieken worden munitie en wapentuig gemaakt.'

'Waar parkeert hij bij de kanselarij?'

'Ik weet het niet, meneer. Ik ben er nooit geweest.'

'Kun je uitzoeken waar hij de komende dagen is? Wanneer hij naar kantoor gaat?'

'Ja, ik zal mijn best doen.' Een aarzeling. 'Ik weet niet of...' Max' stem stierf weg.

'Wat?' spoorde Paul hem aan. 'Ik weet ook het een en ander over zijn privéleven. Over zijn vrouw, zijn schoondochter en zijn kleinzoon. Wilt u die kant van zijn leven ook kennen, of liever niet?'

Het ijs voelen...

'Juist wel,' fluisterde Paul. 'Vertel me alles.'

Ze reden zo snel als de kleine motor hen kon vervoeren naar de Sommergarten aan de Rosenthalerstrasse.

'Inspecteur, mag ik iets vragen?' zei Konrad Janssen.

'Ja?'

'Inspecteur Krauss hoopte dat de moordenaar een buitenlander zou zijn, en we hebben aanwijzingen dat dat ook zo is. Waarom hebt u hem dat niet verteld?'

'We hebben aanwijzingen die suggereren dat het een buitenlander zou kúnnen zijn. En niet bijster overtuigende. Niet meer dan dat de dader een accent gehad zou kunnen hebben en dat hij naar een taxi floot.'

'Ja, inspecteur, maar hadden we het niet moeten zeggen? Dan hadden we over de middelen van de Gestapo kunnen beschikken.'

Kohl hijgde en zweette als een otter in de hitte. Hij hield van de zomer omdat het gezin dan uitstapjes naar de Tiergarten of het Luna Park kon maken, en ze konden naar de Wannsee of de rivier de Havel rijden om een picknick te houden. Wat het klimaat betrof, was hij echter diep in zijn hart een herfstmens. Hij veegde het zweet van zijn voorhoofd en antwoordde: 'Nee, Janssen, we hadden het níét moeten zeggen en we hadden evenmin de hulp van de Gestapo moeten inroepen, en ik zal je zeggen waarom niet. Ten eerste doen de Gestapo en de SS sinds de consolidatie van vorige maand al het mogelijke om de Kripo zijn onafhankelijkheid af te nemen. We moeten onze zelfstandigheid zien te behouden, en dat betekent dat we ons werk zonder hulp moeten doen. Ten tweede, en dat is veel belangrijker: de "middelen" van de Gestapo houden vaak niet meer in dan het arresteren van iedereen die ook maar een beetje schuldig lijkt, aan wat dan ook. En soms worden er mensen gearresteerd die duidelijk onschuldig zijn, alleen maar omdat hun arrestatie goed uitkomt.'

Het hoofdbureau van de Kripo beschikte over zeshonderd cellen die ooit hetzelfde doel hadden gehad als die in alle andere politiebureaus: het vasthouden van arrestanten tot ze op vrije voeten werden gesteld of voor de rechter moesten verschijnen. Tegenwoordig werden die cellen, die overvol zaten, gebruikt door de SA, een horde niets ontziende jongemannen in bruine uniformen met witte armbanden. De cellen waren niet meer dan een tussenstation op weg naar het concentratiekamp, het hoofdkwartier van de Gestapo aan de Prinz Albrechtstrasse of soms het kerkhof.

'Nee, Janssen,' vervolgde Kohl, 'wij zijn vakmensen die de schone kunst van het politiewerk beoefenen, geen Saksische boeren die met hun sikkels tientallen burgers neermaaien in hun jacht op een enkele schuldige.'

'Goed, inspecteur.'

'Vergeet dat nooit.' Hij schudde zijn hoofd. 'Ach, wat wordt ons werk bemoeilijkt door dat morele drijfzand rondom ons.' Hij stopte langs de stoep en wierp een blik op zijn assistent. 'Janssen, je zou me kunnen laten oppakken voor wat ik zojuist heb gezegd, en dan ga ik een jaar naar Oranienburg.'

'Ik zeg niets, inspecteur.'

Kohl zette de motor af. Ze stapten uit en liepen op een holletje over de brede stoep naar de Sommergarten. Toen ze dichterbij kwamen, bespeurde Willi Kohl de geur van de goed gemarineerde *sauerbraten* waar het restaurant om bekendstond. Zijn maag rommelde.

Janssen had een exemplaar van de nationaalsocialistische krant bij zich, *Der Völkische Beobachter.* Göring stond prominent op de voorpagina, met een zwierige hoed op van een snit die niet gangbaar was in Berlijn. Bij de gedachte aan dit accessoire wierp Kohl een blik op zijn assistent; het gezicht van de kandidaat-inspecteur werd rood van de zomerzon. Besefte de jeugd van tegenwoordig niet dat hoeden een functie hadden?

Vlak bij het restaurant hield Kohl Janssen staande bij een lantaarnpaal. Ze keken naar de Sommergarten, waar op dit uur niet veel mensen meer zaten te eten. Twee SS-officieren waren aan het afrekenen, en maar goed ook, want Kohl had hun niets over de zaak willen vertellen, om redenen die hij daarnet aan Janssen had uitgelegd. Er waren alleen nog een vent van middelbare leeftijd in een Tiroler broek en een bejaarde man. Kohl knikte naar Janssen en ze liepen samen het terras op. Kohl vroeg beide mannen of ze een grote kerel met een bruine hoed naar binnen hadden zien gaan.

De bejaarde knikte. 'Een grote kerel? Inderdaad, rechercheur. Ik kon hem niet goed zien, maar ik geloof dat hij een minuut of twintig geleden het restaurant in is gelopen.'

'Is hij er nog?'

'Ik heb hem niet naar buiten zien komen.'

Janssen verstijfde als een jachthond die een geur heeft opgepikt. 'Inspecteur, zullen we de Orpo erbij halen?'

Hij doelde op de geüniformeerde ordepolitie, die in barakken was gehuisvest en paraat was om, zoals de naam al deed vermoeden, de orde te handhaven met gebruikmaking van geweren, machinepistolen en knuppels. Kohl dacht echter aan het tumult dat zou kunnen ontstaan door hun komst, zeker in een vol restaurant en met een gewapende verdachte. 'Nee, liever niet, Janssen,' zei hij dus. 'We pakken het iets subtieler aan. Jij gaat bij de achterdeur van het restaurant op wacht staan. Als er iemand naar buiten komt, hou je hem aan, of hij nu een hoed op heeft of niet. Denk erom dat onze verdachte gewapend is. En zorg dat je niet opvalt.'

'Goed, inspecteur.'

Janssen stopte bij de steeg, wuifde uiterst opvallend, sloeg de hoek om en was verdwenen.

Kohl liep nonchalant over het terras en bleef even staan alsof hij het menu bekeek. Hij probeerde langs de verschoten rechthoek papier naar binnen te kijken, maar door de vitrage en de in de ruit weerkaatsende zon kon hij niemand ontwaren.

Hij ging naar de deur en voelde niet alleen onbehagen, maar ook het gewicht van het pistool in zijn zak. Tot de nationaalsocialisten aan de macht waren gekomen, hadden maar weinig Kripo-rechercheurs een wapen gedragen, maar een paar jaar geleden, toen Göring, destijds minister van Binnenlandse Zaken, de vele politiekorpsen in het land had uitgebreid, had hij verordonneerd dat alle politiemensen een wapen moesten dragen en dat ze het, tot ontzetting van Kohl en het merendeel van zijn collega's van de Kripo, vrijelijk moesten gebruiken. Hij had zelfs verordend dat een politieman die een verdachte niet neerschoot een berisping zou krijgen, maar dat er geen straf stond op het neerschieten van iemand die naderhand onschuldig bleek te zijn.

Willi Kohl had sinds 1918 geen wapen meer gehanteerd.

Toch was hij nu, bij de herinnering aan de verbrijzelde schedel van het slachtoffer in de Dresdengasse, blij dat hij de revolver bij zich had. Hij schikte zijn jasje zo dat hij de revolver zo nodig snel kon pakken, haalde diep adem en stapte over de drempel.

Toen bleef hij als versteend staan, panisch. Het was vrij donker in de Sommergarten en zijn ogen waren aan het felle zonlicht buiten gewend; hij leek even blind te zijn. Aansteller, dacht hij, boos op zichzelf. Hij had het kunnen weten. Daar stond hij dan. Alles aan hem schreeuwde dat hij van de Kripo was, en hij was een gemakkelijk doelwit voor een gewapende verdachte.

Hij stapte verder naar binnen en sloot de deur achter zich. Hij zag vaag mensen in het restaurant bewegen. Er stonden ook mensen, dacht hij. Er liep iemand op hem af en hij deinsde geschrokken achteruit. Zijn hand gleed naar de zak met zijn pistool.

'Een tafel, meneer? Zoek maar uit.'

Hij kneep zijn ogen tot spleetjes en zag geleidelijk meer.

'Meneer?' vroeg de ober nog eens.

'Nee,' zei hij. 'Ik zoek iemand.'

De inspecteur kon eindelijk weer gewoon zien.

Er zaten maar een stuk of tien mensen in het restaurant, en niet één van hen was een grote man in een licht pak met een bruine hoed op. Hij liep naar de keuken.

'Meneer, u mag niet...'

Kohl liet zijn penning zien.

'Goed, meneer,' zei de ober bedremmeld.

Kohl liep door de bedwelmend hete keuken naar de achterdeur en maakte hem open. 'Janssen?'

'Er is niemand naar buiten gekomen, inspecteur.'

De kandidaat-inspecteur liep samen met zijn chef terug naar de eetzaal.

Kohl wenkte de ober.

'Ober, hoe heet je?'

'Johann.'

'Goed, Johann, heb jij hier de afgelopen twintig minuten een man gezien met zo'n hoed op?' Kohl knikte naar Janssen, die de foto van

Göring liet zien.

'Goh, ja. Zijn vrienden en hij zijn nog maar net weg. Ik vond het nogal verdacht. Ze vertrokken door de zijdeur.'

Hij wees naar de lege tafel. Kohl zuchtte misnoegd. Het was een van de twee tafels aan het raam. Hun verdachte had hen ongetwijfeld gezien toen ze met de klanten op het terras praatten. 'Kom, Janssen!' De inspecteur en zijn assistent renden door de zijdeur een dorre tuin in. Zo waren er tienduizenden in de stad; de Berlijners waren gek op tuinieren, maar de grond was zo duur dat ze elk stukje aarde dat ze konden vinden als tuin moesten gebruiken. De tuin had maar één uitgang, en die leidde naar de Rosenthalerstrasse. Ze holden erheen en keken naar links en rechts zonder ook maar een glimp van hun verdachte op te vangen.

Kohl was woedend. Als hij niet was opgehouden door Krauss, hadden ze een goede kans gehad de grote man met de hoed te vinden en te ondervragen. Toch was hij vooral kwaad op zichzelf omdat hij even tevoren zo onnadenkend was geweest op het terras.

'We hebben in onze haast de korst verbrand,' sputterde hij tegen Janssen, 'maar misschien kunnen we nog iets van het brood redden.' Hij maakte rechtsomkeert en beende terug naar de voordeur van de Sommergarten.

Paul, Morgan en de magere, nerveuze man die Max werd genoemd stopten vijftig meter verderop in de Rosenthalerstrasse onder een groepje linden.

Ze keken naar de man in het witte pak en zijn jongere metgezel die in de tuin van het restaurant stonden, de straat aftuurden en naar de voordeur terugliepen.

'Ze kunnen niet achter ons aan zitten,' zei Morgan. 'Met geen mogelijkheid.'

'Ze zochten iemand,' zei Paul. 'Ze kwamen vlak na ons de zijdeur uit. Dat is geen toeval.'

'Waren ze van de Gestapo, denken jullie?' vroeg Max beverig. 'Of van de Kripo?'

'Wat is de Kripo?' vroeg Paul.

'De recherche. Rechercheurs in burger.'

'Het was beslist een soort politie,' stelde Paul vast. Onmiskenbaar.

Hij had het vermoed zodra hij de twee mannen naar de Sommergarten zag lopen. Hij had opzettelijk een tafel bij het raam uitgekozen om naderende dreigingen te kunnen zien aankomen, en ja, hoor, hij had beide mannen (een forse man met een panamahoed op en een slankere, jongere man in een groen pak) vragen zien stellen aan de mensen op het terras. Toen was de jongste van de twee weggelopen en was de smeris in het witte pak naar het opgehangen menu gelopen, dat hij veel langer had bekeken dan normaal was.

Paul was snel opgestaan, had geld op tafel gegooid – alleen papier, want daarop zijn vingerafdrukken bijna niet te vinden – en gesnauwd: 'We gaan.' Met Morgan en een doodsbange Max in zijn kielzog was hij door de zijdeur naar buiten gegaan. Hij had in de kleine tuin gewacht tot de smeris het restaurant in was gekomen en was toen snel de Rosenthalerstrasse ingelopen.

'Politie,' kermde Max huilerig. 'Nee... nee...'

Er waren hier te veel mensen die op je konden jagen... en te veel mensen die je konden volgen, die je konden verraden.

Ik wil alles voor hem en de Partij doen...

Paul keek nog eens in de richting van de Sommergarten. Ze werden niet gevolgd, maar Paul weigerde de komst van de politiemensen aan het toeval toe te schrijven. Het gevoel dat hij dringend van Max moest horen waar Ernst zat, zodat hij zijn opdracht kon uitvoeren, zinderde door zijn lijf. Hij draaide zich om en zei: 'Ik moet weten...' Hij maakte zijn zin niet af.

Max was weg.

'Waar is hij?'

Morgan draaide zich ook om. 'Godver,' mompelde hij in het Engels.

'Heeft hij ons verraden?'

'Dat geloof ik niet, want dan zou hij er zelf ook gloeiend bij zijn, maar...' Morgan keek langs Paul heen. 'Nee!'

Paul draaide zich razendsnel om en zag Max twee kruisingen verderop. Hij stond in een groepje mensen dat door twee mannen in een zwart uniform was aangehouden. 'Een veiligheidscontrole van de SS.'

Max, die wachtte tot het zijn beurt was om zich door de SS'ers te laten ondervragen, keek zo nerveus als een tiener om zich heen en wreef over zijn gezicht.

'Hij heeft niets te vrezen,' fluisterde Paul. 'Zijn papieren zijn in orde. Hij heeft de foto's van Ernst aan ons gegeven. Zolang hij niet in paniek raakt, is er niets aan de hand.'

Kalmeer, sprak Paul hem in stilte toe. Niet om je heen kijken...

Toen stapte Max glimlachend op de ss'ers af.

'Hij redt zich wel,' zei Morgan.

Nee, dacht Paul, hij gaat ervandoor.

Op hetzelfde moment draaide Max zich om en sloeg op de vlucht.

De ss'ers duwden het stel met wie ze hadden gepraat opzij en zetten de achtervolging in. 'Stop, blijf staan!'

'Nee!' fluisterde Morgan. 'Waarom doet hij dat? Waarom?'

Omdat hij doodsbang is, antwoordde Paul in stilte.

Max was slanker dan de ss'ers in hun lijvige uniformen, en hij begon terrein te winnen.

Misschien lukte het hem. Misschien...

Een schot weerkaatste in de straat en Max viel op het asfalt. Een roos van bloed bloesemde uit zijn rug op. Paul keek achter zich. Een derde ss'er had vanaf de overkant van de straat gevuurd. Max begon net naar de stoeprand te kruipen toen de eerste twee ss'ers hem hijgend inhaalden. Een van beiden trok een pistool, schoot de arme Max door zijn hoofd en leunde tegen een lantaarnpaal om op adem te komen.

'Kom mee,' fluisterde Paul. 'Nu!'

Ze liepen de andere kant op, samen met andere voetgangers in de Rosenthalerstrasse die de schietpartij hadden gezien, maar erbuiten wilden blijven.

'Gott im Himmel,' sputterde Morgan. 'Ik heb hem een maand lang opgekweekt en zijn handje vastgehouden terwijl hij informatie over Ernst verzamelde. Wat nu?'

'Wat we ook besluiten, we moeten snel zijn; iemand zou het verband kunnen leggen tussen hem...' – hij keek achterom naar het lijk op straat – '... en Ernst.'

Morgan zuchtte en dacht even na. 'Ik ken verder niemand uit Ernsts directe omgeving... Maar ik heb wel iemand in het ministerie van Inlichtingen.'

'Heb je iemand *binnen* het ministerie?'

'De nationaalsocialisten zijn paranoïde, maar ze hebben één gebrek ter compensatie: hun ego. Ze hebben overal zo veel agenten dat het niet bij ze opkomt dat iemand bij hén zou kunnen infiltreren. Het is maar een lage ambtenaar, maar misschien kan hij iets aan de weet komen.'

Ze stopten op een drukke hoek. Paul zei: 'Ik ga mijn spullen uit het olympisch dorp halen en dan ga ik naar het pension.'

'Het pandjeshuis waar we het geweer gaan halen, staat bij station Oranienburg. Laten we afspreken op de Platz November 1923, onder het grote standbeeld van Hitler. Laten we zeggen om halfvijf.'

'Ik vind het wel.'

De mannen gaven elkaar een hand, keken nog eens om naar de menigte rond het lichaam van de ongelukkige Max en gingen elk huns weegs. In de straten van de schone, ordelijke stad vol beleefde, glimlachende mensen waar twee keer binnen twee uur een moord was gepleegd weerklonk opnieuw het loeien van sirenes.

Nee, dacht Paul, die arme Max had hem niet verraden, maar er was iets veel verontrustenders: die twee rechercheurs of Gestapo-agenten waren erachter gekomen dat Morgan of hij eerst in de Dresdengasse was geweest en toen naar de Sommergarten was gegaan, en ze hadden hen op een haartje na aangehouden. Zulk goed politiewerk had hij in New York nog nooit gezien. Wie waren die twee in godsnaam? vroeg hij zich af.

'Johann,' vroeg Willi Kohl aan de ober, 'wat had die man met die bruine hoed precies aan?'

'Een lichtgrijs pak, een wit overhemd en een groene das die ik nogal schreeuwerig vond.'

'En was hij groot?'

'Heel lang, inspecteur, maar niet dik. Misschien een bodybuilder?'

'Had hij bijzondere kenmerken?'

'Ik heb niets gezien.'

'Was het een buitenlander?'

'Ik weet het niet, maar zijn Duits was vloeiend. Misschien een heel licht accent.'

'Zijn haarkleur?'

'Ik zou het niet weten, maar eerder donker dan licht.'

'Leeftijd?'

'Niet jong en niet oud.'

Kohl zuchtte. 'En je zei dat hij vrienden bij zich had?'

'Ja, inspecteur. Hij kwam als eerste. Toen kwam er iemand bij. Een stuk kleiner. In een zwart of donkergrijs pak. Ik kan me zijn das niet voor de geest halen. En toen kwam er nog iemand, in een bruine overall, een man van in de dertig. Een arbeider, zo te zien. Hij kwam later.'

'Had een van hen een leren koffer of valies bij zich?'

'Ja, de grote man had een bruine aktetas.'

'Spraken zijn vrienden ook Duits?'

'Ja.'

'Heb je hun gesprek opgevangen?'

'Nee, inspecteur.'

'En het gezicht van de man? De man met de hoed?' vroeg Janssen.

Een aarzeling. 'Ik heb zijn gezicht niet gezien. En dat van de anderen ook niet.'

'Je hebt die mensen bediend, maar hun gezichten niet gezien?' vroeg Kohl.

'Ik heb er niet op gelet. Het is hier donker, zoals u ziet. En in dit vak... Al die mensen. Je kijkt wel, maar ziet zelden iets, als u snapt wat ik bedoel.'

Het was waar, veronderstelde Kohl, maar hij wist ook dat sinds Hitler aan de macht was gekomen, nu drie jaar geleden, blindheid volksziekte nummer één was. Of mensen beschuldigden hun medeburgers van 'misdaden' die ze niet hadden gezien, óf ze herinnerden zich niets van misdaden waar ze wel degelijk getuige van waren geweest. Te veel weten kon een tochtje naar het politiebureau aan de Alexanderplatz of de Prinz Albrechtstrasse betekenen, waar je eindeloos foto's van bekende misdadigers moest bekijken. Niemand ging uit vrije wil naar die bureaus; wie vandaag getuigde, kon morgen in het beklaagdenbankje zitten.

De ober liet nerveus zijn blik over de vloer dwalen. Er parelde zweet op zijn voorhoofd. Kohl had medelijden met hem. 'Misschien kun je ons in plaats van een beschrijving van zijn gezicht andere dingen vertellen die je zijn opgevallen. Als je je nog iets bruikbaars herinnert, kunnen we mogelijk afzien van een rit naar het hoofdbureau.'

De man keek opgelucht op.

'Ik zal proberen je geheugen op te frissen,' zei Kohl. 'Laten we met de feiten beginnen. Wat bestelde hij te eten en te drinken?'

'Ja, daar zegt u me wat. Hij bestelde eerst tarwebier. Kennelijk had hij het nog nooit gedronken, want hij nam een slokje en schoof het weg. De *Pschorr* die zijn vriend voor hem had besteld, heeft hij wel helemaal opgedronken.'

'Mooi.' Kohl wist aanvankelijk nooit wat zulke gegevens over een verdachte uiteindelijk konden onthullen. Misschien zijn land van herkomst, misschien iets specifiekers. Het was altijd de moeite van het noteren waard, wat Willi Kohl nu deed, in zijn beduimelde opschrijfboekje, nadat hij aan de punt van zijn potlood had gelikt. 'En zijn eten?'

'Onze kool- en worstschotel. Met veel brood en margarine. Ze namen allebei hetzelfde. De grote man at zijn bord leeg. Hij leek uitgehongerd te zijn. Zijn vriend at maar de helft.'

'En de derde man?'

'Die nam alleen koffie.'

'Die grote man, zoals we hem zullen noemen, hoe hield die zijn vork vast?'

'Zijn vork?'

'Als hij een stuk worst had afgesneden, nam hij zijn vork dan in zijn andere hand om het plakje op te eten? Of bracht hij het eten naar zijn mond zonder van hand te wisselen?'

'Ik... ik weet het niet, inspecteur. Het lijkt me mogelijk dat hij inderdaad van hand wisselde. Ik zeg het omdat hij telkens zijn vork neerlegde om bier te drinken.'

'Goed zo, Johann.'

'Ik help mijn Führer graag op alle manieren die me gegund zijn.'

'Ja, ja,' zei Kohl met een zucht.

De vork met beide handen gebruiken. Gangbaar in andere landen, in Duitsland minder. Net als naar een taxi fluiten. Het accent zou dus echt buitenlands geweest kunnen zijn.

'Rookte hij?'

'Ik geloof van wel, inspecteur.'

'Pijp, sigaar, sigaretten?'

'Sigaretten, geloof ik, maar ik...'

'Heb je het merk niet gezien?'

'Nee, inspecteur.'

Kohl liep door de eetzaal en bekeek de tafel van de verdachte en de stoelen eromheen. Niets bruikbaars. Toen hij zag dat de asbak wel as, maar geen peuken bevatte, fronste hij zijn voorhoofd.

Weer een bewijs van de gewiekstheid van de verdachte?

Kohl zakte door zijn knieën en hield een brandende lucifer boven de vloer onder de tafel.

'Aha, ja, kijk maar, Janssen! Flinters van hetzelfde bruine leer dat we al eerder hebben gevonden. Het is echt onze man. En ik zie hier sporen in het stof die erop wijzen dat hij een tas heeft neergezet.'

'Wat zou erin zitten?' zei Janssen.

'Dat interesseert ons niet,' zei Kohl, die de flinters opraapte en in een envelop stopte. 'Nog niet. Het gaat nu om de tas zelf, om het verband dat hij aangeeft tussen die man en de Dresdengasse.'

Kohl bedankte de ober, wierp een verlangende blik op een bord met Wiener schnitzel en liep naar buiten, op de voet gevolgd door Janssen.

'Laten we eens in de buurt gaan vragen of iemand ons heerschap heeft gezien. Neem jij de overkant van de straat maar, Janssen, dan ga ik naar de bloemenstalletjes.' Kohl lachte wrang. De bloemenverkopers van Berlijn waren berucht om hun onbeschoftheid.

Janssen pakte zijn zakdoek en veegde zijn voorhoofd af. Hij leek een flauwe zucht te slaken.

'Je bent toch niet moe, Janssen?'

'Nee, inspecteur, absoluut niet.' Janssen aarzelde en vervolgde toen: 'Alleen lijkt ons werk soms zo hopeloos. Al die moeite voor een dikke dode man.'

Kohl diepte zijn vergeelde pijp uit zijn zak op en constateerde met gefronst voorhoofd dat zijn revolver, die hij in dezelfde zak droeg, de kop had beschadigd. Hij stopte de pijp en zei: 'Ja, Janssen, je hebt gelijk. Het slachtoffer was inderdaad een dikke man van middelbare leeftijd. Maar wij zijn toch slimme speurneuzen? We weten nóg iets van hem.'

'Wat dan, inspecteur?'

'Dat hij iemands zoon was.'

'Tja... ja, natuurlijk.'

'En mogelijk was hij iemands broer. En mogelijk iemands echtgenoot of geliefde. En als hij geluk had, was hij de vader van zoons en dochters. Ik mag ook hopen dat er geliefden uit het verleden zijn die nog wel eens aan hem denken. En dat er andere geliefden in zijn toekomst op hem wachtten. En dat hij nog drie of vier kinderen op de wereld had kunnen zetten.' Hij streek een lucifer aan en liet de tabak in de pijp smeulen. 'Dus, Janssen, als je het zó bekijkt, hebben we niet alleen het vreemde raadsel van een dikke dode man, maar ook een tragedie die zich als een spinnenweb vertakt naar veel andere levens en andere plaatsen, over jaren en jaren. Hoe triest... Begrijp je nu waarom ons werk zo belangrijk is?'

'Ja, inspecteur.'

Kohl geloofde dat zijn assistent het inderdaad begreep.

'Janssen, je moet echt een hoed kopen, maar voorlopig ben ik van gedachten veranderd. Jij neemt de schaduwkant van de straat. Dat betekent natuurlijk wel dat jíj de bloemenverkopers moet horen. Ze zullen je op een paar termen vergasten die je anders nooit buiten een bruinhemdenbarak hoort, maar je hoeft vanavond tenminste niet zo rood als een biet naar je vrouw terug.'

8

Terwijl hij naar het drukke plein liep om een taxi te zoeken, keek Paul af en toe achter zich. Hij rookte een Chesterfield, keek naar de bezienswaardigheden, de winkels en de voorbijgangers, weer op zoek naar dingen die niet in de haak waren.

Hij glipte een smetteloos openbaar toilet binnen, doofde achter de gesloten deur zijn sigaret en liet hem, samen met de sigarettenpeuken en de natte prop met het adres van Käthe Richters pension, in de wcpot vallen. Toen scheurde hij de foto's van Ernst in tientallen kleine stukjes en trok alles door.

Weer buiten zette hij de lastige beelden van Max' nodeloze dood uit zijn hoofd en concentreerde zich op de taak die voor hem lag. Hij had in geen jaren iemand met een geweer gedood. Hij kon goed overweg met de lange loop. Vuurwapens werden wel 'gelijkmakers' genoemd, maar dat is niet helemaal waar. Een pistool weegt ongeveer anderhalve kilo, een geweer vijf of meer. Het vergt kracht om een wapen absoluut stil te houden, en Paul was mede dankzij zijn sterke armen de beste schutter van zijn eskader geweest.

Maar als hij nu iemand moest opruimen, gaf hij de voorkeur aan een pistool, zoals hij Morgan al had verteld.

En hij schoot altijd van dichtbij, zo dichtbij als een ademtocht.

Hij zei geen woord tegen zijn slachtoffer, sprak hem niet aan, liet hem niet weten wat hem te wachten stond. Hij dook zo geluidloos als hij met zijn omvang kon achter zijn slachtoffer op, als dat tenminste mogelijk was, en doodde hem op slag met een kogel door het hoofd. Hij zou zich nooit zo gedragen als de sadistische Bugsy Siegel of de onlangs overleden Dutch Schultz; zij sloegen mensen langzaam dood, martelden en kwelden hen. Wat Paul deed, had niets te maken met woede, genot of de bitterzoete voldoening van de wraak; het was niet meer dan het begaan van een slechte daad om een groter kwaad onschadelijk te maken.

En Paul Schumann stond erop de tol voor die hypocrisie te betalen. Hij leed onder het doden van nabij. Het sterven maakte hem misselijk en dreef hem een donkere tunnel van neerslachtigheid en schuldgevoelens in. Telkens wanneer hij iemand doodde, stierf er ook iets in hemzelf. Ooit, toen hij dronken in een armetierige Ierse pub in de West Side zat, had hij vastgesteld dat hij de tegenpool van Christus was: hij stierf opdat anderen ook konden sterven. Hij was het liefst te dronken geweest om het zich te herinneren, maar de gedachte liet hem niet meer los.

Toch had Morgan waarschijnlijk gelijk en moest hij een geweer gebruiken. Zijn maat Damon Runyon had ooit gezegd dat alleen iemand die bereid was over de grens te gaan, een winnaar kon zijn. Paul ging vaak genoeg over de grens, maar hij wist ook waar hij moest stoppen. Hij had nooit zelfmoordneigingen gehad. Hij had een aantal malen onraad geroken en een klus uitgesteld. Zes tegen vijf was misschien aanvaardbaar, maar slechtere kansen? Hij dacht niet...

Hij schrok op van een luid gerinkel. Er vloog iets door de etalageruit van een boekhandel naar buiten. Een boekenkast, gevolgd door boeken. Hij keek de winkel in en zag een oudere man die zijn handen voor zijn gezicht hield, alsof hij een klap had gekregen. Een huilende vrouw omklemde zijn arm. Ze waren allebei doodsbang. Ze werden omringd door vier potige mannen in lichtbruine uniformen. SA'ers, vermoedde Paul, bruinhemden. Een van hen hield een boek vast en tierde tegen de man. 'Je mag die troep niet verkopen! Het is tegen de wet! Dat is een enkeltje Oranienburg.'

'Maar het is Thomas Mann,' ging de boekhandelaar ertegenin. 'Het heeft niets met de Führer of de Partij te maken. Ik...'

De bruinhemd sloeg de boekverkoper met het open boek in zijn gezicht en zei op spottende toon: 'Het is...' – weer een felle klap – '... Thomas...' – nog een, en de rug van het boek knakte. 'Mann... Die boeken zijn verboden.'

Het machtsvertoon wekte Pauls woede, maar het ging hem niets aan. Hij kon het zich niet permitteren hier de aandacht op zichzelf te vestigen. Hij wilde doorlopen, maar toen pakte een van de bruinhemden de vrouw plotseling bij haar arm en duwde haar naar buiten. Ze botste hard tegen Paul op en viel op de stoep. Ze was zo bang dat ze hem niet eens leek te zien. Ze had zich gesneden aan de kapotte etalageruit en het bloed stroomde uit haar knieën en handen.

De kennelijke aanvoerder van de SA'ers sleurde de man naar buiten. 'Sloop die winkel,' riep hij naar zijn kompanen, die toonbanken en kasten omver begonnen te trekken, de prenten van de muren scheurden en de solide fauteuils omvergooiden in een poging ze kapot te maken. Na een blik op Paul te hebben geworpen gaf de aanvoerder de boekhandelaar een harde stomp in zijn middenrif. De man kreunde, draaide zich op zijn buik en braakte. De bruinhemd stapte naar de vrouw en greep haar bij het haar. Hij stond op het punt haar in het gezicht te slaan toen Paul in een reflex zijn geheven arm greep.

De man draaide zich bliksemsnel om. Hij had een groot, vierkant gezicht en schuimbekte. Hij keek in Pauls blauwe ogen. 'Wie ben jij? Weet je wel wie ik ben? Ik ben Hugo Felstedt van de Berliner Schlossbrigade. Alexander! Stefan!'

Paul schoof de vrouw opzij. Ze bukte zich om de boekhandelaar overeind te helpen. Hij veegde over zijn mond en huilde van pijn en vernedering.

Er kwamen twee SA'ers uit de winkel. 'Wie is dat?'

'Persoonsbewijs! Nu!' riep Felstedt.

Hoewel hij al zijn hele leven bokste, meed Paul straatgevechten. Zijn vader had hem als kind streng voorgehouden dat hij zich nooit in een wedstrijd zonder scheidsrechter mocht storten. Het was hem verboden op schoolpleinen en in stegen te vechten. 'Hoor je me, Paul Schumann?' 'Ja, pa, reken maar,' antwoordde Paul dan, maar soms zat er niets anders op dan de confrontatie met Jake McGuire of Kleine Bill Carter aan te gaan en een paar stompen uit te delen en te incasseren. Hij wist niet goed waarom het soms anders was, maar op de een of andere manier wist je altijd heel zeker wanneer je de strijd niet uit de weg kon gaan.

En soms, of misschien wel vaak, kon het wel, maar wilde je het domweg niet.

Paul nam de aanvoerder op; hij leek op Vincent Manielli, dat broekje van een luitenant, vond hij. Jong en gespierd, maar toch vooral grootspraak. Paul verplaatste zijn gewicht naar zijn tenen, vond zijn evenwicht en raakte Felstedt met een bijna onzichtbaar snelle rechtse in zijn maag.

Felstedts mond viel open. Hij deinsde hijgend achteruit, op zijn borst kloppend alsof hij zijn hart zocht.

'Du Schwein,' riep een van de anderen schril, en hij reikte geschrokken naar zijn pistool. Paul danste vederlicht op hem af, pakte zijn rech-

terhand, trok hem van de holster en mikte een rechtse hoekstoot in zijn gezicht. Bij het boksen is er geen ergere pijn dan die van een harde stoot midden op je neus, en terwijl het kraakbeen knapte en het bloed op zijn lichtbruine uniform stroomde, jankte de man als een hond en wankelde achteruit naar de muur. De tranen stroomden uit zijn ogen.

Hugo Felstedt, die op zijn knieën was gezakt, was niet meer geïnteresseerd in zijn hart; hij drukte zijn handen tegen zijn maag, en nu was hij degene die meelijwekkend kokhalsde.

De derde SA-man tastte naar zijn wapen.

Paul stapte met gebalde vuisten op hem af. 'Niet doen,' zei hij bedaard. De bruinhemd rende opeens weg. 'Ik ga hulp halen,' riep hij. 'Hulp...'

De vierde bruinhemd kwam naar buiten. Paul deed een stap in zijn richting en de man riep: 'Niets doen, alsjeblieft!'

Paul knielde met zijn ogen strak op de bruinhemd gevestigd, maakte de aktetas open en rommelde in de papieren, op zoek naar het pistool.

Toen zijn blik even naar de tas afdwaalde, bukte de bruinhemd zich plotseling, raapte wat scherven van de ruit op en slingerde ze naar Paul. Die dook weg, maar zijn tegenstander stortte zich op hem en stompte hem met de boksbeugel die hij om de vingers van zijn gebalde vuist droeg. De stoot schampte alleen langs Pauls wang, maar hij tuimelde verbijsterd ruggelings over zijn tas heen in een kleine, verwilderde tuin naast de winkel. De bruinhemd sprong achter hem aan en er ontstond een worsteling. De SA'er was niet bijzonder sterk en ook geen geoefend vechter, maar toch kostte het Paul moeite zich overeind te werken. Kwaad omdat hij zich had laten verrassen pakte hij de pols van zijn tegenstander en draaide er hard aan tot hij bot hoorde breken.

'O,' fluisterde de bruinhemd, die op de grond zakte en het bewustzijn verloor.

Felstedt rolde zich in zittende houding en veegde het braaksel van zijn gezicht.

Paul trok het pistool uit Felstedts riem, gooide het op het lage dak van een winkel en richtte zich tot de boekhandelaar en de vrouw. 'Maak dat je wegkomt. Nu.'

Ze gaapten hem sprakeloos aan.

'Ga!' zei hij zacht, maar dwingend.

Er klonk een fluitsignaal door de straat. Geschreeuw.

'Rennen!' zei Paul.

De boekhandelaar veegde nog eens over zijn mond en wierp een laatste blik op de resten van de winkel. De vrouw sloeg een arm om zijn schouders en ze spoedden zich weg.

Paul keek naar de andere kant van de Rosenthalerstrasse en zag een stuk of vijf bruinhemden op hem afrennen.

'Joods zwijn dat je bent,' prevelde de man met de gebroken neus. 'Je bent er geweest.'

Paul griste de aktetas van de stoep, harkte de op de grond verspreide inhoud er weer in en rende naar de eerste de beste steeg. Een snelle blik over zijn schouder. De groep grote mannen volgde hem. Waar waren ze in godsnaam vandaan gekomen? Hij belandde aan de andere kant van de steeg in een drukke straat met huizen, handkarren, vervallen eethuizen en sjofele winkels. Hij bleef staan en keek om zich heen.

Hij liep langs een venter met tweedehandskleding. Toen de man even niet keek, pakte Paul een donkergroene blazer van een rek met herenkleding. Hij rolde hem op en wilde een andere steeg induiken om hem aan te trekken, maar toen hoorde hij stemmen van dichtbij roepen: 'Daar! Is dat hem? ... Jij daar! Blijf staan!'

Hij keek naar links en zag nog drie SA'ers die naar hem wezen. Het incident was blijkbaar als een lopend vuurtje rondgegaan. Hij haastte zich de steeg in, die langer en donkerder was dan de eerste. Hij hoorde weer kreten achter zich, gevolgd door een schot. De kogel boorde zich met een scherpe tik in een muur naast zijn hoofd. Hij keek om. Nog eens drie of vier mannen in uniform hadden zich bij zijn achtervolgers geschaard.

Er zijn veel te veel mensen in dit land die de achtervolging inzetten zodra je begint te rennen...

Paul spuugde met kracht tegen de muur en worstelde om lucht in zijn longen te zuigen. Even later stoof hij de steeg uit, een straat in die drukker was dan de vorige. Hij haalde diep adem en voegde zich in de menigte winkelende mensen. Hij keek links en rechts en zag drie of vier zijstraten.

Welke?

De bruinhemden achter hem hadden de straat bereikt, nog steeds schreeuwend. Hij had geen tijd meer. Hij koos de dichtstbijzijnde steeg.

Verkeerd gegokt. Er kwamen alleen een stuk of vijf deuren op de doodlopende steeg uit, en ze zaten allemaal op slot.

Hij begon terug te rennen, maar bleef staan. Inmiddels liepen er meer dan tien bruinhemden zoekend in de massa, en ze naderden de steeg gestaag. De meesten hadden hun pistool getrokken. Ze werden vergezeld van knapen in hetzelfde uniform als de jongelui die hij de vorige dag in het olympisch dorp had gesproken voordat ze de vlag streken.

Hij kreeg zijn ademhaling in bedwang en drukte zich plat tegen een muur.

Ik heb me mooi in de nesten gewerkt, dacht hij kwaad.

Hij propte zijn hoed, stropdas en colbert in de tas en trok de groene blazer aan. Toen zette hij de tas neer en hief het pistool dat hij de dode SA'er had afgenomen. Hij keek of het wapen doorgeladen was. Hij steunde met zijn arm tegen de muur, liet het wapen op zijn onderarm rusten, leunde langzaam naar voren en richtte op de voorste man – Felstedt.

Ze zouden niet meteen begrijpen waar het schot vandaan kwam, en Paul hoopte dat ze links en rechts dekking zouden zoeken, zodat hij de kans had hem tussen de rijen handkarren in de straat door te smeren. Riskant, maar over een minuut of drie, vier zouden ze bij de steeg zijn; had hij een andere keus?

Steeds dichterbij...

Het ijs voelen...

Hij spande de vinger om de trekker geleidelijk aan terwijl hij op het midden van Felstedts borst richtte. Het vizier weifelde rond de plek waar de diagonale leren band van zijn riem naar zijn schouder zijn hart kruiste.

'Nee,' fluisterde de stem dwingend in zijn oor.

Paul draaide zich razendsnel om en richtte het pistool op de man die geluidloos achter hem was komen staan. Hij was in de veertig en droeg een versleten donkergroen pak. Zijn dikke haar was met olie naar achteren gekamd en hij had een borstelige snor. Hij was een stuk kleiner dan Paul en zijn buik puilde over zijn riem. In zijn handen droeg hij een grote kartonnen doos.

'Richt dat maar op iets anders,' zei hij kalm, en hij knikte naar het pistool.

Paul liet het pistool niet zakken. 'Wie ben jij?'

'Misschien kunnen we ons gesprek uitstellen. We hebben nu dringender bezigheden.' De man liep langs Paul heen en keek om de hoek van de steeg. 'Een hele meute. Je moet iets heel ergs gedaan hebben.'

'Ik heb er drie afgetuigd.'

De man trok verbaasd een wenkbrauw op. 'Man, ik kan je verzekeren dat als je er één of twee doodt, er binnen een paar minuten honderden bij zullen komen. Ze zullen je te pakken krijgen, en al doende zouden ze nog een stuk of tien onschuldige mensen kunnen doden. Ik kan je helpen ontsnappen.'

Paul weifelde.

'Als je niet naar me luistert, maken ze je sowieso af. Moorden en marcheren, dat is het enige waar ze goed voor zijn.'

'Zet die doos neer.' De man gehoorzaamde. Paul tilde zijn jasje op, keek in zijn riem en gebaarde dat hij een rondje moest draaien.

'Ik ben niet gewapend. Nooit.'

Paul herhaalde zijn gebaar ongeduldig.

De man draaide rond. Paul klopte op zijn zakken en enkels. Hij vond geen wapens.

'Ik heb je gezien,' zei de man. 'Je hebt je jas en hoed opgeborgen, heel verstandig. En met die das sprong je eruit als een maagd op de Nollendorfplatz. Maar ze gaan je vast fouilleren. Je moet die kleren weggooien.' Een knikje naar de tas.

Er naderden rennende voetstappen. Paul deed een pas achteruit en dacht na. De raad klonk zinnig. Hij haalde de kleding uit de tas, stopte alles uit zijn oude jas in het gestolen exemplaar en liep naar een afvalbak.

'Nee,' zei de man. 'Niet daarin. Gooi in Berlijn niets in een afvalbak, want dan wordt het gevonden door mensen die etensresten zoeken. En gooi het ook niet in een container, want dan wordt het door de Gestapo, de v-mannen of SD-agenten gevonden; ze wroeten regelmatig in afval. Het riool is de enige veilige plek. Daar komt niemand. Nog niet, althans.'

Paul keek naar een rioolput en propte alles er onwillig in.

Zijn das die hem het geluk van de Ieren bracht...

'Ik zal iets toevoegen aan je rol als ontsnapper aan mesthemden.' De man diepte een paar hoeden uit zijn jaszak op en koos een lichte linnen pet. Hij ontrolde hem, gaf hem aan Paul en stopte de andere weer in zijn zak. 'Zet op.' Paul gehoorzaamde. 'En nu het pistool. Je moet het lozen. Ik begrijp je aarzeling, maar in feite zal het je weinig goed doen. Geen wapen heeft genoeg minutie om alle SA'ers in de stad tegen te houden, laat staan een Luger.'

Ja of nee?

Pauls gevoel zei hem weer dat de man gelijk had. Hij hurkte en gooide het pistool ook door het rooster. Ver onder zich hoorde hij een plons.

'Kom nu mee.' De man tilde de doos weer op. Toen hij Paul zag aarzelen, fluisterde hij: 'Ach, je denkt: hoe kun je me in vredesnaam vertrouwen? Je kent me niet eens. Maar ik kan je zeggen dat de vraag onder de huidige omstandigheden luidt: hoe kun je me níét vertrouwen? Wat wordt het? Je hebt nog een seconde of tien om te beslissen.' Hij lachte. 'Lijkt het niet altijd zo te gaan? Hoe belangrijker de beslissing, hoe minder tijd je krijgt om die te nemen.' Hij liep naar een deur, pakte een sleutel en maakte hem open. Hij keek om. Paul nam zijn besluit. Ze liepen een opslagruimte in en de man duwde de deur dicht en deed hem op slot. Paul zag door een groezelig raam de bende SA'ers de steeg inlopen, in het rond kijken en doorlopen.

De ruimte stond vol dozen, kratten en stoffige flessen wijn. De man knikte naar een doos. 'Pak die maar. Als rekwisiet voor ons verhaal. En misschien nog lucratief ook.'

Paul keek de man verontwaardigd aan. 'Ik had mijn kleren en het pistool ook hier kunnen leggen. Ik hoefde ze niet weg te gooien.'

De man stak zijn onderlip naar voren. 'Ja, alleen is dit niet echt míjn opslagplaats. Pak die doos. Kom op nou, we moeten voortmaken.'

Paul zette zijn tas op de doos, tilde hem op en volgde de man naar een stoffige voorkamer. De man keek door het vuile raam en wilde de deur opendoen.

'Wacht,' zei Paul. Hij voelde aan zijn wang; de snee van de boksbeugel bloedde een beetje. Hij streek met zijn handen over een paar vieze planken en klopte op zijn gezicht, de wond, zijn blazer en zijn broek. De vegen zouden minder opvallen dan het bloed.

'Goed zo,' zei de man, en hij duwde de deur wijd open. 'Je bent nu een zwetende arbeider, en ik ben je baas. Hierheen.' Hij liep regelrecht naar een groepje van drie of vier SA'ers. Ze praatten met een vrouw met een piepklein poedeltje aan een rode riem die tegen een straatlantaarn geleund stond.

Paul aarzelde.

'Kom op. Niet langzamer gaan lopen.'

Toen ze de bruinhemden bijna voorbij waren, riep er een: 'Jullie daar, blijf staan. Laat je papieren zien.' Samen met een van zijn vrienden posteerde hij zich voor Paul en de man. Paul, die ziedde van woede omdat hij afstand had gedaan van zijn wapen, keek opzij. De man uit de steeg zei bedachtzaam: 'Ach, onze passen, ja, ja. Het spijt me zeer, heren. U moet begrijpen dat we vandaag plotseling moesten werken, zoals u ziet.' Een knikje naar de dozen. 'Het was onverwacht. Een spoedbestelling.'

'Je moet je pas altijd bij je hebben.'

'Het is niet ver,' zei Paul.

'We zoeken een grote man in een grijs pak met een bruine hoed op. Hij is gewapend. Hebben jullie zo iemand gezien?'

Ze keken elkaar vragend aan. 'Nee,' zei Paul.

De tweede bruinhemd fouilleerde Paul en de man op wapens, pakte Pauls aktetas, maakte hem open en keek erin. Hij pakte *Mein Kampf*. Paul zag de bult van het Russische paspoort en de roebels.

Pauls metgezel zei haastig: 'Er zit niets belangrijks in. Maar nu schiet me opeens te binnen dat we onze passen tóch bij ons hebben. Kijk maar in de doos van mijn knecht.'

De bruinhemden keken elkaar aan. Die met het boek van Hitler smeet het weer in de tas en zette hem neer. Toen sneed hij Pauls doos open.

'Wij zijn de gebroeders Bordeaux, zoals u ziet.'

Een van de bruinhemden lachte en de man vervolgde: 'Al weet je het natuurlijk maar nooit. Misschien kunt u beter een paar flessen meenemen, voor de zekerheid.'

Er werden flessen rode wijn uit de doos gehaald, waarna de SA'ers hen wegwuifden. Paul pakte zijn tas en ze liepen door.

Twee zijstraten verder knikte de man naar de overkant. 'Daarheen.' Hij doelde op een met nazivlaggen versierde nachtclub met een houten bord waarop stond: ARIËR CAFÉ.

'Ben je gek geworden?' zei Paul.

'Heb ik tot nu toe geen gelijk gekregen, vriend? Toe, ga naar binnen. Het is de veiligste plek die je maar kunt vinden. Mesthemden zijn hier niet welkom, en ze hebben er ook niet genoeg geld voor. Zolang je geen ss-officier of hoge ome van de Partij in elkaar hebt geslagen, ben je hier veilig... Nee toch?'

Paul schudde zijn hoofd en liep met tegenzin achter de man aan. Binnen zag hij meteen wat die met 'niet genoeg geld' had bedoeld. Er hing een bordje met de tekst: TOEGANG $ 20/DM 40. Jezus, dacht hij. De chicste gelegenheid in New York die hij bezocht, The Debonair Club, had een entreeprijs van vijf dollar.

Hoeveel geld had hij bij zich? De entree was bijna de helft van het geld dat Morgan hem had gegeven. De uitsmijter keek echter op, herkende de Duitser met de borstelsnor en liet hen beiden met een knikje doorlopen.

Ze kwamen door een gordijn in een kleine, donkere bar vol antiek, snuisterijen, filmaffiches en stoffige flessen. 'Otto!' riep de barkeeper, en hij gaf Pauls metgezel een hand.

Otto zette zijn doos op de bar en wenkte naar Paul, die zijn voorbeeld volgde.

'Ik dacht dat je maar één doos kwam brengen.'

'Mijn kameraad hier heeft me geholpen er nog een te dragen. In de zijne zitten maar tien flessen. Dat wordt dan samen zeventig mark, is het niet?'

'Ik heb maar één doos gevraagd. Ik hoef er maar één. Ik betaal er maar één.'

Terwijl de mannen bekvechtten, luisterde Paul naar de woorden die uit een grote radio achter de bar schalden: '*... de moderne wetenschap heeft talloze manieren ontdekt om het lichaam tegen ziekte te beschermen, maar wanneer u die eenvoudige hygiënische regels niet toepast, kunt u ernstig ziek worden. Nu we buitenlandse gasten in de stad hebben, is het waarschijnlijk dat er nieuwe soorten infecties zijn, dus is het van essentieel belang die regels in acht te nemen.*'

Otto had de onderhandelingen afgerond, zo te zien naar zijn tevredenheid, en keek door het raam. 'Ze sluipen nog steeds rond. Laten we een glas bier nemen. Je mag me trakteren.' Hij zag dat Paul naar de radio keek, waar verder niemand in de zaal enige aandacht aan leek te besteden, hoe hard hij ook stond. 'Ach, geniet je van de sonore stem van onze minister van Propaganda? Dramatisch, nietwaar? Maar het is een onderkruipsel om te zien. Ik heb contactpersonen in de hele Wilhelmstrasse, in alle regeringsgebouwen. Achter zijn rug noemen ze hem "Mickey Mouse". Kom mee naar achteren. Ik kan dat gedrens niet uitstaan. Alle openbare gelegenheden moeten een radio hebben om de redevoeringen van de partijleiders uit te zenden, en zodra er een wordt gehouden, moeten ze hem hard zetten. Het is tegen de wet om het niet te doen. Hier hebben ze de radio voorin gezet, met het oog op de regels, maar de echte club zit in de achterzalen. Goed, hou je van mannen of van vrouwen?'

'Wat?'

'Mannen of vrouwen? Wat heb je liever?'

'Ik wil niet...'

'Dat begrijp ik, maar aangezien we hier moeten blijven tot de bruinhemden de achtervolging beu zijn, vraag ik je: waar kijk je liever naar terwijl we het bier drinken dat je me zo gul hebt aangeboden? Mannen die als mannen dansen, mannen die als vrouwen dansen of vrouwen die als zichzelf dansen?'

'Vrouwen.'

'Ja, ik ook. Homoseksualiteit is hier tegenwoordig bij de wet verboden, maar je zou ervan staan te kijken hoeveel nationaalsocialisten elkaar om andere redenen willen ontmoeten dan het bespreken van de rechtse politiek. Hierheen.' Hij liep door een blauwfluwelen gordijn.

De tweede zaal leek bedoeld te zijn voor mannen die van vrouwen hielden. Ze gingen aan een gammele rotantafel zitten. Het vertrek was versierd met lampionnen, slingers en jachttrofeeën die net zo stoffig waren als de nazivlaggen aan het plafond.

Paul gaf de linnen pet terug, die weer bij de andere in de jaszak verdween. 'Bedankt voor het lenen.'

Otto knikte. 'Daar zijn vrienden toch voor?' Hij keek zoekend naar een kelner of serveerster om zich heen.

'Ik kom zo terug.' Paul stond op en ging naar de wc. Hij waste de vegen en het bloed van zijn gezicht en kamde zijn haar naar achteren met lotion waardoor het korter en zwarter leek, zodat hij er net iets anders uitzag dan de man die had gevochten. Er zat geen diepe snee in zijn wang, maar de huid eromheen begon te verkleuren. Hij liep de wc uit en de gang in, en vond de artiestenkleedkamer. Achterin zat een man een sigaar te roken en de krant te lezen. Hij besteedde geen aandacht aan Paul, die zijn vinger in een pot schmink stak. Paul ging terug naar de wc en smeerde de schmink over de blauwe plek. Hij had enige ervaring met make-up; alle goede boksers weten hoe belangrijk het is je kwetsuren voor je tegenstander verborgen te houden.

Toen hij terugliep naar hun tafel, wenkte Otto net een knappe, jonge serveerster met donker haar. Ze gaf aan dat ze het druk had en Otto zuchtte geïrriteerd. Toen nam hij Paul op. 'Goed, het is wel duidelijk dat je niet van hier bent, want je weet niets van onze "cultuur". Ik heb het over de radio. En de mesthemden, die je nooit tegen je in het harnas had gejaagd door met ze te vechten als je een Duitser was geweest. Maar je spreekt de taal perfect. Hooguit een zweempje van een accent, en dat is niet Frans, Slavisch of Spaans. Wat ben jij voor ras?'

'Otto, ik waardeer je hulp, maar sommige dingen wil ik voor mezelf houden.'

'Ook goed. Ik heb al besloten dat je Amerikaans of Engels bent. Waarschijnlijk Amerikaans. Dat weet ik doordat ik naar jullie films heb geluisterd. Je zinsbouw... Ja, je bent een Amerikaan. Wie anders dan een brutale Amerikaan met grote ballen zou een troep mesthemden achter zich aan kunnen krijgen? Jij komt uit het land van de dappere cowboys die in hun eentje een indianenstam verslaan. Waar blijft die meid?' Hij keek om zich heen en streek zijn snor glad. 'Dan nu de kennismaking. Ik zal me aan je voorstellen. Otto Wilhelm Friedrich Georg Webber. En jij bent...? Of wil je je naam ook voor jezelf houden?'

'Dat lijkt me verstandiger.'

Webber grinnikte. 'Dus je hebt er drie in elkaar geslagen en de eeuwige genegenheid van de bruinhemden en het tevengebroed verdiend?'

'Het wát?'

'De Hitlerjugend. Die jongens die om de benen van de SA'ers darren.' Webber keek naar Pauls rode knokkels. 'Hou je wellicht van boksen, meneer Zondernaam? Je ziet er atletisch uit. Ik kan kaartjes voor de Olympische Spelen voor je regelen. Ze zijn uitverkocht, zoals je weet, maar ik kan ze te pakken krijgen. Dagkaarten, goede plaatsen.'

'Nee, dank je.'

'Ik kan je ook uitnodigingen voor olympische feesten bezorgen. Max Schmeling komt ook.'

'Schmeling?' Paul trok zijn wenkbrauwen op. Hij bewonderde de beste zwaargewicht van Duitsland en had een maand tevoren nog op de tribune van Yankee Stadium gezeten om de wedstrijd tussen Schmeling en Joe Louis te zien. Schmeling had de 'Brown Bomber' tot ieders ontzetting in de twaalfde ronde knock-out geslagen. De avond had Paul 608 dollar gekost; acht voor zijn kaartje en zeshonderd voor zijn verloren weddenschap.

'Samen met zijn vrouw,' vervolgde Otto. 'Ze is beeldschoon. Anny Ondra. Een actrice, zie je. Je krijgt een avond om nooit te vergeten. Het wordt wel duur, maar ik kan alles regelen. Je moet natuurlijk een smokingjasje hebben. Daar kan ik ook voor zorgen. Tegen een geringe vergoeding.'

'Laat maar.'

'Ach,' pruttelde Otto, alsof Paul de fout van zijn leven beging.

De serveerster liep naar hun tafel, kwam vlak bij Paul staan en glimlachte naar hem. 'Ik ben Liesl. En u bent?'

'Hermann,' zei Paul.

'Wat wilt u drinken?'

'Twee bier. Geef mij maar een *Pschorr*.'

'Ach,' schamperde Otto om Pauls keus. 'Ik een *Berliner lager*. Op het fust gegist. Een grote.'

De serveerster keek hem kil aan, alsof hij haar kortgeleden geen fooi had gegeven. Toen keek ze Paul nog even diep in de ogen, glimlachte koket en liep naar de volgende tafel.

'Je hebt een bewonderaarster, niet-Hermann. Vind je haar knap?'

'Heel knap.'

Otto knipoogde. 'Als je wilt, kan ik...'

'Nee,' zei Paul gedecideerd.

Otto trok zijn wenkbrauw op en richtte zijn aandacht op het podium, waar een halfnaakte vrouw danste. Haar borsten hingen en haar armen lilden, en hoewel Paul achterin zat, zag hij de rimpels om haar mond, die star bleef glimlachen terwijl ze zich op het krasserige geluid van een grammofoonplaat bewoog.

'Er is hier 's middags geen livemuziek meer,' verklaarde Otto, 'maar 's avonds zijn er goede bands. Koper... Ik ben gek op koper. Ik heb een grammofoonplaat die ik vaak draai. Van de grote Britse orkestleider John Philip Sousa.'

'Het spijt me voor je, maar dat is een Amerikaan.'

'Nee!'

'Echt waar.'

'Wat een land moet dat zijn, Amerika. Ze hebben er fantastische films en miljoenen automobielen, heb ik gehoord. En nu hoor ik dat ze John Philip Sousa ook nog hebben.'

Paul zag de serveerster met wiegende slanke heupen aankomen. Ze zette het bier neer. In de drie of vier minuten dat ze weg was geweest, leek ze nieuw parfum op te hebben gedaan. Ze glimlachte naar Paul, die naar haar grinnikte en toen naar de rekening keek. Omdat hij niet vertrouwd was met het Duitse geld en geen aandacht wilde trekken door gepruts met muntstukken, gaf hij haar een briefje van vijf mark. Ongeveer twee dollar veertig, schatte hij.

Liesl ging ervan uit dat het verschil een fooi was en pakte dankbaar zijn hand in haar beide handen. Hij was bang dat ze hem wilde kussen. Hij wist niet hoe hij om het wisselgeld moest vragen en besloot dat het zijn leergeld was voor wat hij over de Duitse gebruiken aan de weet was gekomen. Liesl wierp hem nog een smachtende blik toe, liep weg en kreeg prompt een chagrijnig gezicht bij het vooruitzicht aan andere tafels te moeten bedienen. Otto proostte met Paul en ze namen allebei een grote slok van hun bier.

Otto nam Paul onderzoekend op. 'Zo. Met wat voor zwendeltjes hou jij je bezig?' vroeg hij.

'Zwendeltjes?'

'Toen ik je daar in de steeg dat pistool uit je zak zag halen, dacht ik: ha, dus hij is geen soci of kosi...'

'Wat?'

'Een soci is een sociaal-democraat. Dat was een grote partij voordat ze verboden werd. Kosi's zijn communisten. Die zijn niet alleen verboden; ze zijn dood. Nee, ik wist dat jij geen onruststoker was. Jij bent een van ons, een zwendelaar, een kunstenaar in dingen die het daglicht niet verdragen.' Hij keek om zich heen. 'Wees maar niet bang. Zolang we zacht praten, kunnen we hier alles zeggen. Hier geen microfoons. En ook geen loyaliteit aan de Partij, niet tussen deze muren. Mannen lopen tenslotte altijd eerder achter hun pik aan dan achter hun geweten, en de nationaalsocialisten hebben toch al geen geweten. Nou, wat doe je?' besloot Otto volhardend.

'Ik zwendel niet. Ik ben voor de Olympische Spelen gekomen.'

'O?' Hij knipoogde. 'Dan moet er dit jaar een nieuw onderdeel zijn waar ik nog niets over heb gehoord.'

'Ik ben sportverslaggever.'

'Ja, eentje die met bruinhemden vecht, zijn naam niet wil zeggen, met een proppenschieter van het merk Luger rondloopt, zich verkleedt om zijn achtervolgers af te schudden... Ik wissel van hoed, jij van jas. En ten slotte kam je je haar naar achteren en schmink je je gezicht.' Hij tikte tegen zijn eigen wang en lachte samenzweerderig.

'Ik kwam toevallig net langs toen die SA'ers dat echtpaar aanvielen. Ik heb er een eind aan gemaakt. En die Luger was van hen. Ik heb hem gestolen.'

'Ja, ja, dat zeg jij... Ken je Al Capone?'

'Natuurlijk niet,' zei Paul vertwijfeld.

Otto slaakte een diepe zucht van oprechte teleurstelling. 'Ik volg de Amerikaanse misdaad. Dat doen veel mensen hier in Duitsland. We lezen veel misdaadromans, en ze spelen vaak in Amerika. Ik heb het lot van John Dillinger met veel belangstelling gevolgd. Hij werd verraden door een vrouw in een rode jurk en in een steeg doodgeschoten toen ze uit de bioscoop kwamen. Ik ben blij dat hij die film nog had gezien voordat ze hem doodschoten. Hij is gestorven met dat kleine pleziertje in zijn binnenste. Al was het nog beter geweest als hij die film had gezien, zich had bezat, met die vrouw had geslapen en tóén pas was doodgeschoten. Dat was een volmaakte dood geweest. Ja, ik denk dat jij een echte gangster bent, John Dillinger, wat je ook zegt. Liesl! Mooie Liesl! Meer bier! Mijn vriend geeft nog een rondje.'

Otto's pul was leeg, die van Paul nog voor drie kwart vol. 'Ik niet,' riep hij naar Liesl. 'Alleen voor hem.'

Terwijl ze naar de bar liep, wierp ze Paul weer een blik vol aanbidding toe. Haar stralende ogen en slanke figuur deden hem aan Marion denken. Hij vroeg zich af hoe het met haar was, wat ze nu deed. In Amerika was dat 'nu' zes of zeven uur eerder. Bel me, had ze tijdens hun laatste gesprek gezegd, in de veronderstelling dat hij voor zaken naar Detroit ging. Paul had ontdekt dat je echt over de Atlantische Oceaan kon telefoneren, maar het kostte bijna vijftig dollar per minuut. Bovendien zou geen enkele bekwame huurmoordenaar er ook maar over peinzen zo'n aanwijzing omtrent zijn verblijfplaats te geven.

Hij bekeek de nazi's in het publiek: een paar SS'ers in onberispelijk zwart of grijs uniform, een paar zakenlieden. De meesten waren aangeschoten en sommigen waren al hard op weg naar hun middagdronkenschap. Hoewel ze allemaal kranig glimlachten, leek de aanblik van de absoluut niet opwindende seksshow hen te vervelen.

Toen Liesl terugkwam, had ze toch twee bierpullen bij zich. Ze zette er een voor Webber neer, die ze verder negeerde, en zei tegen Paul: 'Het bier van je vriend mag je betalen, maar het jouwe krijg je van mij.' Ze pakte zijn hand en legde hem om het oor van de pul. 'Vijfentwintig pfennig.'

'Dank je,' zei hij, terwijl hij besefte dat hij van het wisselgeld van de vijf mark waarschijnlijk een heel fust had kunnen kopen. Deze keer gaf hij haar een mark.

Ze sidderde van blijdschap, alsof hij haar een ring met diamanten had gegeven, en drukte een kus op zijn voorhoofd. 'Proost,' zei ze, en weg liep ze weer.

'Ach, jij krijgt de gebruikelijke korting. Ik moet vijftig pfennig betalen. De meeste buitenlanders betalen uiteraard één mark vijfenzeventig.'

Otto dronk zijn pul voor een derde leeg, veegde het schuim met zijn onderarm van zijn snor en haalde een sigarendoos tevoorschijn. 'Ze zijn walgelijk, maar ik vind ze best lekker.' Hij hield Paul de doos voor, maar hij schudde zijn hoofd. 'Het zijn in tabakssap en nicotine gedrenkte koolbladeren. Echte sigaren zijn bijna niet meer te vinden.'

'Wat doe jíj eigenlijk?' vroeg Paul. 'Afgezien van wijn importeren.'

Otto lachte en wierp Paul een zijdelingse, schalkse blik toe. Hij inhaleerde moeizaam de bittere rook en zei toen peinzend: 'Van alles en nog wat. Vaak komt het neer op het opscharrelen en verkopen van dingen die moeilijk te vinden zijn. De laatste tijd zijn legerartikelen erg in trek. Geen wapens, natuurlijk, maar insignes, veldflessen, riemen, laarzen en uniformen. Iedereen hier is gek op uniformen. Wanneer hun mannen aan het werk zijn, gaan de vrouwen eropuit om een uniform voor ze te kopen, ook al hebben ze geen enkele rang of band met het leger. Kinderen dragen ze. Zuigelingen! Medailles, strepen, linten, epauletten, sterren. En ik verkoop ze ook aan de overheid, voor onze echte strijders. De dienstplicht is terug. Ons leger zwelt aan. Ze moeten allemaal een uniform hebben, en stof is schaars. Ik heb mensen van wie ik uniformen koop die ik dan een beetje aanpas voordat ik ze aan de overheid verkoop.'

'Je steelt iets van de ene overheidsdienst en verkoopt het terug aan de andere?'

'Ach, John Dillinger, je bent een grapjas.' Otto keek op. 'Wacht even... Hans, kom eens? Hans!'

Er liep een man in smoking naar hen toe. Hij keek wantrouwig naar Paul, maar Otto verzekerde hem dat ze vrienden waren en zei toen: 'Ik heb wat boter bemachtigd. Heb je belangstelling?'

'Hoeveel?'

'Hoeveel boter of hoeveel kost het?"

'Allebei, natuurlijk.'

'Tien kilo. Vijfenzeventig mark.'

'Als het hetzelfde is als de vorige keer, bedoel je dat je zés kilo boter hebt, vermengd met vier kilo petroleum, reuzel, water en gele kleurstof. Dat is te duur voor zes kilo boter.'

'Geef me dan twee kratten Franse champagne.'

'Eén.'

'Eén krat, voor tien kilo boter?' Otto trok een verontwaardigd gezicht.

'Zes kilo, zoals ik net al uitlegde.'

'Achttien flessen.'

De gerant haalde achteloos zijn schouders op en zei: 'Doe er nog wat kleurstof bij en ik ga akkoord. Een stuk of tien klanten weigerden vorige maand die bleke boter van jou te eten, en neem het ze eens kwalijk.'

Toen Hans weg was, dronk Paul zijn pul leeg en schudde een Chesterfield uit zijn pakje, weer onder de tafel, zodat niemand het Amerikaanse merk kon zien. Pas na vier pogingen kon hij zijn sigaret aansteken; de goedkope lucifers van de club knapten telkens doormidden.

Otto knikte ernaar. 'Die heb ik niet geregeld, vriend. Mij kun je niets verwijten.'

Paul inhaleerde diep en vroeg toen: 'Otto, waarom heb je me geholpen?'

'Omdat je hulp nodig had, natuurlijk.'

'Je verricht goede daden?' Paul trok vragend zijn wenkbrauwen op.

Otto streek over zijn snor. 'Goed, eerlijk is eerlijk; tegenwoordig moet je harder naar kansen zoeken dan in het verleden.'

'En ik ben een kans.'

‘Wie zal het zeggen, John Dillinger? Misschien wel, misschien niet. Zo niet, dan heb ik alleen een uurtje verspild aan bier drinken met een nieuwe vriend, en dat is geen verspilling. Ja, misschien kunnen we er allebei van profiteren.’ Hij stond op, liep naar het raam, trok een dik gordijn opzij en keek naar buiten. ‘Ik denk dat je nu veilig weg kunt... Wat je ook in onze bruisende stad komt doen, ik zou de juiste man voor je kunnen zijn. Ik ken hier veel mensen, mensen op belangrijke posten... Nee, niet de mensen aan de top. Ik bedoel de mensen die je in onze branche het best kunt kennen.’

‘Wat voor mensen?’

‘De kléíne mensen op de juiste plekken. Ken je die grap over dat stadje in Beieren dat zijn weerhaantje door een ambtenaar verving? Waarom? Omdat ambtenaren beter dan wie ook weten uit welke hoek de wind waait. Ha!’ Hij lachte hard. Toen werd zijn gezicht weer ernstig en hij dronk zijn pul leeg. ‘Eerlijk gezegd ga ik hier dood. Dood van verveling. Ik mis de goeie ouwe tijd. Laat dus een boodschap voor me achter of kom eens langs. Ik zit meestal hier. In deze zaal of aan de bar.’ Hij schreef het adres op een viltje en schoof het over de tafel.

Paul keek ernaar, prentte het adres in zijn geheugen en schoof het viltje terug.

Otto nam hem op. ‘Zo, jij bent een door de wol geverfde sportverslaggever, hè?’

Ze liepen samen naar de deur. Paul gaf hem een hand. ‘Dank je wel, Otto.’

Buiten gekomen zei Webber: ‘En nu vaarwel, mijn vriend. Ik hoop je nog eens te zien.’ Hij trok een lelijk gezicht. ‘En ik? Ik begin een zoektocht naar gele kleurstof. Ach, dat is er van mijn leven geworden. Reuzel en gele kleurstof.’

9

Reinhard Ernst zat in zijn ruime kantoor in de kanselarij. Hij keek nog eens naar het slordig geschreven briefje.

Kol. Ernst,
Ik wacht nog op het verslag over uw Walthamonderzoek dat u me hebt toegezegd. Ik heb maandag tijd uitgetrokken om het door te nemen.
Adolf Hitler

Hij maakte zijn brilletje met het stalen montuur schoon, zette het weer op en keek weer naar het briefje. Hij vroeg zich af wat dat slordige handschrift over de schrijver zei. Vooral de handtekening was heel uitgesproken. 'Adolf' was een in elkaar geperste bliksemschicht; 'Hitler' was iets leesbaarder, maar helde vreemd, en sterk, naar beneden af.

Ernst draaide zich met zijn stoel om en keek door het raam. Hij voelde zich als een bevelhebber die wel weet dat de vijand nadert en wil aanvallen, maar niet wanneer, met welke tactieken en hoe sterk, waar hij zijn aanvalslinies zou uitzetten en waar de omtrekkende beweging zou komen.

Hij wist ook dat de slag beslissend zou zijn en dat het lot van zijn hele leger, nee, van de hele natie, op het spel stond.

Hij overdreef de ernst van zijn dilemma niet. Ernst wist iets over Duitsland wat maar weinig anderen aanvoelden of hardop zouden durven uitspreken: dat Hitler niet lang aan de macht zou blijven

De vijanden van de Führer, zowel binnen de grenzen als erbuiten, waren te talrijk. Hitler was Caesar, Macbeth en Richard. Wanneer zijn krankzinnigheid uit de hand liep, zou hij verdreven of vermoord worden of zelfs de hand aan zichzelf kunnen slaan, want zo verbijsterend manisch waren zijn driftbuien, en dan zou een ander de grote leegte innemen die hij achterliet. En dat zou niet Göring zijn; zijn gulzigheid van lichaam en van ziel wedijverden om het hardst om hem ten val te brengen. Ernst dacht zelf dat als de twee leiders verdwenen waren (en Goebbels wegkwijnde na het verlies van zijn grote liefde, Hitler), de nationaalsocialistische Partij zou verschrompelen en er een gematigd Pruisisch staatsman ten tonele zou verschijnen; een tweede Bismarck, mogelijk imperialistisch, maar ook voor rede vatbaar en geniaal.

En Ernst zou mogelijk de hand in die transformatie kunnen hebben, want los van een kogel of bom was het Duitse leger de enige echte bedreiging van Hitler en zijn Partij.

In juni 1934 hadden Hitler en Göring gedurende de 'nacht van de lange messen' een groot deel van de leiders van de SA gearresteerd en vermoord. Die zuivering werd voornamelijk nodig geacht om het reguliere leger te paaien, dat jaloers was geworden op de enorme bruinhemdenmilitie. Hitler had van de boevenbendes aan de ene kant naar het Duitse leger aan de andere kant gekeken, de directe afstammelingen van de negentiende-eeuwse bataljons van de Hohenzollerns, en zonder aarzelen voor het leger gekozen. Twee maanden later, toen president Hindenburg overleed, had Hitler twee stappen gezet om zijn positie te versterken. Ten eerste had hij zichzelf tot oppermachtige 'Führer' van zijn land uitgeroepen. Ten tweede, en dat was veel belangrijker, had hij een persoonlijke eed van trouw van de Wehrmacht geëist.

De Tocqueville had gezegd dat er nooit een revolutie in Duitsland zou komen; de politie zou het niet toestaan. Nee, Hitler was niet bang voor een opstand van het volk; zijn enige angst was het leger.

En het was een nieuw, verlicht leger waar Ernst sinds het eind van de Oorlog zijn leven aan had gewijd. Een leger dat Duitsland en zijn burgers zou beschermen tegen elke dreiging, mogelijk uiteindelijk zelfs tegen Hitler zelf.

Maar Hitler was nog niet weg, bepeinsde Ernst, en hij kon het zich niet veroorloven de schrijver van dit briefje, dat als het verre gerommel van een door de nacht naderend leger was, te negeren.

Kol. Ernst, ik wacht nog op het verslag...

Hij had gehoopt dat de intrige die Göring in gang had gezet vanzelf zou overwaaien, maar dit lichte, doorschijnende velletje papier bewees het tegendeel. Hij wist dat hij snel moest optreden om zich op de aanval voor te bereiden en die af te slaan.

Na een moeilijke tweestrijd kwam de kolonel tot een besluit. Hij stopte het briefje in zijn zak, stond op van zijn bureaustoel, liep zijn kantoor uit en zei tegen zijn secretaresse dat hij een halfuur weg zou blijven.

Hij liep een gang door, en nog een, langs de renovatiewerkzaamheden overal in het oude, stoffige gebouw. Zelfs in het weekend krioelde het hier van de bouwvakkers. Bouwen was dé metafoor voor het nieuwe Duitsland, een natie die uit de as van Versailles herrees en werd herbouwd volgend Hitlers vaak geciteerde filosofie van het 'op één lijn brengen' van iedere burger en elke instantie van het land met het nationaalsocialisme.

Nog een gang door, met boven zich een streng portret van een schuin omhoogkijkende Führer, alsof hij daar zijn visie voor het rijk zag.

Hij stopte buiten in de gruizige wind die de kolkende hitte van de middagzon meevoerde.

'Heil, kolonel.'

Ernst knikte naar de twee bewakers, die Mausers met bajonet droegen. Hun begroeting amuseerde hem. Het was gebruikelijk dat iedereen die een rang in de buurt van het kabinet bekleedde, met zijn titel werd aangesproken, maar 'meneer de adjunct-gevolmachtigde' was een lachwekkende mond vol.

Door de Wilhelmstrasse, de Vossstrasse over naar de Prinz Albrechtstrasse, met een blik op nummer 8 aan zijn rechterhand, waar het hoofdkwartier van de Gestapo in een oud hotel en een ambachtsschool zat. Hij liep door naar zijn geliefde café en bestelde koffie. Kort daarna liep hij naar de telefoon, draaide een nummer, liet wat muntjes in de gleuf glijden en kreeg verbinding.

Er nam een vrouw op. 'Goedendag.'

'Spreek ik met Frau Keitel?'

'Nee, meneer, met de huishoudster.'

'Is professor-doctor Keitel thuis? U spreekt met Reinhard Ernst.'

'Moment, alstublieft.'

Even later klonk de zachte mannenstem in de hoorn.

'Goedendag, kolonel, al is het wel een benauwde.'

'Wat je zegt, Ludwig... Ik moet je dringend over het onderzoek spreken. Vandaag nog. Heb je tijd?'

'Dringend?'

'Uitermate. Kun je naar mijn kantoor komen? Ik wacht op antwoord uit Engeland, dus moet ik op mijn kamer blijven. Vier uur, schikt dat?'

'Ja, natuurlijk.'

Ze hingen op en Ernst keerde terug naar zijn koffie. Wat moest hij zich in bespottelijke bochten wringen, alleen maar om een telefoon te vinden die niet door Górings paladijnen werd afgeluisterd. Ik heb de oorlog vanbinnen en vanbuiten gezien, dacht hij. Het slagveld is gruwelijk, ja, onvoorstelbaar gruwelijk, maar wat is de oorlog veel zuiverder en eerlijker, engelachtig zelfs, in vergelijking met een leven met je vijanden naast je in plaats van recht voor je.

Tijdens de vijfentwintig kilometer lange rit van hartje Berlijn naar het olympisch dorp over een brede, volmaakt gladde snelweg floot de taxichauffeur vrolijk en vertelde aan Paul Schumann dat hij veel goed betalende klanten verwachtte gedurende de Olympische Spelen.

Hij viel plotseling stil toen er dreunende klassieke muziek uit een radio klonk; de Opel had een mobilofoon en een radiotoestel. 'Beethoven,' verklaarde de chauffeur. 'Zo beginnen alle officiële uitzendingen. We luisteren.' De muziek stierf weg en een rauwe, gedreven stem begon te spreken.

'Ten eerste is het niet acceptabel deze kwestie van besmetting luchthartig op te vatten; het moet duidelijk zijn dat een goede gezondheid afhankelijk kan zijn en inderdaad afhankelijk is van het vinden van manieren om niet alleen de symptomen van de ziekte te bestrijden, maar ook de oorsprong. Kijk naar het vervuilde water van een stilstaande vijver, een broedplaats van bacillen. Een snelstromende rivier biedt niet hetzelfde klimaat voor zo'n gevaar. Wij blijven ten strijde trekken om die stilstaande vijvers te vinden en leeg te laten lopen, opdat de bacillen en de muskieten en vliegen die ze verspreiden geen plek meer hebben om zich te vermenigvuldigen. Bovendien...'

Paul luisterde nog even, maar het gebeuzel over steeds hetzelfde begon hem te vervelen. Hij sloot zijn oren voor het nietszeggende geluid en keek naar het zondoorstoofde landschap, de huizen en de logementen van de mooie voorsteden die langzaam weken voor de natuur. De chauffeur sloeg af en stopte voor de hoofdingang van het olympisch dorp. Paul betaalde de man, die hem met opgetrokken wenkbrauwen bedankte, maar zwijgend naar de uit de radio stromende woorden bleef luisteren. Paul overwoog hem te vragen of hij wilde wachten, maar besloot dat het verstandiger zou zijn zich door een ander terug naar de stad te laten brengen.

Het dorp lag heet in de middagzon. De wind was zo zilt als zeelucht, maar zo droog als aluin, en hij voerde een fijn stof met zich mee. Paul liet zijn pas zien en liep over de perfect aangelegde stoep langs rijen bomen die allemaal op exact dezelfde afstand van elkaar stonden en kaarsrecht oprezen uit cirkels aarde in het weelderig groene gras. De Duitse vlag klapperde hevig in de benauwde wind: rood, wit en zwart.

Ach, dat weet u toch zeker wel...

Bij de Amerikaanse onderkomens aangekomen meed hij de receptie met de Duitse soldaat en glipte door de achterdeur naar zijn kamer. Hij kleedde zich uit, propte de groene blazer bij gebrek aan een rioolput onder in een mand vol wasgoed en trok een crèmekleurige flanellen broek, een overhemd en een zomerse kabeltrui aan. Hij borstelde zijn haar anders, met een zijscheiding. De schmink was weg, maar daar kon hij niets aan doen. Toen hij met zijn koffer en de aktetas naar buiten liep, hoorde hij een stem roepen: 'Hé, Paul.'

Hij keek op en zag Jesse Owens, die in sportkleding aan kwam lopen. 'Wat doe je?' vroeg Owens.

'Ik ga naar de stad. Werken.'

'Ah, Paul. We hadden gehoopt dat je zou blijven. Je hebt gisteren een mooie ceremonie gemist. Je moet dat eten hier zien. Geweldig.'

'Ik weet het, maar ik moet ervandoor. Ik ga wat interviews in de stad houden.'

Owens kwam dichterbij en knikte naar de snee en de blauwe plek op Pauls gezicht. Toen zakten zijn scherpe ogen naar Pauls knokkels, die rood en geschaafd waren van de vechtpartij.

'Dat had je gisteren nog niet. Ik hoop dat je andere interviews beter gaan dan dat van vanochtend. Het leven van een sportverslaggever in Berlijn is gevaarlijk, zo te zien.'

'Ik ben gevallen. Het stelt niets voor.'

'Voor jou niet, misschien,' zei Owens met een lach, 'maar hoe zit het met die vent op wie je geland bent?' Paul glimlachte tegen wil en dank. Die hardloper was eigenlijk nog maar een jochie, maar hij had iets wereldwijs. Misschien werd je sneller volwassen als je als neger in het Zuiden en Midwesten opgroeide. En als je in de nasleep van de Depressie op eigen kracht je school afmaakte.

Zoals Paul snel was veranderd door de overstap naar zijn huidige werk. Heel snel.

‘Wat dóé je hier nu eigenlijk, Paul?’

‘Gewoon mijn werk,’ zei hij. ‘Gewoon mijn werk. Zeg, heb je al iets gehoord over Stoller en Glickman?’ Ik hoop dat ze niet aan de kant zijn gezet.’

‘Nee, ze staan nog op de lijst,’ zei Owens met een zorgelijk gezicht, ‘maar de geruchten klinken niet goed.’

‘Ik wens ze veel succes. En jou ook, Jesse. Breng een paar gouden plakken mee naar huis.’

‘We doen ons best. Zie ik je nog?’

‘Wie weet.’

Paul gaf Jesse een hand en liep terug naar de ingang van het dorp, waar een rij taxi’s stond te wachten.

‘Hé, Paul,’ hoorde hij achter zich.

Hij keek om en zag de snelste man van de wereld grijnzend naar zich salueren.

De ondervraging van de verkopers en bankzitters in de Rosenthalerstrasse had niets opgeleverd (al had Janssen bevestigd dat hij nieuwe vloeken had geleerd toen een bloemenverkoopster erachter kwam dat hij haar alleen lastig kwam vallen met vragen en niets wilde kopen). Er was vlakbij geschoten, had Kohl te horen gekregen, maar dat was een ss-kwestie – mogelijk de angstvallig bewaakte ‘kleine veiligheidskwestie – en niet één van de elitetroepen verwaardigde zich er met de Kripo over te praten.

Terug op het hoofdbureau ontdekten ze echter dat er een wonder was gebeurd: de foto’s van het slachtoffer en de vingerafdrukken uit de Dresdengasse lagen op Willi Kohls bureau.

‘Moet je zien, Janssen,’ zei Willi Kohl. Hij wees naar de glanzende, keurig in een mapje verpakte afdrukken.

Hij ging aan zijn gehavende bureau in zijn kamer in het Alex zitten, het kolossale, stokoude gebouw van de Kripo dat was vernoemd naar het drukke plein waaraan het stond: de Alexanderplatz. Het leek of alle overheidsgebouwen werden opgeknapt, behalve het hunne. De recherche zat al jaren in hetzelfde groezelige gebouw. Kohl vond dat niet erg, want doordat ze niet vlak bij de Wilhelmstrasse zaten, hadden ze nog een zekere praktische autonomie, al bestond die op papier niet meer.

Kohl mocht ook blij zijn dat hij een eigen kantoor had, een kamer van vier bij zes meter met een bureau, een tafel en drie stoelen. Op het eikenhouten bureaublad lagen duizenden papieren met daartussen een asbak, een pijpenrek en een stuk of tien ingelijste foto's van Kohls vrouw, kinderen en ouders.

Hij leunde naar voren in zijn krakende houten stoel en bekeek de foto's van de plaats delict en de vingerafdrukken. 'Je hebt talent, Janssen. Ze zijn heel goed.'

'Dank u, inspecteur.' De jongeman keek naar de foto's en knikte.

Kohl nam de kandidaat-inspecteur op en zag hoe aandachtig hij de foto's bekeek. Het was kenmerkend voor zijn systematische werkwijze. Willi Kohl had zich via de traditionele route opgewerkt in de politiegelederen. Als zoon van een Pruisische boer was hij door de romans die hij las al jong gefascineerd geraakt door Berlijn en de politie. Op zijn achttiende was hij naar de stad gegaan, was bij de Schupo in de uniformdienst aangenomen, had de basistraining bij de vermaarde Berlijnse politieschool gevolgd en zich opgewerkt tot hoofdagent en brigadier. Al doende had hij ook een hogeschooldiploma behaald. Toen hij al een vrouw en twee kinderen had, was hij naar de politieacademie gegaan. Bij de Kripo was hij in de loop der jaren van kandidaat-inspecteur opgeklommen tot hoofdinspecteur.

Zijn jonge beschermeling daarentegen had een andere route gevolgd, eentje die tegenwoordig veel gangbaarder was. Janssen was een paar jaar geleden afgestudeerd aan een goede universiteit, was voor het toelatingsexamen rechtsgeleerdheid van de politieacademie geslaagd, had die doorlopen en was toen, op jeugdige leeftijd, als kandidaat-inspecteur aan Kohl toegewezen, die hem het vak in de praktijk zou bijbrengen.

De kandidaat-inspecteur was moeilijk uit zijn tent te lokken: Janssen was gereserveerd. Hij was getrouwd met een forse, donkerharige vrouw die in verwachting was van hun tweede kind. Janssen werd alleen enthousiast wanneer hij over zijn gezin praatte of over zijn passies, fietsen en wandelen. Tot iedereen overuren moest draaien met het oog op de naderende Spelen hadden de rechercheurs van de Kripo op woensdagmiddag vrij gehad. Janssen trok dan om twaalf uur vaak zijn korte broek en wandelschoenen aan op de wc om een lange tocht met zijn broer of vrouw te maken.

Maar wat hem ook dreef, hij was intelligent en ambitieus, en Kohl mocht zich in zijn handjes wrijven dat hij hem had gekregen. De afgelopen jaren waren veel getalenteerde jonge politiemensen van de Kripo overgestapt naar de Gestapo, waar de kansen en de salarissen veel beter waren. Toen Hitler aan de macht kwam, had het land twaalfduizend Kripo-rechercheurs geteld; nu waren het er nog maar achtduizend. En daar zaten ook nog eens veel voormalige Gestapo-rechercheurs tussen die met de Kripo waren geruild voor hun jonge politiemensen; dat waren eigenlijk vooral dronkenlappen die niets konden.

De telefoon rinkelde en hij nam op. 'Met Kohl.'

'Inspecteur, met Schreiber, de winkelbediende die u vandaag hebt gesproken. Heil Hitler.'

'Ja, ja, heil.' Op de terugweg van de Sommergarten naar het Alex waren Kohl en Janssen gestopt bij de hoedenafdeling van Tietz, het enorme warenhuis vlak bij het hoofdbureau van de Kripo dat de hele noordkant van de Alexanderplatz besloeg. Kohl had de bediende de foto van Görings hoed laten zien en hem gevraagd hoe zo'n hoed heette. De man wist het niet, maar zou het navragen.

'Is het gelukt?' vroeg Kohl.

'Ja, ja. Ik weet het. Het is een stetson. Amerikaans fabrikaat. Minister Göring heeft een heel verfijnde smaak, zoals u weet.'

Kohl ging daar liever niet op in. 'Komen ze hier veel voor?'

'Nee, inspecteur. Zelden. Ze zijn duur, zoals u begrijpt.'

'Waar zou ik er in Berlijn een kunnen kopen?'

'Ik zou het eerlijk gezegd niet weten, inspecteur. Ik heb gehoord dat de minister ze speciaal uit Londen laat komen.'

Kohl bedankte de man, hing op en vertelde aan Janssen wat hij had gehoord.

'Dan zou het een Amerikaan kunnen zijn,' zei Janssen, en hij noteerde het. 'Maar het hoeft niet. Als Göring ook zo'n hoed heeft.'

'Een klein stukje van de puzzel, Janssen. Maar je zult nog leren dat veel kleine stukjes vaak een duidelijker beeld schetsen van een misdrijf dan een enkel groot stuk.' Hij haalde de bruine monsterenveloppen uit zijn zak en zocht die met de kogel eruit.

De Kripo had een eigen gerechtelijk lab, een overblijfsel uit de tijd toen de Pruisische politiemacht de meest vooraanstaande van het land was (zo niet van de wereld; in de Weimar-tijd loste de Kripo zevenennegentig procent van alle moordzaken in Berlijn op). Ook het personeel en de apparatuur van het lab waren echter door de Gestapo geplunderd, en de analisten op het hoofdbureau waren overwerkt en veel minder bekwaam dan destijds. Daarom had Willi Kohl het op zich genomen een expert op bepaalde gebieden van forensisch onderzoek te worden. Hoewel hij zelf geen belangstelling had voor vuurwapens, had hij zich grondig verdiept in de ballistiek en zijn benadering gemodelleerd naar die van het beste wapenlab van de wereld, dat van J. Edgar Hoovers FBI in Washington. Hij schudde de kogel uit de envelop op een schoon vel papier.

Hij klemde de monocle in zijn oog, pakte een pincet en inspecteerde de kogel aandachtig. 'Jij hebt betere ogen,' zei hij. 'Kijk jij maar.'

De kandidaat-inspecteur nam de monocle en de kogel voorzichtig over en Kohl pakte een ordner van een plank. Er zaten foto's en tekeningen in van talloze soorten kogels. De ordner bevatte honderden bladzijden, maar de inspecteur had ze gerangschikt op kaliber en het aantal groeven en windingen, de strepen die door de loop in een kogel worden getrokken, en of ze links- of rechtsom draaiden. Janssen vond binnen vijf minuten wat hij zocht.

'Ach, dat is goed nieuws,' zei Kohl.

'Hoezo?'

'Onze moordenaar heeft een zeldzaam wapen gebruikt. Kijk maar. Het is een 9mm Largo-kogel, waarschijnlijk van de Spanish Star Modelo A. Gelukkig voor ons is die zeldzaam. En zoals jij eerder al opmerkte is het wapen nieuw of zelden gebruikt. Janssen, jij kunt je zo goed uitdrukken: stuur alsjeblieft een telex aan alle politiebureaus in de omgeving. Vraag of ze bij wapenzaken willen uitzoeken of iemand de afgelopen maanden een nieuwe of weinig gebruikte Star Modelo A heeft verkocht, of munitie voor dat wapen. Of nee, maak er het afgelopen jaar van. Ik wil de namen en adressen van alle kopers hebben.'

'Ja, inspecteur.'

De jonge kandidaat-inspecteur noteerde alles en wilde naar de telexkamer lopen.

'Wacht, doe er als postscriptum een signalement van onze verdachte bij. En zeg dat hij gewapend is.' De inspecteur pakte de duidelijkste foto's van de vingerafdrukken van de verdachte en de kaart met afdrukken van het slachtoffer. 'En nu moet ik proberen diplomatiek te zijn,' verzuchtte hij. 'Ach, wat heb ik daar een hekel aan.'

10

'Het spijt me, inspecteur Kohl, maar de afdeling is drukbezet.'

'Iedereen?'

'Ja, inspecteur,' zei de nette, kale man in het tot hoog op zijn borst dichtgeknoopte strakke pak. 'Een paar uur geleden hebben we opdracht gekregen al het andere onderzoek te staken en een lijst op te stellen van iedereen in de dossiers met een Russische afkomst of een Russisch uiterlijk.'

Ze waren in het voorkantoor van de grote afdeling Identificatie van de Kripo, waar vingerafdrukken werden geanalyseerd en antropometrisch onderzoek werd uitgevoerd.

'Iedereen in heel Berlijn?'

'Ja. Er is een alarm afgekondigd.'

Aha, die veiligheidskwestie weer, die waarvan Krauss had gezegd dat ze te onbeduidend was om met de Kripo te bespreken, dacht Kohl.

'Ze laten dossiers controleren door onderzoekers van vingerafdrukken? De onze nog wel?'

'Alles laten vallen,' zei de kleine, dichtgeknoopte man. 'Dat was de opdracht. Van het hoofdbureau van de Sipo.'

Himmler weer, dacht Kohl. 'Alsjeblieft, Gerhard, dit is heel belangrijk.' Hij liet de kaart met vingerafdrukken en de foto's zien.

Gerhard keek ernaar. 'Mooie foto's,' zei hij. 'Haarscherp.'

'Zet er alsjeblieft een stuk of drie onderzoekers op. Meer vraag ik niet.'

Een genepen lach trok over het gezicht van het afdelingshoofd. 'Dat kan ik niet doen, inspecteur. Drie? Onmogelijk.'

Kohl voelde zich machteloos. Als student forensisch onderzoek benijdde hij Amerika en Engeland, waar de forensische identificatie nu bijna helemaal op de analyse van vingerafdrukken berustte. Goed, hier werden ook vingerafdrukken gebruikt ter identificatie, maar in tegenstelling tot de Amerikanen hadden de Duitsers geen eenvormig systeem voor het analyseren van afdrukken; iedereen had zijn eigen manieren. Een politieman in Westfalen kon het zus doen, een Kripo-rechercheur in Berlijn zo. Door de afdrukken van hot naar her te sturen kon er uiteindelijk wel eens iemand geïdentificeerd worden, maar er konden weken overheen gaan voor het zover was. Kohl pleitte al heel lang voor een landelijk gestandaardiseerd systeem van vingerafdruk-analyse, maar hij stuitte op veel verzet en desinteresse. Hij had zijn commandant ook dringend verzocht een paar Amerikaanse fototelexen te kopen, opmerkelijke apparaten waarmee je binnen een paar minuten foto's, vingerafdrukken of andere beelden per telefoonlijn kon verzenden. Ze waren echter heel duur en zijn chef had het verzoek afgewezen zonder het zelfs maar met de burgemeester te bespreken.

Wat Kohl nog meer zorgen baarde, was dat sinds de nationaalsocialisten aan de macht waren, vingerafdrukken ondergeschikt waren gemaakt aan de gedateerde antropometrie van Bertillon, een techniek waarbij de maten van het lichaam, het gezicht en het hoofd werden gebruikt om delinquenten te identificeren. Zoals de meeste moderne rechercheurs verwierp ook Kohl de Bertillon-analyse als te bewerkelijk; oké, ieders lichaam mocht dan in hoge mate van dat van anderen afwijken, maar er waren tientallen zorgvuldige metingen nodig om iemand te categoriseren. En misdadigers lieten wel vingerafdrukken achter, maar zelden zo veel afdrukken van hun lichaam dat er via de gegevens van Bertillon een individu in verband kon worden gebracht met de plaats delict.

Het was de nationaalsocialisten er dan ook niet alleen om te doen iemand te identificeren; zij zagen de antropometrie als de sleutel tot wat zij de 'wetenschap' van de crimino-biologie noemden: mensen zuiver op lichamelijke kenmerken als crimineel categoriseren, los van hun gedrag. Binnen de Gestapo en de SS trachtten honderden mensen dag in, dag uit zaken als neusgrootte en huidskleur te relateren aan een misdadige aanleg. Himmlers doel was niet het berechten van criminelen, maar het voorkomen van misdrijven.

Kohl vond het even dwaas als angstwekkend.

Kijkend naar de grote zaal met lange tafels waaraan mannen en vrouwen over documenten gebogen zaten, constateerde Kohl dat de diplomatie die hij op weg hierheen had opgeroepen geen effect sorteerde. Er was een andere tactiek nodig: listigheid. 'Goed. Zeg dan wanneer jullie wel met de analyse kunnen beginnen. Ik moet Krauss toch íéts vertellen. Hij zeurt al uren aan mijn hoofd.'

Een stilte. 'Onze Pietr Krauss?'

'Krauss van de Gestápo, ja. Ik zal tegen hem zeggen... Wat zeg ik tegen hem, Gerhard? Dat het een week gaat duren, tien dagen?'

'Is de Gestapo erbij betrokken?'

'Ik heb samen met Krauss de PD onderzocht.' Dat was tenminste waar. Min of meer.

'Misschien heeft dit met die veiligheidssituatie te maken,' zei de man, die ongerust werd.

'Ik weet het wel zeker,' zei Kohl. 'Misschien zijn dit de vingerafdrukken van de gezochte Rus.'

Gerhard zei niets, maar keek nog eens naar de foto's. Waarom droeg zo'n slanke man zo'n strak pak? vroeg Kohl zich af.

'Ik zal de afdrukken aan een analist geven. Ik bel je zodra ik meer weet.'

'Alles wat je kunt doen, wordt gewaardeerd,' zei Kohl, maar hij dacht: maar één analist? Dat zou waarschijnlijk niets uithalen, tenzij hij bij toeval iets vond.

Kohl bedankte het afdelingshoofd en liep de trap naar zijn eigen verdieping weer op. Daar ging hij naar de kamer van zijn directe chef, Friedrich Horcher, het hoofd van de inspecteurs van Berlijn-Potsdam.

Horcher, een slanke man met grijs haar en een ouderwetse gepommadeerde snor was in zijn jonge jaren een goed rechercheur geweest, en hij had de stormen van de recente Duitse politiek ongehavend doorstaan. Horcher had een ambivalente houding ten opzichte van de Partij; in de verschrikkelijke tijd van de inflatie was hij in het geheim lid geweest, maar hij had zijn lidmaatschap opgezegd vanwege Hitlers extreme standpunten. Kortgeleden was hij weer lid geworden, schoorvoetend misschien, meegesleurd door de koers die het land koos, maar hij kon ook een oprechte bekeerling zijn. Kohl had geen idee.

'Hoe gaat het met de zaak, Willi? De Dresdengasse?'

'Het vordert langzaam, chef.' Hij voegde er nors aan toe. 'Alle middelen zijn geconfisqueerd, schijnt het. Onze middelen, wel te verstaan.'

'Ja, er is iets aan de hand. Een soort alarm.'

'Inderdaad.'

'Heb je er misschien iets over gehoord?' vroeg Horcher langs zijn neus weg.

'Nee, niets.'

'En toch worden we onder druk gezet. Ze denken dat de hele wereld toekijkt en dat een dode in de buurt van de Tiergarten het imago van onze stad definitief kan verwoesten.' Voor iemand op Horchers niveau was ironie een gevaarlijke luxe, en Kohl bespeurde er niets van in zijn stem. 'Zijn er verdachten?'

'We hebben een paar uiterlijke kenmerken, een paar aanwijzingen. Meer niet.'

Horcher legde een document op zijn bureau recht.

'Het zou handig zijn als de dader een...'

'... buitenlander was?' vulde Kohl aan.

'Precies.'

'We zullen zien. Ik wil graag iets doen, chef. Het slachtoffer is tot op heden niet geïdentificeerd. Dat belemmert het onderzoek. Ik zou zijn foto in *Der Völkische Beobachter* en de *Zeitung* willen laten plaatsen. Misschien herkent iemand hem.'

Horcher lachte. 'Een foto van een lijk in de krant?'

'Dat we het slachtoffer niet kennen, is uiterst nadelig voor het onderzoek.'

'Ik zal het aan het propagandakantoor voorleggen. We horen wel wat minister Goebbels ervan vindt. Hij moet toestemming geven.'

'Dank u, chef.' Kohl wilde naar de deur lopen, maar bedacht zich. 'Nog iets, chef. Ik wacht nog steeds op dat rapport uit Gatow. Het is nu een week geleden. Ik vroeg me af of u het misschien had gekregen.'

'Wat was er in Gatow? O, die schietpartij?'

'Partijén,' verbeterde Kohl. 'Twee schietpartijen.'

Eerst waren er twee gezinnen die aan de rivier de Havel ten zuidwesten van Berlijn zaten te picknicken doodgeschoten: zeven mensen, onder wie drie kinderen. Een paar dagen later was er weer een bloedbad aangericht: nu waren er acht arbeiders doodgeschoten die in caravans tussen Gatow en Charlottenburg woonden, de exclusieve voorstad ten westen van Berlijn.

De commissaris van Gatow had nog nooit zoiets bij de hand gehad, en hij had een van zijn mensen de Kripo om hulp laten vragen. Raul, een enthousiaste jonge agent, had Kohl gesproken en foto's van de pd naar het Alex gestuurd. Willi Kohl was een door de wol geverfde rechercheur moordzaken, maar de aanblik van de neergemaaide moeders en kinderen had hem geschokt. De Kripo had jurisdictie over alle niet-politieke misdrijven in heel Duitsland, en Kohl wilde dat deze moorden een hoge prioriteit kregen.

Jurisdictie en de toewijzing van middelen waren echter twee heel verschillende zaken en de slachtoffers van deze misdrijven waren, zo had Raul hem verteld, respectievelijk joden en Polen.

'We laten het aan de politie van Gatow over,' had Horcher een week geleden tegen hem gezegd.

'Moorden van deze omvang?' had Kohl verontrust en sceptisch gevraagd. De politie in de voorsteden en op het platteland onderzocht auto-ongelukken en veediefstal. En de commissaris van Gatow, Wilhelm Meyerhoff, was een domme, luie ambtenaar die zelfs zijn beschuitjes nog niet zonder hulp kon vinden.

Kohl had dus bij Horcher aangedrongen tot hij in elk geval toestemming had gekregen het proces-verbaal te lezen. Hij had Raul gebeld, hem de elementaire onderzoekstechnieken uitgelegd en hem gevraagd getuigen te horen. Zodra zijn chef het verslag had goedgekeurd, zou Raul het aan Kohl sturen, had hij beloofd. Kohl had wel foto's gekregen, maar verder niets.

'Ik heb niets gekregen, Willi,' zei Horcher nu. 'Maar alsjeblieft... Joden? Polen? We hebben andere prioriteiten.'

'Uiteraard, chef,' zei Kohl bedachtzaam. 'Ik begrijp het. Ik zou alleen niet willen dat de kosi's ongestraft bleven.'

'De communisten? Wat hebben die ermee te maken?'

'Ik kwam pas op het idee toen ik de foto's zag. Het viel me op dat de moorden iets ordelijks hadden, en dat er geen poging was gedaan ze te verdoezelen. Ik vond die moorden te opvallend. Bijna alsof ze in scène waren gezet.'

Horcher liet het bezinken. 'Dus jij denkt dat de kosi's de schijn wilden wekken dat de Gestapo of de SS achter de moorden zit? Ja, Willi, slim van je. Die rode schoften zouden zich zeker tot zoiets verlagen.'

'Zeker nu de buitenlandse pers in de stad is voor de Spelen,' voegde Kohl eraan toe. 'Wat zouden de kosi's het leuk vinden als ze ons imago voor de hele wereld konden schaden.'

'Ik zal het verslag doornemen, Willi. Ik zal mijn voelhoorns uitsteken. Goed idee van je.'

'Dank u, chef.'

'En ga nu de zaak van de Dresdengasse oplossen. Als onze burgemeester een smetteloze stad wil, krijgt hij die.'

Kohl keerde terug naar zijn kamer en keek naar de foto's van de twee vermoorde gezinnen terwijl hij zijn voeten masseerde. Wat hij tegen Horcher had gezegd, was onzin; wat er ook was gebeurd, er zat geen communistisch complot achter, maar de nationaalsocialisten waren zo happig op samenzweringen als varkens op slobber. Dit soort spelletjes moest gespeeld worden. Ach, wat had hij veel geleerd sinds januari 1933.

Hij stopte de foto's terug in de map met het opschrift GATOW/CHARLOTTENBURG en legde hem weg. Toen stopte hij de monsterenveloppen met de aanwijzingen die hij die middag had verzameld in een doos waarop hij Incident Dresdengasse schreef. Hij deed de foto's van de vingerafdrukken, de plaats delict en het slachtoffer erbij en gaf de doos een ereplaats op zijn bureau.

Hij belde naar het pathologisch lab en kreeg te horen dat de dokter koffie zat te drinken. De assistent vertelde dat het ongeïdentificeerde lichaam nummer A 25-7-36-Q uit de Dresdengasse inmiddels was aangekomen, maar dat hij geen idee had wanneer het onderzocht zou worden. Voor de avond, hoopte hij. Kohl trok een lelijk gezicht. Hij had gehoopt dat de autopsie zo niet voltooid, dan toch al vergevorderd was.

Janssen kwam terug. 'De telex is naar de bureaus gegaan, inspecteur. Ik heb gezegd dat het dringend is.'

Zijn telefoon rinkelde en hij nam op. Het was Horcher weer.

'Willi, minister Goebbels heeft gezegd dat we de foto van de dode man niet in de krant mogen vertonen. Ik heb geprobeerd hem op andere gedachten te brengen. Ik was hoogst overtuigend, kan ik je zeggen, en ik dacht dat het me zou lukken, maar uiteindelijk ben ik er niet in geslaagd.'

'Tja, chef, toch bedankt.' Willi hing op en dacht cynisch: hoogst overtuigend, dat zal wel. Hij vroeg zich af óf Horcher Goebbels wel had gesproken.

Kohl vertelde zijn kandidaat-inspecteur wat zijn chef had gezegd. 'Ach, en het kan nog dagen of weken duren voordat een analist de vingerafdrukken die we hebben gevonden zelfs maar enigszins kan duiden. Janssen, pak die foto van het slachtoffer... Nee, die andere, waarop hij er iets minder dóód uitziet, en ga ermee naar onze drukkerij. Laat er vijfhonderd afdrukken van maken. Zeg dat er veel haast bij is. Zeg dat het om een zaak van de Kripo en de Gestapo samen gaat. Aangezien Krauss ervoor heeft gezorgd dat we te laat bij de Sommergarten kwamen, mogen we best misbruik van hem maken. Het zit me nog steeds dwars, moet ik zeggen.'

'Ja, inspecteur.'

Toen Janssen tien minuten later terugkwam, ging de telefoon weer. Kohl nam op. 'Ja, met Kohl.'

'Met Georg Jaeger. Hoe gaat het met u?'

'Georg! Prima. Ik had gehoopt vandaag met mijn gezin naar de Lustgarten te gaan, maar ik moet werken. Zo gaan die dingen. En jij?'

'Ook aan het werk. Altijd aan het werk.'

Jaeger was een paar jaar eerder Kohls protégé geweest. Hij was een zeer talentvol rechercheur, en toen de Partij aan de macht was gekomen, had hij het verzoek gekregen bij de Gestapo te komen werken. Hij had geweigerd, en op zo'n botte manier dat hij een paar hoge heren tegen de schenen had geschopt. Zo was hij bij de geüniformeerde ordepolitie beland, een stap naar beneden voor een Kripo-rechercheur. Jaeger bleek in zijn nieuwe functie echter ook een uitblinker te zijn, en hij kreeg al snel de leiding over het Orpo-bureau van Noord-Centraal Berlijn; de ironie wilde dat hij daar als banneling veel gelukkiger leek te zijn dan in het Alex, dat een broeinest van intriges was.

'Ik bel omdat ik hoop u te kunnen helpen, professor.'

Kohl, die nog wist dat Jaeger hem zo had genoemd tijdens hun samenwerking, schoot in de lach. 'Wat zou dat kunnen zijn?'

'We hebben zojuist een telex ontvangen over een verdachte in een zaak waar u aan werkt.'

'Ja, ja, Jaeger. Heb je een wapenhandelaar gevonden die een Spanish Star Modelo A heeft verkocht?'

'Nee, maar ik heb wat SA'ers horen klagen dat ze vandaag bij een boekwinkel in de Rosenthalerstrasse door een man waren aangevallen. Zijn signalement voldeed aan uw beschrijving.'

'Ach, Jaeger, wat ben ik daar blij mee. Zou ik die mannen op de plek van de aanval kunnen spreken?'

'Ze willen vast niet meewerken, maar als ze in mijn wijk zijn, kan ik ze op hun plaats wijzen. Ik zorg dat ze komen. Hoe laat?'

'Nu. Onmiddellijk.'

'Zeker, professor.' Jaeger gaf het adres aan de Rosenthalerstrasse door en vroeg: 'En hoe staat het leven op het Alex?'

'Misschien kunnen we dat beter een andere keer bespreken, bij schnaps en bier.'

'Ja, natuurlijk,' zei de Orpo-commandant veelbetekenend. Hij dacht waarschijnlijk dat Kohl bepaalde zaken liever niet telefonisch wilde bespreken.

Wat ook zo was, al beëindigde Kohl het gesprek niet vanwege intriges, maar omdat hij de man met Görings hoed zo snel mogelijk wilde vinden.

'Ach,' prevelde de bruinhemd sarcastisch, 'komt een Kripo-rechercheur ons helpen? Kijk, kameraden, dat moeten jullie zien.'

De man was bijna twee meter lang en had, zoals veel SA'ers, een gespierd lichaam, van zijn dagarbeid voordat hij bij de SA was gekomen en van het aanhoudende, stompzinnige paraderen dat hij nu deed. Hij zat op de stoeprand en liet zijn blikvormige, lichtbruine pet aan zijn wijsvinger bungelen.

Een tweede bruinhemd, kleiner maar net zo massief, stond tegen de gevel van een kruidenierszaakje geleund. 'Heden geen boter, geen vleeswaren', stond er op het bord in de etalage. De ruit van de aangrenzende boekwinkel was verbrijzeld en de stoep lag bezaaid met glasscherven en boeken. De man hield met een van pijn vertrokken gezicht zijn verbonden pols vast. Een derde SA'er, die narrig alleen zat, had geronnen bloed op zijn overhemd.

'Wat heeft u uit uw bureau gelokt, inspecteur?' vervolgde de eerste bruinhemd. 'Wij toch zeker niet? Als een stel communisten ons als Horst Wessel had afgeknald, had u daar uw koffie en koek aan de Alexanderplatz nog niet voor laten staan.'

Janssen verstrakte bij het horen van de kwetsende woorden, maar toen hij Kohls waarschuwende blik zag, keek hij welwillend naar de bruinhemden. Een overheidsdienaar op Kohls niveau kon de meeste SA'ers van lage rang ongestraft beledigen, maar de inspecteur had hun medewerking nodig. 'Heren toch, er is geen reden om zo te praten. De Kripo bekommert zich net zo om uw welbevinden als dat van ieder ander. Vertel me alstublieft over de hinderlaag.'

'Ach, inspecteur, u hebt gelijk,' zei de grootste man, knikkend bij Kohls zorgvuldig gekozen woord. 'Het was inderdaad een hinderlaag.

Hij viel ons in de rug aan terwijl wij de wet op verboden boeken uitoefenden.'

'U bent...?'

'Hugo Felstedt. Ik heb de leiding over de barakken van het Berliner Schloss.'

Hij bedoelde een verlaten loods van een brouwerij, wist Kohl, die door een stuk of vijfentwintig SA'ers was geconfisqueerd. Het woord 'Schloss' kon worden geïnterpreteerd als 'armetierig hotel'.

'Wie zaten daar?' vroeg Kohl met een knikje naar de boekhandel.

'Een stel. Getrouwd, leek het.'

Kohl moest moeite doen om zijn bezorgde gezicht in de plooi te houden. Hij keek om zich heen. 'Zijn die ook ontkomen?'

'Inderdaad.'

Nu zei de derde bruinhemd eindelijk iets. Hij sliste door zijn uit zijn mond geslagen tanden: 'Het was een list, natuurlijk. Die twee hebben ons afgeleid en toen kon de derde ons besluipen. Hij heeft ons met een knuppel bewerkt.'

'Aha. En droeg hij een stetson? Zo'n hoed als luchtmaarschalk Göring? En een groene stropdas?'

'Ja,' beaamde de grootste man. 'Zo'n schreeuwerige jodendas.'

'Kon u zijn gezicht zien?'

'Hij had een grote neus en vlezige kaken.'

'Borstelige wenkbrauwen. En dikke lippen.'

'Hij was dik,' droeg Felstedt bij. 'Net als die man op het omslag van *Der Stürmer* van vorige week. Hebt u dat gezien? Hij leek er sprekend op.'

Felstedt had het over Julius Streichers obscene, antisemitische tijdschrift vol verzonnen verhalen over door joden begane misdrijven en onzin over hun raciale inferioriteit. Op het omslag stonden groteske karikaturen van joden. Het blad, waarvoor zelfs de meeste nationaalsocialisten zich geneerden, kon alleen gepubliceerd worden omdat Hitler het graag las.

'Het is me helaas ontgaan,' zei Kohl droog. 'En sprak hij Duits?'

'Ja.'

'Had hij een accent?'

'Een joods accent.'

'Ja, ja, maar nog een ánder accent misschien? Kwam hij uit Beieren, Westfalen, Saksen?'

'Mogelijk.' De grootste man knikte. 'Ja, ik geloof van wel. Weet u, als hij als een man had gevochten, had hij ons niets kunnen doen, maar hij besloop ons op laffe...'

'Zou hij een buitenlands accent gehad kunnen hebben?' onderbrak Kohl hem.

De drie keken elkaar aan. 'Hoe zouden wij dat moeten weten? We zijn nooit buiten Berlijn geweest.'

'Palestijns, misschien,' opperde een van de drie. 'Dát zou het geweest kunnen zijn.'

'Goed, dus hij viel u in de rug aan met zijn knuppel.'

'En dit hier.' De derde man hield een boksbeugel op.

'Was die van hem?'

'Nee, dit is de mijne. Hij heeft de zijne meegenomen.'

'Juist, ja. Hij viel u in de rug aan. En toch hebt u een bloedneus gehad, zie ik.'

'Hij sloeg zo hard dat ik op mijn gezicht viel.'

'En waar viel hij precies aan?'

'Daar.' De man wees naar een tuintje dat tot aan de stoep liep. 'Een van onze kameraden ging hulp halen. Toen hij terugkwam, ging die laffe jood er als een haas vandoor.'

'Welke kant op?'

'Die kant. Door wat stegen naar het oosten. Ik zal het u wijzen.'

'Wacht even,' zei Kohl. 'Had hij een tas bij zich?'

'Ja.'

'En nam hij die ook mee?'

'Ja. Daar had hij zijn knuppels in verstopt.'

Kohl knikte naar het tuintje. Janssen en hij liepen erheen. 'Dat was zinloos,' fluisterde Janssen. 'Aangevallen door een kolossale jood met een boksbeugel en knuppels? En waarschijnlijk had hij nog eens vijftig leden van het uitverkoren volk achter zich.'

'Janssen, ik zie de verklaringen van getuigen en verdachten altijd als rook. De woorden zelf hebben vaak geen betekenis, maar ze kunnen ons naar het vuur leiden.'

Ze liepen speurend om de tuin heen.

'Hier, inspecteur,' riep Janssen opgewonden. Hij had een Engels gidsje van het olympisch mannendorp gevonden.

Het bemoedigde Kohl. Het zou té toevallig zijn als een buitenlandse toerist het boekje was kwijtgeraakt, juist in deze nietszeggende buurt en op de plek waar zojuist een vechtpartij had plaatsgevonden. De bladzijden waren nog fris en schoon, wat erop duidde dat de gids niet lang in het gras had gelegen. Kohl tilde hem met een zakdoek op (je kon soms vingerafdrukken op papier vinden), stopte hem in een envelop en stak die in zijn zak. 'Kunt u even komen?' riep hij naar de SA'ers.

De drie mannen drentelden naar de tuin.

'Wilt u daar gaan staan, in een rij?' Kohl wees naar een kaal stukje grond.

Ze vormden een kaarsrechte lijn, iets waar bruinhemden veel talent voor hebben, en Kohl bekeek hun laarzen en vergeleek de vorm en maat met de afdrukken in de grond. Hij zag dat hun belager grotere voeten had dan zij en dat hij op afgetrapte hakken liep.

'Goed,' zei hij, en hij wendde zich tot Felstedt. 'Wijs me maar tot waar u hem hebt achtervolgd. De anderen kunnen gaan.'

'Inspecteur, laat het ons weten als u hem te pakken hebt,' riep de man met het bloedige gezicht. 'We hebben een cel bij de barakken. Daar kunnen we met hem afrekenen.'

'Ja, dat kan misschien wel geregeld worden,' zei Kohl. 'En ik zal u veel tijd gunnen, dan kunt u hem met meer dan drie man onder handen nemen.'

De SA'er, die zich afvroeg of hij in de maling werd genomen, aarzelde, maar keek toen weer naar de bloedvlekken op zijn overhemd. 'Moet je zien. Ach, als we hem in onze handen krijgen, pérsen we het bloed uit zijn lijf. Kom mee, kameraad.'

Het tweetal liep weg.

'Die kant op. Hij rende die kant op.' Felstedt leidde Kohl en Janssen door twee stegen de drukke Gormannstrasse in.

'We wisten heel zeker dat hij een van die andere stegen in was gedoken. We hadden overal mannen staan, maar hij verdween gewoon.'

Kohl zag een aantal stegen die van de straat naar andere straten leidden en een doodlopende steeg. 'Dank u, wij zullen het verder van u overnemen.'

Nu zijn kameraden er niet meer bij waren, durfde Felstedt openhartiger te zijn. 'Hij is écht heel gevaarlijk, inspecteur,' zei hij zacht.

'En u vindt dat u hem goed hebt beschreven?'

Een aarzeling. Toen: 'Joods. Het was onmiskenbaar een jood, ja. Met van dat krullerige haar, als een Ethiopiër, een jodenneus en joodse ogen.' De SA'er veegde over de bloedvlek op zijn overhemd en beende stoer weg.

'Idioot,' pruttelde Janssen met een angstige blik op Kohl, die beaamde: 'En dat is nog zacht uitgedrukt.' De inspecteur keek naar de stegen en peinsde hardop: 'Toch denk ik dat "commandant" Felstedt ons in weerwil van zijn eigen vorm van blindheid de waarheid heeft verteld. Onze verdachte is inderdaad in het nauw gedreven en er toch in geslaagd te ontsnappen, en dat aan tientallen SA'ers. We gaan in de afvalbakken in de stegen neuzen, Janssen.'

'Ja, inspecteur. Denkt u dat hij kleding of zijn tas heeft weggegooid om te kunnen ontkomen?'

'Dat ligt voor de hand.'

Ze inspecteerden steeg voor steeg de afvalbakken, maar vonden alleen oude dozen, kranten, blikjes, flessen en rottende etensresten.

Kohl bleef even met zijn handen in zijn zij om zich heen staan kijken en vroeg toen: 'Wie doet jouw overhemden, Janssen?'

'Mijn overhemden?'

'Ze zijn altijd zo onberispelijk gewassen en geperst.'

'Mijn vrouw, natuurlijk.'

'Dan bied ik haar mijn verontschuldigingen aan, want ze zal het overhemd dat je nu aanhebt moeten wassen en verstellen.'

'Waarom?'

'Omdat jij nu op je buik op straat gaat liggen om in die put te vissen.'

'Maar...'

'Ja, ik weet het, maar ik heb het zelf ook heel vaak gedaan, en met de jaren krijg je bepaalde voorrechten, Janssen. Kom op, doe je jasje uit. Het is van goede zijde. Zonde om dat ook te bederven.'

Janssen gaf Kohl zijn donkergroene colbert, dat inderdaad mooi was. Janssens ouders zaten er warmpjes bij, en hij had los van zijn maandelijkse kandidaat-inspecteurssalaris nog wat geld, en dat was maar goed ook, gezien de schamele vergoeding die Kripo-rechercheurs ontvingen. Janssen knielde op de keien, steunde op zijn ene hand en stak de andere in het donkere gat.

Uiteindelijk leed zijn overhemd maar weinig schade, want even later riep hij al: 'Ik heb iets, inspecteur!' Hij stond op en liet een verfomfaaid bruin voorwerp zien: Görings hoed. En een extraatje: de das, die inderdaad schreeuwerig groen was, zat in de hoed.

Janssen vertelde dat ze op een richel hadden gelegen, maar een halve meter onder het putdeksel. Hij zocht door, maar vond niets meer.

'Nu hebben we een paar antwoorden, Janssen,' zei Kohl terwijl hij de hoed vanbinnen bekeek. Op het etiket stond: 'Stetson Mity-Lite'. Er was ook een winkelmerk in de hoed genaaid: *'Manny's Men's Wear,* New York City'.

'Dit kunnen we aan ons beeld van de verdachte toevoegen.' Kohl haalde de monocle uit zijn vestzakje, klemde hem in zijn oog en keek naar een paar haren die in de binnenband staken. 'Hij heeft middellang, donkerbruin haar met een beetje rood erin. Helemaal niet zwart of "gekruld". Steil. En ik zie geen vlekken van haarvet of -olie.'

Kohl gaf de hoed en stropdas aan Janssen, likte aan de punt van zijn potlood, noteerde de nieuwste bevindingen in zijn opschrijfboekje en klapte het dicht.

'Waar gaan we nu heen, inspecteur? Terug naar het Alex?'

'Wat zouden we daar moeten doen? Biscuitjes eten en koffiedrinken, zoals we volgens onze kameraden van de SA de hele dag doen? Of toekijken hoe de Gestapo al onze middelen opsoupeert om alle Slaven in de stad bijeen te drijven? Nee, we kunnen beter een stukje gaan rijden. Ik hoop dat de DKW niet weer oververhit raakt. De laatste keer dat ik met Heidi en de kinderen de stad uit ging, hebben we twee uur buiten Falkenhagen moeten wachten, en er was niets anders te doen dan naar de koeien kijken.'

II

De taxi die hij bij het olympisch dorp had genomen, zette hem af op de drukke Lützowplatz aan een troebel kanaal met stilstaand water ten zuiden van de Tiergarten.

Paul stapte uit, rook het muffe water en bleef even langzaam om zich heen staan kijken om zich te oriënteren. Toen hij geen ogen vanachter kranten naar zich zag gluren en geen steelse mannen in bruine pakken of uniformen ontwaarde, begon hij in oostelijke richting te lopen, een stille woonwijk in met zowel fraaie als bescheiden woningen. Hij liep volgens Morgans routebeschrijving, die hij zich nog haarscherp herinnerde, een tijdje langs het kanaal, dat hij vervolgens overstak naar de Prinz Heinrichstrasse. Al snel bereikde hij de Magdeburger Allee, een rustige straat met herenhuizen van drie en vier verdiepingen die hem aan de rustieke huurkazernes in de West Side van Manhattan deden denken. Bijna alle huizen hadden de nationaalsocialistische rood met wit en zwarte vlag uithangen, en zo hier en daar hing een banier met de in elkaar grijpende ringen van de Olympische Spelen. Aan het huis dat hij zocht, nummer 26, wapperde ook een olympische vlag. Hij belde aan en hoorde kort daarop voetstappen. Het gordijn voor een zijraam leek als in een plotselinge bries opzij te waaien, en even later hoorde hij het slot van de voordeur klikken.

Paul knikte naar de vrouw, die hem waakzaam aankeek.

'Goedemiddag,' begroette hij haar in het Duits.

'Bent u Paul Schumann?'

'Ja.'

Ze was eind dertig, begin veertig, schatte hij. Een slank figuur en een paar jaar oude gebloemde jurk tot ver over de knie die Marion 'tamelijk ouderwets' zou hebben genoemd. Ze had donkerblond, gewatergolfd haar en droeg, net als de meeste vrouwen die hij in Berlijn had gezien, geen make-up. Haar huid was mat en haar bruine ogen stonden vermoeid, maar dat waren oppervlakkigheden die met een paar stevige maaltijden en een paar nachten goed slapen verholpen konden worden, en gek genoeg vond hij haar daardoor juist des te aantrekkelijker. Marions vriendinnen, en Marion zelf, tutten zich soms zo op dat je niet meer wist hoe ze er in het echt uitzagen.

'Ik ben Käthe Richter. Welkom in Berlijn.' Ze stak haar rode, benige hand uit en gaf hem een stevige handdruk. 'Ik wist niet hoe laat u zou komen. In de loop van dit weekend, zei meneer Morgan. Maar goed, uw kamers zijn klaar. Komt u toch binnen.'

Hij stapte de gang in en rook nafta van mottenballen, kaneel en een vleugje seringen, mogelijk van haar parfum. Ze deed de deur dicht, draaide hem op slot en keek weer door het gordijn van het zijraam naar de straat. Toen nam ze zijn koffer en de leren aktetas van hem over.

'Nee, ik...'

'Ik draag uw bagage,' zei ze resoluut. 'Hierheen.'

Ze leidde hem naar een deur halverwege de schemerige gang, waar de oorspronkelijke gaslampen nog naast de nieuwere elektrische verlichting hingen. Aan de muren hingen een paar verbleekte herdersstafereeltjes in olieverf. Käthe deed de deur open en wenkte hem zijn ruime, schone, spaarzaam gemeubileerde verblijf in. De deur kwam uit op een woonkamer met linksachter een slaapkamer. Langs een van de muren stond een groezelig Japans kamerscherm dat een kleine keuken aan het oog onttrok. Op de tafels prijkten beschadigde beeldjes van dieren en poppen, beschadigde lakwerk doosjes en goedkope papieren waaiers. Er waren twee goedkope elektrische lampen. Käthe liep naar het grote radiomeubel in de hoek, naast een koffergrammofoon, en zette hem aan.

'De rookkamer is aan de voorkant van het huis. U bent waarschijnlijk gewend dat daar alleen mannen mogen komen, maar hier mag iedereen hem gebruiken, daar sta ik op.'

Paul, die niet eens wist wat een rookkamer wás, knikte.

'En, bevalt de kamer u? Anders kan ik u een andere aanbieden.'

Paul keek snel om zich heen en zei: 'Hij bevalt me prima.'

'Wilt u de rest niet zien? In de kasten kijken, de kranen laten stromen, het uitzicht bewonderen?'

Paul had opgemerkt dat hij kamers op de begane grond had gekregen, dat er geen tralies voor de ramen zaten en dat hij snel kon vluchten door het raam in de slaapkamer of de woonkamer en door de deur in de gang, die naar andere kamers en andere ontsnappingsroutes leidde. 'Als het water maar niet uit dat kanaal komt waar ik net langs ben gekomen, zit het vast wel snor. En ik zal het te druk hebben met mijn werk om het uitzicht te bewonderen,' zei hij.

De buizen van de radio kwamen op temperatuur en een mannenstem vulde de kamer. Allemachtig! De gezondheidsrede was nog in volle gang; nog meer geleuter over het draineren van moerassen en spuiten om muggen te doden. De praatjes bij het haardvuur van Roosevelt waren tenminste nog kort en bondig. De radio, die van goedkoop hout was, klonk blikkerig. Hij liep erheen en draaide zoekend naar muziek aan de knop. Er was geen muziek. Hij zette hem uit.

'U hebt toch geen bezwaar?'

'Het is uw kamer. Doe wat u wilt.' Ze keek een tikje onzeker naar de zwijgende radio en vervolgde: 'Meneer Morgan zei dat u een Amerikaan was, maar uw Duits is heel goed.'

'Dankzij mijn ouders en grootouders.' Hij nam de koffer van haar over, liep ermee naar de slaapkamer en legde hem op het bed. De koffer zonk diep in de matras, en hij vroeg zich af of het een donsbed was. Zijn grootmoeder had hem verteld dat ze voor de emigratie naar New York in Neurenberg een donsbed had gehad, en Paul had het als kind een fascinerend idee gevonden dat je op vogelveren kon slapen.

Toen hij terugkwam in de woonkamer, zei Käthe: 'Ik serveer 's ochtends van zeven tot acht een licht ontbijt aan de andere kant van de gang. Wilt u me de avond van tevoren laten weten of u ontbijt wenst? En 's middags is er natuurlijk koffie. U hebt een wastafel in de slaapkamer. De badkamer aan het eind van de gang is voor alle gasten, maar u bent vandaag de enige. Tegen de tijd dat de Spelen beginnen, wordt het een stuk voller, maar nu bent u nog heer en meester van de Magdeburger Allee 26.' Ze liep naar de deur. 'Ik zal uw middagkoffie halen.'

'Dat hoeft niet. Eigenlijk...'

'Jawel. Het is bij de prijs inbegrepen.'

Ze liep weg. Paul maakte zijn aktetas open en legde het exemplaar van *Mein Kampf* met het valse paspoort en de roebels op de boekenkast in de slaapkamer, waar een handjevol zwarte torren over de vloer kroop. Hij trok zijn trui uit, stroopte de mouwen van zijn overhemd op, waste zijn handen en droogde ze aan een tot op de draad versleten handdoek.

Käthe kwam terug met een dienblad met daarop een gebutste zilveren koffiepot, een kop en een schaaltje met een kanten kleedje erop.

Ze zette het blad op de tafel tegenover de aftandse bank.

'Ga zitten, alstublieft.'

Hij gehoorzaamde en knoopte zijn manchetten dicht. 'Kent u Reggie Morgan goed?' vroeg hij.

'Nee, hij heeft gewoon op een advertentie gereageerd en vooruitbetaald.'

Het was het antwoord waar Paul op had gehoopt. Het was een opluchting dat zij niet degene was die contact had gezocht met Morgan, want dat had haar verdacht gemaakt. Hij zag vanuit zijn ooghoek dat ze naar hem keek. 'Bent u gewond?' vroeg ze.

'Ik ben lang. Ik stoot om de haverklap mijn hoofd.' Paul bracht een hand naar zijn slaap, alsof hij zichzelf sloeg, ter illustratie van zijn woorden. Hij geneerde zich voor de pantomime en liet zijn hand zakken.

Ze stond op. 'Wacht even, alstublieft.' Een paar minuten later kwam ze terug met een pleister die ze hem aanbood.

'Dank u.'

'Ik heb overal gezocht, maar ik vrees dat ik geen jodium heb.'

Hij liep naar de slaapkamer, ging voor de spiegel boven de wastafel staan en plakte de pleister op zijn slaap.

'De plafonds zijn hier hoog,' riep ze. 'Hier bent u veilig.'

'Is dit huis van u?' vroeg hij toen hij terugkwam.

'Nee, het is van een man die momenteel in Holland verblijft,' antwoordde Käthe. 'Een zekere meneer Weinberg. Ik pas op het huis in ruil voor kost en inwoning.'

'Heeft hij iets met de Olympische Spelen te maken?'

'De Spelen? Nee, hoezo?'

'De meeste vlaggen in de straat zijn van de nazi's... de nationaalsocialisten, bedoel ik, maar hier hangt een olympische vlag.'

'Ja, ja,' zei ze met een glimlach. 'We zijn helemaal in de sfeer van de Spelen, hè?'

Haar Duitse grammatica was onberispelijk en ze was welbespraakt; hij kon horen dat ze ooit een andere, veel betere carrière gehad moest hebben, maar haar verweerde handen, gebarsten nagels en dodelijk vermoeide ogen verhaalden van problemen in het recente verleden. Toch bespeurde hij ook geestkracht bij haar, het vaste voornemen zich te redden tot er betere tijden aanbraken. Ook dat maakte deel uit van haar aantrekkingskracht, stelde hij vast.

Ze schonk koffie voor hem in. 'Er is momenteel geen suiker te krijgen. De winkelvoorraden zijn op.'

'Ik drink mijn koffie zonder suiker.'

'Maar ik heb wel strudel gebakken voordat de voorraden op waren.' Ze haalde het kleedje van de schotel en hij zag vier kleine stukjes gebak. 'Weet u wat *strudel* is?'

'Mijn moeder bakte het altijd op zaterdag. Mijn broer en zus hielpen haar. Ze rolden het deeg zo dun uit dat je erdoorheen kon lezen.'

'Ja, ja,' zei ze enthousiast. 'Zo doe ik het ook. Hielp u niet met het deegrollen?'

'Nee, nooit. Ik ben niet zo'n keukenprins.'

Hij nam een hapje en vervolgde: 'Maar ik át er meer dan genoeg van... Dit is heel lekker.' Hij knikte naar de pot. 'Wilt u koffie? Zal ik u inschenken?'

'Ik?' Ze knipperde verbaasd met haar ogen. 'O, nee.' Hij nam een slokje van de koffie, die slap was. Het maalsel was vaker gebruikt.

'We zullen uw taal spreken,' verkondigde Käthe, en ze begon in het Engels: 'Ik heb uw land nooit bezocht, maar ik wil heel graag ernaartoe.'

Hij hoorde alleen een licht afglijden van haar W's naar V's. De Engelse W is de moeilijkst te vormen klank voor Duitsers.

'Your English is good,' zei Paul.

'U bedoelt *"well"*,' flapte ze er uit, en ze glimlachte omdat ze hem op een fout had betrapt.

'Nee,' zei Paul. Uw Engels is *good.* U spreekt het *well.*

Good is een bijvoeglijk naamwoord. *Well* is een bijwoord, nu ja, meestal.'

Ze kreeg een denkrimpel in haar voorhoofd. 'Even zien... Ja, u hebt gelijk. Nu bloos ik. Meneer Morgan zei dat u schrijver was. En u hebt natuurlijk gestudeerd.'

Ja, twee jaar aan een kleine hogeschool in Brooklyn, en toen was hij in dienst gegaan en naar Frankrijk vertrokken. Hij had zijn opleiding nooit voltooid. Toen hij terugkwam, was het leven ingewikkeld geworden en was de studie erbij ingeschoten. Hij had meer over woorden en boeken geleerd in de drukkerij van zijn vader en grootvader, maar dat vertelde hij haar niet.

'Ik ben docente. Ik wás docente, bedoel ik. Ik gaf jonge mensen literatuurles. En ik leerde ze het verschil tussen *will* en *shall* en tussen *may* en *can*. O, en tussen *good* en *well*. Waar ik me nu voor schaam.'

'Engelse literatuur?'

'Nee, Duitse, maar er zijn veel Engelse boeken waar ik van hou.'

Er viel een stilte. Paul haalde zijn paspoort uit zijn zak en reikte het haar aan.

Ze pakte het niet, maar draaide het met gefronst voorhoofd in zijn hand om.

'Ik ben echt wie ik zeg.'

'Ik begrijp u niet.'

'De taal... U wilde Engels met me spreken om te zien of ik wel echt een Amerikaan ben, en geen nationaalsocialistische verklikker. Heb ik gelijk?'

'Ik...' Haar bruine ogen gleden naar de vloer. Hij had haar in verlegenheid gebracht.

'Het geeft niet.' Hij knikte. 'Kijk maar. De foto.'

Ze wilde haar hand terugtrekken, maar bedacht zich, sloeg het paspoort open en vergeleek de foto met zijn gezicht. Hij nam het boekje weer van haar aan.

'Ja, u hebt gelijk. Ik hoop dat u het me wilt vergeven, meneer Schumann.'

'Paul.'

Ze glimlachte. 'En ik ben Käthe. Je moet wel een heel geslaagd verslaggever zijn als je zo opmerkzaam bent.'

'Dank je.'

'De Partij is nog niet zo nijver dat ze Amerikanen inhuurt om nietige mensjes zoals ik te bespioneren, denk ik. Ik kan je dus zeggen dat ik uit de gratie ben.' Ze zuchtte. 'Het was mijn eigen schuld. Ik dacht niet na. Ik doceerde Goethe, de dichter, aan mijn leerlingen, en ik zei gewoon dat hij zijn zoon had verboden in de Duitse onafhankelijkheidsoorlog te vechten. Pacifisme is tegenwoordig een misdaad in Duitsland. Ik kreeg mijn ontslag en al mijn boeken werden in beslag genomen.' Ze maakte een wegwuivend gebaar. 'Vergeef me mijn zelfbeklag. Heb je hem gelezen? Goethe?'

'Ik geloof het niet.'

'Je zou hem goed vinden. Hij is briljant. Hij spint kleuren uit woorden. Van alle boeken die ze me hebben afgenomen, mis ik de zijne het meest.' Käthe keek naar de schaal met strudel. Ze had er niets van gegeten. Paul hield haar de schaal voor. 'Nee, nee, dank je,' zei ze.

'Als je er niets van eet, ga ik nog denken dat jíj een nationaalsocialistische agent bent en dat je me wilt vergiftigen.'

Ze keek naar het gebak en pakte een stukje, dat ze gretig verorberde. Toen Paul naar zijn koffiekop reikte, zag hij uit zijn ooghoek dat ze stiekem met haar vingertop over het tafelblad streek en kruimels bladerdeeg oplikte.

Toen hij weer opkeek, zei ze: 'Goed, maar we zijn onvoorzichtig geweest, jij en ik, zoals dat zo vaak gaat bij een eerste ontmoeting. We moeten beter opletten. Nu ik het er toch over heb...' Ze wees naar de telefoon. 'Laat de stekker er nooit in zitten. Wees bedacht op afluisterapparatuur. En als je toch moet bellen, ga er dan van uit dat je gesprek door een lakei van het nationaalsocialisme wordt gehoord. Dat geldt zeker voor interlokale gesprekken vanuit het postkantoor, al schijnen de telefooncellen op straat redelijk veilig te zijn, heb ik me laten vertellen.'

'Dank je,' zei Paul. 'Maar wie mijn gesprekken afluistert, krijgt alleen saaie dingen te horen: hoeveel mensen er in Berlijn wonen, hoeveel biefstuk de sporters eten, hoeveel tijd de bouw van het stadion heeft gekost en dat soort dingen.'

'Ach,' zei Käthe zacht, 'veel mensen zouden wat wij vanmiddag tegen elkaar hebben gezegd, jij en ik, ook saai vinden, maar het is met gemak een bezoek van de Gestapo waard. Zo niet erger.'

12

Willi's gehavende DKW slaagde erin de twintig kilometer naar het olympisch dorp ten westen van Berlijn af te leggen zonder oververhit te raken, ondanks de genadeloze zon die de beide politiemannen dwong hun jasje uit te trekken – wat niet alleen niet met hun karakter strookte, maar ook een overtreding van de Kripo-voorschriften was.

Ze waren door Charlottenburg gereden en als ze verder naar het zuidwesten waren gegaan, waren ze bij Gatow aangekomen. Het waren de twee voorsteden waar de Poolse arbeiders en de joodse gezinnen waren gestorven. De verschrikkelijke beelden van de moorden bleven in Kohls herinnering opspelen als bedorven vis in zijn maag.

Ze kwamen bij de hoofdingang van het dorp, waar het een drukte van belang was. Auto's, taxi's en bussen zetten atleten en personeel af en vrachtauto's bezorgden kratten, bagage en apparatuur.

Met hun colbert weer aan liepen ze naar de ingang, lieten hun penning aan de bewakers zien, echte militairen, en werden toegelaten tot het grote, ordelijke complex. Om hen heen liepen mannen met koffers en hutkoffers over de brede stoepen terwijl anderen in korte broek en mouwloos hemd trainden en hardliepen.

'Kijk,' zei Janssen met een knikje naar een groep Japanners of Chinezen. Tot Kohls verbazing droegen ze witte overhemden en flanellen broeken in plaats van... nu ja, hij wist niet wat. Lendendoeken, misschien, of geborduurde kimono's. Vlak bij hen wandelden drie donkere, Midden-Oosterse mannen van wie er twee lachten om wat de derde had gezegd. Willi Kohl keek als een schooljongen toe. Hij zou graag naar de Spelen kijken die de volgende week begonnen, maar het idee dat hij mensen uit bijna elk land van de wereld behalve Spanje en Rusland zag, was net zo fascinerend.

Ze vonden de Amerikaanse slaapvertrekken. De receptie zat in het hoofdgebouw. Ze liepen naar de Duitse verbindingsman. 'Luitenant,' zei Kohl, die de rang van de blonde man aflas van zijn uniform. De man sprong prompt in de houding en werd nog oplettender toen Kohl zichzelf en zijn assistent voorstelde. 'Heil Hitler. U komt hier voor zaken, inspecteur?'

'Inderdaad.' Kohl beschreef de verdachte en vroeg de luitenant of hij zo iemand had gezien.

'Nee, inspecteur, maar alleen in de Amerikaanse verblijven zitten al honderden mensen. Het is een groot complex, zoals u ziet.'

Kohl knikte. 'Ik wil een begeleider van het Amerikaanse team spreken. Een functionaris.'

'Goed, inspecteur. Ik regel het voor u.'

Vijf minuten later kwam de luitenant terug met een slungelige man van in de veertig, die zich in het Engels voorstelde als een van de hoofdcoaches. Hij droeg een witte broek en ondanks het warme weer een blauwe kabeltrui over zijn witte overhemd. De receptie was kort tevoren nog verlaten geweest, maar nu zag Kohl dat er zich wel tien sportlieden en anderen hadden verzameld onder het mom dat ze er iets te doen hadden. Hij herinnerde zich uit het leger dat nieuwtjes zich nergens sneller verspreiden dan onder groepen mannen onder één dak.

De Duitse luitenant sprak Engels en bood aan te tolken, maar Kohl praatte liever rechtstreeks met de mensen die hij hoorde. 'Meneer, ik ben inspecteur van de Duitse recherche.' Hij liet zijn penning zien.

'Is er een probleem?'

'We weten het nog niet zeker, maar, eh, we proberen een man te vinden die we willen spreken. Misschien kent u hem.'

'Het is een ernstige zaak,' vulde Janssen in perfect Engels aan. Kohl wist niet dat hij de taal zo goed beheerste.

'Ja, ja,' vervolgde de inspecteur. 'Hij had vermoedelijk dit boek en is het kwijtgeraakt.' Hij wikkelde het gidsje uit de zakdoek en liet het zien. 'Dit wordt gegeven aan personen van de Olympische Spelen, ja?'

'Ja. Maar niet alleen aan de sportlieden; iedereen krijgt het. We hebben er een stuk of duizend uitgedeeld. En veel andere landen delen ook de Engelse versie uit.'

'We hebben ook zijn hoed gevonden en die was gekocht in New York. Hij is dus hoogstwaarschijnlijk Amerikaan.'

'Echt?' vroeg de coach waakzaam. 'Zijn hoed?'

Kohl vervolgde: 'Hij is een grote man, volgens ons, met rood, bruinzwart haar.'

'Bruinzwart?'

Kohl, wiens eigen vocabulaire tekortschoot, keek machteloos naar Janssen, die zei: 'Hij heeft donkerbruin, steil haar met een rode gloed.'

'Hij draagt een lichtgrijs pak en deze hoed en das.' Kohl knikte naar Janssen, die de spullen uit zijn koffertje haalde.

De coach wierp er een vrijblijvende blik op en schokschouderde. 'Zou het helpen als u me vertelde waar het over gaat?'

Kohl bedacht weer hoe anders het leven in Amerika moest zijn. Geen Duitser zou ooit durven vragen waarom een politieman iets wilde weten.

'Het is een kwestie van staatsveiligheid.'

'Staatsveiligheid. Hm, hm. Tja, ik wil graag helpen, echt waar, maar tenzij u iets specifieker kunt zijn...'

Kohl keek om zich heen. 'Misschien kent iemand hier deze man.'

'Jongens, weet een van jullie van wie deze spullen zijn?' riep de coach.

De toeschouwers schudden hun hoofd of mompelden 'nee'.

'Misschien heb ik dan de hoop dat u een... ja, een líjst hebt van de mensen die met u hierheen zijn gekomen. En adressen. Om te zien wie er in New York woont.'

'Die hebben we wel, maar alleen van de leden van het team en de coaches. En u insinueert toch niet...'

'Nee, nee.' Kohl geloofde niet dat de moordenaar lid was van het olympisch team. De atleten stonden in de schijnwerpers; het was onwaarschijnlijk dat een van hen in staat was geweest de eerste hele dag in Berlijn ongezien uit het dorp weg te glippen, iemand te vermoorden, diverse plekken aan te doen voor de een of andere missie en vervolgens naar het dorp terug te keren zonder argwaan te wekken. 'Ik betwijfel of deze man een atleet is.'

'Juist. Ik kan weinig voor u doen, vrees ik.' De coach sloeg zijn armen over elkaar. 'Weet u, agent, ik wil wedden dat uw immigratiedienst over de adressen van bezoekers beschikt. Ze houden toch precies bij wie het land binnenkomt en verlaat? Ik heb gehoord dat jullie daar heel goed in zijn in Duitsland.'

'Ja, ja, dat heb ik overwogen, maar helaas hebben we geen informatie van een thuisadres. Alleen een nationaliteit.'

'Oei, dat is lastig.'

'Wat ik ook heb gehoopt,' hield Kohl stug vol, 'is misschien een manifest van het schip, de passagierslijst? Dikwijls geeft die adressen.'

'O, ja. Die hebben we zeker. Al beseft u vast wel dat er tegen de duizend mensen aan boord waren.'

'Alstublieft, ik begrijp het, maar toch zou ik de lijst zeer gaarne willen zien.'

'Ik snap het. Alleen... ik wil niet moeilijk doen, agent, maar ik denk dat deze slaapvertrekken... Weet u, ik geloof dat we hier een diplomatieke status hebben. Soeverein territorium. Ik denk dus dat u een huiszoekingsbevel moet hebben.'

Kohl herinnerde zich dat voor het doorzoeken van een woning of het in beslag nemen van bewijs vroeger toestemming van de rechter gevraagd moest worden. De grondwet van Weimar, die de basis was geweest van de Duitse Republiek na de oorlog, kende veel van zulke bepalingen, die grotendeels van Amerika waren afgekeken. (Alleen stond er een vrij belangrijke fout in, die Hitler prompt had aangegrepen: het recht van de president alle burgerrechten voor onbepaalde tijd op te schorten.)

'O, ik onderzoek maar een paar kleinigheden. Ik heb geen huiszoekingsbevel.'

'Ik zou me echt beter voelen als u er een haalde.'

'Deze kwestie is nogal dringend.'

'Vast wel, maar hé, misschien is het voor uzelf ook beter. We willen niemand tegen de haren in strijken. Diplomatiek gezien. "Tegen de haren in", kunt u me volgen?'

'Ik begrijp de woorden.'

'Nou, laat uw baas de ambassade of het Olympisch Comité dan bellen. Als zij groen licht geven, geef ik u alles wat u wilt op een zilveren blaadje.'

'Groen licht. Juist.' De Amerikaanse ambassade zou waarschijnlijk toestemming geven, dacht Kohl, mits hij zijn verzoek goed inkleedde. De Amerikanen zouden namelijk niet willen dat het gerucht dat een moordenaar met hun eigen olympisch team Duitsland binnen was gekomen, de ronde deed.

'Heel goed, meneer,' zei Kohl beleefd. 'Ik neem contact op met de ambassade en het Comité, zoals u voorstelt.'

'Oké. Pas goed op jezelf. Hé, en succes met de Spelen. Jullie zullen ons hard laten werken.'

'Ik zal aanwezig zijn,' zei Kohl. 'Ik heb mijn kaarten al meer dan een jaar.'

Ze namen afscheid en Kohl en de kandidaat-inspecteur liepen naar buiten. 'We kunnen Horcher via de mobilofoon in de auto oproepen, Janssen. Hij wil vast wel contact opnemen met de Amerikaanse ambassade. Dit zou...' Kohl zweeg. Hij bespeurde een penetrante geur. Iets vertrouwds, en toch hoorde het er niet te zijn. 'Er klopt iets niet.'

'Wat...?'

'Kom mee. Snel!' Kohl liep gehaast naar de achterkant van het Amerikaanse hoofdgebouw. Hij had rook geroken, niet van een barbecue, zoals 's zomers vaak voorkwam, maar houtrook, van een kachel, wat vreemd was in juli.

'Wat staat daar, Janssen? Op dat bord? Ik kan het niet lezen.'

'Er staat DOUCHES/SAUNA.'

'Nee!'

'Wat is er toch, inspecteur?'

Kohl rende naar binnen, een grote, betegelde ruimte in. Links was een toilet, rechts waren douches. Kohl haastte zich naar een volgende deur, die toegang gaf tot de sauna, en zwaaide hem open. Binnen brandde een kachel met een groot blad vol keien erop. Ernaast stonden emmers water met grote lepels waarmee het over de keien kan worden gegoten, zodat er stoom ontstond. Bij de kachel stonden twee jonge negers in donkerblauwe zwembroeken. De ene, die zich naar de deur van de kachel overboog, had een rond, knap gezicht met een hoog voorhoofd, en de andere was peziger en had dikker haar dat meer over zijn voorhoofd viel. De man met het ronde gezicht richtte zich op en sloot de metalen deur van de kachel. Hij draaide zich om, glimlachte en keek de inspecteur met opgetrokken wenkbrauwen aan.

'Goedemiddag heren,' zei Kohl, weer in het gevreesde Engels. 'Ik ben hier...'

'We hebben het gehoord. Hoe maakt u het, inspecteur? Fantastische tent hebben jullie hier voor ons gebouwd. Het dorp, bedoel ik.'

'Ik snoof rook en bekommerde mij.'

'We poken gewoon het vuur op.'

'Er gaat niets boven stoom voor pijnlijke spieren,' vulde zijn vriend aan.

Kohl keek door het glazen ruitje in de kachel. De schuif stond wijdopen en de vlammen loeiden. Hij zag velletjes wit papier in het vuur opkrullen en tot as vergaan.

'Inspecteur,' begon Janssen verontwaardigd in het Duits, 'wat zijn ze daar...?' Kohl schudde echter zijn hoofd om hem tot zwijgen te brengen en keek naar de eerste man die had gesproken. 'U bent...?' Kohl tuurde door de stoom en zette toen grote ogen op. 'Ja, ja, u bent Jesse Owens, de grote hardloper.' Zoals Kohl de naam uitsprak met zijn Duitse accent, klonk die als 'Jessa Ovens'.

Owens stak verbaasd zijn zweterige hand uit en gaf Kohl een stevige handdruk. Kohl keek naar de andere zwarte man.

'Ralph Metcalfe,' stelde deze zichzelf voor. Nog een handdruk.

'Hij zit ook in het team,' zei Owens.

'Ja, ja, ik heb van u ook gehoord. U hebt de vorige Spelen in Los Angeles in de staat Californië gewonnen. U ook welkom.' Kohls ogen dwaalden naar het vuur. 'U neemt een stoombad vóór u gaat trainen?'

'Soms ervoor, soms erna,' zei Owens.

'Bent u ook een saunaliefhebber, inspecteur?' vroeg Metcalfe.

'Ja, soms. Tegenwoordig neem ik vooral voetbaden.'

'Zere voeten,' zei Owens met een pijnlijke grimas. 'Ik weet er alles van. Hé, zullen we naar buiten gaan, inspecteur? Daar is het een stuk koeler.'

Hij hield de deur voor Kohl en Janssen open. Ze aarzelden even, maar volgden Metcalfe toen naar het gras achter de slaapvertrekken.

'U hebt een mooi land, inspecteur,' zei Metcalfe.

'Ja, dat is waar.' Kohl keek naar de rook die uit de metalen schoorsteen boven de sauna opsteeg.

'Ik hoop dat u die vent vindt die u zoekt,' zei Owens.

'Tja. Ik neem aan dat het geen zin heeft te vragen of u iemand kent die een stetson en een groene das draagt? Een man van grote afmetingen?'

'Sorry, ik zou het niet weten.' Owens keek naar Metcalfe, die zijn hoofd schudde.

'Is u misschien iemand opgevallen die met het team is meegereisd, maar snel weer weg is gegaan? Naar Berlijn of elders?' vroeg Janssen.

De mannen keken elkaar aan. 'Nee, ik ben bang van niet,' antwoordde Owens.

'Ik ook niet,' vulde Metcalfe aan.

'Ach, nu ja, het is een eer u beiden te ontmoeten.'

'Dank u.'

'Ik volgde het nieuws van uw wedstrijden in, was het de staat Michigan? Vorig jaar? De kwalificatiewedstrijden?'

'Ann Arbor. Hebt u dat gezien?' Owens lachte weer verbaasd.

'Ja, ja. Wereldrecords. Jammer dat wij niet veel nieuws meer uit Amerika krijgen, maar ik verheug me op de Spelen. Alleen heb ik vier kaarten en vijf kinderen en mijn vrouw en mijn aanstaande schoonzoon. We zullen de Spelen in... ploegen, is dat het woord, bezoeken. Hebt u geen last van de hitte?'

'Ik ben van jongs af aan gewend in het Midwesten hard te lopen. Daar is het weer ongeveer net zo.'

Janssen werd plotseling ernstig. 'Weet je,' zei hij, 'veel mensen in Duitsland hopen dat jullie zullen verliezen.'

Metcalfe fronste zijn voorhoofd. 'Vanwege die kul? Wat Hitler van kleurlingen denkt?'

'Nee,' zei Janssen, en er verscheen een glimlach op zijn gezicht. 'Omdat het personeel van onze wedkantoren wordt gearresteerd als ze weddenschappen op buitenlanders accepteren. We mogen alleen op Duitse sportlieden wedden.'

'Dus jullie wedden op ons verlies?' zei Owens, die het komisch vond.

'O, we zouden graag op jullie winst wedden,' zei Kohl, 'maar het kan helaas niet.'

'Omdat het verboden is?'

'Nee, omdat wij maar arme politiemensen zonder geld zijn. Dus ren als de Luft, als de wind, zoals jullie Amerikanen zeggen, goed? Ren als de wind, Herr Owens en Herr Metcalfe. Ik zit op de tribune om jullie aan te moedigen, al is het maar in gedachten... Kom, Janssen.' Kohl deed een paar stappen, bleef staan en draaide zich om. 'Ik moet nogmaals vragen: u weet zeker dat niemand de bruine stetson heeft gedragen? Nee, nee, natuurlijk niet, dan had u het me wel verteld. Goedendag.'

Ze liepen terug naar de voorkant van de slaapvertrekken en vandaar naar de uitgang van het dorp.

'Was dat de passagierslijst met de naam van onze moordenaar erop, inspecteur? Die die negers aan het verbranden waren?'

'Het zou kunnen. Maar denk erom dat je "verdachte" zegt, niet "moordenaar".'

De geur van verbrand papier die door de warme lucht zweefde, prikte in Kohls neus, wat zijn frustratie nog verergerde.

'Wat kunnen we eraan doen?'

'Niets,' zei Kohl eenvoudigweg, en hij zuchtte boos.

'We kunnen er niets aan doen. En het is mijn schuld.'

'Uw schuld, inspecteur?'

'Ach, Janssen, de subtiliteiten van ons werk... Ik wilde niet zeggen waarvoor we kwamen, dus zei ik dat we die man wilden zien vanwege een kwestie van "staatsveiligheid", iets waar we tegenwoordig veel te vaak mee schermen. Mijn woorden wekten de indruk dat het misdrijf niet het vermoorden van een onschuldige was, maar eerder een vergrijp tegen de regering, en het is nog geen twintig jaar geleden dat ons land op voet van oorlog verkeerde met het hunne. Het lijdt geen twijfel dat veel van die sportlieden familieleden of zelfs hun vader in de Oorlog tegen de Kaiser hebben verloren, en dus zouden ze die man uit vaderlandsliefde in bescherming kunnen nemen. En nu is het te laat om mijn achteloze woorden terug te nemen.'

Toen ze weer bij de hoofdweg kwamen, begon Janssen naar de DKW te lopen, maar Kohl vroeg: 'Waar ga je heen?'

'Gaan we dan niet terug naar Berlijn?'

'Nog niet. We hebben onze passagierslijst niet gekregen, maar vernietiging van bewijsmateriaal duidt op een reden om het te vernietigen, en die reden zou logischerwijs in de buurt van het punt van vernietiging gevonden kunnen worden. We gaan dus op onderzoek uit. We moeten ons spoor op de lastige manier blijven volgen, door onze arme voeten te gebruiken... Ach, wat ruikt dat eten lekker, hè? Ze koken goed voor de sportlieden. Ik weet nog dat ik elke dag ging zwemmen, jaren geleden. Toen kon ik eten wat ik wilde zonder een gram aan te komen. Die tijd ligt ver achter me, vrees ik. Hier rechts, Janssen, naar rechts.'

Reinhard Ernst legde de hoorn op de haak, deed zijn ogen dicht en leunde achterover in zijn stoel in de rijkskanselarij. Voor het eerst in dagen voelde hij zich prettig, nee, dolblij. Een gevoel van triomf golfde door hem heen, net zo sterk als toen hij met zijn zevenenzestig overlevende manschappen de noordwestelijke veldschans bij Verdun met succes had verdedigd tegen een overmacht van driehonderd geallieerden. Hij had er het IJzeren Kruis eerste klasse mee verdiend, plus een bewonderende blik van Wilhelm II (alleen zijn verschrompelde arm had de keizer ervan weerhouden hem de medaille zelf op te spelden), maar zijn succes van vandaag, dat uiteraard niet in het openbaar geroemd zou worden, smaakte veel zoeter.

Een van zijn grootste problemen bij de wederopbouw van de Duitse marine was de paragraaf in het Verdrag van Versailles waarin het Duitsland werd verboden onderzeeërs te bezitten en het aantal oorlogsschepen werd beperkt tot zes slagschepen, zes lichte slagkruisers, twaalf torpedobootjagers en twaalf torpedoboten.

Bespottelijk weinig natuurlijk, zelfs voor een basisverdediging.

Vorig jaar had Ernst echter een coup voorbereid. Samen met de voortvarende algemeen ambassadeur Joachim Von Ribbentrop had hij de onderhandelingen over het Anglo-Duitse Marineverdrag gevoerd, dat toestemming gaf voor de bouw van onderzeeërs en Duitsland toestond er een grotere oorlogsvloot op na te houden, namelijk tot vijfendertig procent van die van Engeland. Het belangrijkste onderdeel van dat verdrag was tot op heden echter niet beproefd. Ernst had de geniale inval gehad Von Ribbentrop dat percentage niet te laten vaststellen in aantallen schepen, zoals in Versailles, maar in tonnage.

Het was Duitsland nu wettelijk toegestaan zelfs nog méér schepen te bouwen dan Groot-Brittannië, zolang het totale tonnage de magische vijfendertig procent maar niet overschreed. Ernst en Erich Raeder, de opperbevelhebber van de marine, hadden steeds het doel voor ogen gehad lichtere, wendbaarder en dodelijker gevechtsschepen te bouwen in plaats van de kolossen waaruit het grootste deel van de Britse oorlogsvloot bestond – schepen die kwetsbaar waren voor aanvallen door vliegtuigen en onderzeeërs.

De enige vraag was geweest: zou Engeland zich op vals spel beroepen wanneer bij het bekijken van de verslagen van de werven bleek dat de Duitse marine veel groter werd dan verwacht?

Ernst had echter juist een telefoongesprek gevoerd met een Duitse diplomaat in Londen, die had gemeld dat de Britse regering de cijfers had bekeken en ze zonder aarzelen had goedgekeurd.

Wat een succes!

Hij schreef een brief aan de Führer om hem het goede nieuws te vertellen en liet die door een loopjongen persoonlijk afgeven.

Net toen de wandklok vier uur sloeg, stapte een kale veertiger in een bruin tweed jasje en corduroy broek Ernsts kantoor binnen. 'Kolonel, ik wil even...'

Ernst stak zijn hand op alsof hij iemand de eed afnam of een luie Hitlergroet bracht om professor-doctor Ludwig Keitel het zwijgen op te leggen. Toen zwenkte hij zijn stoel naar het raam en zei: 'Wat een heerlijke middag.'

Keitel fronste zijn voorhoofd; het was een van de benauwdste dagen van het jaar, de temperatuur liep tegen de vierendertig graden en de wind zat vol gruis. Hij zei echter niets, maar keek Ernst met opgetrokken wenkbrauwen aan.

Ernst bracht een vinger naar zijn lippen en wees naar de deur. Keitel knikte. Ze liepen samen door de gang van de kanselarij naar buiten. Op de Wilhelmstrasse sloegen ze af naar Unter den Linden. Onder het lopen praatten ze alleen over dingen als het weer, de Olympische Spelen en een film die binnenkort in première zou gaan. Net als de Führer hadden ze beiden bewondering voor de Zweeds-Amerikaanse actrice Greta Garbo. Haar film Anna Karenina was onlangs goedgekeurd voor vertoning in Duitsland, hoewel hij in Rusland speelde en bedenkelijke morele thema's behandelde. Terwijl ze de laatste films van Garbo bespraken, betraden ze de Tiergarten even voorbij de Brandenburger Tor.

Keitel keek zoekend naar achtervolgers of spionnen om zich heen en kwam eindelijk ter zake. 'Wat is er aan de hand, Reinhard?'

'Professor, de krankzinnigheid is onder ons,' verzuchtte Ernst.

'Je maakt een grapje,' zei de professor sardonisch.

'De Führer heeft me gisteren om een verslag over het Waltham-onderzoek gevraagd.'

Keitel moest het even verwerken. 'De Führer? Zelf?'

'Ik hoopte dat hij het in de roes van de Olympische Spelen zou vergeten, maar helaas.' Hij liet Hitlers briefje aan Keitel zien en vertelde hoe de Führer achter het bestaan van het onderzoek was gekomen. 'Dankzij de man van de vele titels en nog meer kilo's.'

'Vette Hermann,' zei Keitel luid, en hij zuchtte geërgerd.

'Sst,' vermaande Ernst. 'Zeg het met bloemen.' Het was een gangbare uitdrukking geworden, die betekende: zeg alleen gunstige dingen wanneer je in het openbaar kopstukken van de Partij bespreekt.

Keitel schokschouderde en vervolgde zachter: 'Waar maakt hij zich druk om?'

Ernst had de tijd, noch de fut om de machinaties van de nationaalsocialistische regering te verklaren aan iemand die een voornamelijk academisch leven leidde.

'Tja, mijn vriend,' zei Keitel, 'wat nu?'

'Ik heb besloten dat we in de aanval gaan. We slaan keihard terug, geven hem zijn verslag, maandag. Een gedetailleerd verslag.'

'Over twee dagen?' zei Keitel ongelovig. 'We hebben alleen onverwerkte gegevens en zelfs die zijn heel beperkt. Kun je niet tegen hem zeggen dat we over twee maanden met een betere analyse kunnen komen? We zouden...'

'Nee, professor,' zei Ernst lachend. Wie het niet met bloemen kon zeggen, kon altijd nog fluisteren. 'Je kunt niet tegen de Führer zeggen dat hij maar een paar maanden moet wachten. Of een paar dagen, of een paar minuten. Nee, we kunnen het beter nu doen. Als een bliksemslag bij heldere hemel, zo slaan we toe. Göring gaat door met zijn gekonkel en hij zou de Führer zo kunnen opstoken dat hij dieper begint te wroeten en het onderzoek helemaal stopzet. Het dossier dat hij had gestolen, bevatte geschriften van Freud. Daar begon hij gisteren tijdens de vergadering over. "Joodse zielendokters", waren zijn woorden geloof ik. Je had het gezicht van de Führer moeten zien. Ik was bang dat ik al op weg was naar Oranienburg.'

'Freud is briljant,' fluisterde Keitel. 'Die ideeën zijn belangrijk.'

'We kunnen zijn ideeën ook wel gebruiken, en die van andere psychologen, maar...'

'Freud is psychoanalyticus.'

O, die academici, dacht Ernst. Nog erger dan politici. 'Maar we kunnen niet naar hen verwijzen in ons onderzoek.'

'Dat is intellectuele diefstal,' zei Keitel verontwaardigd. 'Morele integriteit is belangrijk.'

'Nee, niet onder deze omstandigheden,' sprak Ernst hem gedecideerd tegen. 'We gaan dit niet in het een of andere academische tijdschrift publiceren. Daar gaat het niet om. We moeten de vijand frontaal aanvallen. En hard ook.'

'Ook goed,' zei Keitel wrevelig, 'maar dat verhelpt mijn probleem nog niet. Te weinig gegevens.'

'Ik weet het. We gaan meer vrijwilligers zoeken. Een stuk of tien. De grootste groep tot nu toe, om de Führer te imponeren, dan luistert hij niet meer naar Göring.'

'Daar hebben we geen tijd meer voor,' bracht Keitel ertegenin. 'Vóór maandagochtend? Nee, dat lukt niet.'

'O, jawel. We zullen wel moeten. Ons werk is te belangrijk om het op te offeren aan deze schermutseling. We doen nog een test op de academie. Morgenmiddag beschrijf ik ons schitterende visioen van het nieuwe Duitse leger aan de Führer. In mijn mooiste diplomatieke woorden. Ik ken de juiste zinswendingen.' Hij keek om zich heen en fluisterde: 'De luchtmaarschalk zal geen grond meer onder zijn dikke benen hebben.'

'Tja, we kunnen het proberen,' zei Keitel weifelend.

'Nee, we dóén het,' zei Ernst. 'Proberen is geen optie. Je slaagt of je faalt.' Hij hoorde dat hij klonk als een officier die een ondergeschikte de les leest, glimlachte en vervolgde: 'Ik zit hier net zo mee in mijn maag als jij, Ludwig. Ik had gehoopt dit weekend tot rust te komen. Wat tijd met mijn kleinzoon door te brengen. We zouden samen een boot bouwen. Maar er komt nog wel tijd voor ontspanning.' Hij voegde eraan toe: 'Na onze dood.'

Keitel zweeg, maar Ernst voelde dat de professor hem onzeker opnam.

'Het was maar een grapje, vriend,' zei hij. 'Een grapje. Goed, laat ik je dan nu het fantastische nieuws over onze nieuwe marine vertellen.'

13

De groenbronzen Hitler die op de Platz November 1923 hoog boven de gesneuvelde, maar nobele troepen uittorende was indrukwekkend, maar stond in een heel andere buurt dan de andere standbeelden die Paul Schumann in Berlijn had gezien. Papier dwarrelde in de stoffige wind en er hing een zurige stank van afval in de lucht. Venters verkochten goedkope waren en fruit en een kunstenaar met een gammele handkar tekende je portret voor een paar pfennig. Mannen met ledematen die vervangen waren door bizarre leren en metalen prothesen hinkten of rolden bedelend over de stoepen. *Ik heb mijn benen voor mijn land gegeven,* had er een op een bord op zijn borst staan, *wat geeft u mij?*

Het was alsof hij door het gordijn was gestapt waarachter Hitler al het afval en de ongewensten van Berlijn had geveegd.

Paul liep door een roestig ijzeren hek en ging tegenover het standbeeld van Hitler op een van de banken zitten, waarvan een deel bezet was.

Hij merkte een bronzen plaquette op, liep erheen en las dat het monument herinnerde aan de Bierhalputsch in de herfst van 1923, toen de nobele visionairs van het nationaalsocialisme, zo verkondigde het bombastische, in metaal gezette proza, zich heldhaftig hadden verzet tegen de republiek van Weimar in een poging het land uit de klauwen van de dolk-in-de-rugstoters te bevrijden (in de Duitse taal, zo wist Paul, werden vaak zo veel mogelijk woorden aan elkaar gebreid).

De langdradige, hijgerige loftuitingen aan het adres van Hitler en Göring begonnen hem al snel te vervelen, en hij ging weer op de bank zitten en veegde het zweet van zijn gezicht. De zon zakte, maar scheen nog fel en heet. Nog geen twee minuten later stak Reggie Morgan de straat over, liep door het hek en voegde zich bij Paul.

'Je hebt het gevonden,' zei hij, weer in onberispelijk Duits. Hij knikte lachend naar het beeld en zei zacht: 'Luisterrijk, hè? In werkelijkheid heeft een bende zatlappen geprobeerd München in te nemen, en ze zijn als vliegen platgeslagen. Bij het eerste schot dook Hitler op de grond en hij heeft het alleen overleefd doordat hij het lijk van een "kameraad" over zich heen trok.' Nu leek hij Paul pas goed te zien. 'Je ziet er anders uit. Je haar, je kleding.' Hij merkte de pleister op. 'Wat is er met je gebeurd?'

Paul vertelde over de vechtpartij met de SA'ers. Morgan keek zorgelijk. 'Ging het over de Dresdengasse? Zochten ze je?'

'Nee, ze mishandelden een boekhandelaar en zijn vrouw. Ik wilde me er niet mee bemoeien, maar ik kon niet werkeloos toekijken terwijl ze werden vermoord. Ik heb andere kleren aangetrokken en mijn haar veranderd, maar ik moet uit de buurt van de bruinhemden blijven.'

Morgan knikte. 'Ik denk niet dat het gevaar erg groot is. Ze zullen er niet mee bij de SS of de Gestapo aankloppen; wraak nemen ze liever zelf. En degenen met wie jij een aanvaring hebt gehad, blijven in de buurt van de Rosenthalerstrasse. Ze wagen zich nooit ver buiten hun eigen terrein. Heb je verder niets? Niets aan je handen – kun je nog schieten?'

'Ja, hoor.'

'Gelukkig. Maar pas goed op, Paul. Ze hadden je ervoor kunnen executeren. Zonder verhoor, zonder arrestatie. Ze hadden je ter plekke terechtgesteld.'

'Wat heeft je contactpersoon op het ministerie van Inlichtingen ontdekt?' vroeg Paul zacht.

'Er is iets niet pluis,' zei Morgan zorgelijk. 'Hij vertelde dat er in de hele Wilhelmstrasse geheime vergaderingen worden gehouden. Meestal is het er op zaterdag zo goed als uitgestorven, maar nu wemelt het er van de SS'ers en SD'ers. Hij heeft meer tijd nodig. Over een uur of zo kunnen we hem bellen.' Hij keek op zijn horloge. 'Maar eerst gaan we naar onze man met het geweer. Hij heeft zijn winkel vandaag gesloten omdat wij komen, maar hij woont vlakbij. Hij verwacht ons. Ik zal hem bellen.' Hij stond op en keek om zich heen. Van alle obscure cafés en restaurants hier was er maar één met een telefoon voor de klanten, het Edelweiss Café.

'Tot zo.'

Paul keek Morgan na en zag een verminkte veteraan naar het terras van het restaurant schuifelen om te bedelen. Hij werd door een potige ober verjaagd.

Een man die een paar banken verderop had gezeten, stond op en liep naar Paul toe. Hij grijnsde zijn bruine tanden bloot en bromde:

'Zag je dat? Schandalig, hoe sommige mensen onze helden behandelen.'

'Ja, inderdaad.' Wat nu? vroeg Paul zich af. Opstaan en weglopen zou wantrouwen kunnen wekken. Hij hoopte dat de man zijn mond zou houden.

De Duitser nam hem echter onderzoekend op en vervolgde: 'Jij bent volwassen. Je hebt gevochten.'

Het was geen vraag, en Paul nam aan dat een volwassen Duitse man alleen onder heel bijzondere omstandigheden onder de strijd uit had kunnen komen.

'Ja, natuurlijk.' Hij dacht als een razende na.

'Aan welke slag heb je dat te danken?' De man knikte naar het litteken op Pauls kin.

Díé slag had niets met de oorlog te maken; de vijand was Morris Starble geweest, een sadistische huurmoordenaar die Paul met een mes te lijf was gegaan in dezelfde kroeg in Hell's Kitchen waarachter hij vijf minuten later was gestorven.

De man keek hem verwachtingsvol aan. Paul moest iets terugzeggen, dus noemde hij een slag die hij van nabij kende: 'St.-Mihiel.' In september 1918 hadden Paul en zijn medesoldaten van de Eerste Infanterie Divisie, Korps IV, door de stromende regen en drassige modder gesjokt om tweeëneenhalve meter diepe, met prikkeldraad en mitrailleurnesten beschermde Duitse loopgraven aan te vallen.

'Ja! Daar ben ik ook geweest!' De man straalde en gaf Paul een warme handdruk. 'Wat een toeval!'

Goed gekozen, dacht Paul wrang. Hoe groot was die kans geweest? Hij probeerde blij verrast te kijken. De Duitser vervolgde tegen zijn wapenbroeder: 'Dus jij zat ook in Detachement C! Die regen! Het was de eerste en laatste keer dat het zo hard regende. Waar zat jij?'

'Ten westen van de saillant.'

'Ik zat tegenover het Tweede Franse Koloniale Korps.'

'Wij vochten tegen de Amerikanen,' zei Paul, die snel zijn twintig jaar oude herinneringen ophaalde.

'Aha, kolonel George Patton! Wat een gestoorde, briljante man was dat. Hij stuurde de manschappen over het hele slagveld. En zijn tanks! Ze doken als bij toverslag op. We wisten nooit waar hij het volgende moment zou toeslaan. Infanterie heeft me nooit bang gemaakt, maar die tanks...' Hij schudde zijn hoofd en trok een grimas.

'Ja, dat was me de strijd wel.'

'Als dat je enige verwonding is, mag je van geluk spreken.'

'God heeft me behoed, dat is waar. En u?' vroeg Paul.

'Een paar granaatscherven in mijn kuit. Ze zitten er nog. Ik laat het litteken aan mijn kleinzoon zien. Het heeft de vorm van een zandloper. Hij legt zijn vinger op het glanzende litteken en kraait van verrukking. Ach, dat waren nog eens tijden.' Hij nam een slok uit een zakflacon. 'Veel mensen hebben vrienden verloren bij St.-Mihiel. Ik niet. De mijne waren allemaal al dood.' Hij zweeg en bood Paul de flacon aan. Paul bedankte.

Morgan kwam uit het café tevoorschijn en wenkte Paul, die knikte.

'Ik moet gaan,' zei Paul tegen de man. 'Het was me een genoegen een medeveteraan te ontmoeten en dit gesprek te voeren.'

'Insgelijks.'

'Goedendag. Heil Hitler.'

'Ach, ja. Heil Hitler.'

Paul liep naar Morgan, die zei: 'We kunnen nu naar hem toe.'

'Je hebt hem toch niet verteld waar ik het geweer voor nodig heb?'

'Nee, niet de echte reden, althans. Hij denkt dat je Duits bent en het geweer moet hebben om een gangsterbaas in Frankfurt te vermoorden die je heeft bedrogen.'

'Mooi zo.'

Ze liepen de straat uit, door de steeds armoediger wordende buurt, tot ze bij een pandjeshuis kwamen. Achter de groezelige, van tralies voorziene etalageruit lagen muziekinstrumenten, koffers, scheermessen, sieraden, poppen en honderden andere voorwerpen. Er hing een bordje gesloten achter de deur. Na een paar minuten wachten in de portiek kwam er een kleine, kalende man tevoorschijn. Hij knikte naar Morgan, deed alsof Paul lucht was, keek om zich heen en liet hen binnen. Hij keek over zijn schouder, sloot de deur, draaide hem op slot en trok de blinden naar beneden.

Ze liepen door de muffe, stoffige winkel. 'Hierheen.' De pandjesbaas ging hen voor door twee dikke deuren, die hij achter hen vergrendelde, en toen een lange trap af naar een klamme, bedompte kelder die alleen door twee kale peertjes werd verlicht. Toen zijn ogen aan de schemering gewend waren, zag Paul een stuk of vijf geweren aan rekken tegen de muur hangen.

'Je kunt in Duitsland legaal wapens kopen,' zei Morgan, 'maar dat wordt geregistreerd. Sommige transacties kun je beter onderhands afwikkelen. Deze meneer heeft een wapen voor je in orde gemaakt.'

Hij reikte Paul een geweer met telescoopvizier aan. 'Het is een Mauser-karabijn. Een 7.92mm. Hij is gemakkelijk te demonteren, dus kun je hem in een koffertje meenemen. Kijk eens naar dat vizier. Duitse optica, uiteraard. De beste van de wereld.'

De man haalde een schakelaar over en er floepte licht aan in een tunnel van een meter of dertig lang met zandzakken aan het eind. Op een van de zakken was een papieren doelwit geprikt.

'Het is hier helemaal geluiddicht gemaakt. Het is een bevoorradingstunnel die hier jaren geleden is aangelegd.'

Paul nam het geweer in zijn handen en voelde het gladde hout van de geschuurde, gelakte kolf. Hij rook olie, creosoot en het leer van de band. Hij gebruikte zelden geweren in zijn werk, en de combinatie van lekkere geuren, massief hout en metaal voerde hem terug naar het verleden. Hij rook de modder van de loopgraven, de stront en de kerosinedampen. En de stank van de dood, als nat, rottend karton.

'Ik heb speciale patronen met een holle punt voor je. Die zijn dodelijker dan gewone patronen.'

Paul vuurde een paar keer droog om gevoel voor de trekker te krijgen. Hij vulde het magazijn, ging op een bank zitten en steunde het geweer op een blok hout met een doek eroverheen. Toen begon hij te vuren. De knallen waren oorverdovend, maar hij hoorde ze nauwelijks. Hij keek door het vizier en concentreerde zich op de zwarte stip van het doel. Hij stelde het vizier bij en schoot toen langzaam de laatste twintig patronen uit de doos met munitie af.

'Goed,' zei hij. Hij was doof en schreeuwde. 'Een goed wapen.' Hij gaf het geweer met een knikje terug aan de pandjesbaas, die het demonteerde, schoonmaakte en met de patronen in een gehavende kartonnen koffer stopte.

Morgan pakte de koffer en overhandigde de pandjesbaas een envelop, waarna deze de lichten op de schietbaan uitdeed en hen voorging naar boven. Een blik om de hoek van de deur, een knikje ten teken dat de kust veilig was en ze drentelden weer naar buiten. Paul hoorde een blikkerige stem door de straat schallen en schoot in de lach. 'Er is geen ontkomen aan.' Aan de overkant van de straat, bij een tramhalte, hing een luidspreker waaruit een mannenstem klonk – meer gebazel over de volksgezondheid. 'Houdt het dan nooit op?'

'Nee,' zei Morgan. 'Achteraf gezien zal dat de nationaalsocialistische bijdrage aan de cultuur blijken te zijn: monsterlijke gebouwen, lelijke bronzen beelden en eindeloze redevoeringen...' Hij knikte naar de koffer met de Mauser. 'Laten we teruggaan naar het plein en mijn contactpersoon bellen. Eens zien of hij genoeg informatie heeft vergaard om jou dit fraaie staaltje Duitse techniek te laten gebruiken.'

De stoffige DKW reed de Platz November 1923 op, kon geen parkeerplaats vinden in de drukke straat, reed half over de stoep en ontweek ternauwernood een venter met twijfelachtig fruit.

'Janssen, we zijn er,' zei Willi Kohl, en hij veegde het zweet van zijn gezicht. 'Heb je je pistool bij de hand?'

'Ja, inspecteur.'

'Dan gaan we op jacht.'

Ze stapten uit.

Kohl was na het bezoek aan de Amerikaanse onderkomens niet meteen teruggekeerd omdat hij de taxichauffeurs die bij het olympisch dorp stonden wilde horen. Dankzij de kenmerkende nationaalsocialistische precisie en vooruitziende blik mochten alleen meertalige chauffeurs het dorp bedienen, wat inhield dat hun aantal beperkt was en dat ze, nadat ze een klant hadden afgezet, waarschijnlijk naar het dorp zouden terugkeren. En dat hield weer in, redeneerde Kohl, dat een van hen hun verdachte ergens naartoe had kunnen brengen.

Ze verdeelden de taxi's, en nadat ze vijfentwintig chauffeurs hadden gesproken, vond Janssen er eindelijk een met een verhaal dat Kohl boeide. De klant, een grote man met een licht accent, was kort tevoren met een koffer en een oude bruine aktetas uit het dorp vertrokken. Zijn haar was niet lang of rossig, maar strak achterovergekamd en donker, maar dat kon door olie of lotion komen. De taxichauffeur vertelde dat de man geen pak had gedragen, maar vrijetijdskleding in lichte tinten, al kon hij die niet gedetailleerd beschrijven.

De klant was op de Lützowplatz uitgestapt en in de menigte opgegaan. Het was een van de drukste kruispunten van de stad, met veel opstoppingen, dus hadden ze weinig hoop het spoor van de verdachte daar op te kunnen pikken. De taxichauffeur vertelde echter ook dat de man de weg naar de Platz November 1923 had gevraagd en zich afvroeg of hij er lopend kon komen.

'Vroeg hij meer over het plein? Iets specifieks? Vertelde hij wat hij kwam doen? Had hij met kameraden afgesproken? Wat dan ook?'

'Nee, inspecteur, niets. Ik heb tegen hem gezegd dat het een heel eind lopen was. Toen bedankte hij me en stapte uit. Dat was het. Ik heb niet op zijn gezicht gelet,' verklaarde de chauffeur. 'Alleen op de weg.'

Weer die blindheid, had Kohl zuur gedacht.

Ze waren teruggekeerd naar het hoofdbureau, waar ze de affiches van het slachtoffer uit de Dresdengasse hadden opgehaald. Toen waren ze naar het monument ter ere van de mislukte putsch uit 1923 gereden (alleen de nationaalsocialisten konden zo'n gênante nederlaag als een weergaloze triomf afspiegelen). De Lützowplatz was te groot voor een doeltreffende speurtocht, maar dit plein was veel kleiner en gemakkelijker af te zoeken.

Kohl keek naar de bedelaars, venters, hoeren en winkelende mensen op het plein, de mannen en vrouwen in de kleine cafés. Hij snoof de lucht op, die verzadigd was van de stank van afval, en vroeg: 'Ruik je onze prooi al, Janssen?'

'Ik...' De kandidaat-inspecteur leek het geen prettig idee te vinden.

'Het is een gevoel,' zei Kohl, die vanuit de schaduw van de moedige, strijdlustige bronzen Hitler de straat in keek. 'Ikzelf geloof niet in het bovennatuurlijke. Jij?'

'Niet echt, inspecteur. Ik ben niet religieus, als u dat bedoelt.'

'Nou, ik heb de godsdienst er nog niet helemaal aan gegeven. Heidi zou het niet goedkeuren. Maar waar ik het over heb, is de illúsie van het spirituele, gebaseerd op onze waarnemingen en ervaring. En zo'n gevoel heb ik nu. Hij is in de buurt.'

'Ja, inspecteur,' zei de kandidaat-inspecteur. 'Waarom denkt u dat?'

Een goede vraag, dacht Kohl, die vond dat jonge rechercheurs hun mentoren altijd in twijfel moesten trekken. Hij legde het uit: omdat deze buurt deel uitmaakte van Noord-Berlijn. Hier waren grote aantallen oorlogsveteranen te vinden, werklozen, stiekeme communisten, soci's, anti-Partij Edelweiss Piratenbendes, kruimeldieven en vakbondslieden die hier waren ondergedoken toen hun bonden verboden werden. Hier woonden die Duitsers die smachtten naar de goede oude tijd: niet die van Weimar, natuurlijk (geen mens had van de Republiek gehouden), maar de glorietijd van Pruisen, van Bismarck, van Wilhelm, van het Tweede Rijk. En dus woonden er minder leden van de Partij en haar sympathisanten. Minder verraders, dus, die altijd bereid waren naar de Gestapo of het buurtgarnizoen van de SA te rennen om iemand aan te geven.

'Wat hij ook in zijn schild voert, op een plek als deze kan hij steun en handlangers vinden. Doe een pas achteruit, Janssen. Het is altijd gemakkelijker iemand te zien die uitkijkt naar een verdachte, zoals wij, dan de verdachte zelf op te merken.'

Janssen trok zich terug in de schaduw van een vishandel. De stinkende bakken waren vrijwel leeg; er waren alleen onwelriekende palingen, karpers en kwijnende kanaalforellen te koop. De politiemensen keken speurend de straat in.

'Laten we eens nadenken, Janssen. Hij is met zijn koffer en de belastende aktetas op de Lützowplatz uitgestapt. Hij heeft zich niet hier laten afzetten, dus mogelijk heeft hij zijn bagage naar zijn huidige logeeradres gebracht voordat hij hiernaartoe is gegaan. Met welk doel? Had hij een afspraak? Moest hij iets afgeven, die aktetas misschien? Of moest hij iets of iemand ophalen? Hij is in het olympisch dorp geweest, in de Dresdengasse, de Sommergarten, de Rosenthalerstrasse en op de Lützowplatz. Waarom is hij nu hier? Wat hebben al die verschillende adressen met elkaar te maken? Dat zou ik willen weten.'

'Zullen we alle winkels en kramen afgaan?'

'Ik denk dat we wel moeten. Maar ik kan je wel zeggen, Janssen, dat ik me ernstig zorgen begin te maken over het gebrek aan voedsel. Ik voel me zelfs licht in het hoofd. We zullen eerst ons licht opsteken in de cafés, dan kunnen we ons al doende voeden.'

Kohl wiebelde met zijn tenen in zijn schoenen tegen de pijn. De lamswol was verschoven en zijn voeten staken weer. Hij knikte naar het dichtstbijzijnde restaurant, dat waarvoor hij de auto had neergezet, het Edelweiss Café, en ze gingen naar binnen.

Het was een sjofele tent. Het viel Kohl op dat ze werden begroet met afgewende blikken, wat kenmerkend was voor de binnenkomst van een overheidsfunctionaris. Toen ze de klanten hadden bekeken in de ijdele hoop dat de eigenaar van de hoed van Manny's uit New York erbij zat, liet Kohl zijn penning aan een ober zien, die meteen in de houding sprong. 'Heil Hitler. Wat kan ik voor u doen?'

Kohl, die betwijfelde of iemand in dit rokershol zelfs maar zou weten wat een gerant wás, vroeg naar de bedrijfsleider.

'Herr Grolle, ja, inspecteur, ik ga hem meteen roepen. Gaat u toch zitten, heren. En laat het me weten als u koffie of iets te eten wenst.'

'Ik wil koffie en appelstrudel. Een dubbele portie, graag. En mijn collega?' Hij trok vragend zijn wenkbrauwen naar Janssen op.

'Alleen cola.'

'Slagroom op de strudel?' vroeg de ober.

'Maar natuurlijk,' zei Willi Kohl zo verbaasd alsof het heiligschennis was strudel zonder slagroom te serveren.

Op weg van het pandjeshuis naar het Edelweiss Café, waar Morgan zijn contactpersoon bij het ministerie van Inlichtingen zou bellen, vroeg Paul: 'Wat kan hij ons vertellen? Over Ernsts handel en wandel?'

'Hij heeft me verteld dat Goebbels per se wil weten waar en wanneer alle hoge functionarissen in het openbaar verschijnen. Hij beslist of er een filmploeg of fotograaf bij aanwezig moet zijn om het gebeuren vast te leggen.' Hij lachte zuur. 'Als je naar, laten we zeggen, *De muiterij op de Bounty* gaat, krijg je nog geen tekenfilmpje met Mickey Mouse te zien voordat er twintig minuten lang bespottelijke opnamen zijn vertoond van Hitler die baby's knuffelt en Göring die in zijn belachelijke uniformen voor duizend man van de Arbeitsdienst paradeert.'

'En Ernst komt ook op die lijst?'

'Dat hoop ik. Ik heb gehoord dat onze kolonel niet veel op heeft met propaganda, en dat hij net zo'n hekel heeft aan Goebbels als van Göring, maar dat hij heeft geleerd het spelletje mee te spelen. Tegenwoordig kun je niet slagen binnen de regering zonder spelletjes te spelen.'

Toen ze het restaurant naderden, zag Paul een goedkope zwarte auto naast het standbeeld van Hitler op de stoep staan, voor het Edelweiss Café, waar Morgan zijn contactpersoon weer zou opbellen. Detroit leek de Duitse auto-industrie nog altijd een stap voor te zijn. Hij had wel mooie Mercedessen en BMW's gezien, maar de meeste auto's in Berlijn waren net zulke gehavende koekblikken als dit exemplaar. Wanneer hij met zijn tien mille terug was in de Verenigde Staten, zou hij zijn droomauto kopen, een glimmend zwarte Lincoln. Marion zou er fantastisch uitzien in zo'n auto, had hij pas nog gedacht toen hij er een door 5th Avenue zag zoeven.

Paul had opeens dorst. Hij besloot aan een tafel te gaan zitten terwijl Morgan belde. Het café leek vooral koffie en gebak te verkopen, maar daar had hij op zo'n warme dag geen trek in. Nee, besloot hij, hij zou zijn studie van de schone kunst van het Duitse bierbrouwen vervolgen.

14

Willi Kohl had zijn strudel en koffie op en schoof zijn stoel achteruit. Stukken beter, dacht hij. Zijn handen hadden zelfs gebeefd van de honger. Het was niet gezond om zo lang niets te eten. 'Zo, we moeten aan de slag. Janssen, heb jij de foto's van onze arme dode?'

'In de auto, inspecteur.'

'Nou, ga ze dan halen.'

'Ja, inspecteur.'

Janssen dronk zijn cola op en liep naar de auto.

Kohl liep achter hem aan naar buiten, afwezig op het pistool in zijn zak tikkend. Hij veegde het zweet van zijn voorhoofd en keek naar rechts, waar hij weer een sirene hoorde. Het portier van de DKW sloeg dicht en hij draaide zich naar Janssen om. Op hetzelfde moment zag hij een flits vlak achter Janssen, aan zijn linkerhand.

Een man in een donker pak met een kartonnen koffer had rechtsomkeert gemaakt en was snel het steegje naar de binnenplaats van een groot, vervallen huis naast het café ingedoken. De haast waarmee hij van koers was veranderd, had iets onnatuurlijks, en Kohl vond het ook vreemd dat een man in pak bij zo'n armetierig huis moest zijn.

'Janssen,' riep hij. 'Zag je dat?'

'Wat?'

'Die man die het gangetje inliep?'

Janssen haalde zijn schouders op. 'Niet echt. Ik heb alleen een paar mannen op de stoep gezien. Uit mijn ooghoek.'

'Mannen?'

'Ik dacht dat het er twee waren.'

Kohls instinct nam het van hem over. 'Daar moeten we meer van weten!'

Het huis was tegen zijn rechterbuurman aan gebouwd. Kohl keek het steegje in en zag dat er geen zijdeuren waren. 'Dat moet een dienstingang zijn, net als bij de Sommergarten. Hou het in de gaten. Ik neem de voorkant. Ga ervan uit dat beide mannen gewapend en mogelijk radeloos zijn. Hou je pistool in je hand. Rennen! Als je snel bent, haal je ze nog in.'

De kandidaat-inspecteur sprintte de steeg in. Kohl trok zijn pistool en liep langzaam naar de binnenplaats.

In de val.

Net als bij Malone.

Paul en Reggie Morgan stonden nog nahijgend van de korte sprint op een sombere binnenplaats vol vuilnisbakken en een stuk of tien bruine jeneverbesstruiken. Twee tienerjongens in stoffige kleren gooiden stenen naar duiven.

'Toch niet dezelfde politiemannen?' hijgde Morgan. 'Uit de Sommergarten? Onmogelijk.'

'Dezelfde,' zei Paul kortaf. Hij was er niet zeker van dat ze gezien waren, maar de jongste politieman, die in het groene pak, had hun kant op gekeken, en op hetzelfde moment had Paul Morgan naar de binnenplaats getrokken. Ze moesten ervan uitgaan dat ze gezien waren.

'Hoe hebben ze ons gevonden?'

Paul keek zonder antwoord te geven om zich heen. Hij rende naar de houten deur in de middenpoot van het U-vormige gebouw; de deur zat op slot. De ramen op de begane grond zaten op tweeëneenhalve meter hoogte, een hele klim. De meeste waren dicht, maar Paul zag een open raam dat zo te zien toegang gaf tot een verlaten woning.

Morgan zag Paul kijken. 'Ja, daar kunnen we ons verstoppen,' zei hij. 'Achter de blinden. Maar hoe komen we daar?'

'Hallo,' riep Paul naar een van de stenen gooiende jongens. 'Wonen jullie hier?'

'Nee, meneer, we spelen hier alleen.'

'Willen jullie een hele mark verdienen?'

'Grüss Gott,' zei de jongen. Hij zette grote ogen op en holde naar de mannen toe. 'Ja, graag.'

'Mooi. Maar dan moet je wel snel zijn.'

Willi Kohl bleef bij de poort naar de binnenplaats staan.

Hij wachtte tot hij zeker wist dat Janssen zijn positie aan het eind van de gang had ingenomen en liep door. Geen spoor van de verdachte uit de Dresdengasse of de man met de koffer. Alleen een paar tienerjongens die aan de andere kant van de binnenplaats bij een stapel melkkratten stonden. Ze keken schichtig naar hem en begonnen weg te lopen.

'Jongens!' riep Kohl.

Ze bleven staan en keken elkaar onzeker aan. 'Ja?'

'Hebben jullie daarnet twee mannen gezien?'

Weer een uitwisseling van onzekere blikken. 'Nee.'

'Kom hier.'

Ze bleven heel even stokstijf staan en renden toen tegelijk panisch weg, bijna struikelend over de stoep. Kohl probeerde niet eens hen in te halen. Hij omklemde zijn pistool en keek om zich heen. Alle appartementen op de begane grond hadden dichte gordijnen of kwijnende planten op de vensterbank, wat deed vermoeden dat ze bewoond waren, maar er was één donker raam zonder gordijnen.

Kohl liep er langzaam naartoe en zag indrukken in de stoffige aarde onder het raam – van de melkkratten, begreep hij. De verdachte en zijn metgezel hadden de jongens betaald om de kratten weg te halen nadat ze door het raam waren geklommen.

De inspecteur hield zijn pistool nog steeds stevig vast en drukte op de bel van de huismeester.

Even later dook er een jachtige man op. De pezige, grijze huismeester deed open en keek nerveus naar het pistool in Kohls hand en toen, enigszins opgelucht, naar de Kripo-penning; het was in elk geval niet de Gestapo.

Kohl stapte naar binnen en keek langs de huismeester de donkere gang in. Aan het eind bewoog iets. Kohl hoopte dat Janssen waakzaam zou blijven. Hijzelf was tenminste nog op het slagveld beproefd. Hij was beschoten en dacht dat hij zelf ook twee vijandelijke soldaten had neergeschoten, maar Janssen? Hij was een getalenteerd schutter, maar hij had alleen op papieren doelen geoefend. Hoe zou hij het ervan afbrengen als het tot een vuurgevecht kwam?

'De kamer op deze verdieping, de tweede van rechts,' fluisterde hij, en hij wees naar de deur. 'Is die bewoond?'

'Ja, meneer.'

Kohl stapte achteruit, zodat hij de binnenplaats in het oog kon houden, want de verdachten zouden kunnen proberen via het raam te vluchten. 'Er staat nog een politieman bij de achterdeur,' zei hij tegen de huismeester. 'Ga hem onmiddellijk halen.'

'Ja, meneer.'

Op hetzelfde moment kwam er een dikke vrouw in een paarse jurk met een hoofddoek om naar hen toe gewaggeld. *'Herr Greitel, herr Greitel!* Snel, u moet de politie bellen!'

Kohl keek haar aan.

'De politie is er al, Frau Haeger,' zei de huismeester.

'Ach, hoe kan dat nou?' Ze knipperde verbaasd met haar ogen.

'Waarom moet de politie komen?' vroeg Kohl.

'Inbrekers!'

Kohls intuïtie zei hem dat dit iets te maken had met de achtervolging. 'Vertel op, mevrouw. Snel!'

'Ik woon aan de voorkant en ik zag door het raam twee mannen die zich achter die stapel melkkratten hadden verstopt. Ik moet u erop wijzen dat u me al weken geleden hebt beloofd ze weg te halen, meneer Greitel.'

'Vertel verder, alstublieft. Dit zou heel belangrijk kunnen zijn.'

'Ze lagen op de loer. Het was heel duidelijk. En daarnet zag ik dat ze opstonden en twee fietsen uit het rek naast de hoofdingang pakten. Die ene fiets kende ik niet, maar die andere was van Fraülein Bauer, en die heeft al twee jaar geen vriend meer, dus weet ik zeker dat ze haar fiets niet heeft uitgeleend.'

'Nee!' prevelde Kohl, en hij rende terug. Het drong tot hem door dat de verdachte de jongens geld had gegeven om een paar kratten onder het raam te schuiven, zodat ze afdrukken in de grond maakten, maar ze daarna weer op de stapel te zetten. Vervolgens moesten ze zich waarschijnlijk stiekem of angstig gedragen, zodat Kohl zou denken dat de verdachten zo het gebouw in waren gekomen.

Hij stormde door de poort, keek van links naar rechts en zag het levende bewijs van een statistisch gegeven dat hij, nauwgezette politieman die hij was, heel goed kende: het meest favoriete vervoermiddel van Berlijners is de fiets, en de honderden exemplaren die de straten hier verstopten, verhulden de ontsnapping van de verdachten even doelmatig als een dichte rookwolk.

Ze hadden de fietsen geloosd en liepen door een drukke straat op een kilometer van de Platz November 1923.

Paul en Morgan zochten naar een restaurant of café met een telefoon.

'Hoe wist je dat ze in het Edelweiss Café waren?'

'De auto, ik zag hun auto op de stoep staan.'

'Die zwarte?'

'Ja. Ik lette er eerst niet op, maar toen ging er een belletje rinkelen. Ik dacht terug aan een paar jaar geleden, toen ik op weg was naar een klus. Ik bleek niet de enige te zijn die Bo Gillette een bezoek wilde brengen. Een paar smerissen uit Brooklyn waren me voor geweest. Maar ze waren lui en ze hadden hun auto voor het huis gezet, half op de stoep. Het was een burgerauto, dus wie zou erop letten? Nou, Bo lette erop. Hij kwam aanlopen, begreep dat ze binnen waren en ging ervandoor. Het kostte me een maand om hem weer te vinden. Politiewagen, zei een stem in mijn achterhoofd, en daardoor herkende ik de jongste van de twee meteen toen hij naar buiten kwam. Ik had hem ook op het terras van de Sommergarten gezien.'

'Ze zijn ons van de Dresdengasse naar de Sommergarten naar hier gevolgd... Hoe kan dat in vredesnaam?'

Paul dacht terug. Hij had niet tegen Käthe Richter gezegd dat hij hierheen zou gaan en hij had onderweg van het pension naar de taxistandplaats wel tien keer gekeken of hij niet werd gevolgd. Hij had niemand in het olympisch dorp iets verteld. De pandjesbaas zou hen verraden kunnen hebben, maar die wist niets van de Sommergarten. Nee, die twee ijverige smerissen hadden hen op eigen houtje gevonden. Hoe?

'Taxi's,' stelde Paul ten slotte vast.

'Wat?'

'Dat is het enige verband. Tussen de Sommergarten en hier. Als we een taxi nemen, moeten we ons voortaan een paar straten verderop laten afzetten, niet bij onze bestemming.'

Ze liepen door en vonden een café met een telefooncel. Morgan ging zijn contactpersoon bellen. Paul bestelde bier en hield gespannen en waakzaam de wacht. Het had hem niet verbaasd als hij de twee smerissen door de straat had zien rennen, nog steeds op hun spoor.

Wie waren die lui in godsnaam?

Morgan kwam met een zorgelijk gezicht terug. 'We hebben een probleem.' Hij nam een slok bier, veegde zijn snor af en leunde naar Paul toe. 'Ze geven geen informatie vrij. Himmler of Heydrich, mijn man weet niet wie van de twee, heeft afgekondigd dat het tot nader order verboden is informatie over optredens in het openbaar van Partij- of regeringsfunctionarissen vrij te geven. Geen persconferenties, niets. Het verbod is nog maar een paar uur geleden uitgevaardigd.'

Paul dronk de helft van zijn bier op. 'En nu? Weet jij ook maar íéts van Ernsts agenda?'

'Ik weet niet eens waar hij woont, al moet het ergens in Charlottenburg zijn. We zouden hem bij de kanselarij kunnen opwachten en volgen, maar dat wordt heel moeilijk. Als je binnen een halve kilometer afstand van een hoge Partijfunctionaris komt, kun je erop rekenen dat ze je aanhouden en naar je papieren vragen, en als je kop hun niet aanstaat, word je gearresteerd.'

Paul dacht even na. 'Ik heb een idee,' zei hij toen. 'Misschien kan ik wel iets te weten komen.'

'Waarover?'

'Ernst,' zei Paul.

'Jij?' vroeg Morgan verbaasd.

'Maar dat gaat wel een paar honderd mark kosten.'

'Die heb ik wel voor je.'

'En jouw man binnen het ministerie? Zou hij wel iets aan de weet kunnen komen over mensen die een lagere functie hebben?'

Morgan schokschouderde. 'Ik kan het niet met zekerheid zeggen, maar één ding staat vast: wat de nationaalsocialisten het beste kunnen, is informatie over alle burgers vergaren.'

Janssen en Kohl liepen de binnenplaats af.

Mevrouw Haeger kon de verdachten niet beschrijven, al was dat gek genoeg niet aan politieke, maar echte blindheid te wijten. De bemoeial had wel kunnen zien dat de mannen zich verstopten en er met de fietsen vandoor gingen, maar door staar aan beide ogen had ze geen details kunnen opmerken.

Ze liepen ontmoedigd terug naar de Platz November 1923 en zetten hun speurtocht voort. Ze praatten met venters en obers, lieten de foto van het slachtoffer zien en informeerden naar hun verdachte.

Hun pogingen waren tevergeefs, tot ze bij een bakker aan de andere kant van het plein kwamen, verscholen in de schaduw van het standbeeld van Hitler. Een bolle man in een stoffig wit schort vertelde Kohl dat hij ongeveer een uur eerder een taxi aan de overkant had zien stoppen. Dat kwam hier zelden voor, zei hij, want de buurtbewoners hadden geen geld voor een taxi en mensen die hier niet woonden, hadden hier niets te zoeken, en zeker niet per taxi.

De bakker had iemand met achterovergekamd haar zien uitstappen die om zich heen had gekeken en toen naar het standbeeld was gelopen en op een bank was gaan zitten.

'Wat had hij aan?'

'Lichte kleding. Ik heb het niet goed gezien.'

'Is u verder nog iets opgevallen?'

'Nee, inspecteur, ik had een klant.'

'Had hij een koffer of aktetas bij zich?'

'Ik dacht het niet.'

Zijn veronderstelling was dus juist geweest, dacht Kohl: waarschijnlijk verbleef de verdachte ergens bij de Lützowplatz en had hij hier iets te doen.

'Welke kant ging hij op?'

'Ik heb het niet gezien, inspecteur. Het spijt me.'

Blindheid, uiteraard, maar Kohl had nu tenminste de bevestiging dat hun verdachte hier kortgeleden was gearriveerd.

Een zwarte Mercedes kwam de hoek om en stopte.

'Ach,' prevelde Kohl toen hij Peter Krauss zag uitstappen en om zich heen kijken. Hij wist hoe Krauss hem had gevonden. Volgens de voorschriften moest hij wanneer hij het Alex onder diensttijd verliet melden waar hij naartoe ging. Hij had overwogen de wachtmeester vandaag in het ongewisse te laten, maar het viel hem zwaar de regels te negeren en voordat hij wegging, had hij 'Platz November 1923' genoteerd en hoe laat hij verwachtte terug te zijn.

Krauss knikte naar hem. 'Ik doe gewoon de ronde, Willi. Ik ben benieuwd hoe het met de zaak gaat.'

'Welke zaak?' vroeg Kohl, zuiver uit nukkigheid.

'Het lijk in de Dresdengasse, natuurlijk.'

'Ach, naar het schijnt zijn de middelen van ons bureau gereduceerd.' Hij voegde er wrang aan toe: 'Om onbekende redenen. Maar we denken dat de verdachte hier geweest zou kunnen zijn.'

'Ik had je gezegd dat ik mijn voelhoorns zou uitsteken. Het doet me plezier je te kunnen zeggen dat mijn informant uit betrouwbare bron heeft vernomen dat de moordenaar inderdaad een buitenlander is.'

Kohl pakte zijn aantekenboekje en potlood. 'En hoe heet de verdachte?'

'Dat wist hij niet.'

'En zijn nationaliteit?'

'Dat kon hij niet zeggen.'

'Wie is die informant dan?' vroeg Kohl vertwijfeld.

'O, dat kan ik niet zeggen.'

'Ik moet hem horen, Peter. Als hij iets heeft gezien.'

'Hij heeft niets gezien. Hij heeft zijn eigen bronnen, die...'

'... ook vertrouwelijk zijn.'

'Juist. Ik vertel het je alleen omdat het bemoedigend is te horen dat je verdenkingen bevestigd worden.'

'Míjn verdenkingen?'

'Dat het geen Duitser was.'

'Dat heb ik nooit gezegd.'

'Nee, maar je bent wél naar het olympisch dorp gegaan, nietwaar?'

En hoe wist Krauss dat nu weer? Dat uitstapje was niet in het logboek vermeld.

'Wat bevestigt dat het waarschijnlijk een buitenlander is, geen Duitser.'

'Het onderzoek loopt nog,' was het enige wat Kohl wrevelig kon uitbrengen.

'Wie bent u?' vroeg Krauss aan de bakker.

'De inspecteur hier vroeg naar een man die ik had gezien.'

'Je verdachte?' vroeg Krauss aan Kohl.

'Mogelijk.'

'Ach, Willi, je bent echt goed. We zitten kilometers van de Dresdengasse en toch heb jij de verdachte tot deze sloppen weten te traceren.' Hij wierp een blik op de getuige. 'Werkt hij mee?'

'Ik heb niets gezien,' zei de bakker beverig. 'Niet echt. Alleen iemand die uit een taxi stapte.'

'Waar?'

'Ik heb niet...'

'Waar?' grauwde Krauss.

'Aan de overkant van de straat. Heus, meneer, ik heb niets gezien. Hij stond met zijn rug naar me toe. Hij...'

‘Leugenaar.’

‘Ik zweer het op... Ik zweer het op de Führer.’

‘Iemand die een valse eed aflegt, is ook een leugenaar.’ Krauss gebaarde naar een van zijn jonge assistenten, een agent met een rond gezicht. ‘We nemen hem mee naar de Prinz Albrechtstrasse. Een dagje daar en hij geeft een compleet signalement.’

‘Alstublieft niet, meneer. Ik wil helpen. Ik zweer het.’

Willi Kohl haalde zijn schouders op. ‘Maar het komt erop neer dat u ons níét hebt geholpen.’

‘Ik heb u gezegd...’

Kohl vroeg de man naar zijn legitimatie.

De bakker gaf hem met bevende handen zijn pas, en Kohl sloeg hem open en keek erin.

Krauss keek weer naar zijn assistent. ‘Sla hem in de boeien en neem hem mee naar het hoofdkwartier.’

De jonge Gestapo-agent wrong de handen van de bakker op zijn rug en klikte de boeien om zijn polsen. De tranen schoten de bakker in de ogen. ‘Ik heb mijn best gedaan om het me te herinneren. Ik heb echt...’

‘Nou, wij frissen je geheugen wel op, dat garandeer ik je.’

Nu richtte Kohl zich tot de bakker. ‘Dit is een kwestie van het hoogste belang. Ik heb liever dat u nu meewerkt, maar als mijn collega u mee wil nemen naar de Prinz Albrechtstrasse...’ – hij trok zijn wenkbrauwen op naar de doodsbange man – ‘... zal het u slecht vergaan, meneer Heydrich. Heel slecht.’

De man knipperde met zijn ogen en veegde de tranen van zijn gezicht. ‘Maar inspecteur...’

‘Ja, heel slecht...’ Kohls stem stierf weg en hij keek nog eens naar het paspoort. ‘U bent... Waar bent u geboren?’

‘In Göttburg, inspecteur, vlak bij München.’

‘Aha,’ zei Kohl onverstoorbaar, en hij knikte bedachtzaam. Krauss wierp hem een blik toe.

‘Maar inspecteur, ik denk...’

‘Is dat een klein dorp?’

‘Ja, inspecteur.’

‘Ik...’

‘Zwijg, alstublieft,’ zei Kohl, die onafgebroken naar het identiteitsbewijs bleef kijken.

'Willi, wat is er toch?' vroeg Krauss eindelijk.

Kohl nam hem apart en fluisterde: 'Ik geloof dat de Kripo niet meer in deze man geïnteresseerd is. Doe maar met hem wat je wilt.'

Krauss dacht zwijgend na over Kohls plotselinge omslag. 'Hoezo?'

'En wees zo vriendelijk niet verder te vertellen dat Janssen en ik hem hebben aangehouden.'

'Nogmaals, Willi: hoezo?'

Kohl zweeg even theatraal en zei toen: 'SD-aanvoerder Heydrich komt ook uit Göttburg.'

Reinhard Heydrich, het hoofd van de inlichtingendienst van de SS en Himmlers rechterhand, werd beschouwd als de meest genadeloze man van het Derde Rijk. Heydrich was een robot zonder hart (hij had ooit een meisje zwanger gemaakt en haar toen aan de dijk gezet omdat hij vrouwen van losse zeden verwerpelijk vond). Men zei dat Hitler niet graag martelde, maar het gedoogde als het in zijn kraam te pas kwam. Heinrich Himmler genoot ervan, maar was niet in staat er zijn doelstellingen mee te verwezenlijken. Heydrich genoot niet alleen van martelen, maar was ook een meester in de toepassingen ervan.

Krauss wierp een blik op de bakker en vroeg onzeker: 'Zijn ze... Zouden ze familie zijn, denk je?'

'Ik waag het er liever niet op. Jij bent van de Gestapo, en je hebt dus een veel betere relatie met de SD dan wij van de Kripo. Jij kunt hem ondervragen zonder bang te hoeven zijn voor de consequenties. Als mijn naam in de loop van het onderzoek met hem in verband wordt gebracht, zou dat het eind van mijn carrière kunnen zijn.'

'Maar toch... Een familielid van Heydrich verhoren?' Krauss sloeg zijn ogen neer. 'Zou hij waardevolle informatie hebben?' vroeg hij.

Kohl keek naar de radeloze bakker. 'Ik denk dat hij misschien wel meer weet, maar niets waar wij iets aan hebben. Ik heb het gevoel dat het enige wat hij verzwijgt, is dat hij het meel met zaagsel mengt of boter van de zwarte markt gebruikt.' De inspecteur keek om zich heen. 'Ik weet zeker dat als Janssen en ik hier doorwerken, we alles kunnen achterhalen wat hier over het misdrijf in de Dresdengasse bekend is zonder...' – hij liet zijn stem dalen – '... onze baan te verspelen.'

Krauss begon te ijsberen. Mogelijk probeerde hij zich te herinneren of de bakker zijn naam had kunnen opvangen, zodat hij die aan neef

Heydrich kon doorspelen. 'Doe hem de boeien af,' besloot hij plotseling. De jonge agent gehoorzaamde en Krauss wendde zich tot Kohl. 'We moeten binnenkort je verslag over de Dresdengasse hebben, Willi.'

'Uiteraard.'

'Heil Hitler.'

'Heil.'

De twee Gestapo-officieren klommen in hun Mercedes, reden om het standbeeld van de Führer heen en zoefden weg.

Toen de auto uit het zicht verdwenen was, gaf Kohl de bakker zijn pas terug. 'Alstublieft, meneer Rosenbaum. U kunt weer aan het werk. We zullen u niet meer lastigvallen.'

'Dank u, o, dank u wel,' zei de bakker geëmotioneerd. Zijn handen trilden en er sijpelden tranen in de rimpels rond zijn mond. 'God zegene u, inspecteur.'

'Sst,' zei Kohl, die zich aan de indiscrete dankbetuigingen ergerde. 'Terug naar je winkel.'

'Ja, inspecteur. Kan ik u dienen met een brood? Wat *strudel*?'

'Nee, echt niet. Aan het werk.'

De man haastte zich naar binnen.

Toen ze naar de auto liepen, keek Janssen vragend naar Kohl. 'Hij heette geen Heydrich, maar Rosenbaum?'

'Wat deze kwestie betreft, kun je beter geen vragen stellen, Janssen. Daar word je geen betere inspecteur van.'

'Goed, inspecteur.' Janssen knikte samenzweerderig.

'Zo,' vervolgde Kohl, 'we weten dat onze verdachte hier uit een taxi is gestapt en op het plein heeft gezeten voordat hij aan zijn missie hier begon, wat die ook geweest mag zijn. Laten we de bankplakkers vragen of ze iets hebben gezien.'

Ze hadden weinig geluk bij deze mensen die, zoals Kohl Janssen had uitgelegd, geen enkele sympathie voor de Partij of de politie hadden, tot ze bij een man aankwamen die in de schaduw van de bronzen Führer zat. Kohl bekeek hem en rook soldaat; of het echte leger, of het Freikorps, het burgerleger dat na de oorlog was opgericht.

Toen Kohl de man naar de verdachte vroeg, knikte hij enthousiast. 'Ach, ja, ik weet wie u bedoelt.'

'Wie bent u, meneer?'

'Ik ben Helmut Gershner, voormalig korporaal in het leger van keizer Wilhelm.'

'En wat kunt u ons vertellen, korporaal?'

'Ik heb die man nog geen drie kwartier geleden gesproken. Hij lijkt op uw beschrijving.'

Kohl voelde dat zijn hart begon te bonzen. 'Weet u of hij hier nog is?'

'Ik heb hem niet meer gezien.'

'Vertel dan maar eens over hem.'

'Goed, inspecteur. We hadden het over de oorlog. Ik dacht eerst dat we strijdmakkers waren, maar toen viel me iets vreemds op.'

'Wat dan?'

'Hij had het over de slag bij St.-Mihiel, maar hij was niet bedroefd.'

'Bedroefd?'

De man schudde zijn hoofd. 'Bij die slag zijn vijftienduizend van onze mannen gevangengenomen en heel veel anderen gesneuveld. Ik vond het een zwarte dag voor mijn eenheid, Detachement C. Het was zo tragisch dat we ons moesten overgeven! De Fransen en Amerikanen dreven ons terug naar de Hindenburg Linie. Hij leek veel van de slag te weten, en ik denk dat hij er echt bij is geweest, maar hij zag het niet als een verschrikking. Ik zag aan zijn ogen dat die gruwelijke dagen hem niets zeiden.' De man keek verontwaardigd op. 'En hij wilde niet uit mijn flacon op de doden drinken. Ik weet niet waarom u hem zoekt, maar die reactie op zich was genoeg om me wantrouwig te maken. Ik vermoed dat hij een deserteur is. Of een lafaard. Misschien was hij zelfs een dolk-in-de-rugstoter.'

Of misschien, dacht Kohl wrang, was hij de vijand. Hij vroeg: 'Zei hij iets over wat hij hier kwam doen? Of waar dan ook?'

'Nee, inspecteur. We hebben maar even gepraat.'

'Was hij alleen?'

'Ik dacht het niet. Hij leek een afspraak te hebben met een andere man, die iets kleiner was dan hij, maar ik heb het niet goed gezien. Het spijt me. Ik lette niet op, inspecteur.'

'Je doet het heel goed, soldaat,' zei Janssen, en hij vervolgde tegen Kohl: 'Misschien was die man op de binnenplaats zijn collega. Een donker pak, kleiner.'

Kohl knikte. 'Het zou kunnen. Een van zijn vrienden uit de Sommergarten.' Hij wendde zich weer tot de veteraan. 'Hou oud was hij ongeveer, die grote man?'

'In de veertig, net als ik.'

'En u hebt hem goed gezien?'

'Zeker, inspecteur. Ik was net zo dicht bij hem als nu bij u. Ik kan hem haarfijn beschrijven.' Goddank, dacht Kohl. De plaag van de blindheid is voorbij. Hij keek de straat in, speurend naar iemand die ze een halfuur geleden tegen waren gekomen. Toen nam hij de veteraan bij de arm, stak een hand op om het verkeer tegen te houden en leidde de kreupele man de straat over.

'Meneer,' zei hij tegen een straatartiest die in een met verf besmeurde kiel naast een goedkope kar met portretten zat. De artiest keek op van het bloemstilleven waaraan hij werkte. Toen hij Kohls penning zag, legde hij zijn penseel neer en sprong geschrokken op.

'Het spijt me, inspecteur. Ik probeer al heel lang een vergunning te krijgen, maar...'

'Werk je alleen met verf of kun je ook met potlood tekenen?' beet Kohl hem toe.

'Ik...'

'Potlood! Kun je tekenen?'

'Ja, inspecteur. Ik maak vaak een eerste schets met potlood en dan...'

'Ja, al goed. Ik heb werk voor je.' Kohl zette de kreupele korporaal in de sjofele klapstoel en duwde de artiest een schetsboek in handen.

'Moet ik hem tekenen?' vroeg de artiest bereidwillig maar verbaasd.

'Nee, ik wil dat je een tekening maakt van degene die hij je gaat beschrijven.'

15

De taxi snorde langs een groot hotel waaraan rood met wit en zwarte nazivlaggen wapperden.

'Dat is het Metropol,' zei de chauffeur. 'Weet u wie daar nu zit? Lillian Harvey, de grote actrice en zangeres! Ik heb haar met eigen ogen gezien. U houdt vast ook van haar musicals.'

'Ze is goed.' Paul had geen idee wie het was.

'Ze werkt nu in Babelsberg aan een film voor de UFA-studio's. Ik zou haar graag als ritje hebben, maar ze heeft natuurlijk een limousine.'

Paul keek afwezig naar het protserige hotel; het was net iets voor een filmsterretje. Toen sloeg de taxi af en werd de buurt plotseling bij elke hoek armoediger. Vijf minuten later zei Paul tegen de chauffeur: 'Zet me hier maar af, alstublieft.'

Paul stapte uit. Hij was nu bedacht op het gevaar van taxi's en wachtte tot de auto in het verkeer was opgenomen voordat hij naar de Dragoner Strasse twee kruispunten verderop liep en het Ariër Café vond.

Hij hoefde niet lang naar Otto Webber te zoeken. De Duitser zat aan een tafel bij de bar te bekvechten met een man in een groezelig lichtblauw pak met een platte strooien hoed op. Webber keek op, glimlachte stralend naar Paul en stuurde zijn gesprekspartner gehaast weg.

'Kom hier, kom hier, John Dillinger! Hoe maak je het, vriend?' Webber stond op en omhelsde Paul.

Ze gingen zitten. Nog voor Paul zijn jasje open had geknoopt, spoedde Liesl, de knappe jonge serveerster die hem de vorige keer had bediend, zich naar hem toe.

'Ha, daar ben je weer,' zei ze. Ze legde een hand op zijn schouder en kneep hard. 'Je kon me niet weerstaan! Ik wist het! Wat wil je drinken?'

'*Pschorr*,' zei Paul. 'En voor hem een *Berliner lager.*'

Voordat ze hem losliet, streek ze met haar vingers langs zijn nek.

Webber keek Liesl na. 'Nog maar zo kort in Berlijn, en je hebt nu al een speciale vriendin. En wat voert je eigenlijk terug? Liesls aantrekkingskracht? Of heb je weer mesthemden in elkaar geslagen en moet ik je helpen?'

'Ik dacht dat we misschien toch zaken konden doen.'

'Ach, je woorden klinken me als Mozarts muziek in de oren. Ik wist dat je snugger was.'

Hoewel Paul zag dat zeker twee klanten die voor hem hadden besteld nog niet bediend waren, kwam Liesl zijn bier direct brengen. Ze trok haar neus op en keek om zich heen. 'Ik moet werken, maar anders kwam ik bij je zitten, dan mocht je schnaps voor me bestellen.' Ze liep met tegenzin weg.

Webber klonk met Paul. 'Dank je wel.' Hij knikte naar de rug van de man in het lichtblauwe pak, die aan de bar was gaan zitten. 'Al die problemen. Ongelooflijk. Hitler heeft op de autoshow van vorig jaar een nieuwe auto aangekondigd. Beter dan de Audi, goedkoper dan de DKW. De Volkswagen, moet hij gaan heten. Een auto voor het hele volk. Je kunt in termijnen betalen en hem afhalen wanneer je het hele bedrag hebt voldaan. Geen slecht idee. De fabriek kan het geld gebruiken, en als je niet afbetaalt, hebben ze je auto ook nog. Dat is toch geniaal?'

Paul knikte.

'Ach, en ik had het geluk duizend banden te vinden.'

'Te vínden?'

Webber haalde zijn schouders op. 'En nu hoor ik dat die ellendige ontwerpers het wielformaat van dat pestautootje hebben veranderd. Mijn inventaris is nutteloos.'

'Hoeveel geld ben je kwijt?'

Webber keek naar het schuim op zijn bier. 'Ik ben niet echt geld kwijt, maar nu verdíén ik geen geld, en dat is net zo erg. Als ons land iets goed kan, is het auto's maken. De Kleine Man heeft allemaal nieuwe wegen laten aanleggen. Maar we hebben ook een grapje: je kunt snel en comfortabel door het hele land reizen, maar waarom zou je? Aan het eind van de weg vind je alleen maar meer nationaalsocialisten.' Hij schaterde.

Liesl stond aan de andere kant van de zaal verwachtingsvol naar Paul te kijken. Wat wilde ze van hem? Nog een bestelling, een stoeipartij, een huwelijksaanzoek? Paul richtte zijn aandacht weer op Webber. 'Ik geef toe dat je gelijk had, Otto. Ik ben niet alleen maar sportverslaggever.'

'Als je al sportverslaggever bent.' Otto lachte.

'Ik wil je een voorstel doen.'

'Goed, maar onder vier ogen graag. Ken je die uitdrukking? Alleen wij tweeën. We kunnen beter ergens anders praten en ik moet nog iets bezorgen.' Webber pakte een boodschappentas van stof waarop de tekst *KaDeWe – de beste winkel van de wereld* gedrukt was. Ze ontsnapten zonder afscheid van Liesl te hoeven nemen.

'Kom mee.' Ze sloegen af, weg van het centrum, de winkels en het chique Metropol Hotel, en liepen dieper de steeds sjofeler wordende buurt in.

Paul zag een aantal nachtclubs en theatercafés, maar ze waren allemaal gesloten. 'Ach, moet je zien. Mijn oude buurtje, helemaal weg. Luister, John Dillinger, ik kan je zeggen dat ik heel beroemd ben in Berlijn. Zoals jullie die gangsterbendes hebben waarover ik in misdaadromans heb gelezen, hadden wij onze *Ringvereine*.'

Paul kende het woord niet, maar Webber legde uit dat het 'benderingen' betekende.

Webber vervolgde: 'Ach, we hadden er veel. Heel machtig. De onze was naar jullie wilde Westen vernoemd. Wij waren de Cowboys. Ik was een tijdje de president. Ja, de president. Kijk maar niet zo verbaasd. We hielden verkiezingen om onze leiders te benoemen.'

'Democratisch.'

Webber werd ernstig. 'Vergeet niet dat we toen een republiek waren. We hadden presidént Hindenburg. Onze bendes werden heel goed bestuurd. Ze waren voornaam. We bezaten gebouwen en restaurants en we gaven elegante feesten. Zelfs gemaskerde bals, en we nodigden politici en hoge politiefunctionarissen uit. We waren criminelen, dat wel, maar we waren respectabel. We waren trots en heel behendig. Misschien kan ik nog eens tegen je snoeven over mijn betere zwendeltjes.

Ik weet niet veel van jullie maffia, John Dillinger, van jullie Al Capone of Dutch Schultz, maar onze bendes begonnen als boksverenigingen. Arbeiders kwamen na het werk samen om te boksen en ze richtten protectieclubs op. Na de oorlog hebben we jaren verzet en burgerlijke onrust gehad in de strijd tegen de kosi's. Waanzin. En toen die vreselijke inflatie... Als je het warm wilde krijgen, kon je je bankbiljetten beter verbranden dan er hout voor kopen. Een van jouw dollars was miljarden marken waard. Het waren vreselijke tijden. Wij hebben er een uitdrukking voor: de duivel speelt in de lege zak. En al onze zakken waren leeg. Zo is de Kleine Man aan de macht gekomen. En zo heb ik mezelf tot een succes gemaakt. Het was een wereld van onderhandelen op de zwarte markt. Ik gedijde goed in die sfeer.'

'Ik kan het me voorstellen,' zei Paul. Hij knikte naar een dichtgetimmerd café. 'En de nationaalsocialisten hebben alles opgeruimd.'

'Zo kun je het stellen, afhankelijk van wat je met "opruimen" bedoelt. De Kleine Man is niet goed bij zijn hoofd. Hij rookt niet, drinkt niet en houdt niet van vrouwen. Of mannen. Kijk maar eens hoe hij tijdens zijn toespraken zijn hoed voor zijn kruis houdt. Wij zeggen dan dat hij de laatste werkloze van Duitsland beschermt!' Webber lachte hard. Toen verflauwde zijn glimlach. 'Maar het is niet om te lachen. Dankzij hem hebben de gevangenen de gevangenis in handen gekregen.'

Ze liepen een poosje zwijgend door. Toen bleef Webber staan en wees trots naar een vervallen gebouw.

'We zijn er, vriend. Kijk maar naar de naam.'

THE TEXAS CLUB stond er op het verbleekte bord.

'Dit was ons hoofdkwartier. Van mijn bende, de Cowboys waar ik je over heb verteld. Het was toen een stuk mooier. Pas op waar je loopt, John Dillinger. Soms ligt er iemand in de portiek zijn roes uit te slapen. Ach, heb ik me er al over beklaagd dat de tijden zo veranderd zijn?'

Webber gaf zijn raadselachtige boodschappentas aan de barkeeper en kreeg er een envelop voor terug.

De rokerige zaal stonk naar afval en knoflook. De vloer lag bezaaid met tot het eind toe opgerookte peuken van sigaren en sigaretten.

'Drink hier alleen bier,' waarschuwde Webber. 'Met de fusten kunnen ze niet knoeien, want die komen verzegeld van de brouwerij, maar de rest? Tja, ze vermengen de schnaps met ethyl en voedselextract. En de wijn... Ach, vraag het maar niet eens. Wat het eten betreft...' Hij knikte naar de messen, vorken en lepels die met kettingen aan de wanden naast de tafels waren bevestigd. Er liep een jonge man in vuile kleding rond die het gebruikte bestek in een emmer met vies sop afspoelde. 'Je kunt veel beter met een lege maag vertrekken,' zei Webber, 'dan helemaal niet meer wegkomen.'

Ze bestelden bier en gingen zitten. De barkeeper, die Paul de hele tijd nors aankeek, bracht het bier. Ze veegden allebei de rand van hun glas schoon voordat ze het aan hun mond zetten. Webber keek toevallig naar beneden en fronste zijn wenkbrauwen. Hij sloeg zijn stevige been over zijn knie en inspecteerde zijn broek. De omslag was gerafeld en er hingen draden aan.

Hij nam de schade op. 'Ach. En die broek kwam nog wel uit Engeland! Bond Street! Tja, ik laat hem wel door een van mijn meisjes repareren.'

'Meisjes? Heb je dochters?'

'Het zou kunnen. Misschien ook wel zoons. Ik weet het niet. Maar ik bedoel natuurlijk de vrouwen met wie ik woon.'

'Vrouwén? Allemaal samen?'

'Natuurlijk niet,' zei Webber. 'Soms woon ik bij de een, dan bij de ander. Een week hier, een week daar. Er is een kokkin bij die een reïncarnatie is van Escoffier, een vrouw die kleren kan maken zoals Michelangelo beeldhouwde en er is er een met een indrukwekkende ervaring in bed. Ach, het zijn allemaal juweeltjes op hun eigen manier.'

'Weten ze...'

'Van elkaars bestaan?' Webber schokschouderde. 'Misschien, misschien niet. Zij stellen geen vragen, ik zeg niets.' Hij leunde naar voren. 'Goed, John Dillinger. Wat kan ik voor je doen?'

'Otto, ik ga je iets vertellen, en als je dan weg wilt, heb ik daar begrip voor. Je kunt ook blijven tot ik mijn hele verhaal heb gedaan. In dat geval, en als je me kunt helpen, kun je goed verdienen.'

'Ik luister geboeid. Ga door.'

'Ik heb een kennis in Berlijn. Hij heeft je door een van zijn contactpersonen laten natrekken.'

'Mij? Ik voel me gevleid.' Hij leek het echt te menen.

'Je bent in 1886 in Berlijn geboren en op je twaalfde naar Keulen verhuisd. Drie jaar later ben je van school gestuurd en hier teruggekomen.'

Webbers gezicht betrok. 'Ik ben vrijwillig van school gegaan. Dat verhaal wordt vaak verkeerd verteld.'

'Wegens diefstal van keukengerei en een verhouding met een kamermeisje.'

'Zij had míj verleid en...'

'Je bent zeven keer gearresteerd en hebt in totaal dertien maanden in Moabit gezeten.'

Webber straalde. 'Zoveel arrestaties, zulke korte straffen. Wat maar weer getuigt van mijn connecties in de hoogste kringen.'

'En de Britten zijn niet zo blij met je vanwege die ranzige olie die je de kok van hun ambassade vorig jaar hebt aangesmeerd. De Fransen mogen je niet omdat je paardenvlees als lam hebt verkocht. Ze hebben doorgegeven dat niemand nog zaken met je mag doen,' besloot Paul.

'Ach, die Fransen,' schamperde Otto. 'Je wilt me duidelijk maken dat je er zeker van wilt zijn dat je me kunt vertrouwen en dat ik echt die gewiekste crimineel ben voor wie ik me uitgeef en geen stomme, zoals een nationaalsocialistische spion. Je bent gewoon voorzichtig. Waarom zou ik je dat kwalijk nemen?'

'Nee, wat jij me kwalijk zou kunnen nemen, is dat mijn kennis ervoor heeft gezorgd dat bepaalde mensen in Berlijn je kennen, mensen van onze overheid. Je kunt nu zeggen dat je niets meer met me te maken wilt hebben. Het zou een teleurstelling zijn, maar ik heb er begrip voor. Besluit je daarentegen ons te helpen en je verraadt me, dan zullen die mensen je vinden. En dat zal onaangename consequenties hebben. Begrijp je wat ik zeg?'

Chantage en dreigementen, de hoekstenen van het vertrouwen in Berlijn, zoals Morgan had gezegd.

Webber wreef over zijn gezicht, sloeg zijn ogen neer en pruttelde: 'Is dit mijn dank omdat ik je het leven heb gered?'

Paul zuchtte. Hij mocht de vreemde Webber graag en zag ook geen andere manier om meer over Ernst te weten te komen, maar hij had geen andere keus gehad dan Morgan te vragen Webber na te trekken en ervoor te zorgen dat hij hen niet kon verraden. Dergelijke voorzorgsmaatregelen waren van levensbelang in deze gevaarlijke stad. 'Ik neem aan dat we in stilte ons bier opdrinken en dan ieder ons weegs gaan?'

Webber keek bedenkelijk, maar glimlachte toen. 'Ik geef toe dat ik het je minder kwalijk neem dan ik zou moeten, meneer Schumann.'

Paul keek verbaasd op. Hij had Webber nooit verteld hoe hij heette.

'Zie je, ik had ook zo mijn twijfels. Toen jij na onze eerste ontmoeting in het *Ariër Café* je neus ging poederen, zoals mijn meisjes het zouden noemen, heb ik je paspoort gerold en er een blik in geworpen. Je leek me geen nationaalsocialist, maar zoals je zelf al impliceerde kun je in deze krankzinnige stad van ons nooit voorzichtig genoeg zijn. Ik heb jou dus óók nagetrokken. Voor zover mijn contactpersoon het kon nagaan, heb je geen connecties in de Wilhelmstrasse. Hoe heb ik het gedaan, trouwens? Je hebt niets gevoeld, hè, toen ik je paspoort rolde?'

'Nee,' zei Paul met een spijtige glimlach.

'Ik geloof dus dat we genoeg wederzijds respéct hebben gekweekt...' – hij lachte wrang – '... om over een zakelijk voorstel te kunnen nadenken. Ga door, John Dillinger. Vertel maar wat je in gedachten hebt.'

Paul pakte honderd mark van het geld dat hij van Morgan had gekregen en schoof de biljetten naar Otto, die zijn wenkbrauwen optrok.

'Wat wil je kopen?'

'Informatie.'

'Ach, informatie. Ja, dat kan inderdaad honderd mark kosten, of nog veel meer. Informatie over wat, of wie?'

Paul keek de man tegenover zich recht in de donkere ogen. 'Reinhard Ernst.'

Webber stak zijn onderlip naar voren en hield zijn hoofd schuin. 'De stukjes vallen eindelijk op hun plaats. Je bent hier voor een interessant nieuw onderdeel van de Spelen: de jacht op groot wild. En je hebt een goede keus gedaan, vriend.'

'Goed?' vroeg Paul.

'Ja zeker. De kolonel verandert hier van alles, en niet ten goede. Hij treft de voorbereidingen om ons ondeugende dingen te laten doen. De Kleine Man is een idioot, maar hij verzamelt slimme mensen om zich heen en Ernst is een van de slimste.' Webber stak een van zijn stinksigaren op en Paul een Chesterfield. Deze keer knapten er maar twee lucifers uit het goedkope doosje.

Webber keek in het niets. 'Ik heb de keizer drie jaar gediend. Tot de overgave. O, ik ben moedig geweest, dat kan ik je wel zeggen. Mijn compagnie is ooit meer dan honderd meter tegen de Britten opgerukt, en dat binnen twee maanden. Daar hebben we een paar medailles voor gekregen. Degenen die het hadden overleefd. Wist je dat er in sommige dorpen gedenktekens zijn waarop alleen "voor hen die vielen" staat? Er was geen geld voor al het brons om alle namen van de gevallenen erop te zetten.' Hij schudde zijn hoofd. 'Jullie Amerikanen hadden de Maxims, wij hadden ons machinegeweer. Hetzelfde als de Maxim. Wij hadden het ontwerp van jullie gestolen, of jullie van ons, ik weet het niet meer. Maar de Britten, ach, díé hadden de Vickers. Watergekoeld.

Dat is pas een maaimachine. Een fraai stukje metaalbewerking... Nee, we willen geen oorlog meer, wat de Kleine Man ook zegt, niemand hier. Dat zou het eind van alles zijn. En dat is de kolonel van plan.' Webber stopte de honderd mark ongezien in zijn zak en pufte weer aan zijn smerige ersatzsigaar. 'Wat wil je weten?'

'Zijn tijden aan de Wilhelmstrasse. Hoe laat hij op zijn werk komt, hoe laat hij weer weggaat, in wat voor auto hij rijdt, waar hij parkeert, of hij er morgen is, en maandag, en dinsdag, welke route hij volgt, welke cafés in de omgeving hij bezoekt.'

'Alles is te achterhalen, als je genoeg tijd hebt. En ei.'

'Ei?'

Otto klopte op zijn zak. 'Geld. Ik moet eerlijk zijn, John Dillinger. We hebben het niet over het verkopen van drie dagen oude kanaalforel van de Landwehr alsof hij zó uit de Havel komt. Voor deze kwestie zal ik me een tijdje moeten terugtrekken. Dit zal ernstige repercussies krijgen, en ik zal onder moeten duiken. Er zullen...'

'Otto, noem nou maar gewoon een bedrag.'

'Heel gevaarlijk... Trouwens, geld betekent toch niets voor jullie Amerikanen? Jullie hebben jullie Roosevelt. Jullie zwemmen door de poen,' besloot hij in het Engels.

'In de poen,' verbeterde Paul. 'Hoeveel?'

'Duizend dollar.'

'Wát?'

'Niet in marken. Ze zeggen dat de inflatie voorbij is, maar geen mens die dat heeft meegemaakt, gelooft het. In 1928 kostte een liter benzine vijfhonderdduizend mark. En in...'

'Wat een geld,' zei Paul hoofdschuddend.

'Maar het is niet zo gek veel... als ik je je informatie kan geven. En dat garandeer ik je. Je hoeft maar de helft vooruit te betalen.'

Paul wees naar Otto's zak met de honderd mark erin. 'Dát is je aanbetaling.'

'Maar...'

'Je krijgt de rest wanneer ik de informatie heb, mits die juist is. En ik moet toestemming vragen.'

'Ik moet onkosten maken.'

Paul schoof hem de resterende honderd mark toe. 'Hier.'

'Lang niet genoeg, maar ik zal me behelpen.' Toen keek Otto Paul onderzoekend aan. 'Ik ben nieuwsgierig.'

'Waarnaar?'

'Naar jóú, John Dillinger. Wat is jouw verhaal?'

'Er is geen verhaal.'

'Kom op, er is altijd een verhaal. Vooruit, vertel Otto je verhaal. We zijn nu zakenpartners. Dat is intiemer dan samen in bed liggen. En denk erom dat Otto alles ziet, de waarheid en de leugens. Je lijkt me een onwaarschijnlijke kandidaat voor deze klus. Maar misschien ben je daarom ook uitverkoren om onze fraaie stad te bezoeken, omdat je zo onwaarschijnlijk lijkt. Hoe ben je in dat nobele vak van jou verzeild geraakt?'

Paul zweeg even en begon toen: 'Mijn grootvader is jaren geleden naar Amerika geëmigreerd. Hij had in de Frans-Duitse oorlog gevochten en wilde nooit meer vechten. Hij begon een drukkerij.'

'Hoe heette hij?'

'Wolfgang. Hij zei dat hij drukinkt in zijn aderen had en beweerde dat zijn voorouders nog in Mainz met Gutenberg hadden gewerkt.'

'Ja, zo praten opa's,' zei Otto knikkend. 'De mijne beweerde dat hij een neef van Bismarck was.'

'Zijn drukkerij stond in de Lower East Side van New York, in het Duits-Amerikaanse deel van de stad. In 1904 speelde zich daar een tragedie af: er kwamen meer dan duizend mensen om bij een brand op een rondvaartboot op de East River. *De General Slocum.*'

'Ach, wat droevig.'

'Mijn grootvader zat op de boot. Mijn grootmoeder en hij zijn niet omgekomen, maar hij was zo ernstig verbrand tijdens het redden van anderen dat hij niet meer kon werken. Vervolgens trok het grootste deel van de Duitse gemeenschap naar Yorkville, noordelijker in Manhattan. De mensen wilden niet in Little Germany blijven na de ramp. Grootvader was ziek en niemand bestelde nog drukwerk, dus ging het bedrijf bijna op de fles. Toen heeft mijn vader het overgenomen. Hij wilde helemaal geen drukker worden; hij wilde honkballen. Weet je wat dat is?'

'Ach, natuurlijk.'

'Maar hij had geen keus. Hij moest zijn vrouw, mijn zus, mijn broer en mij te eten geven, en mijn grootouders ook. Maar hij stelde zich kranig op en deed zijn plicht. Hij verhuisde naar Brooklyn, begon ook Engels werk te drukken en breidde het bedrijf uit. Hij maakte er een succes van. Mijn broer kon niet in het leger, en ze werkten samen zolang ik in Frankrijk was. Toen ik terugkwam, ging ik ook bij de drukkerij werken en samen maakten we er een mooie zaak van.' Hij lachte. 'Goed, ik weet niet of je ervan hebt gehoord, maar ons land had iets wat de Drooglegging werd genoemd. Weet je...'

'Ja, uiteraard. Ik heb detectives gelezen, weet je nog? Drank verbieden? Waanzin!'

'De drukkerij van mijn vader stond pal aan de rivier in Brooklyn. Er was een kade en een groot magazijn voor de opslag van papier en het drukwerk. Een bende wilde ons uitkopen om er de whisky op te slaan die ze via de haven smokkelden. Mijn vader zei nee. Op een dag kwamen er een paar zware jongens langs. Ze sloegen mijn broer in elkaar en toen mijn vader zich bleef verzetten, duwden ze zijn armen in onze grote pers.'

'O, nee, vriend.'

'Hij was zwaar verminkt,' vervolgde Paul. 'Een paar dagen later stierf hij. En de volgende dag verkochten mijn moeder en mijn broer de drukkerij voor honderd dollar aan die gangsters.'

'Dus toen had je geen werk meer en kreeg je verkeerde vrienden?' zei Otto knikkend.

'Nee, zo ging het niet. Ik ging naar de politie. Ze hadden geen zin om juist deze moordenaars op te sporen, begrijp je?'

'Vraag je me nu of ik weet wat politiecorruptie is?' Otto lachte hard.

'Ik diepte mijn oude legerpistool dus op, een Colt. Ik zocht uit wie de moordenaars waren en ik volgde ze een volle week op de voet. Ik kwam alles over ze te weten. En toen heb ik ze om zeep geholpen.'

'Je...?'

Paul besefte dat hij de uitdrukking, die in het Duits geen betekenis had, letterlijk had vertaald. 'Zo noemen we dat. Ik heb ze een kogel door hun kop geschoten.'

'Ach, ja,' fluisterde Webber, die niet meer lachte. '"Omleggen", zeggen wij.'

'Ja. Goed, ik wist ook voor wie ze werkten, de smokkelaar die opdracht had gegeven mijn vader te martelen. Die heb ik ook om zeep geholpen.'

Webber zweeg. Paul bedacht dat hij dit verhaal nog nooit aan iemand had verteld.

'Kreeg je je drukkerij terug?'

'Welnee, voor die tijd had de FBI er al een inval gedaan en alles in beslag genomen. Ik ben in Hell's Kitchen in Manhattan ondergedoken om mijn dood af te wachten.'

'Je dood?'

'Ik had een heel belangrijk iemand gedood. Die maffiabaas. Ik wist dat zijn compagnons of andere mensen wraak wilden nemen. Ik had mijn sporen zorgvuldig gewist, zodat de politie me niet kon vinden, maar de maffia wist dat ik de dader was. Een hint, een gerucht, meer hebben ze niet nodig. Ik wilde niemand op het spoor van mijn familie zetten, mijn broer was toen zijn eigen drukkerij al begonnen, dus in plaats van weer met hem in zaken te gaan, ging ik op een sportschool werken. Ik trainde boksers en maakte schoon in ruil voor een kamer.'

'In afwachting van je dood. Toch kan het me niet ontgaan dat je nog springlevend bent, John Dillinger. Hoe kan dat?'

'Een paar anderen...'

'Maffiabazen.'

'... hoorden wat ik had gedaan. Ze waren niet ingenomen met de man die ik had gedood, zijn manier van zakendoen, zoals het martelen van mijn vader en het vermoorden van politiemannen. Zij vonden dat criminelen zich professioneel moesten opstellen. Als heren.'

'Zoals ik,' zei Otto, en hij klopte zich op de borst.

'Ze hoorden hoe ik de gangster en zijn mensen had gedood. Ik had het netjes gedaan, zonder sporen achter te laten, en er waren geen onschuldige slachtoffers gevallen. Ze vroegen me iemand anders te doden, een heel slecht mens. Ik wilde het niet, tot ik erachter kwam wat hij had gedaan. Hij had een getuige en zijn gezin met twee kleine kinderen omgebracht. Ik stemde dus toe en ik ruimde hem ook uit de weg. Ik kreeg er veel geld voor. Toen doodde ik nog iemand. Ik spaarde het geld op en kocht een kleine sportschool. Ik wilde ermee ophouden, maar ken je dat? Dat je in een bepaald patroon komt?'

'Maar al te goed.'

'Nou, ik zit al jaren in dat patroon...' Ze zwegen. 'Dus dat was mijn verhaal. De hele waarheid, zonder leugens.'

Otto zweeg nog even. 'Vind je het erg?' vroeg hij toen. 'Dat je op die manier de kost verdient?'

Paul dacht na. 'Eigenlijk niet erg genoeg, geloof ik. Ik vond het erger om jullie jonge soldaten neer te schieten in de oorlog. In New York ruim ik alleen andere moordenaars uit de weg. De slechteriken. Degenen die doen wat die lui mijn vader hebben aangedaan.' Hij lachte. 'Ik zeg altijd dat ik alleen Gods fouten rechtzet.'

'Mooi gezegd, John Dillinger.' Webber lachte hard. 'Gods fouten. O, die zien we hier ook om ons heen, reken maar.' Hij dronk zijn glas leeg. 'Goed, het is vandaag zaterdag, een moeilijke dag voor het inwinnen van informatie. Ik zie je morgenochtend bij de Tiergarten. Aan het eind van de Sternallee is een meertje. Aan de zuidkant. Hoe laat kun je daar zijn?'

'Vroeg. Acht uur?'

'Ach, vooruit,' zei Otto fronsend. 'Dat is echt vroeg, maar ik zal er zijn.'

'Ik heb nog iets nodig,' zei Paul.

'Wat? Whisky? Tabak? Ik kan zelfs cocaïne opscharrelen. Er is niet veel meer in de stad, maar ik...'

'Niet voor mezelf. Voor een vrouw. Een cadeautje.'

Otto grijnsde breed. 'Ach, John Dillinger, jij boft. Nog maar zo kort in Berlijn, en toch heeft je hart al gesproken. Of misschien een ander lichaamsdeel. Nou, wat zou je vriendin zeggen van een mooie jarretelgordel met bijpassende kousen? Uit Frankrijk, natuurlijk. Een bustier in rood en zwart? Of is ze iets zediger? Een truitje van kasjmier? Belgische bonbons? Of kant? Parfum is ook altijd goed. En jij, mijn vriend, krijgt natuurlijk een heel speciale prijs van me.'

16

Roerige tijden.

Er waren tientallen zaken die de gedachten van de grote, zwetende man in beslag konden nemen die die zaterdagmiddag in zijn gepast ruime kantoor zat in het zojuist voltooide, 35 duizend vierkante meter grote ministerie van Luchtvaart aan de Wilhelmstrasse 8185, dat zelfs nog groter was dan de kanselarij en Hitlers verblijven samen.

Hermann Göring kon bijvoorbeeld verder werken aan het immense industriële imperium dat hij wilde opbouwen (en dat uiteraard zijn naam zou dragen).

Hij kon een memorandum opstellen aan de provinciale politiekorpsen in het hele land om erop te wijzen dat de rijkswet van de dierenbescherming, die hij zelf had geschreven, strikt gehandhaafd diende te worden en dat iedereen die met honden op vossen joeg een zware straf verdiende.

Dan was er nog de belangrijke kwestie van zijn feest ter gelegenheid van de Olympische Spelen, waarvoor Göring zijn eigen dorpje binnen het ministerie bouwde (hij had Goebbels' plannen te pakken gekregen en zijn eigen gala zodanig opgeschroefd dat hij die meelworm met tienduizenden marken overtrof). En dan was er natuurlijk nog de cruciale vraag wat hij naar het feest zou dragen.

Hij zou zelfs een bespreking met zijn adjudanten kunnen houden over zijn huidige missie binnen het Derde Rijk: het opbouwen van de grootste, beste luchtmacht van de wereld.

Maar waar de drieënveertigjarige Hermann Göring zich mee bezighield, was een weduwe die twee keer zo oud was als hijzelf en in een huisje buiten Hamburg woonde.

Niet dat de man die op de titels minister zonder portefeuille, opperbevelhebber van de luchtmacht, minister-president van Pruisen, luchtmaarschalk en jachtmeester van het rijk mocht bogen zelf ook maar een poot uitstak met betrekking tot mevrouw Ruby Kleinfeldt, natuurlijk. Een tiental van zijn paladijnen en Gestapo-officieren was op dit moment aan de Wilhelmstrasse en in Hamburg in archieven aan het wroeten en mensen aan het ondervragen.

Göring zelf staarde door het raam van zijn weelderige kantoor terwijl hij een gigantisch bord spaghetti at. Het was Hitlers lievelingseten, en Göring had de Führer er de vorige dag muizenhapjes van zien nemen. Het halflege bord had iets in hem wakker gemaakt wat hem niet los had gelaten en een onverzadigbare hunkering was geworden; dit was zijn derde grote portie vandaag.

Wat zullen we over je te weten komen? vroeg hij in gedachten aan de oude vrouw die geen idee had hoe druk er in haar verleden werd gewroet. Het onderzoek leek een absurde zijsprong, gezien de vele belangrijke projecten op zijn agenda, maar het was van levensbelang omdat het tot de ondergang van Reinhard Ernst kon leiden.

Het soldatenleven zat Hermann Göring in het bloed. Hij dacht vaak terug aan de goede oude tijd van de Oorlog, toen hij met zijn spierwitte Fokker D-7-dubbeldekker over Frankrijk en België had gevlogen en elke geallieerde piloot die zo stom was bij hem in de buurt te komen had aangevallen (tweeëntwintig van hen hadden hun vergissing volgens de officiële cijfers met de dood moeten bekopen, maar Göring was ervan overtuigd dat hij er veel meer had gedood). Hij mocht nu dan een kolos zijn die niet eens meer in de cockpit van zijn oude kist paste, iemand wiens leven bestond uit pijnstillers, eten, geld, kunst en macht, maar als je hem vroeg wat hij echt was, zou Göring zeggen: ik ben een soldaat.

En eentje die wist hoe hij weer een strijdbare natie van zijn land kon maken. Je liet zien hoe sterk je was, je marchandeerde niet en je sloop niet rond als een puber die stiekem tussen de struiken achter een schuur de pijp van zijn vader wil roken, zoals kolonel Reinhard Ernst.

Die man pakte de zaken aan alsof hij een wijf was. Zelfs die nicht van een Roehm, het hoofd van de SA, die Göring en Hitler twee jaar geleden in de 'nacht van de lange messen' hadden gedood, was nog een buldog vergeleken met Ernst. Stiekeme akkoordjes met Krupp, het nerveus verplaatsen van materieel van de ene werf naar de andere, het huidige 'leger', voor zover je daarvan kon spreken, dwingen in kleine groepjes met houten wapens en artillerie te oefenen om maar geen aandacht te trekken. En nog veel meer van die truttige strategieën.

Vanwaar die aarzeling? Omdat, geloofde Göring, 's mans loyaliteit aan de nationaalsocialistische overtuigingen verdacht was.

De Führer en Göring waren niet naïef. Ze wisten dat niet iedereen achter hen stond. Met vuisten en geweren kun je wel stemmen winnen, maar geen harten. En veel harten in hun land, ook die van mensen aan het hoofd van het leger, waren niet gewonnen voor het nationaalsocialisme. Het was goed mogelijk dat Ernst er de Pruisische kantjes vanaf liep om te voorkomen dat Hitler en Göring die ene macht waar ze zo wanhopig om verlegen zaten, een sterk leger, niet zouden krijgen. Waarschijnlijk hoopte hij zelfs de troon te bestijgen wanneer de twee heersers werden afgezet.

Dankzij zijn zachte stem, redelijke gedrag, gladde maniertjes, twee stomme ijzeren kruisen en tientallen andere medailles was Ernst momenteel in de gratie bij Wolf (omdat hij zich dan dicht bij de Führer voelde, gebruikte Göring vaak de bijnaam die vrouwen Hitler wel eens gaven, al zou de luchtmaarschalk zich uiteraard alleen in zijn gedachten aan die intimiteit wagen).

En kijk eens hoe de kolonel hem gisteren had aangevallen toen ze het over het Me-109-gevechtstoestel op de Olympische Spelen hadden! De luchtmaarschalk had er de halve nacht van wakker gelegen, zo woedend was hij erover, en hij had telkens opnieuw voor zich gezien hoe Wolf zijn blauwe ogen op Ernst richtte en met hem instemde!

Een nieuwe golf van woede overspoelde hem. Hij maaide het bord spaghetti van zijn bureau. Het viel aan scherven. *'Gott im Himmel!'*

Een van zijn ordonnansen, een oorlogsveteraan, kwam stram aanrennen met zijn ene kreupele been.

'Meneer?'

'Ruim dat op!'

'Ik zal een emmer...'

'Ik heb niet gezegd dat je moest dwéilen. Raap de scherven op. Ze komen vanavond schoonmaken.' Göring keek naar zijn bloezende overhemd, zag dat er tomatensausvlekken op zaten en werd dubbel zo woest. 'Ik wil een schoon overhemd,' snauwde hij. 'Het servies is te klein voor de porties. Zeg tegen de kok dat hij grotere borden zoekt. De Führer heeft dat Meissen-porselein, dat groen met witte. Ik wil ook zulke borden.'

'Ja, meneer de minister.' De ordonnans boog zich over de scherven.

'Nee, eerst mijn overhemd.'

'Goed, luchtmaarschalk.' De man repte zich weg en kwam even later terug met een donkergroen overhemd aan een hanger.

'Niet dat overhemd. Toen je het me vorige maand liet zien, heb ik al gezegd dat ik met dat overhemd op Mussolini lijk.'

'Dat was het zwarte, minister. Dat ik heb weggedaan. Dit is groen.'

'Nou, maar ik wil wit. Haal een wit overhemd voor me. Van zijde!'

De man liep weg en kwam nu met het juiste overhemd terug. Even later kwam een van Görings hoge adjudanten binnen. De minister legde het schone overhemd weg; hij schaamde zich voor zijn omvang en peinsde er niet over zich uit te kleden waar een ondergeschikte bij was. Zijn woede laaide weer op, nu om Ernsts slanke gestalte. Terwijl de ordonnans de scherven van het bord opraapte, zei de adjudant: 'Luchtmaarschalk, ik geloof dat we goed nieuws hebben.'

'Wat?'

'Onze agenten in Hamburg hebben brieven over mevrouw Kleinfeldt gevonden die doen vermoeden dat ze joods is.'

'Doen vermoeden?'

'Bewíjzen, luchtmaarschalk. Ze bewíjzen het.'

'Zuiver?'

'Nee, half, maar wel van moederskant. Het is dus onbetwistbaar.'

De vorig jaar van kracht geworden Neurenberger rassenwetten beroofden joden van het Duitse staatsburgerschap, reduceerden hen tot 'onderdanen' en maakten het huwelijk en geslachtsverkeer tussen joden en Ariërs strafbaar. De wet omschreef ook exact wie in het geval van een gemengd huwelijk tussen zijn of haar voorouders joods was. Mevrouw Kleinfeldt, die twee joodse en twee niet-joodse grootouders had, was een halfjood.

Het was niet zo volmaakt als het had kunnen zijn, maar Göring was verrukt over de ontdekking, die ook consequenties kon hebben voor de kleinzoon van mevrouw Kleinfeldt: professor-doctor Ludwig Keitel, degene met wie Reinhard Ernst het Waltham-onderzoek uitvoerde.

Göring wist nog steeds niet wat dat raadselachtige onderzoek behelsde, maar de feiten waren belastend genoeg: Ernst werkte samen met een man die van joden afstamde en ze gebruikten de geschriften van de joodse zielendokter Freud. En het ergste was nog wel dat Ernst het onderzoek geheim had gehouden voor de twee belangrijkste mensen van de regering, Wolf en hemzelf. Het verbaasde Göring dat Ernst hem zo had onderschat. De kolonel had aangenomen dat de luchtmaarschalk de telefoons in de cafés rond de Wilhelmstrasse niet liet afluisteren. Wist de gevolmachtigde niet dat juist die telefoons goud opleverden? Hij had die ochtend de transcriptie gekregen van Ernsts telefoongesprek met professor-doctor Keitel, waarin hij deze dringend om een gesprek onder vier ogen verzocht.

Waar dat gesprek over ging, deed er niet toe. Waar het om ging, was dat Göring de naam van de brave professor nu kende en inmiddels had ontdekt dat hij jiddisch bloed in zijn aderen had. De consequenties van dat alles? Dat was voornamelijk afhankelijk van wat Göring ermee wilde. Keitel, een gedeeltelijk joods intellectueel, zou naar kamp Oranienburg gestuurd worden, dat leed geen twijfel, maar Ernst? Göring besloot dat hij hem beter in het oog kon houden. Hij zou uit de hoogste kringen van de regering gestoten worden, maar een ondergeschikte functie behouden. Ja, volgende week mocht Ernst in zijn handjes wrijven als hij als loopjongen van de kale minister van Defensie Von Blomberg diens aktetas mocht dragen.

Göring, die zich nu uitgelaten voelde, nam nog een paar pijnstillers, riep dat hij nog een bord spaghetti wilde en beloonde zichzelf voor zijn geslaagde intrige door zijn aandacht weer op zijn olympische feest te richten. Zou hij als Germaanse jager gaan, als Arabische sjeik of als Robin Hood, compleet met pijl en boog over zijn schouder?

Soms was het zo goed als onmogelijk een keuze te maken.

Reggie Morgan maakte zich zorgen. 'Ik mag geen toestemming geven voor een bedrag van duizend dollar. Jezus. Dúízend?'

Het was zaterdagmiddag laat en ze liepen door de Tiergarten, langs een hevig zwetende SA'er op een zeepkist die een groepje mensen schor de les las. Sommige toeschouwers waren zichtbaar liever ergens anders geweest, andere beantwoordden zijn blik met minachting, maar een enkeling luisterde gebiologeerd.

Ik hou van de Führer en ik wil alles voor hem en de Partij doen...

'Werkte je dreigement?' vroeg Morgan.

'O, ja. Ik geloof zelfs dat hij nu nog meer respect voor me heeft.'

'En kan hij ons echt bruikbare informatie verschaffen?'

'Als iemand het kan, is hij het wel. Ik ken zijn soort. Het is verbijsterend hoe vindingrijk sommige mensen worden als je ze geld laat zien.'

‘Laten we dan maar eens kijken of we geld kunnen vinden.’

Ze liepen het park uit en sloegen bij de Brandenburger Tor linksaf naar het barokke paleis dat, wanneer de renovatie voltooid was, de Amerikaanse ambassade zou worden.

‘Moet je zien,’ zei Reggie. ‘Is het niet schitterend? Althans, dat wordt het.’

Hoewel het gebouw nog niet officieel de Amerikaanse ambassade was, hing er al een Amerikaanse vlag aan de voorgevel. Het sterkte Paul, gaf hem een goed gevoel, behaaglijker.

Hij dacht aan de Hitlerjugend in het olympisch dorp.

En het zwart... het hakenkruis. U zou het een swastika noemen... Ach, dat weet u toch zeker wel... Dat weet u toch zeker wel...

Reggie sloeg een steeg in, en nog een, keek over zijn schouder en opende een deur. Ze betraden het stille, donkere gebouw, liepen door een aantal gangen en kwamen bij een kleine deur naast de keuken. Erachter was een schemerige, sober ingerichte ruimte: een bureau, een paar stoelen en de grootste radiozender die Paul ooit had gezien. Morgan zette hem aan en de buizen begonnen zoemend warm te worden.

‘Ze luisteren naar alle kortegolfzenders ter wereld,’ zei Reggie, ‘dus gaan wij zenden via Amsterdam naar Londen, en daar worden we telefonisch met Amerika verbonden. Het zal de nazi’s een tijdje kosten om de frequentie te vinden,’ zei hij terwijl hij een koptelefoon opzette, ‘maar ze zouden geluk kunnen hebben, dus moet je ervan uitgaan dat ze alles horen wat je zegt. Denk daar goed om.’

‘Oké.’

‘We moeten snel zijn. Ben je zover?’

Paul knikte, nam de koptelefoon aan die Reggie hem aanreikte en stak de grote stekker in het contact dat hem werd aangewezen. Nu brandde er eindelijk een groen lampje aan de voorkant van de zender. Reggie liep naar een raam, gluurde de steeg in en liet het gordijn weer zakken. Hij schoof de microfoon naar zich toe en drukte op de knop op de houder. ‘Ik zoek een transatlantische verbinding met onze vriend in het zuiden.’ Hij herhaalde het, liet de zendknop los en zei tegen Paul: ‘Bull Gordon is onze “vriend in het zuiden”. Washington, snap je? “Onze vriend in het noorden” is de senator.’

‘Over,’ zei een jonge stem. Het was Avery. ‘Ik ben bezig. Wacht even. Ik ben aan het bellen.’

'Hallo,' zei Paul.

Het bleef even stil. 'Hallo,' antwoordde Avery toen. 'Hoe staat het leven?'

'Kon niet beter. Fijn je te horen.' Paul kon niet geloven dat hij nog maar de vorige ochtend afscheid van Avery had genomen. Het leek maanden geleden. 'Hoe is het met je wederhelft?'

'Die werkt zich niet in de nesten.'

'Ik kan het moeilijk geloven.' Paul vroeg zich af of Manielli zijn mond al voorbij had gepraat tegen Hollandse soldaten.

'Je zit op de luidspreker,' klonk Manielli's korzelige stem. 'Dat je het maar weet.'

Paul lachte.

Toen klonk er alleen nog ruis.

'Hoe laat is het in Washington?' vroeg Paul aan Reggie.

'Lunchtijd.'

'Het is zaterdag. Waar zit Gordon?'

'Dat is onze zorg niet. Ze vinden hem wel.'

Een vrouwenstem zei: 'Moment, alstublieft. Ik verbind u door.'

Een ogenblik later hoorde Paul een telefoon overgaan. Een tweede vrouwenstem nam op.

'Hallo?'

'Uw echtgenoot, graag,' zei Reggie. 'Neem me niet kwalijk dat ik stoor.'

'Wacht even.' Alsof ze wist dat ze niet mocht vragen met wie ze sprak.

'Hallo?' zei Gordon vlak daarna.

'Wij zijn het, meneer,' zei Reggie.

'Zeg het maar.'

'Een kink in de kabel. We hebben iemand van hier moeten benaderen om aan informatie te komen.'

Gordon zweeg even. 'Wie?' vroeg hij toen. 'Hou het algemeen.'

Reggie gebaarde naar Paul, die zei: 'Hij kent iemand die ons dicht bij onze klant kan krijgen.'

Reggie gaf Paul een goedkeurend knikje voor zijn woordkeuze en vervolgde: 'Mijn leverancier is door zijn voorraad heen.'

'Die man, werkt hij voor de concurrent?' vroeg Gordon.

'Nee. Voor zichzelf.'

'Wat zijn de andere opties?'

'De enige andere mogelijkheid is afwachten en er het beste van hopen,' antwoordde Reggie.

'Vertrouwen jullie hem?'

'Ja,' zei Paul na een korte aarzeling. 'Hij staat aan onze kant.'

'Onze?'

'De mijne,' verduidelijkte Paul. 'Hij zit in mijn branche. We hebben, eh, een zekere mate van vertrouwen opgebouwd.'

'Komt er geld bij kijken?'

'Daarom bellen we,' zei Reggie. 'Hij wil veel geld. Nu meteen.'

'Wat is veel?'

'Duizend. Uw valuta.'

Een stilte. 'Dat zou een probleem kunnen zijn.'

'We hebben geen keus,' zei Paul. 'Jullie moeten zorgen dat het lukt.'

'We kunnen je je reis ook voortijdig laten afbreken.'

'Nee, daar krijgen jullie spijt van,' zei Paul met klem.

Ze wisten niet of ze ruis hoorden of een diepe zucht van Bull Gordon.

'Ik ga overleggen. Ik neem zo snel mogelijk contact met jullie op.'

'Wat zouden we in ruil voor mijn middelen krijgen?'

'Ik ken de details niet,' antwoordde Bull Gordon op de vraag van Cyrus Adam Clayborn, die in New York aan de andere kant van de lijn zat. 'Ze konden er niet op ingaan. Bang voor luistervinken, begrijpt u? Maar het schijnt dat de nazi's de toegang tot de informatie die Schumann moet hebben om Ernst te vinden hebben afgesneden. Zo heb ik het begrepen.'

Clayborn gromde.

Gordon voelde zich verrassend goed op zijn gemak, in aanmerking genomen dat hij met de op drie of vier na rijkste man van het land sprak. (Hij had op de tweede plaats gestaan, maar door de beurscrash was hij een paar treden gezakt.) Ze waren heel verschillend, maar ze deelden twee belangrijke eigenschappen: ze hadden het leger in hun bloed en ze waren allebei patriot. Dat maakte veel verschil in inkomen en status goed.

'Duizend? Contant?'

'Ja, meneer.'

'Ik mag die Schumann wel. Die opmerking over de herverkiezing van hem was heel gevat. Roosevelt zit hem te knijpen.' Clayborn grinnikte. 'Ik dacht even dat de senator het in zijn broek zou doen.'

'Het leek er wel op.'

'Oké. Ik zorg voor het geld.'

'Dank u wel.'

Clayborn was Gordons volgende vraag voor. 'Het is nu natuurlijk al laat in Moffrika. En hij moet het geld nu hebben, hè?'

'Klopt.'

'Wacht even.'

De magnaat kwam drie lange minuten later weer aan de lijn.

'Stuur ze naar de gebruikelijke oppikplek in Berlijn.

Morgan weet wel wat ik bedoel. De Maritime Bank of the Americas. Unter den Linden 88, wat dat ook mag betekenen.'

'Onder de lindenbomen.'

'Het zal wel. De bewaker heeft het pakje.'

'Dank u, meneer.'

'En Bull?'

'Ja, meneer?'

'We hebben niet genoeg helden in dit land. Ik wil dat die jongen heelhuids terugkomt. Wat onze middelen betreft...' Iemand als Clayborn zou het nooit over 'mijn geld' hebben. De zakenman vervolgde: 'Wat onze middelen betreft: wat kunnen we doen om onze kans te vergroten?'

Gordon dacht erover na, maar kon slechts één ding bedenken.

'Bidden,' zei hij. Hij hing op, nam de hoorn weer van de haak en wachtte op de telefoniste, die het wonderbaarlijke proces weer in gang zou zetten waarmee zijn stem naar een kamertje aan de andere kant van de wereld werd geleid.

17

Inspecteur Willi Kohl zat aan zijn bureau in het naargeestige Alex en probeerde het onverklaarbare te doorgronden, een spel dat nergens vaker wordt gespeeld dan in politiebureaus, waar ook ter wereld.

Hij was altijd nieuwsgierig van aard geweest; hij wilde bijvoorbeeld weten hoe een combinatie van gewone houtskool, zwavel en nitraat kruit kon opleveren, hoe onderzeeërs werkten, waarom vogels altijd op bepaalde stukken telegraaflijn bij elkaar kropen en hoe het menselijk hart zo kon werken dat verder verstandige burgers hysterisch werden als een wezelige nationaalsocialist een redevoering hield.

Zijn geest werd nu in beslag genomen door de vraag wat voor mens je moest zijn om een ander van het leven te beroven. Waarom?

En de grote, hardop gefluisterde vraag bleef natuurlijk: wie? Hij dacht aan de tekening van de straatartiest op de Platz November 1923. Janssen was nu beneden om hem te laten afdrukken, zoals ze ook met de foto van het slachtoffer hadden gedaan. Het was helemaal geen slechte tekening, peinsde Kohl. Er waren een paar beginfouten uitgegumd en wat verbeteringen aangebracht, maar het was een herkenbaar gezicht geworden: een aantrekkelijke, wilskrachtige kaaklijn, een dikke nek, een slag in het haar, littekens op de kin en een pleister op de wang.

'Wie ben je?'

Willi Kohl kende de feiten: hoe groot de man was en hoe oud, wat voor kleur haar hij had en waarschijnlijk van welke nationaliteit hij was en waar hij vermoedelijk woonde, maar hij had in zijn jaren als rechercheur geleerd dat je veel meer nodig hebt dan dergelijke gegevens om een bepaald soort criminelen te vinden. Om zo iemand echt te doorzien had je meer nodig, een intuïtief inzicht, en dat was een van Kohls grootste gaven. Zijn geest legde verbanden en maakte sprongen waar hij soms zelf van opkeek. Nu was daar echter geen sprake van. Hij was verward; er waren te veel dingen die hij niet kon doorgronden. Iets aan deze zaak klopte niet.

Hij leunde achterover in zijn stoel, zoog aan zijn hete pijp (een voordeel van de verbanning van de Kripo was dat Hitlers verbod op roken zich niet tot deze niet-gewijde kantoren uitstrekte) en bekeek zijn gekrabbelde aantekeningen. Hij blies een rookwolk naar het plafond en zuchtte.

Zijn eerdere verzoeken hadden niets opgeleverd. De analist had geen vingerafdrukken kunnen vinden op de gids van het olympisch dorp die ze op de plek van het handgemeen met de SA'ers hadden gevonden en de analist van de afdeling Identificatie (ja, nog steeds maar één, stelde Kohl kwaad vast) had de vingerafdrukken uit de Dresdengasse niet thuis kunnen brengen. En hij had nog steeds niets van de patholoog gehoord. Hoeveel tijd heb je verdomme nodig om iemand open te snijden en zijn bloed te onderzoeken?

Van de tientallen aangiftes van vermisten die de Kripo vandaag hadden overspoeld, was er niet één waarin iemand werd beschreven die leek op de man die in elk geval iemands zoon was en misschien ook iemands vader, echtgenoot of geliefde...

Er waren wat telexen van bureaus rond Berlijn binnengekomen met namen van mensen die het afgelopen jaar een Spaans Star Modelo A-pistool of Largo-munitie hadden gekocht, maar de lijst was jammerlijk incompleet en Kohl had de ontmoedigende ontdekking gedaan dat hij zich op het moordwapen had verkeken: het was niet zo zeldzaam als hij had gedacht. Er waren hier veel van die krachtige en doelmatige wapens verkocht, mogelijk door de hechte banden tussen Duitsland en Franco's nationalistische troepen in Spanje. Tot nu toe had hij een lijst van in totaal zesenvijftig mensen in Berlijn en omgeving, en er moest nog een aantal wapenwinkels bezocht worden. Hij had ook meldingen gekregen van winkels die geen administratie bijhielden of in het weekend gesloten waren.

En als die man pas gisteren in de stad was aangekomen, waar het nu alle schijn van had, had hij het pistool waarschijnlijk niet zelf gekocht (al zou de lijst nog nut kunnen hebben: de moordenaar zou het wapen gestolen kunnen hebben, misschien van het slachtoffer zelf, of misschien had hij het gekregen van een kameraad die al langer in Berlijn zat).

Het onverklaarbare doorgronden...

In de hoop de passagierslijst van de SS *Manhattan* toch nog te bemachtigen had Kohl telexen gestuurd aan de havenautoriteiten van Hamburg en aan de Unites States Lines, de eigenaar en gebruiker van het schip, met het verzoek de lijst te sturen. Hij verwachtte er echter niet te veel van; hij vroeg zich af of de havenmeester de lijst wel hád. En de scheepvaartmaatschappij zelf zou het document moeten opzoeken, kopiëren en het vervolgens opsturen of aan het hoofdbureau van de Kripo telegraferen; dat kon dagen duren. Hij had hoe dan ook nog geen reacties op zijn verzoek gekregen.

Hij had zelfs een telex naar *Manny's Men's Wear* in New York gestuurd om naar recente kopers van een stetson Mity-Lite te informeren.

Hij keek ongedurig op de messing klok op zijn bureau. Het werd laat en hij verging van de honger. Kohl hoopte op een doorbraak in de zaak, en zo niet, dan wilde hij met zijn gezin dineren.

Konrad Janssen verscheen in de deuropening. 'Ik heb ze, inspecteur.'

Hij hield een gedrukte versie van de tekening van de straatartiest op, die nog naar inkt rook.

'Mooi... Het spijt me, Janssen, maar ik heb vandaag nog een opdracht voor je.'

'Goed, inspecteur, u zegt het maar.'

Een andere goede eigenschap van de humorloze Janssen was dat hij er geen bezwaar tegen had hard te werken.

'Je gaat met de DKW terug naar het olympisch dorp. Laat de tekening zien aan iedereen die je kunt vinden, Amerikaan of niet, en vraag of ze hem herkennen. Laat kopieën met ons telefoonnummer achter. Als je daar geen geluk hebt, ga je met een stapel afdrukken naar bureau Lützowplatz. Zeg dat ze de verdachte, mochten ze hem vinden, alleen als getuige mogen aanhouden en mij meteen moeten bellen. Ook thuis.'

'Ja, inspecteur.'

'Dank je, Janssen... Wacht, dit is je eerste moordzaak, hè?'

'Ja, inspecteur.'

'Ha, de eerste vergeet je nooit meer. Je doet het goed.'

'Dank u, inspecteur.'

Kohl gaf hem de sleutels van de DKW. 'Voorzichtig met de choke. Die vindt lucht net zo lekker als benzine. Misschien wel lekkerder.'

'Ja, inspecteur.'

'Ik ga naar huis. Bel me op als er ontwikkelingen zijn.'

Toen Janssen weg was, maakte Kohl de veters van zijn schoenen los en trok ze uit. Hij haalde een doos met lamswol uit een la van zijn bureau en wikkelde plukken om zijn tenen om de gevoelige plekken in te pakken. Hij duwde ook wat proppen op strategische plaatsen in de schoenen zelf en schoof met een pijnlijk gezicht zijn voeten er weer in.

Hij legde de tekening van de verdachte weg en keek naar de gruwelijke foto's van de moorden in Gatow en Charlottenburg. Hij had niets meer over het verslag van de plaats delict en de gesprekken met getuigen gehoord. Vermoedelijk had het verzinsel over de kosi-samenzwering dat hij hoofdinspecteur Horcher had aangepraat niets uitgehaald.

Hij liet zijn blik over de foto's glijden: een dood jongetje, een vrouw die naar het been reikte van een man die vlak buiten haar bereik lag, een arbeider die naar zijn versleten spade tastte... Hartverscheurend. Hij staarde er een poosje naar. Hij wist dat het gevaarlijk was deze zaak op zich te nemen, zo niet voor zijn persoon, dan toch in elk geval voor zijn carrière. En desondanks had hij geen keus.

Waarom? vroeg hij zich af. Waarom voelde hij altijd die onbedwingbare neiging moordzaken op te lossen?

Willi Kohl vermoedde dat het kwam doordat hij, vreemd genoeg, rust vond in de dood. Of liever gezegd in het zorgen dat degenen die de dood veroorzaakten, hun gerechte straf niet ontliepen. Daarvoor was hij op de wereld gekomen, zei zijn gevoel hem, en een moord negeren, of het nu op een dikke man in een steeg of op een joods gezin was, was het ontkennen van zijn aard en dus een zonde.

De inspecteur borg de foto's op, pakte zijn hoed, stapte de gang van het oude politiebureau in en vervolgde zijn weg door de gangen met Pruisische tegels, steen en door de jaren heen versleten, maar niettemin smetteloos schoon en glanzend gepolitoerd hout. Hij liep door bundels lage, roze zonnestralen, de voornaamste lichtbron van het hoofdbureau in deze tijd van het jaar; de grande dame die Berlijn toch al was, was verkwistend geworden onder het nationaalsocialistische bewind. ('Eerst wapens, dan boter,' verkondigde Göring telkens weer.)

Aangezien hij Janssen de auto had gegeven en hij dus de tram zou moeten nemen, liep Kohl twee trappen af naar een achterdeur van het bureau, de kortste weg naar de halte.

Onder aan de trap wezen borden de weg naar de cellen, links, en de oude archieven, recht vooruit. Kohl volgde het laatste bord, terugdenkend aan de tijd die hij er vroeger als kandidaat-inspecteur had doorgebracht met het lezen van oude dossiers, niet alleen om al het mogelijke te leren van de grote Pruisische rechercheurs uit het verleden, maar ook domweg omdat hij de geschiedenis van Berlijn graag door de ogen van diens wetsdienaren zag.

Heinrich, de verloofde van zijn dochter, was ambtenaar, maar het politiewerk was zijn grote passie. Kohl nam zich voor de jongen een keer mee te nemen, dan konden ze samen de dossiers bekijken. Misschien zou hij hem zelfs een paar zaken laten zien waar hij zelf jaren geleden aan had gewerkt.

Hij duwde de deur open en bleef als aan de grond genageld staan; het archief was weg. Tot zijn schrik stond hij in een helverlichte gang met zes gewapende mannen. Ze droegen echter niet het groene uniform van de Schupo, maar het zwarte van de ss. Ze draaiden zich vrijwel tegelijk naar hem om.

'Goedenavond,' zei de ss'er het dichtst bij hem, een slanke man met een verbijsterend lang gezicht. Hij nam Kohl onderzoekend op. 'U bent...?'

'Inspecteur Kohl. En wie bent u?'

'Als u de archieven zoekt, die zijn verhuisd naar de eerste verdieping.'

'Nee, ik wil gewoon de achterdeur nemen.' Kohl maakte aanstalten om door te lopen, maar de ss'er zette een subtiele stap in zijn richting. 'Het spijt me, maar de achterdeur is niet meer in gebruik.'

'Daar heb ik niets van gehoord.'

'Nee? Nou, het is al een paar dagen zo. U zult weer naar boven moeten gaan.'

Kohl hoorde een merkwaardig geluid. Wat was het? Een mechanisch *klep, klep*...

Een stroom zonlicht viel de gang in toen twee ss'ers de achterdeur openden en karretjes met kartonnen dozen naar binnen reden. Ze liepen een van de kamers aan het eind van de gang in.

'Die deur bedoel ik,' zei Kohl tegen de bewaker. 'Hij schijnt toch in gebruik te zijn.'

'Niet voor iederéén.'

Die geluiden...

Klep, klep, klep en daaronder het rommelen van een motor...

Hij keek door een half openstaande deur rechts en zag een aantal grote machines. Een vrouw in een witte jas stopte er stapels papier in.

Dit moest een onderdeel zijn van de drukkerij van de Kripo, dacht hij, maar toen zag hij dat het geen vellen papier waren, maar kaartjes waar gaten in geponst waren die door de machines werden gesorteerd.

Nu begreep Kohl het. Het was de oplossing van een oud raadsel. Een tijd geleden had hij gehoord dat de regering grote reken- en sorteermachines had gehuurd, zogeheten DeHoMags, naar de fabriek die ze maakte, de Duitse dochter van het Amerikaanse bedrijf International Business Machines. De machines analyseerden en vergeleken informatie door middel van ponskaarten. Kohl was in de wolken geweest toen hij ervan hoorde; zulke machines konden van onschatbare waarde zijn bij het recherchewerk; ze konden categorieën vingerafdrukken of ballistische informatie honderd keer sneller thuisbrengen dan een analist. Ze konden ook werkwijzen vergelijken om misdadigers aan een misdaad te koppelen en voorwaardelijk in vrijheid gestelden of recidivisten controleren.

Kohls enthousiasme was echter snel gezakt toen hij hoorde dat de machines niet door de Kripo gebruikt mochten worden. Hij had zich afgevraagd wie ze dan wel had gekregen en waar ze waren. Nu bleek tot zijn verbijstering dat er minstens twee of drie op nog geen honderd meter van zijn kantoor stonden, bewaakt door de SS.

Waar werden ze voor gebruikt?

Hij vroeg het aan de bewaker.

'Ik zou het u niet kunnen zeggen,' antwoordde de bewaker afgemeten. 'Het is me niet verteld.'

De vrouw in de witte jas keek naar buiten. Haar handen staakten hun werk en ze zei iets tegen iemand. Kohl kon niet horen wat, of zien tegen wie. De deur zwaaide langzaam dicht, als door een wonder.

De bewaker met het lange gezicht liep langs Kohl heen en opende de deur naar de trap. 'Inspecteur, er is hier geen uitgang, zoals ik al zei. Boven aan de trap is een andere deur en...'

'Ik ken het gebouw,' zei Kohl gepikeerd, en hij liep terug naar de trap.

'Ik heb iets voor je,' zei hij.

Käthe Richter, die in Pauls woonkamer aan de Magdeburger Allee stond, nam het pakje met een vreemde gezichtsuitdrukking aan: behoedzaam ontzag, alsof ze al jaren geen cadeautje meer had gekregen.

Ze wreef met haar duimen over het bruine papier waarin dat wat Otto Webber voor Paul had opgespoord, verpakt was.

'O.' Ze slaakte een zucht toen ze het in leer gebonden boek zag. *Verzamelde gedichten van Johann Wolfgang von Goethe*, stond er op het omslag.

'Mijn vriend zei dat het niet illegaal was, maar ook niet legaal. Dat betekent dat het binnenkort verboden wordt.'

'Het grijze gebied,' zei ze knikkend. 'Zo is het hier ook een tijdje met de Amerikaanse jazz gegaan, die nu verboden is.' Nog steeds glimlachend draaide Käthe het boek om en om in haar handen.

'Ik wist niet dat zijn namen in mijn familie worden doorgegeven.'

Ze keek vragend naar hem op.

'Mijn grootvader heette Wolfgang. Mijn vader Johann.'

Käthe glimlachte om het toeval en bladerde in het boek.

'Ik zat te denken,' zei hij. 'Iets eten, misschien, als je het niet te druk hebt?'

Haar gezicht verstrakte. 'Ik heb toch gezegd dat ik alleen ontbijt kan serveren, geen...'

Hij lachte. 'Nee, nee. Ik wil met je uit eten. Misschien iets van Berlijn zien.'

'Je wilt...'

'Ik wil graag met je uit.'

'Ik... Nee, nee, dat kan ik niet doen.'

'O, je hebt een vriend, een man...' Hij had een blik op haar hand geworpen en geen ringen gezien, maar hij wist niet hoe je in Duitsland liet zien dat je bezet was. 'Laat hem dan ook meegaan, alsjeblieft.'

Käthe was sprakeloos. Ten slotte zei ze: 'Nee, nee, ik heb niemand, maar...'

'Geen gemaar,' zei Paul gedecideerd. 'Ik blijf niet lang in Berlijn. Ik kan wel iemand gebruiken die me de stad laat zien.' Hij glimlachte naar haar en zei in het Engels:

'I'll tell you, miss, I ain't taking no for an answer.'

'Ik begrijp dat "ain't" niet,' zei ze, ook in het Engels, 'maar ik heb al heel lang niet meer in een restaurant gegeten. Het zou een leuke avond kunnen worden.'

Paul fronste zijn wenkbrauwen. 'Je hebt een fout in het Engels gemaakt.'

'O, wat dan?' vroeg ze.

'Het wórdt een leuke avond.'

Ze spraken af dat ze elkaar over een halfuur, om halfzeven, zouden treffen. Käthe ging terug naar haar kamer en Paul nam een douche en kleedde zich om.

Dertig minuten later klopte ze aan. Hij moest wel glimlachen toen hij de deur opendeed. Ze waren allebei een ander mens geworden.

Käthe droeg een zwarte jurk die zelfs modegodin Marion in Manhattan had goedgekeurd. Nauwsluitend, van glanzende stof, met een gewaagde split opzij en kopmouwtjes die haar schouders amper bedekten. Het kledingstuk geurde zwak naar mottenballen. Ze leek zich niet op haar gemak te voelen, alsof ze zich er bijna voor geneerde dat ze zo'n stijlvolle jurk droeg, alsof ze de laatste tijd alleen in schorten had gelopen. Maar haar ogen straalden en hij dacht weer hetzelfde als eerder: dat haar ingehouden schoonheid en passie uit haar hart kwamen, waardoor haar doffe huid, benige knokkels en bleke teint in het niet vielen.

Pauls haar was nog donker van de lotion en hij had het opzij gekamd (en buiten zou het verborgen worden door een heel andere hoed dan zijn bruine stetson: een donkere, breedgerande deukhoed doe hij die middag na zijn afspraak met Reggie had gekocht). Hij droeg een marineblauw linnen pak met een dubbele rij knopen en een zilverkleurige das op zijn witte Arrow-overhemd. In het warenhuis waar hij de hoed had aangeschaft, had hij ook schmink gekocht om de snee en de blauwe plek te camoufleren. De pleister had hij weggegooid.

Hij zag haar de dichtbundel oppakken die ze in zijn kamer had laten liggen toen ze zich ging omkleden en er met sprankelende ogen van verrukking in bladeren.

'Dit is een van mijn lievelingsgedichten. Het heet "In liefde nabij".' Ze las het hardop voor.

In liefde nabij

Ik denk aan jou, met zon in zee weerschijnend
Op mijn gezicht.
Ik denk aan jou, wanneer het maanlicht kwijnend
De bron verlicht.

Ik zie je als langs paden, ver gelegen,
Het stof opsteekt,
Als 's nachts bij wie zich waagt op smalle wegen
De angst uitbreekt.

Ik hoor je telkens als met woest gedonder
De golfslag smoort.
Ik luister graag in stille wouden, zonder
Dat iets me stoort.

Samen zijn wij, al ben je nog zo verre,
Dicht bij elkaar.
De zon daalt. Weldra fonkelen de sterren.
Was jij er maar!

Ze las het zacht en Paul kon zich voorstellen hoe ze voor de klas stond en de kinderen luisterden, in de ban van haar onmiskenbare liefde voor de woorden.

Käthe lachte en keek stralend naar hem op. 'Dit is echt heel vriendelijk van je.' Toen nam ze het boek tussen haar sterke handen, scheurde de leren band eraf en gooide hem in de prullenbak.

Hij keek haar bevreemd aan.

Ze glimlachte triest. 'Ik bewaar de gedichten, maar het deel waarop de titel en de naam van de dichter staan, moet ik wegdoen. Zo kan een gast of bezoeker niet per ongeluk zien wie het heeft geschreven en komt hij niet in de verleiding me aan te geven. Wat een tijden zijn dit toch! En ik laat het voorlopig bij jou liggen. Met sommige dingen kun je beter niet over straat gaan, zelfs niet met uitgeklede boeken. Laten we nu uitgaan!' besloot ze meisjesachtig opgewonden. Ze schakelde op het Engels over en zei: *'Ik want to do the town.* Zo zeggen jullie dat toch?'

'Ja, de stad "doen". Waar wil je heen? ... Ik heb twee verzoeken.'

'Ja?'

'Ten eerste heb ik honger, en ik eet veel. En ten tweede wil ik jullie vermaarde Wilhelmstrasse zien.'

Haar gezicht betrok even. 'Ach, de zetel van onze regering.'

Hij nam aan dat zij, als pacifiste die het moeilijk had gekregen door de nationaalsocialisten, niet van die aanblik zou genieten, maar hij moest weten wat de beste plek was om Ernst uit te schakelen en hij had van zijn werk in New York geleerd dat een man alleen altijd veel verdachter is dan eentje met een vrouw aan zijn arm. Dit was Reggie Morgans tweede opdracht van vandaag geweest: hij had niet alleen Otto Webbers verleden onderzocht, maar ook Käthe Richter nagetrokken. Ze was haar baan als docent inderdaad kwijtgeraakt en volgens de gaatjes in haar ponskaart was ze een intellectueel en pacifist. Niets duidde erop dat ze ooit voor de nationaalsocialisten had gespioneerd.

Nu, terwijl hij haar naar de dichtbundel zag kijken, voelde hij zich schuldig omdat hij haar op die manier misbruikte, maar hij troostte zich met het idee dat ze niet dol was op de nazi's en dat ze door hem te helpen, al wist ze het zelf niet, een bijdrage leverde aan het voorkomen van de oorlog die Hitler voorbereidde.

'Ja, natuurlijk,' zei ze. 'Ik zal het je laten zien. En wat je eerste verzoek betreft, weet ik het ideale restaurant. Je zult het er leuk vinden.' Ze voegde er met een raadselachtige glimlach aan toe: 'Het is de ideale plek voor mensen zoals jij en ik.'

Jij en ik...

Hij vroeg zich af wat ze bedoelde.

Ze liepen de zwoele avond in. Het vermaakte hem dat ze, toen ze de eerste stap naar de stoep zetten, beiden van links naar rechts keken om te zien of ze niet in de gaten werden gehouden.

Tijdens het wandelen praatten ze over de buurt en het weer. Over haar familie; haar ouders waren overleden en ze had een zus, die met haar man en vier kinderen in het naburige Spandau woonde. Ze vroeg hem ook naar zijn leven, maar de behoedzame huurmoordenaar gaf vage antwoorden en leidde het gesprek steeds terug naar haar.

Het was te ver lopen naar de Wilhelmstrasse, legde ze uit. Paul, die zich de kaart herinnerde, wist het. Hij was nog op zijn hoede voor taxi's, maar die bleken er ook niet te zijn; het was het weekend voor de opening van de Olympische Spelen en de stad stroomde vol. Käthe stelde voor een dubbeldekkerbus te nemen. Ze stapten in en klommen naar het bovendek, waar ze dicht tegen elkaar aan op een smetteloze leren bank gingen zitten. Paul keek waakzaam om zich heen, maar zag niemand die buitensporig veel aandacht aan hen besteedde (al verwachtte hij bijna bijgelovig de twee politiemannen te zien die hem de hele dag hadden gevolgd, de zware man in het gebroken witte pak en de slanke in het groen).

De bus deinde toen ze door de Brandenburger Tor reden. Ze misten de stenen muren ternauwernood en veel passagiers slaakten geschrokken kreten, net als in de achtbaan op Coney Island; hij nam aan dat die reactie een Berlijnse traditie was.

Käthe trok aan het stopkoord en ze stapten aan Unter den Linden uit. Vandaar liepen ze in zuidelijke richting door de brede Wilhelmstrasse, het middelpunt van de naziregering. Er was weinig meer te zien dan de kolossale grijze kantoorgebouwen links en rechts. De schone, antiseptische straat straalde een onheilspellende macht uit. Paul had foto's van het Witte Huis en het Capitool gezien. Het leken pittoreske, vriendelijke gebouwen. Hier hadden de gevels met kleine ramen in rijen en nog eens rijen stenen en beton iets afwerends.

En wat belangrijker was: ze waren zwaar bewaakt. Hij had nog nooit zo veel beveiliging gezien.

'Waar is de kanselarij?' vroeg hij.

'Daar.' Käthe wees naar een oud, barok gebouw dat grotendeels in de steigers stond.

Paul nam de kanselarij snel op en voelde de moed in zijn schoenen zinken. Gewapende bewakers bij de ingang. Tientallen ss'ers en zo te zien gewone militairen die op straat surveilleerden, mensen aanhielden en naar papieren vroegen. Op de daken stonden gewapende soldaten. Er liepen zeker honderd mannen in uniform door de straat en in de omgeving. Het was ondoenlijk hier een positie te vinden om vanuit te schieten. En zelfs als het lukte, dan zouden ze hem ongetwijfeld pakken of doodschieten tijdens zijn vluchtpoging.

Hij vertraagde zijn pas. 'Ik heb wel genoeg gezien, geloof ik.' Hij keek schuins naar een paar grote mannen in een zwart uniform die twee wandelaars aanhielden.

'Is het niet zo pittoresk als je had verwacht?' Ze lachte en wilde nog iets zeggen, 'had ik het niet gezegd?' misschien, maar ze bedacht zich. 'Wees maar niet bang. Als je weer eens tijd hebt, zal ik je andere, mooie dingen van onze stad laten zien. Zullen we gaan eten?' vroeg ze.

'Ja, goed idee.'

Ze leidde hem terug naar een tramhalte aan Unter den Linden. Na een korte rit stapten ze uit.

Käthe vroeg of hij na zijn korte verblijf in Berlijn al een indruk van de stad had gekregen. Paul gaf een vrijblijvend antwoord en leidde het gesprek weer terug naar haar.

'Zie je iemand?' vroeg hij.

'"Zien"?'

Hij had het Engels letterlijk vertaald. 'Of je een vriend hebt, bedoel ik.'

Ze antwoordde openhartig: 'Ik had tot voor kort een geliefde. We zijn niet meer bij elkaar, maar hij heeft nog een groot deel van mijn hart in zijn bezit.'

'Wat doet hij?' vroeg Paul.

'Hij is verslaggever, net als jij.'

'Ik ben niet echt verslaggever. Ik schrijf verhalen en die hoop ik te verkopen. Achtergrondartikelen, noemen wij dat.'

'Schrijf je ook over politiek?'

'Politiek? Nee, sport.'

'O, sport,' zei ze verveeld.

'Hou je niet van sport?'

'Het spijt me, maar sport staat me tegen.'

'Waarom?'

'Omdat er zo veel belangrijke problemen spelen, niet alleen hier, maar overal ter wereld. Sport is... nu ja, lichtzinnig.'

'Op een mooie zomeravond door de straten van Berlijn slenteren ook,' repliceerde Paul, 'maar we doen het toch.'

'Ach,' zei Käthe korzelig. 'Al het onderwijs in Duitsland is er tegenwoordig op gericht sterke lichamen te kweken, geen ontwikkelde geesten. Onze jongens houden wedstrijden en marcheren overal. Had je al gehoord dat de dienstplicht is ingevoerd?'

Paul herinnerde zich dat Bull Gordon hem het nieuwe Duitse oproepsysteem had uitgelegd, maar hij antwoordde ontkennend.

'Nou, een op de drie jongens wordt afgekeurd wegens platvoeten, en dat komt door al dat marcheren op school.'

'Tja, je kunt alles overdrijven,' merkte hij op. 'Ik sport graag.'

'Ja, je ziet er sportief uit. Doe je aan bodybuilding?'

'Een beetje. Ik boks voornamelijk.'

'Boksen? Het soort boksen waarbij je andere mensen stompt?'

Hij lachte. 'Er is geen ander soort boksen.'

'Barbaars.'

'Dat kan het zijn... als je niet oplet.'

'Je maakt een grapje,' zei ze. 'Maar hoe kun je mensen aansporen elkaar pijn te doen?'

'Ik kan het je niet uitleggen, maar ik doe het graag. Het is leuk.'

'Leuk,' bauwde ze hem schamper na.

'Ja, leuk.' Hij begon zich kwaad te maken. 'Het leven is zwaar. Soms, als de wereld om je heen instort, moet je je vastklampen aan iets leuks... Waarom ga je niet een keer naar een bokswedstrijd? Ga naar Max Schmeling. Drink bier en schreeuw je longen uit je lijf. Misschien heb je er lol in.'

'Kakfif,' zei ze bot.

'Wat?'

'Kakfif,' herhaalde Käthe. 'Een afkorting van *kommt an keinem Fall in Frage.'*

'Dan niet.'

Ze zweeg even. Toen zei ze: 'Ik ben pacifist, zoals ik je vandaag heb verteld. Al mijn vrienden in Berlijn zijn pacifist. Wij kunnen het idee van vermaak niet combineren met het pijn doen van mensen.'

'Ik loop niet als een SA'er onschuldige mensen in elkaar te slaan. De jongens tegen wie ik boks, willen het zelf.'

'Je moedigt het toebrengen van pijn aan.'

'Nee, ik óntmoedig mensen die mij willen slaan. Dat is boksen.'

'Kinderen,' pruttelde ze. 'Jullie zijn net kinderen.'

'Je snapt het niet.'

'Waarom zeg je dat? Omdat ik een vrouw ben?' zei ze vinnig.

'Misschien. Ja, misschien is dat het wel.'

'Ik ben niet stom.'

'Ik heb het niet over intelligentie. Ik bedoel alleen dat vrouwen niet de neiging hebben te gaan vechten.'

'Wij hebben niet de neiging een gevecht uit te lokken. We vechten wel om ons huis te verdedigen.'

'Soms zit je wolf niet ín je huis. Ga je dan niet naar buiten om hem te doden voordat hij jou doodt?'

'Nee.'

'Je doet je ogen dicht en hoopt maar dat hij weg zal gaan?'

'Ja, precies. En je leert hem dat hij niet destructief hoeft te zijn.'

'Belachelijk,' zei Paul. 'Je kunt een wolf niet overreden een schaap te worden.'

'Volgens mij wel, als je het echt wilt,' zei ze. 'En als je je ervoor inzet. Er zijn alleen te veel mensen die het niet willen. Die wíllen vechten. Die wíllen vernietigen omdat ze ervan genieten.' De stilte hing zwaar tussen hen in. Toen vervolgde ze vergoelijkend: 'Ach, Paul, vergeef me alsjeblieft. Je gaat met me uit, iets wat me al maanden niet meer gegund is. En ik bedank je door me als een feeks te gedragen. Zijn de Amerikaanse vrouwen net zulke feeksen als ik?'

'Sommigen wel, sommigen niet. Niet dat jíj een feeks bent.'

'Ik ben moeilijk in de omgang. Dat moet je begrijpen, Paul – veel vrouwen in Berlijn zijn zo geworden. We moeten wel. Na de Oorlog waren er geen mannen meer in het land. We moesten zelf mannen worden en net zo hard zijn als zij. Het spijt me.'

'Dat hoeft niet. Ik vind het leuk om te bekvechten. Het is ook een soort boksen.'

'Ach, boksen! En ik ben nog wel pacifist!' Ze lachte meisjesachtig.

'Wat zouden je vrienden daarvan zeggen?'

'Wat denk je?' zei ze, en ze pakte zijn arm om de straat over te steken.

18

Hoewel hij 'lauw' was, politiek neutraal, geen lid van de Partij, genoot Willi Kohl bepaalde voorrechten die aan ijverige nationaalsocialisten voorbehouden waren.

Een ervan was dat toen een hoge Kripo-functionaris naar München verhuisde, Kohl diens grote appartement met vier slaapkamers in een ongerept, met linden omzoomd hofje aan de Berliner Strasse bij Charlottenburg had mogen overnemen. Sinds de oorlog was de woningnood groot in Berlijn en de meeste Kripo-inspecteurs, ook die op Kohls niveau, moesten zich behelpen met een hokkerig, heel gewoon flatje in een onopvallende buurt.

Kohl wist niet goed waar hij het aan te danken had. Waarschijnlijk kwam het doordat hij altijd bereid was collega's te helpen met het ontleden van sporen, het deduceren aan de hand van aanwijzingen en het horen van getuigen en verdachten. Kohl wist dat je je in elke baan onmisbaar kunt maken door je collega's, en vooral je meerderen, het gevoel te geven dat zíj onmisbaar zijn.

Zijn huis was zijn heiligdom. Het was zo privé als zijn werkplek openbaar was, en het werd bewoond door degenen die hem het dierbaarst waren: zijn vrouw en kinderen en soms Charlottes verloofde Heinrich (die uiteraard in de woonkamer sliep).

Toen Kohl met een van pijn vertrokken gezicht de trap naar zijn appartement op de eerste verdieping beklom, rook hij uien en vlees. Heidi hield zich niet aan een strak schema bij het koken, zoals sommige collega's van Kohl, die bijvoorbeeld de zaterdag, maandag en woensdag plechtig hadden uitgeroepen tot vleesloze dagen uit loyaliteit aan het rijk. Het gezin van de Kohls, dat minimaal zeven leden telde, moest het vaak zonder vlees stellen, zowel vanwege de schaarste als de kosten, maar Heidi weigerde zich op een ritueel vast te leggen. Deze zaterdag zouden ze aubergine met bacon in roomsaus kunnen eten, niertjespudding, *sauerbraten* of zelfs een Italiaans gerecht, zoals pasta met tomaten. En altijd een dessert, natuurlijk. Willi Kohl hield van zijn linzertorte en strudel.

Nahijgend van de klim maakte hij de voordeur open en zag Hanna van elf op zich afrennen. Het meisje, dat ondanks het bruine haar van haar ouders een rasechte blondine was, sloeg haar armen om haar grote vader heen. 'Papa! Mag ik je pijp voor je dragen?'

Hij viste de meerschuimen pijp uit zijn zak. Ze droeg hem naar de woonkamer en hing hem bij de tientallen andere pijpen aan het rek.

'Ik ben thuis,' riep hij.

Heidi dook in de deuropening op en kuste hem op beide wangen. Ze was een paar jaar jonger dan hij, en in de loop van hun huwelijk was ze mollig geworden; na elke bevalling was ze aangekomen, en ze had een onderkin en een enorme boezem gekregen. Zo hoorde het ook, vond Kohl; je moest samen met je levensgezel niet alleen in jaren, maar ook in omvang groeien. Haar vijf kinderen hadden Heidi een getuigschrift van de Partij opgeleverd. (Vrouwen met meer kinderen kregen meer lof; voor negen kinderen kreeg je een gouden ster. Echtparen met minder dan vier kinderen mochten zichzelf geen 'gezin' noemen.) Heidi had het stuk perkament kwaad in de onderste la van haar bureau gestopt. Ze had kinderen omdat ze van hen hield, van alles wat erbij kwam kijken: het baren, het opvoeden en sturen, en niet omdat de Kleine Man de bevolking van zijn Derde Rijk wilde opvoeren.

Kohls vrouw liep weg en kwam even later met een glas *schnaps* terug. Hij mocht er maar één voor het eten. Hij mopperde wel eens over haar rantsoenering, maar stiekem was hij er blij om. Hij kende veel te veel politiemensen die het niet bij twee glazen konden laten. Of bij twee flessen.

Hij begroette Hilde, zijn zeventienjarige dochter, die zoals altijd opging in een boek. Ze stond op, gaf hem een zoen en ging weer op de bank zitten. Het rijzige meisje, dat de boekenwurm van de familie was, had het de laatste tijd moeilijk. Goebbels had zelf gezegd dat vrouwen alleen tot doel hadden mooi te zijn en het Derde Rijk te bevolken. Aan de universiteiten werden vrijwel geen meisjes meer toegelaten, en dan nog alleen maar voor twee studierichtingen: huishoudkunde (waarmee je, zoals het neerbuigend werd genoemd, een 'puddingtitel' kon halen) en onderwijskunde. Hilde wilde echter wis- en natuurkunde gaan studeren en uiteindelijk hoogleraar worden, maar ze zou alleen in de laagste jaren mogen doceren. Kohl dacht dat zijn twee oudste dochters allebei even slim waren, maar dat Hilde gemakkelijker leerde dan de levendige, sportieve Charlotte, die vier jaar ouder was. Hij vroeg zich vaak verbijsterd af hoe Heidi en hij twee zo op elkaar lijkende en toch zo enorm van elkaar verschillende wezens hadden kunnen produceren.

Kohl liep naar zijn kleine balkon, waar hij soms 's avonds laat zijn pijp rookte. Het lag op het westen en hij zag nu de vurig oranjerode wolken, verlicht door de zinkende zon. Hij nam een slokje van de bijtende schnaps. De tweede slok was minder scherp en hij ging zitten en deed zijn uiterste best niet aan dikke, dode mannen te denken, niet aan de tragische sterfgevallen in Gatow en Charlottenburg en niet aan Pietr – vergeef me, Péter – Krauss en niet aan het mysterieuze gerommel van de DeHoMags in de kelder van de Kripo. Hij probeerde niet aan hun slimme verdachte te denken.

Wie ben je?

Er klonk rumoer in de gang beneden. De jongens kwamen thuis. Voeten stampten op de trap. Herman, de jongste, kwam als eerste binnen en sloeg de deur in het gezicht van Günter, die snel zijn voet ertussen zetten en probeerde Herman pootje te haken. Toen zagen ze hun vader en staakten de worstelpartij.

'Papa!' riep Herman, en hij omhelsde zijn vader. Günter gaf hem alleen een knikje. Hij was zestien, en op de kop af anderhalf jaar geleden was hij opgehouden zijn ouders te knuffelen. Kohl nam aan dat zoons zich al sinds de tijd van Otto I aan dit schema hielden, zo niet langer.

'Ga je opfrissen voor het eten,' riep Heidi.

'Maar we hebben gezwommen. We zijn in het zwembad aan de Wilhelm Marrstrasse geweest.'

'Dan ga je het zwembadwater maar van je afwassen,' zei hun vader.

'Mutti, wat eten we?' vroeg Herman.

'Hoe sneller je je gaat wassen,' zei ze in navolging van haar man, 'hoe sneller je het weet.'

De jongens stormden de gang in, wandelende tienerrampen.

Een paar minuten later kwamen Heinrich en Charlotte thuis. Kohl was op de jongen gesteld (hij zou zijn dochter nooit laten trouwen met iemand die hij niet respecteerde), maar de fascinatie van de knappe blonde jongen voor politiezaken zette hem ertoe aan Kohl enthousiast en langdurig uit te horen over lopende zaken. Normaal gesproken vond Kohl het leuk, maar het laatste wat hij vanavond wilde, was zijn dag bespreken. Kohl begon dus over de Olympische Spelen, die altijd goed waren voor een gesprek. Iedereen had weer andere geruchten gehoord over de ploegen, de favoriete sporters en de vele landen die vertegenwoordigd waren.

Al snel zaten ze om de tafel in de eetkamer. Kohl maakte twee flessen Saar-Ruwerwijn open en schonk in. Ook de kinderen kregen een glaasje. Het gesprek sprong van de hak op de tak, zoals altijd in huize Kohl. Dit was een van zijn meest geliefde uurtjes van de dag. Omringd te zijn door je naasten... en vrijuit te kunnen spreken. Terwijl ze praatten, lachten en redetwistten, keek Kohl van de een naar de ander. Zijn ogen waren snel, hij luisterde naar stemmen en ving alle gebaren en gezichtsuitdrukkingen op. Je zou kunnen denken dat het vanzelf ging, door zijn jaren bij de politie, maar nee. De observaties die hij hier deed en de conclusies die hij eruit trok, hoorden bij het vaderschap. Vanavond merkte hij iets zorgwekkends op, maar hij sloeg het in zijn geheugen op zonder er iets over te zeggen, zoals hij met een aanwijzing op een plaats delict zou kunnen omgaan.

Ze waren die avond snel klaar met eten, binnen het uur; de hitte benam iedereen de eetlust, behalve Kohl en zijn zoons. Heinrich stelde voor te gaan kaarten, maar Kohl schudde zijn hoofd. 'Ik niet. Ik ga roken,' verkondigde hij. 'En een voetbad nemen, denk ik. Günter, wil je me een ketel heet water brengen?'

'Ja, vader.'

Kohl pakte zijn teiltje en de soda. Hij liet zich in zijn leren stoel zakken, de stoel waarin zijn vader zich had laten zakken na een lange dag op het land, stopte een pijp en stak hem op. Een paar minuten later kwam zijn oudste zoon de kamer in met de dampende ketel, die zeker tien kilo moest wegen, losjes in zijn ene hand. Hij vulde het teiltje. Kohl stroopte zijn broekspijpen op, trok zijn sokken uit en liet zijn voeten zonder naar de knoestige likdoorns en het gele eelt te kijken in het hete water glijden, waar hij wat soda aan toevoegde.

'Ach, ja,' verzuchtte hij.

De jongen wilde weglopen, maar Kohl zei: 'Günter, wacht even.'

'Ja, vader.'

'Ga zitten.'

De jongen zette de ketel op de vloer en ging argwanend zitten. Er flitste een puberaal schuldbesef in zijn ogen op en Kohl vroeg zich geamuseerd af wat voor zonden er door het hoofd van zijn zoon speelden.

Een sigaret, een slokje schnaps, een onhandige verkenningstocht in het ondergoed van de jonge Lisa Wagner?

'Günter, wat is er? Je zat te tobben onder het eten.'

'Nee hoor, vader.'

'Echt niet?'

'Nee.'

'Vertel op,' drong Willi Kohl zacht, maar gebiedend aan.

De jongen keek naar de vloer en zei ten slotte: 'De school begint straks weer.'

'Pas over een maand.'

'Maar toch... Vader, zou ik misschien naar een andere school mogen?'

'Waarom? De Hindenburgschool is een van de beste in de stad. Rector Muntz staat in hoog aanzien.'

'Alstublieft?'

'Wat mankeert er dan aan?'

'Ik weet het niet. Ik vind het er gewoon niet leuk.'

'Je haalt goede cijfers. Je leraren vinden je een goede leerling.'

De jongen zweeg.

'Gaat het om iets anders dan de lessen?'

'Ik weet het niet.'

'Wat is er dan?'

Günter schokschouderde. 'Alstublieft, mag ik tot december naar een andere school?'

'Waarom tot dan?'

De jongen weigerde te antwoorden en keek zijn vader niet aan.

'Zeg het maar,' moedigde Kohl hem vriendelijk aan.

'Omdat...'

'Vooruit.'

'Omdat iedereen in december lid moet worden van de Hitlerjugend. En... nou ja, dat vindt u niet goed.'

Aha, dat weer. Een terugkerend probleem. Maar was die nieuwe informatie waar? Werd de Hitlerjugend verplicht? Een beangstigende gedachte. Nadat het nationaalsocialisme aan de macht was gekomen, waren de vele jeugdorganisaties van Duitsland gebundeld in de Hitlerjugend en waren andere verenigingen verboden. Kohl, die zelf in zijn tienerjaren met veel plezier op zwem- en wandelclubs had gezeten, was een voorstander van het verenigingsleven, maar de Hitlerjugend was niet meer dan een militaire opleidingsorganisatie voorafgaand aan het leger, bemand en bestuurd door de jongelui zelf, nota bene, en hoe doldriftiger de jonge nationaalsocialistische leiders waren, hoe beter men het vond.

'En nu wil je lid worden?'

'Ik weet het niet. Ze lachen me allemaal uit omdat ik geen lid ben. Helmut Gruber was vandaag bij het voetballen. Hij is onze Hitlerjugend-aanvoerder en zei dat ik maar beter gauw lid kon worden.'

'Maar jij bent toch niet de enige die geen lid is?'

'Er gaan elke dag meer jongens bij,' vertelde Günter.

'Wie geen lid is, wordt gepest. Als we Ariërs en joden spelen op het plein, moet ik altijd een jood zijn.'

'Wát spelen jullie?' Kohl fronste zijn wenkbrauwen.

Hier had hij nog nooit van gehoord.

'U weet wel, vader, Ariërs en joden. Ze jagen op ons. Ze mogen ons geen pijn doen, want dat mag niet van professor-doctor Klindst. Het hoort gewoon tikkertje te zijn, maar als hij niet kijkt, gooien ze ons op de grond.'

'Je bent een sterke jongen en ik heb je geleerd voor jezelf op te komen. Vecht je niet terug?'

'Soms wel, maar er zijn veel meer jongens die Ariër spelen dan joden.'

'Tja, toch vrees ik dat je niet naar een andere school kunt,' zei Kohl.

Günter keek naar de rookwolk die uit de pijp naar het plafond kronkelde. Zijn gezicht klaarde op. 'Misschien kan ik iemand aangeven. Misschien mag ik dan Ariër spelen.'

Kohl versomberde. Elkaar aangeven: ook zo'n nationaalsocialistische pest. 'Jij gaat niemand aangeven,' zei hij met klem tegen zijn zoon. 'Dan gaat hij naar de gevangenis. Ze kunnen hem martelen. Of vermoorden.'

Günter begreep de reactie van zijn vader niet. 'Maar vader, ik zou toch alleen maar een jood aangeven?' Kohls hart bonsde, zijn hart beefde en hij was sprakeloos. Hij dwong zichzelf tot kalmte en vroeg uiteindelijk: 'Dus jij zou zonder enige reden een jood aangeven?'

Günter snapte het niet. 'Natuurlijk niet. Ik zou hem aangeven omdát hij joods is. Ik zat te denken... De vader van Helen Morrell werkt bij Karstadt, het warenhuis. Zijn baas is joods, maar hij ontkent het tegen iedereen. Hij zou echt aangegeven moeten worden.'

Kohl haalde diep adem, woog zijn woorden als een rantsoenerende slager en zei: 'Zoon, we leven in een moeilijke tijd. Het is heel verwarrend. Het is verwarrend voor mij en voor jou moet het nog veel verwarrender zijn. Wat je nooit mag vergeten, maar ook nooit hardop mag zeggen, is dat iedereen voor zichzelf beslist wat goed of fout is. Je beslist het aan de hand van wat je van het leven ziet, hoe mensen samen leven en handelen en wat je voelt. Diep in je hart weet je het verschil tussen goed en kwaad.'

'Maar de joden zijn echt slecht. Als het niet waar was, zouden ze het ons op school niet leren.'

Kohls ziel huiverde van woede en verdriet toen hij het hoorde. 'Günter, jij geeft niemand aan,' zei hij streng. 'Ik verbied het je.'

'Goed, vader,' zei de jongen, die opstond en wegliep.

'Günter,' zei Kohl.

De jongen bleef bij de deur staan.

'Hoeveel leden heeft de Jugend bij jou op school?'

'Ik weet het niet, vader, maar er komen er elke dag meer bij. Straks ben ik de enige die nog jood kan spelen.' De jongen liep chagrijnig de kamer uit.

Het restaurant dat Käthe in gedachten had, was *Lutter und Wegner*, dat, zo vertelde ze, al meer dan honderd jaar oud was en in Berlijn als een instituut gold. De zalen waren donker, rokerig en intiem. En er kwamen geen bruinhemden, ss'ers of mannen in pak met een rode armband waarop het dat-weet-u-toch-zeker-welhakenkruis prijkte.

'Ik heb je hier mee naartoe genomen omdat dit vroeger de vaste plek was van mensen zoals jij en ik.'

'Jij en ik?'

'Ja. Bohémiens. Pacifisten, denkers en schrijvers, zoals jij.'

'Aha, schrijvers. Ja.'

'E.T.A. Hoffmann deed hier inspiratie op. Hij liet de champagne rijkelijk vloeien, hele flessen! En dan schreef hij de hele nacht. Je hebt hem natuurlijk gelezen.'

Paul had hem niet gelezen. Hij knikte.

'Kun je een betere schrijver uit de romantische periode bedenken? Ik niet. *De notenkraker en de muizenkoning* – zoveel duisterder en echter dan wat Tsjaikovski ermee heeft gedaan. Dat ballet is mierzoet, vind je ook niet?'

'Beslist,' viel Paul haar bij. Hij dacht dat hij het ballet als kind een keer met Kerstmis had gezien. Hij zou willen dat hij meer wist, dat hij het boek ook had gelezen, zodat hij er zinnig over kon praten. Hij genoot van het domweg met haar praten. Terwijl ze van hun cocktails nipten, dacht hij na over het gebekvecht met Käthe tijdens de wandeling hierheen. Hij had het gemeend toen hij zei dat hij het leuk vond. Het was verkwikkend. Hij geloofde niet dat hij in al die maanden dat hij met Marion ging, ook maar één keer ruzie met haar had gehad. Hij kon zich niet eens herinneren dat ze ooit boos was geworden. Soms, als ze een ladder in een nieuwe kous trok, zei ze wel eens 'verdikkeme' of 'verdorie', waarna ze haar vingers tegen haar mond drukte alsof ze een kushandje ging geven bij wijze van verontschuldiging voor haar gevloek.

Käthe en hij aten *Schweinshachsel*, noedels, kool en brood ('Ach, echte boter!' fluisterde ze verbaasd toen ze de kleine gele rechthoekjes zag). Ze bestelde er een zoete, goudgele wijn bij. Na het eten stak Paul een sigaret op. Hij zag dat ze weifelde en toen zei ze, alsof ze het tegen haar leerlingen had: 'We zijn vandaag te ernstig geweest. Ik ga een mop vertellen.' Ze vervolgde fluisterend: 'Ken je Hermann Göring?'

'Een hoge regeringsfunctionaris?'

'Ja, ja. Hitlers rechterhand. Het is een vreemde man. Heel dik. En hij paradeert in belachelijke kostuums rond in het gezelschap van beroemdheden en beeldschone vrouwen. Goed, vorig jaar is hij eindelijk getrouwd.'

'Is dat de mop?'

'Nee, nog niet. Hij is echt getrouwd. Nu komt de mop.' Käthe pruilde overdreven. 'Heb je het gehoord, van Görings vrouw? Het arme mens heeft haar geloof afgezworen. Nu moet je vragen waarom.'

'Alsjeblieft, vertel me waarom Görings vrouw haar geloof heeft afgezworen.'

'Omdat ze na hun huwelijksnacht niet meer in de verrijzenis van het vlees kon geloven.'

Ze schaterden allebei. Hij zag dat ze knalrood was geworden. 'Ach, hemel, Paul. Ik heb een onbekende man een schunnige mop verteld. Eentje waarvoor we naar de gevangenis kunnen gaan.'

'Ik niet,' zei hij met een uitgestreken gezicht. 'Alleen jij. Ik heb die mop niet verteld.'

'Ach, zelfs láchen om zo'n mop is al genoeg.'

Hij rekende af en ze gingen weg. Ze lieten de tram links liggen en liepen terug naar het pension, over de stoep langs de zuidelijke grens van de Tiergarten.

Paul, die zelden wijn dronk, was een beetje aangeschoten. Het was een prettig gevoel, beter dan de roes van whisky. De warme bries voelde lekker, evenals de druk van Käthes arm in de zijne.

Onder het lopen hadden ze het over boeken en politiek, soms lachend, dan weer kibbelend, een vreemd paar dat door de straten van de onberispelijke stad manoeuvreerde.

Paul hoorde mannenstemmen naderen en zag een meter of vijfentwintig voor zich drie SA'ers die luidruchtig grappen liepen te maken. Ze leken op vrolijke schooljongens met hun jeugdige gezichten en bruine uniformen. In tegenstelling tot de strijdlustige boeven die hij eerder die dag had aangepakt, leek dit drietal alleen maar van plan te zijn van de warme avond te genieten. Ze hadden geen oog voor de andere mensen op straat.

Paul voelde dat Käthe langzamer begon te lopen en keek opzij. Haar gezicht stond star en haar arm begon te beven.

'Wat is er?'

'Ik wil er niet langs.'

'Je hoeft nergens bang voor te zijn.'

Ze keek panisch naar links. Het was druk en het was nog een meter of vijftig tot de volgende zebra. Ze konden de bruinhemden maar op één manier ontlopen: door de Tiergarten.

'Heus, je bent veilig,' zei hij. 'Je hoeft niet bang te zijn.'

'Ik voel je arm, Paul. Ik voel dat je je schrap zet om te vechten.'

'Daarom ben je veilig.'

'Nee.' Ze keek naar het hek van het park. 'Hierheen.' Ze liepen het park in. Het dichte gebladerte dempte de verkeersgeluiden en al snel vulde de nacht zich met het tjirpen van insecten en de lage roep van kikkers in de vijvers. De SA'ers liepen verder, zonder op iets anders te letten dan hun uitbundige conversatie en hun gezang. Ze liepen het hek voorbij zonder ook maar een blik in het park te werpen, maar Käthe hield haar hoofd gebogen. Haar stramme tred herinnerde Paul aan de manier waarop hij zelf had gelopen toen hij bij een partijtje boksen een rib had gebroken.

'Gaat het?' vroeg hij.

Stilte.

Ze keek huiverend om zich heen.

'Vind je het eng hier?' vroeg hij. 'Wil je weg?'

Ze zei nog steeds niets. Ze kwamen bij een kruispunt van paden, waarvan er een het park uit voerde, terug naar het pension. Ze bleef staan. Toen zei ze. 'Kom. Deze kant op.' Käthe sloeg af en leidde hem over kronkelende paden dieper het park in tot ze bij een vijver met een klein botenhuis kwamen waar tientallen huurboten omgekeerd tegen elkaar aan rustten. Het was er uitgestorven, zo laat op de warme avond.

'Ik was al drie jaar niet meer in de Tiergarten geweest,' fluisterde ze.

Paul wachtte af.

Uiteindelijk vervolgde ze: 'De man die mijn hart heeft?'

'Ja, je verslaggeversvriend.'

'Michael Klein. Hij werkte voor de *Münchener Post*. Hitlers overwinning begon in München. Michael volgde zijn opkomst en schreef veel over hem, over zijn tactieken – de intimidaties, de afranselingen, de moorden. Michael hield bij hoeveel moorden op tegenstanders van de Partij onopgelost waren gebleven. Hij geloofde zelfs dat Hitler zijn eigen nichtje in 1932 had laten vermoorden omdat hij bezeten van haar was en zij van een ander hield.

De Partij en de SA bedreigden hem en alle anderen van de *Post*. Ze noemden de krant de "gifkeuken". Maar voordat de nationaalsocialisten aan de macht kwamen, hadden ze hem nooit iets gedaan. Toen werd de Rijksdag in brand gestoken... O, kijk, je kunt hem nog net zien. Daar.' Ze wees naar het noordoosten en Paul ving een glimp op van een hoog gebouw met een koepeldak. 'Ons parlementsgebouw. Nog maar een paar weken nadat Hitler tot kanselier was benoemd, stak iemand het in brand. Hitler en Göring gaven de communisten de schuld en arresteerden er duizenden, en ook sociaaldemocraten. Er was een noodwet voor uitgevaardigd. Michael was een van hen. Hij werd naar een van de tijdelijke gevangenissen in de stad gestuurd. Daar hielden ze hem weken vast. Ik was radeloos. Niemand had me verteld wat er was gebeurd, niemand vertelde me waar hij was. Het was een verschrikking. Later vertelde hij me dat ze hem hadden geslagen, dat hij hooguit één keer per dag iets te eten kreeg en dat hij naakt op een betonnen vloer moest slapen. Uiteindelijk werd hij door de rechter vrijgesproken omdat hij niets had gedaan.

Na zijn vrijlating ging ik naar hem toe. Hij woonde hier niet ver vandaan. Het was een heerlijke voorjaarsdag in mei, twee uur 's middags. We zouden een boot gaan huren, hier, op dit meer. Ik had oud brood voor de vogels meegenomen. We stonden hier en toen kwamen er vier SA'ers aan die mij op de grond gooiden. Ze waren ons gevolgd, ze zeiden dat ze hem sinds zijn vrijlating in de gaten hadden gehouden. Ze zeiden dat de rechter tegen de wet had gehandeld door hem vrij te laten en dat ze nu het vonnis gingen uitvoeren.' Ze snikte. 'Ze sloegen hem voor mijn ogen dood. Daar. Ik hoorde zijn botten breken. Zie je dat...'

'O, Käthe, nee...'

'Zie je dat betonnen vierkant? Daar viel hij. Dat daar. Het vierde vanaf het gras. Daar lag Michaels hoofd toen hij stierf.'

Hij sloeg zijn arm om haar heen. Ze verzette zich niet, maar putte evenmin troost uit het contact; ze was versteend.

'Mei is nu de ergste maand,' fluisterde ze. Toen keek ze om zich heen, naar de weelderige koepel van de zomerbomen. 'Dit park heet de Tiergarten.'

'Ik weet het.'

Ze vervolgde in het Engels: '*Tier* betekent 'dier' of 'beest'. En *Garten* betekent 'tuin'. Dit is dus de tuin met de beesten, waar de koninklijke families van het Duitse keizerrijk gingen jagen. Maar in onze volkstaal kan een *Tier* ook een boef zijn, een misdadiger. En dat zijn degenen die mijn geliefde hebben vermoord, misdadigers.' Haar stem werd ijzig. 'Hier, hier in de beestentuin.'

Hij klemde haar tegen zich aan.

Ze keek nog eens naar de grote vijver en toen naar het betonnen vierkant, het vierde vanaf het gras. 'Paul, breng me alsjeblieft naar huis,' zei ze.

Ze bleven voor zijn deur in de gang staan.

Paul diepte de sleutel uit zijn zak op en keek naar Käthe, die op haar beurt naar de vloer keek.

'Welterusten,' fluisterde hij.

'Ik ben zoveel vergeten,' zei ze, en ze keek met glanzende ogen naar hem op. 'Door de stad slenteren, geliefden in een café zien, schuine moppen vertellen, zitten waar beroemde schrijvers en denkers voor jou hebben gezeten... het plezier dat zulke dingen geven. Ik was vergeten hoe dat was. Zoveel vergeten...'

Zijn hand ging naar het kopmouwtje op haar schouder, en toen raakte hij haar nek aan en voelde de huid over haar botten glijden. Zo dun, dacht hij. Zo dun.

Met zijn andere hand streek hij het haar uit haar gezicht. Toen kuste hij haar.

Ze verstijfde plotseling en hij besefte dat hij een fout had begaan. Ze was kwetsbaar, ze had de plek gezien waar haar geliefde was gestorven, ze had door de beestentuin gelopen. Hij trok zijn gezicht terug, maar opeens sloeg ze haar armen om hem heen en kuste hem hard. Hij voelde tanden en proefde bloed. 'O,' zei ze geschrokken. 'Het spijt me.' Maar toen hij zacht lachte, lachte ze mee. 'Ik zei toch dat ik veel vergeten was,' fluisterde ze. 'Ik vrees dat ook dit uit mijn geheugen is gewist.'

Hij trok haar naar zich toe en hun handen en lippen bewogen woest in de schemerige gang. Beelden flitsten voorbij: een stralenkrans om haar gouden haar van de lamp achter haar; het crèmekleurige kant van haar onderjurk boven het lichtere kant van haar beha, haar hand die het litteken vond van de kogel uit Albert Reilly's verborgen Derringer, een .22 was het maar, maar hij was op het bot afgeketst en zijwaarts door zijn biceps naar buiten gekomen; haar kermende gekreun, hete adem, het gevoel van zijde, van katoen, zijn hand die naar beneden gleed en haar vingers vond die wachtten om hem door ingewikkelde lagen stof en bandjes te leiden, haar jarretelgordel, tot op de draad versleten en opgelapt.

'Mijn kamer,' fluisterde hij. De deur vloog open en ze wankelden naar binnen, waar het nog benauwder leek dan in de hete gang.

Het bed was oneindig ver weg, maar opeens hadden ze de roze bank met de ronde leuningen onder zich. Hij viel op zijn rug en hoorde hout kraken. Käthe, die op hem zat, omklemde zijn armen als een bankschroef, alsof hij, zodra ze losliet, onder het bruine water van het Landwehrkanaal kon zinken.

Een vurige kus, en toen zocht ze zijn nek. Hij hoorde haar fluisteren, tegen zichzelf, tegen niemand: 'Hoe lang is het geleden?' Ze begon opgewonden zijn overhemd open te knopen. 'Ach, jaren en jaren.'

Tja, dacht hij, voor hem was het minder lang geleden. Maar toen hij haar jurk en onderjurk in een enkel soepel gebaar over haar hoofd trok en zijn handen over haar bezwete rug naar beneden liet glijden, besefte hij dat er de afgelopen tijd wel anderen waren geweest, maar dat het echt jaren geleden was sinds hij zoiets als dit had gevoeld.

Toen, terwijl hij haar gezicht in zijn handen nam en haar dichter naar zich toe trok, nog dichter, en zich helemaal in haar verloor, verbeterde hij zichzelf nog eens.

Misschien had hij nog nooit zoiets gevoeld.

19

De avondrituelen in huize Kohl waren uitgevoerd: de afwas was gedaan, het linnengoed opgeborgen en het wasgoed schoon.

Kohls voeten waren opgeknapt. Hij goot het teiltje leeg, droogde het af en zette het terug. Hij bond het zakje soda dicht en legde het in het gootsteenkastje.

Hij keerde terug naar de voorkamer, waar zijn pijp op hem wachtte. Heidi kwam even later binnen en ging met haar breiwerk in haar eigen stoel zitten. Kohl vertelde haar over zijn gesprek met Günter.

'Dus dát was het,' zei ze hoofdschuddend. 'Hij kwam gisteren ook al overstuur van het voetbalveld terug, maar hij wilde me niets vertellen. Je moeder vertel je zulke dingen niet.'

'We moeten met de kinderen praten,' zei Kohl. 'Iemand moet ze leren wat wij hebben geleerd. Goed en kwaad.'

Moreel drijfzand...

Heidi liet de dikke, houten naalden vaardig klikken; ze breide een dekentje voor het eerste kind van Charlotte en Heinrich dat, zo nam ze aan, ongeveer negeneneenhalve maand na hun bruiloft in mei zou komen. Ze fluisterde geagiteerd: 'En dan? Günter laat zich op het plein ontvallen dat zijn vader heeft gezegd dat het verkeerd is om boeken te verbranden, of dat we Amerikaanse kranten in ons land moeten toelaten. Ach, dan halen ze jóú weg en horen we nooit meer iets van je. Of ze sturen me je as in een urn met een hakenkruis erop.'

'We zeggen wat we ook telkens tegen onszelf zeggen. Dat het een spelletje is. Het moet geheim blijven.'

Zijn vrouw glimlachte. 'Schat, het zijn kínderen. Ze kunnen geen geheimen bewaren.'

Dat is waar, dacht Kohl. Maar al te waar. Wat waren de Führer en zijn meute een geniale misdadigers. Ze ontvoeren de natie door onze kinderen te gijzelen. Hitler had zijn duizendjarige rijk aangekondigd. Zó gaat hij het verwezenlijken.

'Ik zal het bespreken...' begon hij.

Een luid gebons vulde de gang – de bronzen klopper in de vorm van een beer op Kohls voordeur.

'*Gott im Himmel,'* zei Heidi. Ze stond op, liet haar breiwerk vallen en wierp een blik in de richting van de slaapkamers van de kinderen.

Het drong opeens tot Willi Kohl door dat de SD of de Gestapo afluisterapparatuur in zijn huis verborgen kon hebben en dat ze de vele bedenkelijke gesprekken tussen zijn vrouw en hem misschien hadden gehoord. Dat was de methode van de Gestapo: in het geniep bewijsmateriaal verzamelen en je dan in je eigen huis arresteren, hetzij 's ochtends vroeg, hetzij tijdens of kort na de avondmaaltijd, wanneer je het het minst verwachtte. 'Snel, zet de radio aan, zoek of er een uitzending is,' zei hij. Alsof het luisteren naar Goebbels' geraaskal de politieke politie op een dwaalspoor zou brengen.

Heidi deed de radio aan. De wijzer lichtte geel op, maar er klonk nog geen geluid. De buizen moesten eerst warm worden.

Er werd weer gebonsd.

Kohl dacht aan zijn pistool, maar dat bewaarde hij op het bureau; hij wilde het wapen onder geen beding in de buurt van zijn kinderen hebben. Maar zelfs al had hij het gehad, wat kon hij er dan nog mee uitrichten tegen een groep Gestapo-agenten of SS'ers? Hij liep naar de woonkamer en zag Charlotte en Heinrich, die ook waren opgestaan en elkaar onzeker aankeken. Hanna dook in de deuropening op.

Goebbels' gedreven bariton begon uit de radio te schallen, pratend over infecties, ziekte en gezondheid.

Op weg naar de voordeur vroeg Kohl zich af of Günter al een losse opmerking over zijn ouders had gemaakt tegen een vriend. Misschien had de jongen echt al iemand verklikt – zijn eigen vader, al was hij het zich niet bewust. Kohl keek over zijn schouder naar Heidi, die een arm om haar jongste dochter heen had geslagen. Hij ontgrendelde de zware eikenhouten deur en zwaaide hem open.

Daar stond Konrad Janssen, zo fris als een kind dat zijn eerste communie doet. Hij keek langs de inspecteur heen naar Heidi en zei: 'Neem me niet kwalijk dat ik stoor, mevrouw Kohl. Het is onvergeeflijk op dit late uur.'

Moeder Gods, dacht Kohl met bonzend hard en bevende handen. Hij vroeg zich af of de kandidaat-inspecteur het bonken in zijn borst kon horen. 'Al goed, Janssen, het late uur is het probleem niet, maar zou je de volgende keer wat minder hard willen kloppen?'

'Natuurlijk.' Zijn anders zo kalme, jeugdige gezicht straalde nu van enthousiasme. 'Inspecteur, ik heb de tekening overal in het olympisch dorp laten zien en ook nog eens aan de halve stad, of zo voelt het.'

'En?'

'Ik heb een verslaggever van een Britse krant gevonden. Hij was op de ss *Manhattan* uit New York overgekomen. Hij schrijft een verhaal over sporten overal ter wereld en...'

'En is die Brit onze verdachte, onze man van de tekening?'

'Nee, maar...'

'Dan is dit deel van je verhaal niet interessant, Janssen.'

'Neem me niet kwalijk, inspecteur. Laat ik ermee volstaan dat die verslaggever onze man herkende.'

'Ha, goed gedaan, Janssen. En, wat had hij te vertellen?'

'Niet veel. Hij wist alleen dat het inderdaad een Amerikaan is.'

Was die armzalige informatie een hartaanval waard? Kohl zuchtte.

De kandidaat-inspecteur daarentegen leek alleen even een adempauze te nemen. Hij vervolgde: 'En hij heet Paul Schumann.'

In het donker gesproken woorden.

Als in een droom gesproken woorden.

Ze lagen als lepeltjes in een doosje, knie in knieholte, buikwelving aan rug, kin op schouder. Het bed hielp; de donzen matras op Pauls bed vormde een V onder hun gezamenlijke gewicht, waar ze stevig in rustten. Zelfs als ze het hadden gewild, hadden ze niet uit elkaar kunnen gaan liggen.

In de anonimiteit van een prille romance gesproken woorden, na de hartstocht, al was die slechts tijdelijk gedoofd.

Hij rook haar parfum, dat inderdaad de herkomst was van de seringen die hij bij hun eerste ontmoeting had geroken.

Paul kuste Käthes achterhoofd.

Tussen geliefden gesproken woorden over alles, over niets. Invallen, grapjes, feiten, dromen, verwachtingen... een stortvloed van woorden.

Käthe vertelde hem over haar leven als pensionhoudster. Ze zweeg. Door het open raam hoorde hij Beethoven weer, aanzwellend toen iemand in een naburig appartement het geluid harder zette. Even later weergalmde er een krachtige stem door de vochtige nacht.

'Ach,' zei ze hoofdschuddend. 'De Führer spreekt. Het is Hitler zelf.'

Het ging weer over ziektekiemen, stilstaand water en infecties.

Paul lachte. 'Waarom is hij zo geobsedeerd door hygiëne?'

'Hygiëne?'

'Iedereen heeft het de hele dag over ziektekiemen en properheid. Er is geen ontkomen aan.'

Ze lachte. 'Ziektekiemen?'

'Wat valt er te lachen?'

'Begrijp je niet wat hij zegt?'

'Ik... Nee.'

'Hij heeft het niet over ziektekiemen, maar over jóden. Voor de duur van de Spelen heeft hij al zijn redevoeringen aangepast. Hij zegt niet "joden", maar dat bedoelt hij wel. Hij wil de buitenlanders niet voor het hoofd stoten, maar wij mogen de nationaalsocialistische dogmatiek niet vergeten. Paul, weet je dan niet wat hier gaande is? In de kelders van de helft van de hotels en pensions liggen borden die voor de Olympische Spelen zijn weggehaald, maar op de dag dat de buitenlanders vertrekken weer worden opgehangen. Verboden voor joden, staat erop. Of: Joden hier niet welkom. De weg naar mijn zusters huis in Spandau heeft een scherpe bocht. Er staat een waarschuwingsbord: Gevaarlijke bocht. 30 kilometer per uur. Joden 70. Dat is een verkeersbord! Niet door vandalen geschilderd, maar door onze overheid!'

'Meen je dat echt?'

'Ja, Paul. Echt! Heb je de vlaggen aan de huizen in de Magdeburger Allee gezien, deze straat? Je maakte een opmerking over de onze toen je aankwam.'

'De olympische vlag.'

'Ja. Niet de nationaalsocialistische die hier aan de meeste huizen hangt. Weet je waarom? Omdat dit huis van een jood is. Hij mag de Duitse vlag niet uithangen. Hij wil net als ieder ander trots zijn op zijn vaderland, maar dat mag hij niet. En hoe zou hij de nationaalsocialistische vlag ook buiten kunnen hangen? De swastika? Het hakenkruis? Dat staat voor antisemitisme.'

Aha, dus dát was het antwoord.

Dat weet u toch zeker wel...

'Weet je wat ariërisatie is?'

‘Nee?’

‘De regering neemt joodse huizen en bedrijven in beslag. Het is diefstal, niet meer en niet minder. Göring is het brein erachter.’

Paul herinnerde zich de vervallen huizen die hij die ochtend op weg naar zijn afspraak met Morgan in de Dresdengasse had gezien, de borden met aankondigingen van inboedelveilingen.

Käthe kroop nog dichter tegen hem aan. Na een lange stilte zei ze: ‘Er is iemand... Hij treedt op in een restaurant. “Luxe” zou het in jouw taal genoemd worden. Ik bedoel dat het zo heet, maar het ís er ook heel luxe. Schitterend. Ik heb er een keer gegeten en toen zat die man in een glazen kooi in het midden van de eetzaal. Weet je wat hij was? Hongerkunstenaar.’

‘Wat?’

‘Hongerkunstenaar. Net als in het verhaal van Kafka. Hij was een paar weken eerder in die kooi gekropen en had sindsdien alleen nog maar water gedronken. Iedereen kon hem zien. Hij at geen hap.’

‘Hoe moet...’

‘Hij mag wel naar de wc, maar er gaat altijd iemand met hem mee die kan bevestigen dat hij niets heeft gegeten. Dag in, dag uit...’

In het donker gesproken woorden, gewisseld tussen geliefden.

Vaak doet het er niet toe wat die woorden betekenen, maar soms wel.

‘Ga door,’ fluisterde Paul.

‘Ik heb hem gesproken toen hij achtenveertig dagen in de glazen kooi had gezeten.’

‘Zonder eten? Was hij geen wandelend geraamte?’

‘Hij was heel mager, ja, en hij zag er ziek uit. Maar hij was een paar weken uit de kooi gekomen. Ik ontmoette hem via een kennis. Ik vroeg hem waarom hij ervoor had gekozen op die manier de kost te verdienen. Hij antwoordde dat hij een paar jaar voor de overheid had gewerkt, iets met vervoer, maar toen Hitler aan de macht kwam, was hij weggegaan.’

‘Was hij ontslagen omdat hij geen nationaalsocialist was?’

‘Nee, hij had zelf ontslag genomen omdat hij de normen en waarden van de Partij niet kon aanvaarden en niet voor die regering wilde werken. Maar hij had een kind en hij moest geld verdienen.’

‘Een kind?’

'En hij moest geld verdienen. Maar waar hij ook zocht, er was niets wat niet door de Partij was besmet. Hij kwam tot de conclusie dat het enige wat hij kon doen zonder zijn integri... Hoe zeggen jullie dat?'

'Integriteit.'

'Ja. Het enige wat hij kon doen zonder zijn integriteit te verliezen, was hongerkunstenaar worden. Het was zuiver. Het was niet te corrumperen. Het was het enige wat hij nog met zijn leven kon doen dat een beetje integriteit had. En weet je hoeveel mensen er naar hem komen kijken? Duizenden! Er komen duizenden mensen naar hem kijken omdat hij oprécht is. We hebben nog maar zo weinig oprechtheid in het leven.' Hij voelde een lichte beving; ze schokte van het snikken.

Woorden tussen geliefden...

'Käthe?'

'Wat hebben ze gedaan?' Ze snakte naar adem. 'Wat hebben ze gedaan? ... Ik begrijp het niet meer. We zijn een volk dat van muziek en praten houdt, we scheppen vreugde in het naaien van volmaakte steken in onze overhemden, in het volmaakt schoonschrobben van onze stoepjes, in zonnebaden op het strand aan de Wannsee, in het kopen van snoep en kleren voor onze kinderen, we worden tot tranen geroerd door de Mondscheinsonate, door de woorden van Goethe en Schiller... en toch lijken we nu bezeten. Waarom?' Haar stem stierf weg. 'Waarom?' Na een korte stilte fluisterde ze: 'Ach, ik vrees dat het antwoord op die vraag te laat zal komen.'

'Ga het land uit,' fluisterde Paul.

Ze rolde zich naar hem om. Hij voelde haar gespierde armen, sterk van het schrobben van teilen en het dweilen van vloeren, om zich heen glijden, hij voelde haar voet opklimmen tot zijn rug en hem steeds dichter naar haar toe duwen.

'Ga het land uit,' herhaalde hij.

Het snikken bedaarde en haar ademhaling werd regelmatig. 'Ik kan niet weggaan.'

'Waarom niet?'

'Omdat dit mijn land is,' fluisterde ze simpelweg. 'Ik kan het niet in de steek laten.'

'Maar het ís jouw land niet meer. Het is het hunne. Hoe noemde je ze? *Tiere*. Beesten, boeven. Je land is overgenomen door beesten... Ga weg. Ga weg, voordat het nog erger wordt.'

'Denk je dat het nog erger wordt? Vertel, Paul. Jij bent schrijver. Ik begrijp de wereld niet. De wereld houdt zich niet bezig met het doceren van Goethe of poëzie. Jij bent intelligent. Wat denk jij?'

'Ik denk dat het erger zal worden. Je moet hier weg. Zo snel mogelijk.'

Ze ontspande haar wanhopige greep op hem. 'Zelfs als ik wilde, zou ik hier niet weg kunnen. Na mijn ontslag is mijn naam op een lijst gezet. Mijn paspoort is ingenomen. Ik krijg nooit uitreispapieren. Ze zijn bang dat we hen vanuit Engeland of Parijs tegen zullen werken. Daarom houden ze ons bij hen in de buurt.'

'Ga met mij mee,' zei hij. 'Ik krijg je het land wel uit.'

Woorden tussen geliefden...

'Ga mee naar Amerika.' Hoorde ze hem niet of had ze haar besluit al genomen? 'We hebben fantastische scholen. Je zou les kunnen geven. Jouw Engels doet niet onder voor dat van anderen.'

Ze haalde diep adem. 'Wat vraag je me precies?'

'Ga met me mee.'

Een cynische lach. 'Een vrouw huilt, een man zegt alles om de tranen te laten ophouden. Ach, ik ken je niet eens.'

'Ik jou ook niet,' zei Paul. 'Het is geen aanzoek. Ik zeg niet dat we samen zouden gaan wonen. Ik zeg alleen dat je als de bliksem moet maken dat je hier wegkomt, en dat kan ik voor je regelen.'

In de stilte die volgde, dacht Paul: nee, een aanzoek is het niet. Absoluut niet. Maar eerlijk gezegd moest Paul Schumann zich wel afvragen of hij niet meer wilde dan haar helpen ontsnappen uit dit moeilijke land. O, hij had zijn portie slechte vrouwen gehad, en vrouwen die speelden dat ze slecht waren. Van sommigen had hij gehouden, van sommigen wist hij het heel zeker. Maar hij wist dat hij nooit voor hen had gevoeld wat hij nu, na zo'n korte tijd, voor deze vrouw voelde. Ja, in zekere zin hield hij van Marion. Hij bracht wel eens een nacht bij haar in Manhattan door, of zij bij hem in Brooklyn. Ze lagen samen in bed, ze wisselden woorden uit – over films, over de nieuwe roklengte, over Luigi's restaurant, over haar moeder of zijn zuster. Over de Dodgers. Maar het waren geen woorden van geliefden, besefte Paul. Niet zoals hij ze vanavond had gewisseld met deze gecompliceerde, bezielde vrouw.

Ten slotte deed ze zijn aanbod geërgerd af met een: 'Ach, het kan niet. Hoe kan ik hier weg? Ik heb je verteld over mijn paspoort en uitreispapieren.'

'Dat zeg ik nu juist. Daar hoef je niet over in te zitten. Ik heb connecties.'

'Echt?'

'Er staan in Amerika mensen bij me in het krijt.' Het was min of meer waar. Hij dacht aan Avery en Manielli in Amsterdam, die hem dag en nacht een vliegtuig konden sturen om hem op te halen. 'Heb je hier banden?' vroeg hij. 'Je zuster?'

'Ach, mijn zuster... Ze is getrouwd met een loyale aanhanger van de Partij. Ze wil me niet eens meer zien. Ze schaamt zich voor me.' Käthe zweeg even en vervolgde toen: 'Nee, ik heb hier alleen spoken uit het verleden, en dat is geen reden om te blijven, maar een reden om weg te gaan.'

Er klonken gelach en dronken geschreeuw van buiten. Toen zong een lallende mannenstem: *'Straks zijn de Spelen klaar, dan slaan we de joden in elkaar...'* Het geluid van brekend glas. Een ander lied, nu door meer stemmen gezongen: *'Die Fahne hoch, die Reihen fest geschlossen. SA marchiert mit ruhig fester Schritt... Die Strasse frei den braunen Bataillonen, die Strasse frei dem Sturmabteilungsmann.'*

Hij herkende het lied dat de jongens van de Hitlerjugend de vorige dag hadden gezongen toen ze de vlag in het olympisch dorp streken. Het rood, het wit en het zwarte hakenkruis.

Ach, dat weet u toch zeker wel...

'O, Paul, kun je me echt het land uit krijgen, zonder papieren?'

'Ja, maar ik blijf niet lang meer. Ik hoop morgenavond weg te gaan. Of overmorgen.'

'Hoe?'

'Laat dat maar aan mij over. Kun je op staande voet vertrekken?'

'Op staande voet?'

'Ja.'

Na een ogenblik stilte: 'Ja, dat kan. Ja.'

Ze pakte zijn hand, streelde de palm en verstrengelde haar vingers met de zijne. Het was veruit het intiemste moment dat ze die nacht deelden.

Hij omhelsde haar stevig, strekte zijn arm en voelde iets hards onder het kussen. Hij betastte het en maakte uit de vorm op dat het de dichtbundel van Goethe was die hij haar eerder had gegeven.

'Zul je niet...'

'Sst,' fluisterde hij, en hij streelde haar haar.

Paul Schumann wist dat geliefden soms moeten zwijgen.

IV

Zes tegen vijf

Zondag 26 juli en maandag 27 juli 1936

20

Hij zat al een uur in zijn kamer op het Alex, sinds vijf uur die ochtend, en had nauwgezet de Engelstalige telex uitgeschreven die hij in gedachten had opgesteld terwijl hij slapeloos in bed lag naast een vredig rustende Heidi, die geurde naar het poeder waarmee ze zich bestoof voordat ze naar bed ging.

Willi Kohl las zijn arbeid nog eens over:

> *Ik ben hoofdinspecteur Willi Kohl van de Kriminalpolizei in Berlijn stop we zoeken informatie betreffende Amerikaan mogelijk uit New York momenteel in Berlijn Paul Schumann i.v.m. moord stop aangekomen met Amerikaans olympisch team stop alstublieft informatie over deze man naar hoofdbureau Kriminalpolizei Alexanderplatz Berlijn t.a.v. inspecteur Willi Kohl stop dringend! stop met dank, hoogachtend*

Hij had veel moeite met de formulering gehad. Het bureau had wel vertalers, maar die werkten niet op zondag en hij wilde de telex meteen versturen. In Amerika was het vroeger; hij wist niet precies hoe het met de tijdzones zat en dacht dat het overzee rond middernacht was, maar hij hoopte dat de wetsdienaren daar net zulke lange diensten draaiden als de politie in de meeste andere landen.

Kohl las het telegram nog eens en besloot dat het weliswaar niet foutloos was, maar goed genoeg. Op een afzonderlijk vel papier schreef hij dat het bericht naar het Internationaal Olympisch Comité, de politie van New York en de FBI gestuurd moest worden. Hij liep naar de telexruimte, waar tot zijn teleurstelling nog niemand was en keerde kwaad terug naar zijn kamer.

Janssen had een paar uur geslapen en was nu weer op weg naar het olympisch dorp om te zien of hij daar meer aanwijzingen kon vinden. Wat kon Kohl zelf verder nog doen? Er wilde hem niets anders te binnen schieten dan de patholoog-anatoom en de vingerafdrukanalist achter de vodden zitten, maar die waren er natuurlijk ook nog niet. Misschien werkten ze niet eens op zondag.

De frustratie stak.

Hij liet zijn ogen naar de met zo veel moeite opgestelde telex dwalen.

'Ach, dit is belachelijk.' Hij wilde niet langer wachten.

Hoe moeilijk kon het bedienen van een telex zijn? Kohl stond op en haastte zich terug naar de telexruimte. Hij zou zijn uiterste best doen om het bericht zelf naar de Verenigde Staten te sturen. En mocht het door zijn onhandige vingers per ongeluk op honderd verschillende plaatsen in Amerika terechtkomen, nu ja, des te beter.

Ze was kort tevoren naar haar eigen kamer teruggegaan, rond zes uur die ochtend, en was nu weer terug, in een donkerblauwe ochtendjas, met spelden in haar haar die het tegen haar hoofd drukten en een blosje op haar wangen. Paul stond in de deuropening de resten scheerschuim van zijn gezicht te vegen. Hij stak zijn scheermes in het foedraal en stopte het in zijn vlekkerige koffer.

Käthe had koffie en geroosterd brood gebracht, en ook bleke margarine, kaas, gedroogde worst en waterige jam. Ze liep door het lage, stoffige licht dat door het raam aan de voorkant van zijn woonkamer naar binnen viel en zette het dienblad op de tafel bij de keuken.

'Zo,' zei ze, naar het blad kijkend. 'Je hoeft niet naar de ontbijtkamer te komen.' Ze wierp hem een snelle blik toe en wendde haar ogen af. 'Ik moet aan het werk.'

'Doe je nog mee?' vroeg hij.

'Waarmee?'

Hij kuste haar. 'Wat ik je vannacht heb gevraagd. Wil je nog steeds met me mee?'

Ze rangschikte het serviesgoed op het blad, hoewel het volgens hem al keurig gerangschikt was. 'Ik doe mee. En jij?'

Hij schokschouderde. 'Van mij had je je niet mogen bedenken. Dat zou *kakfif* zijn. Geen sprake van.'

Ze lachte. Toen werd haar gezicht ernstig. 'Ik wil nog één ding zeggen.'

'Ja?'

'Ik sta snel met mijn mening klaar.' Ze sloeg haar ogen neer. 'En die is vaak nogal uitgesproken. Michael noemde me een orkaan. Wat ik wil zeggen, met betrekking tot het onderwerp sport: ik zou kunnen leren er ook van te houden.'

Paul schudde zijn hoofd. 'Liever niet.'

'Nee?'

'Dan zou ik me verplicht voelen ook van gedichten te gaan houden.'

Ze drukte haar hoofd tegen zijn borst. Hij dacht dat ze glimlachte.

'Amerika zal je bevallen,' zei hij. 'En anders kun je teruggaan als dit allemaal is overgewaaid. Je hoeft je land niet per se voorgoed te verlaten.'

'O, mijn wijze schrijverman. Denk je dat dit... hoe zei je dat? Over zal waaien?'

'Ja zeker. Ik denk dat ze niet lang meer aan de macht zullen blijven.' Hij keek op de klok. Het was bijna halfacht. 'Nu moet ik naar mijn afspraak.'

'Op zondagochtend? Ach, nu heb ik je geheim eindelijk door.'

Hij glimlachte behoedzaam naar haar.

'Je schrijft over sportende priesters!' Ze schoot in de lach. 'Dat is je grote verhaal!' Haar glimlach verflauwde. 'Als je over sport schrijft, of over de kubieke meters beton die voor het stadion zijn gebruikt, waarom moet je dan zo snel terug?'

'Ik hóéf niet snel terug, maar ik heb een paar belangrijke besprekingen in Amerika.' Paul dronk haastig zijn koffie op en nam een geroosterde boterham met worst. 'Eet jij de rest maar op. Ik heb nog geen honger.'

'Goed, als je maar gauw bij me terugkomt. Ik ga pakken. Ik neem maar één koffer mee, denk ik. Anders zou een spook kunnen proberen zich in een van mijn koffers te verstoppen.' Een lach. 'Ach, ik klink als iemand uit een verhaal van onze macabere vriend, E.T.A. Hoffmann.'

Hij kuste haar en stapte uit het pension de warme ochtend in, die nu al een klam laagje op zijn huid deed verschijnen. Hij keek de lege straat af en liep naar het noorden, het kanaal over en de Tiergarten in. De beestentuin.

Reggie zat op een bank aan dezelfde vijver waar de geliefde van Käthe Richter drie jaar eerder dood was geslagen.

Ondanks het vroege uur waren er al tientallen wandelaars en fietsers. Morgan had zijn jasje uitgetrokken en zijn hemdsmouwen half opgestroopt.

Paul ging naast Morgan zitten, die in een flits een envelop uit de zak van zijn colbert trok en terugstopte.

'Ik heb de poen,' fluisterde hij in het Engels.

Ze schakelden op het Duits over. 'Hebben ze op zaterdagnacht een cheque verzilverd?' vroeg Paul lachend. 'Dat is nieuw voor me.'

'Zou Webber komen opdagen, denk je?' vroeg Morgan sceptisch.

'O, zeker. Als er geld te halen valt, is hij van de partij. Ik weet alleen niet of hij veel voor ons kan doen. Ik heb de Wilhelmstrasse gisteren bekeken. Er zijn tientallen bewakers, honderden misschien wel. Het is veel te riskant om de klus daar te klaren. We moeten maar afwachten wat Otto te melden heeft. Misschien heeft hij een andere locatie gevonden.'

Ze zwegen een poosje.

Paul zag Morgan om zich heen kijken. Hij maakte een weemoedige indruk. 'Ik zal dit land enorm missen,' zei hij. Zijn gezichtsuitdrukking verzachtte en zijn donkere ogen stonden verdrietig. 'De mensen hier zijn goed. Ik vind ze vriendelijker dan de Parijzenaars, opener dan de Londenaren. En ze nemen veel meer de tijd om van het leven te genieten dan de New Yorkers. Als we tijd hadden, zou ik met je naar de Lustgarten en het Luna Park gaan. En ik vind het heerlijk om hier in de Tiergarten te wandelen. Ik kijk graag naar de vogels.' De magere man leek zich ervoor te generen. 'Een dwaze tijdsbesteding.'

Paul lachte inwendig bij de gedachte aan de modelvliegtuigjes op zijn boekenplank in Brooklyn. Dwaasheid was betrekkelijk.

'Dus je gaat weg?' vroeg hij.

'Ik kan niet blijven. Ik ben hier al veel te lang. Elke dag is weer een kans op een fout, een achteloosheid die ze op mijn spoor kan zetten. En na wat wij straks gaan doen, zullen ze alle buitenlanders die hier onlangs zijn geweest nauwlettend in het oog houden. Wanneer het leven weer zijn normale gang gaat en de nationaalsocialisten weg zijn, kan ik terugkomen.'

'Wat ga je dan doen?'

Reggies gezicht klaarde op. 'Ik wil graag diplomaat worden. Daarom zit ik in dit vak. Na alles wat ik in de loopgraven heb gezien...' Hij knikte naar het litteken van een kogel op zijn arm. 'Daarna besloot ik alles te doen wat in mijn macht lag om een eind aan de oorlog te maken. Het corps diplomatique leek me zinnig. Ik schreef de senator erover. Hij stelde Berlijn voor. Een land in beweging, noemde hij het. Hier ben ik dus. Ik hoop over een paar jaar verbindingsofficier te zijn. Dan ambassadeur of consul. Net als onze ambassadeur Dodd hier. Hij is geniaal, een echte staatsman. Ik word natuurlijk niet híér geplaatst, niet meteen. Dit land is te belangrijk. Ik zou in Nederland kunnen beginnen. Of Spanje misschien, nou ja, als de burgeroorlog voorbij is, natuurlijk. Als er dan nog iets van Spanje over is. Franco is net zo erg als Hitler. Het wordt een bloedbad. Maar inderdaad, ik zou hier graag terugkomen als de mensen hier weer bij hun verstand zijn.'

Paul zag Otto Webber over het pad naar hen toe komen. Hij liep langzaam en een beetje wankel en tuurde tegen het felle zonlicht in.

'Daar is hij al.'

'Die vent? Het lijkt wel een burgemeester. En dan nog een die te veel heeft gedronken. Moeten we ons op hém verlaten?'

Webber bereikte hen en zakte hijgend op de bank. 'Wat een benauwde dag. Ik wist niet dat het 's ochtends vroeg al zo heet kon zijn. Ik sta zelden zo vroeg op. Maar goed, de mesthemden ook niet, dus kunnen we onbezorgd praten. U bent de compagnon van John Dillinger?'

'Dillinger?' vroeg Reggie.

'Ik ben Otto Webber.' Otto gaf Morgan een stevige hand. 'En u bent...?'

'Dat hou ik liever voor me, als u het goed vindt.'

'Ach, ja, mij best.' Otto nam Reggie onderzoekend op. 'Hé, ik heb een stel mooie broeken die ik je voor een prikje kan verkopen. Ja, spotgoedkoop. De fijnste kwaliteit. Uit Oostenrijk. Ik kan ze door een van mijn meisjes op maat laten maken. Ingrid heeft tijd. En ze is heel getalenteerd. En knap om te zien. Een juweeltje.' Reggie keek naar zijn grijze flanellen broek. 'Dank je, maar ik heb kleren genoeg.'

'Champagne dan? Kousen?'

'Otto,' zei Paul, 'ik denk dat we alleen willen onderhandelen over wat we gisteren hebben besproken.'

'Ach, ja, John Dillinger. Alleen zal mijn nieuws je mogelijk niet aanstaan. Al mijn informanten zeggen dat er een sluier van stilte over de Wilhelmstrasse is neergedaald. Ze zijn op hun hoede voor iets. De beveiliging is zwaarder dan ooit. En dat allemaal binnen een dag. Niemand weet iets over degene die je noemde.'

Pauls gezicht vertrok van teleurstelling.

'Ik ben de halve nacht bezig geweest om dat geld bij elkaar te krijgen,' sputterde Reggie.

'Mooi zo,' zei Otto opgewekt. 'In dollars, toch?'

'Vriend,' zei de slanke Amerikaan bijtend, 'als wij geen informatie krijgen, krijg jij geen geld.'

'Maar het is niet hopeloos. Ik kan toch nog iets voor jullie doen, en dat kost je niet meer dan wat je me oorspronkelijk zou geven.'

'Ga door,' zei Reggie ongeduldig. Hij keek weer naar zijn broek en wreef over een vlek.

'Ik kan je niet vertellen waar de kip is,' zei Otto, 'maar als ik je nu eens vertelde dat ik je in het kippenhok kan krijgen, zodat je zelf kunt kijken?'

'Het...'

Otto liet zijn stem dalen. 'Ik kan jullie in de kanselarij krijgen. Alle ministers benijden Ernst. Iedereen probeert bij de Kleine Man in het gevlei te komen en een kantoor in de kanselarij te krijgen, maar de meesten komen niet verder dan ergens in de buurt. Dat Ernst daar zit, is velen een doorn in het oog.'

'Het lijkt het Witte Huis wel,' schamperde Paul. 'Ik heb het gisteravond bekeken. Het wemelt er van de bewakers. Daar krijg je me niet binnen.'

'Aha, daar denk ik anders over, vriend. Ik kan je er wel degelijk binnen krijgen.'

'Hoe dan in vredesnaam?' Paul was op het Engels overgegaan en herhaalde zijn vraag in het Duits.

'Dankzij de Kleine Man. Architectuur is een obsessie voor hem. Hij is de kanselarij al aan het renoveren sinds hij aan de macht is gekomen. Er zijn zeven dagen van de week bouwvakkers aan het werk. Ik regel een overall voor je, een vals legitimatiebewijs en twee passen om het gebouw in te komen. Een van mijn contactpersonen stuukt er en heeft toegang tot alle documentatie.'

Reggie dacht na en knikte, nu minder sceptisch over het idee.

'Mijn vriend heeft me verteld dat Hitler tapijten wil hebben in alle kantoren op de belangrijke verdiepingen. Ook in het kantoor van Ernst. Het bedrijf meet alle kamers op. Sommige zijn al opgemeten, andere niet. Laten we hopen dat de kamer van Ernst nog niet aan de beurt is geweest, maar anders kun je zeggen dat hij opnieuw opgemeten moet worden. Ik geef je een pas van een bedrijf dat onder andere bekendstaat om zijn mooie tapijten. Ik geef je ook een meetlat en een opschrijfboekje.'

'Hoe weet je dat je die man kunt vertrouwen?' vroeg Paul.

'Omdat hij goedkope pleisterkalk gebruikt en het verschil tussen wat het kost en wat de staat hem betaalt in zijn eigen zak steekt. Als je aan de zetel van Hitlers macht werkt, staat daar de doodstraf op. Ik heb dus iets wat ik tegen hem kan gebruiken; tegen mij zal hij niet liegen. Bovendien denkt hij dat het maar een zwendeltje is om op het tapijt te bezuinigen. En ik heb hem natuurlijk wat ei beloofd.'

'Ei?' vroeg Reggie.

Paul mocht het vertalen. 'Geld.'

Wiens brood ik eet, diens lied ik zing...

'Betaal hem maar van je duizend dollar.'

'Mag ik erop wijzen dat ik de duizend dollar niet héb?'

Reggie schudde zijn hoofd, tastte in zijn zak en telde honderd Amerikaanse dollars uit.

'Prima. Zie je nou, ik ben niet hebberig.'

Reggie keek vertwijfeld naar Paul. 'Niet hebberig? Hij lijkt Göring wel.'

'Ach, laat ik dat als een compliment opvatten. Onze luchtmaarschalk is een buitengewoon vindingrijk zakenman.' Otto wendde zich tot Paul. 'Goed, er zullen wat functionarissen in het gebouw zijn, ook al is het zondag, maar volgens mijn informant zijn dat allemaal hooggeplaatsten die zich vooral in Hitlers vleugel zullen ophouden, aan de linkerkant, waar jij niet eens mag komen. Rechts zijn de burelen van het lagere kader, en daar zit Ernst. Hun adjudanten en secretaresses en zijzelf zullen er waarschijnlijk niet zijn. Je zou de tijd moeten hebben om in zijn kamer te snuffelen, en met een beetje geluk vind je zijn agenda, een memo of een aantekening over wat hij de komende dagen gaat doen.'

'Niet slecht,' vond Reggie.

'Ik heb ongeveer een uur nodig om alles in orde te maken,' zei Otto. 'Ik ga de overall, je papieren en een busje halen. Ik zie je om tien uur bij het standbeeld daar, dat van die vrouw met die grote boezem.'

Hij richtte zich weer tot Reggie. 'En voor jou neem ik een broek mee. Twintig mark maar. Geen geld.' Hij glimlachte en zei tegen Paul: 'Je vriend hier kijkt me vreemd aan, John Dillinger. Ik geloof niet dat hij me vertrouwt.'

Reggie haalde zijn schouders op. 'Ik zal het je zeggen, Otto Wilhelm Friedrich Georg Webber.' Een blik naar Paul. 'Mijn collega hier heeft je verteld welke maatregelen we hebben getroffen om er zeker van te kunnen zijn dat je ons niet verraadt. Nee, vriend, het is geen kwestie van vertrouwen. Ik kijk je zo vreemd aan omdat ik wel eens wil weten wat er volgens jou in vredesnaam mankeert aan de broek die ik nu aanheb.'

Hij zag het gezicht van Mark in dat van de jongen voor zich.

Het lag natuurlijk voor de hand dat je de vader in de zoon zag, maar het bleef hem uit het lood slaan.

'Rudy, kom hier,' zei Reinhard Ernst tegen zijn kleinzoon.

'Ja, opa.'

Het was zondagochtend vroeg en de huishoudster ruimde na het ontbijt de tafel af, waarop het zonlicht zo geel als stuifmeel viel. Gertrud inspecteerde in de keuken de geplukte gans die ze die avond zouden eten. Hun schoondochter brandde in de kerk een kaars ter nagedachtenis aan Mark Albrecht Ernst, dezelfde jongeman die de kolonel nu in zijn kleinzoon weerspiegeld zag.

Hij strikte Rudy's schoenveters, keek nog eens naar het gezicht van de jongen en zag Mark weer, maar hij keek nu anders: nieuwsgierig, de verschillen opmerkend.

De gelijkenis was bijna griezelig.

O, wat miste hij zijn zoon...

Anderhalf jaar geleden had Mark afscheid genomen van zijn ouders, zijn vrouw en Rudy, die allemaal achter de balustrade op station Lehrter stonden. Ernst had naar de zevenentwintigjarige officier gesalueerd – écht, niet met de fascistische groet – toen die op de trein naar Hamburg stapte, waar hij het bevel over zijn schip op zich zou nemen.

De jonge officier was zich terdege bewust van de gevaren die hem op het gammele vaartuig wachtten, maar hij had ze van harte omarmd.

Want dat doen militairen.

Ernst dacht elke dag aan Mark, maar de geest van zijn zoon was hem nooit zo nabij geweest als nu, bij het zien van de uitdrukking op het gezicht van zijn eigen kleinzoon, zo vol vertrouwen, zo vol belangstelling. Over tien jaar kon Rudy opgeroepen worden. Hoe zou Duitsland er dan uitzien? Zou het in oorlog zijn? Zou het vrede zijn? Zouden de door het Verdrag van Versailles gestolen landen herwonnen zijn? Zou Hitler verdwenen zijn, als een te krachtige motor die vastloopt en zichzelf opbrandt? Of zou de Führer nog aan de macht zijn en zijn visioen van het nieuwe Duitsland bijschaven? Zijn hart zei hem dat die vragen van levensbelang waren, maar hij wist dat hij zich er niet druk om kon maken. Het enige waar hij aandacht voor kon opbrengen, was zijn plicht.

Een man móét zijn plicht doen.

Ook als dat betekende dat je het bevel nam over een oud schip dat niet geschikt was voor het vervoer van kruit en granaten, met een ruim vol brandstof te dicht bij de kombuis, de machinekamer of een overspringende vonk (ze zouden het nooit weten), waardoor het schip het ene moment nog oorlogsmanoeuvres oefende in de koude Oostzee en het volgende een rookwolk boven de golven was, met een versplinterde kiel die door het zwarte water naar de zeebodem zakte.

Plicht...

Ook als dat betekende dat je de helft van je tijd vocht in de loopgraven van de Wilhelmstrasse, helemaal tot aan de Führer, zo nodig, om te doen wat het beste was voor Duitsland.

Ernst trok Rudy's veters strak aan, zodat ze niet los konden raken en de jongen laten struikelen, richtte zich op en keek naar de miniatuurversie van zijn zoon. In een opwelling, een zeldzaamheid voor Ernst, zei hij: 'Rudy, ik heb vanochtend een afspraak, maar heb je zin om daarna met me mee te gaan naar het olympisch stadion? Lijkt dat je leuk?'

'O, ja, opa.' Het gezicht van de jongen brak open in een enorme glimlach. 'Ik zou op de baan kunnen lopen.'

'Jij kunt heel hard lopen.'

'Gunni van school en ik hebben een wedstrijdje van de eik tot de veranda gehouden, en hij is twee jaar ouder dan ik, maar ik heb gewonnen.'

'Goed zo. Dan wordt het een leuke middag. Je gaat met me mee en dan kun je op dezelfde baan lopen als onze olympiërs. En als we dan volgende week naar de Spelen gaan, kun je tegen iedereen zeggen dat jij daar ook hebt gelopen. Is dat niet leuk?'

'O, ja, opa.'

'Ik moet nu weg, maar ik kom je tussen de middag halen.'

'Ik ga trainen.'

'Ja, doe dat.'

Ernst liep naar zijn kamer, pakte een aantal dossiers van het Waltham-onderzoek en ging naar zijn vrouw, die in de bijkeuken was. Hij zei dat hij Rudy later die dag kwam halen. En nu? Ja, hij wist dat het zondagochtend was, maar toch moest hij een paar belangrijke zaken afhandelen. En nee, het kon niet wachten.

Wat ze verder ook van hem zeiden, Hermann Göring was onvermoeibaar.

Vanochtend was hij bijvoorbeeld al om acht uur op het ministerie aangekomen. Op een zondag nog wel. En op weg erheen had hij iets anders moeten doen.

Hevig zwetend was hij om halfacht de kanselarij in gebeend en naar Hitlers vertrekken gegaan. Het zou kunnen dat Wolf wakker was – nóg wakker, niet ál. Hij leed aan slapeloosheid en bleef vaak hele nachten op. Maar nee, de Führer lag nog in bed. De bewaker meldde dat hij tegen vijf uur naar bed was gegaan en niet gestoord wilde worden.

Göring had even nagedacht en toen een briefje geschreven dat hij bij de bewaker had achtergelaten.

> *Mein Führer,*
> *Mij is een kwestie van zorg tot op het hoogste niveau ter ore gekomen. Er zou verraad in het spel kunnen zijn. Belangrijke toekomstplannen zijn in het geding. Zodra het u schikt, zal ik u deze informatie persoonlijk overbrengen.*
> *Göring*

Goede woordkeuze. 'Verraad' sloeg altijd aan. De joden, communisten, sociaaldemocraten en republikeinen – kortom, de dolk-in-de-rugstoters – hadden het land aan het eind van de Oorlog aan de geallieerden uitgeleverd en desondanks dreigden ze Pilatus tegenover Hitlers

Jezus te spelen.

O, ja, Wolf werd laaiend als hij dat woord hoorde.

'Toekomstplannen' was ook goed. Alles wat dreigde Hitlers visioen van het Derde Rijk te verstoren, trok onmiddellijk zijn aandacht.

Hoewel de kanselarij om de hoek stond, was het hem zwaar gevallen er zelf naartoe te gaan, zo'n dikke man op zo'n warme ochtend, maar hij had geen keus gehad. Hij kon niet opbellen of een loopjongen sturen. Reinhard Ernst was niet zo bedreven in het politieke spel dat hij zijn eigen inlichtingennetwerk had om zijn collega's te bespioneren, maar wie weet hoeveel anderen het prachtig zouden vinden om Görings onthulling over Ludwig Keitels joodse verleden te stelen en aan de Führer te overhandigen alsof ze het zelf hadden ontdekt. Goebbels, bijvoorbeeld, Görings grootste rivaal in de strijd om Wolfs aandacht, zou er zijn hand niet voor omdraaien.

Nu, tegen negenen, richtte de luchtmaarschalk zijn aandacht op een ontmoedigend dik dossier over de ariërisatie van een groot chemisch bedrijf in het westen dat moest worden opgenomen in de Hermann Göring Werke. Zijn telefoon ging.

Zijn ordonnans nam in de voorkamer op. 'Met het kantoor van minister Göring.'

De minister leunde naar voren en keek door de deur. Hij zag de man al sprekend in de houding springen. Toen hing hij op en liep naar de deur. 'De Führer kan u over een halfuur ontvangen, meneer.'

Göring knikte en liep naar de tafel aan de andere kant van zijn kantoor. Hij ging zitten en bediende zich van het hoog opgetaste blad met eten. Zijn ordonnans schonk koffie voor hem in. De luchtmaarschalk bladerde de financiële gegevens van het chemische bedrijf door, maar kon zich moeilijk concentreren; het beeld dat telkens uit de cijfers voor hem opdoemde, was dat van Reinhard Ernst die door twee leden van de Gestapo uit de kanselarij werd gevoerd, met een verbijsterde, verslagen uitdrukking op zijn anders zo ergerlijk onverstoorbare gezicht.

Een lichtzinnige fantasie, dat leed geen twijfel, maar wel een die hem aangenaam afleidde terwijl hij een enorm bord worst en eieren naar binnen harkte.

21

In een ruim, maar stoffig en verwaarloosd huis aan de Krausenstrasse dat nog uit de tijd van Bismarck en Wilhelm stamde, een halve kilometer ten zuidoosten van de regeringsgebouwen, zaten twee jongemannen aan een barokke eettafel. Ze praatten al uren. Hun discussie was breedsprakig en geëmotioneerd, want het onderwerp was niets minder dan hun leven.

Zoals dat tegenwoordig zo vaak ging, was de ultieme vraag die hen kwelde er een van vertrouwen.

Zou de man hen naar hun vrijheid leiden, of zouden ze verraden worden en met hun leven betalen?

Ting, ting, ting...

Kurt Fischer, de oudste van de twee broers, zei: 'Hou alsjeblieft op met dat getik.'

Hans zat met zijn mes tegen het bord te tikken waarop een klokhuis en een paar kaaskorstjes lagen, de resten van hun armzalige ontbijt. Hij tikte nog even door en legde het mes toen weg.

De broers werden door vijf jaar leeftijdsverschil gescheiden, maar er gaapten veel bredere kloven tussen hen.

'Hij zou ons voor het geld kunnen verraden. Hij zou ons kunnen verraden omdat hij in de roes van het nationaalsocialisme is. Hij zou ons kunnen verraden omdat het zondag is.'

Het was maar al te waar.

'En zoals ik telkens zeg: waarom zo'n haast? Waarom vandaag? Ik zou Berthe nog een keer willen zien. Je herinnert je haar toch wel? O, ze is zo mooi als Marlene Dietrich.'

'Je maakt een grapje, zeker?' repliceerde Kurt vertwijfeld. 'Het gaat om ons leven en jij smacht naar een meid met grote tieten die je nog geen maand kent?'

'We kunnen ook morgen gaan. Of waarom niet na de Spelen? Er zijn vast mensen die eerder weggaan en hun kaartjes weggooien. We zouden 's middags binnen kunnen komen.'

Waarschijnlijk was dat het grote knelpunt: de Olympische Spelen. Een knappe jongen als Hans zou nog veel meer Berthes in zijn leven tegenkomen; ze was niet echt bijzonder (al was ze naar nationaalsocialistische maatstaven een vrouw van uiterst losse zeden). Wat Hans echter het meest dwarszat aan hun ontsnapping uit Duitsland was dat hij de Spelen zou moeten missen.

Kurt zuchtte wanhopig. Zijn broer was negentien, een leeftijd waarop veel mannen al een verantwoordelijke taak in het leger of een vak hadden, maar Hans was altijd een impulsieve dromer geweest.

Wat nu? dacht Kurt, het debat innerlijk voortzettend. Hij pakte het mes, sneed een stukje kaas af en legde het op een snee droog brood. Ze hadden al een week geen boter meer. Ze hadden sowieso nog maar weinig eten, maar Kurt ging niet graag naar buiten. Gek genoeg voelden ze zich daar kwetsbaarder, hoewel het waarschijnlijk veel gevaarlijker was om in het huis te blijven, dat ontgetwijfeld door de Gestapo of de SD in de gaten werd gehouden.

Vertrouwen, daar kwam het allemaal op neer. Zouden ze het doen of niet?

'Wat was dat?' vroeg Hans, en hij trok zijn wenkbrauwen op.

Kurt schudde zijn hoofd. Hij had zonder het zelf te beseffen hardop gepraat. De vraag was gericht aan de enige twee mensen op aarde die eerlijk en weloverwogen antwoord hadden gegeven: hun ouders. Maar Albrecht en Lotte Fischer waren er niet. Het sociaaldemocratische, pacifistische echtpaar was twee maanden geleden naar een wereldwijde vredesconferentie in Londen gegaan. Vlak voor hun terugkeer hadden ze van een vriend gehoord dat hun naam op een Gestapolijst stond. De geheime politie was van plan hen bij aankomst op Tempelhof te arresteren. Albrecht had twee pogingen gedaan het land binnen te glippen om zijn zoons er weg te halen, een keer via Frankrijk en een keer via het Sudetenland. Hij was beide keren aan de grens tegengehouden en de tweede keer was hij op een haar na gearresteerd.

De bezorgde ouders, die veilig in Londen zaten, opgenomen door gelijkgestemde academici, en daar als vertaler en docent werkten, waren er diverse malen in geslaagd hun zoons een bericht te sturen waarin ze hen aanspoorden het land te verlaten.

Kurt en Hans hadden het geprobeerd, maar hun paspoorten waren in beslag genomen en hun identiteitskaarten gestempeld. Niet alleen waren ze de kinderen van pacifisten en vurige soci's, de Gestapo scheen ook dossiers over henzelf te hebben. Ze hingen de politieke overtuigingen van hun ouders aan, en de politie had opgemerkt dat ze de verboden swing- en jazzclubs bezochten waar negermuziek werd gespeeld, meisjes sigaretten rookten en de punch werd aangelengd met Russische wodka. Ze hadden vrienden die activist waren.

Niet bepaald subversief, maar het was nog maar een kwestie van tijd tot ze werden gearresteerd. Of verhongerden. Kurt was ontslagen. Hans had zijn verplichte halfjaar Arbeitsdienst uitgezeten en was weer thuis. Hij was van de universiteit gestuurd, daar had de Gestapo ook voor gezorgd, en was net als zijn broer werkloos. In de toekomst zouden ze heel goed bedelaars op de Alexanderplatz of de Oranienburger Platz kunnen worden.

Zo was het dilemma van het vertrouwen ontstaan.

Albrecht Fischer was erin geslaagd contact op te nemen met een vroegere collega van de Universiteit van Berlijn, Gerhard Unger. Unger, die ook pacifist en soci was, had zijn baan als docent kort nadat de nationaalsocialisten aan de macht waren gekomen opgegeven en was teruggekeerd naar het zoetwarenbedrijf van de familie. Hij maakte veel buitenlandse reizen en aangezien hij fel tegen Hitler was, wilde hij de jongens met alle plezier in een van zijn bedrijfswagens over de grens smokkelen. Unger reed elke zondagochtend naar Holland om snoep af te leveren en ingrediënten in te slaan. Het idee was dat de grenswachten, nu er zoveel buitenlanders naar de Olympische Spelen kwamen, het te druk zouden hebben om aandacht te besteden aan een bedrijfsauto die een vaste rit naar het buitenland maakte.

Maar konden ze hun leven aan Unger toevertrouwen?

Er was geen opvallende reden om het níét te doen. Unger en Albrecht waren vrienden geweest. Ze waren gelijkgestemden. Hij haatte de nationaalsocialisten.

Er waren tegenwoordig echter zoveel excuses voor verraad.

Hij zou ons kunnen verraden omdat het zondag is...

En er was nog iets waardoor Kurt Fischer aarzelde om weg te gaan. Hij was voornamelijk pacifist en sociaaldemocraat omdat zijn ouders en vrienden dat ook waren; hij was nooit erg actief geweest in de politiek. Zijn leven bestond uit wandeltochten, meisjes, reizen en skiën. Nu de nationaalsocialisten aan de macht waren, voelde hij echter tot zijn eigen verbazing de sterke drang zich tegen hen te verzetten, anderen duidelijk te maken hoe slecht ze waren. Misschien, overwoog hij, zou hij moeten blijven en zich inzetten om hen ten val te brengen.

Maar ze waren zo machtig, zo geslepen. En zo dodelijk.

Kurt keek naar de klok op de schoorsteenmantel. Hij stond stil. Hans en hij waren vergeten hem op te winden. Het was de taak van hun vader geweest, en de aanblik van het zwijgende uurwerk brak Kurts hart. Hij keek op zijn vestzakhorloge. 'Als we nu niet gaan, moeten we opbellen om te zeggen dat we het niet doen.'

Ting, ting, ting... Het mes hervatte het getik tegen het bord.

Toen viel er een lange stilte.

'Laten we blijven,' zei Hans, maar hij keek zijn broer vragend aan; de twee waren altijd rivalen geweest, maar de jongste legde zich bij elke beslissing van de oudste neer.

Maar neem ik wel de juiste beslissing? dacht Kurt.

Overleven...

'We gaan,' zei hij ten slotte. 'Haal je plunjezak.'

Ting, ting...

Kurt hees zijn plunjezak over zijn schouder en keek zijn opstandige broer aan. Hans' stemming sloeg zo plotseling om als het lenteweer. Hij lachte en gebaarde naar hun kleding. Ze droegen allebei een korte broek, een overhemd met korte mouwen en wandelschoenen. 'Moet je ons zien: verf ons bruin en we zijn van de Hitlerjugend!'

Kurt glimlachte tegen wil en dank. 'Kom op, kameraad,' zei hij, spottend de term gebruikend waarmee leden van de SA en de Hitlerjugend elkaar aanspraken.

Zonder afscheid te nemen van het huis, uit angst dat hij dan zou moeten huilen, deed Kurt Fischer de deur open. Ze stapten de gang in.

Aan de andere kant van de gang was de gezette mevrouw Lutz, een oorlogsweduwe met appelwangetjes, haar deurmat aan het schrobben. Ze leidde doorgaans een teruggetrokken bestaan, maar soms deed ze de appartementen van bepaalde andere bewoners aan – alleen die mensen die aan haar strenge normen voor goede buren voldeden, wat die ook mochten zijn – om haar wonderbaarlijke etenswaren af te geven. Ze beschouwde de Fischers als vrienden en door de jaren heen hadden ze pudding, pruimenbollen, kopkaas, ingelegde komkommers, knoflookworstjes en noedels met pens van haar mogen ontvangen. Toen Kurt haar zag, liep het water hem al in de mond.

'Ach, de gebroeders Fischer!'

'Goedemorgen, mevrouw Lutz. Wat bent u al hard aan het werk, zo vroeg op de ochtend.'

'Het wordt weer warm, heb ik gehoord. Ging het maar eens regenen.'

'Nee, we willen niet dat de Spelen verstoord worden,' zei Hans met een zweempje sarcasme. 'We verheugen ons er zó op.'

Mevrouw Lutz lachte. 'Malle mensen die in hun ondergoed rennen en rondspringen! Wie zit daarop te wachten terwijl mijn arme planten sterven van de dorst? Kijk maar eens naar mijn afrikaantjes bij de voordeur. En de begonia's. Zeg, waar zijn jullie ouders? Nog steeds op reis?'

'In Londen, ja.' De politieke problemen van hun ouders waren niet algemeen bekend, en de broers praatten er uiteraard niet graag over.

'Ze zijn al maanden weg. Als ze niet gauw terugkomen, herkennen ze jullie niet meer. Wat gaan jullie doen?'

'Wandelen. In het Grünewald.'

'O, het is daar zo mooi. En veel koeler dan in de stad.' Ze begon weer naarstig te schrobben.

Toen ze de trap af liepen, wierp Kurt een blik op Hans en zag dat hij plotseling weer chagrijnig was geworden.

'Wat is er?'

'Jij schijnt te denken dat Berlijn het speelterrein van de duivel is, maar dat is het niet. Er zijn miljoenen mensen zoals zij.' Hij knikte naar boven. 'Goede mensen, vriendelijke mensen. Die laten we allemaal achter, en voor wat? Een plek waar we niemand kennen, waar we de taal nauwelijks spreken en waar we geen baan hebben, in een land waar we nog maar twintig jaar geleden mee in oorlog waren. Hoe hartelijk zullen ze ons daar ontvangen, denk je?'

Kurt had er geen weerwoord op. Zijn broer had volkomen gelijk. En waarschijnlijk waren er nog wel tien argumenten tegen hun vertrek.

Buiten keken ze de hete straat in. Er waren maar weinig mensen buiten op dit uur, en niemand lette op hen.

'Kom op,' zei Kurt, en hij beende weg. In zekere zin had hij mevrouw Lutz eerlijk antwoord gegeven, bedacht hij. Ze gingen een wandeltocht maken, alleen niet naar een rustieke uitspanning in de geurige bossen ten westen van Berlijn, maar naar een onzeker nieuw bestaan in een vreemd land.

Hij schrok op van de telefoon.

In de hoop dat het de patholoog-anatoom was die iets over de zaak in de Dresdengasse te melden had, griste hij de hoorn van de haak. 'Met Kohl.'

'Kom naar me toe, Willi.'

Klik.

Even later liep hij met bonzend hart door de gang naar de kamer van Friedrich Horcher.

Wat nu? De hoofdinspecteur op zondagochtend op zijn post? Was Peter Krauss erachter gekomen dat Kohl het verhaal over Reinhard Heydrich en Göttburg had verzonnen om de getuige, bakker Rosenbaum, te redden? Had iemand hem een onvoorzichtige opmerking tegen Janssen horen maken? Was er van bovenaf opdracht gegeven de inspecteur die onderzoek deed naar dode joden in Gatow te berispen?

Kohl liep Horchers kamer in. 'Hoofdinspecteur?'

'Kom binnen, Willi.' Horcher stond op, deed de deur dicht en gebaarde naar een stoel.

Kohl ging gedwee zitten. Hij keek Horcher in de ogen, zoals hij zijn zoons ook had geleerd iemand recht aan te kijken als ze moeilijkheden verwachtten.

Horcher liet zich weer in zijn weelderige leren stoel zakken, wipte heen en weer en speelde afwezig met de felrode band om zijn linkerbovenarm. Hij was een van de weinige hoge Kripo-functionarissen die de armband ook in het Alex droegen.

'De Dresdengasse... Die zaak houdt je wel bezig, hè?' vroeg Horcher ten slotte.

'Het is een boeiend geval.'

'Ik mis het rechercheren, Willi.'

'Ja, hoofdinspecteur.'

Horcher ordende secuur wat paperassen op zijn bureau. 'Ga je naar de Spelen?'

'Ik heb een jaar geleden al kaarten gekocht.'

'Echt? En verheugen je kinderen zich erop?'

'Nou en of. Mijn vrouw ook.'

'Ach, mooi zo.' Horcher had geen woord gehoord van wat Kohl zei. Het bleef weer even stil. Hij streek zijn gepommadeerde snor glad, een gewoontegebaar wanneer hij niet met zijn rode armband speelde.

Toen: 'Willi, soms is het noodzakelijk moeilijke dingen te doen. Zeker in ons beroep, vind je ook niet?' Horcher meed Kohls blik terwijl hij het zei. Ondanks zijn angst dacht Kohl: daarom zal hij het niet ver schoppen binnen de Partij; hij trekt het zich te veel aan als hij slecht nieuws moet brengen.

'Ja, hoofdinspecteur.'

'Er zijn mensen binnen onze gewaardeerde organisatie die je al een tijd volgen.'

Horcher was net zomin als Janssen in staat sarcastisch te doen. 'Gewaardeerd' moest dus gemeend zijn, maar op welke organisatie hij doelde was een raadsel, gezien de huidige onbegrijpelijke hiërarchie van de Duitse politie. Tot zijn schrik kreeg hij het antwoord op die vraag toen Horcher vervolgde: 'De SD heeft een heel dossier van je, helemaal los van dat van de Gestapo.'

Het verkilde Kohl tot op het bot. Iedereen die bij de overheid werkte, mocht erop rekenen dat de Gestapo een dossier van hem had. Het zou een belediging zijn als het er níét was. Maar de sd, de elite-inlichtingendienst van de SS? En aan het hoofd stond niemand minder dan Reinhard Heydrich zelf. Het verhaal dat hij tegen Krauss had opgehangen over Heydrichs geboortedorp was dus als een boemerang teruggekomen. En dat alleen omdat hij een joodse bakker had willen redden die hij niet eens kende.

Moeizaam ademend, zijn zweethanden aan zijn broek afvegend, knikte Willi Kohl woordeloos terwijl het eind van zijn carrière, en mogelijk zijn leven, zich voor hem ontvouwde.

'Er schijnt op hoog niveau over je gesproken te zijn.'

'Ja, hoofdinspecteur.' Hij hoopte dat zijn stem vast klonk. Hij boorde zijn ogen in die van Horcher, die de zijne na een paar geladen seconden losrukte om een bakelieten buste van Hitler op een tafeltje naast de deur te bestuderen.

'Er is iets besloten. En helaas kan ik er niets tegen doen.'

Natuurlijk hoefde hij geen hulp te verwachten van Friedrich Horcher, die niet alleen maar gewoon bij de Kripo werkte, maar ook nog eens een lafaard was.

'Ja, hoofdinspecteur, en wat mag dat zijn?'

'Men wil... nee, men heeft bevólen dat jij ons in februari op het congres van de ICPC in Londen vertegenwoordigt.'

Kohl knikte bedachtzaam, wachtend op het vervolg, maar dit leek de volle lading van het slechte nieuws te zijn.

De Internationale Criminele Politie Commissie, die in de jaren twintig in Wenen was opgericht, was een samenwerkingsverband van politiekorpsen over de hele wereld. De leden wisselden informatie uit over misdaad, misdadigers en recherchetechnieken via publicaties, telexen en uitzendingen. Duitsland was lid en Kohl was dolblij geweest toen hij hoorde dat er, hoewel Amerika geen lid was, afgevaardigden van de FBI naar het congres zouden komen met het oog op eventuele deelname.

Horchers ogen dwaalden over zijn bureau, waarop Hitler, Göring en Himmler ook neerkeken vanuit hun houten lijsten aan de wand.

Kohl haalde een paar keer diep adem om tot zichzelf te komen en zei: 'Het zal me een eer zijn.'

'Een eer?' zei Horcher schamper. Hij leunde over zijn bureau en zei zacht: 'Heel fideel van je.'

Kohl begreep de minachting van zijn superieur wel. Deelnemen aan het congres was tijdverspilling. Aangezien het nationaalsocialisme voor een onafhankelijk Duitsland stond, was een associatie van internationale politieorganisaties die informatie uitwisselden het laatste wat Hitler wilde. 'Gestapo' was niet voor niets een afkorting van 'gehéíme staatspolitie'.

Kohl werd als stroman gestuurd, alleen om de schijn op te houden. Niemand met een hogere rang durfde te gaan, want een nationaalsocialist die twee weken het land uit ging, kon bij thuiskomst zijn baan kwijt zijn. Maar Kohl, die maar een werkbij was en niet van plan was op te klimmen in de gelederen van de Partij, kon na twee weken afwezigheid terugkomen zonder dat er iets verloren was – afgezien dan van de kleinigheid dat een stuk of tien zaken vertraging hadden opgelopen en dat moordenaars en verkrachters vrijuit konden gaan.

Wat uiteraard hun zorg niet was.

Horcher was blij met Kohls reactie. 'Wanneer ben je voor het laatst met vakantie geweest, Willi?'

'Heidi en ik gaan regelmatig naar de Wannsee en het Schwarzwald.'

'Ik bedoel naar het buitenland.'

'O, tja... dat is al een paar jaar geleden. Naar Frankrijk. En een keer naar Brighton in Engeland.'

'Je zou je vrouw mee moeten nemen naar Londen.'

Het idee alleen al was voldoende om Horchers schuldgevoel te verzachten; na een angstvallige stilte vervolgde hij: 'Ik heb gehoord dat de trein en de veerboot in die tijd van het jaar niet zo duur zijn.' Nog een stilte. 'Al worden jóúw reisen verblijfskosten uiteraard vergoed.'

'Heel gul van u.'

'Nogmaals, het spijt me dat jij dit kruis moet dragen, Willi, maar jullie zullen goed te eten en te drinken krijgen. Het Britse bier is veel beter dan wordt beweerd. En je kunt de Tower gaan bekijken!'

'Ja, dat lijkt me leuk.'

'De Tower, wat een bof,' herhaalde de hoofdinspecteur enthousiast. 'Nou, Willi, prettige dag verder.'

'Prettige dag, hoofdinspecteur.'

Kohl liep door de gangen, die spookachtig en schemerig waren in weerwil van de bundels fel zonlicht die op het eikenhout en marmer vielen, terug naar zijn kamer, langzaam bekomend van de schrik.

Hij liet zich zwaar in zijn stoel zakken en keek naar de doos met aanwijzingen en zijn aantekeningen met betrekking tot het misdrijf in de Dresdengasse.

Toen gleden zijn ogen naar een map ernaast. Hij nam de hoorn van de haak, belde de centrale in Gatow en vroeg een verbinding met een huisadres aan.

'Ja?' zei de jongeman die opnam waakzaam, mogelijk omdat hij niet gewend was aan telefoontjes op de zondagochtend.

'Spreek ik met agent Raul?' vroeg Kohl.

Een korte stilte. 'Ja?'

'U spreekt met inspecteur Kohl.'

'O, ja, inspecteur. Heil Hitler. U belt me thuis. Op zondag.'

Kohl grinnikte. 'Ja, dat klopt. Neem me niet kwalijk dat ik stoor. Ik bel over het PD-verslag van de schietpartij in Gatow en die andere, met de Poolse arbeiders.'

'Neem me niet kwalijk, inspecteur, ik ben onervaren. Het verslag zal wel een rommeltje geweest zijn vergeleken bij wat u gewend bent. Zeker niet van de kwaliteit die u zelf kunt leveren. Ik heb mijn best gedaan.'

'Bedoelt u dat het verslag af is?'

Weer een aarzeling, langer dan de eerste. 'Ja, inspecteur. En het is naar commissaris Meyerhoff gegaan.'

'Aha. Wanneer?'

'Afgelopen woensdag, geloof ik. Ja. Dat klopt.'

'Heeft hij het doorgenomen?'

'Vrijdagmiddag heb ik een kopie op zijn bureau zien liggen, inspecteur. Ik heb gevraagd of er ook een exemplaar naar u gestuurd moest worden. Het verbaast me dat u het nog niet hebt.'

'Tja, ik zal het met je chef opnemen... Zeg eens, Raul. Was je tevreden over de manier waarop je de plaats delict hebt onderzocht?'

'Ik geloof dat ik het grondig heb gedaan, inspecteur.'

'Heb je conclusies getrokken?' vroeg Kohl.

'Ik...'

'In dit stadium van het onderzoek is speculeren volkomen aanvaardbaar.'

'Het motief leek geen roof te zijn?' zei Raul.

'Vraag je dat aan mij?'

'Nee, inspecteur. Dat was mijn conclusie. Nou ja, speculatie.'

'Goed. De slachtoffers hadden hun bezittingen nog?'

'Het geld was weg, maar er waren geen sieraden en andere eigendommen gestolen. Sommige leken heel waardevol. Maar...'

'Ga door.'

'De slachtoffers hadden hun bezittingen nog toen ze naar ons lijkenhuis werden gebracht. Het spijt me te moeten zeggen dat ze intussen verdwenen zijn.'

'Dat boeit of verbaast me niet. Heb je iets ontdekt wat erop kon duiden dat ze vijanden hadden? Een of meer slachtoffers?'

'Nee, inspecteur, althans niet de gezinnen uit Gatow. Rustige, hard werkende, op het oog fatsoenlijke mensen. Joden, weliswaar, maar niet praktiserend. Ze waren natuurlijk geen lid van de Partij, maar het waren ook geen dissidenten. De Poolse arbeiders waren nog maar drie dagen voor hun dood uit Warschau gekomen om hier bomen voor de Olympische Spelen te planten. Voor zover we weten, waren het geen communisten of onruststokers.'

'Heb je nog meer ideeën?'

'Er zijn minstens twee of drie moordenaars geweest. Ik heb op de schoensporen gelet, zoals u me had opgedragen. Het waren beide keren dezelfde sporen.'

'Wat voor wapen was er gebruikt?'

'Geen idee, inspecteur. De hulzen waren weg toen ik aankwam.'

'Weg?' De nauwgezette moorden leken een epidemie te worden. 'Goed, misschien kunnen de loden hulzen ons iets vertellen. Heb je hulzen opgeraapt die nog in goede staat verkeerden?'

'Ik heb de grond zorgvuldig afgezocht, maar geen hulzen gevonden.'

'De lijkschouwer moet er een paar gevonden hebben.'

'Ik heb het hem gevraagd, inspecteur, maar hij zei dat hij niets had gevonden.'

'Niet één huls?'

'Het spijt me, inspecteur.'

'Nee, agent Raul, mijn ergernis is niet tegen jou gericht. Jij doet je werk eer aan. En neem me niet kwalijk dat ik je thuis heb gestoord. Heb je kinderen? Ik geloof dat ik een baby op de achtergrond hoor. Heb ik hem wakker gemaakt?'

'Haar, inspecteur. Maar wanneer ze oud genoeg is, zal ik haar vertellen dat ze de eer heeft gehad uit haar dromen gewekt te worden door zo'n vermaard rechercheur als u.'

'Goedendag.'

'Heil Hitler.'

Kohl legde de hoorn op de haak. Hij begreep er niets van. De feiten deden een moord door de SS, Gestapo of SA vermoeden, maar in dat geval hadden Kohl en de gendarme opdracht gekregen het onderzoek ogenblikkelijk te staken – zoals de rechercheurs van de Kripo ook het onderzoek naar voedsel van de zwarte markt onmiddellijk hadden moeten beëindigen toen er aanwijzingen werden gevonden dat admiraal Raeder van de marine en veldmaarschalk Walther Von Brauchitsch bij de zaak betrokken waren.

Ze mochten hun onderzoek voortzetten, maar de zaak werd wel degelijk belemmerd. Wat moest hij van die dubbelzinnigheid maken?

Het leek bijna alsof de moorden, ongeacht hun motief, Kohl als een soort test werden voorgehouden. Had commissaris Meyerhoff de Kripo gebeld om namens de SD uit te zoeken of de inspecteur zou weigeren moorden op joden en Polen te onderzoeken?

Nee, nee, dat was te paranoïde. Dat dacht hij alleen omdat hij nu wist dat de SD een dossier over hem had.

Aangezien Kohl de vragen niet kon beantwoorden, stond hij op en dwaalde weer door de stille gangen naar de telexkamer om te zien of er nog een wonder was gebeurd en zijn collega's in Amerika zich hadden verwaardigd op zijn dringende verzoek te reageren.

De aftandse bestelbus, die vanbinnen zo heet was als een oven, stopte in een zijsteeg van de Wilhelmplatz.

'Hoe spreek ik de mensen aan?' vroeg Paul.

'Met meneer,' zei Otto. 'Altijd meneer.'

'Zijn er geen vrouwen?'

'Ach, goede vraag, John Dillinger. Ja, er zouden een paar vrouwen kunnen zijn, maar die bekleden natuurlijk geen hoge functies. Zij zijn je gelijken. Secretaresses, schoonmaaksters, archiefmedewerksters, typistes. Ze zijn vrijgezel, want getrouwde vrouwen mogen niet werken, dus noem je ze "Fräulein". En je mag een beetje flirten, als je wilt. Dat is gepast voor een arbeider, maar ze begrijpen het ook als je geen aandacht aan ze besteedt omdat je zo snel mogelijk je werk wilt doen en naar huis gaan, waar de zondagse maaltijd wacht.'

'Moet ik kloppen, of kan ik overal zo naar binnen lopen?'

'Altijd kloppen,' vond Reggie. Otto knikte.

'En moet ik "heil Hitler" zeggen?'

'Zo vaak als je wilt,' zei Otto smalend. 'Daar is nog nooit iemand voor naar de gevangenis gestuurd.'

'En die groet van jou, met je arm omhoog?'

'Niet nodig,' zei Reggie. 'Niet voor een arbeider. En denk om je G's,' voegde hij er waarschuwend aan toe. 'Maak ze zachter. Spreek als een Berlijner. Sus de verdenkingen voordat ze kunnen ontstaan.'

Paul trok achter in de bloedhete bus zijn Amerikaanse kleren uit en hees zich in de door Otto verschafte overall. 'Hij past goed,' zei Otto. 'Als je hem wilt houden, mag je hem van me kopen.'

'Otto,' zei Paul met een zucht. Hij keek naar het beduimelde identiteitsbewijs, dat was voorzien van een foto van iemand die op Paul leek, maar dan jonger. 'Wie is dat?'

'Er is een in onbruik geraakt pakhuis waar ten tijde van Weimar de dossiers werden opgeslagen van soldaten die in de oorlog hadden gevochten. Het zijn er miljoenen, uiteraard. Ik haal er wel eens foto's voor valse paspoorten en andere documenten. Ik zoek een foto van iemand die lijkt op degene die de documenten koopt. De foto's zijn oud en versleten, maar dat zijn onze identiteitsbewijzen ook, want we moeten ze altijd bij ons hebben.' Hij keek van de foto naar Paul. 'Dit is een man die bij Argonne-Meuse is gesneuveld. In zijn dossier staat dat hij een aantal onderscheidingen had gekregen voordat hij stierf. Ze overwogen het IJzeren Kruis. Je ziet er goed uit voor een dooie.'

Ofschoon de kans vrijwel nihil was, vroeg Paul zich af of de man door een van zijn eigen kogels om het leven was gekomen.

Otto overhandigde hem vervolgens twee werkvergunningen waarmee hij de kanselarij binnen kon komen. Paul had zijn eigen paspoort en het valse Russische in het pension laten liggen, een pakje Duitse sigaretten gekocht en de goedkope, merkloze lucifers van het *Ariër Café* bij zich gestoken; Otto had hem verzekerd dat hij bij de ingang zorgvuldig gefouilleerd zou worden. 'Hier.' Otto gaf hem een opschrijfboekje, een potlood en een gehavende meetlat van een meter. Hij gaf hem ook een kleine stalen liniaal waarmee hij het slot van Ernsts kamerdeur kon forceren.

Paul bekeek zijn uitrusting. 'Zouden ze er echt in trappen?' vroeg hij aan Otto.

'Ach, John Dillinger, als je zekerheid wilt, heb je dan niet het verkeerde beroep gekozen?' Hij pakte een van zijn koolbladsigaren.

'Die ga je toch niet hier oproken?'

'Waar dan? Moet ik hem soms op de drempel van het onderkomen van de Führer aansteken met een lucifer die ik aan de kont van een ss-bewaker heb aangestreken?' Hij stak de sigaar op en knikte naar Paul. 'We wachten hier op je.'

Hermann Göring schreed door de kanselarij alsof hij er heer en meester was.

Wat hij, zo geloofde hij, op een dag ook zou zijn.

De luchtmaarschalk hield van Adolf Hitler zoals Petrus van Christus had gehouden.

Maar Jezus was uiteindelijk aan het kruis genageld en toen had Petrus zijn werk overgenomen.

Zo zou het in Duitsland ook gaan, wist Göring. Hitler was een onaards wezen, uniek in de wereldgeschiedenis. Charismatisch en onzegbaar geniaal. En juist daarom zou hij geen gezegende leeftijd bereiken. De wereld accepteert geen profeten en visionairs. Wolf zou binnen vijf jaar doodgaan en Göring zou wenen en zich op zijn borst slaan, doorkliefd door een diep, oprecht verdriet. Hij zou het land door de langdurige periode van rouw leiden, en vervolgens zou hij er de grootste natie van de wereld van maken. Hitler had een duizendjarig rijk afgekondigd, maar Hermann Göring zou zíjn rijk een eeuwige koers laten kiezen.

Voorlopig waren zijn doelen minder hoog gegrepen: tactische maatregelen om zich ervan te verzekeren dat hij ook echt degene zou zijn die de rol van de Führer over zou nemen.

Nadat hij zijn eieren en worst had opgegeten, had de luchtmaarschalk zich weer omgekleed, wat hij vier à vijf keer per dag deed. Hij droeg nu een zwierig groen legeruniform, bezet met goudgalon, linten en onderscheidingen, sommige verdiend, de meeste gekocht. Hij had het gevoel dat hij een missie ging uitvoeren, en op die rol had hij zich gekleed. En zijn doel? De kop van Reinhard Ernst aan de muur spijkeren (Göring was tenslotte jachtmeester van het rijk).

Met het dossier waarin Keitels joodse afkomst werd blootgelegd als een rijzweep onder zijn arm marcheerde hij door de schemerige gangen. Toen hij een hoek omsloeg, vertrok hij zijn gezicht van pijn. Het was weer de kogel die hij tijdens de Bierhalputsch van november 1923 in zijn kruis had gekregen. Hij had zijn pijnstillers nog maar net genomen (hij had ze altijd bij zich), maar de verdoving begon nu al te zakken. De apotheker moest zich in het recept vergist hebben. Hij zou hem later een schrobbering geven. Hij knikte naar de ss-bewakers, stapte het voorkantoor van de Führer in en glimlachte naar de secretaresse.

'Hij heeft gevraagd of u meteen naar binnen wilde gaan, meneer de minister.'

Göring beende over het tapijt naar de kamer van de Führer. Hitler stond weer eens tegen zijn bureau geleund. Wolf kon gewoon niet stilzitten. Hij ijsbeerde, streek even ergens neer, wiegde van voor naar achter en tuurde naar buiten. Nu nam hij een slokje warme chocolademelk, zette de kop en schotel op zijn bureau en knikte ernstig naar iemand die achter de hoge rug van een stoel schuilging. Toen keek hij op. 'Aha, meneer de luchtmaarschalk, kom verder, kom verder.'

Hitler pakte het briefje dat Göring eerder had neergekrabbeld.

'Hier moet ik meer van weten. Boeiend dat u over een samenzwering begint... Onze vriend hier schijnt ook nieuws over iets dergelijks te hebben.'

Halverwege de ruime kamer knipperde Göring verbaasd met zijn ogen. Zijn glimlach verflauwde toen hij de andere bezoeker van de Führer uit de hoge stoel zag komen. Het was Reinhard Ernst. Hij knikte en glimlachte. 'Goedemorgen, meneer de minister.'

Göring nam er geen notitie van. 'Een samenzwering?' vroeg hij aan Hitler.

'Inderdaad,' zei Hitler. 'We hebben het project van de kolonel besproken, het Waltham-onderzoek. Het schijnt dat vijanden informatie over professor-doctor Ludwig Keitel hebben vervalst, zijn medewerker. Dat is toch onvoorstelbaar? Ze hebben zelfs durven insinueren dat de professor joods bloed heeft. Ga zitten, Hermann, en vertel me over de samenzwering die jíj aan het licht hebt gebracht.'

Reinhard Ernst dacht dat hij de uitdrukking op Hermann Görings bolle kop op dat moment nooit meer zou vergeten.

De ogen in het rode, grijnzende vollemaansgezicht stonden geschokt. Een pestkop die zijn trekken thuiskrijgt.

Ernst putte echter geen genoegen uit zijn coup, want zodra de schrik was gezakt, drukte het gezicht van zijn tegenstander alleen nog maar onversneden haat uit.

De Führer, die de woordeloze uitwisseling tussen de beide mannen niet leek op te merken, tikte op wat documenten op zijn bureau. 'Ik heb kolonel Ernst gevraagd me verslag te doen over het onderzoek naar het leger dat hij momenteel uitvoert, en dat verslag krijg ik morgen...'

Een scherpe blik naar Ernst, die knikte en hem verzekerde: 'Juist, mein Führer.'

'En terwijl hij eraan werkte, kwam hij erachter dat iemand de gegevens van professor-doctor Keitel en andere overheidsfunctionarissen had veranderd. Mensen van Krupp, IG Farben, Siemens.'

'En,' nam Ernst het van hem over, 'tot mijn ontzetting bleek het nog verder te gaan. Zelfs de gegevens van verwanten en voorzaten van veel hooggeplaatste Partijfunctionarissen zijn veranderd. De valse gegevens zijn voornamelijk in en rond Hamburg uitgezet. Ik zag het als mijn taak het grootste deel van wat ik tegenkwam te vernietigen.' Ernst nam Göring van top tot teen op. 'Sommige leugens hadden betrekking op mensen die een hoge post bekleden. Insinuaties van verhoudingen met joodse landlopers, bastaardkinderen en dergelijke.'

Göring trok een ernstig gezicht. 'Verschrikkelijk.' Hij knarsetandde. Niet alleen zijn nederlaag maakte hem woest, maar ook Ernsts hint dat hij zelf van joodse afkomst zou kunnen zijn. 'Wie doet er nu zoiets?' Hij begon nerveus aan de dossiermap onder zijn arm te plukken.

'Wie?' prevelde Hitler. 'Communisten, joden, sociaaldemocraten. Ikzelf maak me de laatste tijd zorgen om de katholieken. We mogen nooit vergeten dat ze onze tegenstanders zijn. We kunnen ons gemakkelijk op een dwaalspoor laten brengen door onze gezamenlijke haat tegen de joden, maar wie zal het zeggen? We hebben zovéél vijanden.'

'Dat is waar.' Göring wierp een blik op Ernst, die vroeg of hij de luchtmaarschalk een kop koffie of chocolademelk kon inschenken.

'Nee, dank je, Reinhard,' luidde het ijzige antwoord.

Als soldaat had Ernst al snel geleerd dat van alle wapens die het militaire arsenaal telde, deugdelijke informatie het doeltreffendst was. Hij stond erop exact te weten wat zijn vijand van plan was. Hij had een fout begaan door te denken dat de telefooncel op een paar straten van de kanselarij niet door Görings spionnen werd afgeluisterd. Door die achteloosheid was de luchtmaarschalk achter de naam van de coauteur van het Waltham-onderzoek gekomen. Gelukkig had Ernst, hoewel hij naïef leek als het op intrigeren aankwam, wel degelijk goede mensen op posten geplaatst waar ze zich nuttig konden maken. Degene die Ernst regelmatig op de hoogte hield van de gang van zaken op Görings ministerie had de vorige avond, vlak nadat hij de scherven van een spaghettibord had opgeruimd en een schoon overhemd voor de minister had gepakt, doorgegeven dat Göring informatie over Keitels grootmoeder boven water had gekregen.

Ernst vond het weerzinwekkend dat hij zulke spelletjes moest spelen, maar aangezien hij zich bewust was van het gevaar, had hij Keitel meteen opgezocht. De professor nam aan dat de vrouw inderdaad joods bloed had, maar hij had al jaren geen contact meer met die kant van de familie. Ernst en hij waren uren bezig geweest met het vervalsen van documenten om de schijn te wekken dat zuiver Arische zakenlieden en overheidsfunctionarissen van joodse afkomst waren.

Het enige moeilijke onderdeel van Ernsts strategie was dat hij eerder bij Hitler moest zien te komen dan Göring, maar een van de oorlogstactieken waar Ernst zich bij zijn strategische militaire voorbereidingen graag op verliet, was wat hij 'de bliksemschicht' noemde; je zo snel verplaatsen dat de vijand geen tijd had om zich te verdedigen, ook al was hij sterker dan jij. De kolonel had zich die ochtend vroeg met veel tamtam een weg naar de kamer van de Führer gebaand en zíjn samenzwering op tafel gelegd, met vervalste documenten en al.

'We gaan dit tot op de bodem uitzoeken,' zei Hitler. Hij kwam achter zijn bureau vandaan om zich nog een kop warme chocolademelk in te schenken en een paar biscuitjes van een schaal te pakken. 'Goed, Hermann, en nu jouw notitie. Wat heb jíj ontdekt?'

De kolossale man knikte glimlachend naar Ernst, niet bereid zijn nederlaag te erkennen. Hij schudde zijn hoofd, fronste met diepe rimpels in zijn voorhoofd en zei: 'Ik heb gehoord dat het onrustig is in Oranienburg. Een uitgesproken gebrek aan respect voor de bewakers daar. Ik ben bang voor mogelijke opstanden. Ik zou represailles aanbevelen. Zware represailles.'

Het was absurd. Het concentratiekamp, dat met slavenarbeid was uitgebouwd en de nieuwe naam Sachsenhausen had gekregen, was zo veilig als het maar kon; de kans op een opstand was nihil. De gevangenen waren als gekooide, ontklauwde dieren. Górings verhaal diende maar één doel: uit rancune wilde hij een reeks onschuldige doden aan Ernsts voeten leggen.

Terwijl Hitler erover nadacht, zei Ernst langs zijn neus weg: 'Ik weet weinig van het kamp, mein Führer, en de luchtmaarschalk heeft gelijk. We moeten er absoluut zeker van zijn dat er geen opstand komt.'

'Maar... ik bespeur een zekere aarzeling, kolonel,' zei Hitler.

Ernst haalde nonchalant zijn schouders op. 'Ik vraag me alleen af of die represailles niet beter tot na de Spelen kunnen wachten. Het kamp ligt tenslotte niet ver van het olympisch dorp. Met al die buitenlandse verslaggevers in de stad zou het gênant kunnen zijn als er verhalen uitlekten. Het lijkt mij beter het kamp voorlopig zo goed mogelijk geheim te houden.'

Ernst zag meteen dat het idee van rondneuzende journalisten Hitler niet aanstond, maar voordat Göring bezwaar kon maken, zei de Führer: 'Dat lijkt mij ook beter. We regelen het over een maand of twee.'

Wanneer Göring en hij de hele kwestie alweer vergeten waren, hoopte Ernst.

'Zo, Hermann, de kolonel heeft meer goed nieuws. De Britten hebben onze aantallen oorlogsschepen en onderzeeërs goedgekeurd volgens de normen van het verdrag van vorig jaar. Reinhards plan heeft gewerkt.'

'Wat een geluk,' mompelde Göring.

'Luchtmaarschalk, is dat dossier voor mij bestemd?' De Führer keek met zijn haviksblik naar de map onder Görings arm.

'Nee, meneer. Het is niets.'

De Führer schonk weer warme chocolademelk voor zichzelf in en liep naar de maquette van het olympisch stadion. 'Kom, heren, kijk eens naar de nieuwe toevoegingen. Mooi, vindt u ook niet? Elegant, dunkt me. Ik hou van die moderne stijl. Mussolini denkt dat hij die heeft uitgevonden, maar hij is een dief, zoals we natuurlijk allemaal weten.'

'Juist, mein Führer,' beaamde Göring.

Ernst prevelde ook een paar goedkeurende woorden. Hitlers stralende ogen deden hem denken aan die van Rudy toen hij zijn opa vorig jaar een gedetailleerd zandkasteel had laten zien dat hij aan het strand had gebouwd.

'Ik heb gehoord dat het vandaag koeler zou worden. Laten we het hopen, met het oog op de fotosessie. Kolonel, komt u in uniform?'

'Ik denk het niet, mein Führer. Ik ben tenslotte nog maar ambtenaar. Ik wil niet protserig overkomen in het gezelschap van mijn geëerde collega's.' Ernst keek strak naar de maquette van het stadion en slaagde er met veel moeite in geen blik op Görings rijkelijk versierde uniform te werpen.

Het kantoor van de gevolmachtigde van binnenlandse stabiliteit, zoals het bord met strenge gotische Duitse letters aangaf, bevond zich op de tweede verdieping van de kanselarij. De renovatie leek hier zo goed als voltooid te zijn, al rook het nog sterk naar verf, gips en lak.

Paul was zonder problemen het gebouw binnengekomen, al was hij zorgvuldig gefouilleerd door twee met een geweer met bajonet gewapende bewakers in een zwart uniform. Otto's papieren voldeden, al werd Paul op de tweede verdieping weer aangehouden en gefouilleerd.

Hij wachtte tot een door de gang lopende surveillant verdwenen was en klopte toen eerbiedig op het matglazen raampje in de deur van Ernsts kamer.

Geen antwoord.

De deur bleek niet op slot te zitten. Paul liep door de donkere voorkamer naar de deur van Ernsts eigenlijke kamer. Daar bleef hij plotseling staan, bang dat Ernst er zou zijn, want er scheen een fel licht onder de deur door. Toen hij weer klopte, kreeg hij echter geen antwoord. Hij deed de deur open en zag dat het felle licht van de zon afkomstig was; de kamer lag op het oosten en het ochtendlicht stroomde door de ruiten. Hij besloot na enig nadenken de deur open te laten staan; dichtdoen was vermoedelijk tegen de voorschriften en zou verdacht overkomen op bewakers die de ronde deden.

Het eerste wat hem opviel, was de rommel in de kamer: overal lagen papieren, brochures, financiële verslagen, ingebonden rapporten, mappen en brieven. Ernsts bureau en een grote tafel in de hoek waren eronder bedolven. De planken stonden vol boeken, de meeste over militaire geschiedenis en zo te zien chronologisch gerangschikt, te beginnen bij de Commentarii Belli Gallici van Caesar. Na wat Käthe hem over de censuur had verteld, verbaasde het hem boeken van en over Amerikanen en Britten aan te treffen: Pershing, Teddy Roosevelt, lord Cornwallis, Ulysses S. Grant, Abraham Lincoln, lord Nelson.

Er was een open haard, die nu natuurlijk niet brandde en schoon was geboend. De zwart met witte schoorsteenmantel was versierd met plaquettes met oorlogsonderscheidingen, een bajonet, gevechtsvlaggen en foto's van een jongere Ernst in uniform, samen met een forse man met een grote snor en een helm met een piek op.

Paul stapte langs de muren van de kamer en noteerde getallen in zijn opschrijfboekje. Hij nam niet de moeite de meetlat te gebruiken; hij hoefde alleen geloofwaardig te zijn, niet precies. Hij liep naar het bureau, waar een paar ingelijste foto's op stonden van de kolonel met zijn gezin, een knappe brunette, waarschijnlijk zijn vrouw, en een drietal: een jonge man in uniform met, zo te zien, zijn eigen jonge vrouw en kind. Er waren er nog twee van de vrouw met het kind, een van een paar jaar later en een recente.

Paul wendde zijn ogen van de foto's af en nam snel de tientallen paperassen op het bureau door. Net toen hij een volgende stapel wilde pakken, hoorde hij een geluid, of misschien het ontbreken van een geluid. Niet meer dan het verstommen van de losse geluiden om hem heen. Paul zakte meteen door zijn knieën, zette de meetlat op de vloer en begon van de ene kant van de kamer naar de andere te lopen. Hij keek op toen er een man binnenkwam die hem belangstellend opnam.

De foto's op de schoorsteenmantel en de foto's die Reggies informant, Max, hem had laten zien, waren een paar jaar oud, maar het leed geen twijfel dat de man die hij voor zich zag Reinhard Ernst was.

22

'Heil Hitler,' zei Paul. 'Neem me niet kwalijk dat ik stoor, meneer.'

'Heil,' antwoordde de man lusteloos. 'En u bent...?'

'Fleischman. Ik kom de maat nemen voor de tapijten.'

'Aha, tapijten.'

Er keek nog iemand de kamer in, een grote man in een zwart uniform. Hij vroeg naar Pauls papieren, bekeek ze aandachtig en keerde toen terug naar de voorkamer, waar hij een stoel vlak achter de deur zette.

'En hoe groot is mijn kantoor?' vroeg Ernst aan Paul.

'Acht bij negeneneenhalve meter. Plus de alkoof, natuurlijk.' Pauls hart bonsde; hij had bijna yard in plaats van meter gezegd.

'Ik dacht dat het groter was.'

'O, dat is het ook, meneer. Ik heb het over de maat van het tapijt. Als de vloeren zo mooi zijn, willen onze klanten doorgaans rondom een rand parket zichtbaar houden.'

Ernst keek naar de vloer alsof hij het eikenhout voor het eerst zag. Toen trok hij zijn colbert uit en hing het op een kapstok naast zijn bureau. Hij ging zitten, leunde achterover, sloot zijn ogen en wreef erin. Toen boog hij naar voren, zette een brilletje met stalen montuur op en begon documenten te lezen.

'Werkt u op zondag, meneer?' vroeg Paul.

'U toch ook?' antwoordde Ernst met een lach, maar zonder op te kijken.

'De Führer wil het gebouw zo snel mogelijk klaar hebben.'

'Ja, dat is zeker waar.'

Terwijl hij zich bukte om de alkoof op te meten, keek Paul zijdelings naar Ernst. Hij zag de gehavende hand, de rimpels rond de mond, de rode ogen, de houding van iemand met duizenden gedachten in zijn hoofd en duizend zorgen.

Ernst draaide zijn stoel op piepende wieltjes naar het raam en zette zijn bril af. Hij leek het licht en de warmte van de zon gretig op te vangen, met genoegen, maar ook met een lichte weemoed, alsof hij een buitenmens was en niet graag door zijn plicht aan zijn bureau werd gekluisterd.

'Hoe lang doe je dit werk al, Fleischman?' vroeg hij zonder zich om te draaien.

Paul richtte zich met zijn opschrijfboekje op. 'Al mijn hele leven, meneer. Sinds de Oorlog.'

Ernst bleef zich aan de zon te goed doen, licht achteroverleunend en met zijn ogen dicht. Paul liep stilletjes naar de schoorsteenmantel. De lange bajonet was donker en langgeleden voor het laatst geslepen, maar hij kon nog dodelijk zijn.

'En bevalt het je?' vroeg Ernst.

'Ik vind het prettig.'

Hij kon binnen een seconde het vreselijke wapen oppakken en Ernst in de rug steken, een snelle dood. Hij had vaker met het lemmet gedood. Een mes hanteren is iets anders dan het kruisen van de degens in een Douglas Fairbanks-film. Het mes is niet meer dan een dodelijk verlengstuk van de vuist. Een goede bokser is ook vaardig met het mes.

Het ijs voelen...

Maar hoe zat het met de bewaker achter de deur? Hij had nog nooit een lijfwacht van een doelwit vermoord, had zich ook nog nooit in een situatie gewerkt waarin dat nodig was geweest. Hij kon Ernst doodsteken en de bewaker bewusteloos slaan, maar er waren zo veel andere bewakers dat de kans groot was dat iemand het tumult zou horen, en dan werd Paul gearresteerd.

'Je vindt het prettig,' herhaalde Ernst. 'Een simpel leven zonder conflicten of moeilijke keuzes.'

De telefoon ging. Ernst nam op. 'Ja? ... Ja, Ludwig, het is goed voor ons afgelopen... Ja, ja... Zeg, heb je al vrijwilligers gevonden? Ach, mooi... Misschien nog twee of drie erbij... Ja, ik zie je daar wel. Tot ziens.'

Ernst hing op en keek van Paul naar de schoorsteenmantel. 'Een paar aandenkens. Ik ga al mijn hele leven met soldaten om, en we schijnen allemaal souvenirs te hamsteren. Thuis heb ik er nog veel meer. Vreemd, hè, dat we aandenkens aan zulke gruwelijke gebeurtenissen bewaren? Soms vind ik het krankzinnig.' Hij keek naar de klok op zijn bureau. 'Ben je klaar, Fleischman?'

'Ja, meneer.'

'Ik wil nu graag rustig werken.'

'Dank u dat ik u mocht onderbreken, meneer. Heil Hitler.'

'Fleischman?'

Paul draaide zich in de deuropening om.

'Wees maar blij dat je werk in overeenstemming is met je omstandigheden en je karakter. Dat is heel zeldzaam.'

'Vast wel, meneer. Prettige dag.'

'Ja. Heil.'

Naar buiten, de gang in.

Het gezicht en de stem van de man stonden in Pauls geest gebrand. Met bonzend hart liep hij de trap af, langzaam, strak voor zich kijkend, onzichtbaar tussen de mannen in zwart of grijs uniform, of in pak, of in overall. En overal staarden de tweedimensionale ogen op hem neer vanuit de schilderijen aan de muren: de drie-eenheid van de in messing plaatjes geëtste namen, *A. Hitler, H. Göring* en *P.J. Goebbels.*

Beneden aangekomen liep hij met luid weergalmende stappen naar de lichtende deuren van de ingang aan de Wilhelmstrasse. Otto had hem tweedehands laarzen gegeven, een goede aanvulling op zijn kleding, ware het niet dat een door het leer gesleten kopspijker bij elke stap hard op de vloer tikte, hoe Paul zijn voet ook verdraaide.

Het was nog vijftien meter naar de deur, een uitbarsting van zonlicht in een stralenkrans.

Nog twaalf meter.

Tik, tik, tik.

Nog zes.

Hij zag nu de auto's op straat voorbijstromen.

Nog drie.

Tik... tik...

'Jij daar! Staan blijven.'

Paul verstijfde. Hij keek om en zag een in grijs uniform gestoken man van middelbare leeftijd met snelle passen op zich afkomen.

'Je kwam van die trap af. Waar ben je geweest?'

'Ik was alleen maar...'

'Laat je papieren zien.'

'Ik nam de maat op voor tapijten, meneer,' zei Paul terwijl hij Otto's papieren uit zijn zak opdiepte.

De SS'er wierp een blik op de papieren, vergeleek de foto met Pauls gezicht en las de werkopdracht. Toen pakte hij de meetlat uit Pauls hand, alsof het een wapen was.

Hij gaf de werkopdracht terug en keek op. 'Waar is je speciale vergunning?'

'Speciale vergunning? Daar weet ik niets van.'

'Om boven te komen moet je er een hebben.'

'Daar heeft mijn baas niets over gezegd.'

'Dat is onze zorg niet. Iedereen met toegang tot de bovenverdiepingen moet een speciale vergunning hebben. Je lidmaatschapskaart van de Partij?'

'Eh... die heb ik niet bij me.'

'Ben je geen lid van de Partij?'

'Natuurlijk wel, meneer. Ik ben een trouw nationaalsocialist, geloof me maar.'

'Als je je kaart niet bij je hebt, ben je geen trouwe nationaalsocialist.' De man fouilleerde hem, bladerde in het opschrijfboekje en keek hoofdschuddend naar de schetsen en opgetekende afmetingen van de kamer.

'Ik kom later deze week terug, meneer. Dan kan ik u mijn speciale vergunning en mijn lidmaatschapskaart laten zien.' Hij besloot: 'En dan kan ik uw kamer ook opmeten.'

'Ik zit op de begane grond, achterin. Daar wordt niet gerenoveerd,' zei de ss'er zuur.

'Des te meer reden om een mooi Perzisch tapijt neer te leggen. Waarvan we er toevallig meer hebben dan er zijn besteld. En ze liggen toch maar in het magazijn te rotten.'

De man dacht erover na. Toen keek hij op zijn polshorloge. 'Ik heb nu geen tijd om erop in te gaan. Ik ben Sicherheits Unterführer Schlechter. Mijn kamer is aan het eind van de gang rechts. De naam staat op de deur. En nu wegwezen. Maar zorg dat je de volgende keer die speciale vergunning hebt, anders ga je naar de Prinz Albrechtstrasse.'

Terwijl het drietal de Wilhelmplatz af scheurde, klonk er vlakbij een sirene. Paul en Reggie Morgan keken zenuwachtig door de ramen van de bestelbus, die naar verbrande koolbladeren en zweet stonk.

Otto lachte. 'Dat is maar een ambulance. Rustig.' Even later kwam het medische voertuig de hoek om. 'Ik ken de tonen van alle officiële vervoermiddelen. Dat komt tegenwoordig goed van pas in Berlijn.'

Paul zweeg even. 'Ik heb hem gezien,' zei hij toen zacht.

'Wie?' vroeg Reggie.

'Ernst.'

Reggie zette grote ogen op. 'Was hij er dan?'

'Ik was er nog maar net toen hij binnenkwam.'

'Ach, wat nu?' zei Otto. 'We kunnen er niet meer naar binnen. Hoe komen we erachter wat hij gaat doen?'

'O, dat weet ik al,' zei Paul.

'Echt?' zei Reggie.

'Voordat hij kwam, had ik zijn bureau al bekeken. Hij gaat vandaag naar het stadion.'

'Welk stadion?' vroeg Reggie. 'Er zijn er zoveel in de stad.'

'Het olympisch stadion. Ik heb een memo gezien. Hitler laat er vanmiddag foto's maken van hoge Partijfunctionarissen.' Hij wierp een blik op een kerkklok. 'Maar we hebben maar twee uur om me daar te krijgen. Ik vrees dat we je hulp weer nodig hebben, Otto.'

'Ach, ik kan je overal krijgen waar je heen wilt, John Dillinger. Ik verricht de wonderen... en jij betaalt ervoor. Daarom werken we natuurlijk zo goed samen. En nu we het er toch over hebben, mijn Amerikaanse dollars, alsjeblieft.' Hij liet de versnelling van de bus gierend in zijn twee glijden en hield zijn rechterhand net zo lang uitgestoken tot Reggie de envelop erin legde.

Paul voelde dat Reggie hem belangstellend opnam voordat hij vroeg: 'Hoe was Ernst? Zag hij eruit als de gevaarlijkste man van Europa?'

'Hij was beleefd, hij had het druk met andere dingen, hij was vermoeid. En triest.'

'Triest?' vroeg Otto.

Paul knikte. Hij zag de snelle, maar toch bezwaarde ogen weer voor zich. Iemand die wachtte op het eind van zware beproevingen.

Uiteindelijk gaat de zon onder...

Reggie keek naar de winkels, gebouwen en vlaggen aan Unter den Linden en vroeg: 'Is dat een probleem?'

'Probleem?'

'Nu je hem hebt ontmoet, aarzel je nu om... te doen waarvoor je gekomen bent? Maakt het verschil?'

Paul wenste uit alle macht dat hij ja had kunnen zeggen. Dat iemand van dichtbij zien en met hem praten het ijs deed smelten, hem zou doen aarzelen om diegene van het leven te beroven. Maar hij antwoordde naar waarheid: 'Nee. Het maakt geen enkel verschil.'

Ze zweetten van de hitte en ook, Kurt Fischer althans, van angst.

De broers waren nog twee zijstraten verwijderd van het plein waar ze hadden afgesproken met Unger, de man die hen het land uit zou smokkelen om hen met hun ouders te herenigen.

De man aan wie ze hun leven toevertrouwden.

Hans bukte, raapte een steen op en liep hem over het Landwehrkanaal scheren.

'Niet doen,' fluisterde Kurt geagiteerd. 'Niet de aandacht trekken.'

'Maak je niet druk, broertje. Een steen over het water laten scheren trekt de aandacht niet. Dat doet iedereen. God, wat is het heet. Kunnen we even een gemberbier gaan drinken?'

'Ach, jij denkt dat we met vakantie zijn, hè?' Kurt keek om zich heen. Er waren maar weinig mensen op straat. Het was nog vroeg en al verschrikkelijk heet.

'Worden we gevolgd?' vroeg zijn broer sarcastisch.

'Wil je liever in Berlijn blijven? Alles in aanmerking genomen?'

'Ik weet alleen dat als we ons huis opgeven, we het nooit meer te zien zullen krijgen.'

'En als we het niet opgeven, krijgen we vader en moeder nooit meer te zien. Waarschijnlijk krijgen we dan níémand ooit nog te zien.'

Hans trok een lelijk gezicht en raapte weer een steen op. Deze ketste drie keer op het water. 'Kijk! Zag je dat?'

'Loop door.'

Ze sloegen een marktstraat in waar kramen werden opgezet. Op de straten en stoepen stonden vrachtwagens met bataten, bieten, appels, aardappels, kanaalforel, karpers en levertraan. Niet de meest gezochte etenswaren uiteraard, zoals vlees, olijfolie, boter en suiker, maar de mensen stonden al in de rij om de lekkerste, of liever gezegd minst onsmakelijke hapjes eruit te zoeken.

'Kijk, daar is hij,' zei Kurt, die de straat overstak en naar een oude vrachtauto opzij van het plein liep. Een man met bruin, krullend haar stond ertegenaan geleund te roken en in een krant te bladeren. Hij keek op, zag de jongens, knikte vrijwel onmerkbaar en gooide de krant in de cabine van de vrachtwagen.

Het is allemaal een kwestie van vertrouwen...

En soms word je niet teleurgesteld. Kurt had betwijfeld of Unger wel zou komen opdagen.

'Meneer Unger!' zei Kurt toen ze zich bij hem voegden. Ze schudden elkaar hartelijk de hand. 'Dit is Hans, mijn broer.'

'Ach, hij lijkt sprekend op zijn vader.'

'Verkoopt u chocola?' vroeg de jongen met een blik op de vrachtwagen.

'Ik produceer én verkoop zoetwaren. Ik was professor, maar dat is geen lucratieve baan meer. Leren is een zeldzaamheid, maar snoepen is een constante, en bovendien politiek ongevaarlijk. We praten later wel. We moeten nu eerst Berlijn uit zien te komen. Jullie kunnen tot aan de grens bij me in de cabine blijven zitten, en dan klimmen jullie in de laadruimte. Op dit soort dagen gebruik ik ijs om te zorgen dat de chocola niet smelt, en jullie zullen onder de met ijs bedekte planken moeten liggen. Wees maar niet bang, je vriest niet dood. Ik heb gaten in de zijkant van de laadruimte gemaakt om warme lucht binnen te laten. We steken de grens over, zoals ik elke week doe. Ik ken de douaniers. Ik geef ze chocola. Ze doorzoeken de auto nooit.'

Unger liep naar de achterkant van de vrachtauto en sloot de laadruimte.

Hans klom in de cabine, pakte de krant en begon te lezen. Kurt draaide zich om, veegde het zweet van zijn voorhoofd en keek een laatste keer naar de stad waarin hij zijn hele leven had gewoond. De hitte en de nevel deden Italiaans aan, en hij herinnerde zich een vakantie in Bologna met zijn ouders toen zijn vader twee weken aan de oude universiteit daar doceerde.

Net toen hij naast zijn broer in de cabine wilde klimmen, ging er een zucht onder de mensen op het plein op.

Kurt versteende en zijn ogen werden groot.

Drie zwarte auto's kwamen slippend rondom Ungers vrachtauto tot stilstand. Uit elke auto sprongen twee in het zwart geklede ss'ers.

'Nee!'

'Hans, rennen!' riep Kurt.

Maar er waren al twee ss'ers naar de passagierskant van de vrachtwagen gestormd. Ze trokken het portier open en sleurden zijn jongere broer de straat op. Hij vocht terug tot een van hen hem met een knuppel in zijn maag stootte. Hans kermde, liet zijn tegenstander los, greep naar zijn buik en rolde over de grond. De ss'ers trokken hem overeind.

'Nee, nee!' riep Unger. Kurt en hij werden tegen de zijkant van de vrachtwagen geduwd.

'Papieren, zakken legen.'

De drie arrestanten gehoorzaamden.

'De Fischers,' zei de aanvoerder knikkend toen hij hun identiteitsbewijzen bekeek.

'Ik heb jullie niet verraden,' zei Unger tegen Kurt. De tranen stroomden hem over de wangen. 'Ik zweer het. Echt niet!'

'Nee, hij niet,' zei de ss'er. Hij pakte zijn Luger uit de holster, ontgrendelde en schoot Unger door het hoofd. Unger viel op het plaveisel. Kurt hijgde van ontzetting.

'Dat heeft zíj gedaan,' vervolgde de ss'er met een knikje naar een forse vrouw van middelbare leeftijd die uit het raampje van een van de ss-auto's hing.

De vrouw tierde met een van razernij vervulde stem: 'Verraders! Zwijnen!'

Het was mevrouw Lutz, de oorlogsweduwe die op hun verdieping in het appartementencomplex woonde.

Kurt, die ontzet naar Ungers verslapte, rijkelijk bloedende lichaam keek, hoorde haar ademloos krijsen: 'Ondankbare zwijnen. Ik heb jullie in de gaten gehouden, ik weet wat jullie gedaan hebben, ik weet wie er bij jullie is geweest. Ik schrijf alles op wat ik zie. Jullie hebben onze Führer verraden!'

De ss-aanvoerder trok een wrevelige grimas naar de vrouw en knikte naar een jongere officier, die haar de auto in duwde.

'Jullie staan allebei al een tijd op onze lijst.'

'We hebben niets gedaan!' Starend naar Ungers bloed, niet bij machte zijn blik van de groter wordende rode plas af te wenden, vervolgde Kurt fluisterend: 'Niets. Ik zweer het. We wilden alleen naar onze ouders toe.'

'Het land op illegale wijze ontvluchten, pacifisme, anti-Partij-activisme... Allemaal halszaken.' Hij trok Hans naar zich toe en zette het pistool tegen zijn hoofd. 'Nee, alstublieft,' kermde de jongen. 'Alstublieft niet!'

Kurt stapte snel naar voren. Een SS'er stompte hem in zijn maag en hij klapte dubbel. Hij zag de aanvoerder het wapen tegen het achterhoofd van zijn broer zetten.

'Nee!'

De aanvoerder kneep zijn ogen dicht en leunde achterover om het bloed en weefsel te ontwijken.

'Alstublieft, meneer!'

Toen fluisterde een andere SS'er: 'We hebben onze orders, sergeant. Beheersing tijdens de Olympische Spelen.' Hij knikte naar de markt, waar zich een menigte toeschouwers had verzameld. 'Er zouden buitenlanders kunnen zijn, mogelijk verslaggevers.'

De aanvoerder aarzelde lange ogenblikken en prevelde toen korzelig. 'Al goed. Breng ze naar Columbia Haus.'

Hoewel Columbia Haus geleidelijk werd afgebouwd ten gunste van het genadelozer efficiënte en minder zichtbare kamp Oranienburg, was het nog altijd de beruchtste gevangenis van Berlijn.

De aanvoerder knikte naar het lijk van Unger. 'En loos dat ergens. Zoek uit of hij getrouwd is en zo ja, stuur zijn vrouw zijn bloedige overhemd dan.'

'Ja, sergeant. Met een boodschap?'

'Het overhemd zelf is de boodschap.' De aanvoerder stak zijn wapen in de holster en beende naar zijn auto. Hij wierp nog een blik op de gebroeders Fischer, maar zonder hen echt te zien; het was alsof ze al dood waren.

'Waar ben je, Paul Schumann?'

Net als de vorige dag aan de toen nog naamloze verdachte – wíé ben je? – sprak Willi Kohl zijn vraag hardop en gefrustreerd uit, zonder de verwachting snel een antwoord te krijgen. De inspecteur had gehoopt dat een naam de oplossing van de zaak zou bespoedigen, maar dat was niet zo.

Kohl had geen reactie gekregen op zijn telegram aan de FBI en het IOC. De politie van New York had alleen geantwoord dat ze de zaak zouden bekijken zodra dat 'doenlijk' was.

Kohl kende het woord niet, maar toen hij het opzocht in het Engels-Duitse woordenboek van het bureau, trok hij een kwaad gezicht.

Sinds een jaar bespeurde hij tegenzin bij de Amerikaanse wetsdienaren om met de Kripo samen te werken. Dit was deels te wijten aan de antinationaalsocialistische stemming in de Verenigde Staten. Kohl dacht dat het ook zou kunnen komen door de ontvoering van de Lindbergh-baby; Bruno Hauptmann was uit voorarrest in Duitsland ontsnapt en naar Amerika gevlucht, waar hij het kind had vermoord.

Kohl had een tweede, kort bericht in zijn hortende Engels gestuurd om de politie van New York te bedanken en er nogmaals op te wijzen dat de zaak dringend was. Hij had de douane gewaarschuwd dat Schumann aangehouden moest worden wanneer hij het land uit probeerde te komen, maar dat bericht zou alleen de belangrijke grensovergangen bereiken.

Janssens tweede bezoek aan het olympisch dorp had evenmin vruchten afgeworpen. Paul Schumann had geen officiële banden met het Amerikaanse team. Hij was als schrijver zonder bekende opdrachtgever naar Berlijn gekomen. Hij had het olympisch dorp de vorige dag verlaten en niemand had hem sindsdien nog gezien of wist waar hij naartoe gegaan zou kunnen zijn. Schumanns naam stond niet op de lijst van mensen die kortgeleden Largo-munitie of een Modelo A hadden gekocht, maar aangezien hij pas vrijdag met het team was aangekomen, was dat te verwachten.

Kohl wipte achterover in zijn stoel, keek naar de aanwijzingen en las zijn potloodnotities. Hij keek op toen hij Janssen hoorde, die in de deuropening met een paar andere assistenten kandidaat-inspecteurs stond te praten.

Kohl fronste zijn voorhoofd om de rumoerige *Kaffeeklatsch.*

Zijn ondergeschikten begroetten hem met gepaste eerbied.

'Heil Hitler.'

'Heil, inspecteur Kohl.'

'Ja, al goed.'

'We waren op weg naar de lezing. Komt u ook?'

'Nee,' pruttelde Kohl. 'Ik zit te werken.' Sinds 1933 werd er elke week in de grote zaal van het Alex een lezing over het nationaalsocialisme gehouden, en alle Kripo-medewerkers hadden aanwezigheidsplicht, maar lauwe Willi Kohl ging zelden. De laatste lezing die hij had bijgewoond, twee jaar geleden, had 'Hitler, het pan-Germanisme en de wortels van fundamentele maatschappelijke verandering' geheten. Hij was erbij in slaap gevallen.

'SD-aanvoerder Heydrich komt misschien zelf.'

'We weten het niet zeker,' vulde een tweede enthousiast aan, 'maar het zou kunnen. Stel je voor! We zouden hem een hand kunnen geven!'

'Ik ben aan het werk, zoals ik al zei.' Kohl keek langs de jeugdige, enthousiaste gezichten. 'Wat heb je voor me, Janssen?'

'Goedendag, inspecteur,' zei een van de jongemannen uitbundig, en toen liepen ze rumoerig de gang in.

Kohl keek streng naar Janssen, die in elkaar kromp. 'Het spijt me, inspecteur. Ze klitten aan me omdat ik...'

'Omdat je met mij werkt?'

'Ja, eigenlijk wel, inspecteur.'

Kohl knikte in de richting waarin ze verdwenen waren. 'Zijn ze lid?'

'Van de Partij? Een paar, ja.'

Voordat Hitler aan de macht kwam, mochten politiemensen geen lid zijn van een politieke partij. 'Janssen, laat je niet overhalen ook lid te worden,' zei Kohl. 'Je denkt misschien dat het goed is voor je carrière, maar je raakt alleen maar verder verstrikt in het spinnenweb.'

'Moreel drijfzand,' citeerde Janssen zijn chef.

'Inderdaad.'

'Maar hoe zou ik lid kunnen worden?' vroeg hij ernstig, en toen gunde hij Kohl een van zijn zeldzame glimlachjes. 'Ik werk zo hard voor u dat ik geen tijd hem om naar bijeenkomsten te gaan.'

Kohl glimlachte terug en vroeg weer: 'Wat heb je voor me?'

'Het autopsieverslag.'

'Dat werd tijd.' Vierentwintig uur voor het verrichten van een lijkschouwing. Onvergeeflijk.

De kandidaat-inspecteur overhandigde zijn chef de dunne map, die maar twee vellen papier bevatte.

'Wat is dit? Heeft de lijkschouwer dit in zijn slaap gedaan?'

'Ik...'

'Laat maar,' prevelde Kohl, en hij begon het verslag door te nemen. Er stond het voor de hand liggende in, zoals altijd, in een onontwarbaar fysiologisch en morfologisch jargon: dat de doodsoorzaak ernstig hersenletsel was, te wijten aan het indringen van een kogel. Geen seksueel overdraagbare ziekten, een beetje jicht, een beetje artritis, geen oorlogswonden. De dode had likdoorns gehad, net als Kohl, en het eelt op zijn voeten duidde erop dat hij inderdaad veel had gelopen.

Janssen keek over Kohls schouder. 'Kijk, inspecteur, hij had een slecht gezette gebroken vinger.'

'Dat boeit ons niet, Janssen. Het is de pink, die bij het minste of geringste breekt, in tegenstelling tot een uniek letsel dat ons zou kunnen helpen meer over het slachtoffer te weten te komen. Een recente botbreuk zou van pas kunnen komen, want dan zouden we artsen in het noordwesten van Berlijn naar patiënten kunnen vragen, maar deze breuk is oud.' Kohl las verder.

De dode had alcohol in zijn bloed, dus waarschijnlijk had hij kort voor zijn dood iets gedronken. In de maag waren kip, knoflook, kruiden, ui, wortelen, aardappels, een soort rode saus en koffie aangetroffen, allemaal verteerd in een mate die erop duidde dat het maal een halfuur voor het tijdstip van overlijden was genuttigd.

'Aha.' Kohl fleurde op en noteerde al deze feiten met potlood in zijn beduimelde opschrijfboekje.

'Wat is er, inspecteur?'

'Hier hebben we iets wat ons wél boeit, Janssen. We kunnen er niet zeker van zijn, maar het schijnt dat het slachtoffer een sublieme laatste maaltijd heeft genoten. Waarschijnlijk coq au vin, een Franse delicatesse waarbij kip vreemd genoeg wordt gecombineerd met rode wijn. Meestal een Bourgogne, zoals Chambertin. Dat komen we hier niet vaak tegen, Janssen. Weet je waarom niet? Omdat wij Duitsers smerige rode wijn maken en de Oostenrijkers, die het heerlijkste rood maken, ons maar weinig sturen. O, ja, dit is goed.' Hij dacht even na, stond op en liep naar een kaart van Berlijn aan de wand. Toen prikte hij een punaise in de Dresdengasse. 'Hij is hier om twaalf uur 's middags gestorven en hij had ongeveer een halfuur daarvoor in een restaurant gegeten. Je weet nog dat hij goed kon lopen, Janssen: denk maar aan zijn beenspieren, waarbij de mijne in het niet zinken, en het eelt op zijn voeten. Hij zou dus met een taxi of een tram naar zijn fatale afspraak gegaan kunnen zijn, maar laten we ervan uitgaan dat hij lopend was gekomen. We gunnen hem nog een paar minuten voor een sigaret na het eten... Herinner je je zijn gele vingers?'

'Niet echt, inspecteur.'

'Let dan beter op. Als we hem de tijd gunnen voor een sigaret, een kop koffie en het betalen van de rekening, heeft hij twintig minuten op zijn stevige benen gelopen voordat hij de Dresdengasse bereikte. Hoe ver kun je in twintig minuten lopen?'

'Anderhalve kilometer, schat ik.'

Kohl kreeg een denkrimpel in zijn voorhoofd. 'Zoiets dacht ik ook.' Hij keek onder aan de kaart wat de schaal was en trok toen een cirkel met een straal van ongeveer anderhalve kilometer om de plek van de moord heen.

Janssen keek hoofdschuddend toe. 'Kijk toch eens. Een enorm gebied. Moeten we de foto van het slachtoffer in alle restaurants binnen die cirkel laten zien?'

'Nee, alleen in die waar ze coq au vin hebben, en daarvan nog alleen de restaurants die dat op zaterdagmiddag serveren. Een snelle blik op de openingstijden en het menu bij de deur is voldoende om te weten of we naar binnen moeten. Desondanks blijft het een enorme opgave, en we moeten er onmiddellijk mee beginnen.'

Janssen staarde naar de plattegrond. 'Wij tweeën, inspecteur? Kunnen we al die restaurants aandoen? Dat lukt toch nooit?' Hij schudde ontmoedigd zijn hoofd.

'Natuurlijk niet.'

'Wat dan?'

Willi Kohl liet zich in zijn stoel zakken. Zijn ogen dwaalden door de kamer en vonden het bureaublad. Toen zei hij: 'Janssen, wacht jij hier op telexen of ander nieuws over de zaak.' Hij pakte zijn vilthoed van de kapstok in de hoek van zijn kamer. 'En ik, ik heb een inval.'

'Waar gaat u naartoe, inspecteur?'

'Op zoek naar Franse kippen.'

23

De gespannen sfeer omhulde de drie mannen in het pension als koude nevel.

Paul Schumann kende het gevoel goed van het moment vlak voor hij de ring in stapte en zich alles probeerde te herinneren wat hij van zijn tegenstander wist; hij zag de manier van verdedigen van de ander voor zich, bedacht wanneer hij onder zijn vuisten door moest dansen en wanneer hij op zijn tenen moest gaan staan om een slag met wijde uithaal of een directe te verkopen, hoe hij de zwakke punten van de ander kon uitbuiten en hoe hij zijn eigen tekortkomingen het best kon compenseren.

Hij kende het ook van andere momenten, wanneer hij als huurmoordenaar zijn opdrachten voorbereidde. Dan keek hij naar de plattegronden die hij zelf zorgvuldig had getekend, inspecteerde zijn Colt en zijn reservewapen en nam zijn aantekeningen door over de dagindeling van zijn slachtoffer, diens voor- en afkeuren, vaste gewoonten en kennissen.

Dat was Ervoor.

Het o, zo moeilijke Ervoor. De stilte voor de moord, wanneer hij gespannen en ongedurig de feiten herkauwde. En angstig ook, natuurlijk. Daar was geen ontkomen aan. Niet als je een goede huurmoordenaar was, tenminste.

En altijd die toenemende verdoving, het kristalliseren van zijn hart.

Hij begon het ijs te voelen.

In de schemerige kamer met dichte ramen achter gesloten blinden (de stekker van de telefoon was uiteraard ook uit de muur getrokken) bekeken Paul en Morgan de plattegrond en een stuk of vijfentwintig publiciteitsfoto's van het olympisch stadion die Webber had opgediept. Hij had ook een grijze flanellen broek met scherpe vouwen voor Reggie meegebracht, die er aanvankelijk weifelend naar had gekeken, maar uiteindelijk had besloten hem te houden.

Paul bekeek alles en tikte op een van de foto's. 'Ik denk dat we...'

'Wacht even, alsjeblieft,' onderbrak Otto hem. Hij stond op en liep fluitend door de kamer. Nu hij duizend dollar in zijn zak had en zich een poosje geen zorgen meer hoefde te maken over reuzel en gele kleurstof, had hij een goede bui.

Reggie en Paul keken elkaar met gefronste wenkbrauwen aan. Otto zakte door zijn knieën en begon platen uit een kast onder een aftandse grammofoonspeler te trekken. Hij trok een grimas. 'Ach, geen John Philip Sousa. Ik zoek er altijd naar, maar ze zijn moeilijk te vinden.' Hij keek op naar Reggie. 'Hé, John Dillinger hier zegt dat Sousa een Amerikaan is, maar volgens mij neemt hij me in de maling. De orkestleider is toch Engels?'

'Nee, hij is Amerikaans,' zei Reggie.

'Ik heb iets anders gehoord.'

Morgan trok zijn wenkbrauwen op. 'Misschien heb je gelijk. Zullen we erom wedden? Om honderd mark?'

Otto dacht erover na en zei toen: 'Ik zal de kwestie nader onderzoeken.'

'We hebben eigenlijk geen tijd voor muziek,' vervolgde Reggie met een blik op Otto, die de grammofoonplaten bekeek.

'Maar we hebben toch wel tijd om het geluid van ons gesprek te dempen?' vroeg Paul.

'Juist,' zei Otto. 'En dat doen we met...' Hij bekeek een hoes. 'Een verzameling van onze stompzinnige Duitse jachtliederen.' Hij legde de plaat op de speler en zette de naald erop. Een krachtige, krasserige melodie vulde de kamer. 'Dit is "De hertenjacht".' Hij lachte. 'Gepast, gezien onze missie.'

Luciano en Lansky deden exact hetzelfde in Amerika; meestal zetten ze de radio aan om hun gesprek te dempen, mochten Deweys of Hoovers jongens onverhoopt afluisterapparatuur hebben geplaatst.

'Goed, wat zei je?'

'Volgens het memo van Ernst wordt de fotosessie in de perszaal gehouden.'

'Hier,' zei Reggie.

Paul keek aandachtig naar de plattegrond. Wat hij zag, beviel hem niet. Het stadion was gigantisch en de persruimte, die een meter of zestig lang was, bevond zich bijna boven in de zuidkant van het gebouw. Hij kon positie kiezen op de tribunes aan de noordkant, maar dan moest hij door het hele stadion heen schieten.

'Te ver. Een briesje, een kleine vervorming door het glas... Nee. Op die manier kan ik geen dodelijk schot garanderen. En ik zou iemand anders kunnen raken.'

'Nou en?' zei Otto onverschillig. 'Misschien kun je Hitler neerschieten. Of Göring... Ja, die is zo rond als een zeppelin. Een blinde kan hem nog raken.' Hij keek weer naar de plattegrond. 'Je zou Ernst te pakken kunnen nemen wanneer hij uit de auto stapt. Is dat een idee, meneer Morgan?' Otto had Paul veilig de kanselarij in en uit gekregen, en dus was hij betrouwbaar genoeg om te mogen weten hoe Morgan heette.

'Maar we weten niet precies waar en wanneer hij aankomt,' bracht Reggie ertegen in. Ernst kon tientallen paden en doorgangen kiezen. 'Misschien komen ze niet door de hoofdingang. Daar kunnen we niet op inspelen, en je moet op de loer liggen voordat hij komt. Het hele pantheon van het nationaalsocialisme komt bijeen; de bewaking zal enorm streng zijn.'

Paul bleef de plattegrond bekijken. Reggie had gelijk. En hij had op de kaart gezien dat er een ondergrondse weg was die om het hele stadion heen leek te lopen, waarschijnlijk om de leiders van het land een veilige manier van aankomst en vertrek te bieden. Ernst zou zich misschien helemaal niet buiten vertonen.

Ze staarden een poosje zwijgend naar de plattegrond. Toen kreeg Paul een inval. Met zijn vingers op de foto's zette hij zijn plan uiteen: de wandelgangen aan de achterkant van het stadion waren open. Wie uit de perszaal kwam, zou de gang naar links of naar rechts uitlopen tot de trap naar het parkeerterrein op de begane grond, de brede weg en de wandelpaden naar het treinstation. Op zo'n dertig meter vanaf het stadion stond een groep kleine gebouwen met uitzicht op het parkeerterrein en de brede weg. Volgens de plattegrond waren het opslagplaatsen.

'Als Ernst door die wandelgang naar de trap liep, zou ik vanuit die opslagplaats op hem kunnen schieten. Die daar.'

'Kun je dat schot maken?'

Paul knikte. 'Ja, met gemak.'

'Maar we weten niet of Ernst daarlangs zal aankomen of vertrekken, zoals we net al zeiden.'

'Misschien kunnen we hem dwingen. Hem als een vogel naar buiten jagen.'

'Hoe dan?' vroeg Reggie.

'We vragen het hem,' zei Paul.

'Vragen?' Reggie keek hem niet-begrijpend aan.

'We sturen hem bericht in de perszaal dat zijn aanwezigheid dringend gewenst is. Iemand wil hem onder vier ogen spreken over iets belangrijks. Hij loopt de wandelgang in en ik neem hem op de korrel.'

Otto stak een koolsigaar op. 'Maar wat kan er zo dringend zijn dat hij er een bijeenkomst met de Führer, Göring en Goebbels voor onderbreekt?'

'Naar wat ik over hem aan de weet ben gekomen, is hij bezeten van zijn werk. We zeggen dat er een probleem met de landmacht of de marine is. Ik weet zeker dat hij daarop reageert. En hoe zit het met die Krupp, die wapenleverancier over wie Max ons vertelde? Zou een bericht van Krupp dringend kunnen zijn?'

Reggie knikte. 'Krupp. Ja, dat denk ik wel. Maar hoe krijgen we het bericht tijdens de fotosessie bij Ernst?'

'Ach, geen kunst,' zei Otto. 'Ik bel hem op.'

'Hoe?'

Otto nam een trek van zijn ersatzsigaar. 'Ik achterhaal het nummer van een van de telefoons in de perszaal en bel op. Ik doe het zelf. Ik vraag naar Ernst en zeg dat er beneden een chauffeur met een boodschap staat te wachten. Alleen voor zijn ogen bestemd. Van Gustav Krupp Von Bohlen zelf. Ik bel vanuit een postkantoor, zodat niets naar mij leidt als de Gestapo het nummer natrekt.'

'Hoe wil je achter dat nummer komen?' vroeg Paul.

'Connecties, John Dillinger.'

'Nu? Op zondag?'

'Ik verricht wonderen, weet je nog?'

'Otto, moet je echt iemand omkopen om aan dat nummer te komen?' vroeg Paul sarcastisch. 'Ik neem aan dat de helft van de sportverslaggevers in Berlijn die nummers heeft.'

'Ach,' zei Otto met een opgetogen glimlach. In zijn beste Engels vervolgde hij: 'Je slaat de spijker op zijn kop.' Toen, weer in het Duits: 'Ja, dat is waar, maar het belangrijkste aspect van elke onderneming is weten wíé je moet benaderen en wat zijn prijs is.'

'Vooruit dan maar,' zei Reggie vertwijfeld. 'Hoeveel? En denk erom dat we geen bodemloze put zijn.'

'Nog eens tweehonderd. Marken zijn ook goed. En dan doe ik er gratis nog een manier bij om jou het stadion in en uit te krijgen, John Dillinger. Een compleet ss-uniform. Je kunt je geweer over je schouder hangen en het stadion inlopen alsof je Himmler zelf bent, zonder dat iemand je tegenhoudt. Oefen je 'heil' en een Hitlergroet met een slap armpje in de lucht, net als onze geitenpissende Führer.'

Reggie keek bedenkelijk. 'Maar als ze ontdekken dat hij zich voor een militair uitgeeft, schieten ze hem dood wegens spionage.'

Paul keek naar Otto en ze schoten allebei in de lach. Otto zei: 'Meneer Morgan, toe nou. Onze vriend staat op het punt de nationale militaire tsaar te vermoorden. Als hij gepakt wordt, schieten ze hem sowieso dood, ook al zingt hij het Amerikaanse volkslied, denkt u ook niet?'

'Ik wilde alleen manieren verzinnen om het minder opvallend te maken,' sputterde Reggie.

'Nee, Reggie, het is een goed plan,' zei Paul. 'Na het schot zullen ze alle leiders zo snel mogelijk naar Berlijn terugbrengen. Ik rijd met hun bewakers mee. Terug in de stad ga ik in de massa op.' Hij zou het ambassadegebouw bij de Brandenburger Tor binnenglippen en Andrew Avery en Vince Manielli in Amsterdam oproepen, die het vliegtuig voor hem zouden sturen.

Ze richtten hun ogen weer op de plattegrond. Paul besloot dat het tijd was om het te vertellen. 'Wat ik nog wil zeggen,' zei hij. 'Er gaat iemand met me mee.'

Reggie keek naar Otto, die begon te lachen. 'Ach, wat denk je wel van me? Ik kan toch nergens anders wonen dan in deze Pruisische hof van Eden? Nee, ik verruil Duitsland alleen voor de hemel.'

'De vrouw,' zei Paul.

Reggies mond verstrakte. 'Die hier?' zei hij met een knikje naar de gang van het pension.

'Ja, Käthe,' beaamde Paul. 'Je hebt haar nagetrokken,' voegde hij eraan toe. 'Je weet dat het goed zit.'

'Wat heb je tegen haar gezegd?' vroeg Reggie zorgelijk.

'De Gestapo heeft haar paspoort ingenomen en het is nog maar een kwestie van tijd voordat ze haar arresteren.'

'Het is voor heel veel mensen nog maar een kwestie van tijd voordat ze gearresteerd worden. Paul, wat heb je tegen haar gezégd?' herhaalde Reggie.

'Alleen ons verhaal over sportverslaggeving. Meer niet.'

'Maar...'

'Ze gaat met me mee,' hield Paul vol.

'Ik zou Washington moeten bellen, of de senator.'

'Je belt maar raak. Ze gaat mee.'

Reggie keek naar Otto.

'Ach, ik ben drie keer getrouwd geweest, het kan ook vier keer zijn,' zei de Duitser. 'En nu heb ik een... gecompliceerde overeenkomst. Verwacht van mij geen advies op liefdesgebied.'

Reggie schudde zijn hoofd. 'Jezus, we hebben geen vliegmaatschappij.'

Paul keek hem strak aan. 'En nog iets: ik neem alleen mijn Russische paspoort mee naar het stadion. Als ik het niet haal, krijgt ze nooit te horen wat er is gebeurd. Wil jij haar iets op de mouw spelden? Dat ik plotseling weg moest? Ik wil niet dat ze denkt dat ik haar heb laten vallen.'

'Natuurlijk.'

'Ach, je haalt het wel, John Dillinger. Jij bent toch de Amerikaanse cowboy met de grote kloten?' Otto veegde het zweet van zijn voorhoofd, stond op en pakte een paar glazen uit de kast. Hij vulde ze met kleurloze vloeistof uit een flacon en deelde ze rond. 'Oostenrijkse Obstler, kennen jullie dat? Het is het beste gedistilleerd dat er is, goed voor het bloed en goed voor de ziel. Drink op, heren, en laten we dan het lot van mijn arme land gaan keren.'

'Ik heb er zoveel nodig als u kunt vinden,' zei Willi Kohl.

De man knikte behoedzaam. 'Het is niet echt een kwestie van vinden. Ze zijn altijd heel goed te vinden. Waar het om gaat, is hoe uitzonderlijk deze toestand is. Eigenlijk zonder precedent.'

'Ja, het is uitzonderlijk,' beaamde Kohl. 'Dat is waar. Maar politiebevelhebber Himmler heeft dit als een ongebruikelijke en belangrijke zaak aangemerkt. Andere politiemensen in de stad zijn met even urgente zaken bezig en het is aan mij vindingrijk te zijn. Daarom ben ik naar u toe gekomen.'

'Himmler?' vroeg Johann Muntz, een man van middelbare leeftijd die in de deuropening van een bescheiden huis aan de Grünstrasse in Charlottenburg stond. Hij was geknipt en geschoren en droeg een pak, alsof hij net uit de kerk kwam, wat een riskante onderneming was als je je baan als rector van een van de beste scholen in Berlijn wilde houden.

'Tja, ze hebben zelfbestuur, zoals u weet. Ze leggen aan niemand verantwoording af. Ik kan die jongens niets opleggen. Ze kunnen weigeren, en daar kan ik niets aan veranderen.'

'Ja, doctor Muntz, maar ik vraag u alleen om de gelegenheid een beroep op hen te doen in de hoop dat ze zich zullen aanbieden om het recht zijn loop te laten nemen.'

'Maar het is zondag. Hoe kan ik ze bereiken?'

'Ik neem aan dat u alleen de aanvoerder maar hoeft te bellen, en dat die een bijeenkomst kan regelen.'

'Zoals u wilt. Ik zal het doen, inspecteur.'

Drie kwartier later stond Willi Kohl in de achtertuin van Muntz tegenover een stuk of vijfentwintig jongens van wie de meesten een bruin overhemd, een korte broek en witte sokken droegen, met een zwarte das aan een gevlochten leren klem om hun nek. De jongens waren bijna allemaal lid van de Hitlerjugendbrigade van de Hindenburgschool. De organisatie was volkomen onafhankelijk van volwassenen, zoals de rector Kohl juist had uitgelegd. De leden kozen hun eigen aanvoerders, en die besloten wat de groep ging doen, of het nu wandelen was, voetballen of dolk-in-de-rugstoters aangeven.

'Heil Hitler,' zei Kohl. Ten antwoord kreeg hij een aantal uitgestrekte handen en een verbazend luide echo van zijn groet. 'Ik ben hoofdinspecteur Kohl van de Kripo.'

Een paar gezichten straalden bewondering uit, maar andere bleven zo onaangedaan als dat van de dikke dode in de Dresdengasse.

'Ik heb jullie hulp nodig ter bevordering van het nationaalsocialisme. Een kwestie van de hoogste prioriteit.' Hij keek de blonde jongen aan die hem was voorgesteld als Helmut Gruber, de aanvoerder van de Hindenburgbrigade. Hij was kleiner dan de meeste anderen, maar straalde een volwassen zelfbewustzijn uit. Hij beantwoordde de blik van Kohl, die dertig jaar ouder was dan hij, met staalharde ogen. 'Inspecteur, we zullen al het nodige doen om onze Führer en ons land te helpen.'

'Goed, Helmut. Luister, allemaal. Jullie zouden mijn verzoek vreemd kunnen vinden, maar ik heb hier twee stapels papier. Een kaart van een gebied bij de Tiergarten en een foto van een man die we proberen te identificeren. Onder de foto van de man staat de naam van een gerecht dat je in een restaurant kunt bestellen. Het heet coq au vin. Een

Franse naam. Je hoeft niet te weten hoe je het uitspreekt. Jullie hoeven alleen maar naar alle restaurants in de cirkel te gaan om te zien of dat gerecht op de lunchkaart staat. Zo ja, dan vraag je de bedrijfsleider of hij de man op de foto kent of zich herinnert dat hij onlangs in het restaurant heeft gegeten. Als dat zo is, bel me dan onmiddellijk op het hoofdbureau. Willen jullie dat voor me doen?'

'Ja, inspecteur Kohl, dat doen we,' zei aanvoerder Gruber zonder zijn manschappen naar hun mening te vragen.

'Fijn. De Führer zal trots op jullie zijn. Dan zal ik nu de papieren uitdelen.' Hij zweeg even en ving de blik van een jongen achterin, een van de weinigen die geen uniform droegen. 'Nog één ding. Het is geheim en jullie moeten er heel discreet over zijn.'

'Discreet?' vroeg de jongen met gefronst voorhoofd.

'Ja. Dat betekent dat je met niemand mag praten over wat ik jullie nu ga vertellen. Ik heb jullie hulp gevraagd op aanraden van mijn zoon Günter, daar achterin.' Alle jongens keken naar Günter, die kort tevoren door Kohl was opgebeld met de opdracht naar het huis van de directeur te komen. Günter werd knalrood en keek naar zijn schoenen. Zijn vader vervolgde: 'Jullie zullen het wel niet weten, maar mijn zoon assisteert me van tijd tot tijd. Daarom kan ik hem trouwens geen lid laten worden van jullie uitstekende organisatie: ik heb liever dat hij achter de schermen blijft, als het ware. Op die manier kan hij me blijven helpen met mijn werk ter meerdere glorie van het vaderland. Hou het alsjeblieft onder ons. Willen jullie dat doen?'

Helmut keek weer naar Günter, nu met een verre blik in zijn ogen. Misschien dacht hij aan recente spelletjes Ariërs en joden die mogelijk beter niet gespeeld hadden kunnen worden. 'Natuurlijk, inspecteur Kohl,' zei hij.

Kohl keek naar de onderdrukte blijdschap op het gezicht van zijn zoon en zei: 'Ga dan nu in de rij staan, dan deel ik de papieren uit. Mijn zoon en aanvoerder Gruber zullen het werk verdelen.'

'Ja, inspecteur. Heil Hitler.'

'Heil Hitler.' Kohl dwong zichzelf zijn arm ferm naar voren te steken. Hij gaf Helmut en Günter ieder een stapel papieren. 'O, en heren?' zei hij.

'Ja, inspecteur?' antwoordde Helmut, die in de houding sprong.

'Denk om het verkeer. Kijk goed uit bij het oversteken.'

24

Hij klopte op haar deur en ze liet hem binnen.

Käthe leek zich te generen voor haar woonruimte in het pension. Kale wanden, geen planten en gammele meubelen; de huisbaas of zijzelf had alle betere stukken in de pensionkamers gezet en er leek niets persoonlijks meer over te zijn. Misschien had ze haar bezittingen naar de lommerd gebracht. Er viel zon op het verschoten tapijt, maar het was maar een enkele fletse rechthoek; het licht werd weerkaatst door een raam aan de overkant.

Toen giechelde ze meisjesachtig, sloeg haar armen om hem heen en kuste hem hard. 'Je ruikt anders. Lekker.' Ze snuffelde aan zijn gezicht.

'Scheerzeep?'

'Ja, dat zou kunnen.'

Hij had scheerzeep uit de badkamer gebruikt in plaats van zijn eigen *Burma Shave,* want hij was bang dat een bewaker in het stadion de onbekende geur van de Amerikaanse zeep zou opmerken en wantrouwig worden.

'Lekker.'

Hij zag een koffer op het bed liggen. Het boek van Goethe lag op een kale tafel, met een kop slappe koffie ernaast. Er dreven witte klonters in en hij vroeg haar of er zoiets bestond als Hitlermelk van Hitlerkoeien.

Ze lachte en zei dat er genoeg ezels van nationaalsocialisten waren, maar dat ze bij haar weten nog geen ersatzkoeien hadden gefokt. 'Zelfs echte melk begint uiteindelijk te klonteren.'

Toen zei hij: 'We gaan vanavond weg.'

Ze knikte bedachtzaam. 'Vanavond al? Als jij "op staande voet" zegt, meen je het ook.'

'Ik zie je hier om vijf uur.'

'Waar ga je nu heen?' vroeg Käthe.

'Een laatste interview houden.'

'Veel succes dan maar, Paul. Ik verheug me erop je artikel te lezen, ook al gaat het dan, o, wie weet, over de zwarte markt en niet over sport.' Ze keek hem veelbetekenend aan. Käthe was uiteraard een intelligente vrouw; ze vermoedde dat hij hier niet was gekomen om artikelen te schrijven maar mogelijk om, zoals de helft van de stad, semi-legale onderneminkjes op touw te zetten. Wat hem op het idee bracht dat ze al had geaccepteerd dat hij een duistere kant had, en niet erg van streek zou raken wanneer hij haar uiteindelijk vertelde wat hij hier echt kwam doen. Zijn vijand was tenslotte ook de hare.

Hij kuste haar nog een keer. Hij proefde haar, rook seringen en voelde haar tegen zich aan, maar in tegenstelling tot de vorige avond wond ze hem totaal niet op. Niet dat hij erover inzat; het hoorde zo. Het ijs had hem volkomen in zijn macht.

'Hoe kón ze ons verraden?'

Kurt Fischer beantwoordde de vraag van zijn broer met een moedeloos hoofdschudden.

Hij werd zelf ook neerslachtig bij de gedachte aan wat hun buurvrouw had gedaan. Uitgerekend mevrouw Lutz! Mevrouw Lutz, die ze elke kerstavond een warme kerststol van hun moeder hadden gebracht, scheef en uitpuilend van het gekonfijte fruit, mevrouw Lutz, die door hun ouders was getroost wanneer ze op de avond van de Duitse overgave huilde – die avond was een substituut voor de dag waarop haar echtgenoot in de oorlog was gesneuveld, aangezien niemand wist wanneer hij was gestorven.

'Hoe kon ze?' fluisterde Hans weer.

Kurt Fischer kon het hem niet uitleggen.

Als ze hen had aangegeven omdat ze dissidente affiches hadden willen plakken of leden van de Hitlerjugend hadden willen aanvallen, had hij het misschien nog begrepen, maar het enige wat ze hadden gewild, was een land verlaten waarvan de Führer had gezegd: 'Pacifisme is de vijand van het nationaalsocialisme.' Hij nam aan dat mevrouw Lutz, net als al die anderen, in de ban van Hitler was geraakt.

De cel uit ruw gehouwen steen in Columbia Haus was ongeveer drie bij drie meter, zonder ramen, met een traliedeur naar de gang. Er drupte water en ze hoorden vlakbij ratten trippelen. Aan het plafond van de cel hing een fel, kaal peertje, maar de gang was onverlicht, zodat ze de donkere gestalten die zo af en toe voorbijkwamen nauwelijks konden onderscheiden. Ze hoorden alleen aan het stampen van laarzen wanneer de bewakers langsliepen. Soms waren ze alleen, soms voerden ze gevangenen mee, die op blote voeten liepen en geen ander geluid maakten dan zo af en toe een zucht, een snik of een smeekbede. Soms was de stilte van hun angst ijzingwekkender dan de geluiden die ze uitbrachten.

De hitte was ondraaglijk; ze kregen er jeuk van. Kurt begreep het niet; ze zaten onder de grond, dus het had koel moeten zijn. Toen zag hij een buis in de hoek waar een stroom hete lucht uit ontsnapte. De bewakers pompten het naar binnen vanuit een oven om er zeker van te zijn dat de gevangenen geen moment respijt kregen van hun ongemakkelijke toestand.

'We hadden niet weg moeten gaan,' pruttelde Hans. 'Ik had het toch gezegd?'

'Ja, we hadden thuis moeten blijven, dát was onze redding geweest,' zei Kurt met een bijtend sarcasme. 'Tot wanneer? Volgende week? Morgen? Begrijp je dan niet dat ze ons heeft bespioneerd? Ze heeft de mensen gezien, ze heeft gehoord wat we zeiden.'

'Hoelang moeten we hier blijven?'

Wat zeg je op zo'n vraag? dacht Kurt. Ze waren ergens waar elk moment een eeuwigheid duurde. Hij ging op de vloer zitten, bij gebrek aan iets anders, en staarde afwezig in de donkere, lege cel aan de overkant van de gang.

Er ging een deur open en er klonken laarzen op het beton.

Kurt begon de stappen te tellen: een, twee, drie...

Bij achtentwintig zou de bewaker hun cel bereiken. Het tellen van voetstappen was iets wat hij nu al had geleerd; gevangenen snakten wanhopig naar wat voor informatie dan ook, wat voor zekerheid dan ook.

Twintig, eenentwintig, tweeëntwintig...

De broers keken elkaar aan. Hans balde zijn vuisten. 'Ze zullen pijn lijden. Ze zullen bloed proeven,' prevelde hij.

'Nee,' zei Kurt. 'Geen domme dingen doen.'

Vijfentwintig, zesentwintig...

De voetstappen werden trager.

Met zijn ogen knipperend in het licht van de gloeilamp zag Kurt twee grote mannen in een bruin uniform opdoemen. Ze keken naar de broers.

En wendden zich af.

Een van de bewakers maakte de cel tegenover de hunne open en riep kortaf: 'Grossman, kom eruit.'

Het duister in de cel bewoog en Kurt besefte geschrokken dat hij naar een ander menselijk wezen had zitten staren. De man kwam wankel overeind, stapte naar voren en zocht steun bij de traliedeur. Hij was smerig. Als hij fris geschoren de cel in was gegaan, zat hij er nu minstens een week, zag Kurt aan de stoppels op zijn gezicht.

De gevangene knipperde met zijn ogen, keek naar de twee grote bewakers en richtte zijn blik toen op Kurt aan de overkant van de gang.

Een van de bewakers keek naar een vel papier. 'Ali Grossman, je bent veroordeeld tot vijf jaar Oranienburg wegens misdrijven tegen de staat. Kom je cel uit.'

'Maar ik...'

'Stil. Ben je klaar voor de reis naar het kamp?'

'Ze hebben me al ontluisd. Wat bedoelt u?'

'Stil, zei ik!'

De ene bewaker fluisterde iets tegen de andere, die antwoordde: 'Heb je de jouwe dan niet bij je?'

'Nee.'

'Nou, neem de mijne dan maar.'

Hij reikte zijn collega een paar lichte, leren handschoenen aan. De man trok ze aan en pakte Grossman bij de schouders.

Met het gekreun van een tennisser die met kracht serveert stompte de bewaker de gevangene recht in zijn maag. Hij schreeuwde het uit en kokhalsde.

Zonder te kreunen liet de bewaker zijn knokkels op de kin van de gevangene neerkomen.

'Nee, nee!'

Meer slagen, gericht op zijn kruis, gezicht en onderbuik. Het bloed stroomde uit zijn neus en mond, de tranen stroomden uit zijn ogen. Snakkend naar adem, hijgend: 'Alstublieft, meneer!'

De broers zagen vol afgrijzen hoe een mens in een kapotte pop werd veranderd. De bewaker die had geslagen keek naar zijn kameraad en zei: 'Sorry van de handschoenen. Mijn vrouw zal ze wassen en verstellen.'

'Graag.'

Ze pakten de man en sleepten hem de gang in. De deur sloeg luid dicht.

Kurt en Hans staarden naar de lege cel. Kurt was sprakeloos. Hij geloofde dat hij nog nooit van zijn leven zo bang was geweest. Zijn jongere broer zat op de klamme, gruizige vloer naast hem. Hans vroeg ten slotte: 'Hij zal wel iets heel ergs hebben gedaan, denk je ook niet? Om zo'n behandeling te verdienen.'

'Een saboteur, denk ik,' zei Kurt beverig.

'Ik heb gehoord dat er brand in een regeringsgebouw was. Het ministerie van Verkeer. Heb je dat gehoord? Daar zat hij vast achter.'

'Ja. Brand. Hij moet de brand aangestoken hebben.'

Ze bleven verlamd van angst zitten terwijl de stroom gloeiend hete lucht achter hen de kleine cel bleef verhitten.

Nog geen minuut later hoorden ze de deur weer opengaan en dichtslaan. Ze keken elkaar aan.

De voetstappen begonnen, weerkaatsend leer op beton.

... zes, zeven, acht...

'Ik vermoord de rechtse,' zei Hans. 'De grootste. Dat lukt me wel. We pakken de sleutels af en...'

Kurt boog zich naar hem over en omklemde zijn gezicht met beide handen. Hans schrok. 'Nee,' fluisterde Kurt zo fel dat zijn broer naar adem snakte. 'Jij doet niets. Je verzet je niet, je spreekt niet tegen. Je doet precies wat ze zeggen en als ze je slaan, verdraag je de pijn in stilte.' Al zijn eerdere ideeën over het bestrijden van het nationaalsocialisme, het verbeteren van de wereld waren verdwenen.

'Maar...'

Kurts sterke vingers trokken Hans dichterbij. 'Je doet wat ik zeg!'

... dertien, veertien...

De voetstappen waren als mokerslagen op de olympische klok, en bij elke slag weergalmde de angst in Kurt Fischers ziel.

... zeventien, achttien...

Bij zesentwintig zouden de stappen vertragen.

Bij achtentwintig zouden ze ophouden.

En zou het bloed beginnen te vloeien.

'Je doet me pijn!' Maar zelfs de sterke spieren van Hans konden de greep van zijn broer niet afschudden.

'Als ze je tanden uit je mond slaan, zeg je niets. Als ze je vingers breken, kun je huilen, kermen en schreeuwen, maar je zegt geen woord.

We gaan dit overleven. Begrijp je me? Als we dit willen overleven, mogen we ons niet verzetten.'

Voetstappen. Tweeëntwintig, drieëntwintig, vierentwintig...

Er viel een schaduw op de vloer voor de traliedeur.

'Begrepen?'

'Ja,' fluisterde Hans.

Kurt sloeg een arm om de schouder van zijn broer en ze keken samen naar de deur.

De mannen bleven bij de cel staan.

Maar het waren niet de bewakers, maar een slanke man met grijs haar in pak en een forsere, kalende man in een bruin tweed jasje met een vest eronder. Ze namen de broers op.

'Zijn jullie de Fischers?' vroeg de man met het grijze haar.

Hans keek naar Kurt, die knikte.

Hij haalde een stuk papier uit zijn zak en las: 'Kurt.' Hij keek op. 'Jij bent Kurt zeker? En jij Hans?'

'Ja.'

Wat was dit?

De man keek de gang in. 'Maak de cel open.'

Weer voetstappen. De bewaker kwam tevoorschijn, keek in de cel en ontsloot de deur. Hij stapte achteruit, met zijn hand op de knuppel aan zijn riem.

Beide mannen stapten de cel in.

'Ik ben kolonel Reinhard Ernst,' zei de man met het grijze haar.

De naam kwam Kurt bekend voor. De kolonel speelde een rol in Hitlers regering, al wist hij niet precies welke. De tweede man werd voorgesteld als professor-doctor Keitel, van de een of andere militaire academie buiten Berlijn.

'Op jullie arrestatiebevel staat "misdrijven tegen de staat",' zei de kolonel, 'maar dat staat er altijd. Wat hebben jullie precies gedaan?'

Kurt vertelde over hun ouders, en dat ze hadden geprobeerd illegaal het land te ontvluchten.

Ernst hield zijn hoofd schuin en nam de jongens aandachtig op. 'Pacifisme,' mompelde hij. Toen wendde hij zich tot Keitel, die vroeg: 'Hebben jullie verzet tegen de Partij gepleegd?'

'Nee, meneer.'

'Zijn jullie Edelweiss Piraten?'

Hij doelde op de informele antinationaalsocialistische clubs van jonge mensen, bendes, werd wel beweerd, die waren ontstaan in een reactie op de stompzinnige tucht van de Hitlerjugend. Ze kwamen clandestien bij elkaar om over kunst en politiek te discussiëren – en iets van de geneugten van het leven te smaken die de Partij veroordeelde, althans in het openbaar: drinken, roken en seks buiten het huwelijk. De broers kenden jonge mensen die lid waren, maar zelf waren ze het niet, en dat zei Kurt ook tegen de mannen.

'Het vergrijp mag dan mild zijn, maar jullie zijn tot drie jaar Oranienburg veroordeeld,' zei Ernst terwijl hij een stuk papier pakte.

Hans hijgde. Kurt, die dacht aan de verschrikkelijke mishandeling waarmee die arme meneer Grossman zojuist onderdanigheid had geleerd, voelde zich verdoofd. Hij wist ook dat er wel eens mensen naar Oranienburg of Dachau werden gestuurd om een korte straf uit te zitten, maar dat er nooit iemand terugkeerde. 'Er is geen proces geweest!' sputterde hij. 'We zijn nog maar een uur geleden gearresteerd! En het is vandaag zondag. Hoe kunnen we nu al veroordeeld zijn?'

De kolonel haalde zijn schouders op. 'Er is wél een proces geweest, zoals je ziet.' Ernst overhandigde Kurt het document, waarop tientallen namen stonden, ook die van Hans en hemzelf. Naast elke naam stond de strafmaat. Het briefhoofd van het document luidde simpelweg 'Das Volksgericht'. Dat was het beruchte tribunaal dat bestond uit twee echte rechters en vijf leden van de Partij, de SS of de Gestapo. Er was geen mogelijkheid om tegen een uitspraak in beroep te gaan.

Hij keek er verbijsterd naar.

'Zijn jullie allebei gezond?' vroeg de professor.

De broers keken elkaar aan en knikten.

'Niet van joodse afkomst, in welke graad dan ook?'

'Nee.'

'En jullie hebben je Arbeitsdienst al vervuld?'

'Mijn broer wel,' antwoordde Kurt. 'Ik was te oud.'

'Waar we voor gekomen zijn,' zei professor Keitel, 'is om jullie een keus aan te bieden.' Hij maakte een ongeduldige indruk.

'Keus?'

Ernst legde op gedempte toon uit: 'Sommige mensen binnen de regering zijn van mening dat bepaalde personen niet in ons leger thuishoren. *Vanwege hun ras of nationaliteit,* omdat het intellectuelen zijn of omdat ze de beslissingen van onze overheid in twijfel zouden kunnen trekken. Ikzelf geloof echter dat een natie maar zo groot kan zijn als haar leger, en dat een leger, om groot te zijn, een afspiegeling moet zijn van de hele burgerbevolking. Professor Keitel en ik werken aan een onderzoek dat volgens ons het beeld dat de regering van de Wehrmacht heeft, zou kunnen veranderen.' Hij keek de gang in en zei tegen de SA-bewaker: 'U kunt gaan.'

'Maar kolonel...'

'U kunt gaan,' herhaalde Ernst bedaard, maar met een stem die Kurt zo onbuigzaam leek als het staal van Krupp.

De bewaker wierp nog een blik op Kurt en Hans en liep toen weg.

Ernst vervolgde: 'En dit onderzoek zou uiteindelijk heel goed bepalend kunnen zijn voor de waardering die de regering aan de burgers in het algemeen toekent. We zijn op zoek naar mannen in jullie situatie om ons daarbij te helpen.'

De professor nam het van hem over. 'We zoeken gezonde jongemannen die vanwege politieke of andere redenen van militaire dienst worden uitgesloten.'

'En wat moeten we dan doen?'

Ernst lachte blaffend. 'Nou, jullie worden soldaat, natuurlijk. Jullie dienen net als alle anderen een jaar in de Duitse landmacht, de marine of de luchtmacht.'

Hij keek naar de professor, die vervolgde: 'Jullie dienstplicht zou hetzelfde zijn als die van alle anderen, alleen zullen we jullie prestaties bijhouden. Jullie meerderen zullen aantekeningen voor ons maken. Die informatie wordt gebundeld en door ons geanalyseerd.'

'Als jullie dat jaar uitdienen,' zei Ernst, 'wordt jullie strafblad gewist.' Een knikje naar de lijst met veroordelingen. 'Dan mogen jullie desgewenst emigreren. De valutavoorschriften blijven wel gelden. Jullie mogen maar een beperkt bedrag in marken meenemen en jullie worden nooit meer in het land toegelaten.'

Kurt dacht na over iets wat hij net had gehoord. Vanwege hun ras of nationaliteit... Voorzag Ernst dat het Duitse leger op een dag ook joden en andere niet-Ariërs zou opnemen?

En zo ja, wat betekende dat dan voor het land in het algemeen? Wat voor veranderingen hadden deze mensen in gedachten?

'Jullie zijn pacifist,' zei Ernst. 'Andere vrijwilligers die hebben besloten ons te helpen, stonden voor een minder moeilijke keus dan jullie. Kan een pacifist zonder gewetensbezwaren meewerken aan een militaire organisatie? Toch zouden we jullie deelname op prijs stellen. Jullie hebben een Arisch uiterlijk, zijn kerngezond en hebben de houding van een soldaat. Met mensen zoals jullie in de gelederen zouden bepaalde elementen binnen de regering eerder geneigd zijn onze theorieën te accepteren, dunkt me.'

'En wat jullie overtuigingen betreft,' voegde Keitel eraan toe, 'wil ik het volgende zeggen: als professor aan een militaire academie en militair historicus vind ik ze naïef. Maar we zullen rekening houden met jullie gevoelens en zorgen dat jullie taken in overeenstemming zijn met jullie denkbeelden. We kunnen van een man met hoogtevrees geen piloot maken, en iemand met claustrofobie stoppen we niet in een onderzeeër. Er zijn binnen het leger genoeg functies die een pacifist kan vervullen. Ik denk bijvoorbeeld aan de medische dienst.'

'En zoals ik al zei,' vervolgde Ernst, 'misschien merken jullie na een tijdje dat jullie denkbeelden over oorlog en vrede iets realistischer worden. Geen betere vuurproef voor wie een echte man wil worden dan het leger, zeg ik altijd.'

Onmogelijk, dacht Kurt. Hij zei niets.

'Maar als jullie overtuigingen jullie verbieden dienst te nemen,' zei Ernst, 'hebben jullie een alternatief.' Een knikje naar de veroordeling.

Kurt keek naar zijn broer. 'Mogen we dit onder vier ogen bespreken?'

'Zeker,' zei Ernst, 'maar jullie hebben nog maar een paar uur. In de namiddag wordt er een groep ingelijfd en de basistraining begint morgen.' Hij keek op zijn horloge. 'Ik moet nu naar een bespreking. Ik kom tussen twee en drie uur terug om te horen wat jullie hebben besloten.'

Kurt wilde de veroordeling aan Ernst teruggeven, maar de kolonel schudde zijn hoofd. 'Hou maar. Het zou jullie kunnen helpen tot een beslissing te komen.'

25

Op twintig minuten rijden van het centrum van Berlijn, even voorbij Charlottenburg, sloeg de witte bestelbus met Reggie Morgan achter het stuur af bij de Adolf Hitlerplatz. Paul Schumann, die naast hem zat, keek net als hij naar het stadion links van hen. Ervoor stonden twee enorme, rechthoekige zuilen waartussen de vijf olympische ringen leken te zweven.

Toen ze linksaf sloegen, de Olympische Strasse in, viel het Paul weer op hoe immens het complex was. Volgens de borden waren er, afgezien van het stadion zelf, ook een zwembad, een hockeyveld, een schouwburg, een sportterrein en allerlei bijgebouwen en parkeerfaciliteiten. Het witte stadion torende hoog boven de omgeving uit; het deed Paul meer aan een onneembaar slagschip dan aan een gebouw denken.

Het was druk: voornamelijk werklieden en leveranciers, maar ook een aantal soldaten en bewakers in een zwart en grijs uniform ter beveiliging van de nationaalsocialistische leiders die aan de fotosessie deelnamen. Als Bull Gordon en de senator wilden dat Ernst in het openbaar stierf, was dit er de uitgelezen plek voor.

Het was mogelijk regelrecht naar het voorplein van het stadion te rijden, maar het zou uiteraard wantrouwen wekken wanneer een ss-luitenant (de rang was een gunst van Otto Webber, zonder bijbetaling) uit een particuliere bestelbus stapte. Ze besloten dus om het stadion heen te rijden. Reggie zou Paul tussen de bomen bij een parkeerterrein afzetten, waar hij kon 'surveilleren'; hij zou doen alsof hij vrachtwagens en werklieden inspecteerde en zo langzaam naar de opslagplaats met uitzicht op de perszaal aan de zuidzijde van het stadion lopen.

Het busje verliet de weg en kwam met een schok tot stilstand op een grasveldje, onzichtbaar vanaf het stadion. Paul stapte uit, pakte de Mauser, hing hem over zijn schouder en zette zijn zwarte helm op. Hij haalde het telescoopvizier van het geweer, want zo'n accessoire had een bewaker niet, en stopte het in zijn zak.

'Hoe zie ik eruit?' vroeg hij.

'Authentiek genoeg om me bang te maken. Veel geluk.'

Dat zal ik nodig hebben, dacht Paul verbeten. Tussen de bomen door zag hij de tientallen werklieden op het terrein, allemaal bereid en in staat een indringer aan te wijzen, en de honderden bewakers die die indringer vervolgens maar wat graag zouden neerschieten.

Zes tegen vijf...

O, man. Hij keek naar Reggie en voelde de neiging op zijn Amerikaans te salueren, van veteraan tot veteraan, maar hij was natuurlijk volledig doordrongen van zijn rol. 'Heil,' zei hij, en hij hief zijn arm. Reggie onderdrukte een glimlach en beantwoordde de groet.

Paul stond op het punt weg te lopen toen Reggie zacht zei: 'Wacht even, Paul. Toen ik Bull Gordon en de senator vanochtend sprak, vroegen ze me je succes te wensen. En van de bevelhebber moest ik doorgeven dat je eerste opdracht het drukken van de trouwkaarten van zijn dochter wordt. Weet je wat hij daarmee bedoelde?'

Paul knikte, pakte de schouderriem van de Mauser en begon in de richting van het stadion te lopen. Vanuit de bomen stapte hij een parkeerterrein op dat plaats kon bieden aan wel twintigduizend auto's, zo reusachtig was het. Hij beende er vastberaden en gezaghebbend overheen, de geparkeerde auto's met een haviksblik opnemend, het toonbeeld van een ijverige bewaker.

Tien minuten later had Paul de immense entree van het stadion aan de andere kant van het parkeerterrein bereikt. Hier hielden soldaten de wacht die zorgvuldig papieren controleerden en iedereen die naar binnen wilde fouilleerden, maar rondom het stadion was Paul maar een van de honderden militairen in een zwart of grijs uniform en geen mens besteedde enige aandacht aan hem. Met af en toe een 'heil Hitler' of een knikje liep hij om het bouwwerk heen naar de opslagplaats. Hij kwam langs een enorme ijzeren klok met de inscriptie: 'Ik roep de jeugd van de wereld op.'

Toen hij bij de opslagplaats kwam, zag hij dat die geen ramen of achterdeur had; hij zou moeilijk weg kunnen komen nadat hij zijn schot had gelost. Hij zou door de voordeur naar buiten moeten gaan, in het zicht van het hele stadion, maar hij nam aan dat het door de akoestiek vrijwel onmogelijk zou zijn te bepalen waar het schot vandaan was gekomen. En overal maakten bouwvakkers geluid, met heipalen, zagen, klinkmachines en dergelijke, dat de knal van het geweer zou overstemmen. Paul zou na het schot langzaam weglopen van de opslagplaats, blijven staan, om zich heen kijken en zelfs om hulp roepen als dat kon zonder argwaan te wekken.

Het was nu halftwee. Otto Webber, die naar het postkantoor aan de Potsdamer Platz was gegaan, zou rond kwart over twee opbellen. Tijd genoeg dus.

Paul drentelde traag verder, het terrein overziend en in geparkeerde auto's kijkend.

'Heil Hitler,' zei hij tegen een stel arbeiders die met ontbloot bovenlijf een hek stonden te schilderen. 'Het is een warme dag voor zulk werk.'

'Ach, het is niets,' antwoordde een van de schilders. 'En wat dan nog? We werken voor het nut van het vaderland.'

'De Führer is trots op jullie,' zei Paul, en hij vervolgde zijn weg naar zijn schutterspost.

Hij keek belangstellend naar de opslagplaats, alsof hij zich afvroeg of die een risico voor de veiligheid inhield. Toen trok hij de zwartleren handschoenen aan die bij zijn uniform hoorden, maakte de deur open en liep naar binnen. De ruimte stond vol kartonnen dozen met touw eromheen. Paul herkende de geur meteen uit zijn tijd als drukker: het bitter van papier en het zoet van inkt. Hier werden programma's of herdenkingsboeken van de Spelen bewaard. Hij verschoof de dozen om ruimte voor zichzelf voor in de opslagplaats vrij te maken. Toen spreidde hij zijn uniformjas rechts naast zich uit, zodat die hulzen zou opvangen. Zulke details – het meenemen van de hulzen en geen vingerafdrukken achterlaten – waren waarschijnlijk van geen belang. Hij had hier geen strafblad en voor het donker was, zou hij het land uit zijn. Toch nam hij de moeite, domweg omdat het zijn vak was.

Je zorgt dat alles klopt.

Je denkt om je p's en q's.

Veilig in de kleine opslagplaats weggedoken tuurde hij door het telescoopvizier van het geweer het stadion af. Hij zag de open wandelgang achter de perszaal waarlangs Ernst naar de trap zou lopen, op weg naar de loopjongen of chauffeur die hem, zoals Otto hem zou vertellen, beneden opwachtte. Zodra de kolonel door de deur stond, vormde hij een ideaal doelwit. En als Ernst bij een van de grote ramen bleef staan, kon Paul daardoorheen schieten.

Het was nu tien voor twee.

Paul leunde achterover, met zijn benen over elkaar en het geweer op schoot. Het zweet droop in kriebelende stroompjes over zijn voorhoofd. Hij haalde de mouw van zijn overhemd over zijn gezicht en begon het telescoopvizier op het geweer te monteren.

'Wat denk je, Rudy?'

Reinhard Ernst verwachtte geen antwoord van zijn kleinzoon, die glimlachend en vol ontzag over het weidse stadion uitkeek. Ze waren in de langwerpige perszaal aan de zuidkant van het bouwwerk, boven de tribune van de Führer. Ernst had Rudy opgetild, zodat hij door het raam kon kijken, en Rudy kronkelde van opwinding.

'Hé, wie hebben we daar?' vroeg een stem.

Ernst keek om en zag Adolf Hitler met twee van zijn ss-bewakers binnenkomen.

'Mein Führer.'

Hitler liep glimlachend naar de jongen toe.

'Dit is Rudy, het zoontje van mijn zoon,' zei Ernst.

Uit het lichte medeleven op het gezicht van de Führer maakte Ernst op dat hij wist dat Mark op het slagschip was omgekomen. Het verbaasde hem, maar hij besefte vrijwel meteen dat dat onterecht was; Hitlers geest was net zo uitgestrekt als het olympische speelveld, angstwekkend snel, en hij onthield alles wat hij wilde onthouden.

'Zeg eens dag tegen onze Führer, Rudy. Begroet hem zoals ik je heb geleerd.'

Rudy bracht een keurige Hitlergroet, en Hitler lachte opgetogen en woelde door Rudy's haar. Toen ging de Führer bij het raam staan, wees de jongen op bepaalde kenmerken van het stadion en vertelde er enthousiast over. Hij vroeg Rudy ook hoe het op school ging, wat zijn lievelingsvakken waren en of hij aan sport deed.

Weer stemmen in de gang. Goebbels en Göring kwamen samen aan. Dat moet een leuke rit geweest zijn, dacht Ernst wrang.

Na zijn nederlaag op de kanselarij van die ochtend was Göring narrig gebleven. Ernst zag het duidelijk, ondanks zijn glimlach. Wat een verschil tussen de twee machtigste mannen van Duitsland... Toegegeven, Hitlers driftaanvallen waren extreem, maar ze werden zelden door iets persoonlijks opgewekt; als zijn geliefde chocola niet verkrijgbaar was of hij zijn scheenbeen aan een tafelpoot stootte, kon hij zich daar schouderophalend overheen zetten. En als het in staatszaken tegenzat had hij weliswaar een temperament dat zijn naaste vrienden angst aanjoeg, maar zodra het probleem was verholpen, ging hij op iets anders over. Göring daarentegen was net een verwend kind. Als hij zijn zin niet kreeg, werd hij woedend, en hij bleef mokken tot hij een geschikte manier had gevonden om zich te wreken.

Hitler vertelde de jongen enthousiast welke onderdelen van de Spelen in welke delen van het stadion gehouden werden. Ernst vond het vermakelijk dat Göring in weerwil van zijn brede glimlach steeds kwader werd omdat de Führer zoveel aandacht besteedde aan de kleinzoon van zijn rivaal.

De andere functionarissen druppelden binnen: Von Blomberg, de minister van Defensie, en Hjalmar Schacht, het hoofd van de Staatsbank, met wie Ernst een ingewikkeld systeem had uitgedacht om herbewapeningsprojecten te financieren uit niet te traceren fondsen die 'Mefo-wissels' werden genoemd. Schacht heette voluit Hjalmar Horace Greeley, naar de Amerikaan, en Ernst plaagde de geniale econoom vaak met diens cowboyafkomst. Ook Rudolph Hess met zijn vierkante kop en Himmler arriveerden, gevolgd door Reinhard Heydrich met zijn reptielenogen die Ernst verstrooid begroette, maar zo begroette hij iedereen.

De fotograaf stelde zijn Leica en andere apparatuur met zorg zo op dat hij iedereen met het stadion op de achtergrond kon fotograferen zonder dat het licht in de ruiten weerkaatste. Ernst was in fotografie geïnteresseerd. Hij had zelf een aantal Leica's en hij was van plan Rudy een van de goedkopere Kodaks te geven, die uit Amerika werden geïmporteerd en gemakkelijker in het gebruik waren dan de Duitse toestellen met hun fijnafstelling. De kolonel had reisjes met de familie vastgelegd. Met name Parijs en Budapest waren goed gedocumenteerd, evenals een wandeltocht in het Schwarzwald en een bootreis op de Donau.

'Goed,' riep de fotograaf. 'We kunnen beginnen.'

Hitler wilde per se eerst met Rudy op de foto. Hij zette de jongen op zijn knie en lachte en praatte met hem als een brave oom. Daarna konden de geplande foto's worden gemaakt.

Ernst was blij dat Rudy het naar zijn zin had, maar zelf begon hij ongeduldig te worden. Hij vond publiciteit bespottelijk. Bovendien was het een grote tactische fout, zoals het hele idee de Olympische Spelen naar Duitsland te halen, trouwens. Er waren te veel aspecten van de herbewapening die geheimgehouden moesten worden. Hoe zou een buitenlandse bezoeker níét kunnen zien dat dit een militaire natie was die zich met de dag zwaarder bewapende?

De flitslichten knipten terwijl de gevierde leiders van het Derde Rijk vrolijk, peinzend of dreigend in de lens keken. Wanneer Ernst niet hoefde te poseren, praatte hij met Rudy of hield zich afzijdig en werkte in gedachten aan zijn brief aan de Führer over het Walthamonderzoek. Wat zou hij zeggen, en wat verzwijgen?

Soms kon je niet alles delen...

Er verscheen een SS-bewaker in de deuropening. Hij keek de zaal in, ontdekte Ernst en riep: 'Meneer de minister?'

Hoofden werden omgedraaid.

'Meneer de minister Ernst.'

De kolonel vond het zo grappig als Göring ergerlijk; Ernst was officieel geen minister.

'Ja?'

'Meneer, er is telefoon voor u van het secretariaat van Gustav Krupp Von Bohlen. Hij wil u direct van iets verwittigen. Iets heel belangrijks. In verband met uw laatste bespreking.'

Hadden ze iets besproken wat zo dringend kon zijn? De bewapening van de oorlogsschepen was ter sprake gekomen. Het had niet zo urgent geleken, maar nu Engeland de nieuwe scheepsbouwcijfers had goedgekeurd, kon Krupp de productiequota misschien niet meer halen. Nee, bedacht Ernst, de baron was nog niet op de hoogte van de overwinning in verband met het verdrag. Krupp was een geniaal ingenieur en een even geniaal kapitalist, maar hij was ook een lafaard die de Partij had gemeden tot Hitler aan de macht kwam en toen een verwoed bekeerling was geworden. Ernst vermoedde dat de crisis in het ergste geval weinig zou voorstellen, maar Krupp en zijn zoon waren zo belangrijk voor de herbewapeningsplannen dat hij hen niet kon negeren.

'U kunt een van de toestellen hier opnemen. Ik verbind u door.'

'Neem me niet kwalijk, mein Führer.'

Hitler knikte en zette zijn gesprek over de lenshoek met de fotograaf voort.

Even later rinkelde een van de vele wandtoestellen.

Een knipperlichtje gaf aan welk toestel het was en Ernst nam op.

'Hallo? Met kolonel Ernst.'

'Kolonel, u spreekt met Stroud, een assistent van baron Von Bohlen. Neem me niet kwalijk dat ik stoor. Hij heeft u een paar documenten ter inzage gestuurd. Een chauffeur is ermee naar het stadion gereden.'

'Waar gaat het over?'

Een korte stilte. 'De baron heeft me opgedragen het onderwerp niet over deze telefoonlijn te bespreken.'

'Ja, al goed. Waar is die chauffeur?'

'Op de weg aan de zuidkant van het stadion. Hij wacht daar op u. U kunt beter discreet zijn. Ga alleen, bedoel ik, meneer. Dat moest ik u zeggen.'

'Ja, vanzelfsprekend.'

'Heil Hitler.'

'Heil.'

Ernst hing op. Göring, die hem als een vadsige arend in de gaten had gehouden, zei: 'Een probleem, minister?'

De kolonel besloot zowel de geveinsde sympathie als de ironisch gebruikte titel te negeren. Liever dan te liegen bekende hij: 'Een probleem bij Krupp. Hij heeft me er bericht over gestuurd.'

Krupp had als producent van voornamelijk pantserbekleding, artillerie en munitie meer met Ernst en de bevelhebbers van het leger en de marine te maken dan met Göring, wiens domein de lucht was.

'Ach.' De kolossale man keek weer in de spiegel die de fotograaf hem had gegeven en begon met een vinger de schmink op zijn gezicht uit te strijken.

Ernst liep naar de deur.

'Opa, mag ik mee?'

'Natuurlijk, Rudy. Kom maar.'

De jongen dribbelde achter zijn grootvader aan de gang in die alle perszalen met elkaar verbond. Ernst sloeg zijn arm om de schouders van de jongen, keek zoekend om zich heen en zag een deur naar een trappenhuis. Ze liepen erheen. Ernst had aanvankelijk gedacht dat er niet veel aan de hand kon zijn, maar nu begon hij zich zorgen te maken. Het staal van Krupp stond bekend als het beste van de wereld;

de toren van het schitterende Chrysler-building in New York was van het vermaarde Enduro KA-2 van Krupp gemaakt. Dat betekende echter ook dat buitenlandse militair strategen Krupps producten en leveringen nauwlettend in het oog hielden. Hij vroeg zich af of de Britten of de Fransen hadden ontdekt hoeveel staal er niet in rails, wasmachines of auto's werd verwerkt, maar in wapentuig.

Grootvader en kleinzoon baanden zich een weg door een horde arbeiders en voormannen die energiek de laatste hand legden aan de persverdieping. Ze schaafden deuren op maat, monteerden verlichting, schuurden en schilderden muren. Toen ze een werkbank omzeilden, viel Ernsts blik op de mouw van zijn pak. Hij trok een lelijk gezicht.

'Opa, wat is er?' riep Rudy over een gierende zaag heen.

'O, kijk eens. Kijk eens wat een vlek.' Er was gips op de mouw gedwarreld.

Hij veegde het zo goed mogelijk weg, maar er bleef iets achter. Hij vroeg zich af of hij het met water schoon moest maken, alleen zou het gips dan in de stof kunnen trekken en dan zou Gertrud niet blij zijn. Hij besloot het maar zo te laten en legde zijn hand op de deurkruk naar de buitengang.

'Kolonel!' riep een stem in zijn oor. Ernst keek om.

Er was een SS-bewaker achter hen aan gerend die boven het janken van een elektrische zaag uit riep:

'Meneer, de honden van de Führer zijn er. Hij vroeg zich af of uw kleinzoon ermee wil poseren.'

'Honden?' zei Rudy opgetogen.

Hitler hield van Duitse herders en had er zelf een paar. Het waren goedmoedige honden, echte gezelschapsdieren.

'Wil je dat graag?' vroeg Ernst.

'O, ja, opa, alstublieft?'

'Niet te wild met ze spelen.'

'Nee, opa.'

Ernst liep met de jongen mee terug en zag hem naar de honden rennen, die snuffelend de zaal verkenden. Hitler lachte toen Rudy de grootste hond in zijn armen trok en hem een zoen op zijn kop gaf. Het dier likte Rudy met zijn lange tong. Göring bukte zich met enige moeite en aaide de hond ook, met een kinderlijke glimlach op zijn bolle gezicht. Hoewel hij in veel opzichten harteloos was, was de minister dol op dieren.

De kolonel liep terug naar de gang en de deur naar de trap. Hij blies nog eens op het gipsstof op zijn mouw, bleef bij een van de grote ramen op het zuiden staan en keek naar buiten. De zon scheen fel op zijn hoofd. Hij had zijn hoed in de perszaal laten liggen. Zou hij hem gaan halen?

Nee, dacht hij. Dat zou...

De lucht werd uit zijn longen geperst, hij voelde een harde slag tegen zijn lichaam en tuimelde wanhopig naar adem snakkend op het spatlaken op de marmeren vloer, verward en bang... Maar het eerste wat hij dacht toen hij de vloer raakte, was: nu krijg ik ook nog verf op mijn pak! Wat zal Gertrud daarvan zeggen?

26

München Haus was een klein restaurant tussen de Tiergarten en de Dresdengasse.

Willi Kohl had er een paar keer gegeten en herinnerde zich dat hij had gesmuld van de Hongaarse goulash waar nota bene karwijzaad en rozijnen in hadden gezeten. Hij had er een uitstekende rode wijn uit Oostenrijk bij gedronken.

Janssen en hij parkeerden de DKW voor het restaurant en Kohl legde de Kripo-kaart op het dashboard om gretige Schupo's met bonnenboekjes te weren.

Terwijl hij de as uit zijn meerschuimen pijp tikte, haastte hij zich naar de ingang, op de voet gevolgd door Konrad Janssen. De inrichting was Beiers: bruin hout en vergelend stucwerk en overal houten randen met onhandig, slordig beschilderd snijwerk van gardenia's. Het rook er naar zure specerijen en gebraden vlees. Kohl kreeg prompt honger; hij had die ochtend maar één keer ontbeten en alleen maar gebak en koffie gehad. De rook was om te snijden, want het lunchuur was bijna voorbij en de mensen hadden hun lege borden voor koffie en sigaretten verruild.

Kohl zag zijn zoon Günter bij de jonge Hitlerjugendaanvoerder Helmut Gruber en nog twee tieners in het groepsuniform staan. De jongens hadden hun officiersachtige petten op gehouden, al waren ze binnen, óf uit gebrek aan respect, óf uit onwetendheid.

'Ik heb jullie bericht ontvangen, jongens.'

De aanvoerder bracht de Hitlergroet en zei: 'Heil Hitler, inspecteur Kohl. We hebben de man die u zocht gevonden.' Hij hield de foto van de dode in de Dresdengasse in de lucht.

'Echt waar?'

'Ja, inspecteur.'

Kohl keek naar Günter, wiens gezicht tegenstrijdige emoties verried. Hij was trots op zijn verhoogde status bij de Hitlerjugend, maar hij vond het vervelend dat Helmut zich het succes van de zoektocht langs de restaurants had toegeëigend. De inspecteur vroeg zich af of dit incident misschien twee voordelen bood: voor hem de identificatie van het lijk en voor zijn zoon een lesje over de realiteit van het leven onder de nationaalsocialisten.

De gerant, een gezette, kalende man in een stoffig zwart pak en een sjofel vest met gouden strepen, begroette Kohl. Het was duidelijk dat hij zich niet op zijn gemak voelde. Leden van de Hitlerjugend waren fervente verklikkers. 'Inspecteur, uw zoon en zijn vrienden hier informeerden naar deze man.'

'Ja, ja. En u bent...?'

'Gerhard Klemp. Ik ben hier al zestien jaar bedrijfsleider.'

'Heeft deze man hier gisteren geluncht?'

'Ja, inderdaad. En hij kwam bijna drie keer per week. Hij is een paar maanden geleden voor het eerst gekomen. Hij zei dat het hem hier beviel omdat we meer dan alleen Duits eten hebben.'

Kohl wilde de jongens zo min mogelijk over de moord laten weten, dus zei hij tegen zijn zoon en de aanvoerder: 'Dank je, zoon. Dank je wel, Helmut.' Hij knikte naar de andere jongens. 'Wij nemen het nu van jullie over. Jullie zijn een sieraad voor ons land.'

'Ik doe alles voor onze Führer, inspecteur,' zei Helmut op een toon die bij die uitspraak paste. 'Goedendag.' Hij bracht weer de Hitler groet. Kohl zag zijn zoon ook zijn arm uitsteken en groette afgemeten terug. 'Heil.' Hij deed alsof hij Janssens licht spottende blik niet zag.

De jongens vertrokken kletsend en lachend; voor de afwisseling leken ze eens gewoon, jongensachtig en opgewekt, bevrijd van hun gebruikelijke voorkomen, dat deed denken aan de hersenloze robots uit *Metropolis*, de sciencefictionfilm van Fritz Lang. Kohl ving de blik van zijn zoon en de jongen glimlachte en wuifde terwijl hij met zijn groepje vertrok. Kohl hoopte van harte dat de beslissing die hij omwille van zijn zoon had genomen geen vergissing mocht zijn; Günter zou zich zo gemakkelijk door hen kunnen laten inpakken.

Hij wendde zich weer tot Klemp en tikte tegen de foto. 'Hoe laat kwam hij hier gisteren lunchen?'

'Vroeg. Hij kwam vroeg binnen, om een uur of elf, we waren net open. Hij vertrok een halfuur, drie kwartier later.'

Kohl zag dat Klemp zich de dood aantrok, maar geen medeleven wilde tonen uit angst dat de man een staatsvijand zou blijken te zijn. Hij was ook heel nieuwsgierig, maar zoals de meeste burgers durfde hij geen vragen over het onderzoek te stellen of meer te vertellen dan wat hem werd gevraagd. Hij was tenminste niet blind.

'Was hij alleen?'

'Ja.'

'Maar hebt u ook gezien of hij iemand bij zich had toen hij aankwam of iemand trof toen hij wegging?' vroeg Janssen met een knikje naar de grote, onbedekte ramen van het restaurant.

'Ik heb niemand gezien, nee.'

'At hij regelmatig met anderen?'

'Nee, hij kwam meestal alleen.'

'En welke kant liep hij gisteren op toen hij wegging?' vroeg Kohl, die al aan de punt van zijn potlood had gelikt en alles in zijn opschrijfboekje noteerde.

'Die kant op, geloof ik. Naar links.'

De richting van de Dresdengasse.

'Wat kunt u over hem vertellen?' vroeg Kohl.

'Ach, een paar dingen. Ik heb bijvoorbeeld zijn adres, als ik u daarmee van dienst kan zijn.'

'O, zeker,' zei Kohl verheugd.

'Toen hij vaste klant begon te worden, bood ik hem aan een rekening bij ons te openen.' Klemp bladerde in een doos met keurig beschreven archiefkaartjes en noteerde een adres op een stukje papier. Janssen keek ernaar. 'Twee straten verderop, inspecteur.'

'Weet u nog meer over hem?'

'Weinig, vrees ik. Hij was teruggetrokken. We praatten zelden. Het lag niet aan de taal. Nee, hij had andere bezigheden. Meestal las hij de krant, een boek of zakelijke documenten en wilde niet praten.'

'Hoe bedoelt u, "het lag niet aan de taal"?'

'O, het was een Amerikaan.'

Kohl trok een wenkbrauw op en keek naar Janssen. 'Echt?'

'Ja, inspecteur,' antwoordde Klemp, en hij keek nog eens naar de foto van de dode.

'Hoe heette hij?'

'Reginald Morgan, inspecteur.'

'En u bent?'

Robert Taggert beantwoordde Reinhard Ernsts vraag door waarschuwend zijn vinger op te steken. Toen keek hij behoedzaam door het raam waarvoor Ernst een ogenblik tevoren had gestaan toen Taggert hem pootje had gehaakt om hem buiten het gezichtsveld van de opslagplaats te krijgen waar Paul Schumann zijn doelwit opwachtte.

Taggert ving een glimp op van de zwarte deuropening en kon vaag de loop van de Mauser heen en weer zien glijden.

'Niemand naar buiten!' riep hij naar de werklieden. 'Blijf uit de buurt van de ramen en deuren!' Hij richtte zich weer tot Ernst, die op een krat met verfblikken zat. Een paar bouwvakkers die hem overeind hadden geholpen, stonden naast hem.

Taggert was laat in het stadion aangekomen. Hij had in de witte bestelbus ver naar het noorden en westen moeten cirkelen om te voorkomen dat Schumann hem in de gaten kreeg. Nadat hij de bewakers zijn papieren had laten zien, was hij de trap naar de persverdieping op gestormd, waar hij Ernst bij een raam had zien staan. Het was er zo'n lawaai dat Taggert betwijfelde of de kolonel hem boven de kettingzagen uit zou horen, dus was hij langs een stuk of tien verbijsterde werklieden door de gang gerend en had Ernst op de vloer gegooid, weg bij het raam.

De kolonel, die met zijn hoofd op het spatlaken op de vloer was gevallen, omvatte zijn schedel met beide handen. Hij bloedde echter niet en leek niet zwaargewond, hoewel Taggerts tackle hem had verdoofd en de lucht uit zijn longen had geperst.

'Ik ben lid van de diplomatieke staf in Washington,' beantwoordde Taggert Ernsts vraag nu. Hij liet zijn papieren zien: een legitimatiebewijs van de regering en een authentiek Amerikaans paspoort op zijn eigen naam, niet de vervalsing op naam van Reginald Morgan, de agent van de Marine Inlichtingendienst voor wie hij zich uitgaf sinds hij hem de vorige dag voor Schumanns ogen in de Dresdengasse had doodgeschoten.

'Ik ben gekomen om u te waarschuwen voor een aanslag. Er staat op dit moment een huurmoordenaar buiten.'

'Maar Krupp... Is baron Von Bohlen erbij betrokken?'

'Krupp?' Taggert luisterde met geveinsde verbazing naar Ernsts verhaal over het telefoontje.

'Nee, een van de samenzweerders moet gebeld hebben om u naar buiten te lokken.' Hij gebaarde naar buiten. 'De moordenaar zit in een van de opslagplaatsen ten zuiden van het stadion. We hebben gehoord dat hij een Rus in ss-uniform is.'

'Ja, ja, er is een veiligheidsmelding over zo iemand gekomen.'

In feite had Ernst zonder enig gevaar bij het raam kunnen blijven staan of naar buiten lopen. Het geweer in Pauls handen was hetzelfde dat hij de vorige dag op de Platz November 1923 had uitgeprobeerd, maar Taggert had de loop die nacht dichtgestopt met lood, dus als Schumann had gevuurd, was de kogel nooit uit de loop gekomen. In dat geval had Schumann geweten dat hij erin was geluisd en had hij kunnen ontsnappen, ook al was hij door het exploderende geweer gewond geraakt.

'Onze Führer kan gevaar lopen!'

'Nee,' zei Taggert, 'hij heeft het alleen op u gemunt.'

'Op mij?' Ernst keek plotseling verwilderd om zich heen. 'Mijn kleinzoon!' Hij vloog overeind. 'Mijn kleinzoon is hier. Hij zou ook in gevaar kunnen zijn.'

'We moeten tegen iedereen zeggen dat ze bij de ramen weg moeten blijven,' zei Taggert, 'en het gebied evacueren.' Hij repte zich met Ernst de gang in. 'Is Hitler in de perszaal?' vroeg hij.

'Een paar minuten geleden nog wel,' zei Ernst.

O, het ging veel beter dan Taggert had kunnen hopen. Toen Schumann in het pension had verteld dat Hitler en de andere leiders hier samen zouden komen, was hij extatisch geweest, al had hij daar natuurlijk niets van laten blijken. 'Ik moet hem zeggen wat we hebben gehoord,' zei hij. 'We moeten snel optreden, voordat de moordenaar ontsnapt.'

Ze liepen de perszaal in. Taggert knipperde verbijsterd met zijn ogen toen hij de machtigste mannen van Duitsland om zich heen zag, die hem allemaal belangstellend opnamen. De enige aanwezigen die zich niets van hem aantrokken, waren twee vrolijke herdershonden en een leuk jochie van een jaar of zes, zeven.

Adolf Hitler kreeg Ernst in het oog, die nog steeds zijn achterhoofd vasthield en gips en verfvlekken op zijn pak had, en vroeg geschrokken: 'Reinhard, ben je gewond?'

'Opa!' De jongen rende naar Ernst toe.

Ernst sloeg zijn armen om zijn kleinzoon heen en leidde hem snel naar het midden van de zaal, zo ver mogelijk bij de ramen en deuren vandaan. 'Niets aan de hand, Rudy. Ik ben gewoon gestruikeld... Mensen, niet bij de ramen komen!' Hij wenkte een ss-bewaker. 'Breng mijn kleinzoon naar de gang en blijf bij hem.'

'Ja, meneer.' De man gehoorzaamde.

'Wat is er aan de hand?' riep Hitler uit.

'Deze man hier is een Amerikaans diplomaat,' verklaarde Ernst. 'Hij zegt dat er buiten een Rus met een wapen staat. In een van de opslagplaatsen aan de zuidkant van het stadion.'

Himmler knikte naar een bewaker. 'Laat meer mannen komen, nu! En zet een detachement beneden neer.'

'Ja, mijn opperbevelhebber van de politie.'

Ernst stelde Taggert voor en Hitler liep op hem af. Taggert was bijna ademloos van opwinding door Hitlers aanwezigheid. De Führer was niet groot, ongeveer even lang als Taggert zelf, maar breder gebouwd en met grovere trekken. Met een strenge frons op zijn bleke gezicht bestudeerde hij aandachtig de papieren van de Amerikaan. De ogen van de Duitse dictator werden aan de bovenkant begrensd door hangende oogleden en aan de onderkant door wallen, maar zelf waren ze net zo licht en indringend blauw als Taggert had gehoord. Die man kan iedereen hypnotiseren, dacht hij nu hij die kracht zelf voelde.

'Alstublieft, mein Führer, mag ik eens kijken?' vroeg Himmler. Hitler overhandigde hem de papieren. Himmler keek ernaar en vroeg: 'Spreekt u Duits?'

'Ja.'

'Met alle respect, maar bent u gewapend?'

'Ja,' zei Taggert weer.

'Gezien de aanwezigheid van de Führer en anderen hier zal ik uw wapen afnemen tot we weten wat er gaande is.'

'Natuurlijk.' Taggert hield zijn colbert open en liet zijn pistool door een ss'er afnemen. Hij had niet anders verwacht. Himmler stond tenslotte aan het hoofd van de ss, die als voornaamste doel het beschermen van Hitler en de regeringsleiders had.

Himmler gaf een andere ss'er opdracht in de opslagplaatsen naar de vermeende moordenaar uit te kijken. 'Schiet op!'

'Ja, mijn opperbevelhebber van de politie.'

Zodra hij weg was, kwamen er een stuk of tien gewapende ss'ers binnen die zich door de zaal verspreidden om het gezelschap te beschermen. Taggert keek Hitler aan en knikte eerbiedig. 'Rijkskanselierpresident, een paar dagen geleden is ons ter ore gekomen dat de Russen mogelijk een aanslag voorbereiden.'

Himmler knikte en zei: 'De informatie die wij vrijdag uit Hamburg hadden gekregen, over een Rus die "schade komt aanrichten".'

Hitler wuifde hem weg en knikte naar Taggert.

'We zochten er niets achter, we horen zo vaak zulke dingen over die verdomde Russen. Maar een paar uur geleden kregen we specifieke informatie: dat kolonel Ernst het doelwit was en dat de Rus vanmiddag in het stadion zou kunnen zijn. Ik ging ervan uit dat hij het stadion alleen wilde verkennen en de kolonel pas tijdens de Spelen zelf wilde vermoorden, en ik besloot zelf een kijkje te gaan nemen. Toen zag ik iemand een opslagplaats ten zuiden van het stadion binnenglippen. En toen hoorde ik tot mijn schrik dat de kolonel en de anderen hier waren.'

'Hoe is hij op het terrein gekomen?' tierde Hitler.

'Met een SS-uniform en valse papieren, denken we,' legde Taggert uit.

'Ik wilde net naar buiten lopen,' zei Ernst. 'U hebt me het leven gered.'

'En Krupp? Het telefoontje?' vroeg Göring.

'Ik weet zeker dat Krupp er niets mee te maken heeft,' zei Taggert. 'Het telefoontje moet ongetwijfeld van een handlanger gekomen zijn, om de kolonel naar buiten te lokken.'

Himmler knikte naar Heydrich, die naar de telefoon beende, een nummer draaide en even praatte. Hij keek op. 'Nee, Krupp heeft niet gebeld, tenzij hij tegenwoordig vanuit het postkantoor aan de Potsdamer Platz telefoneert.'

'Waarom wisten wij hier niets van?' vroeg Hitler dreigend aan Himmler.

Taggert, die wist dat Hitlers angst voor samenzweringen aan het paranoïde grensde, schoot Himmler te hulp. 'Ze zijn heel uitgekookt te werk gegaan, die Russen,' zei hij. 'We hebben het toevallig van onze bronnen in Moskou gehoord... Maar alstublieft, meneer, we moeten snel zijn. Als hij doorkrijgt dat we hem hebben gezien, zal hij ontsnappen en het later nog eens proberen.'

'Waarom Ernst?' vroeg Göring.

Waarmee hij bedoelde, vermoedde Taggert: waarom niet *ík*?

Taggert richtte zijn antwoord tot Hitler. 'Reichsführer, we hebben begrepen dat kolonel Ernst zich bezighoudt met herbewapening. Het baart ons geen zorgen, want in Amerika beschouwen we Duitsland als onze grootste Europese bondgenoot, en we willen dat u over een sterk leger kunt beschikken.'

'Denken jullie er echt zo over?' vroeg Hitler. Binnen diplomatieke kringen was het algemeen bekend dat de anti-nazistische sentimenten in Amerika hem erg dwarszaten.

Nu Taggert het bedaarde gedrag van Reggie Morgan kon afleggen, kreeg zijn stem iets scherps. 'Jullie krijgen niet altijd het hele verhaal te horen. Joden hebben een luide stem, in ons land net zo goed als in het uwe, en de linkse elementen, de communisten en de socialisten, jammeren wat af in de pers. Toch is dat maar een fractie van de bevolking. Nee, onze regering en het merendeel van het Amerikaanse volk zijn vast van plan als uw bondgenoot te zorgen dat uw land van het juk van Versailles wordt bevrijd. De Russen, die maken zich zorgen over uw herbewapening. Maar alstublieft, meneer, de tijd dringt. De moordenaar.'

Op dat moment kwam de ss-bewaker terug. 'Het klopt, meneer. Er staan een paar opslagplaatsen naast het parkeerplein. De deur van een ervan staat open en daar steekt inderdaad de loop van een geweer uit, gericht op een doelwit hier in het stadion.'

Een aantal mannen in de zaal snakte naar adem en prevelde verontwaardigd. Joseph Goebbels plukte nerveus aan zijn oor. Göring had zijn Luger getrokken en zwaaide er komisch mee, als een kind met een klapperpistooltje.

Hitler, wiens handen beefden van woede, zei met overslaande stem: 'Communistische joodse beesten! Ze komen naar mijn land toe en dan doen ze me dit aan! Een dolk in de rug... vlak voordat onze Spelen beginnen! Ze...' Hij kon zijn tirade niet afmaken, zo ziedend was hij.

'Ik spreek Russisch,' zei Taggert tegen Himmler. 'Omsingel de opslagplaats, dan kan ik proberen hem duidelijk te maken dat hij zich beter kan overgeven. Ik weet zeker dat de Gestapo of de ss hem wel zover kan krijgen dat hij ons vertelt wie en waar de andere samenzweerders zijn.'

Himmler knikte en wendde zich tot Hitler. 'Mein Führer, u en de anderen moeten nu onmiddellijk weggaan. Neem de ondergrondse route. Misschien is er maar één moordenaar, maar misschien zijn er ook meer, van wie deze Amerikaan niets weet.'

Zoals iedereen die de informatie van de inlichtingendiensten over Himmler had gelezen, beschouwde Taggert de voormalige handelaar in kunstmest als een half krankzinnige, ongeneeslijke stroopsmeerder, maar Taggert wist welke rol hij hier speelde en zei dus onderdanig: 'Opperbevelhebber van de politie Himmler heeft gelijk. Ik weet niet of onze informatie volledig is. Breng uzelf in veiligheid. Ik zal uw manschappen helpen de moordenaar te pakken.'

Ernst schudde Taggert de hand. 'Nogmaals mijn dank.'

Taggert knikte. Ernst haalde zijn kleinzoon uit de gang en liep samen met de anderen de binnentrap naar de ondergrondse weg af, omringd door bewakers.

Pas toen Hitler en zijn gevolg weg waren, gaf Himmler Taggerts pistool terug. Toen riep hij naar de SS'er die voor het detachement beneden had gezorgd: 'Waar zijn je manschappen?'

De bewaker vertelde dat er twee dozijn in het oosten waren opgesteld, uit het zicht van de opslagplaats.

'SD-aanvoerder Heydrich en ik blijven hier. Wij zullen alarm slaan. Breng ons die Rus.'

'Heil Hitler.' De SS'er draaide zich op zijn hakken om en repte zich met Taggert in zijn kielzog de trap af. Ze holden naar de oostkant van het stadion, voegden zich bij de manschappen daar en benaderden de opslagplaats met een wijde boog in zuidelijke richting.

Taggert rende met de emotieloze SS'ers mee, te midden van het geluid van pallen, grendels en in kamers klikkende kogels. In weerwil van de spanning en het drama voelde hij zich voor het eerst in dagen op zijn gemak. Net als Reggie Morgan, de man die hij in de Dresdengasse had vermoord, was hij zo iemand die in de schaduw van de regering, de diplomatie en het zakenleven voor zijn opdrachtgevers opereert, soms op wettige, vaak op illegale wijze. Hij had Paul Schumann voorgelogen, maar dat hij een diplomatieke benoeming in Duitsland of elders ambieerde (Spanje zou inderdaad leuk zijn), was waar. Zulke felbegeerde posten lagen echter niet voor het oprapen. Je moest ze verdienen, vaak door je in krankzinnige, gevaarlijke situaties te begeven. Zoals het plan rond Paul Schumann, die arme sukkel.

De instructies die hij de vorige week vanuit de Verenigde Staten had ontvangen, waren simpel: Reggie Morgan moest opgeofferd worden. Taggert zou hem doden en zijn identiteit overnemen. Hij zou Paul Schumann helpen met het voorbereiden van de moord op Ernst en dan, op het laatste moment, zou Taggert de Duitse kolonel met veel vertoon 'redden' om te bewijzen dat de Verenigde Staten vierkant achter de nationaalsocialisten stonden. Het nieuws van de redding, en wat Taggert erover te zeggen had, zou Hitler via via ter ore komen. Uiteindelijk bleek het allemaal nog veel beter uit te pakken: Taggert had zijn toneelstukje voor Hitler en Göring zelf kunnen opvoeren.

Hoe het met Paul Schumann afliep, deed er niet toe. Zijn dood zou een simpele, praktische oplossing zijn, maar hij zou ook gearresteerd en gemarteld kunnen worden, en dan zou hij uiteindelijk praten... en het onwaarschijnlijke verhaal vertellen dat hij door de inlichtingendienst van de Amerikaanse marine was ingehuurd om Ernst te vermoorden. De Duitsers zouden er niets van geloven, aangezien Taggert, en dus de Amerikanen, Schumann juist hadden gepakt. En als bleek dat hij geen Rus was, maar een Duits-Amerikaanse gangster? Tja, dan hadden de Russen hem gerekruteerd.

Een simpel plan.

Alleen had het van meet af aan tegengezeten. Taggert had Morgan dagen geleden al willen doden, zodat hij zich zaterdag, bij de eerste ontmoeting met Schumann, al voor hem kon uitgeven. Morgan was echter heel voorzichtig en had de gave zijn leven in het verborgene te leiden. Taggert had vóór de Dresdengasse geen kans gekregen hem te doden, en toen was het nog heel spannend geweest...

Reggie Morgan had alleen het oude wachtwoord gehad, niet het vervolg over de tram naar de Alexanderplatz, dus toen hij Schumann in de Dresdengasse ontmoette, hadden ze elkaar voor vijanden aangezien. Het was Taggert gelukt Morgan net op tijd te doden en Schumann ervan te overtuigen dat híj de Amerikaanse agent was, dankzij het juiste wachtwoord, het valse paspoort en zijn goede beschrijving van de senator. Taggert had er ook voor gezorgd dat hij de dode als eerste fouilleerde. Hij had gedaan alsof hij bewijs had gevonden dat Morgan een SA'er was, maar het document dat hij Paul had laten zien was niet meer dan een kaart waarop vermeld stond dat de drager een donatie aan het fonds voor oorlogsveteranen had gedaan. Aangezien de bruinhemden heel behendig waren in het aftroggelen van dergelijke 'donaties', liep de helft van de Berlijnse bevolking met zo'n kaart op zak.

Schumann zelf was ook een bron van zorg gebleken. Ja, hij was slim, veel slimmer dan de boef die Taggert had verwacht. Hij was wantrouwig van aard en droeg het hart niet op de tong. Taggert moest op zijn tellen passen en er continu om denken dat hij Reginald Morgan was, een volhardende, onopvallende ambtenaar. Toen Schumann erop had gestaan dat ze nagingen of Morgan tatoeages had, was Taggert doodsbenauwd geweest. Als ze er een hadden gevonden, was die waarschijnlijk van de Amerikaanse marine geweest. Het had ook de naam van het schip kunnen zijn waarop hij in de Oorlog had gediend. Het lot was hem echter gunstig gezind gebleken; de man was nooit onder de naald geweest.

Nu omsingelden Taggert en de in zwarte uniformen gestoken mannen de opslagplaats. Hij ving een glimp op van de loop van de Mauser waarmee Paul Schumann naar zijn doelwit zocht. De bevelhebber van de ss'ers dirigeerde zijn manschappen met handsignalen en ze verspreidden zich geluidloos. Taggert was weer eens onder de indruk van de genialiteit van de Duitse tactische vaardigheden.

Ze kwamen dichterbij.

Schumann bleef zich op de wandelgang achter de perszaal concentreren. Hij moest zich afvragen wat er was gebeurd. Waarom duurde het zo lang voordat Ernst naar buiten kwam? Was Webbers telefoontje wel doorgekomen?

Terwijl de ss'ers de opslagplaats omsingelden om Schumann aan alle kanten de pas af te snijden, bedacht Taggert dat hij, als hij hier klaar was, terug zou moeten gaan naar Berlijn om Otto Webber op te sporen en te doden. En Käthe Richter.

Toen de jonge soldaten hun posities rond de opslagplaats hadden ingenomen, fluisterde Taggert: 'Ik zal hem in het Russisch toespreken en hem overhalen zich over te geven.' De ss-commandant knikte. Taggert haalde zijn pistool uit zijn zak, al liep hij geen enkel gevaar; de loop van de Mauser was dichtgestopt. Toch liep hij langzaam, zenuwachtig, alsof hij op zijn hoede was.

'Blijf daar,' fluisterde hij. 'Ik ga als eerste naar binnen.'

De ss'er knikte en trok zijn wenkbrauwen op, onder de indruk van Taggerts moed.

Taggert hief zijn pistool en liep naar de deuropening. De loop van het geweer bleef heen en weer gaan. Schumanns frustratie over het wegblijven van zijn doelwit was tastbaar.

Met een snelle beweging zwaaide Taggert een van de deuren open, hief zijn pistool en zette druk op de trekker.

Hij stapte naar binnen.

Robert Taggert snakte naar adem. Er liep een rilling over zijn rug.

De Mauser bleef het stadion aftasten, langzaam heen en weer glijdend. Het dodelijke wapen werd echter niet vastgehouden door de handen van een moordenaar, maar door van kartonnen dozen gerukte touwen die aan een dakbalk waren geknoopt.

Paul Schumann was weg.

27

Rennen.

Beslist niet Pauls favoriete vorm van lichaamsbeweging, hoewel hij vaak een baantje rende of op de plaats holde om zijn benen in vorm te krijgen en de rook en het bier of de whisky uit zijn lijf te werken. En nu rende hij als Jesse Owens.

Hij rende voor zijn leven.

In tegenstelling tot die arme Max, die op straat was neergeschoten toen hij voor de SS'ers vluchtte, viel Paul nauwelijks op; hij droeg een trainingspak en sportschoenen die hij uit de kleedkamer van het zwemcomplex van het stadion had gestolen en zag er niet anders uit dan de duizenden sportlieden in en rond Charlottenburg die voor de Spelen trainden. Hij was nu op een kilometer of vijf van het stadion, op de terugweg naar Berlijn, en hij zwoegde om de afstand tussen zichzelf en het verraad te vergroten. Wat het verraad inhield, moest hij nog uitzoeken.

Het had hem verbaasd dat Reggie Morgan, als het Reggie Morgan wás, zo onachtzaam was geweest na alle moeite die hij had gedaan om Paul op alles voor te bereiden. Er waren huurmoordenaars die hun gereedschap niet voor elke klus inspecteerden, maar die waren niet goed wijs. Als je het opnam tegen meedogenloze, altijd gewapende mensen, zorgde je dat je eigen wapens in topvorm waren, dat alles klopte.

In de smoorhete opslagplaats had Paul het telescoopvizier gemonteerd en het net zo afgesteld als op de schietbaan in het pandjeshuis. Ten slotte had hij de grendel van de Mauser losgemaakt en door de loop gekeken, voor de zekerheid. De loop zat verstopt. Eerst dacht hij dat het vuil was, of creosoot van de koffer waarin hij het geweer had vervoerd, maar toen had hij een stuk ijzerdraad gevonden, ermee in de loop gepord en het schraapsel bekeken. Iemand had gesmolten lood in de monding gegoten. Als Paul had gevuurd, had het geweer kunnen ontploffen. Hij had de kogel ook door zijn wang kunnen krijgen.

Morgan had het geweer de afgelopen nacht gehad, en het was hetzelfde wapen; Paul had een uniek patroon in de houtnerf ontdekt toen hij het geweer de vorige dag probeerde. Morgan, of wie hij ook was, moest het geweer dus gesaboteerd hebben.

Paul had snel touw van de dozen in de opslagplaats gerukt en het geweer aan het plafond gehangen, zodat het leek alsof hij er nog was. Toen was hij naar buiten geglipt en had zich aangesloten bij een groep andere ss'ers die in noordelijke richting liepen. Bij het zwemcomplex had hij zich van hen losgemaakt, andere kleding en schoenen gevonden, het ss-uniform weggegooid en het Russische paspoort aan snippers gescheurd en door een wc gespoeld.

Nu rende hij al een halfuur, en hij bleef rennen...

Hevig zwetend in het dikke trainingspak sloeg Paul van de hoofdweg af, het centrum van een dorp in. Hij vond een oude paardentrog die tot een fonteintje was omgebouwd, hield zijn mond onder de kraan en dronk gretig van het warme, roestige water. Toen waste hij zijn gezicht.

Hoe ver was het nog naar de stad? Een kilometer of zes, zeven, vermoedde hij. Hij zag twee mannen in een groen uniform met hoge, groen met zwarte sjako's een grote man aanhouden en naar zijn papieren vragen.

Hij draaide zich onopvallend om en liep een zijstraat in. Het was te gevaarlijk om te voet terug te gaan naar Berlijn, stelde hij vast. Hij zag een parkeerterrein met rijen auto's bij een station en ontdekte een DKW met open dak. Nadat hij zich ervan had verzekerd dat niemand hem zag, sloeg hij het contactslot met een steen en een afgebroken tak door het dashboard en viste eronder naar de bedrading. Met zijn tanden scheurde hij de isolatie eraf en toen draaide hij de koperdraadjes in elkaar. Hij drukte de startknop in. De motor maalde, maar sloeg niet aan. Hij vertrok zijn gezicht toen hij besefte dat hij niet naar de choke had gekeken, draaide hem helemaal open en probeerde het nog eens. De motor sloeg sputterend aan en Paul stelde de choke bij tot hij soepel liep. Hij moest de versnellingen even onder de knie krijgen, maar al snel reed hij door de smalle dorpsstraten weg, zich afvragend wie hem had verraden.

En waarom? Was het een kwestie van geld? Politiek? Iets anders?

Voorlopig was het antwoord op die vragen ongrijpbaar, dus richtte hij al zijn aandacht op zijn ontsnapping.

Hij gaf plankgas en sloeg een brede, onberispelijke snelweg op. Een bord verzekerde hem dat het nog zes kilometer was naar het centrum van Berlijn.

Een bescheiden onderkomen aan de Bremer Strasse, in het noordwesten van de stad. Reginald Morgan woonde in een sombere huurkazerne met drie verdiepingen uit de periode van het Tweede Rijk, zoals er hier zoveel stonden, al riep dit gebouw geen enkele gedachte op aan Pruisische glorie.

Willi Kohl en zijn kandidaat-inspecteur stapten uit de DKW. Ze hoorden meer sirenes, keken op en zagen een vrachtwagen vol SS'ers voorbij scheuren – weer een blijk van het geheime veiligheidsalarm, nog uitgebreider dan tevoren, leek het, want nu werden er in de hele stad op willekeurige plekken wegversperringen opgericht. Kohl en Janssen werden aangehouden. De SS'er keek minachtend naar het Kripo-legitimatiebewijs en wuifde hen weg. Toen Kohl vroeg wat er aan de hand was, snauwde hij alleen: 'Doorlopen.'

Kohl drukte op de bel naast de massieve voordeur. Toen er niet direct open werd gedaan, begon hij ongeduldig met zijn voet te tikken. Na nog twee keer langdurig aanbellen werd de deur geopend door een gezette huisbazin in een donkere jurk met een schort erover. Toen ze de twee strenge mannen in pak zag, zette ze grote ogen op.

'Heil Hitler. Neem me niet kwalijk dat ik niet eerder bij de deur was, heren, maar mijn benen zijn niet...'

'Inspecteur Kohl van de Kripo.' Kohl liet zijn legitimatie zien. Het zou de vrouw enigszins geruststellen dat ze tenminste niet van de Gestapo waren.

'Kent u deze man?' Janssen liet de foto uit de Dresdengasse zien.

'Ach, dat is meneer Morgan, die woont hier! Hij ziet er niet... Is hij dood?'

'Ja, mevrouw.'

'Gott im Himm...' De politiek verdachte kreet bestierf haar op de lippen.

'We willen zijn woonruimte graag zien.'

'Ja, inspecteur. Natuurlijk, inspecteur. Loop maar mee.' Ze liepen over een binnenplein dat zo overweldigend troosteloos was dat Kohl dacht dat zelfs Mozarts onstuitbare Papageno er droevig van zou worden. De vrouw liep waggelend. 'Eerlijk gezegd heb ik hem altijd een tikje vreemd gevonden, heren,' zei ze hijgend. De blik die ze Kohl toewierp, moest duidelijk maken dat ze geen bondgenoot van Morgan was, mocht hij door de nationaalsocialisten zelf om het leven zijn gebracht, maar dat zijn gedrag ook weer niet zó verdacht was geweest dat ze hem had moeten aangeven.

'We hebben hem al een hele dag niet meer gezien. Hij is gisteren kort voor de middag vertrokken en niet meer teruggekomen.'

De vrouw opende een afgesloten deur aan de overkant van de binnenplaats en liep een gang in en twee trappen op. Het rook binnen naar uien en augurken.

'Hoelang woonde hij hier al?' vroeg Kohl.

'Drie maanden. Hij had voor zes maanden vooruitbetaald. En me een fooi gegeven...' Haar stem stierf weg. 'Niet veel, hoor.'

'Huurde hij gemeubileerd?'

'Ja, inspecteur.'

'Kreeg hij wel eens bezoek?'

'Niet dat ik weet. Ik heb nooit iemand binnengelaten.'

'Janssen, laat haar de tekening zien.'

Janssen liet de tekening van Paul Schumann zien.

'Kent u deze man?'

'Nee, meneer. Is hij ook dood?' Ze betrapte zichzelf en vervolgde: 'Ik bedoel, nee, meneer, ik heb hem nooit gezien.'

Kohl keek naar haar ogen. Die meden de zijne, maar uit angst, niet omdat ze loog, en hij geloofde haar. Ze vertelde hem desgevraagd dat Morgan zakenman was, nooit telefoon kreeg en zijn post bij het postkantoor afhaalde. Ze wist niet of hij elders een kantoor had. Hij had nooit bijzonderheden over zijn werk verteld.

'U kunt gaan.'

'Heil Hitler,' zei de vrouw, en ze trippelde als een bange muis weg.

Kohl keek om zich heen. 'Zie je nu dat ik een foute conclusie heb getrokken, Janssen?'

'Hoe bedoelt u, inspecteur?'

'Ik ging ervan uit dat Morgan Duits was omdat hij kleding van Hitlerstof droeg, maar niet alle buitenlanders zijn bemiddeld genoeg om aan Unter den Linden te wonen en de duurste kleren bij KaDeWe te kopen, al hebben wij die indruk.'

Janssen dacht even na. 'Dat is waar, inspecteur, maar hij zou om een andere reden ersatzkleding gedragen kunnen hebben.'

'Omdat hij de schijn wilde wekken dat hij een Duitser was?'

'Ja, inspecteur.'

'Goed zo, Janssen. Al wilde hij zich misschien niet zozeer voor een Duitser uitgeven als wel onopvallend blijven. Het is hoe dan ook verdacht. Maar eens zien of we ons mysterie kunnen ontrafelen. Begin maar met de kasten.'

De kandidaat-inspecteur trok een deur open en begon de kastinhoud te onderzoeken.

Kohl zelf koos voor een minder inspannende taak en liet zich in een krakende stoel zakken om de papieren op Morgans bureau te bekijken. De Amerikaan scheen een soort bemiddelaar te zijn geweest die zijn diensten verhuurde aan een aantal Amerikaanse ondernemingen in Duitsland. Hij zocht Amerikaanse kopers voor Duitse leveranciers en vice versa. Wanneer er Amerikaanse zakenlieden naar Berlijn kwamen, werd Morgan ingehuurd om hen bezig te houden en afspraken te regelen met Duitse vertegenwoordigers van Borsig, Bata, Siemens, IG Farben, Opel en tientallen andere ondernemingen.

Morgans identiteit werd bevestigd door een aantal foto's en documenten. Toch was het vreemd, vond Kohl, dat er geen echt persoonlijke bezittingen waren. Geen familiefoto's, geen aandenkens.

... mogelijk was hij iemands broer. En mogelijk iemands echtgenoot of geliefde. En als hij geluk had, was hij de vader van zoons en dochters. Ik mag ook hopen dat er geliefden uit het verleden zijn die nog wel eens aan hem denken...

Kohl overwoog wat het ontbreken van persoonlijke informatie kon betekenen. Dat Morgan een einzelgänger was geweest? Of had hij een andere reden gehad om zijn privéleven geheim te houden?

Janssen wroette in de kast. 'Moet ik naar iets in het bijzonder zoeken, inspecteur?'

Verduisterd geld, de zakdoek van een getrouwde minnares, een afpersingsbrief, een brief van een zwanger tienermeisje... alles wat maar kon verklaren waarom die arme meneer Morgan een wrede dood was gestorven op de smetteloze klinkers van de Dresdengasse.

'Zoek naar alles wat ons op welke manier dan ook verder kan helpen met de zaak. Beter kan ik het niet omschrijven. Dat is het moeilijkste van het recherchewerk. Gebruik je intuïtie, gebruik je verbeeldingskracht.'

'Ja, inspecteur.'

Kohl zette zijn eigen inspectie van het bureau voort. Even later riep Janssen: 'Kijk eens, inspecteur? Meneer Morgan had foto's van blote vrouwen. Ze zaten in een doos.'

'Commerciële foto's? Of had hij ze zelf gemaakt?'

'Nee, inspecteur, prentbriefkaarten. Hij moet ze ergens hebben gekocht.'

'Ja, daar zijn we niet in geïnteresseerd, Janssen. Je moet leren wanneer de ondeugden van een man relevant zijn en wanneer niet. En ik garandeer je dat wufte prentbriefkaarten nu niet belangrijk zijn. Zoek alsjeblieft door.'

Sommige mensen worden kalmer naarmate ze wanhopiger worden. Zulke mensen zijn zeldzaam en uitgesproken gevaarlijk, aangezien ze even genadeloos blijven, maar nooit onvoorzichtig zullen zijn.

Robert Taggert was zo iemand. Het maakte hem woedend dat een godvergeten huurmoordenaar uit Brooklyn hem te slim af was geweest, zijn toekomst in gevaar had gebracht, maar hij zou zijn beoordelingsvermogen niet laten vertroebelen door zijn emoties.

Hij wist hoe Schumann het verraad had doorzien. Er lag een stuk ijzerdraad met flinters lood ernaast op de vloer van de opslagplaats. Hij had de loop van het geweer natuurlijk gecontroleerd en gemerkt dat die was dichtgestopt. Waarom heb ik verdomme het kruit niet uit zijn patronen gehaald en de kogels weer in de hulzen gestopt? dacht Taggert kwaad. Op die manier had Ernst geen gevaar gelopen en was Schumann pas achter het verraad gekomen toen het te laat was, toen de opslagplaats al omsingeld was door de ss'ers.

Maar de toestand was nog niet hopeloos, bepeinsde hij.

Na een tweede korte bespreking met Himmler en Heydrich in de olympische perszaal, waarbij hij had gezegd weinig meer te weten dan wat hij al had verteld, had hij het stadion verlaten. Hij had beide Duitsers wijsgemaakt dat hij onmiddellijk contact op zou nemen met Washington om te vragen of ze daar meer wisten. Terwijl zij monkelden over joodse en Russische samenzweringen, was hij vertrokken. Tot zijn verbazing had hij het stadion ongehinderd mogen verlaten – het was niet logisch geweest als ze hem hadden gearresteerd, maar in een land dat zo topzwaar was van wantrouwen en paranoia was het altijd een risico.

Taggert dacht nu over zijn prooi na. Paul Schumann was uiteraard niet stom. Hij had voor een Rus moeten doorgaan en hij zou weten dat de Duitsers dan ook een Rus zouden zoeken. Hij zou zijn valse paspoort inmiddels hebben geloosd en weer Amerikaan zijn. Dat vertelde Taggert de Duitsers echter liever niet; hij kon beter voor de dag komen met een dode 'Rus' en zijn handlangers, een bendecrimineel en een dissidente – Käthe Richter had ongetwijfeld wel een paar vrienden die met de kosi's sympathiseerden, wat de geloofwaardigheid van het Russische complot alleen maar zou bevorderen.

Hij was wanhopig, ja.

Maar terwijl hij de witte bestelbus over het SA-bruine kanaal stuurde en vervolgens in oostelijke richting reed, bleef hij ijzig kalm. Hij parkeerde in een drukke straat en stapte uit. Schumann zou voor Käthe Richter naar het pension terugkeren, dat stond als een paal boven water. Hij had erop gestaan het mens mee terug te nemen naar Amerika, wat betekende dat hij haar ook nu niet zou achterlaten. Taggert wist ook dat Schumann haar niet zou opbellen, maar zelf zou komen; hij wist dat telefoons in Duitsland afgeluisterd werden.

Hij liep gehaast door de straten, met de bobbel van het pistool geruststellend op zijn heup, sloeg een hoek om en bereikte de Magdeburger Allee. Hij bleef staan en bekeek de korte straat, die op het oog uitgestorven en stoffig in de middaghitte lag, aandachtig. Toen liep hij achteloos langs het pension van Käthe Richter. Hij bespeurde nog steeds geen gevaar, keerde snel om en liep de trap naar de kelder af. Hij duwde de deur met zijn schouder open en glipte de klamme kelder in.

Taggert beklom de houten trap, waarbij hij zijn voeten niet midden op de treden zette om het kraken te beperken. Bovenaan duwde hij behoedzaam de deur open, haalde het pistool uit zijn zak en stapte de gang op de begane grond in. Leeg. Er was beweging, noch geluid, afgezien van het geagiteerde zoemen van een grote vlieg die gevangenzat tussen twee glazen ruitjes.

Hij liep de gang in en luisterde aan elke deur zonder iets te horen. Ten slotte liep hij terug naar de deur met het slordig geschreven bordje HOSPIT.

Hij klopte aan. 'Mevrouw Richter?' Hij was benieuwd hoe ze eruit zou zien. De echte Reginald Morgan had deze kamers voor Schumann gevonden, en hij scheen haar nooit te hebben ontmoet; Morgan en zij hadden een telefoongesprek gevoerd en een contract en geld uitgewisseld via het buizenpostsysteem dat kriskras door Berlijn liep.

Nog een klop op de deur. 'Ik kom voor een kamer. De voordeur stond open.'

Geen antwoord. Hij voelde aan de deur, die niet op slot zat. Hij glipte naar binnen en zag een open koffer op het bed, dat bezaaid was met kleren en boeken. Het stelde hem gerust, want het betekende dat Paul Schumann nog niet terug was. Maar waar was de vrouw? Misschien wilde ze al het geld innen dat mensen haar nog schuldig waren of, nog waarschijnlijker, zoveel mogelijk geld zien te lenen van vrienden en familie. Wie via de geëigende kanalen uit Duitsland emigreerde, mocht niet meer meenemen dan kleren en zakgeld; aangezien zij dacht dat ze illegaal met Schumann zou vertrekken, zou ze zo veel mogelijk geld willen bemachtigen. De radio stond aan, het licht brandde. Ze kon niet lang wegblijven.

Taggert zag het rek met sleutels van alle kamers naast de deur, vond die van Schumann en liep de gang weer in. Hij sloop naar de deur, werkte zich met een snelle beweging naar binnen en hief zijn pistool.

De zitkamer was leeg. Hij sloot de deur achter zich af en sloop naar de slaapkamer. Schumann was er niet, maar zijn koffer wel. Taggert liep naar het midden van de kamer en dacht na. Schumann was misschien sentimenteel waar het zijn gevoelens voor de vrouw betrof, maar hij was door en door professioneel. Voor hij naar binnen ging, zou hij door de ramen aan de vooren achterkant kijken of er iemand was.

Taggert besloot op de loer te blijven liggen. Hij koos voor de enige realistische mogelijkheid: de kast. Hij zou de deur op een kier laten staan om Schumann te kunnen horen binnenkomen. Wanneer hij zijn koffer aan het pakken was, zou Taggert tevoorschijn komen en hem vermoorden. Als hij geluk had, was Käthe Richter erbij en kon hij haar ook doden. Zo niet, dan zou hij haar in haar kamer opwachten. Zij zou natuurlijk ook als eerste terug kunnen komen, en in dat geval kon hij haar meteen doden of wachten tot Schumann terugkwam. Als het zover was, zou hij moeten bedenken wat het beste was. Vervolgens zou hij de kamers uitkammen om zich ervan te verzekeren dat er geen spoor van Schumanns ware identiteit te vinden was en dan de SS en Gestapo laten weten dat de Rus gepakt was.

Taggert stapte de ruime kast in, trok de deur bijna dicht en maakte de bovenste knoopjes van zijn overhemd los om de verschrikkelijke hitte te verzachten. Hij zoog diepe teugen lucht in zijn pijnlijke longen. Het zweet parelde op zijn voorhoofd en jeukte in zijn oksels, maar dat deed er niet toe. Robert Taggert had genoeg aan, nee, verkeerde in de roes van iets wat veel beter was dan klamme zuurstof: de euforie van de macht. De jongen uit het vlakke, grauwe Hartford, de jongen die klappen kreeg, domweg omdat hij beter kon denken maar minder hard kon rennen dan de anderen in zijn vlakke, grauwe buurt, had zojuist Adolf Hitler zelf gesproken, de schranderste politicus van de wereld. Hij had zijn priemende blauwe ogen met bewondering en respect op Taggert gericht, en dat respect zou snel weerklank in Amerika vinden wanneer hij terugkeerde en het succes van zijn missie meldde.

Ambassadeur van Engeland, van Spanje. En uiteindelijk hier, in het land dat hij liefhad. Hij zou het voor het kiezen hebben.

Hij wiste het zweet van zijn voorhoofd en vroeg zich af hoelang hij nog op Schumann zou moeten wachten.

Het antwoord op die vraag kwam een ogenblik later. Taggert hoorde de voordeur van het pension, gevolgd door zware voetstappen in de gang die de kamer passeerden. Er werd geklopt.

'Käthe?' klonk de verre stem.

Het was Paul Schumann.

Zou hij in haar kamer wachten?

Nee... De voetstappen keerden terug.

Taggert hoorde een sleutel in het slot, het piepen van oude scharnieren en toen de klik waarmee de deur zich sloot. Paul Schumann was de kamer binnengelopen waarin hij zou sterven.

28

Met bonzend hart, zoals elke jager die vlak bij zijn prooi is, spitste Robert Taggert zijn oren.

'Käthe?' riep Schumanns stem.

Taggert hoorde het kraken van vloerplanken, stromend water in de wasbak. Het klokken van een dorstig drinkende man.

Hij hief zijn pistool. Hij kon Schumann het best in de borst schieten, frontaal, alsof hij werd aangevallen. De ss zou hem natuurlijk levend willen hebben, om hem te verhoren, en ze zouden niet blij zijn als Taggert hem in de rug schoot. Anderzijds mocht hij geen enkel risico nemen. Schumann was te groot en te gevaarlijk voor een confrontatie van man tot man. Hij zou tegen Himmler zeggen dat hij voor het blok had gestaan; de moordenaar had willen vluchten of een mes willen pakken en Taggert had geen andere keus gehad dan hem dood te schieten.

Hij hoorde Schumann naar de slaapkamer lopen, en even later hoorde hij hem in laden rommelen en zijn koffer pakken.

Nu, dacht hij.

Hij duwde een van de kastdeuren verder open, zodat hij de slaapkamer kon zien, en hief het pistool.

Alleen zag hij Schumann niet. Taggert zag alleen de koffer op het bed, met daaromheen her en der boeken en andere dingen. Hij fronste zijn voorhoofd toen hij de schoenen in de deuropening van de slaapkamer zag staan. Die waren er niet geweest toen hij binnenkwam.

O, nee...

Taggert begreep dat Schumann wel naar de slaapkamer was gelopen, maar toen zijn schoenen had uitgetrokken en op kousenvoeten terug naar de zitkamer was geslopen. Hij had vanuit de deuropening boeken op het bed gegooid om Taggert te laten denken dat hij er nog was. Dat betekende...

De reusachtige vuist sloeg door de kastdeur alsof die van gesponnen suiker was. De knokkels raakten Taggerts hals en kaak en hij zag sterretjes toen hij de zitkamer in wankelde. Hij liet het pistool vallen en tastte naar zijn pijnlijke keel.

Schumann pakte Taggert bij zijn revers en slingerde hem de kamer door. Hij sloeg tegen een tafel, viel op de vloer en bleef net zo slap liggen als de Duitse porseleinen pop die naast hem was geland en nog gaaf met haar griezelige violette ogen naar het plafond staarde.

'Jij bent een dubbelganger, hè? Jij bent Reggie Morgan niet.'

Paul nam niet de moeite uit te leggen dat hij had gedaan wat iedere slimme huurmoordenaar moet doen: de kamer in zijn geheugen prenten bij het weggaan en die herinnering bij terugkeer vergelijken met hoe de kamer er dan uitziet. Hij had de kastdeur op een kier zien staan. Aangezien hij wist dat Taggert hem zou moeten opsporen en vermoorden, was hij ervan uitgegaan dat hij zich daar verborgen hield.

'Ik...'

'Wie ben je?' grauwde Paul.

Toen de ander geen antwoord gaf, pakte Paul hem met een hand bij zijn boordje en leegde met de andere zijn zak: een portefeuille, een aantal Amerikaanse paspoorten, een legitimatiebewijs van de Amerikaanse diplomatieke dienst op naam van Robert Taggert en de SA-kaart die hij Paul in een flits in de steeg had laten zien bij hun eerste ontmoeting.

'Geen beweging,' zei Paul dreigend, en hij bekeek zijn vondst. De portefeuille was van Reginald Morgan; er zaten een legitimatiebewijs in, visitekaartjes met zijn naam en adres aan de Bremer Strasse en in Washington. Er zaten ook foto's in, en op allemaal stond de man die in de Dresdengasse was vermoord. Er was een foto bij die op een feest was gemaakt, waarop hij tussen een oudere man en vrouw stond, met zijn armen om hen heen. Ze lachten allemaal naar de Kodak.

Een van de paspoorten, een beduimeld exemplaar vol stempels, stond ook op naam van Morgan, en ook dat was voorzien van een foto van de man uit de steeg.

Een ander paspoort, dat de man Paul de vorige dag had laten zien, stond eveneens op naam van Reginald Morgan, maar met een foto van degene die hij nu tegenover zich zag. Hij hield het onder een lamp en inspecteerde het zorgvuldig. Het leek vals. Een derde, zo te zien authentiek paspoort, zat vol stempels en visa en stond op naam van Robert Taggert, net als het legitimatiebewijs van de diplomatieke dienst. De twee laatste paspoorten, een Amerikaans op naam van Robert Gardner en een Duits op naam van Arthur Schmidt, hadden ook foto's van de man in de kamer.

De vent op de vloer had dus zijn contactpersoon in Berlijn vermoord en diens identiteit overgenomen, stelde Paul vast.

'Oké, hoe zit het?'

'Rustig, maat. Geen domme dingen doen.' De man had de stijve persoonlijkheid van Reggie Morgan afgeworpen en er kwam een gladjakker voor in de plaats die Paul deed denken aan Lucky Luciano's in haaienleren pakken gestoken onderbazen uit Manhattan.

Hij hield het paspoort op dat volgens hem echt was. 'Dit ben jij, hè? Taggert?'

De man drukte zijn hand op de rode plek op zijn kaak en hals waar Paul hem had geraakt en wreef erover. 'Je hebt me tuk, Paulio.'

'Hoe heb je het gedaan?' Hij dacht even na. 'Je hebt de wachtwoorden onderschept, die van de tram, hè? Daarom schrok hij in de steeg. Hij dacht dat ik de mol was omdat ik de zin over de tram verhaspelde, en dat dacht ik ook van hem. Toen je zijn lijk fouilleerde, heb je de papieren omgeruild.' Paul las de SA-kaart. 'Het veteranenfonds. Gelul,' snauwde hij, woedend omdat hij niet beter had gekeken toen Taggert hem de kaart in de steeg liet zien. 'Wie ben jij eigenlijk, man?'

'Ik zit in zaken. Ik doe gewoon klusjes voor mensen.'

'En jij werd uitgekozen omdat je een beetje op de echte Reggie Morgan leek?'

Het was een belediging. 'Ik ben uitgekozen omdat ik goed ben.'

'En Max?'

'Max stond erbuiten. Morgan had hem honderd mark betaald voor inlichtingen over Ernst. Vervolgens heb ik hem tweehonderd betaald om hem te laten doen alsof ik Morgan was.'

Paul knikte. 'Daarom was die stumper zo nerveus. Hij was niet bang voor de SS, maar voor mij.'

De geschiedenis van het bedrog leek Taggert echter te vervelen. Hij vervolgde ongeduldig: 'Wij moeten onderhandelen, vriend. Dus...'

'Wat was hier de bedoeling van?'

'Paulio, we hebben niet echt tijd om te babbelen, vind je ook niet? De halve Gestapo is naar je op zoek.'

'Nee, Taggert. Als ik dit goed begrijp, zijn ze dankzij jou op zoek naar een Rus. Ze weten niet eens hoe ik eruitzie. En jij zou ze niet hierheen leiden, in elk geval niet tot je me had vermoord. We hebben dus alle tijd van de wereld. Kom op, voor de draad ermee.'

'Er spelen grotere dingen dan jij en ik, maat.' Taggert bewoog zijn onderkaak heen en weer. 'Godver, mijn tanden zitten los.'

'Zeg op.'

'Het gaat niet...'

Paul deed een pas naar hem toe en balde zijn vuist.

'Oké, oké, rustig maar, stoere. Wil je weten hoe het echt zit? Het komt hierop neer: er zijn thuis veel mensen die niet willen dat ze hier weer gaan vechten.'

'Maar daar zorg ik toch voor, verdomme? Ik hou de herbewapening tegen.'

'Toevallig kan de herbewapening van de moffen ons geen reet schelen. Wat wij willen, is Hitler tevreden houden, snap je? Hem bewijzen dat de Verenigde Staten aan zijn kant staan.'

Het drong eindelijk tot Paul door. 'Dus ik was het offerlam. Jullie hebben me erin laten lopen en me toen verraden om Hitler de indruk te geven dat Amerika zijn beste vriend is, is dat het?'

Taggert knikte. 'Daar komt het op neer, Paulio.'

'Ben je dan blind, verdomme?' zei Paul. 'Zie je niet wat hij hier aan het doen is? Hoe kan iemand aan zijn kant staan?'

'Jezus, Schumann, waar maak je je druk om? Misschien pikt Hitler een deel van Polen in, Oostenrijk, een stuk van de Sudeten.' Hij lachte. 'Voor mijn part bezet hij Frankrijk. Daar liggen wij niet van wakker.'

'Ziet dan niemand dat hij mensen vermoordt?'

'Die paar joden...'

'Wát? Hoor je wel wat je zegt?'

Taggert stak zijn handen op. 'Hé, zo bedoel ik het niet. Dit is maar tijdelijk. De nazi's zijn net kinderen met een nieuw speelgoedje: hun land. Voordat het jaar om is, zijn ze dat Arische gedoe zat. Hitler kletst maar wat. Uiteindelijk komt hij tot bedaren en dan beseft hij wel dat hij de joden nódig heeft.'

'Nee,' zei Paul nadrukkelijk. 'Dat zie je verkeerd. Hitler is knettergek. Hij is een Bugsy Siegel in het kwadraat.'

'Ook goed, Paulio, over zulke dingen kan ik niet oordelen. Toegegeven, je hebt ons door. We probeerden een streek uit te halen en je hebt ons doorzien. Knap van je, maar je hebt me nodig, vriend. Zonder mijn hulp kom je dit land niet uit. Daarom gaan we het volgende doen: we zoeken samen een onbenul met een Russisch uiterlijk, doden hem en bellen de Gestapo. Ik laat jou zelfs de held uithangen. Je kunt Hitler en Göring ontmoeten. Een medaille verdienen, verdomme. Je kunt met je vrouwtje naar huis. En ik zal er nog iets bij doen; ik zal je vriend Webber wat handel bezorgen. Dollars van de zwarte markt. Dat zou hij fantastisch vinden. Hoe klinkt dat? Ik kan ervoor zorgen. En dan zijn er alleen maar winnaars. En anders... kun je hier wegrotten.'

'Ik wil nog één ding vragen,' zei Paul. 'Was het Bull Gordon? Zat hij erachter?'

'Die? Nee. Die wist er niets van. Het waren... andere partijen.'

'Wat betekent dat in godsnaam, "andere partijen"? Geef antwoord.'

'Sorry, Paulio. Ik ben niet zover gekomen door mijn mond voorbij te praten. Dat hoort bij het werk, snap je?'

'Jullie zijn net zo erg als de nazi's.'

'O ja?' zei Taggert gepikeerd. 'De pot verwijt de ketel, huurmoordenaar.' Hij stond op en klopte het stof van zijn jasje. 'Nou, wat denk je ervan? We zoeken een Slavische dakloze, snijden zijn strot door en geven de moffen hun bolsjewiek. Kom op.'

Alleen maar winnaars...

Zonder zijn gewicht te verplaatsen, zonder zijn ogen dicht te knijpen, zonder ook maar een hint te geven van wat hij van plan was, stootte Paul zijn vuist recht in Taggerts borst. De lucht werd uit zijn longen geperst en zijn ogen puilden uit. Hij keek niet eens naar Pauls vuist toen die uitschoot en zijn keel vermorzelde. Tegen de tijd dat Taggert op de vloer viel, lag hij te stuiptrekken en kwam er een reutel uit zijn wijdopen mond. Of het nu een gescheurde hartklep was of een gebroken nek, hij was binnen dertig seconden dood.

Paul keek een paar lange momenten op het lijk neer. Zijn handen beefden, niet van de krachtige stoten, maar van zijn innerlijke razernij om het verraad. En om wat Taggert had gezegd.

Voor mijn part bezet hij Frankrijk... Die paar joden...

Paul haastte zich naar de slaapkamer, trok het trainingspak uit dat hij in het stadion had gestolen, waste zich bij de wastafel in de slaapkamer en kleedde zich aan. Er werd op de deur geklopt. Ha, Käthe was terug. Toen schoot het hem te binnen dat Taggerts lijk nog languit in de zitkamer lag. Hij sleepte het gehaast naar de slaapkamer.

Net toen hij het in de kast wilde duwen, ging de voordeur open.

Paul keek op. Het was niet Käthe die had aangeklopt. Hij zag twee mannen tegenover zich. Een bolle man met een snor in een verfomfaaid, crèmekleurig driedelig pak met een vilthoed in zijn hand en naast hem een slanke, jongere man in een donker pak met een zwart automatisch pistool.

Dezelfde smerissen die hem sinds gisteren achtervolgden. God... Hij zuchtte en richtte zich langzaam op.

De oudste man knipperde verbaasd met zijn ogen. 'Eindelijk dan, meneer Schumann,' zei hij met een zwaar accent. 'Ik ben inspecteur Kohl. We arresteren u wegens de moord op Reginald Morgan, gisteren in de Dresdengasse.' Hij wierp een blik op Taggert en vervolgde: 'En wegens nog een moord, schijnt het nu.'

29

'Handen stilhouden. Ja, ja, alstublieft, meneer Schumann, hou ze in de lucht.'

De Amerikaan was groot, zag Kohl. Minstens tien centimeter langer dan de inspecteur zelf, en breed. De tekening van de straatartiest klopte wel, maar Schumann had meer littekens dan op de schets en zijn ogen... Nu ja, ze waren zachtblauw, waakzaam en toch kalm.

'Janssen, controleer of die man echt dood is,' zei Kohl, nu weer in het Duits. Hij bleef Schumann onder schot houden.

De jonge rechercheur bukte zich en onderzocht het slachtoffer, al twijfelde Kohl er niet aan dat hij een lijk voor zich had.

Janssen knikte en richtte zich op.

Willi Kohl vond het even verbazend als verblijdend Schumann hier aan te treffen. Dit had hij niet verwacht. Nog maar twintig minuten eerder had hij in Reginald Morgans kamer aan de Bremer Strasse de schriftelijke bevestiging gevonden van de voor Paul Schumann gehuurde kamers. Kohl was er echter van uitgegaan dat Schumann, nadat hij Morgan had vermoord, wel zo slim was geweest het onderkomen dat zijn slachtoffer voor hem had geregeld te verlaten. Janssen en hij waren hierheen gesneld in de hoop getuigen of aanwijzingen te vinden die naar Schumann konden leiden, maar op de Amerikaan zelf hadden ze niet gerekend.

'Zo, bent u zo'n Gestapo-man?' vroeg Paul in het Duits. Zoals de getuigen al hadden gemeld, had hij nauwelijks een zweem van een accent. Zijn 'G' was die van een geboren Berlijner.

'Nee, wij zijn van de recherche.' Hij liet zijn penning zien. 'Janssen, fouilleer hem.'

Janssen beklopte vaardig alle plekken waar een normale of geheime zak kon zitten en vond Pauls Amerikaanse paspoort, geld, een kam, lucifers en een pakje Duitse sigaretten.

Janssen overhandigde het allemaal aan Kohl, die zijn assistent opdroeg Schumann te boeien. Toen sloeg hij het paspoort open en bekeek het nauwlettend. Het zag er authentiek uit. Paul John Schumann.

'Ik heb Reggie Morgan niet vermoord. Dat heeft hij gedaan.' Een knikje naar het lichaam. 'Hij heet Taggert. Robert Taggert. Hij wilde mij ook vermoorden. Daarom vochten we.'

Kohl vroeg zich af of 'vechten' wel het juiste woord was voor de confrontatie tussen die grote Amerikaan met zijn rode, vereelte knokkels en enorme armen en het slachtoffer, dat de bouw van Joseph Goebbels had.

'Gevochten?'

'Hij bedreigde me.' Schumann knikte naar een pistool op de vloer. 'Ik moest me verweren.'

'Onze Spaanse Modelo A, inspecteur,' zei Janssen opgewonden. 'Het moordwapen!'

Hetzelfde sóórt wapen als het vermóédelijke moordwapen, dacht Kohl. Ballistisch onderzoek zou uitwijzen of het om hetzelfde wapen ging. Hij was echter niet bereid een collega, ook al was die jonger, te verbeteren in het bijzijn van een verdachte. Janssen drapeerde een zakdoek om het wapen, raapte het op en vond het serienummer.

Kohl likte langs zijn potlood, noteerde het nummer in zijn opschrijfboekje en vroeg Janssen om de lijst met mensen die, volgens de opgave van de politiebureaus in de stad, een dergelijk wapen hadden gekocht. Janssen haalde het uit zijn koffertje. 'Haal nu de kwastkoffer uit de auto en neem afdrukken van het wapen en onze vrienden hier, zowel de levende als de dode.'

'Ja, inspecteur.' Janssen ging naar buiten.

De inspecteur ging de namen op de lijst af, maar vond geen Schumann.

'Zoek maar naar Taggert,' zei de Amerikaan, 'of een van deze namen.' Hij knikte naar een stapeltje paspoorten op tafel. 'Die had hij bij zich.'

'U kunt gaan zitten.' De inspecteur hielp de geboeide Schumann op de bank en bekeek de kamer, die er heel gewoon uitzag, afgezien van de omgevallen tafel en een versplinterde kastdeur. Hoewel Kohl nooit eerder bij een onderzoek was geholpen door een verdachte, pakte hij het stapeltje paspoorten dat volgens Schumann onthullend zou kunnen zijn.

De paspoorten waren inderdaad veelzeggend. Er was er een van Reginald Morgan, de in de Dresdengasse vermoorde man, en het was duidelijk echt. De andere paspoorten waren voorzien van foto's van de man die aan zijn voeten lag, op verschillende namen. In het huidige nationaalsocialistische Duitsland kon je geen misdaadbestrijder zijn zonder kennis te hebben van vervalste documenten. Het enige paspoort dat Kohl echt leek, was dat op naam van Robert Taggert, en alleen hierin stonden op het oog correcte stempels en visa. Hij vergeleek alle namen met die op de lijst van wapenkopers en vond een overeenkomst.

Janssen dook in de deuropening op met de kwastkoffer en de Leica. Kohl liet hem de lijst zien. 'Het lijkt erop dat de overledene de Modelo A vorige maand heeft gekocht, Janssen. Onder de naam Arthur Schmidt.'

Wat nog steeds niet uitsloot dat Schumann Morgan had vermoord: Taggert zou hem het wapen verkocht of gegeven kunnen hebben. 'Ga afdrukken nemen,' gebood Kohl. Janssen maakte het koffertje open en ging aan het werk.

'Ik zeg toch dat ik Reggie Morgan niet heb vermoord. Hij heeft dat gedaan.'

'Stil alstublieft, meneer Schumann.'

Ze vonden Reginald Morgans portefeuille en Kohl keek erin. Bij de foto van Morgan met twee oudere mensen op een feest verzonk hij even in gepeins.

We weten nog iets van hem... dat hij iemands zoon was... En mogelijk iemands broer. En mogelijk iemands echtgenoot of geliefde...

De kandidaat-inspecteur kwastte poeder op het wapen en vervolgens nam hij Taggerts vingerafdrukken. Toen richtte hij zich tot Schumann. 'Meneer, kunt u even naar voren schuiven?' Kohl waardeerde de beleefde toon van zijn beschermeling.

Schumann werkte mee. Janssen nam zijn vingerafdrukken en veegde de inkt van zijn vingers met het bijtende schoonmaakmiddel dat ook in de kwastkoffer zat. Hij legde het wapen en de twee kaarten met vingerafdrukken op tafel, zodat zijn chef ze kon bekijken. 'Inspecteur?'

Kohl pakte zijn monocle en inspecteerde het wapen en de afdrukken. Hij was geen expert, maar zijns inziens stonden er alleen vingerafdrukken van Taggert op het wapen.

Janssens ogen vernauwden zich en hij knikte naar de vloer.

Kohl volgde zijn blik en zag een sleetse leren aktetas staan. Aha, het verraderlijke valies! Kohl liep erheen, maakte de gesp open en bladerde in de inhoud, het Engels naar beste kunnen ontcijferend. Er was veel informatie bij over Berlijn, sport en de Olympische Spelen. Ook vond hij een perskaart op naam van Paul Schumann en tientallen onschuldige knipsels uit Amerikaanse kranten.

Hij heeft dus gelogen, dacht de inspecteur. De tas bewees dat hij op de plaats delict was geweest.

Toen keek hij nog eens goed naar de tas en zag dat die weliswaar oud was, maar dat het soepele leer niet bladderde.

Zijn blik dwaalde naar de dode. Hij zette de aktetas neer en hurkte bij de schoenen van het lijk. Ze waren bruin en versleten, en het leer was gebarsten. De kleur en glans kwamen exact overeen met die van de flinters die ze in de Dresdengasse en op de vloer van de Sommergarten hadden gevonden. Het leer van Schumanns schoenen was gaaf. Kohl trok een geërgerde grimas. Weer een foutieve veronderstelling. Schumann had inderdaad de waarheid gesproken. Mogelijk.

Kohl stond op. 'Nu moet je hém fouilleren, Janssen,' zei Kohl met een knikje naar het lijk.

De kandidaat-inspecteur liet zich op zijn knieën zakken en onderzocht de kleding van de dode met zorg.

Kohl keek hem met opgetrokken wenkbrauwen aan terwijl hij bezig was. Hij vond geld, een pennenmesje, een pakje sigaretten en een vestzakhorloge aan een zware gouden ketting. Toen fronste hij zijn voorhoofd. 'Kijk eens, inspecteur.' Hij reikte Kohl een paar zijden kledingmerkjes aan die alleen maar uit de kleding van Reginald Morgan in de Dresdengasse gescheurd konden zijn. Er stonden namen op van Duitse fabrikanten en winkels.

'Ik kan u vertellen hoe het is gegaan,' zei Schumann.

'Ja, ja, straks. Janssen, bel naar het hoofdbureau. Laat iemand daar contact opnemen met de Amerikaanse ambassade. Vraag naar die Robert Taggert. Zeg dat hij in het bezit is van een legitimatie van de diplomatieke dienst. Zeg nog niet dat hij dood is.'

'Goed, inspecteur.' Janssen vond de telefoon. Kohl zag dat de stekker eruit was getrokken, wat tegenwoordig heel normaal was. De olympische vlag aan het pension, niet vergezeld van de nationaalsocialistische banier, zei hem dat het huis in het bezit was van, of werd beheerd door, een jood of iemand anders die uit de gratie was; de telefoons zouden afgeluisterd kunnen worden. 'Gebruik de mobilofoon in de DKW maar, Janssen.'

De kandidaat-inspecteur knikte en liep de kamer uit.

'Zo, meneer, nu mag u me alles vertellen. En sla geen detail over, alstublieft.'

'Ik ben hier samen met het olympisch team gekomen,' zei Schumann. 'Ik ben sportverslaggever. "Freelance" journalist. Kent u...?'

'Ja, ja, ik ken de term.'

'Ik zou Reggie Morgan ontmoeten, dan zou hij me aan een aantal mensen voorstellen over wie ik kon schrijven. Ik zocht wat wij een "sfeertekening" noemen. Informatie over het uitgaansleven in de stad, gokkers, ritselaars, boksscholen.'

'En wat deed die Reggie Morgan? Voor de kost, bedoel ik.'

'Hij was gewoon een Amerikaanse zakenman over wie ik had gehoord. Hij woonde hier al een paar jaar en kende de stad goed.'

'U bent hier met het olympisch team gekomen, en toch wilden de leden daarvan me niets over u vertellen. Vindt u dat zelf niet eigenaardig?' merkte Kohl op.

Schumann lachte wrang. 'U woont in dit land en dan vraagt u míj waarom iemand aarzelt de vragen van een politieman te beantwoorden?'

Het is een kwestie van staatsveiligheid...

Willi Kohls gezicht verried niets, maar hij geneerde zich even, zo waar was de opmerking. Hij keek nog eens goed naar Schumann, die zich op zijn gemak leek te voelen. Hij bespeurde geen tekenen die op liegen duidden, en dat was een van de bijzondere gaven van de inspecteur.

'Ga door.'

'Ik zou Morgan gisteren ontmoeten.'

'Wanneer? En waar?'

'Rond het middaguur. Bij een café aan de Spener Strasse.'

Vlak naast de Dresdengasse, dacht Kohl. En rond de tijd van de schietpartij. Als Schumann iets te verbergen had, zou hij toch niet zelf vertellen dat hij bij de plaats delict was geweest? Hoewel? Nationaalsocialistische criminelen waren door de bank genomen stom en doorzichtig. Of Schumann nu crimineel was of niet, Kohl voelde aan dat hij een uitgesproken slim iemand tegenover zich had. 'Maar de echte Reginald Morgan kwam niet opdagen, begrijp ik uit uw woorden. In plaats daarvan kwam die Taggert.'

'Inderdaad, al wist ik dat toen nog niet. Hij beweerde dat híj Morgan was.'

'En wat gebeurde er tijdens die ontmoeting?'

'Die was heel kort. Hij was geagiteerd. Hij zei dat er iets tussen was gekomen en dat ik hem later moest komen opzoeken. In een restaurant...'

'Welk restaurant?'

'De Sommergarten.'

'Waar u het tarwebier niet lekker vond.'

Schumann knipperde even met zijn ogen en pareerde toen: 'Is er íémand die het wel lekker vindt?'

Kohl onderdrukte een glimlach. 'En u trof Taggert volgens afspraak in de Sommergarten?'

'Ja. Er kwam ook nog een vriend van hem, maar ik weet zijn naam niet meer.'

Aha, de arbeider.

'Hij fluisterde iets tegen Taggert, die zorgelijk keek en zei dat we meteen pleite moesten.' Kohl keek hem vragend aan. 'We moesten snel weg, bedoel ik. Die vriend dacht dat de Gestapo of zo in de buurt was, en Taggert stemde in. We glipten door de zijdeur weg. Ik had meteen moeten begrijpen dat er iets niet pluis was, maar het was avontuurlijk, ziet u? Dat was net wat ik zocht voor mijn artikelen.'

'Een sfeertekening,' zei Kohl bedachtzaam, en hij stelde vast hoeveel gemakkelijker een grote leugen geloofwaardig wordt als de verdachte je kleine feiten toestopt. 'En hebt u die Taggert vaker ontmoet?' Een knikje naar het lijk. 'Afgezien van vandaag, natuurlijk?' Kohl vroeg zich af of Schumann zijn bezoek aan de Platz November 1923 zou toegeven.

'Ja,' zei Schumann. 'Later die dag, op het een of andere plein in een louche buurt. Bij station Oranienburg. Een groot standbeeld van Hitler. We zouden een andere contactpersoon treffen, maar die is niet komen opdagen.'

'En toen bent u daar ook maar "pleite" gegaan.'

'Precies. Taggert werd weer nerveus. Er was duidelijk iets niet in de haak. Toen besloot ik dat ik het contact met hem beter kon verbreken.'

'Waar is uw stetson gebleven?' vroeg Kohl snel.

Een bezorgde blik. 'Tja, ik zal eerlijk zijn, inspecteur Kohl. Ik liep over straat en toen zag ik een paar jonge...' Hij zocht naar een woord. 'Beesten... Boeven?'

'Ja, boeven.'

'In bruin uniform.'

'SA'ers.'

'Boeven,' herhaalde Paul met een zekere weerzin. 'Ze sloegen een boekverkoper en zijn vrouw. Ik was bang dat ze een moord zouden begaan. Ik kwam tussenbeide. Voor ik het wist, zaten ze met tien man achter mij aan. Ik gooide wat kleren weg, in een put, zodat ze me niet zouden herkennen.'

Die man is een taaie, dacht Kohl. En hij is snugger.

Maar is hij ook schuldig?

'Gaat u me nu arresteren omdat ik een paar van uw naziboeven heb afgerammeld?'

'Dat interesseert me niet, meneer Schumann. Wat me wel sterk interesseert, is het doel van die hele maskerade die meneer Taggert heeft opgevoerd.'

'Hij wilde met de uitslag van een paar wedstrijdonderdelen van de Olympische Spelen sjoemelen.'

'Sjoemelen?'

Schumann dacht even na. 'Een speler opzettelijk laten verliezen. Daar was hij al een paar maanden mee bezig, met het opzetten van weddenschappen in Berlijn. Taggerts handlangers zouden geld op het verlies van een aantal Amerikaanse favorieten zetten. Ik heb een perskaart en kan dicht bij de atleten komen. Ik moest ze omkopen om ze opzettelijk te laten verliezen. Daarom was hij de afgelopen dagen zo nerveus, denk ik. De politie zat achter hem aan en hij was veel geld schuldig aan een van jullie *Ringvereine*, zoals hij het noemde.'

'Morgan is vermoord omdat die Taggert zich voor hem wilde uitgeven?'

'Juist.'

'Wat een ingewikkelde intrige,' merkte Kohl op.

'Het ging om een enorm bedrag. Honderdduizenden dollars.'

Nog een blik op het verslapte lichaam op de vloer. 'U zei dat u gisteren had besloten het contact met de heer Taggert te verbreken, en toch ligt hij hier nu. Hoe is dat tragische "gevecht", zoals u het noemt, ontstaan?'

'Hij accepteerde mijn weigering niet. Hij zat wanhopig om het geld verlegen, want hij had veel geld geleend voor het wedden. Hij kwam me hier bedreigen, zei dat ze de schijn zouden wekken dat ik Morgan had vermoord.'

'Om u te dwingen hen te helpen.'

'Ja. Maar ik zei dat het me niets kon schelen, dat ik hem hoe dan ook ging aangeven. Toen trok hij dat pistool. We worstelden en hij viel. Zo te zien heeft hij zijn nek gebroken.'

Intuïtief vergeleek Kohl de door Schumann verstrekte informatie met de feiten en zijn kennis van de menselijke natuur. Sommige dingen klopten; andere botsten met elkaar. Willi Kohl had zichzelf altijd ingeprent plaatsen delict onbevooroordeeld tegemoet te treden en niet te snel conclusies te trekken. Het was inmiddels een automatisme geworden; zijn gedachten liepen vast. Het was alsof er een ponskaart in een DeHoMag-sorteermachine was blijven steken.

'U vocht voor uw leven en toen stierf hij door een val.'

'Ja, zo is het gegaan,' zei een vrouwenstem.

Kohl keek om naar de gestalte in de deuropening. De vrouw was rond de veertig, slank en aantrekkelijk, maar met een vermoeid, afgetobd gezicht.

'Uw naam, alstublieft?'

'Käthe Richter.' Ze gaf hem in een reflex haar legitimatiebewijs. 'Ik beheer dit pension tijdens de afwezigheid van de eigenaar.'

Haar naam en foto stonden op de pas en Kohl gaf hem terug. 'En u bent getuige geweest van de gebeurtenis?'

'Ik stond hier. In de gang. Ik hoorde rumoer binnen en keek door de deur. Ik heb alles gezien.'

'En toch was u al weg toen wij aankwamen.'

'Ik was bang. Ik zag uw auto aankomen en wilde er niet bij betrokken raken.'

Ze stond dus op de lijst van de Gestapo of de SD.'En nu bent u toch gekomen.'

'Ik heb erover nagedacht en besloot het erop te wagen. Er moeten toch nog een paar politiemensen in de stad zijn die de waarheid wél willen horen,' zei ze opstandig.

Janssen kwam terug en keek naar de vrouw, maar in plaats van haar voor te stellen, zei Kohl alleen: 'Ja?'

'Inspecteur, de Amerikaanse ambassade zei geen Robert Taggert te kennen.'

Kohl knikte nadenkend, stapte iets dichter naar Taggerts lijk en zei: 'Wat een fortuinlijke val. Vanuit uw gezichtspunt, uiteraard. En u, Fräulein Richter, ik vraag het nog eens: hebt u de worsteling met eigen ogen gezien? U moet me een eerlijk antwoord geven.'

'Ja, ja. Die man was gewapend. Hij wilde meneer Schumann vermoorden.'

'Kende u het slachtoffer?'

'Nee. Ik had die man nog nooit gezien.'

Kohl wierp nog een blik op het lichaam en haakte zijn duim in zijn vestzakje. 'Het is een vreemd vak, meneer Schumann, het rechercheren. We proberen de aanwijzingen te interpreteren en hun spoor te volgen. En in dit geval zetten de aanwijzingen me op uw spoor – ze leidden me zelfs regelrecht hierheen, naar u toe – en nu lijken diezelfde aanwijzingen erop te duiden dat ik al die tijd naar die ándere man heb gezocht.'

'Een balletje kan vreemd rollen.'

De uitdrukking sloeg nergens op in het Duits. Kohl nam aan dat het een letterlijke vertaling van het Amerikaans was, maar begreep wel wat er werd bedoeld.

En hij kon er geen speld tussen krijgen.

Hij haalde zijn pijp uit zijn zak, stak hem in zijn mond zonder hem aan te steken en kauwde even op de steel. 'Goed, meneer Schumann, ik heb besloten u niet mee te nemen naar het bureau, althans nu nog niet. Ik laat u gaan, maar ik neem uw paspoort in beslag tot ik de kwestie grondiger heb onderzocht. Blijf in Berlijn. Zoals u waarschijnlijk al hebt gemerkt, zijn onze diverse instanties heel bedreven in het opsporen van mensen in ons land. Ik vrees dat u dit pension zult moeten verlaten. Het is een plaats delict. Hebt u een ander logeeradres waar ik u kan bereiken?'

Schumann dacht even na. 'Ik neem wel een kamer in het Metropol Hotel.'

Kohl noteerde het in zijn opschrijfboekje en borg het samen met Pauls paspoort op. 'Goed. Wilt u me verder nog iets vertellen?'

'Helemaal niets, inspecteur. Ik wil op alle mogelijke manieren helpen.'

'U kunt gaan. Neem alleen het allernoodzakelijkste mee. Janssen, maak hem los.'

De kandidaat-inspecteur gehoorzaamde. Schumann liep naar zijn koffer. Waakzaam gadegeslagen door Kohl pakte hij zijn toilettas met scheermes, scheerzeep, tandenborstel en tandpasta. Kohl gaf hem zijn sigaretten, lucifers, geld en kam terug.

Schumann keek naar de vrouw. 'Wilt u me naar de tramhalte brengen?'

'Ja, natuurlijk.'

'Fräulein Richter, woont u hier?' vroeg Kohl.

'Ja, in de achterste kamers op de begane grond.'

'Goed. U hoort nog van me.'

Schumann en de vrouw verlieten de kamer.

Janssen fronste zijn voorhoofd. 'Inspecteur, hoe kunt u hem nu laten gaan?' vroeg hij. 'Geloofde u zijn verhaal?'

'Gedeeltelijk.' Kohl vertelde de kandidaat-inspecteur wat hij vermoedde: hij geloofde dat het een moord uit zelfverdediging was geweest, en het had er alle schijn van dat Taggert Morgan had vermoord, maar er waren nog onbeantwoorde vragen. Onder andere omstandigheden, in een ander land, had Kohl Schumann in verzekerde bewaring gesteld tot hij alles had nagetrokken, maar hij wist dat als hij Schumann liet vasthouden terwijl hij zijn onderzoek voortzette, de Gestapo de Amerikaan bij voorbaat zou aanwijzen als de schuldige 'buitenlander' die Himmler zocht, en dat hij nog voor de avond viel in Moabit of kamp Oranienburg zou zitten.

'Dan zou er niet alleen iemand sterven voor een misdaad die hij waarschijnlijk niet heeft begaan, maar de zaak zou ook gesloten worden verklaard en dan kunnen we de hele waarheid nooit meer achterhalen, terwijl dat natuurlijk de zin van ons vak is.'

'Zal ik hem dan niet tenminste volgen?'

Kohl slaakte een zucht. 'Janssen, hoeveel misdadigers hebben we ooit aangehouden door ze te volgen? Wat zeggen ze in die Amerikaanse detectives? "Schaduwen"?'

'Nou, niet één, denk ik, maar...'

'Dus laten we dat aan de romanspeurders over. We weten waar we hem kunnen vinden.'

'Maar het Metropol is een enorm hotel met veel uitgangen. Hij zou ons daar gemakkelijk kunnen ontglippen.'

'Dat interesseert ons niet, Janssen. We gaan meneer Schumanns rol in dit drama verder onderzoeken. Wat we nu echter als eerste moeten doen, is deze kamer heel goed doorzoeken... Ach, gefeliciteerd, kandidaat-inspecteur.'

'Hoe dat zo, inspecteur?'

'Je hebt de moord in de Dresdengasse opgelost.' Kohl knikte naar het lichaam. 'En bovendien is de dader dood; de last van een proces blijft ons bespaard.'

30

Nu begeleid door een ss-lijfwacht had kolonel Reinhard Ernst zijn kleinzoon teruggebracht naar Charlottenburg. Hij was blij dat Rudy nog zo jong was; het kind was zich niet echt bewust van het gevaar dat ze in het stadion hadden gelopen. Hij trok zich de verbeten gezichten van de mannen, de gespannen sfeer in de perszaal en het overhaaste vertrek uit het stadion wel aan, maar hij had er geen idee van wat het allemaal te betekenen had. Hij wist alleen dat zijn opa gevallen was en zich een beetje had bezeerd, al had zijn grootvader het 'avontuur', zoals hij het noemde, luchtig weggewuifd.

Het hoogtepunt van de middag was voor het kind ook niet het schitterende stadion geweest, zijn ontmoeting met een paar van de machtigste mannen van de wereld, noch de paniek om de aanslag, maar het spelen met de honden; Rudy wilde er nu zelf ook een, liefst twee. Hij raakte er niet over uitgepraat.

'Overal bouwwerkzaamheden,' had Ernst tegen Gertrud gesputterd. 'Mijn pak is bedorven.'

Ze was inderdaad niet blij, maar zijn val zat haar meer dwars. Ze onderzocht zijn hoofd nauwgezet. 'Je hebt een buil. Je moet voorzichtiger zijn, Reinie. Ik zal je ijs brengen.'

Hij vond het vreselijk dat hij niet eerlijk tegen haar kon zijn, maar hij weigerde haar te vertellen dat hij het doelwit van een moordaanslag was geweest. Als ze dat hoorde, zou ze hem smeken thuis te blijven, nee, ze zou het van hem eisen. En hij zou zijn vrouw iets moeten weigeren, wat hij zelden deed. Hitler mocht zich dan tijdens de opstand in november 1923 onder de lijken hebben verstopt om zijn hachje te redden, Ernst zou nooit een vijand ontlopen wanneer dat tegen zijn plichtsgevoel indruiste.

Onder andere omstandigheden was hij misschien een paar dagen thuisgebleven, tot de huurmoordenaar was gevonden en dat zou nu vast al gebeurd zijn, want de raderen van de Gestapo, de SD en de SS waren in beweging gezet. Ernst had vandaag echter een heel belangrijke verplichting: het uitvoeren van de tests op de academie met professor-doctor Keitel en het schrijven van zijn verslag over het Waltham-onderzoek voor de Führer.

Hij vroeg zijn vrouw of hij koffie, brood en worst in zijn studeerkamer kon krijgen.

'Maar Reinie,' zei Gertrud vertwijfeld, 'het is zondag. De gans...'

Het middagmaal op de rustdag was een oude traditie binnen Ernsts gezin, en er mocht eigenlijk niet mee gebroken worden.

'Het spijt me, lieverd. Ik heb vandaag geen keus. Volgende week zal ik het hele weekend met jou en het gezin doorbrengen.'

Hij liep naar zijn studeerkamer, ging aan zijn bureau zitten en begon aantekeningen te maken.

Tien minuten later kwam Gertrud zelf met een groot dienblad binnen.

'Ik wil niet dat je zo slecht eet,' zei ze, en ze trok het kleedje van het dienblad.

Ernst glimlachte toen hij het grote bord met gebraden gans met sinaasappelmarmelade, kool, gekookte aardappels en sperziebonen met kardemom zag. Hij stond op en gaf zijn vrouw een zoen op haar wang. Toen ze weg was, begon hij zonder veel trek te eten terwijl hij met één vinger een kladversie van zijn verslag op de typemachine tikte.

HOOGST VERTROUWELIJK

Adolf Hitler,
Führer, rijkskanselier en president van het Duitse rijk
en opperbevelhebber van de gewapende troepen
Veldmaarschalk Werner Von Blomberg,
minister van Defensie

Mein Führer, mijn minister,

U hebt mij gevraagd om informatie aangaande het Waltham-onderzoek, dat wordt uitgevoerd door ondergetekende en professor-doctor Ludwig Keitel van de Militaire Academie Waltham. Het doet me genoegen u over de aard van het onderzoek en de resultaten totnogtoe te kunnen berichten.

Het onderzoek vloeit voort uit de door u aan mij gegeven opdracht de Duitse gewapende troepen in paraatheid te brengen en hen te helpen de door u geformuleerde doelstellingen voor ons grote rijk zo vlot mogelijk te verwezenlijken.

Hij hield even op om zijn gedachten te ordenen. Wat zou hij wel vertellen en wat niet?

Een halfuur later was hij met het verslag van anderhalve bladzij klaar en bracht er met potlood nog enige correcties in aan. Deze versie kon er voorlopig mee door. Hij zou hem nog aan Keitel voorleggen, zodat die verbeteringen kon aanbrengen, en dan zou Ernst de definitieve versie vanavond uittikken en maandagmorgen zelf aan de Führer geven. Hij schreef een briefje aan Keitel met een verzoek om commentaar en hechtte het aan de voorlopige versie.

Hij bracht het dienblad met het halflege bord naar beneden, nam afscheid van Gertrud en ging weg. Hitler had erop gestaan dat er bewakers bij zijn huis posteerden, in elk geval tot de huurmoordenaar was gevonden. Ernst had er geen bezwaar tegen, maar hij vroeg hun nu uit het zicht te blijven, zodat zijn gezin niet ongerust zou worden. Hij had ook ingestemd met het verzoek van de Führer niet meer zelf in zijn open Mercedes te rijden, waar hij de voorkeur aan gaf, maar zich in een gesloten auto door een gewapende ss-lijfwacht te laten chaufferen.

Ze reden eerst naar Columbia Haus in Tempelhof. De ss'er stapte uit de auto en controleerde of de toegang veilig was. Hij liep naar de twee bewakers bij de ingang en zei iets, waarop zij ook om zich heen keken, al kon Ernst zich niet voorstellen dat iemand zo stom zou zijn vlak voor een detentiecentrum van de ss een moordaanslag te plegen. De mannen wuifden en Ernst stapte uit de auto. Hij betrad het gebouw en werd de trap af geleid, een gang in en langs een aantal afgesloten deuren naar het cellencomplex.

Wat een walgelijke manier om mensen te behandelen, dacht hij terwijl hij weer door de lange, benauwde, klamme, naar urine en uitwerpselen stinkende gang liep. De Britse en Amerikaanse militairen die hij tijdens de Oorlog gevangen had genomen, waren met respect behandeld. Ernst had naar de officieren gesalueerd, met de dienstplichtigen gebabbeld en ervoor gezorgd dat ze warm en droog zaten en eten kregen. Hij voelde een diepe minachting jegens de bewaarder in bruin uniform die hem door de gang vergezelde. De man floot zacht het 'Horst Wessellied' en sloeg zo nu en dan met zijn knuppel tegen de tralies, domweg om de gevangenen angst aan te jagen.

Bij een cel op driekwart van de gang bleef Ernst staan en keek naar binnen. Zijn huid kriebelde van de hitte.

De twee jongens baadden in het zweet. Ze waren natuurlijk bang – iederéén in dit verschrikkelijke oord was bang – maar hij zag nog iets in hun ogen: jeugdige opstandigheid.

Het stelde Ernst teleur, want die blik zei hem dat ze zijn aanbod zouden afwijzen. Hadden ze voor een verblijf in Oranienburg gekozen? Hij was ervan overtuigd geweest dat Kurt en Hans Fischer zich voor het Waltham-onderzoek zouden opgeven. Ze waren ideale kandidaten geweest.

'Goedemiddag.'

De oudste broer knikte. Ernst voelde een rilling over zijn rug lopen: de jongen leek op zijn eigen zoon. Waarom zag hij dat nu pas? Misschien kwam het door de zelfverzekerdheid en de kalmte die er die ochtend nog niet waren geweest. Misschien was het alleen het nabeeld van de blik in Rudy's ogen eerder die dag. Hoe dan ook, de gelijkenis bracht hem van zijn stuk.

'Ik moet nu van jullie horen of jullie aan ons onderzoek meewerken.'

De broers keken elkaar aan. Kurt deed zijn mond open, maar de jongste broer was hem voor. 'We doen mee,' zei hij.

Ernst had zich dus vergist. Hij knikte en glimlachte, oprecht verheugd.

'Mits u ons een brief naar Engeland laat sturen,' vulde de oudste broer aan.

'Een brief?'

'We willen contact met onze ouders.'

'Dat is niet toegestaan, vrees ik.'

'Maar u bent toch kolonel? Kunt u niet beslissen wat toegestaan is en wat niet?' vroeg Hans.

Ernst keek met zijn hoofd schuin naar de jongen, maar zijn aandacht werd weer naar de oudste broer getrokken. De gelijkenis met Mark was echt griezelig. Hij aarzelde en zei toen: 'Eén brief, maar die moeten jullie binnen twee dagen versturen, zolang jullie nog onder mijn supervisie vallen. Jullie instructeurs zullen het niet toestaan, een brief naar Londen. En zij kunnen zéker niet beslissen wat toegestaan is en wat niet.'

De jongens wisselden weer een blik. Kurt knikte. De kolonel ook. En toen salueerde hij naar hen, net als toen hij afscheid had genomen van zijn zoon. Niet met de fascistische uitgestrekte arm, maar op de traditionele manier, met zijn handpalm bij zijn voorhoofd. De SA-bewaker deed alsof hij het niet zag.

'Welkom in het nieuwe Duitsland,' zei Ernst met een bijna fluisterzachte stem die in tegenspraak was met zijn afgemeten militaire groet.

Ze sloegen de hoek om en liepen naar de Lützowplatz, zo ver mogelijk bij het pension vandaan voordat ze een taxi namen. Paul keek regelmatig over zijn schouder om zich ervan te verzekeren dat ze niet werden gevolgd.

'We gaan niet naar het Metropol,' zei hij terwijl hij de straat af tuurde. 'Ik zoek een veilige plek voor ons. Die kan mijn vriend Otto ons wel bezorgen. Het spijt me, maar je zult al je spullen daar moeten laten. Je kunt niet meer terug.'

Ze bleven op de drukke hoek van de straat staan. Pauls arm gleed onwillekeurig om Käthes middel terwijl hij naar het verkeer keek, maar hij voelde haar verstijven. Toen maakte ze zich van hem los.

Hij keek haar vragend aan.

'Ik ga wél terug, Paul.' Haar stem klonk vlak.

'Käthe, wat is er?'

'Ik heb die inspecteur van de Kripo de waarheid verteld.'

'Je...'

'Ik stond echt op de gang de kamer in te kijken. Jíj hebt gelogen. Je hebt die man in je kamer vermoord. Jullie hebben niet gevochten. Hij was niet gewapend. Hij stond daar, weerloos, en jij hebt hem doodgeslagen. Het was verschrikkelijk. Ik had niet meer zoiets gruwelijks gezien sinds... sinds...

Het vierde betonnen vierkant vanaf het gras...

Paul zweeg.

Er reed een open vrachtauto langs met een stuk of vijf SA'ers in de laadbak. Ze schreeuwden iets naar een groepje mensen op straat en lachten. Een paar voetgangers zwaaiden terug. De vrachtwagen verdween om een hoek.

Paul leidde Käthe naar een bank in een plantsoentje, maar ze wilde niet gaan zitten. 'Nee,' fluisterde ze. Ze sloeg haar armen over elkaar en keek hem kil aan.

'Het is niet zo simpel als je denkt,' fluisterde hij.

'Simpel?'

'Er zit meer achter, de reden waarom ik hier ben, ja. Ik heb het je niet verteld omdat ik je er niet bij wilde betrekken.'

Nu barstte de rauwe woede eindelijk los. 'O, dát is een mooi excuus om te liegen! Je wilde me er niet bij betrekken. Je hebt me gevraagd of ik met je mee wilde naar Amerika, Paul. Kan het nog betrokkener?'

'Bij mijn oude leven, bedoel ik. Dat houdt na deze reis op.'

'Je oude leven? Ben je soldaat?'

'In zekere zin.' Hij aarzelde. 'Nee, dat is niet waar. In Amerika was ik misdadiger. Ik ben hier gekomen om ze een halt toe te roepen.'

'Ze?'

'Jouw vijanden.' Hij knikte naar een van de honderden rood met wit en zwarte vlaggen die in de bries wapperden. 'Ik moest iemand van de regering hier doden om te voorkomen dat hij weer een oorlog zou beginnen. Maar daarna zou dat deel van mijn leven afgesloten zijn. Ik zou geen strafblad meer hebben. Ik...'

'En wanneer wilde je me dat geheimpje vertellen, Paul? In Londen? In New York?'

'Geloof me. Het is afgesloten.'

'Je hebt me gebruikt.'

'Ik heb nooit...'

'Gisteravond, die heerlijke avond, heb je me gevraagd je de Wilhelmstrasse te laten zien. Je hebt me als dekmantel gebruikt, hè? Je zocht naar een plek om die man te vermoorden.'

Hij keek naar een van de grimmige, wapperende vlaggen en zweeg.

'En als ik in Amerika iets had gedaan waar jij kwaad om werd? Had je me dan geslagen? Had je me vermoord?'

'Käthe! Natuurlijk niet.'

'Ach, dat zeg je nu wel, maar je hebt al eerder gelogen.' Käthe haalde een zakdoek uit haar tasje. De seringengeur zweefde hem tegemoet en zijn hart huilde alsof het de geur van wierook bij de dodenwake van een geliefde was. Ze bette haar ogen en stopte de zakdoek weer weg. 'Vertel me nog één ding, Paul. In welk opzicht ben jij anders dan zij? Vertel. Hoe? ... Nee, je bent écht anders. Wreder. Weet je waarom?' Een door tranen verstikte stem. 'Je gaf me hoop en toen ontnam je me die weer. Zij, die beesten in de tuin, geven je nóóit hoop. Zij zijn tenminste niet zo verraderlijk als jij. Nee, Paul. Vlieg jij maar terug naar je volmaakte land. Ik blijf hier. Ik blijf tot de klop op de deur. En dan ben ik weg. Net als mijn Michael.'

'Käthe, ik ben niet eerlijk tegen je geweest, nee, maar je moet met me meegaan... Alsjeblieft?'

'Weet je wat onze filosoof Nietzsche heeft geschreven? Hij zei: "Wie tegen monsters vecht, moet oppassen dat hij niet zelf ook een monster wordt." O, hoe waar is dat, Paul. Maar al te waar.'

'Ga alsjeblieft met me mee.' Hij pakte haar met kracht bij de schouders.

Maar Käthe Richter was ook sterk. Ze trok zijn handen los en deinsde achteruit. Ze keek hem indringend aan en ze fluisterde genadeloos: 'Liever deel ik mijn land met tienduizend moordenaars dan mijn bed met één.'

Toen draaide ze zich op haar hakken om, aarzelde even en liep snel weg, verbaasd gadegeslagen door voorbijgangers die zich afvroegen wat de oorzaak van die twist tussen twee geliefden was geweest.

31

'Willi, Willi, Willi.'

Hoofdinspecteur Friedrich Horcher rekte de naam eindeloos.

Kohl was teruggekeerd naar het Alex en werd vlak voor zijn kamerdeur ingehaald door zijn chef. 'Ja, hoofdinspecteur?'

'Ik heb je gezocht.'

'O?'

'Het gaat om de zaak in Gatow. De schietpartij, weet je nog?'

Hoe zou hij het kunnen vergeten? Die beelden waren voor de eeuwigheid in zijn ziel gebrand. De vrouwen... de kinderen... Maar nu voelde hij de kille angst weer. Was de zaak toch een test geweest, zoals hij eerder al angstig had vermoed? Hadden Heydrichs mensen willen weten of hij de zaak zou laten vallen en waren ze er nu achter gekomen dat hij iets veel ergers had gedaan: dat hij de jonge politieman er heimelijk thuis over had opgebeld?

Horcher trok aan zijn bloedrode armband. 'Ik heb goed nieuws voor je. De zaak is opgelost. Die in Charlottenburg met de Poolse arbeiders ook. Het was beide keren dezelfde moordenaar.'

Kohls aanvankelijke opluchting omdat hij niet werd gearresteerd, sloeg om in verbijstering. 'Wie heeft de zaak opgelost? Iemand van de Kripo?'

'Nee, nee, de commissaris zelf. Meyerhoff. Stel je voor.'

Ach... De zaak begon duidelijk te worden – tot Willi Kohls weerzin. De rest van het verhaal dat zijn chef hem vertelde, verbaasde hem geenszins. 'De moordenaar was een Tsjechische jood. Gestoord. Een soort Vlad de Spietser. Was dat wel een Tsjech? Het kan ook een Roemeen of een Hongaar geweest zijn, ik weet het niet meer. Ha, geschiedenis was altijd al mijn slechtste vak. Hoe dan ook, de verdachte is aangehouden en heeft bekend. Hij is aan de SS overgedragen.' Horcher lachte. 'En die hebben zich van hun belángrijke en geheimzinnige veiligheidsalarm los kunnen maken om een beetje echt politiewerk te doen.'

'Hoeveel handlangers had hij? Eén of meer?' vroeg Kohl.

'Handlangers? Nee, hij was alleen.'

'Alleen? Maar de politie in Gatow heeft vastgesteld dat er minstens twee daders moesten zijn, en vermoedelijk meer. De foto's ondersteunen die theorie, en de logica ook, gezien het aantal slachtoffers.'

'Ach, Willi, wij als ervaren politiemensen weten toch dat schijn bedriegt. En zo'n jonge dorpsveldwachter? Die is niet gewend rechercheurswerk te doen. En trouwens, die jood heeft bekend. Hij heeft het in zijn eentje gedaan. De zaak is opgelost en die man is op weg naar het kamp.'

'Ik zou hem graag willen horen.'

Een aarzeling. Toen verschoof Horcher nog steeds glimlachend zijn armband. 'Ik zal zien wat ik voor je kan doen, maar hij zou al in Dachau kunnen zitten.'

'Dachau? Waarom sturen ze hem naar München? Waarom niet naar Oranienburg?'

'Misschien zit het daar te vol. Hoe het ook zij, de zaak is gesloten, dus eigenlijk is er geen reden om hem nog te spreken.'

De man was natuurlijk al dood.

'Trouwens, jij hebt al je tijd nodig voor de zaak van de Dresdengasse. Hoe staat het daarmee?'

'We hebben vorderingen geboekt,' zei Kohl, met moeite de woede en frustratie in zijn stem bedwingend. 'Ik denk dat we er over een paar dagen uit zijn.'

'Uitstekend.' Horchers gezicht betrok. 'Er is nog meer heisa aan de Prinz Albrechtstrasse dan tevoren. Heb je het gehoord? Meer waarschuwingen, meer veiligheidsmaatregelen. Er wordt zelfs onder de SS gemobiliseerd. Ik weet nog steeds niet wat er aan de hand is. Heb jij misschien iets opgevangen?'

'Nee, hoofdinspecteur.' Die arme Horcher. Bang dat iedereen meer wist dan hij. 'U krijgt het verslag van de moord binnenkort,' beloofde hij.

'Goed. Het ziet ernaaruit dat het die buitenlander was, hè? Dat zei je toch?'

Nee, dat zei jíj, dacht Kohl. 'De zaak vordert gestaag.'

'Uitstekend. Maar Willi, kijk ons nou toch. We werken nu ook al op zondag. Stel je voor. Weet je nog dat we vroeger op zaterdagmiddag én zondag vrij hadden?' Horcher drentelde de stille gang in.

Kohl liep naar zijn kamer en zag de lege plekken waar zijn aantekeningen en de foto's van de moorden in Gatow hadden gelegen. Horcher moest ze hebben 'gearchiveerd', wat inhield dat ze hetzelfde lot hadden ondergaan als die arme Tsjechische jood. Waarschijnlijk waren ze verbrand, net als de passagierslijst van de *Manhattan*, en zweefden ze nu als vlokjes as in de alkalihoudende wind over de stad. Hij leunde moedeloos tegen de deurpost, staarde naar de lege plekken op zijn bureau en dacht: dat is het erge van moorden, je kunt ze nooit meer ongedaan maken. Gestolen geld geef je terug, kwetsuren genezen, het afgebrande huis wordt herbouwd, je vindt het slachtoffer van een ontvoering dat overstuur is, maar nog leeft. Maar die kinderen die waren omgekomen, hun ouders, de Poolse arbeiders... hun dood was definitief.

En toch kreeg Willi Kohl iets anders te horen. Dat de universele wetten in dit land op de een of andere manier anders waren: de dood van de gezinnen en de arbeiders was uitgewist. Want als het echt was gebeurd, zouden eerlijke mensen geen rust hebben tot het verlies begrepen en verwerkt was en – Kohls rol – de daders waren bestraft.

De inspecteur hing zijn hoed aan de kapstok, liet zich zwaar in zijn krakende stoel zakken en bekeek zijn ingekomen post en telexen. Er zat niets over Schumann bij. Kohl pakte zijn vergrotende monocle en vergeleek de vingerafdrukken die Janssen van Taggert had genomen met de foto's van de afdrukken die in de Dresdengasse waren gevonden. Ze waren identiek. Het was een opluchting: het betekende dat Taggert inderdaad de moordenaar van Reginald Morgan was en dat de inspecteur geen moordenaar had laten lopen.

Het was maar goed dat hij de afdrukken zelf kon vergelijken. In een bericht van de afdeling Identificatie las hij dat alle onderzoekers en analisten het bevel hadden gekregen hun onderzoeken voor de Kripo opzij te leggen en zich beschikbaar te houden voor de Gestapo en de ss in het licht van 'een nieuwe veiligheidswaarschuwing'.

Hij liep naar Janssen en hoorde van hem dat Taggerts lijk nog steeds niet uit het pension was opgehaald. Hij zuchtte. 'We doen hier wat we kunnen. Laat ballistisch onderzoek op het Spaanse pistool doen, dan weten we zeker dat het het moordwapen is.'

'Ja, inspecteur.'

'O, en Janssen? Als de vuurwapenexperts ook zijn ingelijfd bij de zoektocht naar die Slaaf of die Rus, doe je het onderzoek zelf maar. Dat kun je toch wel?'

'Ja, inspecteur.'

Toen Janssen weg was, ging Kohl ervoor zitten en begon een lijst vragen aangaande Morgan en de mysterieuze Taggert op te stellen, die hij wilde laten vertalen en naar de Amerikaanse autoriteiten versturen.

Er dook een schaduw in de deuropening op. 'Inspecteur, een telegram voor u,' zei de loopjongen, een ventje in een grijs jack. Hij reikte Kohl de envelop aan.

'Ja, dank je.' In de veronderstelling dat het telegram van de *United States Lines* kwam, naar aanleiding van de gevraagde passagierslijst, of van Manny's Men's Wear, en dat hij de bondige mededeling zou krijgen dat ze hem niet konden helpen, scheurde hij de envelop open.

Hij had het mis. Het telegram kwam van de politie in New York. Het was in het Engels gesteld, maar hij begreep heel goed wat erin stond.

Aan inspecteur W. Kohl
Kriminalpolizei Alexanderplatz Berlin

In antwoord op uw verzoek van heden delen we u mede dat het dossier van P. Schumann is afgelegd en ons onderzoek m.b.t. genoemd persoon voor onbepaalde tijd is opgeschort stop geen nadere informatie beschikbaar stop
Vr. gr. comm. G. O'Malley Pol. New York

Kohl fronste zijn voorhoofd, pakte het Engels-Duitse woordenboek erbij en zocht 'afleggen' op. Het dossier was er niet meer. Hij las het telegram nog een paar keer en begon telkens te gloeien.

De recherche had dus wel degelijk onderzoek naar Schumann gedaan. Waarom? En waarom was het dossier opgeborgen en het onderzoek gestaakt?

Wat kon dit betekenen? Tja, in de eerste plaats dat de man Reginald Morgan misschien niet had vermoord, maar dat hij met criminele doeleinden in de stad kon zijn.

In de tweede plaats betekende het dat Kohl zelf een mogelijk gevaarlijke man in de stad had losgelaten.

Hij moest Schumann vinden, of in elk geval meer over hem te

weten komen, en snel ook. Willi Kohl wachtte Janssens terugkeer niet af, maar pakte zijn hoed en liep door de schemerige gang naar het trappenhuis. Hij was zo afwezig dat hij de trap naar de verboden begane grond nam. Hij duwde de deur toch open en had meteen een SS-soldaat tegenover zich. Door het geklapper van de DeHoMag-sorteermachines heen zei de man: 'Inspecteur, dit is verboden terrein voor onbevoeg...'

'Laat me erdoor,' grauwde Kohl zo woest dat de jonge bewaker ervan schrok.

Een tweede bewaker, gewapend met een Erma-machinegeweer, keek hun kant op.

'Ik verlaat mijn bureau door de deur aan het eind van die gang. Ik heb geen tijd om een omweg te nemen.' De jonge SS'er keek angstig om zich heen. Niemand anders in de gang zei een woord. Uiteindelijk knikte hij.

Kohl beende de gang in, zonder op de pijn in zijn voeten te letten, en stapte door de deur het felle, hete middaglicht in. Hij oriënteerde zich, zette zijn rechtervoet op een bank en verschoof de lamswol in zijn schoen. Toen liep hij naar het Metropol Hotel.

'Ach, John Dillinger!' Otto Webber fronste zijn voorhoofd en gebaarde naar een stoel in een donkere hoek van het Ariër Café. Hij omklemde Pauls arm en fluisterde: 'Ik maakte me ongerust over je. Geen woord! Was mijn telefoontje naar het stadion een succes? Ik heb niets op de radio gehoord. Niet dat die rat van een Goebbels het nieuws van een aanslag via de staatsradio zou verspreiden, natuurlijk.'

Toen verflauwde de glimlach van de bendeleider. 'Wat scheelt eraan, vriend? Je gezicht staat niet blij.'

Voor hij nog iets kon zeggen, kreeg Liesl, de serveerster, Paul in het oog en haastte zich naar hem toe.

'Dag schat,' zei ze. Toen trok ze een pruilmond.

'Schaam je. De vorige keer heb je me geen afscheidskus gegeven. Wat wil je drinken?'

'Een *Pschorr*.'

'Komt eraan. Ik heb je gemist.'

Webber, die geen aandacht van de serveerster kreeg, zei gepikeerd: 'Hallo, pardon. Ik ook een *Pschorr*, graag.'

Liesl bukte zich en gaf Paul een zoen op zijn wang. Hij rook een sterk parfum. Zelfs toen ze weg was, bleef het om hem heen hangen. Hij dacht aan seringen, aan Käthe. Hij duwde die gedachten streng weg en legde Otto uit wat er in het stadion en daarna was gebeurd.

'Nee! Onze vriend Morgan?' Otto was onthutst.

'Iemand die deed alsóf hij Morgan was. De Kripo heeft mijn naam en paspoort, maar ze geloven niet dat ik hem heb vermoord. En ze leggen geen verband tussen mij en wat er in het stadion met Ernst is gebeurd.'

Liesl kwam het bier brengen. Ze gaf een kneepje in Pauls schouder toen ze de glazen had neergezet, streek aanhalig langs hem heen en liet weer een wolk parfum rond de tafel achter. Paul wendde zijn hoofd ervan af. Ze glimlachte zwoel en heupwiegde weg.

'Ze wil maar niet begrijpen dat ik haar niet hoef, hè?' prevelde hij, des te bozer omdat hij Käthe niet uit zijn hoofd kon zetten.

'Wie?' vroeg Otto tussen een paar grote slokken bier door.

'Zij. Liesl.' Paul knikte.

Otto keek bedenkelijk. 'Nee, nee, John Dillinger. Niet zij. Híj.'

'Wát?'

Otto keek hem verbaasd aan. 'Dacht je dat Liesl een vrouw was?'

Paul knipperde verbaasd met zijn ogen. 'Is het...'

'Maar natuurlijk.' Otto nam nog een slok en veegde met zijn hand het schuim uit zijn snor. 'Ik dacht dat je het wel wist. Het ligt er zo dik bovenop.'

'Allemachtig.' Paul wreef hard over de plek op zijn wang waar ze hem had gekust en keek achterom. 'Dat vind jij misschien.'

'Voor een man met jouw beroep ben je erg naïef.'

'Toen je vroeg naar welke zaal ik wilde, heb ik gezegd dat ik van vrouwen hield.'

'Ach, de shów die hier wordt gegeven, is dat het vrouwen zijn, maar de helft van de serveersters hier is man. Je kunt mij er niet de schuld van geven dat beide seksen je aantrekkelijk vinden. Het is trouwens je eigen schuld. Je hebt haar een fooi gegeven alsof je een prins uit Addis Abeba was.'

Paul stak een sigaret op om de geur van het parfum te verdrijven, die hij nu walgelijk vond.

'Zo, John Dillinger, ik begrijp dat je problemen hebt. Zijn de mensen achter dit verraad degenen die je uit Berlijn moeten halen?'

‘Ik weet het nog niet.’ Hij keek om zich heen. De zaal was bijna leeg, maar toch leunde hij naar Otto over. ‘Je zult me weer moeten helpen, Otto.’

‘Ach, ik sta altijd klaar. Ik, die van mesthemden bevrijd, boter maak, champagne verkoop en Krupp imiteer.’

‘Maar mijn geld is op.’

Otto lachte honend. ‘Geld... het is de wortel van al het kwaad, tenslotte. Wat heb je nodig?’

‘Een auto. Een ander uniform. En een ander wapen. Een geweer.’

Otto zweeg even. ‘Je zet de jacht voort.’

‘Inderdaad.’

‘Ach, wat ik niet had kunnen doen met tien man zoals jij in mijn bende... Maar Ernst zal zwaarder bewaakt worden dan ooit. Hij zou een tijdje de stad uit kunnen gaan.’

‘Ja, maar misschien vandaag nog niet. Toen ik in zijn kantoor in zijn agenda keek, zag ik dat hij vandaag twéé afspraken had. De eerste was in het stadion. De tweede op de Academie Waltham. Waar staat die?’

‘Waltham?’ herhaalde Otto vragend. ‘Dat is...’

‘Dag schat, wil je nog een glas bier? Of heb je meer zin in míj?’

Paul schrok op toen er een warme adem langs zijn oor streek en er armen om hem heen gleden. Liesl had hem van achteren beslopen.

‘De eerste keer is het gratis,’ fluisterde Liesl. ‘Misschien de tweede keer ook wel.’

‘Hou op!’ blafte Paul. Liesls gezicht verkilde.

Nu hij de waarheid kende, zag Paul dat Liesl een mooi gezicht had, maar dat het duidelijk mannelijke lijnen vertoonde.

‘Je hoeft niet zo lelijk te doen, schat van me.’

‘Het spijt me,’ zei Paul, van haar af leunend. ‘Ik hou niet van mannen.’

‘Ik ben geen man,’ zei Liesl ijzig.

‘Je begrijpt me wel.’

‘Nou, had dan niet met me geflirt,’ zei Liesl vinnig. ‘Ik krijg nog vier mark voor het bier. Nee, vijf. Ik heb me vergist.’

Paul betaalde en de serveerster wendde zich beledigd van hem af. Ze mompelde iets in zichzelf en begon rumoerig belendende tafels af te ruimen.

'Zo doen mijn meisjes ook wel eens,' zei Otto op een toon alsof het niets voorstelde. 'Het kan wel lastig zijn.'

Ze hervatten hun gesprek. 'De Academie Waltham?' vroeg Paul weer. 'Wat kun je me erover vertellen?'

'Het is een militaire academie hier niet ver vandaan. Hij staat trouwens op de weg naar Oranienburg, waar ons schitterende concentratiekamp is gehuisvest. Klop er gewoon aan als je er toch bent en geef jezelf aan. Bespaar de SS de moeite van het jou opsporen.'

'Een auto en een uniform,' herhaalde Paul. 'Ik wil een functionaris zijn, maar niet van het leger. Dat hebben we in het stadion al geprobeerd, en ze zouden er nu op gespitst kunnen zijn. Misschien...'

'Ach, ik weet het! Je kunt een RAD-leider zijn.'

'Wat?'

'De *Reichs Arbeits Dienst.* Een soldaat met spade. Alle jongemannen in het land moeten een tijd als arbeider werken. Waarschijnlijk heeft Ernst dat zelf bedacht als slimmigheidje om soldaten op te leiden. Ze dragen hun spaden alsof het geweren zijn en marcheren net zo vaak als ze graven. Je bent te oud voor de dienstplicht, maar je zou officier kunnen zijn. Ze hebben vrachtwagens om de arbeiders naar hun werk en de paradeplaatsen te brengen, en je ziet ze vaak buiten de stad. Geen mens zou je opmerken. Ik weet waar ik er een voor je kan vinden, zo'n mooie vrachtwagen. En een uniform. Ze zijn blauwgrijs, heel smaakvol. Precies de goede kleur voor jou.'

'En het geweer?' fluisterde Paul.

'Dat wordt moeilijker, maar ik heb een paar ideeën.' Hij dronk zijn glas leeg. 'Wanneer wil je het doen?'

'Ik moet om halfzes bij de academie zijn. Niet later.'

Webber knikte. 'Dan moeten we snel een nationaalsocialistische functionaris van je maken.' Hij lachte. 'Je hoeft er geen opleiding voor te volgen. God weet dat de echte ook niets kunnen.'

32

Hij hoorde eerst alleen ruis. Toen smolten de krasserige geluiden samen tot: 'Gordon?'

'We noemen geen namen,' waarschuwde de bevelvoerder, die de bakelieten hoorn stevig tegen zijn oor drukte om de stem uit Berlijn beter te kunnen verstaan. Het was Paul Schumann, die aan de zender zat en via Londen werd doorverbonden. Het was zondagochtend en nog voor tienen, maar Gordon zat al aan zijn bureau van de Marine Inlichtingendienst in Washington, waar hij de hele nacht gespannen had zitten wachten om te horen of Schumann erin was geslaagd Ernst te vermoorden. 'Hoe gaat het? Wat is er aan de hand? We hebben alle kranten gecontroleerd en de radio-uitzendingen gevolgd, maar er is niets...'

'Stil,' snauwde Paul. 'Ik heb geen tijd voor "vrienden in het noorden" en "vrienden in het zuiden". Luister maar gewoon.'

Gordon leunde voorover in zijn stoel. 'Zeg het maar.'

'Morgan is dood.'

'O, nee.' Gordon sloot zijn ogen en voelde het verlies. Hij had de man niet persoonlijk gekend, maar zijn informatie was altijd betrouwbaar geweest, en iedereen die zijn leven wilde wagen voor zijn land, was in Gordons ogen een goed mens.

Toen liet Schumann de bom barsten. 'Hij is vermoord door een zekere Robert Taggert, een Amerikaan. Kent u hem?'

'Wat? Een Amerikaan?'

'Ként u hem?'

'Nee, nooit van gehoord.'

'Hij heeft geprobeerd mij ook te vermoorden. Voordat ik kon doen waarvoor u me hierheen hebt gestuurd. Degene met wie u de afgelopen dagen hebt gesproken was Taggert, niet Morgan.'

'Zeg die naam nog eens?'

Schumann spelde de naam en vertelde Gordon dat Taggert een connectie kon hebben met de Amerikaanse regering, maar dat hij het niet zeker wist. De bevelvoerder noteerde de naam en riep: 'Onderofficier Willets!'

De vrouw verscheen een moment later in de deuropening. Gordon drukte haar het papiertje met de naam in de hand. 'Zoek alles op wat je over die vent kunt vinden,' zei hij. Ze maakte rechtsomkeert. 'Ben je ongedeerd?' vroeg hij aan Paul.

'Hadden jullie er iets mee te maken?' Ondanks de slechte verbinding voelde Gordon de woede aan de andere kant van de lijn.

'Wat?'

'Het was allemaal doorgestoken kaart. Vanaf het begin. Hadden jullie er iets mee te maken?'

Gordon voelde de vochtige ochtendlucht het open raam in en uit zweven. 'Waar heb je het over?'

Paul zweeg even en vertelde toen het hele verhaal: dat Morgan was vermoord, dat Taggert zich voor hem had uitgegeven en dat hijzelf aan de nazi's was verraden.

Gordon was oprecht ontdaan. 'Mijn god, nee, ik zweer het je. Dat zou ik mijn mensen nooit aandoen, en ik beschouw jou als een van mijn mensen. Echt.'

Het bleef weer even stil. 'Taggert zei al dat u er niets mee te maken had, maar ik wilde het uit uw eigen mond horen.'

'Ik zweer je...'

'Goed, maar er zit ergens een verrader aan uw kant, commandant. U moet uitzoeken wie het is.'

Gordon leunde achterover, kapot van het nieuws. Hij staarde als verdoofd naar de muur voor zich, waaraan een aantal eervolle vermeldingen hingen, zijn bul van Yale en twee foto's: een van president Roosevelt en een van Theodorus B.M. Mason, de marineluitenant met de krachtige kin die het eerste hoofd van de Marine Inlichtingendienst was geweest.

Een verrader...

'Wat zegt die Taggert?'

'Hij zei alleen dat het een "belangenkwestie" was. Niets specifiekers. Ze wilden de baas hier tevreden houden. De baas van het hele spul, bedoel ik.'

'Kun je hem nog een keer opzoeken, meer aan de weet komen?'

Een aarzeling. 'Nee.'

Gordon begreep de implicatie: Taggert was dood.

Paul vervolgde: 'Ik kreeg de wachtwoorden over de tram op het schip. Taggert had ze ook gekregen, maar Morgan niet. Hoe kan dat?'

'Ik heb de code naar mijn mensen op het schip gestuurd. Maar de code is ook, apart daarvan, naar de plek gegaan waar jij nu bent. Morgan zou hem daar oppikken.'

'Taggert heeft dus de goede boodschap gekregen en een valse naar Morgan laten sturen. Die spion van de Deutsch-Amerikanische Bund heeft geen berichten verzonden. Die was het niet. Wie kan het dan hebben gedaan? Wie kende de juiste wachtwoorden?'

Gordon dacht meteen aan twee mensen. Hij was vóór alles soldaat en wist dat een militair bevelhebber rekening moet houden met alle mogelijkheden, maar de jonge Andrew Avery was als een zoon voor hem. Vincent Manielli kende hij minder goed, maar hij had niets in het dossier van de jonge officier gezien wat hem aan diens loyaliteit deed twijfelen.

Alsof hij gedachten kon lezen, vroeg Paul Schumann: 'Hoelang werkt u al met die twee jongens van u?'

'Het lijkt me zo goed als onmogelijk.'

'"Onmogelijk" heeft sinds kort een heel nieuwe betekenis, verdomme. Wie wist er verder nog van die wachtwoorden? Daddy Warbucks?'

Gordon dacht erover na, maar de geldbuidel, Cyrus Clayborn, wist alleen in grote trekken wat ze hadden uitgedacht. 'Hij wist niet eens dat er een code wás.'

'Wie heeft hem dan bedacht?'

'Wij samen, de senator en ik.'

Ruis. Schumann zweeg.

'Nee, die kan het ook niet zijn,' was Gordon hem voor.

'Was hij erbij toen u de code verzond?'

'Nee, hij zat in Washington.'

Gordon dacht: zodra hij het gesprek met mij had afgesloten, had de senator Taggert in Berlijn de code kunnen sturen en zorgen dat Morgan een valse kreeg. 'Onmogelijk.'

'Ik blijf dat woord maar horen, Gordon. Ik neem er geen genoegen mee.'

'Hoor eens, het was allemaal om te beginnen het idee van de senator. Hij heeft het met wat mensen uit de regering overlegd en toen is hij naar mij gekomen.'

'Dat zegt alleen dat hij van meet af aan van plan was me erin te luizen.' Hij vervolgde onheilspellend: 'Samen met die "mensen uit de regering". Die vrij hoog moeten zijn, vermoed ik. Wie zet ons voor joker, commandant?'

De feiten buitelden door Gordons hoofd. Kon het waar zijn? Waar kon het verraad toe leiden?

'Hoor eens,' besloot Schumann, 'u lost het maar op zoals het u het beste lijkt. Zorgt u nog dat ik dat vliegtuig krijg?'

'Zeker. Je hebt mijn woord. Ik zal zelf contact opnemen met mijn mensen in Amsterdam. Het kan er over drieëneenhalf uur zijn.'

'Nee, ik moet het later hebben. Om een uur of tien vanavond.'

'We kunnen niet in het donker landen. We gebruiken een afgedankte baan zonder verlichting. Maar er zou genoeg licht over moeten zijn om rond halfnegen te landen. Is dat goed?'

'Nee, dan liever morgen bij zonsopkomst.'

'Waarom?'

Een korte stilte. 'Deze keer krijg ik hem.'

'Je krijgt...?'

'Ik doe waarvoor ik hier ben gekomen,' grauwde Paul.

'Nee, nee... Niet doen. Het is nu te gevaarlijk. Ga naar huis. Neem dat werk aan waar je het over had. Je hebt het verdiend. Je...'

'Commandant... hoort u me?'

'Ja.'

'Ziet u, ik ben hier en u bent daar, en u kunt me niet tegenhouden, dus al dat gewauwel is tijdverspilling. Zorg dat het vliegtuig morgen bij zonsopkomst in dat veld staat.'

Onderofficier Ruth Willets verscheen in de deuropening. 'Wacht even,' zei Gordon in de hoorn.

'Er is nog niets over Taggert gevonden, commandant. De afdeling Gegevens belt zodra ze iets hebben gevonden.'

'Waar is de senator?'

'In New York.'

'Zorg dat ik in het eerste het beste vliegtuig erheen kom te zitten. Leger, particulier... Maakt niet uit.'

'Ja, commandant.'

Gordon hield de hoorn weer bij zijn mond. 'Paul, je krijgt je vliegtuig, maar alsjeblieft, neem een verstandige raad aan. Alles is anders geworden. Heb je er enig idee van wat er op het spel staat?'

Het geruis op de lijn zwol aan en overstemde het grootste deel van wat Schumann zei, maar Bull Gordon dacht dat hij gelach hoorde, en toen weer de stem van de huurmoordenaar. Hij ving een flard op die klonk als 'zes tegen vijf'.

Toen luisterde hij naar een stilte die veel luider was dan de ruis en het geknetter ooit waren geweest.

In een loods in het oosten van Berlijn (die Otto Webber de 'zijne' noemde, hoewel ze een raam hadden moeten breken om erin te komen) vonden ze rekken vol raduniformen. Webber trok een fraai exemplaar van een hanger. 'Ach, ja, dat blauwgrijs flatteert je, zoals ik al zei.'

Misschien wel, maar het was ook een opvallende kleur, te meer daar hij bij de Academie Waltham vanuit een open veld of een bos zou moeten schieten, volgens Otto's beschrijving van de omgeving. Het uniform zat ook strak, en het was zwaar en benauwd. Hij zou er dicht mee bij de academie kunnen komen, maar hij nam voor de zekerheid ook praktischer kleren mee: een overall met een donker overhemd en zwarte laarzen, voor wanneer hij zijn doelwit echt ging uitschakelen.

Een van Webbers zakelijke connecties had toegang tot een garage met overheidstrucks en toen Webber hem had verzekerd dat hij het voertuig binnen een dag zou teruggeven (zonder te proberen het aan de overheid terug te verkopen), werd de sleutel overhandigd, in ruil voor een paar in Roemenië vervaardigde Cubaanse sigaren.

Nu moesten ze alleen nog een geweer bemachtigen.

Paul had aan de pandjesbaas bij de Platz November 1923 gedacht die de Mauser had geleverd, maar hij wist niet of de man betrokken was geweest bij Taggerts verraad, en afgezien daarvan bestond de kans dat de Kripo of de Gestapo de herkomst van het geweer had ontdekt en de man had gearresteerd.

Otto vertelde hem echter dat er vaak geweren lagen in een klein pakhuis aan de Spree, waar hij soms legergoederen afleverde.

Ze reden in noordelijke richting en direct nadat ze de Spree bij de Wullenweber Strasse waren overgestoken, sloegen ze linksaf naar een industrieterrein. Webber tikte op Pauls arm en wees naar een laag, donker gebouw aan hun linkerhand.

'Dat is het, vriend.'

Het gebouw zag er verlaten uit, zoals ze hadden verwacht, want het was zondag. ('Zelfs goddeloze mesthemden staan op een rustdag,' had Otto verklaard.) Jammer genoeg was het pakhuis met een hoge omheining met prikkeldraad afgezet en was het door het ruime, nu lege parkeerterrein aan de voorkant goed zichtbaar vanaf de drukke straat.

'Hoe komen we...?'

'Rustig, John Dillinger,' zei Webber. 'Ik weet wat ik doe. Er is een ingang aan het water voor boten en aken. Die is vanaf de straat niet te zien en aan die kant lijkt het helemaal geen nationaalsocialistisch pakhuis – geen adelaars en hakenkruisen aan de kade – dus niemand zal ons bezoek verdacht vinden.'

Ze parkeerden een meter of honderd voorbij het pakhuis en Otto leidde Paul via een smalle weg naar het water. Ze bereikten een stenen kade boven de bruine rivier, waar het penetrant naar rotte vis rook. Ze liepen langs een oude, uit steen gehouwen trap naar de betonnen werf. Otto stapte in een van de aangemeerde roeiboten die er lagen en Paul volgde zijn voorbeeld.

Ze begonnen te roeien en een paar minuten later waren ze bij eenzelfde soort aanlegsteiger aan de achterkant van het legerpakhuis.

Webber bond de boot vast en stapte behoedzaam op de stenen, die glibberig waren van de vogelpoep. Paul volgde hem. Hij keek de rivier af, waarop vooral plezierboten voeren, maar Otto had gelijk: geen mens die aandacht aan hen besteedde. Ze liepen de paar treden naar de achterdeur op en Paul wierp een snelle blik door het raam. Er brandde geen licht binnen en er viel alleen wat schemerig zonlicht door de groezelige dakramen, maar de grote ruimte zag er verlaten uit. Otto trok een sleutelbos uit zijn zak en probeerde een aantal lopers tot hij er een vond die paste. Paul hoorde een zachte klik. Otto keek hem aan en knikte. Paul duwde de deur open.

Ze liepen de benauwde, muffe ruimte in, waar een creosootdamp hing die in de ogen prikte. Paul keek om zich heen en zag honderden kratten. Aan de muur hingen rekken vol geweren. Het leger of de SS gebruikte dit pakhuis als assemblageruimte – de geweren werden hier uit hun kratten gehaald en van het vetvrije papier ontdaan, waarna de creosoot waarmee ze tegen het roesten waren ingesmeerd er afgeveegd werd. Het waren Mausers. Ze leken op het geweer dat Taggert voor Paul had geregeld, maar dan met een langere loop, wat gunstig was omdat het inhield dat ze nauwkeuriger waren, en Paul bij Waltham mogelijk niet dicht bij Ernst zou kunnen komen. Geen telescoopvizieren, maar Paul had er ook geen op zijn Springfield gehad bij St.-Mihiel en de Argonne, en daar had hij dodelijk nauwkeurig gericht.

Hij liep naar het rek, pakte een geweer, bekeek het en probeerde de grendel. Die werkte soepel, met de bevredigende klik van perfect bewerkt metaal. Hij richtte en vuurde een paar keer droog om gevoel voor de trekker te krijgen. Ze vonden kratten met etiketten waarop het juiste kaliber munitie voor de Mauser was aangegeven, 7.92mm. De grijze kartonnen dozen in de kratten waren bedrukt met hakenkruisen en adelaars. Paul maakte er een open, pakte vijf patronen, laadde het geweer, laadde door en liet een patroon uitwerpen om zich ervan te verzekeren dat hij de juiste munitie had.

'Goed, weg hier,' zei hij terwijl hij twee dozen met patronen in zijn zak stopte. 'Kunnen we...'

Hij werd onderbroken door de voordeur die openging. Ze werden beschenen door een felle bundel zonlicht, keken om en knepen hun ogen dicht tegen het schijnsel. Voordat Paul het geweer kon optillen, richtte de jonge, in zwart SS-uniform geklede man in de deuropening een pistool op hen. 'Jij! Leg dat neer! Nu! Handen omhoog!'

Paul bukte zich, legde de Mauser op de vloer en richtte zich langzaam weer op.

33

'Wat heeft dit te betekenen?' zei Otto Webber bars. 'Wij zijn van Krupp. We zijn gestuurd om te controleren of de juiste munitie...'

'Stil.'

De jonge bewaker keek nerveus om zich heen om te zien of er meer mensen waren.

'Er was een probleem met een bestelling. We zijn gebeld door...'

'Het is zondag. Waarom werken jullie op zondag?'

Otto lachte. 'Jonge vriend, als wij de verkeerde goederen bij de SS afleveren, zetten we onze fout recht, ongeacht de dag of het uur. Mijn opzichter...'

'Stil!' De jonge soldaat ontdekte een telefoon op een stoffig werkblad en schoof er langs de muur naartoe, waarbij hij Otto en Paul onder schot bleef houden. Toen hij bijna bij het werkblad was, liet Otto zijn handen zakken en begon op hem af te lopen.

'Ach, dit is absurd,' zei hij vertwijfeld. 'Ik kan me legitimeren.'

'Blijf onmiddellijk staan!' De soldaat stak het pistool naar voren.

'Ik zal je de papieren van mijn opzichter laten zien.' Otto liep door.

De SS-bewaker haalde de trekker over. Een korte, metalige knal liet de muren schudden.

Paul kon niet zien of Webber was geraakt. Hij griste de Mauser van de vloer, rolde achter een hoge stapel kratten met geweren en laadde door.

De jonge soldaat dook naar de telefoon, pakte de hoorn van de haak en dook weg. 'Luister alstublieft,' riep hij in de hoorn. Paul schoot overeind. Hij zag de soldaat niet, maar vuurde een kogel op het telefoontoestel af, dat in talloze bakelieten scherven uiteenspatte. De soldaat slaakte een kreet.

Paul dook weer achter de kratten, maar niet voordat hij een glimp had opgevangen van Otto Webber, die traag op de vloer lag te kronkelen, met zijn handen op zijn bloedige buik.

Nee...

'Jij, jood!' tierde de jonge SS'er. 'Gooi je geweer weg, nu. Er komen honderd mensen aan.'

Paul baande zich een weg naar de voorkant van het pakhuis, zodat hij de voordeur en de achterdeuren in zijn schootsveld had. Hij keek snel door het raam en zag een eenzame motorfiets staan. Hij wist dat de jongen gewoon de ronde deed en dat er geen anderen onderweg waren, maar iemand had het schot gehoord kunnen hebben. En de ss'er kon gewoon blijven waar hij was en Paul onder schot houden tot zijn bevelhebber besefte dat hij zich niet had gemeld en meer manschappen naar het pakhuis stuurde.

Hij keek boven zijn stapel kratten uit. Hij had geen idee waar de soldaat naartoe was. Hij...

Er daverde weer een schot. Het glas van de ruit aan de voorkant versplinterde, ver bij Paul vandaan.

De ss-bewaker had door het glas gevuurd om de aandacht te trekken; hij had op de straat gericht, zonder zich erom te bekommeren of hij iemand raakte.

'Joods zwijn!' raasde de man. 'Sta op en doe je handen omhoog of je sterft krijsend in Columbia Haus!' De stem kwam nu van dichter bij de voorkant van het pakhuis. De man was naar voren gekropen om meer kratten tussen hemzelf en zijn vijand te krijgen.

Nog een schot door het raam. Buiten loeide een claxon.

Paul schoof een rij kratten op en hief het geweer, met zijn vinger in de trekkerbeugel. De Mauser was onhandelbaar; goed voor de lange afstand, slecht voor deze situatie. Hij keek snel boven de kratten uit. Het gangpad was leeg.

Hij schrok van weer een schot door de ruit. Iemand moest het zo langzamerhand horen. Iemand moest een kogel in een muur of huis aan de overkant hebben zien inslaan. Misschien was er een voorbijganger geraakt.

Paul dook naar het volgende gangpad, snel, met het geweer voor zich uit.

Een glimp van het verdwijnende zwarte uniform. De ss'er had Paul gehoord, of hem doorgehad, en was achter een andere stapel kratten geglipt.

Paul besloot dat hij niet langer kon wachten. Hij moest de bewaker een halt toeroepen. Er zat niets anders op dan over de middelste rij kratten heen te stormen, zoals hij tijdens de Oorlog tijdens charges uit de loopgraven was gekomen, en maar hopen dat hij het fatale schot kon lossen voordat de man hem met de kogels uit zijn semi-automatische pistool doorzeefde.

Oké, zei Paul tegen zichzelf. Hij haalde diep adem.

Nog een keer...

Nu!

Hij sprong overeind, klom op het krat voor zich en hief het geweer. Net toen hij op een tweede krat stapte, rinkelden de groezelige ramen weer van een schot. Paul verstijfde.

De SS-soldaat stapte op zes meter bij hem vandaan plotseling recht voor hem. Paul hief razendsnel de Mauser, maar vlak voordat hij kon vuren, rochelde de soldaat. Er spoot bloed uit zijn mond en hij liet de Luger uit zijn handen vallen. Hij schudde zijn hoofd, viel log op de grond en bleef liggen. Donker bloed kleurde zijn uniform rood.

Achter hem zag Paul Otto Webber liggen, die zijn bloederige maag met een hand vasthield. In zijn andere had hij een Mauser. Hij was erin geslaagd naar een rek te kruipen, een geweer te laden en ermee te vuren. Het geweer zakte naar de vloer.

'Ben je gek?' fluisterde Paul kwaad. 'Waarom ben je zo op hem af gekropen? Dacht je niet dat hij zou schieten?'

'Nee,' zei Otto, die spierwit was en zweette. Hij lachte. 'Dat dacht ik níét.' Hij steunde van de pijn. 'Ga kijken of er iemand op zijn subtiele vraag om hulp heeft gereageerd.'

Paul rende naar de straatkant en zag dat er nog steeds niemand was. Aan de overkant van de straat stond een hoog gebouw zonder ramen, een fabriek of een pakhuis, vandaag gesloten. Waarschijnlijk waren de kogels onopgemerkt in de muur gedrongen.

'De kust is veilig,' zei hij terwijl hij terugliep naar Otto, die rechtop was gaan zitten en naar de bloederige massa van zijn buik keek. 'Ach.'

'We moeten naar een dokter toe.' Paul hing het geweer over zijn schouder. Hij hielp Webber overeind en liep met hem door de achterdeur naar de boot. Otto ging bleek en zwetend met zijn hoofd tegen de boeg liggen en Paul roeide fanatiek terug naar de steiger waar de vrachtwagen stond.

'Waar kan ik je naartoe brengen? Een dokter?'

'Een dokter?' Otto lachte. 'Daar is het te laat voor, John Dillinger. Laat me maar. Ga weg. Ik voel het. Het is te laat.'

'Nee, ik breng je naar een dokter,' hield Paul voet bij stuk. 'Zeg maar waar ik iemand kan vinden die niet meteen naar de SS of de Gestapo rent.' Hij meerde de boot aan, stapte er uit, legde de Mauser op een grasveldje en liep terug om Otto te helpen uitstappen.

'Nee,' fluisterde hij.

Otto had de boot losgemaakt en hem met zijn laatste krachten afgeduwd. Het bootje dreef nu met de stroom mee.

'Otto! Nee!'

'Te laat, heb ik gezegd,' riep Webber hijgend. Toen lachte hij wrang. 'Kijk mij eens, een vikingbegrafenis! Ach, als je weer thuis bent, draai dan John Philip Sousa en denk aan mij... Al blijf ik zeggen dat hij een Engelsman is. Jullie Amerikanen eisen veel te veel eer op. Ga nu, John Dillinger. Doe waarvoor je gekomen bent.'

Het laatste wat Paul Schumann van zijn vriend zag, was dat hij zijn ogen sloot en naar de bodem van de boot zakte, die steeds sneller door het troebele water van de Spree werd meegevoerd.

Een stuk of tien jonge mannen die hun leven en vrijheid boven hun eer hadden verkozen. Was het lafheid of intelligentie die hen daartoe had aangezet?

Kurt Fischer vroeg zich af of hij de enige onder hen was die door die vraag werd gekweld.

Ze reden in hetzelfde soort bus waarmee ze vroeger schoolreisjes hadden gemaakt door de landelijke omgeving ten noordwesten van Berlijn. De dikke chauffeur loodste het voertuig soepel over de kronkelende weg en deed vergeefse pogingen hen jacht- en marsliederen te laten zingen.

Kurt, die naast zijn broer zat, leunde naar voren en opzij om verhalen met hun lotgenoten uit te wisselen. Stukje bij beetje kwam hij meer over hen te weten. Het waren bijna allemaal Arische jongens, allemaal uit de gegoede burgerklasse en allemaal afgestudeerd, nog studerend of van plan na hun Arbeitsdienst naar de universiteit te gaan. De helft was, net als Kurt en Hans, om politieke en intellectuele redenen marginaal anti-Partij: socialisten, pacifisten en tegenstanders. De andere helft bestond uit rijkeluiskinderen, ook opstandig, maar minder politiek gemotiveerd; hun grote klacht tegen de nationaalsocialisten gold de censuur op films en muziek.

Er zaten uiteraard geen joden, Slaven of zigeuners tussen, en ook geen kosi's. Hoe verlicht kolonel Ernst ook mocht zijn, Kurt wist dat het nog jaren zou duren voordat zulke etnische en politieke groeperingen een plek zouden krijgen in het Duitse leger of bij de hogere overheden. Kurt zelf geloofde dat het er nooit van zou komen zolang het triumviraat van Hitler, Göring en Goebbels aan de macht was.

Daar zaten ze dus, die jongemannen, samengebracht door de moeilijke keus tussen het concentratiekamp en een mogelijke dood enerzijds en een organisatie die ze op morele gronden verwierpen anderzijds.

Maakt deze keus me tot een lafaard? vroeg Kurt zich weer af. Hij herinnerde zich Goebbels' oproep tot een landelijke boycot van joodse winkels uit april 1933. De nationaalsocialisten dachten dat er een overweldigend steunbetoon zou komen, maar het werd een flop voor de Partij: veel Duitsers, onder wie zijn ouders, hadden de boycot openlijk genegeerd. Duizenden mensen waren zelfs winkels gaan bezoeken waar ze voorheen nooit kwamen om hun joodse medeburgers een hart onder de riem te steken.

Dát was pas moed. Had hij die dapperheid niet in zich?

'Kurt?'

Hij keek op. 'Je luistert niet,' zei zijn broer.

'Wat zei je?'

'Wanneer krijgen we eten? Ik heb honger.'

'Ik heb geen idee. Hoe moet ik dat weten?'

'Is het eten in het leger lekker? Ik heb gehoord dat je er goed te eten krijgt, maar het zal er wel van afhangen. In het veld zal het wel anders zijn dan in de kazerne. Ik vraag me af hoe het is.'

'Wat, het eten?'

'Nee, in de loopgraven zitten. In...'

'Wij gaan niet naar de loopgraven. Er komt geen oorlog meer. En als er wel een komt, hoeven wij niet te vechten, heeft kolonel Ernst gezegd. Dan krijgen we andere taken.'

Hans leek niet overtuigd te zijn. Nog verontrustender was dat het hem niet leek te deren dat hij misschien zou moeten vechten. Nee, het idee leek hem zelfs te fascineren.

Hoe zou het zijn...

In de bus werd over sport gepraat, over het uitzicht, over de Olympische Spelen en over Amerikaanse films. En over meisjes, natuurlijk.

Ten slotte lieten ze de snelweg achter zich en reden over een lange, met essen afgezette oprijlaan naar de campus van de academie.

Wat zouden hun pacifistische ouders wel niet denken als ze hen hier zagen!

De bus kwam met gierende remmen tot stilstand bij een van de bakstenen gebouwen van de academie. Kurt werd getroffen door de tegenstrijdigheid: een instituut dat aan de filosofie en beoefening van oorlog was gewijd, maar dan in zo'n idyllische vallei, met een weelderig gazon, ritselende klimop die langs de oude gevels omhoogklom, tussen de bomen, met daarachter heuvels die het geheel zacht omlijstten.

De jongens pakten hun plunjezakken en stapten uit de bus. Een jonge soldaat, niet veel ouder dan zijzelf, stelde zich voor als hun instructeur, verwelkomde hen en gaf iedereen een hand. Hij legde uit dat professor-doctor Keitel straks zou komen. Toen hield hij de voetbal op die een andere soldaat en hij in het rond hadden getrapt en wipte hem naar Hans, die hem behendig aan een andere rekruut doorspeelde.

En zoals altijd wanneer een groep jongemannen en een bal samen op een grasveld belanden, waren er binnen luttele minuten twee ploegen ontstaan en kon de wedstrijd beginnen.

34

Om halfzes die avond zoefde de vrachtwagen van de Arbeitsdienst over een gladde, onberispelijke snelweg tussen groepen hoge dennen en sparren door. Er dwarrelden stofjes in de lucht en lome insecten sloegen te pletter tegen de voorruit.

Paul Schumann deed zijn uiterste best om alleen aan Reinhard Ernst te denken, zijn doelwit. Hij tastte naar het ijs.

Niet aan Otto Wilhelm Friedrich Georg Webber denken.

Het was echter ondoenlijk. Paul werd overweldigd door herinneringen aan de man die hij maar een paar dagen had gekend. Hij bedacht dat Otto zich goed thuis zou hebben gevoeld in de West Side in New York. Drinkend met Runyon, Jacobs en de boksploeg. Misschien had hij zelfs wel een potje willen boksen. Maar wat Otto echt fantastisch zou hebben gevonden, waren de kansen die Amerika bood: de vrijheid om te zwendelen en te bedriegen.

Misschien kan ik nog eens tegen je snoeven over mijn betere zwendels...

Toen nam hij een flauwe bocht en reed een zijweg in en concentreerde zich weer op zijn omgeving. Een kilometer verderop zag hij een met zorg beschilderd bord MILITAIRE ACADEMIE WALTHAM.

Een groepje jongemannen in wandelkleding zat op het gras te midden van rugzakken, manden en de overblijfselen van hun zondagse maaltijd. Een bord naast hen wees naar de brede laan naar het hoofdgebouw. Een tweede weg leidde naar het sportterrein, de gymnastiekzaal en de lesgebouwen 1 t/m 4; verderop was de laan naar gebouw 5 t/m 8. Ernst werd over een halfuur in zaal 5 verwacht, had Paul in diens agenda gezien. Hij reed de afslag echter voorbij en stopte honderd meter verderop aan een verlaten, overwoekerd zandpad. Hij stuurde de vrachtauto tussen de bomen in, zodat hij vanaf de hoofdweg niet meer te zien was.

Paul haalde diep adem, wreef in zijn ogen en veegde het zweet van zijn gezicht.

Zou Ernst wel echt komen? vroeg hij zich af. Of zou hij de afspraak laten schieten, net als Dutch Schultz die keer in Jersey City, toen hij niet naar een bespreking was gegaan omdat hij intuïtief (op paranormale wijze, werd wel gezegd) had aangevoeld dat het een hinderlaag was?

Maar wat kon Paul anders doen? Hij moest hopen dat de kolonel zou verschijnen. En daar ging hij ook van uit, want alles wat hij over Ernst te weten was gekomen, duidde op iemand die zijn verplichtingen niet ontdook. Paul klom uit de vrachtwagen, trok het zware, blauwgrijze uniform met pet uit, vouwde het netjes op en legde het op de voorbank, waaronder hij nog een pak had liggen voor het geval hij nog een keer van identiteit zou moeten veranderen om te ontsnappen. Hij trok snel de werkkleding uit het pakhuis aan. Toen pakte hij het geweer en de munitie en dook het dichtste deel van het bos in, zo geluidloos als bij elke klus.

Langzaam baande hij zich een weg door het stille, geurige bos. Eerst behoedzaam, in de verwachting meer bewakers of soldaten aan te treffen, zeker na de aanslag op Ernsts leven van die middag, maar tot zijn verbazing kwam hij niemand tegen. Toen hij door de struiken en bomen de gebouwen naderde, zag hij wat mensen en auto's bij een ervan staan, nummer 5, volgens het bord. Een meter of dertig ervandaan stond een zwarte Mercedes. Naast de auto stond een man in ss-uniform waakzaam om zich heen te kijken. Was het de auto van Ernst? Hij kon er niet in kijken, want het licht weerkaatste in de ruiten.

Paul zag ook een kleine bestelauto en een personenbus waarbij een stuk of tien jongemannen in burger en een soldaat in grijs uniform aan het voetballen waren. Een tweede soldaat stond tegen de bus geleund naar het spel te kijken en de ploegen aan te moedigen.

Waarom zou iemand met zo'n hoge functie als Ernst een afspraak hebben met die kleine groep studenten? Misschien was het een zorgvuldig geselecteerd groepje toekomstige officieren; de jongens zagen eruit als model nationaalsocialisten: blank, blond en kerngezond. Wie ze ook waren, Paul nam aan dat Ernst hen in het leslokaal zou ontmoeten, wat betekende dat de kolonel de meter of vijftien van de Mercedes naar zaal 5 zou moeten lopen. Paul zou tijd genoeg hebben om hem uit te schakelen, maar vanaf de plek waar hij nu zat, kon hij niet goed richten. De takken en struiken die in de warme wind deinden belemmerden hem niet alleen het zicht op de prooi, maar konden de kogel ook doen afbuigen.

Een van de portieren van de Mercedes ging open en er stapte een kalende man in een bruin jasje uit. Paul keek langs hem heen op de achterbank. Ja! Ernst zat inderdaad in de auto. Toen sloeg het portier dicht en kon hij de kolonel, die in de auto bleef zitten, niet meer zien. De man in het bruin droeg een grote map naar een tweede auto, een Opel, dichter bij Paul, waar de met gras en bomen begroeide heuvel vlak werd. Hij legde de map op de achterbank en liep terug.

De Opel trok Pauls aandacht; hij was leeg. De auto bood hem een goede positie om vanuit te schieten, plus enige dekking tegen de soldaten, en na de klus kon hij ermee het bos in rijden, terug naar de vrachtwagen.

Ja, besloot hij, hij nam de auto als jachthut. Hij nam de Mauser onder zijn arm en tijgerde langzaam naar de auto, met in zijn oren het zachte gonzen van insecten, het knappen en kraken van de stoffige begroeiing onder zijn lichaam en de kreten en het gelach van jongens die genoegen scheppen in een voetbalwedstrijdje.

De trouwe vierwieler van Auto Union denderde met een schamele zestig kilometer per uur over de snelweg, hevig ratelend in weerwil van de spiegelgladde weg. De motor sloeg terug en snakte naar adem. Willi Kohl stelde de choke bij en gaf weer gas. De auto sidderde, maar kwam uiteindelijk weer op snelheid.

Nadat hij het hoofdbureau van de Kripo via de verboden achterdeur had verlaten – opstandig en, ja, dwaas – was de inspecteur naar het Metropol gelopen. Toen hij dichterbij kwam, drong er geleidelijk aan muziek tot hem door; de noten die Mozart al die jaren geleden had neergepend, dansten van de snaren van een strijkkwartet in de schitterende lobby.

Hij had door de ramen naar de fonkelende kroonluchters gekeken, de wandschilderingen van taferelen uit Wagners Ring, de obers in hun volmaakt zwarte broeken en volmaakt witte vestjes die zilveren dienbladen op hun handpalmen in evenwicht hielden. En hij was het hotel voorbíjgelopen, zonder zijn pas in te houden. De inspecteur had natuurlijk de hele tijd al geweten dat Paul Schumann had gelogen dat hij er een kamer zou nemen. De Amerikaan was niet iemand die zich op zijn gemak voelde met champagne, limousines en Mozart, maar met *Pschorr* en worst. Hij was iemand op versleten schoenen die van de boksring hield. Een man die een zekere band had met de slechte buurt rond de Platz November 1923. Iemand die niet aarzelde om met vier SA'ers op de vuist te gaan, zou geen kamer nemen in zo'n verwijfd etablissement als het Metropol; hij zou het niet eens kunnen betalen.

Toch was dit de eerste plek waaraan Schumann had gedacht toen Kohl hem naar een nieuwe verblijfplaats had gevraagd, wat deed vermoeden dat hij het hotel kort tevoren had gezien. En aangezien het pension van Fräulein Richter er ver vandaan was, was het logisch dat hij het hotel op weg naar Berlin-Nord had gezien, de louche buurt die vlak achter het hotel begon. Dit was een omgeving die wél bij Paul Schumanns smaak en temperament paste.

Het was een grote wijk; normaalgesproken zouden er zes rechercheurs nodig zijn om de bewoners te horen en informatie over een verdachte te vergaren. Kohl had echter aanwijzingen die hem konden helpen de speurtocht aanzienlijk te vereenvoudigen: in het pension had hij, weggestopt in een pakje Duitse sigaretten, een slap doosje goedkope lucifers in Schumanns zak gevonden. Kohl kende die doosjes. Hij trof ze vaak aan bij andere verdachten, die ze oppikten in etablissementen in ongure buurten van de stad, zoals Berlin-Nord.

Misschien had de Amerikaan hier geen connecties, maar het was een goede plek om het zoeken te beginnen. Gewapend met Paul Schumanns paspoort had Kohl de ronde gedaan in het zuidelijke deel van de wijk. Hij keek in elk café wat voor lucifers er werden weggegeven en als het dezelfde waren, liet hij de foto van Paul aan de barkeepers en serveersters zien.

'Nee, inspecteur... Het spijt me zeer. Grüss Gott, inspecteur... Ik heb hem niet gezien. Heil Hitler. Ik zal naar hem uitkijken... Heil Hitler heil Hitler heil Hitler...'

Hij probeerde het bij een restaurant aan de Dragoner Strasse. Niets. Hij liep naar een club een paar deuren verderop, liet zijn penning aan de portier zien en liep de bar in. Ja, ze hadden hier de lucifers die Schumann had gehad. Hij liep door de verschillende zalen, liet het paspoort van de Amerikaan overal zien en vroeg of iemand hem herkende. De burgers in het publiek waren blind, zoals altijd, en de SS'ers weinig behulpzaam, zoals altijd. (Eentje blafte zelfs: 'Je staat in mijn uitzicht, Kripo. Opsodemieteren!')

Maar toen had hij de foto aan een serveerster laten zien. Er vonkte woede in haar ogen.

'Kent u hem?' had Kohl gevraagd.

'Of ik hem ken? Zeker.'

'En u bent?'

'Liesl. Hij zei dat hij Hermann heette, maar ik begrijp nu dat hij loog.' Ze knikte naar het paspoort. 'Het verbaast me niets. Hij was hier nog geen uur geleden. Met die pad van een vriend van hem, Otto Webber.'

'Wie is die Webber?'

'Een pad, zoals ik al zei.'

'Wat deden ze hier?'

'Wat denkt u? Drinken, praten. Ach, en flirten... Een man flirt met een meisje en wijst haar dan kil af... Het is zo wreed.' Liesls adamsappel danste op en neer en Kohl begreep hoe het droevige verhaal zich had ontvouwd. 'Gaat u hem arresteren?'

'Alstublieft, wat weet u van hem? Waar hij verblijft, wat hij hier doet?'

Liesl had niet veel geweten, maar ze had een pareltje van informatie gehad: Schumann en Webber schenen later die middag een afspraak te hebben. En in het geniep, had de versmade serveerster er duister aan toegevoegd. 'Paddenzaken. Bij de Academie Waltham of zoiets.'

Kohl had zich de club uit gespoed en was met de DKW naar Waltham gescheurd. Hij was nu bij de militaire academie aangekomen en schoof de auto langzaam in het grind langs de weg bij twee lage zuilen met beelden van de keizerlijke adelaar erop. Een paar studenten die tussen hun rugzakken en een picknickmand op het gras zaten, keken naar de stoffige zwarte auto.

Kohl wenkte hen en de blonde jongens, die zijn gezag aanvoelden, liepen op een holletje naar hem toe.

'Heil Hitler.'

'Heil,' antwoordde Kohl. 'Is er nog les? In de zomer?'

'Er worden nog colleges gegeven, inspecteur, maar vandaag hadden we vrij, dus zijn we gaan wandelen.'

Net als Kohls eigen zoons waren deze studenten aangegrepen door de opleidingskoorts van het Derde Rijk, maar dan erger, aangezien deze academie geen ander doel diende dan het produceren van soldaten.

Wat een geniale misdadigers zijn de Führer en zijn meute. Ze ontvoeren de natie door onze kinderen te gijzelen.

Hij sloeg Pauls paspoort open bij de foto. 'Hebben jullie deze man gezien?'

'Nee, inspecteur,' zei een jongen. Hij keek vragend naar zijn vrienden, die nee schudden.

'Hoelang zitten jullie hier al?'

'Ongeveer een uur.'

'Is er in die tijd iemand aangekomen?'

'Ja, inspecteur. Er is net een schoolbus aangekomen en ook een Opel en een Mercedes. Een zwarte. Vijf liter. Nieuw.'

'Nee, het was de zeven punt zeven,' verbeterde een vriend hem.

'Ben je blind? Hij was veel kleiner.'

'En die vrachtwagen van de Arbeitsdienst,' zei een derde. 'Maar die is niet hier gestopt.'

'Nee, hij reed door en sloeg toen af.' De jongen wees. 'Hij ging naar de andere collegegebouwen.'

'Van de Arbeitsdienst?'

'Ja, inspecteur.'

'Zaten er arbeiders in?'

'We konden niet naar binnen kijken.'

'Heb je de chauffeur gezien?'

'Nee, inspecteur.'

'Wij ook niet.'

De Arbeitsdienst... Kohl vond het vreemd. RAD-arbeiders werden voornamelijk op boerderijen en bij gemeentelijke diensten ingezet. Het was heel ongebruikelijk dat ze naar een academie werden gestuurd, zeker op zondag. 'Heeft de RAD hier werk uitgevoerd?'

De jongen schokschouderde. 'Niet dat ik weet, inspecteur.'

'Ik weet ook van niets, inspecteur.'

'Vertel niemand wat ik jullie heb gevraagd,' zei Kohl. 'Niemand.'

'Gaat het om de veiligheid van de Partij?' vroeg een van de jongens met een gefascineerde glimlach.

Kohl hield zijn wijsvinger bij zijn mond.

Toen hij weg was, begonnen de jongens opgewonden te speculeren over de geheime vragen van de raadselachtige politieman.

35

Hij naderde de grijze Opel.

Kruipen, wachten.

En weer kruipen. Net als bij St.-Mihiel en in de dichte, eeuwenoude bossen van de Argonne.

Paul Schumann rook warm gras en de oude mest die hier was gestrooid. Hij rook de olie en creosoot van het geweer. Zijn eigen zweet.

Weer een halve meter. En wachten.

Hij moest behoedzaam bewegen; hij lag in het volle zicht. Iedereen op het gras bij zaal 5 kon zijn kant op kijken en opeens opmerken dat het gras onnatuurlijk deinde, of het lage licht in de loop van het geweer zien weerkaatsen.

Wachten.

Hij keek weer over het veld. De man in het bruin pakte een stapel documenten uit de bestelbus. De weerspiegeling van het licht in de ramen bleef Ernst in de Mercedes aan het zicht onttrekken. De ss-bewaker bleef waakzaam om zich heen kijken.

Paul keek weer naar het collegebouw en zag dat de kalende man de jongens bijeenriep. Ze staakten onwillig hun potje voetbal en gingen naar binnen.

Nu ze niet meer op hem konden letten, kroop Paul snel naar de Opel, maakte het achterportier open en stapte in het smoorhete binnenste. Zijn huid kriebelde van het zweet. Hij keek door het zijraampje en stelde vast dat hij de ideale schutterspost had gevonden. Hij had een uitstekend zicht op het gebied rond de Mercedes – een gebied van twaalf tot vijftien meter zonder enige belemmering. En de lijfwacht en de soldaten zouden niet meteen begrijpen waar het schot vandaan was gekomen.

Paul Schumann voelde het ijs nu door en door. Hij ontgrendelde de Mauser en tuurde naar de Mercedes met Ernst erin.

‘Gegroet, toekomstige soldaten. Welkom op de Militaire Academie Waltham.’

Kurt Fischer en de anderen beantwoordden de groet van professor-doctor Keitel op hun eigen wijze; de meesten met 'heil Hitler'.

Het was vreemd dat Keitel zelf de Hitlergroet niet had gebracht.

De instructeur die met hen had gevoetbald, stond naast de professor, voor in het lokaal, met een stapel grote enveloppen. Hij knipoogde naar Kurt, die een van zijn goals nét niet had kunnen tegenhouden.

De vrijwilligers zaten aan eiken tafels. Aan de muren hingen kaarten en vlaggen die Kurt niet kende. Zijn broer, die ook om zich heen keek, leunde naar hem over en fluisterde: 'Oorlogsvlaggen van legers van het Tweede Rijk.'

'Sst,' zei Kurt. Hij ergerde zich niet alleen aan de onderbreking, maar ook aan het feit dat zijn jongere broer iets wist wat hij niet wist. En hoe, vroeg hij zich zorgelijk af, kon zijn broer, een kind van pacifisten, zelfs maar weten wat een oorlogsvlag was?

De sjofel geklede professor vervolgde: 'Ik zal jullie vertellen wat er voor de komende dagen op het programma staat. Luister goed.'

'Ja, meneer,' en variaties daarop klonken door het lokaal.

'Eerst gaan jullie je persoonlijke gegevens invullen op het formulier waarin je je aanmeldt voor het leger. Daarna krijgen jullie een lijst met vragen over je persoonlijkheid en vaardigheden. De antwoorden worden gebundeld en geanalyseerd, zodat we beter kunnen bepalen wat jullie talenten en voorkeuren voor bepaalde taken zijn. Sommigen van jullie zullen bijvoorbeeld geschikt zijn voor gevechtshandelingen, anderen voor het verbindingswerk en weer anderen voor administratieve functies. Het is dan ook van essentieel belang dat jullie de vragen eerlijk beantwoorden.'

Kurt keek naar zijn broer, die zijn blik echter niet beantwoordde. Ze hadden afgesproken de vragen zo te beantwoorden dat ze er zeker van konden zijn dat ze kantoorwerk of zelfs arbeiderswerk te doen zouden krijgen; ze hadden er alles voor over om maar geen medemensen te hoeven doden. Kurt vreesde dat Hans zich had bedacht. Bezweek hij voor de verleiding een echte gewapende soldaat te worden?

'Wanneer jullie alles hebben ingevuld, komt kolonel Ernst jullie toespreken. Daarna worden jullie naar je slaapzaal gebracht en krijgen jullie een maaltijd. Morgen begint jullie opleiding, en de komende maand zullen jullie je bezighouden met marcheren en het werken aan jullie conditie, en daarna beginnen de colleges.'

Keitel knikte naar de soldaat, die de enveloppen begon uit te delen.

Bij Kurts tafel bleef hij staan. Ze spraken af dat ze zouden proberen voor het eten nog een wedstrijdje te spelen, als het nog licht genoeg was. De soldaat knikte en volgde Keitel toen het lokaal uit om potloden te halen.

Kurt streek afwezig over zijn envelop en merkte dat hij zich vreemd voldaan voelde, ondanks de aangrijpende gebeurtenissen van deze moeilijke dag. Ja, het gevoel bestond voor een deel uit dankbaarheid jegens kolonel Ernst en professor-doctor Keitel, die onverwacht redding hadden geboden, maar belangrijker was dat hij het gevoel begon te krijgen dat hem een kans was geboden iets belangrijks te doen, iets wat zijn eigen situatie ontsteeg. Als hij naar Oranienburg was gestuurd, zou zijn gevangenschap of dood mogelijk moedig zijn geweest, maar zonder enige zin. Nu besloot hij echter dat zijn onlogische besluit zich bij het leger aan te melden precies dat gebaar van verzet zou kunnen zijn dat hij had gezocht, een manier om een kleine, maar tastbare bijdrage te leveren om zijn land te redden van de bruine plaag.

36

Willi Kohl parkeerde de DKW niet ver van de vrachtwagen van de RAD, die een meter of vijftig van de weg was gezet, zodanig dat duidelijk was dat de bestuurder het voertuig had willen verbergen.

Terwijl hij stilletjes naar de vrachtwagen liep, met zijn hoed diep over zijn voorhoofd om zijn ogen tegen de felle zon te beschermen, trok hij zijn pistool en spitste zijn oren op voetstappen, stemmen, maar hij hoorde alleen de gewone geluiden van vogels, krekels en sprinkhanen. Hij liep langzaam naar de vrachtauto, keek achterin en vond de jutezakken, spaden en harken die hij had verwacht te vinden; de 'wapens' van de RAD. In de cabine trof hij echter dingen aan die meer openbaarden. Op de bestuurdersstoel lag het uniform van een RAD-officier, zorgvuldig opgevouwen, alsof het nog gebruikt moest worden en de drager bang was dat kreuken hem verdacht zouden maken. Nog belangrijker was wat hij in papier verpakt onder de stoel vond: een blauw pak en een wit overhemd, allebei in een grote maat. Het overhemd was een Arrow, Amerikaans fabrikaat. En het pak? Kohls hart begon te bonzen toen hij het etiket in het colbert zag. *Manny's Men's Wear,* New York City.

Paul Schumanns vaste winkeladresje.

Kohl legde de kleren terug en keek speurend naar een teken van de Amerikaan, de pad Webber of iemand anders om zich heen.

Niemand.

De voetsporen in het stof voor het portier van de cabine wezen erop dat Schumann het bos in was gelopen, richting campus. Er was een in onbruik geraakte, overwoekerde, maar nog begaanbare dienstweg naar de academie, maar daar liep je voor iedereen zichtbaar. De heggen en struiken aan weerszijden zouden een ideale plek voor Schumann zijn om op de loer te liggen. De enige andere route voerde door het heuvelachtige bos, dat bezaaid lag met keien en takken. Ach... zijn voeten schreeuwden het al uit bij de aanblik, maar hij had geen keus. Willi Kohl begon aan de pijnlijke hindernisloop.

Alsjeblieft, bad Paul. Alsjeblieft, kolonel Ernst, stap uit de auto, in het volle zicht.

In een land dat God had verbannen, waar minder gebeden opklonken, zou Hij dit gebed misschien verhoren.

Kennelijk was het niet het moment voor goddelijke bijstand, want Ernst bleef in de Mercedes zitten en door de weerspiegeling in de ramen kon Paul niet goed zien waar hij zat. Als hij door het glas vuurde en miste, zou hij nooit meer een herkansing krijgen.

Hij keek weer over het veld uit en dacht: windstil. Goed licht, van opzij, niet in zijn ogen, dat het schootsveld bescheen. Ideale omstandigheden voor een schot.

Paul veegde het zweet van zijn voorhoofd en leunde gefrustreerd achterover. Hij voelde iets onaangenaam tegen zijn dij duwen en keek ernaar. Het was de map met papieren die de kalende man tien minuten eerder in de auto had gelegd. Toen hij hem naar de vloer schoof, viel zijn blik op het bovenste document. Hij pakte het en las, zo nu en dan een blik op de Mercedes werpend:

Ludwig,

Hierbij vind je mijn conceptverslag van ons onderzoek voor de Führer. Merk op dat ik ook de test die vandaag op Waltham wordt gehouden heb vermeld. We kunnen de uitslagen vanavond toevoegen.

Het lijkt me in dit vroege stadium van het onderzoek beter dat we degenen die zijn gedood door de soldaten die we als proefpersonen gebruiken als staatsvijanden afficheren. Derhalve zul je in het verslag zien dat de twee joodse gezinnen die bij Gatow zijn gedood als joodse subversieve elementen worden omschreven, de Poolse arbeiders die in Charlottenburg zijn gedood als buitenlandse infiltranten en de zigeuners als seksueel afwijkend. De jonge Ariers van vandaag, op Waltham, noemen we politieke dissidenten. Misschien kunnen we later erkennen dat degenen die door onze proefpersonen zijn geëlimineerd onschuldig waren, maar de tijd lijkt me er nu nog niet rijp voor.

De vragenlijsten die je de proefpersonen laat invullen noem ik geen 'psychologische tests', want ook dat zou naar mijn gevoel niet in goede aarde vallen.

Wil je het verslag doornemen en me laten weten welke veranderingen je wilt aanbrengen? Ik ben van plan het op de gevraagde datum, maandag 27 juli, in te dienen.

Reinhard

Paul fronste zijn voorhoofd. Wat had dit allemaal te betekenen? Hij sloeg de bladzij om en las verder.

HOOGST VERTROUWELIJK

Adolf Hitler,
Führer, rijkskanselier en president van het Duitse rijk
en opperbevelhebber van de gewapende troepen
Veldmaarschalk Werner Von Blomberg,
minister van Defensie

Mein Führer, mijn minister,

U hebt gevraagd naar informatie over het Waltham-onderzoek dat wordt uitgevoerd door ondergetekende en professor-doctor Ludwig Keitel van de Militaire Academie Waltham. Het doet me genoegen u over de aard van het onderzoek en de resultaten tot nu toe te kunnen berichten.

Het onderzoek vloeit voort uit de door u aan mij gegeven opdracht de Duitse gewapende troepen in gereedheid te brengen en de door u geformuleerde doelstellingen voor ons grote rijk zo vlot mogelijk te verwezenlijken.

In mijn jaren als bevelhebber van onze dappere troepen gedurende de Oorlog heb ik veel geleerd over het menselijk gedrag tijdens de strijd. Alle goede soldaten volgen gehoorzaam bevelen op, maar het is me gebleken dat ze verschillend reageren op de kwestie van het doden, en die verschillen zijn naar mijn mening gebaseerd op hun karakter.

Ons onderzoek komt er in het kort op neer dat we soldaten voor en na het executeren van veroordeelde staatsvijanden vragen stellen en hun antwoorden vervolgens analyseren. Deze executies vinden plaats onder verschillende omstandigheden: er zijn variaties in de methode van terechtstelling, de categorie veroordeelden, de relatie tussen de soldaat en de veroordeelden, de achtergrond en levensgeschiedenis van de soldaat et cetera. Tot nu toe zijn de volgende situaties aan de orde geweest:

Op 18 juli j.l. heeft een soldaat in Gatow (subject A) twee groepen wegens subversieve activiteiten veroordeelde joden uitgebreid ondervraagd. Vervolgens werd hem bevolen het executiebevel uit te voeren door middel van automatisch wapenvuur.

Op 19 juli heeft een soldaat in Charlottenburg (subject B) op vergelijkbare wijze een aantal Poolse infiltranten geëxecuteerd. Hoewel subject B de directe veroorzaker van hun dood was, had hij geen contact met hen gehad voorafgaand aan hun terechtstelling, dit in tegenstelling tot de executies in Gatow.

Op 21 juli heeft een soldaat (subject C) een groep zigeuners geexecuteerd die zich in een speciaal daartoe ingerichte ruimte in de Academie Waltham aan seksueel afwijkend gedrag overgaven. De dood werd veroorzaakt door koolmonoxide uit een uitlaat. Deze soldaat had net als subject B geen contact gehad met zijn slachtoffers, maar in tegenstelling tot subject B was hij ook geen getuige van hun overlijden.

Paul Schumann hapte geschokt naar adem en keek weer naar de eerste brief. De gedode mensen waren onschuldig, dat gaf Ernst zelf toe. Joodse gezinnen, Poolse arbeiders... Hij las de passages nog eens om zich ervan te verzekeren dat hij ze goed had begrepen. Misschien had hij de woorden verkeerd vertaald, maar nee, er was geen twijfel mogelijk. Hij keek over het stoffige veld naar de zwarte Mercedes die Ernst nog steeds beschutte, richtte zijn blik weer op het verslag voor Hitler en las verder.

Op 26 juli heeft een soldaat (subject D) een tiental politieke dissidenten op de Academie Waltham geëxecuteerd. In dit geval bestond de variatie hieruit dat deze veroordeelden van Arische afkomst waren en dat subject D onmiddellijk voorafgaand aan de terechtstelling een uur of langer met hen had gepraat en gevoetbald, waardoor hij enkelen bij naam leerde kennen. Tevens kreeg hij het bevel getuige te zijn van hun dood.

O, god...

Paul leunde naar voren en tuurde over het veld. De soldaat in het grijze uniform die met de jongens had gevoetbald, salueerde stram naar de kalende man in het bruin. Toen bevestigde hij een dikke slang aan de uitlaat van de bus en stopte het uiteinde in een opening in de buitenmuur van het lokaal.

Momenteel zijn we de antwoorden van alle subjecten aan het compileren. Er liggen nog tientallen andere executies met allerlei variaties in het verschiet die ons zo veel mogelijk bruikbare gegevens zouden moeten verschaffen. De resultaten van de eerste vier tests zijn hierbij gevoegd.

Wees ervan verzekerd dat we het bezoedelde joodse denken van verraders als doctor Freud ten enenmale afwijzen, maar het idee hebben dat degelijke nationaalsocialistische filosofie en wetenschap ons in staat zullen stellen verbanden te leggen tussen het karaktertype van soldaten enerzijds en executiemiddelen, de aard van de slachtoffers en de relatie tussen soldaat en slachtoffers anderzijds. Op die wijze kunnen we de doelen die u voor ons grote Rijk hebt gesteld veel efficiënter bereiken.

We zullen u het volledige verslag binnen twee maanden doen toekomen. Uw dienstwillige dienaar, kolonel Reinhard Ernst, gevolmachtigde van binnenlandse stabiliteit

Paul keek op. Aan de andere kant van het veld zag hij de soldaat vanuit de deuropening van het lokaal naar de jongemannen kijken. Toen sloot hij de deur, liep bedaard naar de bus en startte de motor.

37

Toen de deur van het lokaal in het slot viel, keken de studenten om zich heen. Kurt stond als eerste op, liep naar het raam en tikte ertegen.

'Je bent de potloden vergeten,' riep hij.

'Er liggen er een paar achterin,' zei iemand, 'maar niet genoeg voor iedereen.'

Kurt vond nog drie potloden op de richel onder een schoolbord.

'Hoe kunnen we een formulier invullen zonder potloden?'

'Zet het raam open!' riep iemand. 'God, wat is het hier benauwd.'

Een lange, blonde jongen die was gearresteerd omdat hij in een gedicht de Hitlerjugend had bespot, liep naar de ramen en probeerde moeizaam er een open te zetten.

Kurt ging weer zitten en scheurde zijn envelop open. Hij haalde de papieren eruit om te zien wat voor soort persoonlijke gegevens er werden gevraagd en of er vragen over het pacifisme van hun ouders werden gesteld. Toen schoot hij verbaasd in de lach.

'Kijk eens?' zei hij. 'Mijn vellen zijn leeg.'

'De mijne ook.'

'Allemaal! Er staat niets op!'

'Belachelijk.'

De blonde jongen bij het raam riep: 'Ze kunnen niet open.' Hij keek om naar de anderen in het benauwde lokaal. 'Geen van alle. De ramen. Ze kunnen niet open.'

'Wacht maar,' zei een forse jongen, maar ook hij kon niet tegen de sloten op. 'Ze zijn dichtgelast. Waar zou dat voor zijn?' Hij tuurde naar het raam. 'En het is geen gewoon glas. Het is dik.'

Toen rook Kurt het sterke, weeë aroma van de uitlaatgassen die door een rooster boven de deur naar binnen stroomden.

'Wat is dat? Er klopt iets niet!'

'Ze vermoorden ons!' schreeuwde een jongen. 'Kijk maar naar buiten!'

'Een slang. Kijk dan!'

'Breek het eruit. Sla het glas kapot!'

De forse jongen die had geprobeerd de ramen open te zetten, keek om zich heen. 'Geef me een stoel, een tafel, maakt niet uit wat!'

Maar de tafels en stoelen waren aan de vloer verankerd. En hoewel de ruimte een normaal leslokaal had geleken, waren er geen aanwijsstokken, geen wereldbollen en zelfs geen inktpotjes waarmee ze zouden kunnen proberen het glas te verbrijzelen. Een aantal jongens probeerde de deur te rammen, maar die was van massief eikenhout met aan de andere kant een dwarsbalk ervoor. De blauwgetinte wolk uitlaatgassen stroomde gestaag het lokaal in.

Kurt probeerde samen met twee anderen de ramen uit de sponningen te trappen, maar het glas was echt dik, en zonder zwaar gereedschap konden ze het niet breken. Er was nog een deur, maar ook die was stevig afgesloten en vergrendeld.

'Stop iets in het rooster.'

Twee jongens trokken hun hemd uit en Kurt en nog iemand klommen ermee naar het rooster. Maar hun moordenaars, Keitel en Ernst, hadden overal rekening mee gehouden. Het rooster was dik en een halve meter bij een meter groot. Ze konden de kleine opening erachter met geen mogelijkheid dichtstoppen.

De jongens begonnen ademnood te krijgen. Ze kropen zo ver mogelijk bij het rooster vandaan, naar de hoeken van het lokaal, huilend en biddend.

Kurt Fischer keek naar buiten. De 'instructeur' die luttele minuten eerder een doelpunt tegen hem had gescoord, stond met zijn armen over elkaar bedaard naar hen te kijken, zoals iemand de stoeiende beren in hun hok in de dierentuin aan de Budapeststrasse zou kunnen gadeslaan.

Paul Schumann keek naar de zwarte Mercedes die zijn prooi nog steeds beschermde.

Hij zag de SS-bewaker waakzaam om zich heen kijken.

Hij zag de kalende man naar de soldaat lopen die de slang in de muur van het lokaal had bevestigd, iets tegen hem zeggen en vervolgens een notitie maken.

Hij zag een leeg grasveld waarop een stel jongens zojuist de laatste minuten van hun leven voetballend hadden doorgebracht.

En boven al die losse beelden zag hij wat ze verbond: het afstotende spookbeeld van het onverschillige kwaad. Reinhard Ernst was niet alleen Hitlers oorlogsarchitect, hij was een moordenaar van onschuldigen. En zijn motief: het verzamelen van praktische informatie.

De hele godvergeten wereld was hier uit het lood geslagen.

Paul zwaaide de Mauser naar rechts, naar de kalende man en de soldaat. De tweede soldaat in grijs uniform stond tegen de bus geleund een sigaret te roken. De twee soldaten stonden iets uit elkaar, maar Paul kon hen waarschijnlijk allebei doden. De kalende man, die de in de brief aan Hitler genoemde professor zou kunnen zijn, was vermoedelijk niet gewapend en zou hoogstwaarschijnlijk op de vlucht slaan zodra de soldaten vielen. Dan zou Paul naar het lokaal kunnen rennen, de deur openzetten en dekkingsvuur geven, zodat de jongens konden ontkomen.

Ernst en zijn lijfwacht zouden vluchten of achter de auto duiken tot er hulp kwam, maar hoe kon Paul die jongens laten sterven?

Het vizier van de Mauser op het hart van de soldaat. Paul spande zijn vinger om de trekker.

Toen zuchtte hij kwaad en richtte de loop weer op de Mercedes.

Nee, hij was hier met maar één doel gekomen: Reinhard Ernst doden. De jongelui in het lokaal waren niet zijn zorg. Ze moesten opgeofferd worden. Zodra hij Ernst had doodgeschoten, zouden de andere soldaten dekking zoeken en het vuur op hem openen, en hij zou gedwongen zijn het bos in te vluchten terwijl de jongens stikten.

Paul Schumann probeerde niet aan de verschrikking in het lokaal te denken, aan wat die jongens zouden moeten doormaken, en het ijs weer te voelen. Hij ademde beheerst in en uit.

En op datzelfde moment werd zijn gebed eindelijk verhoord. Het achterportier van de Mercedes ging open.

38

Vroeger kon ik uren zwemmen en dagen wandelen, dacht Willi Kohl verongelijkt terwijl hij tegen een boom geleund op adem kwam. Het was niet eerlijk dat hij met zowel een gezonde eetlust als aanleg voor een zittend beroep was opgezadeld.

Ach, en dan vergat hij zijn leeftijd nog.

Om nog maar te zwijgen van zijn voeten.

De Pruisische politieopleiding was de beste van de wereld, maar het volgen van verdachten door het bos had niet op het programma gestaan. Kohl vond geen spoor van de route die Paul Schumann, noch iemand anders, had gevolgd. Zelf kwam hij traag vooruit. Als hij een uitgesproken dicht stuk bos bereikte, bleef hij even staan en keek of niemand een wapen op hem gericht hield, en dan vervolgde hij zijn behoedzame achtervolging.

Uiteindelijk zag hij door het gebladerte voor zich een gemaaid grasveld met in het midden een lesgebouw. Er stonden een zwarte Mercedes, een personenbus en een bestelbus voor. En een Opel, aan de andere kant van het veld. Er stonden wat mannen, onder wie twee soldaten en een SS-soldaat, naast de Mercedes.

Waren Schumann en Webber betrokken bij een stiekem zwartemarkthandeltje? En zo ja, waar waren ze dan?

Toen zag Kohl iets ongewoons. Hij sloop dichterbij, duwde takken opzij, knipperde het zweet uit zijn ogen en keek nog eens goed. Er liep een slang van de uitlaat van de bus het lesgebouw in. Waarom? Misschien werd er ongedierte uitgeroeid.

Hij vergat de vreemde kleinigheid snel en richtte zijn aandacht weer op de Mercedes. Het achterportier ging open en er stapte een man uit. Kohl besefte met een schok dat het een minister was: Reinhard Ernst, de man die het bewind voerde over wat 'binnenlandse stabiliteit' werd genoemd, hoewel iedereen wist dat hij het genie achter de herbewapening was.

Wat deed *hij* hier? Zou hij...

'O, nee,' fluisterde Willi Kohl hardop. 'Goeie god...'

Opeens drong het tot hem door waar al die veiligheidswaarschuwingen op sloegen, wat de relatie tussen Morgan, Taggert en Schumann was en met welke missie de Amerikaan naar dit land was gekomen.

De inspecteur omklemde zijn pistool en liep op een draf door het bos naar de open plek, intussen de Gestapo, de SS en Krauss vervloekend omdat ze hem niet hadden verteld wat ze wisten. En ook vervloekte hij de twintig jaar en de vijfentwintig kilo die het leven aan zijn lichaam had toegevoegd sinds hij politieman was geworden. Wat zijn voeten betrof: hij was er zo op gebrand Ernsts leven te redden dat hij de pijn compleet vergat.

Allemaal leugens!

Alles wat ze hadden gezegd, was gelogen. Ons uit eigen beweging naar hun gaskamer laten komen! Het was ironisch dat Kurt had gedacht dat hij een laffe keus had gemaakt door vrijwillig dienst te nemen, maar nu ging sterven voor dat besluit, terwijl Hans en hij, als ze naar het kamp waren gegaan, er heel goed levend uit hadden kunnen komen.

Kurt Fischer zat slap en duizelig in de hoek van leslokaal 5 van de academie, naast zijn broer. Hij was niet minder bang of minder wanhopig dan de anderen, maar hij deed geen pogingen de metalen tafels uit de vloer te rukken of de deur met zijn schouder te rammen, zoals de anderen. Hij wist dat Ernst en Keitel alles van tevoren hadden uitgedacht en een ondoordringbare, luchtdichte doodskist voor hen hadden geconstrueerd. De nationaalsocialisten waren even efficiënt als demonisch.

Hij hanteerde ander gereedschap. Met een stompje potlood dat hij achter in het lokaal had gevonden, krabbelde hij wankele woorden op een leeg vel papier dat hij uit een boek had gescheurd. Het heette *Cavalerietactieken gedurende de Frans-Duitse Oorlog, 1870-1871*, een wrede grap, in aanmerking genomen dat het pacifisme hen naar deze verschrikkelijke plek had geleid.

Hij hoorde angstig gekerm om zich heen, woedende kreten en gesnik.

Kurt hoorde het nauwelijks. 'Niet bang zijn,' zei hij tegen zijn broer.

'Nee,' zei Hans, die doodsbang was, tussen twee snikken door.

'Ik ben niet bang.'

Kurt was van plan geweest die avond de geruststellende brief aan hun ouders te schrijven die, zoals Ernst had beloofd, verzonden zou worden, maar nu schreef hij iets heel anders.

Albrecht en Lotte Fischer
Prince George Street 14
Swiss Cottage, London, Engeland

Als deze brief u door het een of andere wonder bereikt, weet dan dat u nu in onze gedachten bent, in deze laatste minuten van ons leven. De omstandigheden van onze dood zijn zo zinloos als die van de tienduizenden die hier vóór ons zijn gestorven. We bidden dat u uw werk zult voortzetten, met ons in uw gedachten, opdat er ooit een eind aan deze krankzinnigheid mag komen. Zeg tegen wie het maar wil horen dat het kwaad hier erger is dan het ergste wat ze zich kunnen voorstellen en dat het pas zal ophouden wanneer iemand de moed heeft het een halt toe te roepen.

Weet dat we van u houden.

Uw zoons

De kreten om hem heen verstomden. De jongens lieten zich op hun buik of knieën vallen en drukten hun mond tegen de versleten eikenhouten vloer en plinten om zo veel mogelijk lucht van onder de planken op te zuigen. Sommigen baden alleen vredig.

Kurt Fischer nam zijn brief nog eens door. Hij lachte zacht toen het tot hem doordrong dat dít het doel was waarop hij had gehoopt: deze boodschap overbrengen aan zijn ouders en uiteindelijk, bad hij, de hele wereld. Zo zou hij de Partij bestrijden. Zijn wapen was de dood.

En nu, aan het eind, ging hij er merkwaardig optimistisch van uit dat zijn brief gevonden en verstuurd zou worden en dat hij mogelijk, via zijn ouders of anderen, een vernietigende barst zou slaan in de gevangenismuur rondom zijn land.

Het potlood viel uit zijn vingers.

Met zijn laatste kruimeltje bewustzijn vouwde Kurt het papier op en stopte het in zijn portemonnee, waar het de grootste kans had gevonden te worden door een begrafenisondernemer of arts die, als God het wilde, de moed zou hebben de woorden die hij had geschreven de wereld in te sturen.

Toen pakte hij de hand van zijn broer en deed zijn ogen dicht.

Paul Schumann kon zijn doel nog steeds niet op de korrel nemen.

Reinhard Ernst ijsbeerde lukraak langs de Mercedes en praatte in een microfoon die met een snoer verbonden was aan het dashboard. Zijn grote lijfwacht benam Paul het zicht.

Hij hield het geweer stevig vast, met zijn vinger rond de trekker, wachtend tot Ernst zou blijven staan.

Het ijs voelen...

Hij beheerste zijn ademhaling en lette niet op de in zijn gezicht zoemende vliegen en de hitte. Inwendig schreeuwde hij Ernst toe: blijf eens staan, verdomme! Laat me dit opknappen, dan kan ik terug naar mijn land, mijn drukkerij, mijn broer... de familie die ik heb gehad, de familie die ik nog zou kunnen krijgen.

Käthe Richter doemde plotseling voor zijn geestesoog op. Hij zag haar ogen, voelde haar tranen en hoorde haar stem weerklinken.

Liever deel ik mijn land met tienduizend moordenaars dan mijn bed met één...

Zijn vinger streelde de trekker van de Mauser en haar gezicht en woorden verdwenen in een mist van ijs.

En op hetzelfde moment bleef Ernst staan, klemde de microfoon weer op het dashboard van de Mercedes en stapte bij de auto vandaan. Met zijn armen over elkaar geslagen babbelde hij joviaal met zijn lijfwacht, die bedachtzaam knikte, terwijl ze samen naar het lokaal keken.

Paul richtte het vizier op het hart van de kolonel.

39

Willi Kohl, die vlak bij het gras was, hoorde een daverend schot. Het weerkaatste tegen de gebouwen en het landschap en werd opgeslokt door het hoge gras en de vlierbessenstruiken om hem heen. Hij dook instinctief weg. Aan de andere kant van het grasveld zag hij de lange gestalte van Reinhard Ernst naast de Mercedes op de grond vallen.

Nee... Hij is dood! Het is mijn schuld! Door mijn nalatigheid, door mijn stompzinnigheid is er een man vermoord, een man die van levensbelang was voor het vaderland.

De lijfwacht van de minister was in elkaar gedoken en keek om zich heen, zoekend naar de belager.

Wat heb ik gedaan? dacht de inspecteur.

Toen klonk er weer een schot.

Kohl, die dekking had gezocht achter de stam van een dikke eik aan de rand van het gras, zag een van de gewonde soldaten in elkaar zakken. Achter hem zag hij nog een soldaat met bebloede borst op het gras liggen. Een kalende man in een bruin tweed jasje kroop onder de bus om zich in veiligheid te brengen.

Kohl keek weer naar de Mercedes. Wat was dat? Hij had zich vergist. De minister was ongedeerd! Ernst had zich op de grond laten vallen toen het eerste schot klonk, maar kwam nu behoedzaam overeind, met een pistool in zijn hand. Zijn lijfwacht, die nu een machinepistool in handen had, zocht eveneens naar een doelwit.

Schumann had Ernst níét vermoord.

Toen daverde er een derde schot over het grasveld. De kogel verbrijzelde een raam van de Mercedes. Een vierde kogel schoot een band lek. Toen zag Kohl beweging op het veld. Ja, het was Schumann! Hij had donkere kleding aan en hij rende van de Opel naar het lesgebouw. Hij vuurde telkens met een geweer met lange loop op de Mercedes, zodat Ernst en zijn lijfwacht laag moesten blijven. Toen hij bij de deur van het lesgebouw kwam, richtte Ernsts ss-bewaker zich op en vuurde een aantal malen, maar Schumann werd door de bus gedekt.

Tegen Willi Kohl werd hij echter niet beschermd.

De inspecteur veegde zijn hand aan zijn broek af en richtte zijn pistool op Schumann. De afstand was groot, maar hij moest hem kunnen raken en anders kon hij hem in elk geval op zijn plaats houden tot er versterking kwam.

Net toen Kohl druk op de trekker zette, rukte Schumann de deur van het gebouw open en rende naar binnen. Een moment later sleepte hij een jongeman naar buiten. Er volgden er meer, wankelend, naar hun borst grijpend en kuchend. Een enkeling braakte. Er kwam nog een jongen naar buiten, toen nog drie.

Gott im Himmel!

Kohl was verbijsterd. Er werden geen ratten of muizen vergast, maar ménsen.

Schumann gebaarde naar de jongens dat ze het bos in moesten duiken en voordat Kohl zich had hersteld van de schrik om wat hij had gezien en weer kon richten, had Schumann zich achter de bus verstopt en vuurde weer op de Mercedes, de jongens dekking biedend terwijl ze de beschutting van het dichte bos opzochten.

Paul vuurde weer. De Mauser sloeg hard tegen zijn schouder. Hij richtte laag in de hoop Ernst of zijn bewaker in een been te raken, maar hun auto stond in een ondiepe geul en hij kon er geen doelwit onder vinden. Hij wierp een snelle blik in het lokaal; de laatste jongens strompelden naar buiten en haastten zich naar het bos.

'Rennen!' riep Paul. 'Rennen!'

Hij vuurde weer twee keer om Ernst en de lijfwacht op hun plaats te houden.

Hij veegde het zweet van zijn voorhoofd en probeerde dichter bij de Mercedes te komen, maar Ernst en zijn lijfwacht waren allebei gewapend en konden goed schieten, en de ss'er had een machinepistool. Ze vuurden zo vaak dat Paul geen kans zag dichter bij hen te komen. Terwijl hij doorlaadde, doorzeefde de lijfwacht de bus en de grond ervoor. Ernst dook de Mercedes in, griste de microfoon van het dashboard en vluchtte weer achter de auto.

Hoelang zou het duren voordat ze hulp kregen? Paul was door Waltham gereden, dat op maar drie kilometer afstand lag; hij wist zeker dat de middelgrote stad over een heel garnizoen politiemensen beschikte. En de academie zelf zou ook een beveiligingsdienst kunnen hebben.

Als hij hier levend uit wilde komen, moest hij nu vluchten.

Hij vuurde de laatste twee patronen van de Mauser af, gooide het geweer op de grond, bukte zich en trok een pistool uit de riem van een van de dode soldaten. Het was een Luger, net zo een als Reginald Morgan had gehad. Hij laadde het wapen door.

Toen keek hij naar beneden en zag, onder de bus weggedoken, de kalende man met de snor die de studenten het lokaal in had geleid.

'Hoe heet je?' vroeg Paul in het Duits.

'Alstublieft,' zei de man beverig. 'Niet...'

'Je náám?'

'Professor-doctor Keitel, meneer.' De man huilde. 'Ik smeek u...' Paul herinnerde zich dat de naam op de brief over het Waltham-onderzoek had gestaan, hief zijn pistool en schoot de man tussen de ogen.

Toen wierp hij een laatste blik op de auto van Ernst, maar zag geen doelwit. Hij rende over het gras, vuurde nog een aantal keer op de Mercedes om Ernst en de lijfwacht laag te houden en dook het bos in. Kogels uit het wapen van de ss'er hakten door het weelderige groen rondom hem, maar er kwam er niet één ook maar bij hem in de buurt.

40

Willi Kohl had zich van het grasveld afgewend en liep, doorweekt van het zweet en misselijk van de hitte en de inspanning, terug naar de RAD-vrachtwagen die Schumanns vluchtauto moest zijn, nam hij aan. Hij zou de banden doorsteken om hem tegen te houden.

Hij liep honderd meter, tweehonderd meter, snakkend naar adem, en vroeg zich af: wie waren die jongelui? Waren het misdadigers? Waren ze onschuldig?

Hij bleef staan om te proberen op adem te komen. Hij wist zeker dat Schumann hem anders hijgend zou horen aankomen.

Hij keek om zich heen, zag niets.

Waar stond de vrachtauto? Hij was de weg kwijt. Die kant op? Nee, de andere kant.

Maar misschien probeerde Schumann niet naar de vrachtauto te komen. Misschien had hij nóg een uitweg. Hij was tenslotte briljant. Misschien had hij ergens...

Zonder een geluid, zonder enige waarschuwing werd er een stuk koud metaal tegen zijn achterhoofd gedrukt.

Nee! Zijn eerste gedachte was: Heidi, mijn liefste... Hoe zul je je zonder mij met de kinderen redden in die krankzinnige wereld van ons? O, nee, nee!

'Geen beweging,' klonk het in vrijwel accentloos Duits.

'Nee... *Is you, Schumann?*' vroeg Kohl.

'Geef me dat pistool.'

Kohl liet het wapen zakken. Schumann pakte het.

Een grote hand pakte de inspecteur bij zijn schouder en draaide hem om.

Die ogen, dacht Kohl huiverend. 'U gaat me doden, zeker?' vroeg hij, weer op het Duits overschakelend.

Schumann zei niets. Hij fouilleerde de inspecteur op andere wapens, deed een pas achteruit en overzag het gras en het bos rondom hen. Toen hij zich ervan had overtuigd dat ze alleen waren, tastte hij in zijn borstzak en haalde er wat opgevouwen vellen papier uit, die klam waren van het zweet. Hij overhandigde ze aan Kohl. 'Wat is dit?' vroeg die.

'Lees maar,' zei Schumann.

'Mijn bril, alstublieft,' zei Kohl, en hij keek naar zijn borstzak.

Schumann pakte de bril en gaf hem aan de inspecteur.

Kohl zette de bril op, vouwde de vellen open en las ze snel, ontHutst door de tekst. Hij hief zijn hoofd even en keek sprakeloos in Schumanns blauwe ogen. Toen las hij het bovenste vel nog een keer.

Ludwig,
Hierbij vind je mijn conceptverslag over ons onderzoek voor de Führer. Merk op dat ik ook de test die vandaag op Waltham wordt gehouden heb vermeld. We kunnen de uitslagen vanavond toevoegen.
Het lijkt me in dit vroege stadium van het onderzoek beter dat we degenen die zijn gedood door de soldaten die we als proefpersonen gebruiken als staatsvijanden afficheren. Derhalve zul je in het verslag zien dat de twee joodse gezinnen die bij Gatow zijn gedood als joodse subversieve elementen worden omschreven, de Poolse arbeiders die in Charlottenburg zijn gedood als buitenlandse infiltranten en de zigeuners als seksueel afwijkend. De jonge Ariërs van vandaag, op Waltham, noemen we politieke dissidenten...

O, lieve God in de hemel, dacht hij. De zaak in Gatow, de zaak in Charlottenburg. En er was er nog een: er waren ook zigeuners vermoord. Die jongens van vandaag! En er waren meer moorden in voorbereiding. Die mensen waren vermoord, alleen maar om dat barbaarse onderzoek te voeden, een onderzoek dat op de hoogste niveaus van de regering was gesanctioneerd.

'Ik...'

Schumann pakte de papieren uit zijn hand. 'Op je knieën. Ogen dicht.'

Kohl keek weer naar de Amerikaan. Ach, ja, dat zijn echt de ogen van een moordenaar, besefte hij. Hoe had die blik hem eerder in het pension kunnen ontgaan? Of zijn er nu zo veel moordenaars dat we immuun voor die blik zijn geworden? Willi Kohl had zich menselijk opgesteld en Schumann laten lopen terwijl hij zijn onderzoek voortzette in plaats van hem een wisse dood in een cel van de ss of de Gestapo tegemoet te laten gaan. Maar hij had een wolf het leven gered en zou nu door de klauwen van die wolf gedood worden. O, hij kon Schumann wel vertellen dat hij niets van deze verschrikking had geweten, maar waarom zou die hem geloven? En trouwens, dacht Kohl beschaamd, hij wist dan niets van deze specifieke wreedheid, maar hij had een onmiskenbare band met de mensen die er verantwoordelijk voor waren.

'Nu!' fluisterde Schumann verbeten.

Kohl zakte op zijn knieën tussen de bladeren en dacht aan zijn vrouw. Hij herinnerde zich hun picknicks in het Grünewald toen ze jong en pasgetrouwd waren. O, de enorme mand die ze inpakte, het zoute vlees, het harsachtige aroma van de wijn, de augurken. Het gevoel van haar hand in de zijne.

De inspecteur sloot zijn ogen en bad. De nationaalsocialisten hadden tenminste nog geen manier ontdekt om je spirituele communicatie tot een misdaad uit te roepen. Al snel ging hij op in een druk verhaal dat God moest delen met Heidi en hun kinderen.

En toen drong het tot hem door dat de tijd vergleed.

Met zijn ogen nog dicht luisterde hij aandachtig. Hij hoorde alleen de wind in de bomen, het gonzen van insecten en het lage brommen van een vliegtuig hoog boven zich.

Nog een eindeloze minuut of twee later deed hij zijn ogen ten slotte open. Willi Kohl weifelde even en keek toen voorzichtig over zijn schouder, erop bedacht dat hij nu elk moment een schot kon horen.

Schumann was nergens te bekennen. De grote man moest geluidloos van de open plek geglipt zijn. Kohl hoorde niet ver weg een motor starten. Toen schakelen.

Hij stond op en draafde zo snel als zijn grote lichaam en pijnlijke voeten hem konden dragen op het geluid af. Hij kwam bij de overwoekerde dienstweg en volgde die tot aan de snelweg. De RAD-vrachtwagen was verdwenen. Kohl boog af naar zijn DKW en bleef toen stokstijf staan. De motorkap stond open en er hingen draden los. Schumann had de auto onklaar gemaakt. Kohl maakte rechtsomkeert en repte zich terug naar de militaire academie.

Hij kwam er tegelijk aan met twee ss-stafauto's die slippend remden. Er sprongen geüniformeerde manschappen uit die onmiddellijk de Mercedes met Ernst erin omsingelden. Ze trokken hun pistolen en tuurden zoekend naar een bedreiging het bos in.

Kohl rende over het grasveld naar hen toe. De ss-officieren keken dreigend en richtten hun wapens op hem.

'Ik ben van de Kripo,' riep hij amechtig, en hij zwaaide met zijn penning.

De commandant wenkte hem. 'Heil Hitler.'

'Heil,' hijgde Kohl.

'Een Kripo-inspecteur uit Berlijn? Wat doet u hier? Hebt u het bericht over de aanslag op kolonel Ernst op de radio gehoord?'

'Nee, ik ben de verdachte hiernaartoe gevolgd, kapitein, al wist ik niet dat hij het op de kolonel gemunt had. Ik zocht hem in verband met een andere zaak.'

'De kolonel en zijn lijfwacht hebben de belager niet gezien,' zei de ss'er tegen de inspecteur. 'Kunt u hem beschrijven?'

Kohl aarzelde.

Een enkel woord brandde in zijn gedachten. Het haakte zich als een teek vast en wilde niet meer weg.

Dat woord was plicht.

'Ja, kapitein,' zei Kohl uiteindelijk.

'Goed zo,' zei de ss-commandant. 'Ik heb overal mensen de weg laten afzetten. Ik zal zijn signalement doorgeven. Het is een Rus, hè? Dat hebben we gehoord.'

'Nee, het is een Amerikaan,' zei Kohl. 'En ik kan meer dan een signalement geven. Ik weet in wat voor auto hij rijdt en ik heb een foto van hem.'

'O?' zei de kapitein verbaasd. 'Hoe kan dat?'

'Hij heeft me dit eerder vandaag gegeven.' Willi Kohl wist dat hij geen keus had, maar zijn hart schreeuwde het uit van de pijn toen hij in zijn zak tastte en het paspoort aan de kapitein overhandigde.

41

Ik ben een dwaas, dacht Paul Schumann.

Hij was wanhopig en zijn wanhoop was bodemloos.

Hij loodste de RAD-vrachtwagen over hobbelige achterafwegen terug naar Berlijn, telkens in de spiegel kijkend of hij werd gevolgd.

Een dwaas...

Hij had Ernst op de korrel gehad! Hij had hem kunnen doden! En toch...

Toch zouden die anderen, die jongens van wie Ernst zelf had toegegeven dat ze onschuldig waren, een vreselijke dood zijn gestorven in dat lokaal. Hij had zichzelf gedwongen hen te vergeten. Het ijs te voelen. Te doen waarvoor hij naar dit geteisterde land was gekomen.

Maar hij had het niet gekund.

Paul sloeg met zijn hand op het stuur, bevend van woede. Hoeveel anderen zouden door zijn beslissing de dood vinden? Voortaan zou hij telkens wanneer hij las dat de nationaalsocialisten hun leger hadden uitgebreid, dat ze nieuwe wapens hadden ontwikkeld, dat hun soldaten op oefening waren, dat er meer mensen uit hun huizen verdwenen waren, dat ze een bloedige dood waren gestorven op het vierde betonnen vierkant vanaf het gras in een prachtig park, weten dat het ook zijn schuld was.

En dat hij die monsterlijke Keitel had gedood, maakte zijn keus niet minder verschrikkelijk. Reinhard Ernst, een veel slechter mens dan iemand ooit had gedacht, leefde nog.

Hij voelde de tranen in zijn ogen springen. Dwaas...

Bull Gordon had hem gekozen omdat hij zo verdomd goed was. O, zeker, hij voelde het ijs. Maar een beter, sterker mens had de kou niet alleen beetgepakt, maar die ook in zijn ziel toegelaten en de juiste beslissing genomen, hoe hoog de prijs voor die jongens ook was. Met een gezicht dat gloeide van schaamte reed Paul door, terug naar Berlijn, waar hij zich schuil zou houden tot de komst van het reddingsvliegtuig.

Hij nam een bocht en trapte op de rem. De weg werd versperd door een legervrachtwagen. Ernaast stonden zes SS-soldaten, van wie twee met een machinegeweer. Paul had niet verwacht dat ze B-wegen als deze zo snel zouden afzetten. Hij pakte nonchalant de twee pistolen – het zijne en dat van de inspecteur – en legde ze naast zich.

Paul salueerde slap. 'Heil Hitler.'

'Heil Hitler, officier,' antwoordde de bevelhebber afgemeten, al keek hij met een zweempje minachting naar het uniform van de Arbeitsdienst dat Paul weer had aangetrokken.

'Mag ik vragen wat er aan de hand is?' zei Paul.

De commandant liep naar de vrachtauto. 'We zoeken iemand in verband met een incident op de Militaire Academie Waltham.'

'Zie ik daarom zoveel legerauto's op de weg?' vroeg Paul met kloppend hart.

De ss'er bromde iets en keek onderzoekend naar Pauls gezicht. Net toen hij iets wilde vragen, stopte er een motorfiets. De berijder zette de motor uit en haastte zich naar de commandant. 'Kapitein,' zei hij, 'een Kripo-rechercheur heeft de identiteit van de moordenaar achterhaald. Ik heb zijn signalement.'

Pauls hand sloot zich langzaam om het pistool in zijn schoot. Hij kon dit tweetal vermoorden, maar er waren anderen in de buurt.

De motorrijder gaf de commandant een vel papier en vervolgde: 'Het is een Amerikaan, maar hij spreekt vloeiend Duits.'

De commandant keek naar het papier, wierp een blik op Paul en keek weer naar het signalement. Toen verkondigde hij: 'De verdachte is rond de een meter vijfenzestig en nogal mager. Hij weegt ongeveer zestig kilo. Zwart haar en een snor. Volgens zijn paspoort heet hij Robert E. Gardner.'

Paul staarde naar de commandant en knikte zwijgend. Gardner? dacht hij verbaasd.

'Ach,' zei de ss-officier, 'waarom kijkt u zo naar me? Hebt u zo iemand gezien of niet?'

'Nee, kapitein, het spijt me.'

Gardner? Wie was dat? Wacht, ja, Paul wist het weer: het was de naam op een van Taggerts valse paspoorten.

Díé documentatie had Kohl aan de ss gegeven, niet die van Paul.

De kapitein keek weer naar het vel papier. 'De rechercheur heeft verklaard dat de man in een groene Audi reed. Hebt u die auto ergens gezien?'

'Nee, kapitein.'

Paul zag in de spiegel dat twee andere SS'ers in de laadruimte van de vrachtwagen keken. 'Alles in orde,' riepen ze.

'Als u de man of de Audi ziet,' vervolgde de kapitein, 'neemt u onmiddellijk contact op met de autoriteiten.' Toen richtte hij zich tot de bestuurder van de vrachtauto die dwars over de weg stond en riep: 'Laat hem door.'

'Heil Hitler,' zei Paul met een enthousiasme dat hij sinds zijn aankomst in Duitsland bij niemand anders had waargenomen.

'Ja, ja, heil Hitler. Rij nou maar door!'

Een Mercedes van de SS remde met gierende banden bij lesgebouw 5 van de Militaire Academie Waltham, waar Willi Kohl tientallen soldaten door het bos zag sluipen, zoekend naar de uit het lokaal ontsnapte jongens.

Het portier van de auto ging open en niemand minder dan Heinrich Himmler stapte uit. Hij veegde zijn schoolmeestersbrilletje met een zakdoek schoon en beende naar de SS-commandant, Kohl en Reinhard Ernst, die inmiddels was uitgestapt en door een stuk of tien bewakers werd omringd.

Kohl stak zijn arm uit. Himmler antwoordde met een korte groet, kneep zijn ogen half dicht en nam de inspecteur onderzoekend op. 'U bent Kripo?'

'Ja, politiebevelhebber Himmler. Inspecteur Kohl.'

'O, ja. Dus ú bent Willi Herman Kohl.'

Kohl schrok ervan dat de hoogste baas van de Duitse politie zijn naam kende. Hij herinnerde zich zijn SD-dossier en vond het des te verontrustender dat hij was herkend. De muizige man wendde zich tot Ernst. 'Bent u ongedeerd?' 'Ja, maar hij heeft een paar soldaten gedood en ook mijn collega, professor-doctor Keitel.'

'Waar is de moordenaar?'

'Hij is het bos in gevlucht,' antwoordde de SS-commandant. 'Hij kan daar zitten, of ergens op de weg. We weten het niet zeker.'

'En wie is het?'

'Inspecteur Kohl heeft zijn identiteit ontdekt.' Met de driestheid die Ernsts rang hem toestond, maar die Kohl nooit zou durven bezigen, zei de kolonel plotseling: 'Kijk eens naar die foto in het paspoort, Heinrich. Het is die man die in het olympisch stadion was. Hij stond op nog geen méter van de Führer en alle ministers. Zo dicht is hij bij ons allemaal gekomen.'

'Gardner?' vroeg Himmler onzeker terwijl hij naar het paspoort keek dat de ss-commandant hem liet zien. 'Hij gebruikte een valse naam in het stadion. Of deze naam is vals.' De kleine man keek op en fronste zijn voorhoofd. 'Maar waarom heeft hij je leven dan gered in het stadion?'

'Hij heeft mijn leven niet gered, dat is nu wel duidelijk,' zei Ernst vinnig. 'Ik liep toen geen gevaar. Hij moet het geweer zelf in de opslagplaats hebben opgesteld om de schijn te wekken dat hij onze bondgenoot was. Om door onze verdediging heen te breken, uiteraard. Wie weet wie hij nog wilde vermoorden nadat hij mij had uitgeschakeld. Misschien de Führer zelf wel.'

Hij vervolgde op beschuldigende toon: 'Volgens dat verslag van jou was het een Rus, maar dit is een Amerikaans paspoort.'

Himmler zweeg even en liet zijn ogen over de dorre bladeren aan hun voeten dwalen. 'De Amerikanen hebben natuurlijk geen enkele reden om zoiets te doen. Ik neem aan dat de Russen hem hebben ingehuurd.' Hij keek naar Kohl. 'Hoe wist u van deze moordenaar?'

'Zuiver toevallig, rijkspolitiebevelhebber. Ik volgde hem omdat hij een verdachte was in een andere zaak. Pas toen ik hier aankwam om hem te observeren, ontdekte ik dat kolonel Ernst op de academie was en dat de verdachte van plan was hem te vermoorden.'

'Maar u was toch zeker wel op de hoogte van de eerdere aanslag op kolonel Ernsts leven?' vroeg Himmler snel.

'Het incident waar de kolonel het net over had, in het olympisch stadion? Nee, meneer, daar ben ik niet van op de hoogte gesteld.'

'Niet?'

'Nee, meneer, de Kripo is niet verwittigd. En ik had nog geen twee uur daarvoor met hoofdinspecteur Horcher gesproken. Hij wist er ook niets van.' Kohl schudde zijn hoofd. 'Hadden we het maar gehoord, meneer. Dan had ik mijn zaak kunnen coördineren met de ss en de Gestapo, en dan had dit incident nooit kunnen gebeuren.'

'Wilt u zeggen dat u niet wist dat onze veiligheidstroepen sinds gisteren op zoek zijn naar mogelijke infiltranten?' vroeg Himmler op de gedragen toon van een slechte revuespeler.

'Inderdaad, mijn politiechef.' Kohl keek naar Himmlers kleine oogjes achter de ronde brillenglazen in het zwarte montuur en begreep dat Himmler zelf opdracht had gegeven de Kripo niets over de veiligheidsmaatregelen te vertellen. Hij was tenslotte de Michelangelo van het Derde Rijk in de kunst van het pronken met andermans veren, het achteroverdrukken van eer en het afwentelen van schuld, beter nog dan Göring. Kohl vroeg zich af of hij nu zelf gevaar liep. De veiligheid was op een mogelijk rampzalige wijze in het geding geweest; zou Himmler er baat bij hebben als hij iemand anders voor die nalatigheid liet boeten? Kohl leek goed aangeschreven te staan, maar soms was er een zondebok nodig, zeker wanneer Hitlers herbewapeningsexpert bijna het slachtoffer was geworden van je gekonkel. Kohl nam snel een besluit en vervolgde: 'En vreemd genoeg heb ik ook niets van onze verbindingsman van de Gestapo gehoord, terwijl ik hem gistermiddag nog heb gesproken. Had hij het me maar verteld.'

'En wie ís uw verbindingsman van de Gestapo?'

'Peter Krauss, meneer.'

'Aha.' De opperbevelhebber van de politie knikte, sloeg de informatie in zijn geheugen op en verloor zijn belangstelling voor Kohl.

'Er waren hier ook politieke gevangenen,' zei Reinhard Ernst ontwijkend. 'Een stuk of tien jongemannen. Ze zijn het bos in gevlucht. Ik heb soldaten achter ze aan gestuurd.' Zijn ogen dwaalden weer af naar het dodelijke leslokaal. Kohl keek ook naar het gebouw, dat er zo vriendelijk uitzag. De bescheiden faciliteit voor hoger onderwijs uit de tijd van het Tweede Keizerrijk vertegenwoordigde nu het zuiverste kwaad. Hij merkte op dat Ernst soldaten opdracht had gegeven de slang te verwijderen en de bus weg te brengen. Ook het klembord en een paar documenten die her en der op de grond hadden gelegen, waarschijnlijk gegevens van het weerzinwekkende Waltham-onderzoek, waren verdwenen.

'Met permissie, meneer,' zei Kohl tegen Himmler, 'ik wil zo snel mogelijk een verslag opstellen en assisteren bij het zoeken naar de moordenaar.'

'Ja, doet u dat meteen, inspecteur.'

'Heil.'

'Heil,' zei Himmler.

Kohl draaide zich om en liep naar een paar SS-soldaten bij een busje om een lift terug naar Berlijn te regelen. Terwijl hij er op zijn pijnlijke voeten naartoe liep, stelde hij vast dat hij het incident zo kon sturen dat hij zijn eigen risico inperkte. De foto in het paspoort van de moordenaar was weliswaar die van een man die vóór de aanslag op Ernst in een pension in het zuidwesten van Berlijn was vermoord, maar dat wisten alleen Janssen, Paul Schumann en Käthe Richter. Die laatste twee zouden de Gestapo niets vertellen en wat de kandidaat-inspecteur betrof, die zou Kohl onmiddellijk naar Potsdam sturen om aan de moordzaken te werken die daar om hun aandacht vroegen, en hij zou alle dossiers over Taggert en de moord in de Dresdengasse een eigen draai geven. Vanavond zou Kohl met het lijk van de moordenaar komen, die was gedood tijdens zijn ontsnappingspoging. De patholoog zou de autopsie uiteraard nog niet hebben verricht – áls het lijk al was opgehaald – en Kohl kon er door gunsten of smeergeld voor zorgen dat het opgegeven tijdstip van overlijden ná de aanslag hier op de academie zou vallen.

Hij betwijfelde of er een nader onderzoek zou worden ingesteld; het hele geval was inmiddels een gevaarlijke sta-in-de-weg, voor Himmler omdat hij het niet zo nauw had genomen met de staatsveiligheid en voor Ernst vanwege de tikkende tijdbom van het Waltham-onderzoek. Hij zou...

'O, Kohl, inspecteur Kohl?' riep Heinrich Himmler.

Hij draaide zich om. 'Ja, meneer?'

'Wanneer zou uw protégé zover zijn, denkt u?'

De inspecteur dacht even na, maar begreep er niets van. 'O, ja, politiechef Himmler. Mijn protégé?'

'Konrad Janssen. Wanneer stapt hij over naar de Gestapo?'

Wat bedoelde die man? vroeg Kohl zich perplex af.

Himmler vervolgde: 'U weet toch wel dat we hem voordat hij van de politieacademie kwam al bij de Gestapo hebben aangenomen? Alleen wilden we dat hij bij een van de beste rechercheurs van het Alex in de leer ging voordat hij aan de Prinz Albrechtstrasse begon.'

Het nieuws kwam bij Kohl aan als een stomp in zijn maag, maar hij herstelde zich snel. 'Neem me niet kwalijk, opperbevelhebber,' zei hij hoofdschuddend, en hij glimlachte. 'Natuurlijk weet ik dat, maar het incident hier nam me volledig in beslag... Janssen zal snel kunnen komen. Hij toont zich zeer getalenteerd.'

'We hadden al een tijdje een oogje op hem, Heydrich en ik. U kunt trots op die jongen zijn. Ik heb zo'n gevoel dat hij de top snel zal bereiken. Heil Hitler.'

'Heil Hitler.'

Kohl liep als verdoofd weg. Janssen? Was hij al die tijd al van plan geweest voor de geheime staatspolitie te gaan werken? Kohls handen beefden van de pijn om dit verraad. De jongen had dus over alles gelogen: zijn verlangen rechercheur te worden en zijn lidmaatschap van de Partij (om op te klimmen in de gelederen van de Gestapo en de Sipo moest hij wel lid zijn). En met een rilling dacht hij aan de vele onbezonnen opmerkingen die hij tegen de kandidaat-inspecteur had gemaakt.

Janssen, je zou me kunnen laten oppakken voor wat ik zojuist heb gezegd, en dan ga ik een jaar naar Oranienburg...

De kandidaat-inspecteur had Kohl echter wel nodig, wilde hij vooruitkomen, bedacht hij, en hij kon het zich niet veroorloven hem aan te geven.

Kohl keek op naar het groepje SS-soldaten rond de bus. Een van hen, een grote man met een zwarte helm op, vroeg: 'Ja? Kunnen we iets voor u doen?'

Hij legde uit wat er met zijn DKW was gebeurd.

'Heeft de moordenaar uw auto onklaar gemaakt? Waarom die moeite? Hij had u te voet te snel af kunnen zijn!' De soldaten lachten. 'Ja, inspecteur, we geven u een lift. We vertrekken over een paar minuten.'

Kohl knikte, stapte nog sprakeloos van wat hij over Janssen had gehoord in de lege bus en ging zitten. Hij staarde naar de oranje bol van de zon, die achter een met stekelige silhouetten van bloemen en gras omrande heuvel zonk. Hij zakte onderuit, met zijn hoofd tegen de rugleuning. De SS'ers stapten in en ze reden het terrein van de academie af, terug naar Berlijn.

De soldaten praatten over de mislukte aanslag, de Olympische Spelen en de plannen voor een grote nationaalsocialistische demonstratie bij Spandau het komende weekend.

Toen nam de inspecteur een besluit. Het leek bespottelijk impulsief, zo snel als het plotse verdwijnen van de zon achter de horizon, het ene moment een lucht vol stralende kleuren en het volgende alleen nog maar een blauwgrijze schemering, maar misschien, bepeinsde hij, was dit geen bewuste keus, maar iets onontkoombaars dat langgeleden door onwrikbare wetten was bepaald, zoals ook de dag in de avond was overgegaan.

Willi Kohl en zijn gezin zouden Duitsland verlaten.

Konrad Janssens verraad en het Waltham-onderzoek, allebei krachtige symbolen van wat de regering was en waar het met zijn land naartoe ging, waren reden genoeg, maar wat echt de doorslag gaf, was Paul Schumann, de Amerikaan.

Toen Kohl met de SS-officieren bij lesgebouw 5 stond, zich ervan bewust was dat hij zowel Schumanns echte paspoort als de vervalsingen in zijn zak had, had hij geworsteld met zijn plicht. En uiteindelijk had hij zijn plicht gedaan. Het trieste was dat die hem een daad tégen zijn land had opgelegd.

Hoe hij het land zou verlaten, wist hij ook. Hij zou doen alsof hij niets van Janssens keuze wist (maar natuurlijk geen ondoordachte opmerkingen meer tegen hem maken), hij zou opdreunen wat hoofdinspecteur Horcher ook maar van hem wilde horen, hij zou zich verre houden van de kelder van het Kripo-hoofdbureau met zijn drukke DeHoMag-kaartsorteermachines en moordzaken zoals die in Gatow precies zo aanpakken als ze van hem wilden, wat natuurlijk betekende dat hij ze helemaal niet zou aanpakken. Hij zou het toonbeeld van een nationaalsocialistische politieman zijn.

En dan, in februari, zou hij zijn hele gezin meenemen naar het congres van de Internationale Criminele Politie Commissie in Londen. En daar zouden ze op de boot naar New York stappen, waar twee neven een paar jaar geleden naartoe waren geëmigreerd en een bestaan hadden opgebouwd.

Als hoge politieman die voor Kripo-zaken reisde, kon hij moeiteloos uitreispapieren en toestemming voor het uitvoeren van veel geld krijgen. Het regelen hiervan zou natuurlijk de nodige listige manoeuvres vergen, maar wie in het huidige Duitsland kon niet tenminste een béétje konkelen?

Heidi zou natuurlijk blij zijn eindelijk een veilige wijkplaats voor haar kinderen te vinden. Günter zou bevrijd zijn van zijn Hitlerjugendklasgenoten. Hilde kon weer naar school gaan en mogelijk de professor worden die ze zo graag wilde zijn.

Er zat uiteraard een complicatie bij zijn oudste dochter: haar verloofde, Heinrich Sachs. Maar Kohl besloot dat hij hem zou overhalen mee te gaan. Sachs was vurig antinationaalsocialistisch, had geen naaste verwanten en hield zo zielsveel van Charlotte dat hij haar naar het eind van de wereld zou volgen. De jonge Sachs was een talentvol ambtenaar die goed Engels sprak en ondanks zijn soms opspelende artritis een onvermoeibare werker; Kohl vermoedde dat hij veel gemakkelijker werk zou kunnen vinden in Amerika dan Kohl zelf.

Ja, hijzelf... Opnieuw beginnen op gevorderde leeftijd! Wat een overweldigende uitdaging! Hij dacht met een zweempje ironie aan *Mein Kampf*, het onzinnige werk van de Führer. Wat een strijd stond hemzelf te wachten, een oude man met een gezin die opnieuw begon op een leeftijd waarop hij zaken zou moeten delegeren aan jonge inspecteurs en zelf middagen vrij nemen om met zijn kinderen naar het golfslagbad in het Luna Park te gaan. Toch was het niet de gedachte aan de inspanningen en onzekerheden die hem wachtten die hem geluidloos liet snikken en tranen in zijn ogen deed springen, zodat hij zijn ogen van de jonge ss-soldaten moest afwenden.

Nee, die tranen waren voor wat hij nu zag terwijl ze op weg naar Berlijn een bocht namen: de vlakten van Pruisen. En hoewel ze op deze droge zomeravond stoffig en kleurloos waren, straalden ze nog steeds grandeur, geschiedenis en een tastbare verhevenheid uit, want het waren de vlakten van zíjn Duitsland, diep vanbinnen een grote natie wier waarheden en idealen op de een of andere tragische manier in het ongerede waren geraakt.

Kohl tastte in zijn zak en pakte zijn meerschuimen pijp. Hij vulde de kop en zocht in zijn zakken, maar vond geen lucifers. Hij hoorde het schrapen toen de ss'er naast hem een lucifer aanstreek en hem vuur aanbood. 'Dank je,' zei Kohl, en hij trok aan de pijp om de vlam in de tabak te krijgen. Hij leunde achterover, de lucht om zich heen vullend met de prikkelende geur van kersen, en staarde door de voorruit naar de opduikende lichtjes van Berlijn.

42

De auto kronkelde soepel als een danseres naar zijn huis in Charlottenburg. Reinhard Ernst zat achterin, zette zich schrap in de bochten en liet zijn hoofd tegen het luxueuze leer leunen. Hij had een nieuwe chauffeur en lijfwacht; Claus, de SS-luitenant die met hem mee was gegaan naar de Militaire Academie Waltham, was gewond geraakt door rondvliegend glas uit de voorruit van de Mercedes en was naar het ziekenhuis gebracht. Een tweede SS-auto, gevuld met zwartgehelmde bewakers, reed achter hen.

Hij zette zijn bril af en wreef in zijn ogen. Ach, Keitel dood, samen met de soldaat die aan het onderzoek had deelgenomen. Ernst noemde hem in gedachten 'subject D'; hij had nooit geweten hoe de jongen heette... Wat een ramp was deze dag geweest.

Wat Ernst echter het scherpst voor ogen stond, was de keus die de moordenaar bij lesgebouw 5 had gemaakt. Als hij Ernst had willen doden, wat onmiskenbaar zijn missie was geweest, had hij dat gemakkelijk kunnen doen. Toch had hij ervoor gekozen in plaats daarvan de jongens te redden. Nu hij daarover nadacht, werd de verschrikking van wat hijzelf had gedaan tastbaar voor hem. Ja, besefte hij, het Walthamonderzoek wás verwerpelijk. Hij had die jongens in de ogen gekeken en gezegd: neem een jaar dienst in het leger en jullie zonden worden weggenomen, terwijl hij had geweten dat het een leugen was; hij had het alleen gezegd om de slachtoffers op hun gemak en onwetend te houden, zodat de soldaat hen kon leren kennen voordat hij hen vermoordde.

Ja, hij had tegen de gebroeders Fischer en de anderen gelogen, zoals hij ook tegen de Poolse arbeiders had gelogen toen hij zei dat ze het dubbele loon zouden krijgen als ze wat bomen naar Charlottenburg wilden verplanten voor de Olympische Spelen. En de joodse gezinnen in Gatow had hij wijsgemaakt dat ze zich bij de rivier moesten verzamelen omdat er wat afvallige SA'ers in de buurt waren en Ernst en zijn mannen hen zouden beschermen.

Ernst had geen afkeer van joden. In de Oorlog had hij zij aan zij met joden gevochten, en hij vond hen niet minder slim of moedig dan ieder ander. Uitgaande van de joden die hij toen en sindsdien had leren kennen, kon hij geen enkel verschil tussen hen en Ariërs aanwijzen. En Polen, nu ja, uit zijn geschiedenisboeken had hij opgemaakt dat ook zij niet wezenlijk verschilden van hun Pruisische buren en zelfs een adeldom bezaten waar maar weinig nationaalsocialisten op konden bogen.

Het was weerzinwekkend, waar hij mee bezig was. Gruwelijk. Hij voelde de schaamte knagen als de hinderlijke pijn in zijn arm van de granaatscherven.

De weg kronkelde niet meer en ze kwamen in de buurt waar hij woonde. Ernst leunde naar voren en legde de chauffeur uit waar zijn huis stond.

Weerzinwekkend, ja...

En toch... Terwijl hij naar de vertrouwde huizen, cafés en parken in dit deel van Charlottenburg keek, begon de verschrikking te vervagen, net als op het slagveld nadat het laatste schot was gevallen, de kanonsalvo's verstomden en de kreten van de gewonden wegstierven. Hij herinnerde zich de 'instructeur', subject D, die bereidwillig, luchthartig zelfs, de slang aan het gebouw had gekoppeld om de jongens binnen te doden, ook al had hij kort tevoren nog met hen gevoetbald. Een andere soldaat had ervoor terug kunnen deinzen. Als hij niet was gestorven, waren zijn antwoorden op de vragen op de lijst van de professor heel nuttig geweest bij het bepalen van de criteria die ze zouden gaan gebruiken om soldaten hun taken toe te wijzen.

De zwakte die hij een moment geleden had gevoeld, het berouw dat was opgewekt door de keuze van de moordenaar zijn eigen plicht te verzaken, was bijna weg. Hij was er weer van overtuigd dat hij juist handelde. Hitler mocht zijn flirt met de krankzinnigheid hebben. Er zouden onschuldige mensen sterven, ja, tot de storm was overgewaaid, maar uiteindelijk zou de Führer weg zijn, terwijl het leger dat Ernst creëerde hem zou overleven en de ruggengraat van een nieuwe Duitse glorie zou worden, en uiteindelijk van een nieuwe Europese vrede.

Morgen zou Ernst op zoek gaan naar een andere psycholoog of psychiater die hem zou kunnen helpen het werk voort te zetten. En deze keer zou hij iemand vinden die meer voeling had met het nationaalsocialisme dan Keitel – en die geen joodse grootouders had, godbetert. Ernst moest slimmer zijn. Dit was een periode in de geschiedenis waarin je slim móést zijn.

De auto stopte voor zijn huis. Ernst bedankte de chauffeur en stapte uit. De ss'ers in de auto achter hem sprongen ook naar buiten en voegden zich bij de andere bewakers van zijn woning. De commandant zei tegen hem dat de mannen zouden blijven tot de moordenaar was aangehouden of bewezen was dat hij het land uit was gevlucht. Ernst bedankte hem beleefd en ging naar binnen. Hij begroette Gertrud met een kus. Ze keek naar de grasen moddervlekken op zijn broek.

'Ach, je bent hopeloos, Reinie!'

Hij glimlachte flauwtjes, maar zei niets. Gertrud keerde terug naar de keuken, waar ze iets geurigs met azijn en knoflook bereidde. Ernst klom de trap op om zich te wassen en schone kleren aan te trekken. In zijn kamer zat zijn kleinzoon te tekenen.

'Opa!' riep de jongen, en hij rende naar Ernst toe.

'Hallo, Mark. Gaan we vanavond aan onze boot werken?'

De jongen gaf geen antwoord, en Ernst zag dat hij verbaasd keek.

'Wat is er?'

'Opa, u zei Mark tegen me. Zo heette papa.'

Had hij Mark gezegd? 'Het spijt me, Rudy. Ik dacht er niet bij na. Ik ben heel moe vandaag. Ik geloof dat ik een dutje moet doen.'

'Ja, dat doe ik ook wel eens,' zei de jongen gretig, blij dat hij zijn grootvader een plezier kon doen met zijn kennis. 'Soms word ik 's middags moe. Dan geeft Mutti me warme melk, soms chocolademelk, en dan ga ik een dutje doen.'

'Precies. Zo voelt je domme grootvader zich. Het is een lange dag geweest en hij moet een dutje doen. Ga jij het hout en de messen maar klaarleggen. Na het eten gaan we aan onze boot werken.'

'Ja, opa, ik ga het meteen doen.'

Kort voor drie uur 's middags liep Bull Gordon de treden naar De Kamer in Manhattan op. In andere delen van de stad was het druk en levendig, ook op zondag, maar in deze zijstraat was het stil.

De blinden waren dicht en het herenhuis maakte een verlaten indruk, maar toen Gordon, die vandaag in burger was, bij de voordeur aankwam, werd die voor hem opengemaakt voordat hij zijn sleutel had kunnen pakken. 'Goedemiddag, commandant,' zei de geüniformeerde marineofficier zacht.

Gordon knikte.

'De senator zit in de salon, commandant.'

'Alleen?'

'Ja, commandant.'

Gordon liep naar binnen en hing zijn jas aan een kapstok in de gang. Hij voelde het wapen in zijn zak. Waarschijnlijk zou hij het niet nodig hebben, maar hij was blij dat hij het had. Hij haalde diep adem en liep de kleine kamer in.

De senator zat in een fauteuil naast een staande Tiffany-lamp naar de Philco-radio te luisteren. Toen hij Gordon zag, zette hij het toestel uit en vroeg: 'Vermoeiende vlucht?'

'Vliegen is altijd vermoeiend, lijkt het wel.'

Gordon liep naar de bar en schonk zichzelf een whisky in. Misschien geen goed idee, gezien het wapen, maar het kon hem niets verdommen. Hij schonk het glas nog iets voller en keek vragend naar de senator.

'Ja, maar dan twee keer zoveel,' zei de senator met een knikje naar Gordons glas.

De commandant vulde een tweede glas met de goudkleurige vloeistof, gaf het aan de oudere man en ging zwaar zitten. Zijn hoofd bonsde nog van de vlucht in de R2D-1, de marineversie van de DC-2 en even snel, maar dan zonder de comfortabele stoelen en geluidsisolatie van de Douglas voor passagiersvervoer.

De senator droeg een pak met vest, een overhemd met een stijve boord en een zijden das. Gordon vroeg zich af of hij die ochtend zo naar de kerk was gegaan. Hij had de commandant ooit verteld dat een politicus ondanks zijn eigen geloof, en zelfs als hij atheïst was, naar de kerk hoorde te gaan. Imago, snap je? Dat telt.

'Zo,' zei de senator bars. 'Je kunt me net zo goed meteen vertellen wat je weet. Dan is het maar achter de rug.'

De commandant nam een flinke slok whisky en deed wat de oude man hem had gevraagd.

Berlijn lag onder de sluier van de nacht.

De stad was een immense vlakte met als enige pieken een paar wolkenkrabbers en de toren van luchthaven Tempelhof in het zuiden. Het uitzicht verdween toen de bestuurder zijn voertuig over de top van de heuvel loodste en de ordelijke noordwestelijke wijken van de stad indook, samen met auto's die zo te zien terugkeerden van een weekend aan de naburige Pruisische meren en in de bergen.

Wat het rijden er allemaal niet eenvoudiger op maakte. En Paul Schumann wilde onder geen beding aangehouden worden door de verkeerspolitie. Geen legitimatie, een gestolen vrachtauto... Nee, hij mocht beslist niet opvallen.

Hij reed een straat in die naar een brug over de Spree voerde en baande zich een weg naar het zuiden. Daar vond hij ten slotte wat hij zocht, een parkeerterrein met tientallen vrachtauto's en bestelbussen. Hij had het opgemerkt toen hij nog maar net in de stad was en van de Lützowplatz naar het pension van Käthe Richter was gelopen.

Was dat echt nog maar gisteren geweest?

Hij dacht aan Käthe. En aan Otto Webber.

Het viel hem heel zwaar aan hen te denken, maar die beelden waren beter dan blijven tobben over zijn betreurenswaardige beslissing op Waltham.

Of het nu de beste dag is of de slechtste, uiteindelijk gaat de zon onder...

Maar het zou nog heel lang duren voor de zon boven zijn mislukking van vandaag onderging. Misschien zou het wel nooit gebeuren.

Hij parkeerde vlak achter de ingang van het terrein en draaide de contactsleutel om. Toen leunde hij achterover en vroeg zich af of hij hier in een vlaag van krankzinnigheid naartoe was gekomen, maar hij stelde vast dat het een verstandige zet was. Hij hoefde nu niet lang meer te blijven. Avery met zijn gladde gezicht en de vechtlustige Manielli zouden zorgen dat de piloot stipt op tijd vertrok voor de afspraak op het vliegveld. Bovendien voelde hij intuïtief aan dat hij hier veiliger was dan waar ook buiten de stad. Beesten die zo arrogant waren als de nationaalsocialisten, zouden nooit vermoeden dat hun prooi zich midden in hun tuin verborgen hield.

De deur ging open en de ordonnans liet nog iemand De Kamer binnen waarin Bull Gordon en de senator zaten.

Cyrus Clayborn, die in het witte pak dat zijn handelsmerk was van top tot teen een plantage-eigenaar van een eeuw geleden leek, liep naar binnen en knikte met een nonchalante glimlach op zijn verweerde gezicht naar de twee andere mannen. Toen kneep hij zijn ogen dicht en knikte nog eens. Hij wierp een blik op de bar, maar maakte geen aanstalten ernaartoe te lopen; hij was geheelonthouder, wist Bull Gordon.

'Hebben ze hier koffie?' vroeg Clayborn.

'Nee.'

'O.' Clayborn zette zijn wandelstok naast de deur tegen de muur en zei: 'Ik word hier alleen uitgenodigd als het om geld gaat, en ik vrees dat het jullie vandaag niet om een aalmoes te doen is.' Hij liet zich zwaar in een stoel zakken. 'Het gaat om dat andere, hè?'

'Het gaat om dat andere,' beaamde Gordon. 'Waar is je man?'

'Mijn lijfwacht?' Clayborn hield vragend zijn hoofd schuin.

'Ja.'

'Buiten, in de auto.'

Opgelucht dat hij zijn pistool toch niet nodig zou hebben (Clayborns oppasser was berucht gevaarlijk) belde Gordon een van de drie officieren die in een kantoortje aan de voorkant zaten en droeg hem op ervoor te zorgen dat de lijfwacht in de limousine bleef zitten. Hij mocht niet binnengelaten worden. 'Gebruik desnoods geweld.'

'Ja, commandant. Met genoegen, commandant.'

Gordon hing op en zag dat de financier zat te grinniken. 'Zeg nou niet dat je dacht dat het een vuurgevecht zou worden, commandant.' Toen een reactie uitbleef, vervolgde Clayborn: 'En, hoe zijn jullie erachter gekomen?'

'Door een zekere Albert Heinsler,' antwoordde Gordon.

'Wie?'

'Dat hoor je te weten,' zei de senator bars. 'Hij zat voor jou op de *Manhattan*.'

Gordon vervolgde: 'De nazi's zijn slim, zeker, maar we dachten: waarom zouden ze een spion op het schip hebben? Het leek me onzin. We wisten dat Heinsler in Jersey lid was van de Deutsch Amerikanische Bund, dus hebben we die door Hoover onder druk laten zetten.'

'Heeft die flikker niks beters te doen?' schamperde Clayborn.

'We ontdekten dat jij veel geld aan de Bund geeft.'

'Je moet je geld op de een of andere manier voor je laten werken,' zei Clayborn gladjes, waardoor Gordon een nog grotere hekel aan hem kreeg. De magnaat knikte. 'Zo, dus hij heette Heinsler, hm? Nooit geweten. Maar hij bespioneerde Schumann niet. Hij was alleen aan boord om Schumann in het oog te houden en een bericht naar Berlijn te sturen over een Rus in de stad. We moesten de moffen waakzaam houden. Om ons spelletje geloofwaardiger te maken, snap je? Het hoorde er allemaal bij.'

'Hoe kende je Taggert?'

'Ik heb met hem in de Oorlog gediend. Ik had hem een paar diplomatieke posten beloofd als hij me uit de brand wilde helpen.'

De senator schudde zijn hoofd. 'We begrepen maar niet hoe je aan de wachtwoorden was gekomen.' Hij lachte en knikte naar Gordon. 'De commandant hier dacht eerst dat ik Schumann had verraden. Geeft niet, ik was niet beledigd. Maar toen herinnerde Bull zich je ondernemingen; alle telefoon- en telegraaflijnen aan de Oostkust zijn van jou. Je hebt me laten afluisteren toen ik de commandant belde om de wachtwoorden af te spreken.'

'Lulkoek. Ik...'

'Een van mijn mensen heeft de dossiers van je bedrijf gecontroleerd, Cyrus,' onderbrak Gordon hem. 'Je had transcripties van de gesprekken die ik met de senator heb gevoerd. Zo ben je alles aan de weet gekomen.'

Clayborn schokschouderde. Hij leek eerder geamuseerd dan verontrust, en dat streek Gordon pas goed tegen de haren in. 'We weten alles, Clayborn,' snauwde hij. Hij legde uit dat het oorspronkelijke idee van de aanslag op Reinhard afkomstig was geweest van de magnaat, die het aan de senator had voorgelegd. Onze plicht als patriotten, had hij gezegd. Hij zou helpen het te financieren. Verdomme, hij wilde het wel in zijn eentje financieren. De senator had zich tot bepaalde hoge regeringsfunctionarissen gewend en zij hadden de geheime operatie goedgekeurd. Clayborn had echter stiekem contact opgenomen met Robert Taggert en hem opdracht gegeven Morgan te doden, Schumann te helpen plannen te smeden om Ernst te vermoorden en de kolonel vervolgens op het laatste moment te redden. Toen Gordon Clayborn om de extra duizend dollar had gevraagd, had Clayborn de schijn opgehouden dat het Morgan was geweest, en niet Taggert, die vanuit het ambassadegebouw met Gordon had gepraat.

'Waarom hecht je er zo veel belang aan dat we Hitler tevreden houden?' vroeg Gordon.

'Als je het joodse gevaar niet onder ogen ziet, ben je niet goed wijs,' zei Clayborn minachtend. 'Ze spannen overal ter wereld samen. Om nog maar te zwijgen van de communisten. En de kleurlingen? Godallemachtig. We mogen onze waakzaamheid geen seconde laten varen.'

'Dus daar gaat het allemaal om?' zei Gordon vol afgrijzen. 'Joden en negers?'

Voordat Clayborn kon antwoorden, zei de senator: 'O, ik durf te wedden dat er meer is, Bull... Geld, nietwaar, Cyrus?'

'Bingo!' fluisterde de man met het zilverwitte haar. 'De Duitsers zijn ons miljarden schuldig van al die leningen die we ze de afgelopen vijftien jaar hebben gegeven om het land draaiend te houden. We moeten Hitler, Schacht en de rest van de geldjongens daar tevreden houden, anders krijgen we onze aflossingen niet meer.'

'Ze zijn aan het herbewapenen voor een nieuwe oorlog,' grauwde Gordon.

'Dan kunnen we maar beter aan hun kant staan, vind je niet?' zei Clayborn laconiek. 'Een grotere markt voor onze wapens.' Hij wees naar de senator. 'Mits jullie idioten in het Congres onze neutraliteit opheffen... Wat denken de moffen van de toestand met Ernst?'

'O, dat is een grote puinhoop,' stoof de senator op. 'Taggert vertelt over een aanslag, maar de moordenaar ontsnapt en doet nog een poging. Vervolgens verdwijnt Taggert. In het openbaar verkondigen ze dat de Russen een Amerikaanse moordenaar hebben ingehuurd, maar achter de schermen vragen ze zich af of wij er de hand in hebben gehad.'

Clayborn trok een afkeurend gezicht. 'En Taggert?' Hij knikte. 'Dood. Uiteraard. Schumann heeft het gedaan. Tja, zo gaan die dingen... Goed, heren, ik neem aan dat dit het eind is van onze prettige samenwerking.'

'Reggie Morgan is door jouw schuld gestorven... Je hebt een paar ernstige misdrijven op je kerfstok, Cyrus.'

Clayborn streek over een witte wenkbrauw. 'Stel nu eens dat jij dit uitstapje uit je eigen zak had betaald? Zou dat geen leuk onderwerp zijn voor een hoorzitting van het Congres? Ik geloof dat we elkaar in de tang hebben. Het lijkt me dus beter dat we ieder onze eigen weg gaan en onze mond houden. Goedendag. O, en blijf aandelen in mijn onderneming kopen, als jullie ambtenaren daar tenminste geld voor hebben. De koers kan alleen maar stijgen.' Clayborn kwam langzaam uit zijn stoel, pakte zijn wandelstok en liep naar de deur.

Gordon nam zich vast voor ervoor te zorgen dat Clayborn niet ongestraft zou blijven, want hij had indirect Reginald Morgan vermoord en Schumann ook bijna. De grotere gerechtigheid zou echter moeten wachten. Op dit moment was er maar één kwestie die de aandacht vroeg. 'Ik wil Schumanns geld hebben,' zei de commandant.

'Wat voor geld?'

'De tienduizend die je hem had beloofd.'

'O? Hij heeft zijn werk niet gedaan. De moffen verdenken ons en mijn man is dood. Jammer voor Schumann. Geen poen.'

'Je gaat hem dat geld niet door de neus boren.'

'Het spijt me,' zei de zakenman allerminst spijtig.

'Tja, Cyrus, in dat geval wens ik je sterkte,' zei de senator.

'We zullen voor je duimen,' voegde Gordon eraan toe.

De zakenman bleef staan en keek om.

'Ik zat gewoon te denken aan wat er zou kunnen gebeuren als Schumann erachter komt dat je niet alleen hebt geprobeerd hem te vermoorden, maar dat je hem ook nog eens hebt genaaid.'

'Gezien het soort werk dat hij doet en zo,' vulde Gordon weer aan.

'Dat durven jullie niet.'

'We verwachten hem over een week, anderhalve week terug.'

De grootindustrieel zuchtte. 'Goed dan, goed.' Hij haalde een chequeboek uit zijn zak, scheurde er een cheque uit en begon te schrijven.

Gordon schudde zijn hoofd. 'Nee. Je gaat nu meteen wat degelijke, ouderwetse contanten bij elkaar schrapen.'

'Op zondagmiddag? Tienduizend?'

'Nu,' herhaalde de senator. 'Als Paul Schumann flappen wil, krijgt hij flappen.'

43

Ze waren ziek van het wachten.

Gedurende hun weekend in Amsterdam hadden luitenant Andrew Avery en Vincent Manielli tulpen in alle denkbare kleuren gezien, meer dan genoeg schilderijen van oude meesters bekeken en geflirt met kortgeknipte blondjes met ronde, blozende gezichten (Manielli althans; Avery had een goed huwelijk). Ze hadden zich vermaakt met Len Aarons, een zwierige RAF-piloot die voor zijn eigen intriges in het land was (hij deed er net zo ontwijkend over als de Amerikanen zelf). Ze hadden grote glazen Amstel-bier en onsmakelijke jenever gedronken.

Het leven op een buitenlandse legerbasis begint echter snel te vervelen, en eerlijk gezegd waren ze het ook beu continu op hete kolen te zitten.

Nu was het wachten dan eindelijk voorbij. Op maandagochtend om tien uur precies sidderde het tweemotorige, als een meeuw gestroomlijnde vliegtuigje even en landde toen op het gras van vliegveld Machteldt buiten Amsterdam. Het toestel kwam op zijn staartwiel neer, minderde snelheid en taxiede naar de hangar, zigzaggend omdat de piloot niet over de hoge neus kon kijken wanneer het toestel op de grond reed.

Avery wuifde naar het sierlijke, zilveren toestel dat hun kant op gleed.

'Ik denk dat ik een paar rondjes met hem ga boksen,' schreeuwde Manielli over de herrie van de motoren en de wind.

'Over wie heb je het?' vroeg Avery.

'Schumann. Boksen. Ik heb hem gezien; hij is niet zo goed als hij zelf denkt.'

De luitenant nam zijn collega kritisch op en schoot in de lach.

'Wat?'

'Hij maakt je af en vreet je op.'

'Ik ben jonger en sneller.'

'Je bent stommer.'

Het vliegtuig taxiede naar een parkeerstrook en de piloot schakelde de motoren uit. De grote propellers kwamen kuchend tot stilstand en het grondpersoneel kwam aanrennen om de wielen onder de grote *Pratt & Whitneys* te blokkeren.

De luitenants liepen naar het toestel. Ze hadden Schumann een cadeau willen geven, maar niets kunnen bedenken. Manielli had gezegd: 'We zeggen dat hij zijn eerste vliegreis van ons heeft gekregen. Dat is zijn cadeau.'

'Nee,' had Avery ertegen ingebracht. 'Je kunt niet achteraf tegen iemand zeggen dat iets wat je al voor hem hebt gedaan een cadeau was.'

Manielli nam aan dat Avery het beter wist; getrouwde mannen wisten alles van de cadeau-etiquette. Uiteindelijk hadden ze dus een slof Packs o' Pleasure voor hem gekocht, Chesterfields, en het had hun de nodige moeite en veel geld gekost om ze in Holland te bemachtigen. Manielli hield de slof nu onder zijn arm.

Een lid van het grondpersoneel liep naar de deur van het toestel en trok hem uit, waarna het een trap werd. Manielli stapte grijnzend naar voren, maar bleef stokstijf staan toen er een man van voor in de twintig in vuile kleren tevoorschijn kwam die bukte om onder de lage deur door te stappen.

De man knipperde met zijn ogen, hield zijn hand erboven tegen de zon en liep de trap af. *'Guten Morgen... Bitte, ich bin Georg Mattenberg.'* Hij sloeg zijn armen om Avery heen en drukte hem stevig tegen zich aan. Toen liep hij langs hem heen, in zijn ogen wrijvend alsof hij net wakker was.

'Wie is dat in godsnaam?' fluisterde Manielli.

Avery haalde zijn schouders op en keek toen weer naar de deur, waar meer mensen uit opdoken, vijf in totaal. Allemaal tieners en jonge twintigers, in goede conditie maar uitgeput, met rode ogen, stoppelbaarden en gehavende kleren vol zweetplekken.

'Het is het verkeerde toestel,' fluisterde Manielli. 'Jezus, waar...'

'Het is het goede toestel,' zei Avery, maar hij begreep er ook niets van.

'Luitenant Avery?' riep een stem met een Duits accent uit de deuropening. Er stapte een man uit die een paar jaar ouder leek dan de anderen, gevolgd door een jongere man.

'Dat ben ik. Wie ben jij?'

'Ik spreek beter Engels dan de anderen. Ik zal antwoorden. Ik ben Kurt Fischer en dit is mijn broer Hans.' Hij lachte om de perplexe gezichten van de luitenants en vervolgde: 'U verwacht ons niet, ja, ja. Maar Paul Schumann heeft ons gered.'

Kurt vertelde dat Schumann een stuk of tien jongemannen had gered die anders door de nazi's vergast zouden zijn. Ze waren een bos in gevlucht, waar de Amerikaan een aantal van hen had gevonden en hun de kans had geboden het land te ontvluchten. Sommigen wilden blijven en het er in eigen land op wagen, maar zeven van hen, onder wie de gebroeders Fischer, hadden het aanbod aangenomen. Schumann had hen achter in een RAD-vrachtwagen geladen en ze hadden zich met spaden en jutezakken als arbeiders vermomd. Hij had hen langs een wegversperring naar Berlijn geloodst, waar ze die nacht waren ondergedoken.

'Vanochtend heeft hij ons naar een oud vliegveld buiten de stad gebracht, waar we in dit toestel zijn gestapt. En daar zijn we dan.'

Avery stond op het punt meer vragen op hem af te vuren, maar toen verscheen er een vrouw in de deuropening van het vliegtuig. Ze was rond de veertig, mager en net zo vermoeid als de anderen. Haar bruine ogen namen de omgeving snel op. Ze liep de trap af. In haar ene hand hield ze een koffertje, in de andere een boek waar het omslag af was gescheurd.

'Mevrouw,' zei Avery, en hij keek weer verbluft naar zijn collega.

'Bent u luitenant Avery? Of bent u wellicht luitenant Manielli?' Ze sprak volmaakt Engels, met maar een licht accent.

'Ik... Ja, ik ben Avery.'

'Ik ben Käthe Richter,' zei de vrouw. 'Dit is voor u.'

Ze overhandigde hem een brief. Hij maakte hem open en gaf Manielli een por. Ze lazen samen:

Gordon, Avery en Manelli (of hoe je het verdorie ook maar spelt),

Breng die mensen naar Engeland, Amerika of waar ze maar naartoe willen. Zoek onderdak voor ze, help ze op weg. Het maakt me niet uit hoe je het doet, als je maar zorgt dat het goed komt.

En als je overweegt ze terug naar Duitsland te sturen, bedenk dan dat Damon Runyon of een van mijn maten bij de Sun of de Post heel graag zou willen weten waarvoor jullie me naar Berlijn hebben gestuurd. Dat zou pas een mooi artikel zijn. Zeker in een

verkiezingsjaar.
Het was mieters, jongens,
Paul

PS: in de achterkamer van mijn sportschool woont een neger, Sonny Williams. Laat de school op zijn naam zetten, of hoe dat ook werkt. En geef hem wat geld. Wees gul.

'Ik heb nog iets,' zei de vrouw, en ze gaf Avery een aantal verfomfaaide, in het Duits getypte vellen papier. 'Het gaat over iets wat het Waltham-onderzoek heet. Paul zei dat de commandant het moest zien.'

Avery nam de vellen aan en stopte ze in zijn zak. 'Ik zal zorgen dat hij het krijgt.'

Manielli liep naar het toestel. Avery voegde zich bij hem en samen keken ze in de lege cabine.

'Hij vertrouwde ons niet. Hij dacht dat we hem toch aan Dewey wilden uitleveren en heeft de piloot ergens een tussenlanding laten maken.'

'In Frankrijk, denk je?' opperde Manielli. 'Misschien heeft hij het tijdens de Oorlog leren kennen... Nee, ik weet het al. Ik wil wedden dat hij naar Zwitserland is gegaan.'

Avery, die het een belediging vond dat Schumann had gedacht dat ze zich niet aan hun afspraak zouden houden, riep naar de cockpit: 'Hé, waar heb je hem afgezet?'

'Wat?'

'Waar ben je geland? Om Schumann af te zetten?'

De piloot keek vragend naar de copiloot. Toen keek hij weer naar Avery. Zijn stem echode door de blikkerige romp: 'Heeft hij dat dan niet verteld?'

Epiloog

Zaterdag 21 november 1936

Een koude nacht in het Schwarzwald.

Twee mannen zwoegden door de dunne laag sneeuw. Ze hadden het ijskoud, zeker, maar ze leken een bestemming voor ogen te hebben, en een belangrijke taak wanneer ze er waren aangekomen.

Een doel maakt het lichaam ongevoelig voor ongemak, net als begeerte.

En de sterke Oostenrijkse drank, *Obstler*, die ze in grote hoeveelheden uit een gedeelde zakflacon dronken.

'Hoe is het met je buik?' vroeg Paul Schumann zijn metgezel in het Duits toen hij de pijnlijke grimas op diens besnorde gezicht zag.

De man gromde. 'Hij doet pijn, natuurlijk. Hij zal altijd pijn blijven doen, John Dillinger.'

Na zijn terugkeer in Berlijn had Paul in het *Ariër Café* subtiel naar Otto Webbers verblijfplaats geïnformeerd; hij wilde al het mogelijke doen om zijn 'meisjes' te helpen. Hij had er een opgezocht, Berthe, en tot zijn schrik en vreugde ontdekt dat Webber nog leefde.

De kogel die zich in het pakhuis aan de Spree in zijn ingewanden had geboord, had tijdens zijn korte reis door Otto's stevige lichaam wel ernstige, maar geen dodelijke schade aangericht. Hij was in zijn vikingbegrafenisboot de rivier afgezakt tot een visser hem eruit had gehaald en constateerde dat hij minder dood was dan hij eruitzag. Ze hadden hem in een bed gelegd en het bloeden gestelpt. Kort daarna was hij overgedragen aan de zorgen van een oude bendearts die hem, tegen betaling uiteraard, had dichtgenaaid en geen vragen had gesteld. De infectie die later was ontstaan, was erger dan de wond zelf. ('Lugers,' had Otto gemopperd. 'Die vuren de smerigste kogels af. De slagpin laat bacteriën door.') Berthe had haar onkunde op het gebied van koken en huishouden echter gecompenseerd door een oneindig toegewijde verpleegster te zijn, en ze was, met hulp van Paul, een aantal maanden bezig geweest om de Duitse gangster weer op de been te helpen.

Paul was naar een ander pension in een vergeten deel van de stad gegaan, ver van de Magdeburger Allee en de Alexanderplatz, en daar had hij zich een tijd koest gehouden. Hij bokste wel eens op een sportschool, verdiende soms een paar mark bij een drukkerij en ging een enkele keer met een Duitse vrouw uit: voornamelijk soci's, kunstenaressen en schrijfsters die waren ondergedoken op plekken als Berlin-Nord en de omgeving van Platz November 1923. In de eerste weken van augustus ging hij regelmatig naar een postkantoor of bioscoopzaal om de rechtstreekse verslagen van de Olympische Spelen te zien op de Telefunken- of Fernseh AG-televisietoestellen die daar waren opgesteld voor degenen die geen kaarten voor de Spelen konden krijgen. Hij wilde een goed nationaalsocialist spelen (hij had zelfs geblondeerd Arisch haar) en had zich ertoe kunnen zetten alle vier de keren dat Jesse Owens goud won woede te veinzen, maar de meeste Duitsers om hem heen bleken de neger bij elke overwinning enthousiast toe te juichen. De Duitsers wonnen het meeste goud, wat niemand verbaasde, maar de Amerikanen wonnen ook genoeg en werden tweede. Het enige wat de Spelen bedierf, had Paul tot zijn verontrusting gezien, was dat de joodse hardlopers uit Amerika, Stoller en Glickman, inderdaad niet hadden mogen uitkomen.

Na de Spelen, toen augustus in september overging, kwam er een eind aan Pauls vakantie. Hij was vastbesloten zijn beoordelingsfout bij de Militaire Academie Waltham goed te maken en hervatte zijn missie: het doden van de Duitse gevolmachtigde van binnenlandse stabiliteit.

Toen meldde Webbers ambtenaren-tamtam echter iets interessants: Reinhard Ernst was spoorloos. Het enige wat ze aan de weet konden komen, was dat zijn kantoor in de kanselarij leegstond. Hij scheen met zijn gezin uit Berlijn vertrokken te zijn en veel op de weg te zitten. Hij had een nieuwe titel gekregen (de nationaalsocialisten, had Paul opgemerkt, strooiden niet alleen met linten en medailles, maar ook met titels alsof ze maïs voor de kippen gooiden). Ernst was inmiddels 'rijksopzichter van speciale industriële verbindingen'. Wat dat ook mocht inhouden.

Meer informatie was er niet over hem te vinden. Wilde dat zeggen dat hij met pensioen was gestuurd? Of waren het alleen maar veiligheidsmaatregelen om de herbewapeningstsaar te beschermen?

Paul Schumann had geen idee, maar één ding was zonneklaar: het Duitse leger groeide als kool. Die herfst maakte de Me-109, het nieuwe gevechtsvliegtuig, bemand door Duitse vliegers, zijn debuut in Spanje, waar het Franco en zijn nationalistische troepen bijstond. Het toestel bleek verbluffend succesvol en decimeerde de republikeinse stellingen. Het Duitse leger riep steeds meer jongemannen op, en aan de marinewerven werd op volle kracht aan de productie van oorlogsschepen en onderzeeërs gewerkt.

Rond oktober begonnen zelfs de buitenwijken van Berlijn steeds gevaarlijker te worden, en zodra Otto Webber voldoende was hersteld om te kunnen reizen, trokken Paul en hij als schoolkinderen met vakantie de stad uit.

'Hoe ver is het nog naar Neustadt?' vroeg Paul nu.

'Niet ver meer. Nog een kilometer of tien.'

'Tien?' bromde Paul. *'Gott im Himmel.'*

Eigenlijk was hij blij dat het nog ver was naar hun volgende bestemming. Hij wilde hun laatste halte, St.-Margen, zo ver mogelijk achter zich laten, want daar vond de Schupo misschien op dit moment het lichaam van een plaatselijke nationaalsocialistische partijbons. Het was een wrede man geweest, die joodse kooplieden door zijn zware jongens in elkaar liet slaan, waarna hij hun bedrijven ariëriseerde. Hij had veel vijanden die zijn bloed wel konden drinken, maar het onderzoek van de Kripo of de Gestapo zou aan het licht brengen dat hij niet bepaald onder twijfelachtige omstandigheden om het leven was gekomen; het was overduidelijk dat hij langs de weg was gestopt om zijn behoefte te doen in de rivier en dat hij op de glad bevroren oever was uitgegleden. Hij was zes meter gevallen, zijn hoofd was op de rotsen geslagen en hij was in de snelstromende rivier verdronken. Er was een halflege fles schnaps naast hem gevonden. Een tragisch ongeval. Nader onderzoek niet nodig.

Paul dacht aan hun volgende bestemming. In Neustadt, hadden ze gehoord, zou een van Hermann Görings voormannen een toespraak houden, als ster van een lopende Neurenberg-verkiezingscampagne in het klein. Paul had zelf gehoord hoe hij burgers ophitste de huizen van joden in de buurt te vernietigen. Hij noemde zich doctor, maar was niets meer dan een hypocriete misdadiger, een kleingeestig mens, een gevaarlijk man, en als Otto en Paul slaagden, zou hij net zo'n brekebeen blijken te zijn als de Partijleider in St.-Margen.

Misschien weer een val. Of misschien zou hij een elektrische lamp omstoten terwijl hij in bad zat. Het zou natuurlijk ook kunnen dat hij zich, labiel als veel andere nationaalsocialistische leiders ook schenen te zijn, in een vlaag van waanzin met een kogel of de strop van het leven zou beroven. Na Neustadt zouden ze zich naar München haasten, waar Webber, die goede ziel, ook een 'meisje' had bij wie ze konden logeren.

Er naderden koplampen achter hen. Ze doken snel het bos in en bleven daar tot de vrachtwagen voorbij was. Toen de achterlichten om een bocht in de weg verdwenen waren, zetten ze hun tocht voort.

'Ach, John Dillinger, weet je waar deze weg vroeger voor werd gebruikt?'

'Vertel, Otto.'

'Dit was het centrum van de koekoeksklokkenhandel. Weet je wat dat is?'

'Ja, hoor. Mijn grootmoeder had een koekoeksklok. Mijn grootvader haalde telkens de gewichten van de kettingen om hem stil te zetten. Hij vervloekte die rotklok. Elk uur opnieuw: *koekoek, koekoek...*'

'En dit is de weg waarlangs de handelaren ze naar de markt brachten. Er zijn niet zoveel klokkenmakers meer, maar ooit zag je dag en nacht karren over deze weg rijden... Ach, en kijk daar eens. Zie je die rivier? Die komt uit in de Donau, en de rivieren aan de andere kant van de weg stromen naar de Rijn. Dit is het hart van mijn land. Is het niet prachtig in het maanlicht?'

Een uil riep, de wind zuchtte en het ijs op de boomtakken kraakte als pindadoppen op de vloer van een kroeg.

Otto heeft gelijk, dacht Paul; het is écht een prachtig land. En hij voelde een tevredenheid in zich die zo fris was als de verse sneeuw onder zijn voeten. Een ondenkbare speling van het lot had hem tot ingezetene van dit onbekende land gemaakt, maar hij was tot de conclusie gekomen dat het hem veel vertrouwder was dan het land waar de drukkerij van zijn broer op hem wachtte, een wereld waarnaar hij nooit meer zou terugkeren, wist hij.

Nee, dat leven had hij jaren geleden al achter zich gelaten, samen met de kans op een bescheiden onderneming, een huis met een keurig pannendak, een montere, struise vrouw en dartele kinderen. Hij vond het prima. Paul Schumann had alles wat zijn hartje begeerde: hij liep onder de schalkse knipoog van een halvemaan met een gelijkgestemde metgezel aan zijn zij, op zijn reis om het doel te verwezenlijken dat God hem had gegeven – ook al bestond dat doel uit de zware, zelfingenomen taak Gods fouten recht te zetten.

Woord van de auteur

Het verhaal van Paul Schumanns missie in Berlijn is zuiver fictief, en de bestaande personages hebben uiteraard niet de rol gespeeld die ik hun heb toebedeeld, maar voor het overige zijn de geschiedenis, geografie, technologie en culturele en politieke instellingen in de Verenigde Staten en Duitsland in de zomer van 1936 waarheidsgetrouw weergegeven. Ook stonden de geallieerden in het echt even naïef en ambivalent tegenover Hitler als in dit verhaal. De Duitse herbewapening voltrok zich grotendeels zoals ik die heb afgespiegeld, al was het niet een enkel individu, zoals mijn fictieve Reinhard Ernst, maar een groep mannen die de taak had het land klaar te stomen voor de oorlog die Hitler al zo lang voor ogen stond. Er was echt zoiets als 'De Kamer' in Manhattan, en de Marine Inlichtingendienst was de voorloper van de CIA.

Delen van Hitlers *Mein Kampf* hebben als inspiratie gediend voor de radio-uitzendingen waarmee het verhaal is gelardeerd, en hoewel er geen Waltham-onderzoek als zodanig heeft bestaan, werden dergelijke onderzoeken uitgevoerd, zij het later dan in dit boek, door SS-troepen die verantwoordelijk waren voor massale uitroeiingen (*Einsatzgruppen* genoemd) onder leiding van Artur Nebe, een voormalig hoofd van de Kripo. De naziregering gebruikte in 1936 al DeHoMag-kaartsorteermachines om de gegevens van haar burgers te verwerken, al hebben ze bij mijn weten nooit op het hoofdbureau van de Kripo gestaan. De ICPC die Willi Kohls redding werd, is inderdaad aan het begin van 1937 in Londen bijeengekomen; uiteindelijk ging deze organisatie over in Interpol. In de nazomer van 1936 werd het oude kamp in Oranienburg officieel vervangen door het concentratiekamp Sachsenhausen. In de negen jaren daarna zijn hier meer dan tweehonderdduizend politieke en etnische gevangenen vastgehouden; tienduizenden zijn geëxecuteerd of omgekomen door mishandeling, misbruik, verhongering en ziekte. De Russische bezetters gebruikten het kamp op hun beurt als gevangenis voor rond de zestigduizend nazi's en andere politieke gevangenen, van wie er naar schatting twaalfduizend zijn gestorven voordat het kamp in 1950 werd gesloten.

Wat Otto Webbers stamcafé betreft: kort na afloop van de Olympische Spelen werden de deuren van het Ariër Café definitief gesloten.

Nog een korte notitie aangaande het lot van een aantal personen die in het verhaal voorkomen: in het voorjaar van 1945, toen Duitsland in puin lag, veronderstelde Göring ten onrechte dat Adolf Hitler afstand deed van de leiding over het land en hem vroeg zijn opvolger te worden. Tot Görings schaamte en afgrijzen werd Hitler woedend, noemde hem een dolk-in-de-rugstoter, gooide hem uit de nazi-Partij en liet hem arresteren. Göring werd in Neurenberg door het oorlogstribunaal tot de dood veroordeeld. Twee uur voor het tijdstip van zijn executie, in 1946, pleegde hij zelfmoord.

Heinrich Himmler mocht dan Hitlers grootste hielenlikker zijn, hij zocht op eigen houtje toenadering tot de geallieerden (het hoofd van de SS en de architect van de massamoordprogramma's van de nazi's suggereerde zelfs dat joden en nazi's het verleden moesten vergeten en 'de strijdbijl begraven'). Net als Göring werd hij door Hitler als verrader bestempeld. Toen het land viel, deed hij een poging zijn straf te ontlopen door in vermomming te vluchten, maar om de een of andere reden gaf hij zich uit voor een militaire politieman van de Gestapo, wat inhield dat hij automatisch werd gearresteerd. Zijn ware identiteit kwam prompt aan het licht. Hij beroofde zich van het leven voordat hij in Neurenberg terecht kon staan.

Tegen het eind van de oorlog werd Hitler steeds labieler, zwakker (aangenomen wordt dat hij de ziekte van Parkinson had) en radelozer. Hij bereidde militaire offensieven voor met legers die er niet meer waren, riep alle burgers op tot een strijd op leven en dood en droeg Albert Speer op een tactiek van de verbrande aarde op te stellen, wat de architect weigerde. Hitler bracht zijn laatste dagen door in een bunkercomplex onder de tuin van de kanselarij. Op 29 april 1945 trouwde hij met zijn geliefde, Eva Braun, en kort daarna pleegden beiden zelfmoord.

Paul Joseph Goebbels bleef Hitler tot het eind toe trouw en werd als zijn opvolger benoemd. Na de zelfmoord van de Führer trachtte hij vredesonderhandelingen met de Russen te voeren. Zijn pogingen waren vergeefs en de vroegere minister van Propaganda en zijn vrouw Magda beroofden zich eveneens van het leven (nadat zij hun zes kinderen had gedood).

Eerder in zijn carrière had Hitler over zijn militaire uitbreiding die tot de Tweede Wereldoorlog leidde het volgende gezegd: 'Het zal mijn plicht zijn deze oorlog te blijven voeren, ongeacht de verliezen... We zullen afstand moeten doen van veel dat ons dierbaar is en dat vandaag onvervangbaar lijkt te zijn. Steden zullen ruïnes worden; nobele architectuurmonumenten zullen voorgoed verdwijnen. Deze keer zal onze gewijde grond niet gespaard blijven, maar ik ben hier niet bang voor.'

Het rijk dat naar Hitlers zeggen duizend jaar zou overleven, hield twaalf jaar stand.

Dankwoord

Mijn innige dank gaat weer uit naar de gebruikelijke verdachten, en een paar nieuwe: Louise Burke, Britt Carlson, Jane Davis, Julie Deaver, Sue Fletcher, Cathy Gleason, Jamie Hodder-Williams, Emma Longhurst, Carolyn Mays, Diana Mackay, Mark Olshaker, Tara Parsons, Carolyn Reidy, David Rosenthal, Ornella Robiatti, Marysue Rucci, Deborah Schneider, Vivienne Schuster en Brigitte Smith.

En Madelyn, natuurlijk.

Wie meer over nazi-Duitsland wil lezen, zal de volgende bronnen, die van onschatbare waarde zijn geweest voor mijn vooronderzoek, zeker interessant vinden: Louis Snyder, Encyclopedia of the Third Reich; Ron Rosenbaum, Explaining Hitler; John Toland, Adolf Hitler; Piers Brendon, The Dark Valley; Michael Burleigh, The Third Reich: A New History; Edwin Black, IBM and the Holocaust; Wiliam L. Shirer, The Rise and Fall of the Third Reich en 20th Century Journey, vol. II, The Nightmare Years; Giles MacDonogh, Berlin; Christopher Isherwood, The Berlin Stories; Peter Gay, Weimar Culture: The Outsider as Insider en My German Question; Frederick Lewis Allen, Since Yesterday; Edwin Crankshaw, Gestapo: Instrument of Tyranny; David Clay Large, Berlin; Richard Bessel, Life in the Third Reich; Nora Waln, The Approaching Storm; George C. Browder, Hitler's Enforcers; Roger Manvell, Gestapo; Richard Grunberger, The 12-Year Reich; Ian Kershaw, Hitler 1889-1936: Hubris; Joseph E. Persico, Roosevelt's Secret War; Adam LeBor en Roger Boyes, Seduced by Hitler; Mel Gordon, Voluptuous Panic: The Erotic World of Weimar Berlin; Richard Mandell, The Nazi Olympics; Susan D. Bachrach, The Nazi Olympics; Mark R. McGee, Berlin: A Visual and Historical Documentation from 1925 to the Present; Richard Overy, Historical Atlas of the Third Reich; Neal Ascherson, Berlin: A Century of Change; Rupert Butler, An Illustrated History of the Gestapo; Alan Bullock, Hitler: A Study in Tyranny; Pierre Aycoberry, The Social History of the Third Reich, 1933-1945; Otto Friedrich, Before the Deluge.

Over de auteur

De romans van Jeffery Deaver, voormalig journalist, advocaat en folkzanger, hebben diverse malen de bestsellerlijsten gehaald, waaronder die van de New York Times, de Times of London en de Los Angeles Times. Hij heeft negentien romans geschreven, is vijf keer genomineerd voor een Edgar Award van de Mystery Writers of America en een keer voor de Anthony Award en de Gumshoe Award. Hij heeft drie keer de Ellery Queen-lezersprijs voor het beste korte verhaal van het jaar gekregen en mocht de Britse Thumping *Good* Read Award in ontvangst nemen. Van zijn boek Monddood is een televisiefilm gemaakt met James Garner en Marlee Matlin, en Tot op het bot is door Universal Pictures voor de bioscoop verfilmd als *The Bone Collector,* met Denzel Washington en Angelina Jolie. Zijn meest recente romans zijn De illusionist, De stenen aap en De cyberkiller. En ja, de geruchten kloppen, hij heeft echt een corrupte verslaggever gespeeld in *As The World Turns,* zijn favoriete soapserie. Lezers zijn welkom op zijn website: www.jefferydeaver.com.